Knaur.

Im Knaur TB Verlag sind bereits folgende Bücher der Autorin erschienen:
Die Goldhändlerin
Die Kastratin
Die Wanderhure
Die Kastellanin
Die Tatarin
Das Vermächtnis der Wanderhure
Die Pilgerin
Die Feuerbraut
Dezembersturm

Als Hardcover sind erschienen:
Die Tochter der Wanderhure
Die Pilgerin
Die Kastellanin
Die Wanderhure
Die Feuerbraut
Das Vermächtnis der Wanderhure
Die Rose von Asturien

Über die Autorin:
Hinter dem Namen Iny Lorentz verbirgt sich ein Münchner Autorenpaar, dessen erster historischer Roman »Die Kastratin« die Leser auf Anhieb begeisterte. Seither folgt Bestseller auf Bestseller. Bei Knaur bisher erschienen: »Die Goldhändlerin«, »Die Wanderhure«, »Die Kastellanin«, »Das Vermächtnis der Wanderhure«, »Die Pilgerin«, »Die Tatarin«, »Die Löwin« sowie »Die Feuerbraut« und »Die Tochter der Wanderhure«.
Besuchen Sie auch die Homepage der Autorin: www.iny-lorentz.de

Iny Lorentz

# Die Löwin

Roman

Knaur Taschenbuch Verlag

Besuchen Sie uns im Internet:
www.knaur.de

Originalausgabe September 2006
Copyright © 2006 by Knaur Taschenbuch.
Ein Unternehmen der Droemerschen Verlagsanstalt
Th. Knaur Nachf. GmbH & Co. KG, München
Alle Rechte vorbehalten. Das Werk darf – auch teilweise –
nur mit Genehmigung des Verlags wiedergegeben werden.
Redaktion: Regine Weisbrod
Umschlaggestaltung: ZERO Werbeagentur, München
Umschlagabbildung: AKG Images
Satz: InDesign im Verlag
Druck und Bindung: CPI – Clausen & Bosse, Leck
Printed in Germany
ISBN 978-3-426-63248-2

# Erster Teil

## Die Wolfsgrube

# I.

Caterina wollte den Becher zum Mund führen, hielt aber mitten in der Bewegung inne und musterte ihren Gastgeber, als suche sie auf seinem Gesicht nach Spuren beginnenden Wahnsinns.

»Verzeiht, Rechlingen, aber das könnt Ihr doch nicht ernst gemeint haben!«

Hartmann Trefflich, der wie eine fette Kröte auf seinem Stuhl hockte, ballte die Rechte zur Faust und schlug so erregt auf die Tischplatte, dass die Messer auf den Zinntellern klirrten. »Warum sollte ich mit einer solch wichtigen Sache spaßen?«

»Ich soll Euren Sohn heiraten, Rechlingen? Bei Gott, Ihr vergesst, dass mein Ahne Leupold von Eldenberg bereits unter Kaiser Otto III. Rang und Titel trug. Ihr aber wurdet als einfacher Bürger Trefflich geboren! Und dass Ihr die Herrschaft Rechlingen käuflich erworben und ihren Namen angenommen habt, macht Euch nicht zum Edelmann. Nur Kaiser Wenzel oder einer der anderen hohen Herren des Reiches kann Euch in den Adelsstand erheben.«

Caterina hatte noch nie auf ihren Stammbaum gepocht, der mütterlicherseits noch feudaler war als der ihres Vaters, doch die unerwartete Werbung hatte sie aus der Fassung gebracht. Sie warf einen Blick auf den jungen Trefflich, der seinen Vater um mehr als Haupteslänge überragte. Botho war ein Bär von einem Mann, mit Schultern, die durch keinen normalen Türrahmen passten, einem fast kugelrunden Kopf, auf dem dünne, hellblonde Haare klebten, und einem rötlichen Gesicht. Einen Adonis konnte man ihn gewiss nicht nennen, auch wenn es weit hässlichere junge Männer gab als ihn. Hätte ihr Vater von ihr verlangt, Botho zu heiraten, wäre sie nicht gerade mit Freuden in diese Ehe gegangen, hätte ihm aber gehorcht. Von Hartmann Trefflich jedoch war es mehr als dreist,

sie so unverblümt zu einer Heirat aufzufordern, als wäre sie eine Bauerndirne.
Caterina stellte ihren Weinbecher zurück auf den Tisch, ohne davon getrunken zu haben. »Ich glaube, es gibt hier nichts mehr zu besprechen. Ich habe Euch die Summe übergeben, die mein Vater mir für Euch geschickt hat, und werde Euch nun verlassen.«
Trefflich wies mit einer verächtlichen Geste auf die beiden Lederbeutel, die vor ihm auf der Tischplatte lagen. »So leicht kommt Ihr mir nicht davon, Jungfer Caterina. Dieser Bettel hier wiegt nicht einmal die Hälfte der Summe auf, die ich Franz von Eldenberg für seinen letzten Kriegszug geliehen habe, und von seinen übrigen Schulden habe ich auch noch keinen Heller gesehen. Wenn ich die ausgeliehene Summe bei der Obrigkeit einfordere, wird man mir Euer Land und Eure Burg zum Pfand geben – und dann habe ich das Recht, Euch auf die Straße zu setzen! Unter diesem Gesichtspunkt ist es doch ein großes Entgegenkommen, wenn ich Euch erlaube, meinen Sohn zu heiraten. Der Kaiser wird sich mit einigen Beuteln Gold davon überzeugen lassen, mich oder wenigstens Botho zum Reichsritter oder sogar zum Reichsfreiherrn auf Rechlingen zu ernennen. Eure Kinder hätten dann den gleichen Rang inne wie Euer Vater und Euer Bruder – oder sogar einen höheren. Wenn Ihr vernünftig seid und einwilligt, werde ich auf die Rückzahlung der noch ausstehenden Summe verzichten. Auf diese Weise würde Eurem Vater eine große Last von den Schultern genommen.«
Caterina sprang auf. »Ihr denkt und handelt wie ein Krämer! Wir Eldenbergs aber sind nicht käuflich. Ihr werdet jeden Pfennig Eures verdammten Geldes zurückbekommen, das schwöre ich Euch! Für Euren Sohn sucht Euch gefälligst eine Braut aus Eurem Stand!«
Sie bedachte beide Trefflichs mit flammenden Blicken und rauschte zur Tür. Botho war jedoch schneller als sie und vertrat ihr den Weg.

Seine blassen Augen flackerten und er kaute auf seinen Lippen herum, als kämpfe er mit sich selbst.

Im Gegensatz zu ihm plagten seinen Vater keinerlei Skrupel. Er wuchtete sich ächzend aus seinem hochlehnigen, noch mit dem Wappen des ursprünglichen Besitzers geschmückten Stuhl und lachte leise auf. »Oh nein, meine Gute! So leicht kommt Ihr nicht davon. Diese Hochzeit wird stattfinden, ob mit oder ohne Eure Zustimmung! Wenn Ihr erst Bothos Weib seid, wird keiner der elenden Reichsritter und Äbte in unserem Landstrich, die sich heute noch hoch über mich erhaben dünken, weiterhin auf mich herabschauen dürfen. Ich besitze mehr Geld als jeder Einzelne von ihnen – wahrscheinlich sogar mehr als sie alle zusammen! Und doch erlauben sie sich, mich wie einen Wurm zu behandeln, der vor ihnen im Dreck kriechen muss.«

Trefflich hieb erneut mit der Faust auf den Tisch. In ihm kochte die Wut über die adeligen und geistlichen Herren in der Nachbarschaft, die mehr Mäuse in ihren Speisekammern hatten als Gulden in ihren Kisten. Wenn ihnen das Wasser bis zum Halse stand und sie dringend Geld brauchten, kamen sie zu ihm, nannten ihn schmeichlerisch Herrn Hartmann auf Rechlingen und jammerten schlimmer als das Bettelgesindel auf den Stufen von Sankt Stephan zu Mindelheim. Aber wenn er seine Geldtruhe geöffnet hatte und seine sauer verdienten Münzen in ihre Taschen gewandert waren, hießen sie ihn wieder einen elenden Pfeffersack und luden ihn weder zu ihren Festen noch zu ihren Beratungen ein. Eine Heirat seines Sohnes mit Caterina, die dem ältesten Adelsgeschlecht der Gegend entstammte, würde ihm Zugang zu ihren Kreisen verschaffen. Deshalb musste er diese Verbindung zustande bringen, ganz gleich, wie störrisch das junge Ding sich zeigen mochte. Im Gegensatz zu dem, was er eben behauptet hatte, benötigte er allerdings ihre laute und deutliche Zustimmung zur Heirat – und das wusste diese hochnäsige Jungfer ebenso gut wie er.

Zu Trefflichs Leidwesen drängte die Zeit, denn der alte Eldenberg und sein Sohn weilten als Söldnerführer in Italien und konnten jederzeit im Kampf fallen oder an einer der zahlreichen Krankheiten sterben, die die Heere heimsuchten. Trefflich kannte die Verwandtschaftsverhältnisse der Eldenbergs nicht gut genug, um zu wissen, wer der Vormund des jungen Mädchens sein würde. Und der arme Teufel könnte ihm wohl auch nicht helfen, denn es gab höchstwahrscheinlich niemanden, der Caterina zu bändigen vermochte. Er kannte sie gut genug, um zu wissen, dass sie jeden Mann zur Seite schieben und weiterhin nach eigenem Gutdünken leben würde, obwohl sich das für ein weibliches Wesen wirklich nicht ziemte. Wenn er ihr jetzt Zeit ließ, würde sie sich höchstwahrscheinlich mit einem der adeligen Schnösel in der Nachbarschaft verloben, um ihm, Trefflich auf Rechlingen, eine lange Nase zu drehen. Dann würde er keinen weiteren Heller von dem Geld sehen, welches er nicht ohne Hintergedanken ihrem Vater geliehen hatte, damit dieser Söldner anwerben und ausrüsten konnte. Heiratete sie aus Trotz einen der Junker aus der Umgebung, würde dieser die halbzerfallene Burg, in der Caterina jetzt lebte, die paar Hufen Land und das dazugehörende Meierdorf zu seinem Eigentum erklären und notfalls mit der Waffe gegen ihn verteidigen. Dabei wog das Gerümpel nicht einmal ein Viertel der Summe auf, mit der der alte Eldenberg bei ihm noch in der Kreide stand. Das einzig Wertvolle, das Caterina mit in die Ehe bringen konnte, war ihr altehrwürdiger Name.

Trefflichs Blick streifte die beiden Beutel auf dem Tisch, die Caterina ihm überbracht hatte, und korrigierte sich. Nun betrug der Wert der eldenbergischen Liegenschaften noch etwa die Hälfte der Schulden. Doch er war nicht bereit, auf die andere Hälfte zu verzichten. Bisher hatte er noch nie ein Geschäft mit Verlust abgeschlossen, und dazu würde er es auch jetzt nicht kommen lassen.

Da der Hausherr in seinen Gedanken versunken schien, kehrte

Caterina ihm den Rücken zu und funkelte Botho an. »Gib den Weg frei!«

Der junge Mann zog unwillkürlich den Kopf ein, blieb aber vor der Tür stehen. »Vater will nicht, dass du gehst.«

»Botho, du wirst doch selbst sehen, dass dein Vater mit dieser Werbung über die Schnur haut. Noch nie haben die Eldenbergs unter ihrem Stand geheiratet, und dies wird, solange Gottes Sonne diese Welt bescheint, auch nicht geschehen.«

»Das sehe ich anders!« Hartmann Trefflich wirkte mit einem Mal wie ein alter Kater, der noch ein wenig mit der Maus spielen will, die er eben gefangen hat. »Jungfer Caterina, die Zeiten sind nicht mehr so wie unter der Herrschaft des seligen Kaisers Otto. Heutzutage ist nicht mehr der Schwertarm des Ritters das Maß aller Dinge, sondern gemünztes Gold. Ohne Geld kann kein Edelmann Rüstung und Ross kaufen, kein Kaiser den purpurnen Mantel und die Krone, die ihn zieren. Die fetten Äbte würden in ihren Abteien schmal und mager werden, griffen ihnen nicht Männer wie ich mit frommen Spenden unter die Arme. Es wird an der Zeit, dass wir Kaufleute von Euresgleichen als ebenbürtig anerkannt werden – und wenn dies durch eine Ehe erfolgen muss.«

»Mein lieber Rechlingen, ich kann nicht die Söhne aller Kaufleute heiraten, die wie Ihr von einer Rangerhöhung träumen.« Caterina hatte sich entschlossen, die Sache wie einen Scherz aufzufassen. Als sie sich wieder Botho zuwandte und ihn aufforderte, endlich die Tür freizugeben, tat sie es nicht nur mit dem Stolz einer alten Sippe, sondern auch mit dem Temperament ihrer italienischen Mutter, die sie nur wenige Jahre hatte erleben dürfen. Es gab einige Leute in der Herrschaft Eldenberg, die behaupteten, dies sei gut für sie gewesen, denn Signora Margerita hatte in zorniger Stimmung selbst ihren Ehemann dazu gebracht, sich vor fliegenden Bechern, Tellern und anderem Gerät in Sicherheit zu bringen.

Botho schrumpfte bei ihrem Ausbruch zu einem Häuflein Elend, sein Vater aber lachte sie aus. »Diese Heirat wird stattfinden! Entweder heute Abend noch oder – falls Ihr Euch weiterhin sträubt – spätestens morgen früh.«
Caterina wurde klar, dass es Trefflich völlig ernst damit war, und stampfte auf den Boden. »Ihr seid verrückt, vollkommen verrückt!«
Dann versuchte sie, Botho von der Tür wegzuschieben, aber sie hätte ihre Kraft genauso gut an einem mannshohen Felsblock erproben können. Deshalb rief sie, so laut sie es vermochte, nach ihren Begleitern. »Adam! Jockel! Kommt her zu mir!«
Die einzige Antwort war das boshafte Kichern ihres Gastgebers. »Meine Liebe, ich fürchte, Eure Getreuen werden Euch nicht helfen können. Dafür war der Wein zu stark, den sie in meiner Küche getrunken haben. Meine Leute werden die beiden inzwischen in eine abgelegene Kammer gebracht haben, in der sie ihren Rausch ausschlafen können.«
»Wenn Ihr Euch einbildet, ich würde vor Angst auf die Knie fallen, nur weil Ihr mich meiner Bediensteten beraubt habt, so täuscht Ihr Euch gewaltig! Ich werde Euren Sohn nicht heiraten, und wenn Ihr den Teufel selbst als Trauzeugen herbeibrächtet.«
Caterina verschränkte die Arme vor der Brust und versuchte, so gelassen wie möglich auszusehen. Innerlich raste sie vor Wut über die plumpe Falle, die man ihr gestellt hatte. Da sie Trefflich zugetraut hatte, einem ihrer Knechte das Geld einfach abzunehmen und ihn ohne schriftliche Bestätigung wieder wegzuschicken, war sie selbst nach Rechlingen geritten, um sich den Erhalt der Geldsumme und die Minderung der Schulden von ihm quittieren zu lassen. Niemals hätte sie erwartet, dass er sie auf diese Weise hereinlegen würde.
Obwohl sie vor Zorn glühte, versuchte sie, ihrer Stimme einen friedfertigen Klang zu geben. »Trefflich, geht in Euch! Wenn mein Vater

von dem Spiel erfährt, das Ihr hier mit mir treibt, wird er voller Zorn über Euch kommen. Gegen sein Schwert schützt Euch all Euer Gold nicht.«

»Vorhin wart Ihr noch höflicher, meine Liebe, und habt mich Rechlingen genannt.« Trefflich gluckste vor Vergnügen, denn es gefiel ihm, ein Mitglied jener Gesellschaftsschicht, die er von Kindheit an mit jeder Faser seines Herzens beneidet hatte, hilflos seinen Launen ausgeliefert zu sehen. Er verschränkte ebenfalls die Arme vor der Brust, was ihm aufgrund seines Leibesumfangs nicht so leicht fiel wie seiner Gefangenen, und musterte sie wie ein Kalb oder eine Stute, die ihm auf dem Markt angeboten wurde.

Caterina war nicht mit großer Schönheit gesegnet, aber auf ihre Art reizvoll, nicht zu groß und nicht zu klein. Ein paar Rundungen mehr hätten ihr gut getan, aber da sie eine gute Figur hatte, würde das reichliche Essen auf Rechlingen sie bald herausfüttern. Ihm gefiel ihr herzförmiges Gesicht, auch wenn die Nase vielleicht einen Hauch zu lang war, und mehr noch ihre großen, ausdrucksstarken Augen, die im Zorn aufglühten wie Opale im Sonnenlicht. Der Mund mit geschwungenen roten Lippen lud geradezu zum Küssen ein, und ihr lang fallendes, lockiges Haar, das je nach Lichteinfall dunkelblond oder brünett wirkte, umgab sie wie ein kostbarer Mantel. Ihre Haut zeigte da, wo sie nicht von der Sonne mit einem hellen Braun überhaucht worden war, den Schimmer von Elfenbein, ebenso die Zähne, die wie zwei fehlerlose Perlenreihen ihren Mund zierten. Ihr Aussehen und ihre ganze Haltung wiesen sie als Nachkommin eines stolzen Geschlechts aus, das selbst mit einem Berg von Schulden noch auftrat, als hätte der Kaiser ihnen eben ein reiches Lehen geschenkt. Trefflich nickte, als müsse er seinen Entschluss noch einmal bekräftigen. Caterina war die einzig richtige Braut für seinen Sohn, edel geboren genug, um jederzeit vor Königen und Fürsten erscheinen zu können, und – was noch wichtiger war – derzeit ohne männlichen Schutz. Bis die Nachricht von der erzwungenen Heirat ihren Vater im fernen Italien erreichte und dieser darauf reagieren konnte, war Caterina bereits schwanger oder der Bund sogar schon mit einem Erben gesegnet. Franz von Eldenberg würde nichts anderes übrig bleiben, als seinen reichsritterlichen Stolz hinunterzuschlucken und Botho als Eidam an sein Herz zu drücken.

Mit diesem Gedanken schob Trefflich die letzten Skrupel beiseite und musterte Caterina spöttisch. »Da Ihr Euch bockig zeigt, werden wir Euch zähmen müssen wie eine übermütige Stute. Eine Nacht in der Wolfsgrube wird Euren Trotz schon brechen. Felix, Werner, kommt herein!«

Die beiden Knechte mussten bereits vor der Tür gewartet haben, so schnell betraten sie den Raum. Es handelte sich um ungewöhnlich kräftige, muskelbepackte Kerle, die beinahe so groß waren wie Botho. Während Trefflichs Sohn sich ein paar Schritte zurückzog, packten sie Caterina und bogen ihr rücksichtslos die Arme auf den Rücken.

Ihr war sofort klar, dass die Kerle nur darauf warteten, sie schreien zu hören, aber diesen Triumph wollte sie ihnen nicht gönnen. Da sie vor Schmerzen die Zähne zusammenbiss, konnte sie Trefflich nicht ins Gesicht schleudern, was sie von ihm hielt.

»Seid doch nicht so rau! Ihr renkt ihr ja die Gelenke aus!« Bothos Stimme klang wie die eines bettelnden Kindes.

Die Knechte lachten nur, denn sie nahmen den Sohn des Herrn nicht ernst. Vorerst hatte er keine Macht über sie, und wenn er in einigen Jahren seinem Vater nachfolgte, waren sie mit der Belohnung, die der alte Trefflich ihnen für diese Sache geben würde, längst über alle Berge. Wahrscheinlich würden sie schon bald nach der Hochzeit verschwinden müssen, denn aus den Augen ihrer Gefangenen leuchtete ihnen ein Hass entgegen, der nicht mehr von dieser Welt zu sein schien. Werner erinnerte sich, dass Caterinas Mutter aus Italien stammte, einem

Land, in dem die Menschen über geheime Künste verfügten, und wandte sein Gesicht ab, damit das Weib ihn nicht mit dem bösen Blick verhexen konnte.
»Bringt sie zur Wolfsgrube! Wir werden doch sehen, ob sie immer noch so mutig ist, wenn sie einen Blick hineingeworfen hat.« Trefflichs Stimme triefte vor Hohn, er kannte keine Frau, deren Willen nicht spätestens nach einer Nacht an diesem tiefen, finsteren Ort gebrochen war.

## 2.

Die Wolfsgrube entpuppte sich als ein mehr als vier Klafter tiefes Loch im hintersten Teil der Burganlage, in dem der Vorbesitzer der Herrschaft ein paar wilde Wölfe gehalten hatte. Den Gerüchten zufolge, die über den Mann im Umlauf waren, hatte er die Tiere mit jenen Knechten und Mägden gefüttert, die so ungeschickt gewesen waren, seinen Zorn zu erregen, oder auch mit dem einen oder anderen Wanderer, den er auf seinem Land abgefangen hatte. Caterina erinnerte sich mit Schaudern an die Geschichten, die sie über den letzten Reichsritter auf Rechlingen gehört hatte, und atmete beinahe erleichtert auf, als sie am Rand der Grube stand und ein kleines Stück des Bodens erkennen konnte. Sie hatte schon befürchtet, es gäbe noch hungrige Bestien darin, über deren Köpfen sie angebunden werden sollte. Aber es drang kein Laut zu ihr hinauf und es roch auch nicht nach frischem Tierdung. Die Grube allein schreckte sie nicht. Selbst wenn man sie zwang, die ganze Nacht darin zu verbringen, würde sie diesem fetten, eingebildeten Kaufmann am nächsten Morgen genauso ins Gesicht lachen wie an diesem Abend.
Trefflich schien zu bemerken, dass sie den Mut noch nicht verloren hatte, denn er wies mit der Hand nach Osten. »Der Aufenthalt dort unten wird gewiss nicht angenehm sein. Seht Ihr die gelbe

Wolke über dem Horizont? Sie kündet ein heftiges Gewitter an mit Blitzen, die Felsen spalten können, und wahrscheinlich sogar mit Hagelschlag. Geht Euer Starrsinn so weit, dass Ihr Euch dem Wüten der Geister und Dämonen aussetzen wollt, die ein solches Unwetter begleiten? Kommt mit uns ins Warme, trinkt ein Glas vom besten Wein auf Euren Verlobten und reicht ihm vertrauensvoll Eure Hand!«

Der Handelsherr glaubte zwar nicht, seine Gefangene einschüchtern zu können, doch er hoffte, mit seinen besorgt klingenden Worten seine Verhandlungsbereitschaft unterstreichen und seinen Tölpel von Sohn beruhigen zu können.

Bothos sonst stets gerötetes Gesicht wirkte mit einem Mal so blass, als sei er eben dem Gottseibeiuns begegnet. »Du meinst, da zieht ein Unwetter herauf? Aber dann darfst du Caterina doch nicht in die Grube werfen lassen! Sie kann so schlimm krank werden, dass sie stirbt!«

Der ungeschlachte Jüngling sah für den Augenblick so aus, als wolle er seinen Vater handgreiflich an der Ausführung seiner Pläne hindern. Trefflich schob das Kinn vor und bedachte seinen Sohn mit einem verächtlichen Blick. »Red keinen Unsinn! Die Jungfer ist kerngesund und zäh. An ein paar Tropfen Regen stirbt die nicht. Sei dankbar, dass Gott ein Unwetter schickt, das unseren Plänen entgegenkommt. Nichts fürchten die Frauenzimmer mehr als Donner und Blitz. Ich schwöre dir, noch vor der Geisterstunde wird sie darum flehen, dein Weib werden zu dürfen.«

»Niemals!«, brauste Caterina auf, um dann einen Schmerzenslaut auszustoßen. Der Knecht, der Werner gerufen wurde, hatte ihr nämlich kräftig in die linke Brust gekniffen und ließ seine freie Hand nun nach unten wandern, als wolle er ihr unter das Kleid fahren. Als Trefflich schnaubte und ihn strafend anblickte, zog er seine Hand rasch zurück.

Der Kaufherr lächelte böse, denn die offensichtliche Gier der bei-

den Knechte, Caterina zu bedrängen, spielte ihm in die Hände. Mahnend hob er den Zeigefinger. »Dass ihr beiden euch nicht einfallen lasst, in der Nacht zu der Jungfer hinabzusteigen und ihr Gewalt anzutun. Ihr würdet euch im Kerker von Mindelheim wiederfinden. Der Henker dort soll sein Handwerk verstehen!«
Er brachte die Worte jedoch so schwächlich hervor, dass Felix und Werner sich hämisch angrinsten. Ihnen hätte es durchaus gefallen, Caterina auf den Rücken zu legen, aber sie wussten genau, wie weit sie gehen durften. Die Gefangene war keine Magd, deren verlorene Tugend Trefflich höchstens ein leichtes Stirnrunzeln wert gewesen wäre, sondern ein Edelfräulein, welches dazu bestimmt war, den Stamm des Kaufherrn ins nächste Glied fortzupflanzen. Man konnte ihnen ansehen, dass sie beide hofften, das Mädchen würde sich so lange weigern, der Heirat mit Botho zuzustimmen, bis Trefflich die Geduld verlor. Dann nämlich würde er ihnen erlauben, Gewalt anzuwenden. Es gab etliches, was man mit einer Frau anstellen konnte, auch wenn der Bereich zwischen ihren Schenkeln nicht verletzt werden durfte. Felix griff sich mit einem wohligen Stöhnen in den Schritt, nestelte den Hosenlatz auf und holte sein bestes Stück heraus. Während er mit gepresstem Keuchen in die Grube urinierte, bewegte er anzüglich das Becken vor und zurück. Botho sah so aus, als würde er den Knecht am liebsten eigenhändig in das Loch werfen, Caterina aber wandte sich verächtlich ab und maß Trefflich hochmütig. Dieser zerbiss einen Fluch auf den Lippen. »Glaubt ja nicht, Ihr könntet Eurem Schicksal entkommen! Wenn Ihr meinen Sohn verschmäht, werde ich diese beiden Wölfe über Euch herfallen lassen.«
Bei diesen Worten fuhr Botho mit geballten Fäusten herum, doch als er in das Gesicht seines Vaters sah, spreizte er die Hände schnell wieder, als hätte er etwas Verbotenes getan. »Aber Vater! Das kann doch nicht Euer Ernst sein.«
Caterina lachte scheinbar selbstsicher auf. »Das würdet Ihr nicht

wagen, Trefflich! Dafür würde mein Vater Euch die Haut vom Leib ziehen und über eine Trommel spannen lassen, wahrscheinlich sogar über zwei, denn dick genug seid Ihr dafür.«
Trefflich grinste, denn für einen Augenblick glaubte er Angst auf Caterinas Gesicht wahrgenommen zu haben. Sein Blick flog zum Himmel, der sich trotz der frühen Nachmittagsstunde so dunkel gefärbt hatte, als wolle die Nacht jeden Augenblick hereinbrechen. »Seht Ihr! Es wird ein Gewitter geben, das wie geschaffen ist für die Wilde Jagd, der man am besten nicht im Freien begegnen sollte. Im warmen Ehebett mit meinem Sohn an Eurer Seite würde Eure unsterbliche Seele nicht in Gefahr geraten – und angenehmer wäre es dort auch als unter freiem Himmel.«
Caterina zischte eine Verwünschung in der Sprache ihrer Mutter, die ihr noch geläufig war. Trefflich verstand sie zwar nicht, las aber an ihrem Gesicht ab, dass es gewiss keine Freundlichkeit gewesen war, und gab den beiden Knechten einen Wink. »Schafft sie nach unten!«
Während Felix Caterina festhielt, nahm Werner eine neben der Grube bereitliegende Leine, fesselte dem Mädchen die Hände vor der Brust und zog einen langen Strick unter ihren Armen durch. Dann schob Felix sie in die Grube, bis sie an dem Seil pendelte. Während sie in die Tiefe hinabgelassen wurde, schnürte das Seil ihr fast den Atem ab, so dass sie froh war, als sie den Boden unter den Füßen erblickte. Der Grund der Grube wirkte matschig und war mit Zweigen, altem Laub und allerlei Gerümpel bedeckt. Das letzte Stück ließen die Knechte sie fallen und lachten schallend, als sie mit einem hörbaren Geräusch in den Schmutz klatschte. Werner gab ein Ende des Strickes frei, so dass er ihn an dem anderen wieder hochziehen konnte, und verließ auf Trefflichs Wink zusammen mit seinem Kumpan den Hof.
Der Kaufherr trat so weit vor, wie er es vermochte, und blickte hinab. Unten war es so dunkel, dass er Caterina nur als Schatten

erkennen konnte. Das ärgerte ihn, denn zu gerne hätte er ihr Gesicht gesehen. Für einen kurzen Augenblick erwog er, die Knechte zurückzurufen und ihnen aufzutragen, eine Laterne zu holen. Da zuckte er selbst zusammen, denn ein gewaltiger Donnerschlag rollte über das Land und die ersten Tropfen klatschen auf den Boden. »Ich wünsche Euch eine angenehme Nacht, Jungfer Caterina!«, schrie er hinab. »Vielleicht komme ich, wenn das Gewitter vorüber ist, noch einmal zu Euch und schaue, ob Ihr anderen Sinnes geworden seid.«

»Eher fällt dir die Mondscheibe auf den Kopf, du Bastard!« Caterina streifte jeden Rest von Höflichkeit ab und überschüttete den Mann mit einer Fülle klangvoller italienischer Flüche, an die sie sich nun Stück für Stück wieder erinnerte.

Trefflich winkte seinem Sohn, ihm zu folgen, und kehrte ins Haus zurück. Botho trottete unglücklich hinter ihm her und sah immer wieder zu der Gewitterwand auf, die nun von Horizont zu Horizont reichte. »Das wird ein fürchterliches Unwetter, gefährlich für jeden, der sich im Freien aufhält, Vater! Ich habe Angst, ein Blitz könnte Caterina treffen. Oder sie wird vor Angst sterben.«

Trefflich winkte ab. »In der Grube ist sie vor Blitzen sicher! Und vor Angst sterben? Die Frau hat den Mut einer Löwin! Eher stirbst du jämmerlicher Feigling, als dass sie nur mit einem Lid zuckt. Verdammt, ich wünschte, du hättest so viel Courage in deinem Kopf wie sie in ihrem kleinen Finger! Ich werde sie kräftig für dich zurechtschleifen müssen, sonst steckt sie dich in einen Weiberkittel und zieht selbst die Hosen an.«

Botho ließ sich diesmal nicht einschüchtern. »Was ist, wenn es so stark regnet, dass die Grube voll läuft? Caterina wird ertrinken!«

Trefflich bedachte seinen Sohn mit einem Blick, als stünde ein Schwachsinniger vor ihm. »Bei den paar Tropfen bekommt sie höchstens nasse Füße. Aber wenn sie sich dann fühlt wie eine halbersäufte Katze, wird sie ein trockenes Bett ebenso zu schätzen wissen wie den Mann, der sie darin wärmt. Und selbst wenn es stärker zu regnen beginnt, besteht keinerlei Gefahr für sie, denn das Wasser stand in der Grube noch nie höher als eine oder zwei Ellen. Dann muss sie halt die Nacht im Stehen verbringen.«

Da sein Sohn noch immer ein Gesicht zog, als durchlebe er jetzt schon all die Schrecknisse, die auf Caterina warteten, gab Trefflich ihm einen Stoß und befahl ihm, Wein zu besorgen und in jene Turmkammer zu bringen, in der er sich am liebsten aufhielt.

Botho stöhnte auf. »Aber wer passt auf Caterina auf? Felix und Werner traue ich nicht über den Weg. Die könnten wirklich auf den Gedanken kommen, Caterina etwas anzutun.«

»Beim Heiland, was bist du nur für ein jämmerlicher Kerl? Noch ein Wort, und ich komme in Versuchung, ihnen zu befehlen, das Weibstück für dich zuzureiten. So eine rassige Stute wirft dich doch allein bei dem Versuch ab, sie zu besteigen. Mein Gott, warum hast du mich mit so einem Jammerlappen von Sohn geschlagen?«

Trefflich versetzte Botho einen zweiten Schlag, der um einiges kräftiger ausfiel, und drohte ihm einen Hieb für jedes weitere Wort an, das über seine Lippen käme.

## 3.

Caterina wusste nicht, was größer war, ihre Wut auf Trefflich oder der Ekel vor dem Loch, in das er sie hatte werfen lassen. Im Licht der immer rascher aufzuckenden Blitze sah sie zwischen all dem Schmutz, der den Boden bedeckte, das Gerippe eines großen Tieres liegen, an dem noch Fetzen von Sehnen und Fell hingen. Das musste eine der Bestien gewesen sein, die der frühere Herr auf Rechlingen sich gehalten hatte, und bei den angenagten Knochen von Rindern und Pferden, die darum herum im Dreck steckten, handelte es sich wohl um die Reste der Wolfsmahlzeiten. In einer Ecke schauten Stofffetzen aus einem undefinierbaren Haufen heraus, und zwischen ihnen war ein zerbrochener Holzeimer zu erkennen. Zuletzt entdeckte sie sogar ein rostiges Messer mit verrottendem Griff. Sie hob es auf und begann sofort, die Stricke um ihre Handgelenke durchzutrennen. Es war mühsam, da sie das eklige Ding nicht zwischen die Zähne nehmen wollte und es auch sonst nirgends befestigen konnte. Aber die Klinge tat noch ihre Dienste, und als sie frei war, schwang sie das Messer durch die Luft, als wolle sie es Trefflich in den Wanst stoßen. Nun fühlte sie sich nicht mehr ganz so wehrlos.

Ein Blitz, der die Grube in grelles Licht tauchte, und das beinahe gleichzeitige Krachen eines gewaltigen Donnerschlags ließen sie zusammenzucken. Sie war zwar nicht so furchtsam, wie ihre Mutter es bei Gewittern gewesen war, aber dennoch bebte ihr ganzer Körper. »Du musst durchhalten, Caterina!«, befahl sie sich selbst.

In dem Augenblick wurde ihr klar, dass es ihr nicht viel nützte, die Tapfere zu spielen, denn sie würde auch am nächsten Morgen noch Trefflichs Gefangene sein. Wenn sie sich dann immer noch weigerte, Botho zu heiraten, würde er sich gewiss neue Quälereien für sie ausdenken. Wahrscheinlich würde er seinem Sohn befehlen, sie zu vergewaltigen, um ihren Willen zu beugen, oder seinen Knechten, sie mit Ruten zu schlagen, bis der Schmerz ihren Widerstand brach. Beide Aussichten waren nicht dazu angetan, sie verharren und darauf warten zu lassen, was das Schicksal ihr noch beschwerte. Sie trat an die Wand der kreisrunden Grube und untersuchte sie. Die Hoffnung, an ihr hochklettern zu können, gab sie sofort wieder auf, denn sie ragte senkrecht in die Höhe und war so glitschig, dass ihre Hände keinen Halt fanden.

»Verflucht sollst du sein, Trefflich!«, schrie sie in einen weiteren Donnerschlag hinein.

Eine Weile blieb sie dicht an der Wand stehen, so dass die Regentropfen, die der auffrischende Wind über die Grube trug, sie nicht erreichen konnten, und überlegte, welche Möglichkeiten ihr noch blieben, der erzwungenen Heirat zu entkommen. Es gab nur eine einzige, die Erfolg versprach: sie musste das Messer gegen sich selbst richten.

Prüfend strich sie über die Schneide und fand sie trotz allen Rostes noch scharf genug. Die Klinge war zu klein und zu dünn, um sie sich ins Herz zu stoßen, doch es reichte ein Schnitt an der richtigen Stelle des Handgelenks, um das Leben aus sich herausfließen zu lassen. Noch während sie sich die enttäuschte Miene vorstellte, die Trefflich morgen beim Anblick ihres leblosen Körpers ziehen würde, wurde ihr klar, dass sie nicht sterben wollte. Sie war gerade zwanzig geworden und ihr Leben lag noch vor ihr. Sollte sie es wegen eines übergeschnappten Pfeffersacks und dessen Tölpel von Sohn wegwerfen wie einen abgenagten Knochen?

Erneut wanderte ihr Blick über die Wände der Grube, und für einige Augenblicke war sie dankbar für das Unwetter, das um sie herum tobte, denn das flackernde Licht zeigte ihr, dass es tatsächlich unmöglich war, ohne Leiter oder einen von oben herabgelassenen Strick die mehr als zwei Manneslängen zu überwinden, die zwischen ihren ausgestreckten Armen und dem oberen Rand lagen. Für einige Augenblicke fragte sie sich, ob wohl jemand aus dem übrigen Gesinde der Burg die Vorgänge beobachtet hatte und bereit war, das Unrecht zu vereiteln, das der aufgeblasene Kaufherr ihr antun wollte. Aber nichts deutete darauf hin, dass sich jemand in das Gewitter hinauswagte, um sie aus der Wolfsgrube zu ziehen. Wahrscheinlich lähmte die Furcht vor dem Herrn auf Rechlingen selbst die Herzen und Hände der Gutwilligsten. Da ihre Begleiter betäubt und eingesperrt worden waren, gab es nur eine einzige Person, auf die sie bauen konnte, und das war sie selbst.

Der Wind hatte sich wieder gelegt, dafür fielen die Regentropfen so groß und schwer wie Taubeneier vom Himmel und verschonten keinen Winkel. Sie fühlten sich an wie Steine, und ihr Kopf und ihre Arme taten ihr nach kurzer Zeit weh, als schlage man mit einem dünnen Stock auf sie ein. Das kam von den Graupeln, die die Regentropfen mehr und mehr ablösten und immer größer wurden. Nicht lange, da fegten faustgroße Hagelkörner wie Wurfgeschosse in ihr Gefängnis, und ihr blieb nichts anderes übrig, als sich an die Grubenwand zu kauern und den Kopf mit ihren Armen zu schützen. Ihre Wut auf Trefflich wich höllischen Schmerzen und der Angst, von dem Hagelschlag zu Tode gesteinigt oder lebendig begraben zu werden. In diesem Augenblick war sie bereit, dem Teufel ihre Seele zu verschreiben, um den tobenden Elementen zu entkommen, und Trefflich und sein Sohn schienen ihr plötzlich das kleinere Übel zu sein. Sie wollte schon um Hilfe rufen, als ihr die Knechte einfielen, die sie vorhin misshandelt hatten und sicher noch in der Nähe waren. Gewiss würden die Kerle sich einen Spaß daraus machen, sie zu fesseln, überall zu begrapschen und wie ein erlegtes Wild zu Trefflichs Füßen zu legen. Bei diesem Gedanken biss sie die Zähne zusammen und machte ihrem Schmerz nur in einem leisen Wimmern Luft.

So rasch, wie der Hagel gekommen war, hörte er wieder auf und überließ das Feld einem Platzregen, der wie aus Kübeln gegossen vom Himmel stürzte. Innerhalb kürzester Zeit stand sie bis über die Knöchel im Wasser, auf dem eine dicke Schicht Hagelkörner schwamm. Die Kälte ließ ihr schier das Blut in den Adern erstarren, und es floss immer mehr Wasser die Wände herab.

»Ich muss hier raus, sonst bin ich noch vor Mitternacht wahnsinnig oder tot!«, stöhnte Caterina auf und fuhr mit zu Krallen gebogenen Fingern über die Wand, als hoffe sie, sich durch sie hindurchgraben zu können. Dabei stellte sie fest, dass diese unter einer dünnen Schmutzschicht äußerst hart war, kratzte noch mehr Dreck weg und stieß auf behauene Steine. Offensichtlich war die Wolfsgrube ähnlich wie ein Brunnen mit großen Quadersteinen gemauert worden. Das hätte sie sich eigentlich denken können, denn ein simples Erdloch wäre längst eingestürzt. Für einen Augenblick wollte sie sich mutlos in das eisige Wasser gleiten lassen, in der Hoffnung, schnell das Bewusstsein zu verlieren und darin zu ertrinken. Hoch genug stand es ja schon und lange würde sie die Kälte auch im Stehen nicht mehr ertragen. Dann kam ihr ein Gedanke, der zunächst absurd schien, aber schnell von ihr Besitz ergriff. Es mochte sein, dass sie sich bei seiner Ausführung das Genick brach – aber dann kam das Ende wenigstens schnell und schmerzlos.

Die Wand war zwar steil und schlüpfrig, aber wo es Quadersteine gab, gab es auch Ritzen und Spalten. Sie befühlte den Abfall unter ihren Füßen, tastete nach dem Stein, an den ihr Fuß gerade gestoßen war, und griff schaudernd durch die kalte Schicht, die sie umschwappte, um ihn aufzuheben. Es war ein Stück Flusskiesel, groß genug, jeden niederzuschlagen, der ihr zu nahe kam. Wenn die Idee, die durch ihren Kopf wirbelte, sich verwirklichen ließ, würde der kleine Felsbrocken ihr jedoch noch viel wertvollere Dienste leisten. Sie fuhr mit den Fingerspitzen über die Wand, tastete die Fugen zwischen den Quadern ab und atmete auf. Sie waren knapp fingerbreit und damit gerade richtig für ihre Zwecke. Noch einmal holte sie tief Luft und hielt den Atem an, während sie ein zweites Mal durch Eiskörner griff und den Ast hochhob, über den sie beim Umhergehen schon ein paarmal gestolpert war. Er war beinahe noch frisch, ließ sich aber mit dem Messer in unterarmlange Stücke teilen.

Als sie an die eigentliche Arbeit ging, lauschte sie kurz dem Gewitter, das kaum an Kraft verloren hatte, und atmete auf. Wenn sie nur ein wenig Glück hatte, würde es noch die halbe Nacht lang toben und ihr die Flucht ermöglichen. Ihr Stein eignete sich ausgezeichnet als Schlägel, und so trieb sie die Aststücke eines nach dem anderen in die Fugen und hatte nach kurzer Zeit eine primitive Leiter geschaffen, auf der sie höher klettern konnte, als sie selbst groß war. Dann aber gingen ihr die Aststücke aus, und es wurde zunehmend schwieriger, auf den dünnen Stangen zu balancieren und gleichzeitig ein weiteres Holzstück einzuschlagen. Festhalten konnte sie sich nur an den Teilen, die sie schon in die Spalten getrieben hatte, und sie wünschte sich, ein zweites Paar Arme zu besitzen. Trotz der Kälte und ihren nassen Kleidern lief ihr bald der Schweiß über Gesicht und Rücken, und als sie kein brauchbares Holz mehr fand, war sie nahe daran aufzugeben. Mit zusammengebissenen Zähnen entschloss sie sich, in dem schon mehr als kniehohen Wasser nach Knochen zu suchen, die noch fest genug waren, um sie zu tragen. Schier unzählige Male kletterte sie ihre behelfsmäßige Leiter hoch und wieder hinunter, immer in Gefahr, an den glitschigen Sprossen abzurutschen und in die Tiefe zu stürzen. Dabei wurde ihr bewusst, dass die Gefahr, sich bei einem Sturz einen Arm oder gar ein Bein zu brechen, größer war, als sofort zu Tode zu kommen, und ihr graute davor, auf diese Weise ein leichtes Opfer für Trefflich zu werden.

Caterina schob die Vorstellung, hilflos unten in Wasser und Schlamm zu liegen, resolut beiseite, barg die letzten brauchbaren Knochenstücke, die sie mühsam auf dem Grund der Grube ertastet hatte, und stieg mit dem festen Willen nach oben, dem Kaufmann zu entkommen. Ihre Hände waren klamm und bluteten, ihre Schuhe musste sie abstreifen, weil sie durchweicht und so schlüpfrig waren, dass sie keinen Halt mehr mit ihnen fand. Sie krallte sich mit nackten Zehen auf ihren bisherigen Stufen fest und hämmerte weitere Sprossen in die Wand. Inzwischen hatte sich das Gewitter verzogen, und sie fürchtete, man könnte in der Burg auf den Lärm aufmerksam werden, den die Schläge mit dem Stein verursachten. Doch anscheinend hatte das Krachen des Donners die Ohren der Leute betäubt, denn Caterina erreichte unbemerkt den Rand des Loches und schob sich mit dem Oberkörper ins Freie. Etliche Augenblicke lang blieb sie hilflos liegen und rang keuchend nach Luft. Dann zog sie sich mit einem letzten Ruck ganz über den Rand und kroch ein Stück weg, weil sie fürchtete, ihre vor Schwäche zitternden Beine würden sie nicht tragen, sondern in die Grube zurückstürzen lassen. Als sie sich auf die Füße kämpfte, flog ihr Blick zum Hauptbau der Burg, der jetzt, da der Himmel nur noch durch fernes Wetterleuchten erhellt wurde, wie ein schwarzer Fels wirkte. Nirgendwo war der Widerschein von Licht zu sehen. Wahrscheinlich hatten sich Trefflich und seine Bediensteten in ihre Kammern zurückgezogen und waren in der nun fast schmerzhaft wirkenden Stille eingeschlafen.

Caterina vermochte nicht abzuschätzen, wie spät es war, denn die Wolken bedeckten lückenlos den Himmel. Es konnte genauso gut früher Abend wie Mitternacht sein. Kurz dachte sie an ihre Leute, doch um sie zu befreien, hätte sie in den Palas eindringen und ihn durchsuchen müssen. Dort drinnen aber würde sie nicht weit kommen, sondern ertappt und wieder eingefangen werden. Daher wandte sie sich dem Stallgebäude zu, um ihre Stute zu holen, blieb aber nach einigen Schritten stehen. Trefflichs Pferdeknechte würden die Unruhe bemerken, die dabei entstehen musste. Selbst wenn es keiner von ihnen wagen würde, sie mit eigener Hand aufzuhalten, so würden sie ihr den Weg versperren und nach ihrem Herrn rufen. Also blieb ihr nichts anderes übrig, als zu versuchen, zu Fuß zu entkommen.

Caterina dachte an die zwei Meilen, die Rechlingen von Eldenberg trennte, und bedachte Trefflich als Dank für das, was nun vor ihr lag, mit einem Fluch, den ihre Mutter mehrfach benutzt hatte und für dessen Nachplappern sie schwer bestraft worden war. Inzwischen hatte sie begriffen, dass er männliche Geschlechtsteile bezeichnete, die verfaulen und abfallen sollten.

Caterina war sich bewusst, wie viel Glück sie hatte, denn sie erreichte das Tor der Burg, ohne dass die Hunde anschlugen, die sich wegen des abgezogenen Gewitters wohl in die trockensten Ecken ihrer Zwinger zurückgezogen hatten und mit über die Schnauzen geschlagenen Schwänzen schliefen. Der Wächter, der sich in seiner Stube über ein winziges Holzkohlefeuer beugte, drehte ihr oder vielmehr der feuchten Zugluft den Rücken zu und schwang einen Weinschlauch in der Hand. Daher sah er nicht, dass sie die kleine Pforte im Tor öffnete und ins Freie schlüpfte. Der Mann würde am nächsten Tag gewiss Schläge bekommen, doch in ihrem Hass auf alles, was mit Trefflich zu tun hatte, gönnte Caterina ihm jeden einzelnen Hieb.

Der Weg hinab ins Tal war so matschig, dass sie immer wieder ausrutschte, was noch das geringste Übel war. Unangenehmer wäre es gewesen, auf trockenem, steinigem Boden gehen zu müssen. Sie war nun einmal keine Bauernmagd mit daumendicken Hornsohlen an den Füßen, und sie bedauerte, ihre Schuhe in der Grube gedankenlos abgestreift zu haben, denn nun wäre ihr selbst das glitschig gewordene Leder willkommen gewesen. Ein Paar wunde Füße waren jedoch kein zu hoher Preis dafür, Trefflich und dessen Plänen entkommen zu sein. Im Tal warf sie einen letzten, hasserfüllten Blick auf Burg Rechlingen und schritt dann so schnell aus, wie sie es vermochte, nicht aus Angst vor Verfolgern, sondern um in ihrem nassen Kleid nicht zu erfrieren.

## 4.

Anders als der Wächter von Rechlingen war der Türmer auf Eldenberg auf der Hut und bemerkte die Gestalt, die sich im Licht des immer wieder hinter den Wolken auftauchenden Vollmonds dem Tor näherte. Sein Ruf weckte einige Knechte, und er ließ seine Laterne an einem Seil in die Tiefe hinab, um erkennen zu können, wer zu einer so unchristlichen Zeit Einlass begehrte. Es dauerte einen Augenblick, bis er in dem zitternden, schmutzigen Wesen mit den am Kopf klebenden Haaren seine Herrin erkannte.

»Holt Frau Malle!«, herrschte er einen der Knechte an und eilte nach unten, um die Pforte zu öffnen. »Herrin, was ist geschehen? Hat Sternchen Euch abgeworfen? Warum reitet Ihr auch mitten in der Nacht durch so einen Sturm?«

Der Mann kannte Caterina, seit diese ihre ersten Schritte versucht hatte, und nahm sich das Recht eines vertrauten Dienstboten heraus, auch einmal ein offenes Wort zu wagen.

Caterina schüttelte den Kopf und zwang ihre klappernden Zähne zur Ruhe. »Trefflich hat mir eine Falle gestellt! Er will, dass ich seinen Sohn heirate.«

»So ein Hundsfott! Der Gottseibeiuns soll ihn holen! Hat man so etwas schon gehört?« Der Wächter schäumte auf und vergaß in seinem Zorn beinahe, dass seine Herrin Hilfe benötigte.

»Gib mir eine Decke! Mir ist kalt«, stöhnte Caterina zitternd.

Der Mann zuckte zusammen, half ihr über die Schwelle und sah aufatmend, dass einer der Knechte eine Pferdedecke herbeibrachte und seine Herrin darin einhüllte.

»So ein Hundsfott von einer Krämerseele!«, schimpfte er noch, als Malle die Treppe des Palas heruntestürmte und auf ihre Herrin zulief.

Die Beschließerin, die eigentlich Maria hieß, aber von allen nur bei dem Namen genannt wurde, den die kleine Caterina ihr vor vielen Jahren gegeben hatte, schlug die Hände über dem Kopf zusammen, als sie Caterinas Zustand wahrnahm. »Ach Gottchen, was ist denn mit dir geschehen? Komm, Kind! Du brauchst sofort ein heißes Bad!«

Malle sprach mit der Autorität der ehemaligen Kindsmagd, die das Mädchen von dem Augenblick an betreut hatte, in dem es den Schoß der Mutter verlassen hatte. Ehe Caterina ein Wort sagen konnte, nahm die resolute Beschließerin sie an der Hand und führte sie in den Hauptbau der Burg, an dem seit mehr als einem Jahrhundert nichts mehr verändert und beinahe ebenso lange nichts mehr erneuert worden war. Seit dem Begründer des Geschlechts waren die Eldenbergs Krieger in fremden Diensten gewesen und hatten dabei weder Reichtümer noch nennenswerte Ländereien erringen können. Daher war ihr Besitz im Lauf der Zeit trotz aller Bemühungen der Ehefrauen, die von ihren Männern hier zurückgelassen worden waren, mehr und mehr verkommen.

Caterina wunderte sich, dass ihr diese Gedanken ausgerechnet jetzt durch den Kopf schossen. Der Unterschied zwischen dem bröckelnden Gemäuer, in dem sie hausen musste, und der von Trefflich erst vor kurzem von Grund auf erneuerten Burg Rechlingen war so groß, dass ihr der Verfall um sie herum trotz ihrer Schmerzen und der Schwäche, die sie über die eigenen Füße stolpern ließ, so intensiv auffiel wie noch nie zuvor. Es schien wirklich so zu sein, wie der Kaufherr es ihr erklärt hatte: Die Zeit der Ritter und Edelleute war im Sinken begriffen und Männer ohne Rang und Namen begannen die Welt mit ihrem Geld zu beherrschen.

»Mich beherrscht er nicht!« Sie stieß diese Worte so wütend aus, dass sie Malle erschreckte. Die Beschließerin bezwang jedoch ihre Neugier, bis sie Caterinas Gemächer erreicht hatten. Die ihr untergebenen Mägde schleppten bereits das heiße Wasser, das Malle angesichts des Unwetters für ihre Herrin bereitgehalten hatte, vor den Kamin in Caterinas Kemenate und füllten einen großen Holzbottich. Eine Jungmagd trug die Badeseife herbei, die Malle eigenhändig aus Seifenkraut, Kastanienmehl, Apfelblüten, Weizenkleie und einigen anderen Zutaten herstellte, und blickte dabei so stolz, als hüte sie kostbares Parfüm.

Die Beschließerin half Caterina, sich auf einen Hocker zu setzen, der zwischen zwei Haltern mit brennenden Kienspänen stand, und betrachtete sie in deren Licht genauer. Ihre Herrin sah nicht nur so aus, als hätte sie sich im Schlamm gewälzt, sondern stank auch nach Moder und Verfaultem. Energisch winkte sie zwei der Mägde herbei. »Helft mir, die Jungfer auszuziehen.«

Die beiden fassten Caterina mit spitzen Fingern an und schnitten ihr das zerrissene Kleid, die Unterröcke und auch das Hemd vom Leib, denn der Stoff klebte so fest, als wäre er angeleimt. Als die Fetzen am Boden lagen, war zu erkennen, dass die Haut ihrer Herrin fingerdick mit Schmutz bedeckt war.

Malle bedachte die Mägde, die sich die Nase zuhielten, mit einem bösen Blick und musterte Caterina kopfschüttelnd. »So kann ich Euch nicht in die Wanne setzen, denn dann kommt Ihr ebenso schmutzig wieder heraus!«

Sie tauchte einen großen, grob gewebten Lappen in das heiße Wasser, rieb ihn mit Seife ein und begann die junge Frau wie ein kleines Kind von Kopf bis Fuß zu waschen, ohne auf deren Proteste einzugehen. Da ein Teil des Schmutzes auch dieser Behandlung widerstand, schickte sie eine Magd jene scharfe Laugenseife holen, mit der sonst Kleidung gereinigt wurde.

»Macht die Augen zu, sonst beißt es!«, befahl sie Caterina und rückte ihr mit dem scharf riechenden Schaum zu Leibe.

Sofort begannen die vielen kleinen Wunden und Abschürfungen, die Caterina sich bei ihrer Flucht zugezogen hatte, wie Feuer zu brennen, und als sie sich über die vor Schmerzen tränenden Augen wischte, drang die Seife unter die Lider und brachte sie erst recht zum Weinen. Jetzt spürte sie, dass die Flucht ihr beinahe Menschenunmögliches abverlangt hatte, denn es gab keine Stelle ihres Körpers, die ihr nicht wehtat.

Malle fasste Caterinas linke Hand und beäugte eine große Blutblase, die ihre Herrin sich zugezogen hatte, als sie mit dem Stein danebengeschlagen und ihre Finger getroffen hatte. »Bei Gott, wenn ich den erwische, der Euch so zugerichtet hat, jage ich ihm den Bratspieß durchs Herz!«

Sie schüttelte sich und befand, dass ihre Herrin jetzt sauber genug sei, um in die Wanne zu steigen. Sie versetzte Caterina einen aufmunternden Schubs, sah dann das Blut, das aus einer Schnittwunde an deren Fuß auf den Boden gesickert war, und schüttelte ein weiteres Mal den Kopf. »Bei der Heiligen Jungfrau! Was hat man Euch angetan?«

»Wenn du mich zu Wort kommen lassen würdest, anstatt mich andauernd herumzukommandieren, hätte ich es dir längst berichtet!«, fauchte Caterina sie an.

»Das könnt Ihr tun, wenn Ihr endlich in der Wanne sitzt!« Malle ließ sich nicht aus der Ruhe bringen, sondern nörgelte so lange, bis ihre Herrin sich aufstöhnend in dem noch dampfenden Wasser niederließ.

»Das wird Euch gut tun!«, erklärte die Beschließerin, schnitt die Duftseife mit einem Messer in kleine Stücke und begann, Caterinas verklebtes Haar zu waschen und zu entwirren. »So, jetzt könnt Ihr mir erzählen, was Euch zugestoßen ist. Dieser Trefflich sollte sich schämen, Euch in einem solch elenden Zustand zurückkommen zu lassen. Da sieht man gleich, dass seinesgleichen kein Edelmann ist, sondern zum Gesindel gehört.« Malle sagte das so hochnäsig, als blicke sie selbst auf einen adeligen Stammbaum zurück, der vielleicht nicht zu Adam und Eva, aber gewiss bis zu Noah und dessen Sohn Japhet zurückzuverfolgen war.

»Trefflich ist eine räudige Ratte, die man mit einer Mistgabel aufspießen müsste!« Dies war nur der Beginn einer Kaskade phantasiereicher Beschimpfungen, mit der Caterina all die Schlechtigkeiten aufzählte, die Trefflich sich ihr gegenüber zuschulden hatte kommen lassen. Da ihr die deutschen Worte zu schlaff erschienen für das, was sie hatte erdulden müssen, ging sie in die Sprache ihrer Mutter über, die viel klangvollere Flüche und Verwünschungen enthielt.

Malle, die mit Caterinas Mutter aus Italien gekommen war und die Sprache daher fließend sprach, schlug die Hände über dem Kopf zusammen, als sie Worte vernahm, die einem edel geborenen Fräulein wahrlich nicht angemessen waren. »Ihr solltet Eure Zunge besser im Zaum halten, Jungfer Caterina. Eure Mutter würde gewiss nicht dulden, dass Ihr solche Dinge in den Mund nehmt. Schließlich seid Ihr keine Küchenmagd.«

»Pah! Mama war die Tochter eines Markgrafen und hat sie auch benutzt.« Während Caterina einen weiteren Schwall wüster Beschimpfungen über Trefflich ausgoss, musste Malle an die Mutter ihrer Herrin denken und an Franz von Eldenberg, der sie aus dem Süden mitgebracht und zu seiner Frau gemacht hatte. Seine Liebe zu Margerita war nicht stark genug gewesen, ihn in der Heimat zu halten: Schon vier Jahre später, kurz nach Caterinas Geburt, hatte er seine Frau und seine Kinder auf Eldenberg zurückgelassen und war fortgegangen, um sein altes Leben als Söldnerführer wieder aufzunehmen. Als er das nächste Mal auf seinen Besitz in Schwaben zurückgekehrt war, hatte Signora Margerita bereits in geweihter Erde geruht. Dennoch war er nicht geblieben, sondern hatte den sieben Jahre alten Jakob – oder Giacomo, wie die Mutter ihn genannt hatte – und die vierjährige Caterina unter der Obhut Malles und seines Kastellans zurückgelassen. Seitdem war Franz von Eldenberg nur noch dreimal aufgetaucht. Das erste Mal hatte er seinen Sohn geholt, der gleich ihm ein Krieger werden und das Handwerk eines Söldneroffiziers erlernen sollte, und die beiden nächsten Male hatte er Söldner angeworben. Dafür hatte er sich bei seinem neureichen Nachbarn auf Rechlingen eine Summe Goldes geborgt, die weitaus wohlhabendere Männer ein Vermögen genannt hätten.

Malles Überlegungen kehrten zu dem Zustand zurück, in dem ihre junge Herrin heimgekehrt war. »Ihr habt Trefflich nun so gründlich verflucht, dass er an tausend Krankheiten zerfallen müsste, aber Ihr habt mir immer noch nicht gesagt, warum er Euch das alles angetan hat!«

Caterina blies eine Schaumflocke fort, die sich vorwitzig auf ihrer Nase niedergelassen hatte, und fauchte wie eine wütende Katze.

»Das Schwein wollte mich mit Gewalt dazu bringen, seinen Tölpel von Sohn zu heiraten.«

»Ach Gottchen, was nicht noch alles!« Malle schlug die Hände über dem Kopf zusammen, fasste sich aber schnell wieder und sah ihre Herrin kopfschüttelnd an. »Und was ist mit Adam und Jockel? Haben die beiden etwa tatenlos zugesehen, wie der Krämer Euch beleidigt und misshandelt hat?«

Adam, der Verwalter von Eldenberg, war Malles Intimfeind, der in ihren Augen die Zügel schleifen ließ und dabei zusah, wie die Herrin sich abrackerte, um ihnen das tägliche Brot zu sichern und den väterlichen Besitz zu erhalten. Ihn hielt sie für einen Feigling, doch von Jockel hätte sie mehr Einsatz für Caterina erwartet.

»Die beiden haben sich von Trefflichs Leuten mit Wein abfüllen und einsperren lassen. Mich hat Trefflich in die Wolfsgrube gesteckt, damit ich bei Nacht und Gewitter meinen Stolz und meinen Mut verlieren sollte. Doch ich habe ihm ein Schnippchen geschlagen und bin ihm entkommen!« In Caterinas Augen blitzte Stolz auf.

Malle betrachtete ihre Herrin mit einem anerkennenden Blick, brachte dann aber die Sprache auf den Punkt, der Caterinas Gedanken bereits seit ihrer gelungenen Flucht beherrschte. »Ihr mögt diesem Pfeffersack fürs Erste entkommen sein, doch er wird Euch wohl weiterhin nachstellen.«

Caterina nickte mit verkniffenen Lippen. »Da hast du Recht! Gelichter dieser Art gibt so schnell nicht auf. Jetzt aber sieh zu, dass wir mit dem Baden fertig werden. Ich bin müde und will ins Bett. Vorher musst du noch meine Verletzungen behandeln.«

Die Beschließerin nickte so schuldbewusst, als hätte sie ihre Herrin mit Absicht vernachlässigt, und ließ Caterina aus der Wanne steigen. Die Mägde tupften sie mit sauberen Tüchern trocken, und eine reichte ihr warmen Würzwein. Diesen hatte die Köchin rasch bereitet und mit Kräutern versetzt, die eine Erkältung und andere Übel verhindern sollten. Caterina trank hastig und spürte schon

bald, wie sich wohltuende Mattigkeit in ihren Gliedern breit machte. Während sie sich von Malle wie ein kleines Kind verarzten und zu Bett bringen ließ, dachte sie schon wieder darüber nach, wie sie Trefflich in die Schranken weisen konnte.
Leider hatte sie weder die Mittel, ihn daran zu hindern, sie weiterhin zu verfolgen, noch konnte sie ihm mit den zehn Veteranen, die ihr Vater zum Schutz der Burg zurückgelassen hatte, die Fehde antragen. Auch der Versuch, Hilfe bei den Nachbarn zu finden, würde wohl kläglich scheitern, denn die meisten standen bei dem Kaufmann in der Kreide und würden sich die Gelegenheit nicht entgehen lassen, ihm gegen einen Schuldenerlass zu Diensten zu sein. Wie sie es auch drehte und wendete, es gab nur einen einzigen Ort, an dem sie vor dem Kaufherrn sicher war – im Feldlager ihres Vaters in Italien. Über diesen Gedanken schlief sie ein, und als sie kurz vor Mittag wieder erwachte, wusste sie, was sie zu tun hatte.

## 5.

Hartmann Trefflich hatte trotz des Gewitters ausgezeichnet geschlafen, und als er am Morgen erwachte, hatte ihm Kaiser Wenzel in seinen Träumen den Ritterschlag erteilt und ihm beim folgenden Bankett wie einem vertrauten Freund zugetrunken. Um dieses Gefühl noch ein wenig auszukosten, blieb der Kaufherr mit geschlossenen Augen im Bett liegen. Doch er konnte seinen Träumen nicht ungestört nachhängen, denn vor seiner Kammertür wurde es unruhig. Er hörte, wie sein Leibdiener erklärte, dass sein Herr noch nicht aufgestanden sei, aber dennoch klopfte jemand ziemlich heftig an die Tür.
»Vater, bist du schon wach? Wir müssen Caterina aus der Wolfsgrube holen. Die Ärmste wird über Nacht vor Angst fast zu Tode gekommen sein.«

»Genau darauf hoffe ich! Sag dem Kaplan Bescheid, dass er gleich den Trausegen spenden kann.« Trefflichs Laune war selten besser gewesen als in diesem Augenblick. Beim Aufstehen sagte er sich, dass ihm wirklich alles gelang. »Caterina Trefflich auf Rechlingen, geborene von Eldenberg. Da kann sich die Jungfer nicht beschweren.« Zufrieden rief er seinen Leibdiener herein und ließ sich von ihm Hände und Gesicht mit einem feuchten Tuch abreiben und anschließend in die Kleider helfen. Zu dem feierlichen Anlass hatte er das lange Gewand aus blau schimmerndem Damast gewählt, das eher einem Edelmann als einem einfachen Bürger zustand. Seine zukünftige Schwiegertochter sollte daran erinnert werden, dass sie in keine arme Familie einheiratete. Gleichzeitig beschloss Trefflich, Caterinas verletztes Gemüt mit einigen schönen Kleidern und etwas Schmuck zu versöhnen. Während er gerade darüber nachsann, welches Geschenk er Caterina anlässlich der Geburt seines ersten Enkels übergeben sollte, ertönte draußen ein entsetzlicher Schrei.

»Caterina ist weg!«

»Narretei!«, murmelte der Kaufherr. Dennoch verließ er sein Gemach in ungewohnter Eile und hastete in den hinteren Hof. Um die Wolfsgrube hatten sich bereits einige Knechte und Mägde versammelt und starrten in die Tiefe. Trefflich schob sie beiseite, um selbst hineinschauen zu können.

Caterina war nirgends zu sehen, dafür aber stand das Wasser in dem Loch mindestens drei oder vier Ellen hoch. Eine eisige Hand fasste nach dem Herzen des Kaufherrn, und er verfluchte sich, weil er verboten hatte, in der Nacht nach der Gefangenen zu sehen. Das gestrige Unwetter hatte getobt, als führe der Teufel selbst die Wilde Jagd an, und neben starken Regenfällen auch heftigen Hagelschlag mit sich gebracht, der, wie die Knechte ihm erregt mitteilten, sogar die Äste großer Bäume abgeschlagen hatte. Trefflich erschrak bei der Vorstellung, die eisigen Geschosse könnten Caterina bewusstlos geschlagen haben, so dass sie im angesammelten Regenwasser ertrunken war.

»Schöpft das Loch leer!«, herrschte er das umstehende Gesinde an. Die Leute schienen seine Überlegungen zu teilen, denn sie bekreuzigten sich und rannten davon, um Eimer und andere Gefäße zu holen.

Es war sehr viel Wasser in dem Loch, und die Männer mussten fast bis zur Mittagsstunde schöpfen, um den Grund zu erreichen. Es lag aber kein toter Körper auf dem Boden der Grube. Trefflichs Erleichterung darüber hielt nur kurz an. Da Caterina nicht mehr in der Grube war, musste jemand sie herausgeholt haben. Noch während er überlegte, wer von seinem Gesinde so pflichtvergessen gewesen sein konnte, ihr aus dem Loch herauszuhelfen, zeigte Felix, der um das Loch herumgegangen war, mit einem erstaunten Ruf auf eine Reihe in die Grubenwand geschlagener Pflöcke und Knochenstücke, die wie eine primitive Leiter nach oben führten und fast bei Trefflichs Füßen endeten. Zunächst wollte der Kaufmann nicht glauben, dass ein Mädchen wie Caterina den notwendigen Verstand und vor allem die Kraft haben konnte, sich auf diese Weise selbst zu befreien. Doch als Felix probehalber auf der primitiven Leiter in die Tiefe stieg und wieder nach oben kam, musste der Kaufherr mit knirschenden Zähnen zugestehen, dass Franz von Eldenbergs Tochter ihn überlistet hatte.

»Schockschwerenot, was steht ihr noch herum? Sucht nach diesem Weibsstück und wagt es nicht, ohne sie zurückzukommen!«, schrie er seinen Sohn und die beiden Knechte an, die er in seine Pläne eingeweiht hatte.

»Jungfer Caterina muss schon seit Stunden fort sein, denn sonst hätten die Mägde, die die Strohschütten weggeräumt und die Fensterläden geöffnet haben, sie längst gefunden. Im Stall kann sie auch nicht sein, da die Pferde ruhig geblieben sind. Wahrscheinlich hat sie sich längst auf Eldenberg in Sicherheit gebracht«, erklärte Felix

mit einem Gesicht, als sähe er die Flucht ihrer Gefangenen als eine persönliche Beleidigung an.
Trefflich war außer sich vor Zorn. »Mach dich nicht lächerlich! Sie muss noch in der Burg sein. Wo ist der Türmer, der diese Nacht Wache gehalten hat?«
»Der hat sich vorhin zum Schlafen niedergelegt, Vater«, antwortete Botho.
»Dann weck ihn, du Narr! Wenn Caterina ihm entkommen ist, wird er was erleben, sage ich euch. Der wird sich wünschen, nie geboren worden zu sein.«
Während sein Vater schrie und tobte, rannte Botho los, um den Mann zu holen. Der war unterdessen von dem Geschrei auf dem Hof wach geworden und hatte sich seine Gedanken gemacht. Als er gähnend und sichtlich verschlafen im Hemd und mit nackten Beinen vor seinen Herrn trat, sah er so aus, als könne er kein Wässerchen trüben.
»Du Hund hast Jungfer Caterina heute Nacht ins Freie gelassen!«
Trefflich begleitete diese Anschuldigung mit einem Faustschlag ins Gesicht des Türmers. Dieser taumelte und starrte ihn scheinbar verwirrt an.
»Was soll ich getan haben?«
»Du hast der Gefangenen das Tor geöffnet!« Ein weiterer Faustschlag klatschte ins Gesicht des Waffenknechts.
Der Türmer zog sich ein paar Schritte zurück und schüttelte den Kopf. »Nein, Herr, das habe ich gewiss nicht.« Dabei verdrängte er, dass er die Pforte im Tor am Morgen unverriegelt vorgefunden hatte.
Trefflich lachte höhnisch. »Und wie soll sie sonst entkommen sein? Ist sie über die Mauer geflogen oder was?«
»Möglich wäre es«, antwortete der Waffenknecht ernsthaft. »Ihre Mutter stammt aus Italien, und dort sollen die Weiber Geheimnisse kennen, die unsereinem unbekannt sind.«

Trefflich versetzte ihm zwei weitere Hiebe. »Mit dem Gerede willst du doch nur dein Versäumnis verschleiern! Hättest du in der Nacht nach der Jungfer gesehen, wäre sie gewiss nicht entkommen.«

Der Türmer wich Trefflichs nächstem Schlag aus und hob in gespielter Empörung die Hände. »Herr, gestern Abend habt Ihr befohlen, dass sich keiner dem Wolfsloch nähern und mit der Jungfer sprechen dürfe!«

Die Tatsache, dass der Mann Recht hatte, stimmte Trefflich nicht milder. Da er jedoch auf diese Weise nicht weiterkam, wandte er sich mit einer wütenden Geste seinem Sohn zu. »Noch haben wir die beiden anderen Gefangenen. Du wirst jetzt nach Eldenberg reiten und erklären, dass es Adam und Jockel schlecht ergehen wird, wenn die Jungfer sich meinem Willen nicht beugt.«

In seinem bisherigen Leben hatte Botho nur selten Widerspruch gewagt, doch jetzt wiegte er bedenklich den Kopf. »Das halte ich für keine gute Idee, Vater. Was ist, wenn Jungfer Caterina auf den Gedanken kommt, mich festsetzen zu lassen, um ihre Gefolgsleute dadurch freizupressen?«

Trefflich starrte seinen Sohn an, als erkenne er den ersten Funken Verstand bei ihm, und nickte beinahe widerstrebend. »Du hast Recht! Dieses verdammte Weibsstück wäre dazu in der Lage. Also müssen wir uns etwas anderes ausdenken, um sie gefügig zu machen. Zieh dich an und reite nach Greblingen zu Herrn Ludwig. Der ist zwar mit Jungfer Caterina verwandt, wird aber froh sein, wenn ich ihm den drückendsten Teil seiner Schulden erlasse. Er soll diese Botschaft nach Eldenberg bringen. Beeile dich aber, denn ich will so rasch wie möglich Antwort haben. Greblingen kann ruhig andeuten, dass ich Adam und Jockel foltern und aufhängen lasse, wenn die Jungfer nicht nachgibt.«

»Das kannst du nicht tun, Vater! Der ganze Gau würde sich darüber empören«, protestierte Botho.

Sein Vater fuhr diesmal nicht auf, sondern winkte lachend ab. »Wer sagt dir, dass ich es wirklich tue? Die Jungfer soll es nur glauben. Ich schwöre dir, noch bevor der Abend hereinbricht, kommt sie angekrochen und fleht um das Leben ihrer Leute.«

Trefflich schob seinen Sohn auf das Tor des Palas zu und befahl ihm, keine Zeit zu verlieren. Dann ließ er sich im reich geschmückten, aber ohne Waffen, Schilde und Banner wenig beeindruckenden Rittersaal ein Mittagessen auftragen, dessen Reichhaltigkeit ihn über das entgangene Frühstück hinwegtrösten sollte.

Der Tag zog sich dahin, als säume die Sonne auf ihrem Weg, und es war schon Abend, bevor sich jemand der Burg näherte. Doch es war nicht Caterina, die als reuige Sünderin zurückkehrte, sondern nur sein Sohn, dessen Miene so hoffnungslos wirkte, als müsse er sich sämtlichen biblischen Plagen stellen. Er stieg ungelenk von seinem Pferd und ging mit greisenhaft steifen Bewegungen ins Haus. Dort schnauzte er einen Diener an, ihm Wein zu bringen, und betrat den Saal erst, als er den ihm gereichten Pokal bis zur Neige geleert hatte.

Sein Vater erwartete ihn mit hochrotem Gesicht, doch ehe er lospoltern konnte, hob Botho die Hand. »Ich war bei Greblingen und habe ihn zu Caterina geschickt. Der ist jedoch mit der Nachricht zurückgekommen, dass die Jungfer sich kurz nach der Mittagsstunde auf den Weg zu ihrem Vater gemacht hat – nach Italien! Ach ja, sie hat eine Nachricht für dich hinterlassen, die ein Knecht Greblingen ausgerichtet hat: Wenn du ihren beiden Getreuen auch nur ein Haar krümmst, kommt sie mit den Söldnern ihres Vaters über uns und lässt uns an den Zinnen des höchsten Turmes aufhängen.«

Im ersten Augenblick war Trefflich sprachlos, dann aber brüllte und fluchte er in einer Weise, dass sein Sohn, der schon viele Tobsuchtsanfälle des Vaters erlebt hatte, kurz davor war, die Burg auf immer zu verlassen. Doch schließlich begriff Botho, dass sein Vater sich trotz all der großspurigen Worte innerlich vor Angst krümmte.

Trefflichs Beschreibung zufolge war der alte Eldenberg ein Söldling, der sich an den Meistbietenden verkaufte, ein gewalttätiger Bursche ohne jede Lebensart. Er konnte es sich durchaus vorstellen, dass der Ritter mit seinem Haufen Totschläger über das Gebirge kam, um einen ehrbaren Kaufmann für den kleinen Streich zur Rechenschaft zu ziehen, den dieser seiner Tochter gespielt hatte, und dabei einen lästigen Gläubiger zu beseitigen. Dieses Weibsstück Caterina würde die an und für sich harmlose Begebenheit gewiss aufblasen und ihn, den Herrn von Rechlingen, in ein denkbar schlechtes Licht rücken.

Eine Weile haderte Trefflich mit sich, weil er dieses Spiel begonnen hatte, doch dann gewann die Selbstbeherrschung, die seine Geschäftspartner zu fürchten gelernt hatten, die Oberhand und er tippte Botho mit dem Zeigefinger auf die Brust. »Du wirst dich ungesäumt auf den Weg machen und Caterina folgen. Fange sie ab, bevor sie ihren Vater erreicht! Sollte dir das nicht gelingen, so sprich mit dem alten Eldenberg. Erkläre ihm, dass seine Tochter in ihrer Überspanntheit aus einer Mücke einen Auerochsen gemacht hat, und bringe deine Werbung um die Jungfer bei ihm an. Versprich ihm, auf jede Mitgift zu verzichten, und biete ihm stattdessen noch ein- oder zweitausend Gulden, damit er seine halbverhungerte Kriegerschar ernähren kann. Du wirst sehen, dann wird alles gut und du kannst mit der Jungfer als deinem angetrauten Weib in die Heimat zurückkehren. Es ärgert mich, dass ich nicht genügend Geduld aufgebracht und mich direkt an Eldenberg gewandt habe. Dann hätten wir den ganzen Wirbel mit dieser widerspenstigen Caterina vermeiden können.«

»Ich soll nach Italien reisen?«, fragte Botho erschrocken.

»Ja! Verstehst du kein Deutsch mehr? Und zieh nicht ein Gesicht, als würde ich dich zu den Muselmanen schicken! Die Italiener sind recht angenehme Leute. Ich war in meiner Jugend ein paarmal in ihrem Land und habe dort Handelsbeziehungen geknüpft, die den

Grundstock zu unserem jetzigen Reichtum bilden. Es wird dir gut tun, dir einmal einen anderen Wind um die Nase wehen zu lassen. Vielleicht wirst du auf dieser Reise sogar erwachsen.«

Trefflich versetzte seinem Sohn einen beinahe zärtlich zu nennenden Backenstreich und sagte sich, dass er auf diese Weise zwei Fliegen mit einer Klappe schlug. Zum einen konnte Botho mit dem alten Eldenberg ein Übereinkommen erzielen und zum anderen einige Geschäftspartner aufsuchen, an deren Wohlwollen ihm sehr gelegen war.

## 6.

Battista Legrelli, der Podesta von Mentone und Gastgeber dieser Zusammenkunft, war mit seinen Gästen alles andere als zufrieden. Obwohl er sie in ein Landhaus in einem abgelegenen Landstrich der Toskana eingeladen hatte, ärgerte er sich über ihre eher schlichte Erscheinung. Statt Gewänder zu tragen, die einer solch wichtigen Versammlung angemessen waren, steckten sie in derber Reitkleidung, die einen penetranten Geruch nach Leder, Schweiß und Pferden verströmte. Er hingegen hatte ihnen zu Ehren ein neues, dick mit Gold besticktes Wams mit langen Schleppärmeln angelegt und trug dazu Sohlenstrümpfe aus glänzender roter Seide. Statt seinen Beweis guten Willens zu achten, maßen die neun Männer, die an seiner Tafel saßen und seinen Wein tranken, ihn gelegentlich mit Blicken, als seien sie Räuber und er ein reicher Kaufmann, der ihre nächste Beute werden sollte.

Ebenso wenig wie das Erscheinungsbild und die Umgangsformen seiner Gäste gefiel ihm der Verlauf des Gesprächs. Seit einer Stunde drehte die Diskussion sich im Kreis, und er war seinem Ziel, eine gütliche Vereinbarung unter den hier versammelten Condottieri zu erreichen, keinen Schritt näher gekommen. Verärgert über deren Sturheit befahl er den Dienern, seinen Gästen neuen Wein einzu-

schenken. Während er den Männern zutrank, musterte er jeden Einzelnen und versuchte, in ihren Mienen zu lesen, um auf diese Weise doch noch den Zipfel einer Chance zu erhaschen, das Blatt wenden zu können.
Zu seiner Linken saß Giacomo Attendolo, genannt Sforza, dessen braunes Wams mindestens ein Mal geflickt worden war. Als selbständiger Condottiere war der Mann ein noch unbeschriebenes Blatt, aber man musste ihn als Schüler des berühmten Alberico di Barbitano auf der Rechnung haben. Attendolo, den seine Freunde Muzio nennen durften, war ein etwas über mittelgroßer, breitschultriger Mann mit enormen Körperkräften und dem Blick eines Falken, der am Himmel schwebend den Boden nach Beute absucht. Legrellis Informationen zufolge war er im Begriff, eine Condotta mit der Stadt Perugia abzuschließen, und somit ein potenzieller Feind.
Der lang aufgeschossene, beinahe dürr wirkende Henry Hawkwood, der in einem lächerlichen Beinkleid aus Wildleder und einem Wams aus bedrucktem flandrischen Stoff neben Attendolo saß, konnte Legrellis Plänen nicht minder gefährlich werden, denn dieser verhandelte ebenfalls mit den Gegnern Gian Galeazzo Viscontis, des Herzogs von Mailand, und hatte erfahren, was offiziell noch nicht bekannt werden sollte: er, Battista Legrelli, war heimlich in die Dienste des Mailänders getreten. Als entfernter Verwandter der Visconti vertraute er darauf, dass Gian Galeazzo sein Versprechen einlösen würde, das Amt des Podesta von Mentone, welches ihm von den Bürgern der Stadt für ein Jahr übertragen worden war, in ein erbliches Lehen zu verwandeln und ihn zum Capitano del Popolo auf Lebenszeit zu machen. Es bereitete ihm keine schlaflosen Nächte, dass er seine künftigen Untertanen mit diesem Schachzug betrog, denn ihm ging es um seinen Erfolg. Um sein Ziel zu erreichen, musste er die Condottieri an seinem Tisch jedoch dazu bringen, sich nicht gegen Mailand zu stellen. Hawkwood würde er zum Umschwenken bewegen können, dessen war er sich

sicher, und um Perino di Tortona brauchte er sich nicht mehr zu bemühen, denn dieser hatte bereits einen Soldvertrag mit dem Herzog von Mailand abgeschlossen und trug als Einziger Silber, Blau und Rot, die Farben der Visconti.

Ugolino Malatesta, der zu seiner Linken saß, hatte sich offensichtlich noch nicht entschieden, würde sich aber an dem Mann orientieren, den Legrelli – koste es, was es wolle – auf die eigene Seite bringen musste. Bei diesem handelte es sich um den Ältesten unter den versammelten Condottieri. Seine hohe, breite Gestalt verriet die Kraft eines Ochsen, aber sein schmales Gesicht mit der Adlernase und den wachsamen Augen warnten jeden, der nachzudenken wusste, ihn nicht zu unterschätzen. Francesco di Monte Elde eilte der Ruf voraus, noch niemals eine Schlacht verloren zu haben, und wenn der Mann sich offen auf die Seite Mailands stellte, würden die meisten Condottieri diesem Beispiel folgen. Dann würden die Kriegszüge gegen Perugia, Florenz und einige andere, nicht ganz so bedeutende Städte, die der Herzog von Mailand plante, nur noch Spaziergänge sein.

Zu seinem nicht geringen Ärger zeigte sich Monte Elde, der mit seinem Sohn Giacomo und seinem Neffen Fabrizio Borelli erschienen war, bislang nicht gewillt, auf seine Angebote einzugehen. Das war wohl eine Folge seiner Herkunft. Monte Elde war Deutscher und schien den Starrsinn seines Volkes in besonders hohem Maße geerbt zu haben. Dabei hatte er sich schon lange in Italien eingelebt und seinen für südliche Zungen unaussprechlichen Namen Eldenberg mit Erlaubnis Seiner Heiligkeit des Papstes, in dessen Diensten er lange Jahre gestanden hatte, in die italienisierte Form Monte Elde umgewandelt.

Battista Legrelli wäre froh gewesen, Monte Elde weiterhin in päpstlichen Diensten stehen zu sehen, denn dann würde er Gian Galeazzo Visconti vorerst noch keine Probleme bereiten. Doch der Deutsche hatte den Kirchenstaat überraschenderweise verlassen und vor kurzem einen Vertrag mit der Stadt Pisa abgeschlossen. Legrellis Zuträger hatten ihm jedoch berichtet, dieser Vertrag sei nur ein Vorwand, um Mailand zu täuschen. Der wahre Auftraggeber Monte Eldes sei Arnoldo Caetani, Herzog von Molterossa und Haupt der Allianz, die sich gegen die Expansionsbestrebungen Mailands zusammengefunden hatte.

Caetani plante, Monte Elde als Capitano-General seine eigenen Truppen und die des gesamten Bundes führen zu lassen, und das würde der Gegenseite größeren Auftrieb geben, als es dem Herzog von Mailand lieb sein konnte. Schließlich nannte man den Deutschen nicht zu Unrecht Francesco il Ferreo – den Eisernen Francesco – und seine Truppe, die aus etwa dreihundert Lanzen bestand, die Eiserne Kompanie. Mit dieser Macht im Hintergrund würde der Herzog von Molterossa weitere Verbündete finden und viele Städte und Adelsrepubliken auf seine Seite bringen, die jetzt noch bereit waren, sich unter die Herrschaft des Visconti zu stellen.

Bei dem Gedanken an den im Augenblick gefährlichsten Feind wanderte Legrellis Blick weiter zu seinem nächsten Gast, bei dem es sich ebenfalls um einen Caetani handelte, nämlich um Rodolfo, einen der beiden Neffen des Herzogs von Molterossa. Er war von seinem Vetter Amadeo aus der Gunst seines Onkels vertrieben worden und nannte sich nun nach seiner Mutter d'Abbati. Ein Bruder seiner Mutter, der Kardinal und ein enger Freund des jetzigen Stellvertreters Petri auf Erden war, hatte dem jungen Mann einen Grafentitel verschafft, mit dem dieser nun seinen Namen schmücken konnte. Aber noch fehlte Rodolfo das Vermögen und vor allem der Landbesitz, der seinen Rang zur Geltung bringen konnte. Dennoch war es ihm gelungen, eine kleine Kompanie mit fünfzig Lanzen aufzustellen, und er versuchte gerade, einen möglichst vorteilhaften Soldvertrag abzuschließen. Herzog Gian Galeazzo würde es sich gewiss einiges kosten lassen, den jungen Mann auf seine Seite zu ziehen.

»Hier ist es verdammt still geworden!« Franz von Eldenbergs Stim-

me ließ die Männer zusammenzucken. Muzio Attendolo ergriff seinen Becher und tat, als trinke er, Henry Hawkwood stieß einen englischen Fluch aus, nicht zuletzt, um zu zeigen, dass er der Sohn eines der bedeutendsten Condottieri war, eines Mannes, der bis vor ein paar Jahren Italiens Machtverhältnisse beeinflusst hatte. Malatesta trank einen Schluck und lobte den Wein, während Tortona die übrigen Condottieri belauerte und dabei unbewusst den Knauf seines Dolches streichelte.
Rodolfo d'Abbati aber nickte Eldenberg grinsend zu. »Da habt Ihr wohl Recht, Signore. Vorhin lief das Mundwerk unseres Gastgebers wie geschmiert, doch seit sich abzeichnet, dass die Sahne, die er uns um die Bärte streichen wollte, nicht bei allen haften bleibt, schmollt er wie ein kleiner Junge, mit dem niemand spielen will.«
Da Legrelli wusste, welchen Wert sein Herr auf diesen jungen Schnösel legte, hob er mit einem gekünstelten Lachen seinen Pokal. »Ein Mann muss auch einmal seine Gedanken sammeln können, mein Freund. Nur ein Weib schnattert den ganzen Tag wie eine Gans. Das werdet Ihr auch noch lernen müssen.«
D'Abbati lachte auf und ließ sich von einem Diener seinen Pokal füllen. »Auf Euer Wohl, Messer Battista! Dieser Tag soll uns in guter Erinnerung bleiben, ganz gleich, ob wir in Zukunft auf Eurer Seite oder gegen Euch reiten.«
»Welche gute Erinnerung? Ich habe selten so viel dummes Zeug gehört wie heute!« Franz von Eldenberg schob seinen Pokal, den ein Diener füllen wollte, ärgerlich beiseite und stand auf. »Wenn Ihr erlaubt, Messer Battista, werde ich jetzt mit meinem Sohn und meinem Neffen aufbrechen. Es ist alles gesagt worden, was gesagt werden musste, und mehr gibt es nicht zu bereden.«
»Messer Francesco, wollt Ihr es Euch nicht doch noch einmal überlegen? Mein erlauchter Verwandter, der Herzog von Mailand, bietet Euch das Amt des Capitano del Popolo in jeder Euch beliebenden Stadt, die er seinem Herzogtum im nächsten Krieg hinzu-

fügt – und zwar als erbliches Lehen!« Legrelli glaubte zwar nicht mehr, den alten Sturkopf noch umstimmen zu können, aber er musste es wenigstens versuchen.

Die beiden jungen Männer in Monte Eldes Begleitung schienen sich von dem großzügigen Angebot des Mailänder Herzogs durchaus beeindrucken zu lassen, und Giacomo, der damit rechnen konnte, einmal als Sohn und Erbe in die Fußstapfen seines Vaters treten zu können, hielt diesen am Ärmel fest. »Vielleicht sollten wir doch in Verhandlungen mit dem Herzog von Mailand treten. Es ist doch keine Schande, mit ihm zu reden.«

Ehe der junge Eldenberg den Vorschlag ganz ausgesprochen hatte, fuhr sein Vetter Fabrizio wie von einem Skorpion gestochen herum. »Was soll dieser Unsinn, Giacomo? Dein Vater hat einen gültigen Vertrag mit Pisa unterschrieben und wird ihn einhalten. Daran gibt es nichts zu deuteln.«

»Gut so, Fabrizio!«, lobte Francesco di Monte Elde den Sohn seines jüngeren Bruders, der nach seinem Geburtsort benannt worden war, da seine Mutter weder die Ehefrau noch eine Mätresse Ludwig von Eldenbergs gewesen war, sondern eine Stallmagd, die dieser sich mangels einer standesgemäßen Gespielin in sein Bett geholt hatte. Fabrizios Eltern waren längst tot; er selbst galt als einer der Stellvertreter seines Onkels und nahm begierig an dem Ruhm teil, den dieser sich in Italien geschaffen hatte.

Giacomo zog den Kopf ein. Die erbliche Herrschaft über eine Stadt wie Perugia erschien ihm wie ein Geschenk Gottes, und in seinen Augen war sein Vater ein Narr, dieses Angebot auszuschlagen. Gegen einen solchen Lohn waren die beiden Güter in der Romagna, die der vorherige und der jetzige Papst seinem Vater geschenkt hatten, ein Bettel. Er wusste jedoch, wann er eine Chance hatte, den Sinn seines Vaters zu ändern, und wann nicht. Diesmal war das Wort endgültig gewesen, und so folgte er seinem Vater mit verdrossenem Gesicht aus dem Saal.

Legrelli sah den drei Männern nach und hieb ärgerlich mit der Hand durch die Luft. »Bei Gott, könnte der Alte nicht bald das Zeitliche segnen? Der junge Monte Elde würde dem Herzog von Mailand die Füße küssen.«
»Soll ich mir ein paar Leute nehmen und den alten Bock abstechen?« Perino di Tortona sprang auf und machte Miene, den Eldenbergs zu folgen.
Legrelli wies ihn verärgert an, sich wieder hinzusetzen. »Seid kein Narr! Das Gesetz der Vendetta würde den Sohn mit eisernen Ketten an die Seite unserer Feinde fesseln und Monte Eldes teutonische Soldknechte wie tausend Teufel kämpfen lassen, um ihren Herrn zu rächen. Wir müssen es anders anfangen und zusehen, dass wir ...«
Der Podesta von Mentone brach ab und stieß ein misstönendes Lachen aus. »Signori, wir wollen uns durch diesen deutschen Bock doch nicht den Abend verderben lassen! Trinkt, so viel ihr wollt, und wenn einer von euch andere Gesellschaft sucht, so nehmt mit meinen Mägden vorlieb, die schön und auch sehr willig sind.«
Hawkwood und Tortona johlten bei diesen Worten auf, und auch Ugolino Malatesta sah nicht so aus, als hätte er etwas gegen ein paar weiche Frauenschenkel einzuwenden. Muzio Attendolo aber stellte den Pokal, den er bereits in der Hand hielt, mit einem harten Klang auf den Tisch zurück. »Ich breche ebenfalls auf, denn ich habe einen weiten Weg vor mir und außerdem in Lucia eine Gespielin, deren Küsse mir gewiss besser schmecken werden als die einer Bauernmagd.«
Legrelli empfand diese Worte als gezielte Beleidigung, denn wenn auch der Ort ihres Zusammentreffens auf dem freien Land lag, so handelte es sich doch um einen recht prachtvollen Palazzo mit einer ausgesuchten Dienerschaft, und die meisten seiner Mägde hätten bei etwas mehr Bildung durchaus als Kurtisanen Furore machen können. Zu seinem Ärger schloss sich Rodolfo d'Abbati Attendolo

an und verabschiedete sich ebenfalls. Dem Podesta von Mentone blieb nur der eine Trost, dass Attendolo und der Neffe des Herzogs von Molterossa auf ihrem Heimweg eine andere Richtung einschlagen würden als Monte Elde und seine Begleiter.

## 7.

Franz von Eldenberg trat auf den Hof und rief lautstark nach seinen Pferden. Dann wartete er sichtlich ungeduldig, bis einige eingeschüchterte Knechte die Tiere brachten, und stieg auf, ohne seine Begleiter eines Blickes zu würdigen. Erst als er das Tor passiert hatte, drehte er sich um, als wolle er sehen, ob sie ihm folgten. Aber sein Blick galt weniger seinen Verwandten als dem Gebäude, in dem Legrelli ihn zum Verrat an seinem neuen Auftraggeber hatte bewegen wollen. Trotz des flachen, mit rosafarbenen Ziegeln gedeckten Daches glich es mit den wuchtigen Außenmauern aus Steinquadern, den kleinen, schießschartenartigen Fenstern und dem wuchtigen Tor mehr einer Festung als einem Palazzo. Da der Bau allein in der leicht schwingenden Landschaft inmitten von Olivenhainen, Weinbergen und blühenden Feldern stand, nickte Eldenberg unbewusst. Mochte das Land mit seinen satten Farben und dem tiefen Azur des Himmels friedlich erscheinen, so konnte doch hinter jedem Baum und jedem Felsen Tod und Verderben lauern.
»Ich hätte meinem Gefühl folgen und den wackeren Hans Steifnacken und einige handfeste Burschen mitnehmen sollen«, sagte der Condottiere mehr zu sich selbst.
Sein Neffe, der zu ihm aufgeschlossen hatte, hob besänftigend die rechte Hand. »Das hätte Messer Battista beleidigen können, Onkel, und das wollten wir doch alle nicht.«
Eldenberg winkte heftig ab. »Als du mir diesen Ratschlag gegeben hast, hielt ich Legrelli noch für einen Verbündeten, der uns zur

Beratung zusammenrufen wollte, und nicht für einen Speichellecker der Viper von Mailand. Daher habe ich deinen Einwand akzeptiert. Aber nun wissen wir, dass wir nicht auf Mentone bauen können, es sei denn, das fette Volk dieser Stadt entledigt sich seines gewählten Podesta, ehe dieser es verraten kann, und setzt einen Mann an seine Stelle, der zu seinem Wort steht.«

»Vielleicht solltet Ihr vorschlagen, dass man Euch diesen Titel gibt, Oheim. Von einem Podesta auf Zeit bis zu einem Capitano del Popolo mit Erbfolge ist es nicht weit, wie man an vielen Beispielen sieht.« Fabrizio zwinkerte seinem Vetter bei seinen Worten lachend zu, denn er kannte Jakobs sehnlichsten Wunsch, einer jener Herren zu werden, die in Samt und Seide gewandet auf ihren Thronsesseln saßen, huldvoll in die Menge winkten und dabei im Kopf die Dukaten zählten, die diese ihnen als Steuern zahlen mussten.

»Pah, Mentone ist doch nur ein Drecksnest, verglichen mit einer richtig großen Stadt wie Perugia. Vater, ich verstehe nicht, warum du dir das Angebot Herzog Gian Galeazzos nicht wenigstens einmal richtig angehört hast. Es zeugt doch von der hohen Achtung, die er dir entgegenbringt.« Jakob von Eldenberg erntete dafür ein spöttisches Lächeln seines Cousins.

Sein Vater runzelte die Stirn. »Perugia oder eine andere Stadt aus der Hand Gian Galeazzo Viscontis zu nehmen hieße, ein Statthalter von dessen Gnaden zu werden und jederzeit darauf gefasst sein zu müssen, wieder abgesetzt und wie ein Hund verjagt zu werden. Außerdem zählt Perugia zu den Städten, auf die der Papst Anspruch erhebt. Aus dessen Händen würde ich die Würde eines Podesta sofort entgegennehmen, selbst wenn ich die Stadt dafür erobern müsste. Aber dieser Schlange von einem Visconti traue der Teufel über den Weg – ich tue es nicht. Ich sage dir, Giacomo, wenn der Ruhm und die Gebeine Herzog Gian Galeazzos längst vermodert sind, wird noch immer ein Mann auf dem Stuhle Petri sitzen und Rom und das Patrimonium Petri regieren. Außerdem kenne ich Italien gut genug, um prophezeien zu können, dass Gian Galeazzos Erfolg nicht von Dauer sein wird. Eben erst hat er sich von Kaiser Wenzel zum Herzog von Mailand ernennen lassen, und nun heißt es bereits, er strebe nach dem Titel eines Herzogs der Lombardei. Morgen wird er gar nach der eisernen Krone des Königreichs Italien greifen. Nein, Giacomo, der Bissen, den er fressen will, ist zu groß für ihn. Er verlangt innerhalb weniger Jahre nach einer Machtfülle, wie sie nur in Generationen geschaffen werden kann. Es ist, als würdest du Münzen in einen irdenen Krug schütten, um sie zu vereinen, doch wenn der Krug bricht, hast du keinen festen Barren in der Hand, sondern immer noch Münzen, die sich sofort wieder verteilen.«

Fabrizio ruckte nervös auf seinem Sattel hin und her und schloss dann zu Eldenberg auf. »Ihr mögt ja Recht haben, Oheim, aber Herzog Gian Galeazzo hat mächtige Gönner. König Carlo von Frankreich ist ihm sehr zugetan. Hätte er sonst für seinen Bruder Lodovico um eine Visconti geworben? Und das ist nur einer der vielen mächtigen Fürsten, bei denen der Herzog von Mailand in hohen Ehren steht.«

»Pah! Die Gunst der Mächtigen ist wie der Wind, der einmal hierhin bläst und einmal dorthin, aber nie in die Richtung, in der man ihn braucht.« Eldenberg tat den Einwand seines Neffen mit einer Handbewegung ab und ließ sein Pferd antraben. Dem grimmigen Ausdruck seines Gesichtes war zu entnehmen, dass er nicht weiter über dieses Thema sprechen wollte.

Die beiden Jüngeren wechselten hinter seinem Rücken beredte Blicke, und Fabrizio lehnte sich zu Jakob hinüber, damit Franz von Eldenberg seine Worte nicht hörte. »Wenn dein Vater in dieser Laune ins Feldlager zurückkehrt, werden wir in den nächsten Tagen nichts zu lachen haben!«

Der junge Eldenberg verzog missmutig das Gesicht. »Du wolltest ja unbedingt, dass wir ihn begleiten. Er hätte auch zwei andere Offiziere mitnehmen können.«

»Die hätten sich wunder was darauf eingebildet und uns danach wie blutige Rekruten behandelt. Nein, Giacomo, so war es besser. Jetzt haben wir unsere Positionen als Stellvertreter deines Vaters gefestigt, und sie werden uns gehorchen.«

Diesem Argument konnte Jakob von Eldenberg sich nicht entziehen. »Da hast du Recht! Aber wir müssen die Gedanken meines Vaters in eine andere Richtung lenken, sonst tränkt er uns unsere Widerworte noch gründlich ein. Lass mich nur machen«, setzte er hinzu, als Fabrizio den Mund öffnete, um etwas zu entgegnen.

Jakob spornte sein Pferd an, bis es neben dem seines Vaters lief. »Darf ich etwas sagen?«

»Wenn es kein Loblied auf den Visconti und kein Gejammer wegen irgendwelcher Stadtchimären ist – jederzeit!«

»Nein, davon sage ich gewiss nichts.« Jakob lachte etwas gekünstelt auf und wies dann mit einer weit ausgreifenden Geste nach Norden. »Ich habe eben an Caterina gedacht, die zu Hause ein recht einsames Leben führen muss.«

»Zu Hause?« Eldenberg stutzte einen Augenblick und schlug sich dann lachend gegen die Stirn. »Jetzt hast du mich beinahe in Verlegenheit gebracht! Zu Hause ist für mich unser Besitz bei Viterbo. An das halbverfallene Gemäuer in Schwaben habe ich gar nicht mehr gedacht.«

»Aber meine Schwester muss dort leben! Glaubst du nicht, dass es besser wäre, sie hierher zu holen?«

Eldenberg bedachte seinen Sohn mit einem Blick, als zweifle er an dessen Verstand. »Damit sie mit Bianca aneinander gerät? Lass meine Mätresse ruhig weiter unser Gut Giustomina regieren und Caterina jenseits der Alpen in Monte Elde bleiben.« Der Condottieri stutzte einen Augenblick und setzte dann den Namen seiner Heimatburg auf Deutsch hinzu.

»Aber dort muss sie sich mit unserem Gläubiger herumschlagen, der sie andauernd bedrängt.« Jakob hatte die Rede zwar nur deshalb auf Caterina gelenkt, um den Gedanken seines Vaters eine andere Richtung zu geben, sah sich jetzt aber zu seiner Verwunderung berufen, für seine Schwester einzustehen.

Sein Vater hob kurz den Blick und sah sinnend in die Ferne. »So schlimm ist es auch wieder nicht. Ich habe ihr letztens eine größere Summe für Trefflich zukommen lassen.«

»Die hat nicht einmal für die Hälfte unserer Schulden gereicht, geschweige denn dafür, die Burg wieder instand zu setzen. Erinnere dich, was Caterina dir geschrieben hat!« Jakob hatte sich in Rage geredet und durchdrang damit tatsächlich den Panzer, den sein Vater angesichts der vielfältigen Probleme um sein Herz gelegt hatte.

Jetzt mischte sich auch Fabrizio in das Gespräch ein. »Wenn Ihr Eure Tochter nicht in Giustomina haben wollt, so bringt sie doch nach Viratelli ...«

»Das liegt nur einen halben Tagesritt von Giustomina entfernt. Nein, mein Lieber, das kommt nicht in Frage, denn wenn ich etwas hasse, so sind es keifende Weiber. Meine Margerita war ein Engel von Gestalt, in ihrem Wesen aber eine Teufelin. Leider habe ich es zu spät gemerkt, sonst hätte ich mir nicht ihretwegen den Zorn Leonello da Polentas zugezogen. Mein Schwiegervater hat mich damals um den sauer verdienten Lohn gebracht, den Papst Urban VI. mir versprochen hatte, denn dessen Nachfolger Bonifatius IX. war ein Freund da Polentas und hat die Zusage seines Vorgängers nicht eingehalten. Wäre ich damals klüger gewesen, würde ich heute über eine der Städte in Latium oder in der Romagna als erbliches Lehen gebieten. Zum Glück hat da Polenta sich inzwischen mit Papst Bonifatius zerstritten und kann mir daher nicht mehr in die Suppe spucken.«

Bei dem Gedanken an seinen Schwiegervater spie Eldenberg nun selbst aus. Der Hass, mit dem Margeritas Vater ihn viele Jahre lang verfolgt hatte, war schuld daran, dass ihm der erhoffte Aufstieg vom einfachen Söldnerführer zu einem großen Herrn versagt geblieben war, und hatte ihm viele Jahre seines Lebens vergällt. Da Leonello da Polenta, der den Titel eines Markgrafen Olivaldi trug, sich vor nicht allzu langer Zeit mit Gian Galeazzo Visconti verbündet hatte, war er erst recht nicht bereit, sich dem Herzog von Mailand anzudienen, sondern würde bis zum bitteren Ende auf der Seite von dessen Gegnern stehen.

Fabrizio, der seinen Onkel genau beobachtete, stellte fest, dass dessen Stimmung erneut umschlug und noch schlechter zu werden drohte. »Wenn Ihr nicht wollt, dass Eure Tochter und Eure Mätresse sich begegnen, so verheiratet das Mädchen doch. Irgendein Nachbar wird sich schon finden, der Caterina nehmen wird, vor allem, wenn Ihr Eurer Tochter Eure deutsche Burg als Mitgift schenkt. Oder wollt Ihr dieses – wie Ihr es nanntet – halbverfallene Gemäuer aus Sentimentalität behalten?«

Eldenberg winkte ab. »Gott bewahre! Natürlich nicht! Allein mein Besitz in Viratelli ist dreimal so groß und zehnmal so ertragreich. Ich werde nicht mehr nach Schwaben zurückkehren, geschweige denn, meinen Lebensabend dort verbringen.«

»Wenn Viratelli bereits so große Einnahmen bringt, warum hast du dann deine Schulden bei diesem Treffwasweißich nicht vollständig beglichen? Dann könnte er Caterina nicht mehr belästigen.« Jakobs Stimme klang schärfer, als sein Vater es von ihm gewohnt war.

Eldenberg zog die Stirn kraus, doch noch ehe er seinem Sohn etwas entgegnen konnte, blieb Fabrizio mit einem Fluch zurück und stieg vom Pferd. Der Söldnerführer drehte sich verärgert um. »Was ist denn los?«

»Mein Pferd lahmt, Oheim. Ich will nachsehen, ob es sich einen Stein unter das Hufeisen getreten hat.«

Sie hatten ein kleines, recht dichtes Pinienwäldchen erreicht, das von dem würzigen Duft frischen Harzes erfüllt war, welches Harzsammler darin gezapft hatten. Eldenberg griff unwillkürlich zum Schwertgriff und starrte in das Halbdunkel des Waldes hinein, denn er glaubte eine Bewegung wahrgenommen zu haben.

»Was ist jetzt mit deinem Gaul, Fabrizio?«, fuhr er seinen Neffen an.

Dieser hob ein Bein des Pferdes und stocherte mit seinem Dolch an dessen Hufeisen herum. »Ich bekomme den Stein nicht so schnell heraus. Reitet derweil schon weiter!«

»Ich lasse keinen meiner Leute allein zurück!« Eldenberg schwang sich aus dem Sattel und trat auf Borelli zu. »Halte du den Huf fest. Ich hole dir den Stein schon heraus. Giacomo, du hältst Wache! Hier ist es mir nicht geheuer.«

»Was soll denn hier schon passieren?«, fragte Jakob, der die Vorsicht seines Vaters für übertrieben hielt. Ihm fehlten dessen langjährige Erfahrung und der Instinkt, den dieser entwickelt hatte, sonst wären ihm die huschenden Schatten im Wald ebenso wenig entgangen wie das leise Rascheln schneller Füße auf trockenem Boden.

Der alte Eldenberg hatte unterdessen den Huf von Borellis Pferd untersucht und krauste ärgerlich die Stirn. »Ich sehe keinen Stein!« Noch während er es sagte, ließ sein Neffe den Huf fahren, zog den Dolch und stieß zu. Die Klinge bohrte sich in Eldenbergs Unterleib, bevor dieser die Absicht begriff. Die Gewohnheit langer Jahre ließ den alten Condottiere jedoch nicht im Stich. Er presste die Linke gegen die Wunde, um die Blutung aufzuhalten, und riss mit der anderen Hand seinen Dolch heraus.

»Also habe ich all die Jahre eine Ratte aufgezogen! Deine Mutter war Dreck und dein Vater ein Schwein, auch wenn er mein Bruder war. Du wirst ihn in der Hölle wiedersehen und ihm sagen können, dass du ebenfalls nichts taugst.«

Für einige Augenblicke glaubte Borelli, sein Onkel wäre nur leicht

verletzt und würde ihn für seinen Mordversuch in Stücke schneiden. Die Kaltblütigkeit, mit der er eben zugestochen hatte, fiel von ihm ab und er wandte sich zur Flucht. In dem Moment schienen um ihn herum vermummte Gestalten aus dem Boden zu wachsen, die Keulen und Dolche in den Händen trugen.
Jakob von Eldenberg hörte seinen Vater schreien, sah es zwischen dessen Fingern dunkel hervorquellen und nahm auch die blutige Klinge in Borellis Hand wahr.
»Was …?«, konnte er noch hervorstoßen. In dem Moment griffen ein Dutzend Hände nach ihm und zerrten ihn aus dem Sattel. Das Letzte, was er sah, war eine eisenbeschlagene Keule, die auf seinen Kopf zufuhr. Beinahe im selben Augenblick wurde auch Franz von Eldenberg von einem Keulenhieb gefällt.

## 8.

Borelli starrte auf die beiden Toten und empfand Erleichterung, dass der Überfall so glatt vonstatten gegangen war. Doch als einige seiner Komplizen begannen, die Leichen auszuziehen, und dabei recht grob vorgingen, fuhr er sie an. »Seid doch vorsichtig, ihr Narren.«
Der Mörder Jakob von Eldenbergs zog die Maske herunter, drehte sich zu ihm um und bleckte seine kräftigen Zähne. »Was ist denn los mit dir, Fabrizio? Die beiden spüren gewiss nichts mehr. Oder tut es dir jetzt leid, deine Verwandten zum Teufel befördert zu haben?«
Borelli starrte in das grinsende Pferdegesicht des Wegelagerers. »Du bist ein blutiger Narr, Ranuccio! Man muss sie doch noch erkennen können. Wie soll ich das Erbe meines Oheims antreten, wenn man mir seinen Tod nicht abnimmt?«
Ranuccio, der über seine Mutter mit Borelli verwandt und vom

Sauhirten und Gelegenheitsräuber zum Hauptmann einer größeren Bande aufgestiegen war, nickte und wies seine Kumpane an, behutsamer mit den Toten umzugehen. »Aber ausplündern dürfen wir sie schon?«, fragte einer der Banditen spöttisch.
Sein Komplize verzog das Gesicht. »Am liebsten würde ich diesem deutschen Schwein Schwanz und Eier abschneiden und in sein Maul stopfen. Der Kerl hat bei Faenza meinen Bruder aufhängen lassen, bloß weil der einem Bauern ein paar Dukaten abgenommen und dessen Weib auf den Rücken gelegt hat.«
»Tu dir keinen Zwang an! Dann haben die Leute wenigstens etwas zu reden und fragen sich, wer dem berühmten Francesco il Ferreo das angetan hat.« Obwohl Borellis Nerven noch immer flatterten, gab er sich hart und unbeeindruckt. Er durfte keine Schwäche zeigen, sonst verlören Ranuccio und dessen Bande die Achtung vor ihm und brächten ihn ebenfalls um. Aus diesem Grund trat er zu den beiden Leichen, gab jeder einen kräftigen Fußtritt und sah dann zu, wie der eine Räuber sich über Eldenberg beugte, zwischen dessen Beine griff und dessen Geschlechtsteile abschnitt, als handele es sich um das Grün einer Rübe.
Ranuccio legte Borelli die Hand auf die Schulter. »Es ist geschafft, mio cugino. Wir sind am Ziel.«
Borelli atmete tief durch und nickte. »Du hast Recht! Ich habe die erste Stufe der Leiter erklommen, die mich zu Reichtum und Ruhm führen wird, denn nun bin ich der Capitano der Eisernen Kompanie. Jetzt werde ich die Ehren und Güter einheimsen, die mein Onkel und mein Vetter sich durch ihre lächerliche Ehrpusseligkeit haben entgehen lassen.«
»Hauptsache, du vergisst nicht, wer dir dabei geholfen hat, Sohn meiner Base!«
Ranuccios Worte klangen wie eine Drohung, und Borelli wurde bewusst, dass er seinen Vetter mit derselben Vorsicht füttern musste, als hätte er es mit einem Raubtier zu tun. Wenn er dabei nicht

eher früher als später einen Weg fand, sich Ranuccios unauffällig zu entledigen, würde er selbst ein toter Mann sein, ehe er seine Pläne in die Tat umsetzen konnte. Das Beste mochte sein, einen Unfall zu arrangieren, sonst würde Ranuccios Bande den Tod ihres Anführers an ihm rächen. Vorerst aber konnten sein Vetter und dessen Männer ihm noch viele gute Dienste leisten. Er versetzte seinem Verwandten einen spielerischen Boxhieb und wies mit dem Kinn auf den toten Eldenberg.

»Mein Onkel hat das Feld gut für mich vorbereitet, denn Herzog Gian Galeazzo will ihm Perugia oder eine der anderen großen Städte als Erblehen überlassen. So ein Angebot auszuschlagen wäre doch reine Dummheit! Meinst du nicht auch, mein Guter?«

Bei diesen Aussichten glitzerten Ranuccios Augen begehrlich auf. »Ich glaube, du wirst ein prachtvoller Capitano del Popolo werden, Fabrizio! Vielleicht bringst du es sogar zum Grafen.« Ranuccio lächelte zufrieden, denn er rechnete sich aus, wie hoch er selbst im Schatten seines Vetters steigen mochte. Er musste es nur richtig anfangen, dann war zum Schluss er Capitano und Graf. Zuerst aber galt es, diese Sache zu einem guten Ende zu bringen.

»Wir werden uns jetzt zurückziehen, damit uns niemand bei den Kadavern sieht. Schließlich wollen wir doch dem guten Battista Legrelli die Ehre gönnen, als Monte Eldes Mörder dazustehen.« Ohne auf Borellis Reaktion zu warten, befahl er seinen Leuten, im Wald zu verschwinden.

Dann wandte er sich noch einmal um. »Wie geht es jetzt weiter?«

»Ich werde noch ein wenig warten, bis ihr euch in Sicherheit gebracht habt, dann ins Lager reiten und die Nachricht überbringen, dass ich meinen Onkel ermordet aufgefunden habe. Du wirst morgen wie geplant dort eintreffen, denn ich benötige einen Mann, auf den ich mich voll und ganz verlassen kann. Dieser verdammte Steifnacken wird garantiert Schwierigkeiten machen. Auch wenn er nur Unteroffizier ist, hat er doch zu den engsten Freunden des Ca-

pitano gehört. Ich werde ihn, sobald er das Maul aufmacht, zum gemeinen Soldaten degradieren und dich an seine Stelle setzen.«
»Warum soll ich nur Unteranführer werden und kein Offizier?«, fragte Ranuccio beleidigt.
Borelli winkte ab. »Du sollst mein verlängerter Arm in der Truppe sein, so wie Steifnacken der meines Onkels war. Offiziere bekommen die Stimmungen der Leute nicht so gut mit und können sie auch nicht so steuern wie ein Mann in dieser Position. Wenn meine Stellung gefestigt ist und wir eine einträgliche Condotta bei Visconti in der Tasche haben, mache ich dich natürlich zu meinem Stellvertreter.«
Das Versprechen genügte Ranuccio. Er zwinkerte Borelli zu und nahm Eldenbergs Pferd am Zügel. »Den Hengst wollte ich schon lange reiten.«
»Aber bitte nicht morgen, wenn du ins Lager kommst!«, rief Borelli erschrocken aus.
»Natürlich nicht! Glaubst du, ich will von diesen teutonischen Söldnern als Mörder ihres Capitano in Stücke gerissen werden? Diese Ehre würde eher dir zustehen, denn es war dein Dolch, der ihm den Lebenssaft aus dem Leib hat rinnen lassen.« Ranuccio schnalzte genüsslich mit der Zunge und zog das Pferd hinter sich her. Nach ein paar Schritten blieb er noch einmal stehen und drehte sich zu Borelli um.
»Was ist mit meinen Leuten? Soll ich die nicht doch mitbringen, damit du notfalls eine Leibwache hast? Wie du weißt, freuen sie sich darauf, sich schon bald zu deinen Söldnern zählen zu dürfen.«
Auch diese Worte enthielten eine Drohung, die Borelli durchaus verstand. Ranuccios Galgenvögel würden ihm so lange gehorchen, wie dieser es für richtig hielt. Er war jedoch auf Leute in der Kompanie angewiesen, die auf Gedeih und Verderb auf seiner Seite standen, und das würden die deutschen Söldner wahrscheinlich nicht. Daher nickte er mit einem gequälten Lächeln. »Lass sie vorerst

noch wie verabredet in der Nähe von Viratelli lagern und schärfe ihnen ein, ja nichts auszuplaudern! Weder sie noch du noch ich dürfen mit dem Mord an meinem geliebten Onkel und dessen Sohn in Verbindung gebracht werden.«
»So wird es geschehen. Dir gebe ich jedoch den Rat, den Mord nicht Legrelli in die Schuhe zu schieben. Deine Söldner könnten sonst Vendetta von dir fordern.« Mit diesen Worten tauchte Ranuccio im Wald unter, der ihn innerhalb weniger Augenblicke verschluckte.
Borelli starrte noch eine Weile auf die Stelle, an der Ranuccio samt dem Pferd mit der Dunkelheit verschmolzen war, und ließ sich dessen letzte Worte durch den Kopf gehen. Nach zwei, drei Augenblicken winkte er verächtlich ab. Solange Legrelli offiziell noch als Verbündeter des Herzogs von Molterossa galt, gab es für ihn keine Probleme, wenn er dem Mann den Mord an Monte Elde anhing. Es würde ihm sogar nützen, denn dann stünden Offiziere und Mannschaft geschlossen hinter ihm, wenn er die Eiserne Kompanie dem Herzog von Mailand zuführte. Wurde dann bekannt, dass der Podesta von Mentone seit neuestem zu Gian Galeazzos Leuten gehörte, war er schon der unangefochtene Capitano der Compagnia Ferrea. Die Offiziere würden nur auf das Gold schauen, und die meisten seiner Söldner waren Deutsche und Flamen, die darauf gedrillt waren, wie Ochsen den Befehlen ihrer Anführer zu folgen.

## 9.

Caterina schloss die Augen und sagte sich, dass eine Heirat mit Botho das kleinere Übel gewesen wäre, verglichen mit der Gefahr, die hier auf sie lauerte. Hinter ihr jammerte Malle zum Steinerweichen, und einige Schritte weiter vorne empfahl der Priester, der zusammen mit ihnen von der letzten Herberge aufgebrochen war, seine Seele dem Herrn. Auch er schien überzeugt zu sein, dass sie das andere Ende dieser Schlucht nicht lebend erreichen würden.

»Nicht stehen bleiben! Wir müssen weitergehen!« Einer der einheimischen Führer, in deren Hände sie sich begeben hatten, klopfte Caterina mit dem Finger auf die Schulter, als wolle er sie antreiben wie ein Maultier.

Sie öffnete die Augen und blickte nach oben, wo hoch über ihr das Blau des Himmels wie ein schmales Band zwischen den beiden steil aufragenden Wänden zu erkennen war. Nur ein Vogel war in der Lage, dort hinaufzufliegen und dem gähnenden Rachen der Tiefe zu entkommen, der sie und die anderen Reisenden in diesem Vorhof der Hölle bedrohte. Caterinas Blick wanderte die düstere, von Schatten verhüllte Felswand hinab, die ihnen gegenüberlag. Man hätte einen Kirschkern gegen sie spucken können – und doch war sie ebenso unerreichbar wie das Himmelreich für einen Todsünder, denn die Schlucht, an deren Wand die Reisenden sich entlangtasteten, reichte weiter in die Tiefe, als der Blick eines Menschen zu dringen vermochte. Caterina hatte kurz versucht, den Grund auszumachen, es aber schaudernd aufgegeben. Noch immer kämpfte sie mit dem heftigen Schwindelgefühl, das sie bei diesem Anblick gepackt hatte, und musste sich die Beschimpfungen der Einheimischen anhören, die die Reisenden wie störrische Tragtiere über den Pfad trieben.

»Wenn Ihr nicht weitergeht, stecken wir Euch ebenfalls in einen Korb wie die andere Frau!«, schnaubte einer Caterina an.

Sie sah sich kurz zu Malle um, die in einem geflochtenen Korb kauerte, den zwei Bündner an einer langen Stange trugen, und spreizte abwehrend die Hände. So wie die Männer ihre Magd trugen, hing diese mehr über dem Abgrund als über dem Felsband, das hier Weg genannt wurde und so schmal war, dass sie ihre Füße kaum nebeneinander stellen konnte. Ihr erschien es wie ein Wunder, dass ihr Maultier und das von Malle, die von zwei jungen

Männern am Zügel geführt wurden, noch nicht abgestürzt waren. Ein paar Schrammen, die Caterina an der letzten Kehre auf den Flanken der Tiere gesehen hatte, zeigten, dass die sonst so gleichgültigen Geschöpfe sich instinktiv gegen die Felswand drückten.

»Weiter!« Zum dritten Mal drängte der Bündner. Mit dem Gesicht zur Felswand klammerte Caterina sich an den schmierigen, an einigen Stellen halb durchgewetzten Strick, den man an den gefährlichsten Stellen als Handlauf angebracht hatte, und setzte ihren Weg fort. Vor ihr scheuchte ein anderer Bündner den Priester vorwärts. Dieser hatte anscheinend jede Hoffnung auf Gottes Hilfe aufgegeben und greinte wie ein Kind.

»Was macht ihr, wenn jemand nicht mehr weitergehen will, der Weg aber zu schmal ist, ihn in einen Korb zu setzen?«, fragte Caterina den Mann, der vor ihr ging.

Dieser zuckte mit den Schultern. »Dann schmeißen wir ihn hinab. Es ist besser, einer geht drauf als wir alle!«

Caterina schluckte. Eine andere Wahl hatten die einheimischen Führer wohl nicht, aber ihr graute vor der Unerbittlichkeit, die aus den Worten des Mannes sprach. Mehr denn je bedauerte sie, diesen Weg eingeschlagen zu haben, doch sie hatte nicht geahnt, welche Gefahren sie hier erwarteten. Eigentlich hatte sie eine andere Reiseroute nehmen wollen, nämlich die, von der ihr Vater damals gesprochen hatte und auf der auch ihre Mutter und Malle einst nach Deutschland gekommen waren. Aber sie kannte Trefflich und ahnte, dass dieser seine Leute hinter ihr herschicken würde. Der Kaufmann verfolgte seine Pläne mit der Ausdauer eines Bullenbeißers, und es gab keine Sicherheit für sie, ehe sie das Lager ihres Vaters erreicht hatte. Daher war sie nicht über den Fern- und Reschenpass gereist, sondern hatte die Straße über den San Bernardino und den Splügenpass gewählt. Letzterer lag noch ein ganzes Stück vor ihr, und sie glaubte nicht mehr daran, dass sie dieses Tor zu Italien je erreichen würde.

Du bist eine Närrin!, schalt sie sich in Gedanken. Diesen Weg sind schon viele andere gegangen und heil an ihr Ziel gelangt. Warum sollte es jetzt anders sein? Mut konnte sie sich damit jedoch nicht zusprechen, denn der Schrecken der Via Mala war ihr ins Mark hineingekrochen. Via Mala, schlechter Weg – dieser Name war in ihren Augen eine Untertreibung, man konnte diesen Ziegenpfad, der den fast senkrecht aufsteigenden Felsen abgerungen worden war, beim besten Willen nicht als Weg bezeichnen.

»Weitergehen! Sonst stürzt du zum Teufel in die Tiefe, anstatt nach oben zu deinem Herrn zu gelangen!« Im ersten Augenblick glaubte Caterina, die Drohung gelte ihr. Dann sah sie, dass der Priester an einer besonders heiklen Stelle stehen geblieben war und sein Kreuz mit beiden Händen umfasste, während die Lippen lautlose Gebete formten. Einer der Bündner kam auf ihn zu und gab ihm einen derben Stoß. »Nach vorne oder nach unten, du hast die Wahl!«

Der Priester starrte ihn aus großen Augen an und wankte mit zitternden Beinen weiter. Kurz darauf erreichten sie eine steinerne Brücke, welche die beiden Seiten der Schlucht miteinander verband. Dort setzten die Bündner den Priester kurzerhand in einen Korb und trugen ihn ebenso wie Malle als Gepäckstück mit sich. Aus der relativen Sicherheit des Steinbogens drehte Caterina sich um und überzeugte sich, dass die fünf Veteranen der Burgbesatzung, die als Leibwache mitgekommen waren, den bisherigen Weg durch die Schlucht heil überstanden hatten. Zu ihrer Überraschung war es den sie begleitenden Bündnern sogar gelungen, deren Pferde am Zügel mitzuführen, ohne eines zu verlieren. Dies erschien Caterina als das größte Wunder.

Auf der anderen Seite der Schlucht ging es ebenso Furcht erregend weiter wie vor der Brücke. Während Caterina gegen ihre Angst und ihre Schwindelgefühle ankämpfte, war das Einzige, was sie deutlich wahrnahm, die Gebete des Priesters, dessen Stimme gekräftigt aus dem Korb herausdrang. Malle fiel dünn und zittrig ein und auch sie selbst sprach nun die frommen Worte voller Inbrunst nach. Am liebsten hätte sie auch die Hände gefaltet, um Gott im Himmel die nötige Ehrerbietung zu erweisen, doch die brauchte sie, um sich an der Felswand weiterzuhangeln. Trotzdem ging es mit jedem Schritt besser, und als sie nach einer halben Ewigkeit das andere Ende der Schlucht erreicht hatte, sank sie wie die meisten anderen Reisenden auf die Knie und dankte allen Heiligen für den Schutz und die Hilfe, die die Himmlischen ihnen hatten angedeihen lassen.

Als sie kurz vor Einbruch der Dunkelheit den Ort Spluga erreichten, vermochte Caterina sogar wieder ein wenig zu lächeln. Das Dorf war größer, als sie es an dieser elenden Straße erwartet hatte, und es gab neben etlichen niedrigen Bauernhöfen auch ein paar aus schweren Holzbalken errichtete Patrizierhäuser, die Kaufleuten gehörten. Gesprächen zufolge, denen Caterina in der Herberge interessiert lauschte, wurde die Via Mala nicht nur von todesmutigen Reisenden genutzt. Man transportierte auch Waren auf gut ausgebildeten Saumtieren oder als Traglasten durch die Schlucht. Wie gefährlich die Strecke war, bestätigte sich am nächsten Morgen, als sie mit Malle die Kirche des Ortes aufsuchte, um Gott für den glücklichen Verlauf der Reise zu danken. Auf dem Friedhof, der das Kirchlein umgab, zeugten zahllose Holzkreuze von all den Männern, die während der Durchquerung der Schlucht in den Tiefen der Via Mala ihr Grab gefunden hatten.

Die Straße, die die kleine Reisegruppe nun einschlug, war sogar breit genug für Fuhrwerke. Sie führte vom Tal aus stets bergauf und war für Reisende, die die Via Mala überstanden hatten, trotz der schroffen Abhänge und steilen Wegstücke beinahe erholsam zu nennen. Auch das Wetter und die Schönheit der Landschaft hoben die Stimmung, denn die Sonne wärmte, ohne unangenehm heiß zu brennen, und am Himmel kreisten Adler und Habichte auf der Suche nach Nahrung. Als Caterina nach den Tieren Ausschau hielt, die den Greifvögeln als Beute dienen konnten, entdeckte sie in einiger Entfernung von der Straße einige kahle Erdhaufen, auf denen ihr unbekannte Tiere hockten, die bei der Annäherung der Menschen einen scharfen Pfiff ausstießen und in Löchern unter den kleinen Hügeln verschwanden.

Einer der Führer sah ihren fragenden Blick und lächelte. »Das sind Murmeltiere. Sie haben allen Grund, die Menschen zu fürchten, denn ihr Fett ist ein großartiges Heilmittel. Es heißt sogar, Hexen würden es für ihre geheimen Künste benötigen. Murmeljäger stellen ihnen nach und versuchen, sie zu fangen, aber meist ist das Murmel schneller als sie. Doch wenn man eines erwischt, wiegt der Ertrag alle Mühen auf. Es ist auf alle Fälle ein leichteres Brot, als Reisende und Waren durch die große Schlucht zu bringen, wenn auch nicht ganz ungefährlich. Ein Jäger, der nicht Acht gibt, kann leicht dem Teufel einige hundert Klafter näher kommen, bevor seine Seele zum Himmel aufsteigt.«

Caterina taten die possierlichen Tiere leid, die wegen ihres Fettes gejagt wurden, aber da sie bei dem Bündner nicht auf Verständnis hoffen konnte, äußerte sie sich nicht dazu und ritt weiter. Hinter ihr jammerte Malle, weil ihr Hinterteil wund war, und schimpfte über die Reise, die in ihren Augen einer Höllenfahrt glich.

»Du hättest ja in Eldenberg bleiben können! Aber du hattest nichts Eiligeres zu tun, als Hilda deine Schlüssel zu übergeben und mit mir zu kommen«, wies Caterina sie zurecht.

Malle, die nun den Posten einer Leibmagd einnahm, maß ihre Herrin mit einem vernichtenden Blick. »Hätte ich Euch allein nach Italien reisen lassen sollen? Ihr wisst doch gar nicht, wie es dort zugeht.«

Caterina lachte hell auf. »Gib doch zu, dass du Heimweh hattest!«

Empört schüttelte Malle den Kopf, doch an ihrem Gesicht war unschwer zu erkennen, dass Caterina ins Schwarze getroffen hatte.

Aber sie wusste auch, dass die brave Magd ihr an jeden Ort dieser und aller jenseitigen Welten gefolgt wäre, und schenkte ihr ein dankbares Lächeln.

Die Hälfte des Weges zur Passhöhe hatten sie bereits zurückgelegt, als ihr Führer sichtlich unruhig wurde und immer wieder zum Himmel aufblickte. »Das sieht nicht gut aus«, erklärte er. »Da braut sich ein heftiges Unwetter zusammen!«

Caterina zuckte zusammen, sie musste an die Gewitternacht denken, die sie in der Wolfsgrube hatte zubringen müssen. Als sie selbst den Himmel betrachtete, erschien er ihr blau und friedlich. Nur über einem Gipfel im Norden war ein winziges Wölkchen zu sehen, das in einem fahlen Weiß glänzte. Caterina winkte beruhigt ab. Bis sich hier ein Unwetter entspann, würden sie längst die Passhöhe und das dortige Hospiz erreicht haben. Gerade als sie zu dieser Überzeugung gelangt war, fuhr ein eisiger Windstoß über sie hinweg, als wolle die Natur oder gar der Heilige, der für diesen Pass verantwortlich war, sie für ihren Vorwitz bestrafen. Sie hatte sich auf den Rat ihres Führers hin dicker angezogen, als es dem schwülen Wetter im Tal angemessen gewesen war, und zu Beginn stark geschwitzt. Jetzt musste sie jede Schlaufe ihres Umhangs schließen und die Kapuze festziehen.

Der Führer trieb seine Schützlinge mit Worten und Gesten an wie eine Gänseherde, und diesmal säumte keiner. Allerdings ging es nicht so rasch vorwärts, wie sie es sich gewünscht hätten, denn ihnen kamen immer wieder schwer beladene Saumzüge entgegen, und zweimal mussten sie unruhig gewordene Tragtiere überholen, die von ihren Führern nur mühsam in einer Reihe gehalten werden konnten. Über ihnen wuchs das winzige Wölkchen mit der Schnelligkeit galoppierender Pferde, und als sie das Hospiz auf der Kuppe über sich sahen, begann es zu schneien und zu graupeln.

»Gebt Acht, dass die Tiere nicht auf dem schlüpfrigen Fels ausgleiten!«, warnte der Bündner und begann so schnell bergauf zu laufen, dass die meisten ihm kaum folgen konnten. Ein Donnerschlag rollte durch das Tal, fing sich in den umliegenden Bergen und hallte mit betäubender Kraft von den Felswänden wider. Der Graupelschauer fiel nun so dicht, dass die Reiter die Köpfe ihrer Reittiere nicht mehr erkennen konnten, und für Augenblicke geriet Caterina in Panik, sie könnten das Hospiz verfehlen und sich in den Bergen verirren. Vor Kälte zitternd trieb sie ihr Maultier an und rief gleichzeitig um Hilfe. Malle schrie etwas in den Wind hinein und schloss so eng zu ihr auf, dass sie die Magd und ihr Reittier wie einen weißen Schemen neben sich sah. »Wir werden sterben, Jungfer!«, verstand Caterina nun.

»Ich bin Trefflich entkommen und habe die Via Mala bezwungen, also werde ich auch hier nicht enden!«, antwortete Caterina. Aber sie war nicht so mutig, wie sie sich selbst weismachen wollte, denn die Welt um sie herum bestand nur noch aus eisigem Weiß, und sie hatte längst jede Orientierung verloren. Gerade als sie ihr Maultier zügelte, weil sie befürchtete, jeden Augenblick in einen Abgrund zu stürzen, tauchte ihr Führer wie aus dem Nichts aus und ergriff ihre und Malles Zügel.

»Gleich seid ihr beim Hospiz und in Sicherheit«, brüllte er gegen den tobenden Sturm an.

## 10.

Ein großer Napf Gerstensuppe und ein Becher bitteres Bier weckten Caterinas Lebensgeister, und sie fragte sich mit einem spöttischen Lachen, was sie auf dieser Reise wohl noch alles würde durchstehen müssen. Da das Unwetter sie an diesem Ort gefangen hielt, rollten sie und die anderen Reisenden ihre Decken im Schlafsaal des Hospizes aus und fielen trotz des Lärms um sie herum und einiger nicht besonders angenehmer Gerüche in einen festen Schlaf, aus dem Caterina erst am nächsten Morgen erwachte. Nach einem ausreichenden Frühstück, das ebenfalls aus warmer Suppe bestand, brach sie mit einer bangen Erwartung auf und sah sich von ihrer Vorahnung nicht getäuscht, denn der weitere Weg schlängelte sich in vielen Schleifen und Serpentinen zu Tal und führte dabei oft genug an steil in die Tiefe fallenden Abhängen vorbei, die schon manchem Reisenden zum Verhängnis geworden waren. Martin, der Anführer der fünf Veteranen in Caterinas Begleitung, spottete über Malle, die beim Anblick jeder Felskante, hinter der es ein paar Manneslängen hinabging, Töne von sich gab wie ein angestochenes Schwein, und die anderen Reisenden ließen ebenfalls das eine oder andere böse Wort über die völlig verängstigte Magd fallen. Aber im Gegensatz zu den Befürchtungen, die Malle ausstieß, musste die Gruppe weder eine zweite Via Mala überwinden noch einen weiteren Schneesturm über sich ergehen lassen. Dafür wurde die Landschaft bei jeder Kehre des Weges lieblicher. Schließlich schien die Sonne so warm vom Himmel, dass Caterina die Leute in ihrer Reisegruppe beneidete, die sich bis aufs Hemd ausziehen konnten. Ihr verbot die Schicklichkeit, sich zu entblößen, und Martin und seine Kameraden litten nicht weniger als sie, denn da sie auf alles vorbereitet sein wollten, weigerten sie sich, ihre ledernen Rüstungen auszuziehen.

Im Tal angekommen eilte Malle in die erste Kirche, auf die sie trafen, und küsste die Steinplatten vor dem Altar aus Dankbarkeit, den Weg über das Gebirge überstanden zu haben. Caterina verrichtete ein stilles Gebet und bewunderte dann den reichen Bilderschmuck des nach außen hin schlichten Gotteshauses. Ein begnadeter Künstler hatte die Heilige Familie mit glühenden Farben an die Stirnwand gemalt und die Seitenwände mit Szenen aus dem Leben Christi gefüllt. Die Figuren wirkten so lebensecht, dass Caterina sich vorstellen konnte, wie diese an Allerheiligen herabstiegen und den Gläubigen ihren Segen erteilten.

Es war die erste von vielen Kirchen, die sie auf ihrer weiteren Reise betraten, denn Malle hatte geschworen, in jedem Gotteshaus, auf das sie unterwegs trafen, der Muttergottes und dem jeweiligen Kirchenheiligen zu danken, und sie hielt sich mit unerbittlicher Strenge an diesen Eid. Ob es Malles Frömmigkeit war oder einfach nur Glück, wusste Caterina nicht zu sagen, in jedem Fall durchquerten sie und ihre Begleiter ohne jeden Zwischenfall die südlich des Splügenpasses gelegenen Gebiete der Eidgenossenschaft und erreichten schließlich den Machtbereich Gian Galeazzo Viscontis, dessen Name immer häufiger fiel. Caterina hatte sich bislang nur wenig für die kursierenden Berichte und Gerüchte interessiert und ahnte daher nicht, in welches Spannungsfeld sie nun hineingeriet.

Als sie in die Nähe der Stadt Treviglio kamen, entdeckte Malle unweit der Straße eine kleine Kirche und lenkte ihr Maultier in diese Richtung, ohne Caterina zu fragen. Mit einem ärgerlichen Stöhnen folgte diese und geriet unvermittelt in ein Söldnerlager. Während sie die Krieger in ihrer bunten Kleidung und der schimmernden Wehr musterte, erinnerte sie sich an all die Gerüchte, über die andere Reisende eifrig disputiert hatten, aber sie begriff erst jetzt, dass auch Italien kein friedliches Eiland der Seligen war, auf dem einem die Trauben in den Mund wuchsen.

Einer der Begleiter Caterinas hatte die Truppe anhand ihrer Fahnen und Farben erkannt. »Die Kompanie gehört Perino di Tortona. Ein unangenehmer Kerl! Euer Vater ist bereits mehrfach mit ihm aneinander geraten und nimmt keinen Auftrag mehr an, der ihn an die Seite dieses Condottiere führt.«

Caterina zügelte das Maultier, das sie anstelle ihrer auf Rechlingen zurückgelassenen Stute ritt, und sah sich das Lager mit den schlichten Zelten der ärmeren Soldaten und den teilweise recht prunkvollen Unterkünften der Edelleute und Offiziere genauer an. So sieht also das Leben meines Vaters und meines Bruder aus, fuhr es ihr durch den Kopf, und sie stellte sich Jakob in einer ähnlich lächerlichen, hautengen Hose und einem gesteppten Wams vor, wie diese Männer sie trugen. Sie musste kichern.

Einige der herumlungernden Söldner waren auf die Gruppe aufmerksam geworden und kamen näher. Ein bärtiger Kerl mit einer Narbe auf der Wange verzog sein Gesicht zu einem Grinsen und formte mit den Händen Kurven in die Luft, die die übrigen Männer zum Lachen brachten. Anzügliche Rufe klangen auf, der Bärtige bewegte sein Becken vor und zurück und entblößte dann mit einem raschen Griff sein Glied. Einige seiner Kameraden taten es ihm gleich und urinierten ungeniert vor Caterina auf die Straße.

Malle schob sich mit ihrem Maultier zwischen ihre Herrin und die Soldaten und überschüttete sie mit einem Wortschwall, dem man nicht anmerkte, dass sie ihren romagnolischen Dialekt fast zwanzig Jahre lang kaum verwendet hatte. Als einige Söldner wütend die Fäuste ballten, schlossen sich die fünf Veteranen enger um Caterina und Malle und legten ihre Hände auf die Griffe ihrer Schwerter.

»Schön brav bleiben, Burschen. Ich habe nicht verlernt, Euresgleichen die Schädel zu spalten«, warnte Martin die Tortona-Söldner in schlechtem Italienisch.

»Ach so, ihr seid welche von uns! Buon viaggio, eine gute Reise wünschen wir euch noch.« Die Feindseligkeit der Soldaten war wie weggewischt und sie winkten der Gruppe lachend nach.

Während Caterina aufatmete, schimpfte Malle leise vor sich hin. »Gesindel! Wenn sie nicht für irgendeinen Herrn Krieg führen, werden sie zu Räubern, plündern arme Reisende aus und treiben dabei so schreckliche Dinge, dass es die Heilige Jungfrau erbarmen mag. Euer Großvater hat es Eurer Mutter nie verziehen, dass sie sich in einen Soldaten verliebt hat und mit ihm durchgebrannt ist. Selbst auf die Nachricht vom Tod seiner Tochter, den Euer Vater ihm pflichtschuldig mitgeteilt hat, kam keine Reaktion.«

»Meine Mutter ist mit meinem Vater durchgebrannt?« Caterina starrte ihre Dienerin überrascht an.

»Das ist schon lange her. Außerdem war Euer Vater ein Edelmann und keiner von diesem Banditengesindel, das sich hier herumtreibt.«
Malle schnaubte verärgert, weil sie das mühsam vor ihrer jungen Herrin verborgene Geheimnis gedankenlos ausgeplaudert hatte.
Unterdessen hatte die Gruppe das Kirchlein erreicht. Die Tür stand offen und gab den Blick in das Innere frei. Caterina trat ein, beugte ehrfürchtig das Knie und bekreuzigte sich. Malle kniete nieder und betete in ihrer Muttersprache.
Caterina, deren Italienisch mehr von ihrer Dienerin als von ihrer Mutter geprägt war, fiel leise in das Gebet mit ein, und auch die fünf Veteranen, die vor der Tür stehen geblieben waren, richteten ihre Gedanken gen Himmel und baten Gott und den Heiland, ihnen auf dem Rest der Reise beizustehen.

## 11.

Eine Woche später erreichte Caterina das kleine Städtchen Rividello in der Romagna, den Ort, von dem aus ihr Vater seinen letzten Brief geschrieben hatte. Sie hoffte, ihn hier zu treffen oder wenigstens zu erfahren, wo er sich aufhielt. In der Stadt sah sie sich verblüfft um, denn die Bürger schufteten, als müssten sie sich auf eine Belagerung vorbereiten. Karren mit Nahrungsmitteln und Viehfutter wurden hereingeschafft, einige Stücke der Wehrmauer ausgebessert und der Torturm erhöht. Auch an den Häusern waren die Leute emsig zugange. Die hohen, schlanken Türme, die zu Caterinas Verwunderung an jedem größeren Gebäude in den Himmel ragten, wurden ebenfalls repariert und die Tore verstärkt. Die Häuser der Ärmeren, die zwischen den burgähnlichen Palazzi standen, riss man einfach nieder.
»Was ist denn hier los?«, fragte Caterina einen jungen Mann, dessen buntes Samtwams ihn als Herrn von Stand auswies.

Der Mann blieb stehen und verbeugte sich schwungvoll. »Buon giorno, Signorina! Erlaubt, dass ich mich Euch vorstelle. Aldobrando di Muozzola zu Euren Diensten. Mein Vater ist der Podesta dieser Stadt.«

Der Titel sagte Caterina nichts, und so bemühte Aldobrando sich, ihr zu erklären, dass sein Vater von den hohen Bürgern Rividellos zum dritten Mal hintereinander auf ein Jahr mit der Regierung der Stadt betraut worden sei, und setzte hinzu, dass man sich zum Krieg rüste.

»Der Schatten des Herzogs von Mailand fällt auf uns und auf viele weitere Städte in der Romagna. Uns bleibt nur der Kampf, um unsere Freiheit zu bewahren!« Der junge Mann klang arg pathetisch, und er sah weniger wie ein Krieger aus als wie ein Geck. Caterina, die Perino di Tortonas Söldner noch vor Augen hatte, musste sich ein Lächeln verkneifen. Gleichzeitig sagte sie sich, dass Muozzola ihr vielleicht die Information liefern konnte, die sie suchte.

»Verzeiht, Signore. Ich bin auf der Suche nach einem bestimmten Condottiere. Die letzte Nachricht über ihn habe ich aus dieser Stadt erhalten.«

»Ihr meint doch nicht etwa Francesco di Monte Elde, Signorina?« Es dauerte einen Augenblick, bis Caterina die italienisierte Form ihres eigenen Namens erkannte, dann aber nickte sie heftig. »Doch, genau den meine ich.«

Aldobrando di Muozzola machte eine Geste, die sowohl Ärger wie auch Verzweiflung ausdrücken konnte, und seufzte dann abgrundtief. »Ich bedauere, Signorina, doch Francesco il Ferreo sucht Ihr in unserer Stadt vergebens. Er hat seinen Vertrag mit meinem Vater nicht mehr erneuert, sondern eine Condotta mit der Stadt Pisa abgeschlossen. Deren Stadtherr Iacopo Appiano vermochte die Geldgier dieses verfluchten Tedesco wohl besser zu befriedigen als wir.«

Der Zorn, der aus Muozzolas Worten sprach, ließ es Caterina geraten erscheinen, sich nicht als Franz von Eldenbergs Tochter zu erkennen zu geben. Sie bedankte sich bei dem jungen Herrn, schlug dessen Einladung, im Hause seines Vaters Quartier zu nehmen, ebenso freundlich wie bestimmt aus und fragte dann einen anderen Passanten nach einer guten Herberge.

Auf dem Weg dorthin schüttelte Malle besorgt den Kopf. »Seid Ihr nicht ein wenig leichtsinnig, Jungfer Caterina? Wir haben auf dieser Reise bereits sehr viel Geld ausgegeben und eine solche Herberge wird teuer sein.«

Caterina lachte sie aus. »Aber Malle, in ein paar Tagen werde ich meinen Vater in die Arme schließen und dann sind all unsere Sorgen vergessen.«

»So Gott will!«, antwortete die Dienerin brummig, sagte sich aber selbst, dass es gut war, wenn ihre junge Herrin endlich in die feste Hand ihres Vaters kam. Caterina war viel zu selbstherrlich für eine Frau. Auf Eldenberg hatte sie den von ihrem Vater eingesetzten Verwalter mit Leichtigkeit beiseite geschoben und den Besitz selbst regiert, und die Reise hatte sie noch übermütiger gemacht.

»Es wird Zeit, dass sie einen Mann bekommt und Kinder, auf die sie ihre Kräfte richten kann«, murmelte Malle vor sich hin und fand nicht zum ersten Mal, dass Franz von Eldenberg seine Vaterpflichten bislang schmählich vernachlässigt hatte.

## 12.

Hans Steifnacken hatte einen siebten Sinn für jede Art von Ärger, der sich im Lager zusammenbraute, und als er Borellis laute, zornige Stimme vernahm, wusste er, dass jedes bisherige Problem ein laues Lüftchen gewesen war im Vergleich zu dem Sturm, der sich jetzt entwickelte. Er eilte in die Richtung, aus der das Gebrüll erscholl, und hörte noch, wie Borelli den anderen Offizieren klar zu machen versuchte, dass er hier das Kommando führe.

»Wir werden eine neue Condotta abschließen, und zwar nach meinem Willen! Der Vertrag mit Pisa ist durch den Tod meines Onkels erloschen. Außerdem zählen Mentone und dessen Podesta Battista Legrelli zu Pisas Verbündeten, und ich werde nicht für jemand kämpfen, der den Mord an meinem verehrten Onkel und meinem Vetter angeordnet hat!« Borelli sagte es in einem Ton, der jeden Widerstand von vorneherein ausschließen sollte. Bei Franz von Eldenberg hätten die Leute gekuscht, doch ihm schlug von allen Seiten Widerspruch entgegen. Lanzelotto Aniballi schob kämpferisch die Brust heraus und funkelte Borelli aus seinen fast schwarzen Augen an. Er zählte zu den jungen Edelleuten, die von ihren Vätern in Eldenbergs Obhut gegeben worden waren, um bei ihm das Kriegshandwerk zu erlernen, und er hatte Monte Eldes Bastardneffen nie richtig ernst genommen.

»Wenn Legrelli ein Verbündeter Pisas wäre, hätte er keinen Grund gehabt, unseren Capitano zu ermorden. Ich habe jedoch von meinem Vetter Tristano, der als Unteranführer in Henry Hawkwoods Kompanie dient, erfahren, dass der Podesta von Mentone geheime Korrespondenz mit Herzog Gian Galeazzo von Mailand unterhält und bereits zu ihm übergegangen sein soll. So bekommt dieser Mord einen Sinn. Legrelli muss unseren Capitano im Auftrag des Mailänders in eine Falle gelockt haben, um ihn ermorden zu lassen.« Aniballi sah sich um, als wolle er von den anderen Offizieren Zustimmung erheischen. Die bekam er auch.

»Lanzelotto hat Recht! Nur so kann es gewesen sein. Visconti hat unseren Capitano gefürchtet und ihn durch seine Kreatur Legrelli beseitigen lassen!«

»Wir kämpfen nicht für den Mörder unseres Capitano!«

»Tod und Verdammnis über Visconti und Legrelli!«

»Wir werden Francesco il Ferreo und seinen Sohn rächen!«

Durch die Haltung seiner Freunde bestärkt trat Lanzelotto Aniballi einen weiteren Schritt auf Borelli zu und verschränkte die Arme vor der Brust. »Wenn in dir auch nur ein Tropfen des edlen Blutes der Familie Monte Elde fließt, wirst du den Vertrag deines Oheims erfüllen und ihn an seinen Feinden rächen.«

Borelli erinnerte sich an Ranuccios Warnung und fluchte. Es wäre tatsächlich besser gewesen, den Tod seines Onkels irgendwelchen Räubern anzuhängen, anstatt ihn Legrelli in die Schuhe zu schieben. Doch hatte er ahnen können, dass dessen Wechsel auf die Visconti-Seite so rasch bekannt werden würde? Außerdem hatte er mit der Loyalität der italienischen Offiziere gerechnet, aber gerade die verweigerten ihm nun die Gefolgschaft. Mit einem Gesicht, als könne er jeden Augenblick platzen, deutete er auf Aniballi. »Noch ist nicht bewiesen, ob Legrelli wirklich der Mörder war oder meine Verwandten an ganz ordinäre Banditen geraten sind. Ich habe sie nicht gesehen, denn ich bin ihnen durch die Gnade des heiligen Leonardo entgangen, der mein Pferd zur rechten Zeit lahmen ließ.«

»Eigenartige Räuber, die dich so einfach haben entkommen lassen! Könnte es sein, dass du den Capitano und seinen Sohn im Stich gelassen hast, um deine armselige Haut zu retten?« Der Ausruf drückte mehr den Ärger des Sprechers aus als eine Anklage.

Borelli fuhr auf, als hätte ihn eine Hornisse gestochen. »Wer wagt es, mich feige zu nennen?«

Als niemand antwortete, schnaubte er grimmig und stampfte auf. »Es ist mir egal, wer den Mord begangen hat. Wir werden für den Herzog von Mailand reiten, ob es euch passt oder nicht!«

»Dabei wirst du auf meine dreißig Lanzen verzichten müssen!«, rief Aniballi erregt.

»Auf meine dreißig auch!«

»Und auf meine fünfundzwanzig ebenfalls!«

Aniballis Freunde stellten sich hinter ihn und bildeten eine Front gegen Borelli. Dessen Gesicht färbte sich noch dunkler, aber nun hatte er sich besser in der Hand. »Du kannst ruhig gehen, Aniballi, und du kannst jeden Einzelnen dieser erbärmlichen Feiglinge an deiner Seite mitnehmen. Die Soldaten, die du bisher angeführt hast, bleiben jedoch hier. Sie wurden mit dem Geld meines Onkels angeworben und ihre Pferde und die Waffen von ihm bezahlt. Ach ja: Bevor du gehst, gib gefälligst den Soldvorschuss zurück, den mein Onkel dir hat zukommen lassen.«

Während Borelli zufrieden sah, wie die Gescholtenen erbleichten, hielt Hans Steifnacken es für an der Zeit, einzugreifen. Er trat zwischen den Neffen seines toten Herrn und das halbe Dutzend zumeist italienischer Offiziere, die Eldenberg in den letzten Jahren bei sich aufgenommen hatte, und hob die rechte Hand. »Bevor hier etwas entschieden wird, was die ganze Kompanie betrifft, muss die neue Eigentümerin gefragt werden.«

Borelli lachte laut auf und bedachte den etwas kurz geratenen, bulligen Schwaben mit einem Blick, als zweifle er an dessen Verstand. »Welche Eigentümerin meinst du? Doch nicht etwa die fette Bianca, die sich mit ihren beiden Blagen in Giustomina suhlt? Die hat hier nichts zu sagen, und ihre beiden Töchter auch nicht. Der neue Herr der Eisernen Kompanie bin ich, und je eher das in eure Holzköpfe geht, umso besser ist es für euch!«

Steifnacken ließ sich nicht einschüchtern. Der Unteroffizier war vor fast fünfundzwanzig Jahren mit Franz von Eldenberg nach Italien gezogen und hatte seitdem an jedem Kriegszug der Eisernen Kompanie teilgenommen. Bei den Söldnern galt sein Wort mehr als das der meisten Offiziere, und auch jetzt sahen ihn einige der deutschen und flämischen Reiter, die das Gros der Truppe ausmachten, auffordernd an.

Steifnacken drehte sich einmal im Kreis, um die Stimmung der Männer zu erfassen, und wandte sich dann mit undurchsichtiger Miene an Borelli. »Stimmt es, dass du Bianca und ihren Töchtern das Recht auf das Erbe Eldenbergs absprichst, weil sie selbst nur die Bettgespielin des Capitano, aber nicht sein Eheweib war, und die Mädchen daher Bastarde sind?«

Borelli machte eine wegwerfende Handbewegung. »Natürlich sind es Bastarde – und außerdem nur Weiber.«
»Darf ich dich daran erinnern, dass auch du ein Bastard bist, und nicht einmal aus Franz von Eldenbergs Lenden, sondern aus denen seines Bruders? Daher ist es ganz klar, dass dein Recht, den Capitano zu beerben, noch hinter dem Biancas und ihrer beiden Töchter zurücksteht!«
Damit war der Fehdehandschuh geworfen. Borelli bleckte die Zähne und musterte Steifnacken mit einem Blick, der dem Schwaben unmissverständlich klar machte, dass für ihn kein Platz mehr in der Kompanie sein würde, wenn sein Gegenüber die Oberhand behielt. Für einen Augenblick sah es so aus, als neige die Waagschale sich Borelli zu. Diejenigen, die die füllige, gemütliche Bianca kannten, brachen bei dem Gedanken, sie könnte die neue Herrin der Truppe werden, in schallendes Gelächter aus. Selbst Steifnackens Freunde, die sonst wie Pech und Schwefel zu ihm hielten, schüttelten belustigt die Köpfe.
»Ich glaube, mein guter Hans, jetzt hast du dich ein wenig vergaloppiert«, rief einer von ihnen.
Steifnacken bedeutete den Männern zu schweigen. »Ich weiß, wovon ich spreche. Jeder Gaul in dieser Kompanie, jeder Spieß und jeder Bagagewagen wurde von dem Geld Franz von Eldenbergs bezahlt, ebenso der Vorschuss auf euren Sold, den die meisten von euch bereits wieder versoffen haben.«
Aufklingendes Gelächter aus der Masse der Männer ließ ihn kurz innehalten. Als er weitersprach, tat er es mit dem festen Willen, Borelli, der sich ihm gegenüber stets etwas zu viel herausgenommen hatte, einen dicken Strich durch die Rechnung zu machen. »All das wäre einmal in den Besitz Jakob von Eldenbergs übergegangen. Doch der ist ebenfalls tot, und so gehört alles, was ihr hier seht, einschließlich euch selbst, die ihr euch auf drei Jahre verpflichtet habt, der einzigen legitimen Tochter und Erbin des Capitano, näm-

lich Caterina von Eldenberg, die gleichzeitig eine Enkelin des Marchese Olivaldi ist.«

Nun lachte keiner mehr. Fabrizio Borelli stieß einen wüsten Fluch aus und packte Steifnacken an der Brust. »Sollen wir deiner Meinung nach vielleicht warten, bis es dieser deutschen Jungfer einfällt, über uns zu bestimmen? Nein, sage ich euch! Ich übernehme die Kompanie!«

Steifnacken ließ sich nicht beirren. »Nur mit dem Einverständnis unserer Herrin! Bis dorthin werden wir den Vertrag erfüllen, den ihr Vater abgeschlossen hat. Hast du überhaupt schon einen Boten losgeschickt, der Jungfer Caterina vom Tod ihres Vaters und ihres Bruders benachrichtigen soll?«

Borellis Miene zeigte deutlich, dass er dies bewusst unterlassen hatte. Die Söldner, die aus Schwaben stammten und die kleine Caterina gekannt hatten, spendeten Steifnacken lautstark Beifall und beschimpften Borelli. Für die Männer hatte ihr Capitano dicht unter dem Herrgott gestanden, und es machte sie zornig, dass Borelli die Rechte der Tochter ihres verehrten Hauptmanns so einfach hatte übergehen wollen. Einige der Schwaben stimmten sogar den alten Kampfruf »Eldenberg! Eldenberg!« an, der seit fast einem Jahrzehnt von dem Ruf »Monte Elde!« verdrängt worden war.

Borelli begriff, dass seine Chancen gesunken waren, sich gegen Steifnacken durchzusetzen, und trat zu den jungen Italienern, mit denen er sich eben noch gestritten hatte. »Das ist doch Unsinn! Was wollen wir mit einem Weib als Capitana? Soll sie uns vielleicht in schimmernder Wehr anführen? Das würde die Eiserne Kompanie zum Gespött von ganz Italien machen!«

»Einem Weib diene ich nicht!«, stieß Lanzelotto Aniballi mit dem Ausdruck höchsten Abscheus aus. Doch weder er noch die anderen jungen Herren waren bereit, sich auf Borellis Seite zu schlagen. Sie wechselten beredte Blicke, schienen die Aussichten der herrenlosen Kompanie und ihre eigenen abzuwägen und trennten sich wortlos.

Auch die einfachen Söldner trollten sich in verschiedene Richtungen, als müssten sie die neue Situation im kleinen Kreis ausdiskutieren. Zuletzt blieben nur noch Steifnacken und Borelli übrig, die sich mit Blicken musterten, als wollten sie einander an die Kehle gehen, sich dann aber abrupt umdrehten und ebenfalls den Platz vor dem Zelt des ermordeten Capitano verließen.

Am nächsten Morgen wurde offenbar, dass die meisten der italienischen Offiziere in der Nacht zu dem Ergebnis gekommen waren, dass ihrem Fortkommen bei einem neuen Condottiere besser gedient sein würde als in diesem führerlosen Haufen, denn sie hatten sich mit einigen Dutzend romagnolischer Söldner über Nacht in die Büsche geschlagen und dabei neben ihren Pferden und Waffen auch etliches aus dem Bestand der Kompanie mitgehen lassen.

Als Borelli die Bescherung zur Kenntnis nehmen musste, fluchte er wüst und drohte jedem Deserteur die schlimmsten Strafen an. Hans Steifnacken aber nahm die veränderte Situation gelassen zur Kenntnis und sorgte erst einmal dafür, dass im Lager die Routine wieder Einzug erhielt.

## 13.

Rodolfo d'Abbati lehnte mit dem Rücken an der dunkel getäfelten Wand, die ebenso düster wirkte wie die restliche Burg seines neuen Herrn, hatte die langen Beine übereinander geschlagen und betrachtete die vier Männer, die in der Mitte des Raumes erregt miteinander diskutierten. Nicht weit von ihm stand Battista Legrelli, der Podesta von Mentone, bekleidet mit einem neuen Rock aus blau gemustertem Brokat und einer reich mit Gold bestickten Mütze. Doch weder die prachtvolle Hülle noch die schweren Goldringe an seinen Händen, die mit erlesenen Edelsteinen besetzt waren, täuschten darüber hinweg, dass der Mann sich vor einem Abgrund stehen sah.

Der ältere Herr neben ihm war Leonello da Polenta, der Marchese Olivaldi, in dessen Dienste Rodolfo vor wenigen Tagen getreten war. Nicht sein Kriegsruhm war es gewesen, der Olivaldi dazu gebracht hatte, eine Condotta mit ihm abzuschließen, denn den genoss er ebenso wenig wie er mit besonderen Fähigkeiten aufwarten konnte, die ihn aus den anderen Condottieri heraushoben, sondern allein seine Verwandtschaft mit dem Herzog von Molterossa war der Grund. Diesen sah Herzog Gian Galeazzo von Mailand nicht zu Unrecht als den führenden Kopf der gegen ihn gerichteten Koalition in der Romagna und der Toskana an. Unter anderen Umständen hätte Olivaldi ebenfalls zu den Feinden Viscontis gezählt, denn er war einer der engsten Vertrauten Papst Urbans gewesen. Nun aber war er in eine Fehde mit einem Neffen des neuen Papstes Bonifatius verwickelt und hatte daher die Seiten gewechselt.
Für einen Augenblick dachte Rodolfo daran, dass ihn sein Onkel in Rom, dem er seinen Grafentitel zu verdanken hatte, gewiss nicht gerne in den Diensten der Gegner des Heiligen Stuhles sehen würde. Doch mit etwas anderem als dem päpstlichen Siegel unter einen Bogen Papier hatte der Verwandte ihm nicht weiterhelfen wollen, insbesondere nicht mit einem gut dotierten Vertrag als Condottiere. Da der Herzog von Molterossa als einer der treuesten Lehnsmänner des Kirchenstaats galt, hatte man ihn nicht erzürnen wollen, indem man den von ihm davongejagten Neffen in päpstliche Dienste nahm. Rodolfo bleckte unwillkürlich die Zähne, denn er erinnerte sich nur allzu gut an den Urheber des Zwistes, seinen Vetter Amadeo, dem es mit vielen Schmeicheleien gelungen war, ihn aus der Gunst seines Onkels zu verdrängen, um selbst dessen ausgedehnte Besitztümer zu erben. Unwillkürlich winkte er ab, es war sinnlos, viele Gedanken an eine Vergangenheit zu verschwenden, die sich doch nicht ändern ließ. Er musste seinen Weg gehen, selbst wenn dieser ihn an die Seite Gian Galeazzo Viscontis stellte.

Sein Blick streifte noch einmal Olivaldi, der in seinem weiten, dunkelroten Überrock und dem kurz gehaltenen, eisgrauen Bart wie ein Relikt aus alter Zeit wirkte, und blieb dann auf Henry Hawkwood haften, der nun direkt in den Diensten des Herzogs von Mailand stand und dessen Vertrauten Angelo Maria Visconti hierher begleitet hatte. Obwohl Hawkwood der Sohn einer Italienerin war, gefiel er sich im Praktizieren von Ritualen, die er für englisch hielt, und tat so, als fuße der Erfolg seines Vaters und dessen ruhmvoller Weißer Kompanie auf dessen Herkunft, statt dass sie durch Verstand und Mut errungen worden war. Dieser Condottiere war in Rodolfos Augen eine zu vernachlässigende Person im Raum, ganz im Gegensatz zu Angelo Maria Visconti, der ganz in Silber und Blau, den Farben seiner Sippe, gekleidet war und den Ehrenplatz einnahm. Sein hageres Gesicht drückte Abscheu und Zorn aus, und als er sprach, trommelte er mit den Fingerkuppen auf der Stuhllehne.

»Mein Vetter ist sehr ungehalten über Euch, Messer Battista! Ich vermag gar nicht, die Größe seines Zornes angemessen darzustellen.«

Er sagt tatsächlich Vetter, dachte Rodolfo belustigt. Dabei war die Verwandtschaft Angelo Maria Viscontis zu Herzog Gian Galeazzo so weitläufig, dass es schon eines Advokaten bedurfte, sie zu erklären.

Während Battista Legrelli sich wie ein Wurm krümmte, nickte der Marchese mit ernster Miene. »Seine Gnaden ist zu Recht erzürnt, Messer Angelo, und ich bin es nicht minder. Es war eine Narrheit von Messer Battista, diesen Eldenberg zu sich zu rufen und ihn auf dem Heimweg ermorden zu lassen.«

Olivaldi sprach den Namen Eldenberg in einer Weise aus, als beschmutze er seinen Mund. Angelo Maria Visconti schien diese Gefühlsäußerung jedoch nicht zu bemerken. »Euch muss dieser Mord ja doppelt treffen, Euer Durchlaucht, denn dieser Monte Elde war Euer Eidam und sein Sohn Euer Enkel.«

Olivaldi hieb mit der Hand durch die Luft, als müsse er einen unangenehmen Gedanken verscheuchen. »Ich habe Eldenberg nie als Schwiegersohn anerkannt und meine Tochter in dem Augenblick verstoßen, in dem sie sich mit diesem Tedesco eingelassen hat. In meinen Augen haben er und sein Sohn ein gerechtes Ende gefunden. Es hätte jedoch nicht an diesem Tag und auf diesem Weg geschehen dürfen. Eldenberg war ein Feind, und es musste unser Ziel sein, ihn auszuschalten. Dieser Mord aber hätte niemals mit dem Namen Seiner Gnaden, des Herzogs von Mailand, in Verbindung gebracht werden dürfen.«

»Ich frage mich, wer ausgeplaudert hat, dass Messer Battista ein Mann Viscontis geworden ist! Sein Frontwechsel hätte auf keinen Fall so früh bekannt werden dürfen. Jetzt pfeifen ihn bereits die Sperlinge von den Dächern. Wenn ich den Schuldigen erwische, wird er sich wünschen, nie geboren worden zu sein!« Angelo Maria Viscontis Stimme klang gelassen, doch seine Haltung und sein Gesichtsausdruck strömten eine Wut aus, die schier die Luft im Raum vibrieren ließ.

Rodolfo beobachtete, wie Hawkwoods Miene für ein, zwei Herzschläge einen schuldbewussten Ausdruck annahm. Vermutlich hatte der Condottiere geplaudert, aber ehe er zu einem endgültigen Urteil über den Mann kommen konnte, stieß Battista Legrelli einen verzweifelten Fluch aus und reckte die Hände gen Himmel.

»Bei der Heiligen Jungfrau und sämtlichen Heiligen unserer apostolischen Kirche schwöre ich, dass ich Monte Elde nicht habe umbringen lassen!«

»Kein anderer als Ihr hatte Grund dafür. Ihr habt ihn eingeladen und ihm ein Angebot gemacht, das er abgelehnt hat. Vielleicht waren seine Worte beleidigend, doch auch das kann diese Tat nicht entschuldigen«, erklärte Angelo Maria Visconti kalt.

»Der Mord wirft dunkle Schatten auf unsere Pläne, denn er schweißt unsere Feinde zusammen und macht es uns unmöglich, mit Leuten der Gegenseite oder neutralen Personen erfolgreich zu verhandeln.

Als ich kurz danach zwei Condottieri auf meine Burg bat, die ich für uns gewinnen wollte, erhielt mein Bote die Antwort, ich solle gefälligst zu ihnen kommen, denn sie hätten keine Lust, so zu enden wie Monte Elde.« Der Marchese verwendete zum ersten Mal die italienisierte Version des Namens seines Schwiegersohnes, da die betreffenden Männer diese benutzt hatten. Seine ganze Haltung drückte Zorn darüber aus, dass Söldner, die in seinen Augen aus der Gosse kamen, es gewagt hatten, sein Wort in Zweifel zu ziehen.

Rodolfo tat der Podesta von Mentone beinahe schon leid. Battista Legrelli sah aus, als wünschte er sich ans andere Ende der Welt, und kämpfte sichtlich mit den Tränen. Ein ums andere Mal schlug er das Kreuz, bis er schließlich sogar niederkniete. »Signori, ich habe mit diesem Mord nichts zu tun! Ich bin bereit, dies auf alle Reliquien der Christenheit zu schwören. Meine Hände sollen mir abfallen, meine Hoden und meine Männlichkeit verfaulen und meine beiden Söhne mögen morgen tot in ihren Betten liegen, wenn ich die Unwahrheit sage.«

Der Podesta bot ein Bild des Elends, als er sich mühsam aufraffte und Olivaldi, den er trotz Messer Angelos Verwandtschaft zu Herzog Gian Galeazzo für den einflussreicheren Mann hielt, in die Augen blickte. »Ich gebe ja zu, dass ich mit dem Gedanken gespielt habe, mich Monte Eldes zu entledigen, doch hätte ich dies gewiss nicht so plump in Szene gesetzt. Perino di Tortona habe ich sogar strengstens verboten – vor den Ohren der noch Anwesenden – Monte Elde zu verfolgen.«

»Vielleicht hat er es heimlich getan – mit oder ohne Eure Zustimmung«, wandte Angelo Maria Visconti ein.

Legrelli schüttelte umgehend den Kopf. »Gewiss nicht! Zu der Zeit, in der Monte Elde und dessen Sohn umgebracht wurden, lag Signore Perino auf einer meiner Mägde und beackerte sie so heftig, dass ihr Schreien im ganzen Haus zu hören war. Das Mädchen ist heute noch nicht zu gebrauchen.«

»Einer muss den Mord befohlen haben!« Olivaldi runzelte die Stirn und trommelte kaum hörbar auf die Tischplatte.
Angelo Maria Visconti schien Legrelli langsam Glauben zu schenken. »Vielleicht waren es tatsächlich nur ein paar Räuber, die eine Teufelei Satans in diese Gegend getrieben hatte.«
»Selbst wenn es so wäre, würde es uns nichts nützen. Der Verdacht bleibt wie Pech auf Messer Battista haften, abgesehen davon, dass das verfrühte Aufdecken seiner wahren Absichten uns ohnehin Probleme bereiten wird.« Olivaldi wollte noch mehr sagen, doch der Verwandte des Mailänder Herzogs hob begütigend die Hände.
»Darum braucht Ihr Euch nicht mehr zu sorgen, Euer Durchlaucht. Mein Vetter hat drei seiner Condottieri mit fünfhundert Lanzen in Marsch gesetzt, um Mentone zu besetzen. Gute Freunde Messer Battistas werden ihnen die Tore öffnen.«
»Damit hat der Krieg dann wohl begonnen.« Olivaldis Miene ließ nicht erkennen, ob ihm ein so früher Beginn der Kämpfe behagte. Angelo Maria Visconti gab ihm keine Zeit, sich weiter darüber auszulassen. »Es geht darum, die Ehre unserer Seite wieder reinzuwaschen. Da Messer Battista bereit ist, sein Seelenheil einzusetzen, um seine Unschuld zu bezeugen, sollten wir daraus so viel Kapital wie möglich schlagen. Das Beste ist, er begibt sich in das Lager der Eisernen Kompanie und legt vor deren neuen Capitano einen Eid auf eine bekannte Reliquie ab. Wir werden sicherlich einen Bischof dazu überreden können, uns bei diesem gottgefälligen Werk zu unterstützen.«
»Wer ist eigentlich der neue Capitano?« Es waren die ersten Worte, die Rodolfo von sich gab, seit sie diesen Raum betreten hatten.
Der Marchese gab ihm die gewünschte Antwort. »Fabrizio Borelli, ein Neffe von Francesco il Ferreo. Ihr habt ihn schon gesehen, Messer Rodolfo, denn an jenem unglückseligen Tag hat er seinen Oheim zu Messer Battista begleitet.«
»Er war dabei? Seltsam, dass er überlebt hat, während seine Ver-

wandten ermordet wurden.« Rodolfo konnte seinen Gedanken jedoch nicht weiter ausführen, denn Legrelli hatte jetzt erst im vollen Ausmaß begriffen, was Angelo Maria Visconti eben von ihm verlangt hatte, und schüttelte sich vor Entsetzen.
»Bei der Heiligen Jungfrau und sämtlichen Aposteln, Ihr könnt mich nicht zu Monte Eldes Soldaten schicken! Das sind Tedesci, Wilde und Barbaren, die nur ihren niedrigsten Instinkten folgen. Sie würden mich in Stücke reißen, bevor ich auch nur den Mund aufmachen könnte.«
»Diese Gefahr besteht durchaus!«, stimmte der Marchese ihm zu. »Tedesci sind keine zivilisierten Menschen.«
Er wandte sich mit einer energischen Bewegung an Angelo Maria Visconti. »Wir dürfen nicht zulassen, dass der Wappenschild Herzog Gian Galeazzos weiterhin mit dem Mord an Monte Elde beschmutzt wird, aber es wäre unserer Ehre ebenso abträglich, Messer Battista diesen Wilden zu opfern. Keiner der Stadtherren oder Podestas, die im Grunde ihrer Herzen bereit wären, sich uns anzuschließen, würde dies daraufhin noch wagen – aus Angst, auf eine solche Weise behandelt zu werden.«
»Die Sache mit dem Mord muss schnellstens bereinigt werden!«, verlangte Angelo Maria Visconti mit allem Nachdruck.
Olivaldi nickte seufzend. »Das ist unumgänglich, Messer Angelo. Messer Battista muss diesen Schwur in Anwesenheit der Offiziere und Mannschaften der Eisernen Kompanie leisten. Doch sollte dies gut vorbereitet werden und an einem neutralen Ort stattfinden. Ich schlage vor, einen Boten zu Borelli zu schicken, der die Unschuld Messer Battistas bekunden und die genauen Umstände des Schwures mit ihm aushandeln soll.«
Legrelli atmete auf, als Angelo Maria Visconti dem Vorschlag zustimmte, da er darin eine Möglichkeit sah, den Gerechtigkeitssinn seines herzoglichen Verwandten würdig in Szene zu setzen. Hawkwood aber kroch in sich zusammen, als befürchte er, die Wahl des

Unterhändlers könne auf ihn fallen. Rodolfo hingegen lächelte ganz entspannt, denn er fühlte sich als unbeteiligter Zuschauer, dem ein interessantes Gespräch geboten wurde.

Der Visconti blickte Olivaldi an, als erwarte er von ihm weitere weise Ratschläge. »Es muss jemand sein, der nicht sofort mit Mailand in Verbindung gebracht wird, sonst würde ihm das Schicksal zuteil, welches Messer Battista uns in so düsteren Farben ausgemalt hat.«

Hawkwood richtete sich wie von einem Albtraum erlöst auf und sah den Marchese gespannt an. Dieser rieb mit dem Daumen der rechten Hand über seinen Bart. »Ich muss Euch Recht geben, Messer Angelo. Am besten wäre ein junger Mann, über den man noch nicht allzu viel weiß.«

Sein Blick wanderte zu Rodolfo. »Traut Ihr Euch diese Sache zu, d'Abbati?«

Rodolfos Lächeln erlosch und er richtete sich auf. Nun hätte er Nein sagen können, aber damit würde er sich den Respekt seines Auftraggebers verscherzen und ihm von da an weniger gelten als ein Stallknecht. Überdies würde ihm, wenn er sich dieser Herausforderung entzöge, der Geruch eines Feiglings anhängen, denn noch hatte er sich keinen Ruhm als Condottiere erworben. Für einen Augenblick glaubte er die zornigen Stimmen der Söldner zu hören und die Arme zu spüren, die nach ihm griffen, um ihn in Stücke zu reißen. Dann streifte er das Schreckensbild, welches Battista Legrelli ausgemalt hatte, mit einer energischen Kopfbewegung ab und fragte scheinbar gelassen: »Wann soll ich aufbrechen?«

## 14.

Das Feldlager wirkte so düster, dass Caterina sich unwillkürlich ans Herz fasste. Obwohl die Sonne vom Zenit herabbrannte, glaubte sie für einen Augenblick geisterhafte Schatten zu sehen, die sie und ihre Begleiter umdrängten und ihnen die Luft abschnürten. Sie hatte sich vorgestellt, es ginge in jedem Söldnerlager so übermütig zu wie bei Perino di Tortonas Leuten. Hier aber blickte man sie nur scheel an und drehte der Reisegruppe unwillig den Rücken zu. Erst als sie den durch Fahnen gekennzeichneten Eingang des Lagers erreicht hatten, bequemte die Schildwache sich, Kenntnis von ihnen zu nehmen.

»Halt, wer da?« Es klang so unfreundlich, dass Caterina es wie einen Schlag ins Gesicht empfand. Bevor sie etwas sagen konnte, lenkte einer der Veteranen sein Pferd nach vorne und sah grinsend auf den Söldner herab.

»Sag bloß, du kennst mich nicht mehr, Friedel?«

Der Angesprochene riss die Augen auf und starrte den Mann an. »Bei Gott, der Martin! Bist du es wirklich? Ich glaubte dich oben im Schwabenland, wo du deine letzten Jahre in Ruhe und Frieden verbringen wolltest.«

»Wie du siehst, hat der Wind mich doch noch einmal nach Italien geweht. Sag, wie geht es euch? Habt ihr die Sache mit jener rebellischen Stadt noch siegreich ausgefochten, bei der ich wegen meiner Verwundung nicht mehr mitmachen konnte?«

Er erhielt keine Antwort, denn der Söldner, den er Friedel genannt hatte, starrte Caterina beinahe entgeistert an und schlug das Kreuz.

»Sag mir, Martin, ist die Dame, die du begleitest, etwa die Tochter des Capitano?« Als der Veteran nickte, bekreuzigte der Söldner sich noch einmal und rief einige Kameraden herbei.

»Bei Christi Blut, es ist ein Wunder geschehen! Die Herrin ist hier! Rasch, holt Steifnacken! Wird der sich freuen.«

»Ist das wirklich wahr? Das ist die Herrin?« Die Männer, die den Ausruf des Postens gehört hatten, kamen näher, umringten Caterina und zupften an dem Saum ihres Kleides, als müssten sie sich überzeugen, dass kein Trugbild sie narrte. Erst als Friedel einen von ihnen nachdrücklicher aufforderte, Steifnacken zu holen, trollte sich der Mann. Dabei blickte er jedoch immer wieder über die Schulter zurück, stolperte über den Steinkreis einer Feuerstelle und raffte sich so bedächtig auf, als schlafwandele er.

Verwirrt ließ Caterina es geschehen, dass man ihr den Zügel aus der Hand nahm und sie unter vorsichtigen, ja beinahe noch ungläubig wirkenden Hochrufen ins Lager führte. Als Steifnacken nicht weit vor ihr aus seinem Zelt stürmte und mit grimmigem Gesicht auf sie zukam, zuckte sie im ersten Moment zusammen und griff unwillkürlich nach dem Dolch an ihrem Gürtel. Dann erkannte sie den Unteroffizier, der ihren Vater bei seinen Besuchen nach Eldenberg begleitet hatte, und lächelte erleichtert. Er aber blieb vor ihr stehen, stemmte die Hände in die Seiten und musterte sie ungläubig. Sie wollte ihn schon fragen, ob sie derart ungelegen käme, dass er sie mit seiner bösen Miene vertreiben wolle. In dem Moment glätteten sich seine Gesichtszüge, und er wischte sich über die Wangen, ehe die Tränen in seinem Bart versickern konnten. Dann streckte er die Arme aus, um ihr aus dem Sattel zu helfen.

»Es ist unglaublich! Seid Ihr wirklich das kleine Mädchen, das ich damals auf meinen Schultern reiten ließ?« Steifnacken schüttelte wieder und wieder den Kopf. Es schien ihm kaum vorstellbar, dass aus dem dürren, wieselflinken Kind, dem der Vater keine Beachtung geschenkt und das sich deshalb wie eine Klette an ihn gehängt hatte, eine junge Dame geworden war, die ihn um mehr als einen halben Kopf überragte. Sie war auch nicht mehr ganz so dünn wie damals, sondern an den richtigen Stellen sanft gerundet. In Gedanken verglich Steifnacken sie mit Bianca, der füligen Mätresse seines ermordeten Capitano, und zuckte dann kaum merklich zusammen. Caterina wusste nichts davon, dass ihr Vater mit einer Frau ohne den Segen der Kirche zusammengelebt und ihr zwei Schwestern beschert hatte, und er hoffte, diese Tatsache erst einmal vor ihr verbergen zu können. Es gab weitaus wichtigere Dinge zu klären, die nicht durch unnützes Nachfragen oder gar Tränenausbrüche gestört werden durften.

Caterinas Blick glitt suchend über die anwachsende Schar der Männer, aber sie konnte weder ihren Vater noch ihren Bruder entdecken, und sie begann zu ahnen, dass etwas Schreckliches geschehen sein musste.

Steifnacken las in ihrer Miene, dass sie sich vor dem Kommenden fürchtete, und nahm sie tröstend in die Arme. Während sie noch wie erstarrt auf ihn herabblickte, flossen ihm die Tränen wie Bäche über die Wangen. »Der Capitano, Euer Vater, ist nicht mehr! Er wurde zusammen mit Eurem Bruder Jakob von ruchlosen Mördern umgebracht.«

Caterina sah ihn mit weit aufgerissenen Augen an und begann zu zittern. Ihre Lippen bewegten sich dabei, als wolle sie gleichzeitig schreien und eine Frage formulieren. Doch sie brachte keinen Ton heraus, als hätte ihr ein böser Geist die Stimme geraubt.

Steifnacken versuchte unbeholfen, sie zu trösten, obwohl er selbst nicht mehr Herr seiner Gefühle war. »Kleines, es tut mir so leid!«

Caterina vernahm seine Worte wie aus weiter Ferne, begriff aber nicht, was er sagte, denn in ihrem Kopf hatte nichts anderes Platz als die niederschmetternde Nachricht, die in ihr widerhallte, als wolle sie sie verhöhnen. Sie konnte es sich einfach nicht vorstellen, dass sie ihren Vater und ihren Bruder niemals mehr wiedersehen würde, und fühlte sich wie mit einer Keule niedergestreckt. Nun begannen auch ihre Tränen zu rinnen, aber das Weinen wusch den in ihr aufkeimenden Schmerz ebenso wenig hinweg wie der Trost, den ihr die unbeholfenen Beileidsbekundungen der Söldner spenden sollten.

Es dauerte geraume Zeit, bis sie sich ihrer Umgebung wieder bewusst wurde. Sie atmete tief durch, um den Ring um ihre Brust zu lockern, löste sich mit einer müden Bewegung aus Steifnackens Armen und wischte sich mit dem Ärmel ihres Kleides über das nasse Gesicht.

»Gott sei ihren armen Seelen gnädig!« Die Worte schienen ihr unpassend zu sein, doch mehr vermochte sie nicht über die Lippen zu bringen.

Der Schwabe sah so aus, als würde er seinen rechten Arm dafür opfern, Caterina den Vater zurückgeben zu können, doch ihm blieb nur, ein aus tiefster Seele kommendes »Amen!« hinzuzufügen.

## 15.

Fabrizio Borelli wunderte sich über die zunehmende Unruhe im Lager und erhob sich, um nach dem Grund zu sehen. In dem Augenblick stürmte sein Vetter Ranuccio in sein Zelt. Das Gesicht des hageren Mannes wirkte so fassungslos, als hätte er eben einen Blick in die tiefste Hölle geworfen. »Die Tedesca ist hier! Die muss der Teufel hierher geweht haben.«

»Welche Deutsche?«, fragte Borelli.

»Monte Eldes Tochter!«

Im ersten Augenblick winkte Borelli ungläubig ab, begriff aber dann, dass sein Vetter die Wahrheit sprach, und lachte auf. »Bei Gott, sei doch froh darüber! Sie kommt gerade richtig, um uns in die Hände zu spielen. Ich habe mir schon ausgerechnet, wie lange ein Bote benötigt, um nach Deutschland zu reisen und mir ihre Antwort zurückzubringen. Verdammt lange, sage ich dir! Jetzt kann ich die Frage, wem die Compagnia Ferrea gehört, vielleicht heute noch klären.«

Ranuccios Miene glättete sich und er streichelte grinsend den Griff seines Dolches. »Lässt du es mich diesmal tun?«

Borelli dämpfte seine Stimme. »Halt den Mund, du Narr! Wenn dich jemand hört, haben wir verspielt! Mit einem Mord ist das Problem nicht zu lösen. Steifnacken und einige seiner Freunde misstrauen mir und werfen mir vor, meinen Onkel im Stich gelas-

sen zu haben. Wenn jetzt der Tochter etwas passiert, werden sie mich auf jeden Fall für den Schuldigen halten, und dann können wir froh sein, wenn wir mit heiler Haut davonkommen.«
»Was willst du denn sonst tun?«, fragte sein Vetter argwöhnisch.
»Ganz friedlich mit ihr reden und ihr erklären, dass ich als ihr Verwandter und als Vertrauter ihres Vaters der beste Mann bin, um die Kompanie zu übernehmen.«
Ranuccio nickte. »Das könnte klappen.«
Die Erleichterung im Blick seines Vetters reizte Borelli zu einem spöttischen Grinsen. »Steifnacken wird versuchen, meine Base gegen mich aufzubringen, doch der alte Sturkopf wird feststellen müssen, dass ich so ein naives Ding auch unter seinen Augen um sämtliche Finger wickeln kann.«
»Willst du sie heiraten und dir vom Kaiser einen Adelstitel verleihen lassen?« In Ranuccios Miene flammte Neid auf.
Borelli schüttelte amüsiert den Kopf. »Warum sollte ich mich mit so einer geringen Verbindung zufrieden geben? Bin ich erst ein geachteter Condottiere, kann ich mir eine weitaus reichere Braut angeln, eine mit einer einflussreichen Verwandtschaft, die meinen Aufstieg fördert. Würde ich Caterina heiraten, müsste ich mich über kurz oder lang ihrer entledigen, und das könnte meine Chancen auf eine neue Heirat arg beeinträchtigen. Noch bin ich kein so hoher Herr, dass ich mir derlei Dinge ungestraft leisten kann.«
»Aber ...«, begann Ranuccio.
Borelli schnitt ihm das Wort ab. »Jetzt werde ich mir die Tedesca erst einmal ansehen und an mein vetterliches Herz drücken. Bevor sie weiß, wie ihr geschieht, habe ich ihr die Kompanie abgeschwatzt. Sie wird glücklich sein, mit ein paar tausend Dukaten zu ihrer verfallenen Burg zurückkehren zu können.«
»Du besitzt nicht einmal hundert Dukaten, geschweige denn tausend!«
»Du wirst mir das Geld besorgen! Nimm deinen Gaul und reite

nach Giustomina und Viratelli und hole dort alles von Wert heraus, was zu finden ist, und verkaufe oder versetze es. Solltest du nicht genug zusammenbekommen, verkaufst du eben eine der beiden Besitzungen. Ich werde dir die entsprechende Vollmacht ausstellen.«
»Das Zeug gehört doch ebenfalls Monte Eldes Tochter«, wandte Ranuccio ein.
»Wir wissen das! Aber in der Romagna hat keiner eine Ahnung, dass es eine Erbin gibt. Beeil dich aber, ehe dir die Gerüchte zuvorkommen.«
»Die Tedesca wird es wissen und hat vielleicht schon ihre Vorkehrungen getroffen.«
Borelli wischte auch diesen Einwand mit einer verächtlichen Handbewegung beiseite. »Ich habe jeden der wenigen Briefe gelesen, die mein Onkel ihr geschickt hat. Von seinen Besitzungen in der Romagna war darin nie die Rede. Ich denke, er wollte ihr nicht unter die Nase reiben, dass er kein armer Schlucker mehr war, denn sonst hätte sie Geld von ihm gefordert. Monte Elde war geiziger als ein alter Jude.« Während Borelli einen Bogen Papier zur Hand nahm und einige Zeilen darauf kritzelte, kratzte Ranuccio sich an seinem schlecht rasierten Kinn.
»Was ist mit Bianca? Die wird Zicken machen und versuchen, mich von den Knechten zum Teufel jagen zu lassen.«
Borelli sah seinen Vetter beinahe mitleidig an. »Jetzt weißt du, mein Guter, warum du es nie zu etwas bringen wirst. Denk nach! Du hast doch selbst unsere Leute in die Nähe der beiden Besitzungen geschickt. Nimm sie mit und tu, was ich dir aufgetragen habe. Wenn Bianca anfängt zu plärren, haust du ihr ein paar um die Ohren.«
Mit einem Mal glitzerten Ranuccios Augen begehrlich auf. »Das Miststück wird nach meiner Pfeife tanzen, solange ich dort bin, sonst lasse ich es im Hemd auf die Straße jagen.«

»Ja, tu das!«, brummte Borelli uninteressiert und widmete sich seinem Schriftstück.

## 16.

Caterina versuchte, ihre Tränen zu trocknen, um den Söldnern kein allzu jämmerliches Bild zu bieten. Während die biederen Männer ihr mit schlichten Worten bekundeten, wie sehr sie den Tod ihres Herrn bedauerten, schob sich ein protzig gekleideter junger Mann durch die Reihen und trat auf sie zu. Er verbeugte sich graziös und zog dabei das Barett so schwungvoll vom Kopf, dass die Spitzen der Reiherfedern über den Boden schleiften. »Buon giorno, cugina! Seid mir willkommen. Gemeinsam werden wir den tiefen Schmerz tragen, den der Verlust Eures Vaters und Eures Bruders, die auch meine geliebten Verwandten waren, in uns hinterlassen hat.«
Caterina blickte Borelli fragend an und wandte sich dann an Steifnacken. »Wer ist der Herr?«
»Euer Euch in Treue ergebener Vetter Fabrizio, der Sohn Eures Onkels Ludwig von Eldenberg«, antwortete Borelli anstelle des Unteroffiziers.
»Ich wusste gar nicht, dass ich einen Vetter habe.« Caterina schüttelte ungläubig den Kopf, reichte Borelli dann aber die Hand. Dieser ergriff sie und hielt sie fest. »Mein verehrter Onkel, Euer Vater, war ein sehr beschäftigter Mann und hat wohl vergessen, Euch von meiner Existenz zu berichten, zumal meine Mutter nicht die Ehefrau Eures Onkels war, sondern dessen Mätresse.«
»Eher seine Stallmagd«, murmelte Steifnacken vor sich hin.
Im Gegensatz zu Caterina hörte Borelli die Bemerkung und musste sich eine böse Entgegnung verkneifen. Er richtete sich auf, um noch größer zu wirken, und sah mit hochmütigem Gesichtsausdruck auf den bulligen Unteroffizier hinab.
»Was stehst du noch hier herum und hältst Maulaffen feil? Sieh

zu, dass das Zelt des Capitano für seine Tochter hergerichtet wird! Signorina Caterina benötigt auch ein Bad, um den Staub der Reise abwaschen zu können, und danach ein Mahl.«

Während er Hans Steifnacken Befehle erteilte wie einem Trossknecht, stellte Borelli sich vor, wie die Söldner sich vor Caterinas Zelt drängen würden, um einen Blick auf die Badende werfen zu können. Das würde der erste Schachzug sein, diesem deutschen Fräulein den Aufenthalt im Lager unauffällig, aber wirkungsvoll zu verleiden und sie dazu zu bringen, wieder in ihr kaltes Nordland heimzukehren. Vorher aber musste sie ihn als neuen Capitano der Kompanie bestätigen oder diese am besten ganz an ihn abtreten.

Er verbeugte sich erneut vor Caterina und bot ihr den Arm. »Darf ich Euch in Euer Zelt begleiten?«

Caterina nickte dankbar und ließ sich von ihm führen. Malle sah den beiden mit gerunzelter Stirn nach und tippte Steifnacken auf die Schulter. »Ist dieser aufgeblasene Wicht wirklich der Vetter der Herrin?«

»Leider hat Ludwig von Eldenberg dies kurz vor seinem Tod verkündet. Ich wäre mir an seiner Stelle nicht so sicher gewesen. Borellis Mutter war nicht glücklich, wenn sie nicht einen Schwanz zwischen den Beinen stecken hatte, und wurde in einem Jahr mehr beritten als eine alte, ausgediente Stute in ihrem ganzen Leben. Sogar ich habe sie ein- oder zweimal gestoßen.« Dann erst merkte Steifnacken, dass er eine Frau vor sich hatte, und schluckte. »Nichts für ungut, aber …«

»Kein Aber! Ich habe genau das erfahren, was ich wissen wollte. Jetzt solltest du mich zu dem Zelt des Capitano führen, das ich für Caterina herrichten möchte. Besorge mir eine Wanne oder einen Waschbottich und warmes Wasser, damit die Herrin sich vom Straßenstaub reinigen kann. Und dann schau zu, dass du und die anderen vermaledeiten Schurken sich von dem Zelt fern halten. Solange die Herrin nicht umgezogen und frisiert ist, klatsche ich

jedem, der hineinzulugen versucht, einen Lappen mit scharfer Seifenlauge in die Augen, so dass er die nächsten Tage blind durchs Leben stolpern muss!« Malle sah bei diesen Worten so kriegerisch aus, dass Steifnacken unwillkürlich einen Schritt zurücktrat.
Dann aber grinste er bis zu den Ohren. »Du bist schon richtig, Frau! Sei versichert, hier wird sich keiner Frechheiten gegen Jungfer Caterina oder dich herausnehmen. Sonst lernt er nämlich Hans Steifnacken kennen – und das hat noch keinem gut getan.«

## 17.

Das Erwachen war wie ein Vorgeschmack auf die Hölle. Botho Trefflich schwamm in einem Meer aus Schmerz, dessen Wogen mit vernichtender Gewalt über ihm zusammenschlugen und seine Pein in einem Maße steigerten, dass er es nicht mehr ertragen zu können glaubte. Da legte sich etwas Kühles auf seine Stirn, und erst als Wasser in seine Augenhöhlen rann, begriff er, dass es ein nasser Lappen war. Die Berührung tat gut, sie verdrängte den Schmerz ein wenig, so dass er sich nun doch wieder daran erinnern konnte, wer er war. Aber das beantwortete ihm nicht die Frage, wo er sich befand und warum er sogar zu schwach war, die Lider zu öffnen. Darüber nachzusinnen bereitete ihm viel Mühe, und so ließ er sich erneut in seine Schwäche hineinfallen.
Nach einiger Zeit erwachte er aus einem gnädigen Dämmerzustand und spürte, wie jemand seinen Kopf anhob und eine Stelle knapp über seinem Nacken abtastete. Die Stimmen, die nun dicht bei ihm aufklangen, benutzten eine ihm unbekannte Sprache. Für einen Augenblick befürchtete er, doch im Jenseits zu sein, dann erinnerte er sich, dass er nach Italien gereist war. Der Gedanke ließ ihn aufstöhnen. Sogleich flatterten erregte Worte um ihn herum und mehrere Hände fassten nach ihm. Er war zu schwach, um mehr als ei-

nen Finger zu bewegen, und zitterte unter der Wucht der Erinnerungen, die in ihm hochquollen.

Sein Vater hatte ihn nach Italien geschickt, um Caterina zu verfolgen. So war er über Füssen, Landeck und Meran gereist, ohne auch nur eine Spur von ihr entdecken zu können. Deswegen hatte er sich entschlossen, zu jenem Ort weiterzureiten, an dem der alte Eldenberg sein Soldatenlager aufgeschlagen haben sollte. Auch wenn er sich vor einer Begegnung mit diesem Berufstotschläger fürchtete, erschien es ihm besser, Caterinas Vater seine Bewerbung vorzutragen, anstatt eine widerwillige Braut unterwegs abzufangen und nach Schwaben zurückzuschleppen. Dann war etwas geschehen, das sich ihm jetzt noch entzog. Aus irgendeinem Grund lag er nun auf einem harten Bett, und sein Schädel fühlte sich an, als hätte eine Rotte Höllenteufel ihn als Trommel benutzt. Es strengte ihn so an, darüber nachzudenken, dass er erneut wegdämmerte.

Als er das nächste Mal erwachte, fühlte er sich kräftiger, und es gelang ihm, die verklebten Augen zu öffnen. Nun sah er, dass er im Innern einer kleinen, aus Bruchsteinen errichteten Kate lag, die an einer der beiden Längsseiten zwei winzige Luftlöcher hatte, die wohl Fenster darstellen sollten. Diese waren jedoch so klein, dass die Bewohner die Tür offen stehen lassen mussten, damit man drinnen mehr als die Hand vor Augen sehen konnte. Eine primitive Herdstelle aus Bruchsteinen, eine Platte aus grob gehobelten Brettern, unter der Steine die Tischbeine ersetzten, und Matten anstelle von Stühlen bildeten die kärgliche Einrichtung. Außer seinem Lager gab es noch zwei weitere Schlafstellen, die aus grob gewebten Decken und einer Lage großer Blätter bestanden. An der Wand war eine Art Bord befestigt, in dem Teller und Schüsseln steckten, und von der Decke hingen Säckchen, die wohl Lebensmittel enthielten und auf diese Weise vor Mäusen und anderen Schädlingen geschützt werden sollten. Außen musste ein Ziegenstall an die Hütte angebaut sein, denn er hörte das Meckern einer Geiß.

»Warum bin ich hier?« Es waren die ersten Worte, die er sprach, und sie kratzten so stark in seiner Kehle, dass ihm die Töne wehtaten.

Jemand schien ihn gehört zu haben, denn ein Mädchen von vielleicht zehn Jahren kam herein. Sie war mit einem knielangen, dunklen Rock und einer Bluse aus knotigem, ungebleichtem Leinen bekleidet und redete in einer ihm unbekannten Sprache auf ihn ein. Da er sie nicht verstand, führte er die Hand mit zittrigen Bewegungen zum Mund und machte die Geste des Trinkens. Das Mädchen lächelte, nickte heftig und lief hinaus. Einen Augenblick später kam es mit einem irdenen Krug zurück und hielt ihn ihm an die Lippen. Kühles, erfrischendes Wasser füllte tropfenweise seinen Mund, aber trotz der Vorsicht des Kindes war er so kraftlos, dass er sich bei jedem Atemzug verschluckte. Daher schob er das Gefäß nach kurzer Zeit zurück und bedankte sich krächzend.

Das Mädchen stellte den Krug so hin, dass er nach ihm greifen konnte, kratzte sich am Kopf und lief nach einem zwitschernden Wortschwall hinaus. Seinen beredten Handbewegungen zufolge wollte es wieder an die Arbeit gehen. Botho ließ den Kopf auf das harte Polster sinken, das ihm als Kissen diente, und atmete tief durch. Das Wasser hatte ihm so gut getan, dass er endlich wieder nachdenken konnte.

Er war nicht alleine gereist, sondern hatte Felix und Werner mitnehmen müssen. Zu Hause waren die beiden vor seinem Vater gekrochen, ihn aber hatten sie vom ersten Tag der Reise an spüren lassen, dass sie ihn nicht als ihren Herrn ansahen, sondern über ihn zu verfügen gedachten. Tagtäglich war es zu Streit gekommen, weil er den Knechten ihrer Meinung nach den Wein zu knapp zuteilte und ihnen den Besuch in den Bordellen nicht zahlen wollte, an denen sie unterwegs vorbeikamen. Die beiden unverschämten Kerle stiegen erst spät aus den Betten, die er aus seiner Börse anmietete, als seien sie seine Verwandte und nicht Bedienstete, die eigentlich auf Strohschütten hätten schlafen müssen. Daher verlor er viel Zeit und hatte nicht die geringste Lust, auf all ihre Forderungen einzugehen. Eine Weile hatten die beiden Knechte sich darauf beschränkt, zu schimpfen und zu betteln, aber als sie eine einsame Stelle passierten, hatten sie ihn gepackt und bedroht. Botho erinnerte sich noch daran, dass er Werner scharf zurechtgewiesen hatte. In diesem Moment musste Felix hinter ihn getreten und ihn niedergeschlagen haben, denn von da an konnte er sich an nichts mehr erinnern.

Unwillkürlich tastete er mit der Hand nach seinem Hinterkopf und fühlte einen mehr als handtellergroßen Blutschorf auf einer Schwellung, die so dick war wie seine Faust. Anscheinend hatten ihn die beiden Lumpen für tot gehalten und ausgeraubt. Nicht einmal die Hosen hatten sie ihm gelassen; unter der fadenscheinigen Decke, die seinen Körper bedeckte, war er nackt, und in der Hütte gab es kein einziges Teil seiner Kleidung zu sehen.

Als ihm das Ausmaß seines Elends bewusst wurde, begann er zu weinen wie ein Frauenzimmer. Er konnte sich jedoch nicht lange seiner Verzweiflung hingeben, denn wenig später verdunkelte ein Schatten die Tür. Das Mädchen kam herein und trat sofort beiseite, um einem vornübergebeugten, hageren Mann in einer dunklen Kutte mit der Tonsur eines Mönchs Platz zu machen. Dieser kniete neben Bothos Lager nieder und legte ihm die Hand auf die Schulter.

»Kannst du mich verstehen, mein Sohn?«, fragte er in einem seltsam abgeschliffenen Latein.

In diesem Augenblick war Botho seinem Vater zum ersten Mal dankbar, dass dieser ihn gezwungen hatte, mehr zu lernen als nur lesen und schreiben und wie ein Handelsmann zu rechnen. »Ein wenig, ehrwürdiger Bruder. Sagt, wie komme ich in diese Hütte?«, radebrechte er in der gleichen Sprache.

Der Mönch zeigte auf das Mädchen. »Elisa hat dich beim Ziegenhüten entdeckt und ihre Eltern geholt. Es sind arme Leute, aber Gott ergeben, und so haben sie dich in ihr Haus gebracht. Du musst bösen Schurken in die Hände gefallen sein, denn sie haben dir nichts anderes gelassen als das Leben, und selbst dieses wäre ohne Elisas rasche Hilfe und die ihrer Leute bald erloschen.«

»Ich werde ihnen ewig zu Dank verpflichtet sein! Was diese Schurken betrifft, so habt Ihr Recht. Selbst die Schächer zu Seiten Christi am Kreuz von Golgatha können nicht schlimmer gewesen sein.«

Das Reden bereitete Botho Schmerzen, doch diese wären leichter zu ertragen gewesen, hätte er sich nicht in einer völlig aussichtslosen Lage befunden. Er weilte mitten in einem fremden Land, ohne Geld, ohne Kleidung und ohne einen Freund, der ihm mit beidem hätte aushelfen können.

Der Mönch schien ihn auch ohne Worte zu verstehen. »Fasse Mut, mein Sohn! Gott wird sich auch deiner erbarmen, denn er hat dir dein Leben erhalten und dich in die Obhut dieser guten Leute gegeben, die sich um dich kümmern werden, bis du wieder gesund bist. Ich aber werde deine Blöße bedecken und dich einer Pilgerschar empfehlen, die aus deiner Heimat stammt, so dass du in ihrem Schutz weiterreisen kannst.«

Auch wenn die Einsicht bitter war, von der Mildtätigkeit anderer Menschen leben zu müssen, so war Botho klar, dass es keine andere Möglichkeit für ihn gab. Er bedankte sich bei dem Mönch, so gut sein einfaches Latein und seine Stimme es zuließen, und bat ihn, seinen Dank auch an die Bewohner dieses Hauses zu übermitteln, besonders an das kleine Mädchen, dem er sein Leben verdankte. Als der Mönch sich verabschiedet hatte, sackte er kraftlos in sich zusammen und wünschte sich, er wäre wirklich tot.

Den Gedanken, Caterina einzuholen und sie zu zwingen, mit ihm nach Schwaben zurückzukehren, konnte er fahren lassen. Gewiss war sie schon bei ihren Leuten und hatte bittere Klage gegen ihn und seinen Vater geführt. Aber sie war der einzige Mensch, der ihn kannte und der ihm vielleicht mit ein paar Münzen aushalf, so dass er den Weg zurück in die Heimat antreten konnte. Bei dem Gedanken spottete er innerlich über sich selbst. Viel wahrscheinlicher war es, dass der alte Eldenberg ihn von seinen Knechten erschlagen ließ. Aber das war immer noch besser, als auf den Treppenstufen einer Kirche dahinzuvegetieren.

# Zweiter Teil

◆

*Die Katastrophe*

# I.

Seit Caterinas Ankunft im Lager der Eisernen Kompanie waren mehrere Tage vergangen. Nun saß sie im Zelt ihres Vaters, aus dem Malle alle Erinnerungen an seinen früheren Besitzer entfernt hatte, damit sie den Schmerz ihrer Herrin nicht noch weiter anfachen konnten, und starrte auf die dunkelrot schwappende Oberfläche des Weines in ihrem Becher. Ihr gegenüber hatte es sich Fabrizio Borelli bequem gemacht, der das Privileg seiner Verwandtschaft mit ihr weidlich ausnutzte und sie belagerte. Im Augenblick hielt er zu ihrer Erleichterung den Mund, beobachtete sie jedoch scharf. Das war Caterina zwar zuvor schon aufgefallen, aber sie hatte sich bisher nichts dabei gedacht. An diesem Tag nun schien sich der schwarze Schleier, der ihre Seele seit dem Betreten des Lagers umhüllt hatte, ein wenig zu lichten, und ihr wurde klar, dass sie sich nicht weiterhin in der Trauer um die beiden Toten verkriechen durfte.

Sie war nach Italien gekommen, um bei ihrem Vater Schutz vor Hartmann Trefflich auf Rechlingen zu finden, und in eine Situation geraten, die weitaus größere Gefahren für sie barg als jene, vor der sie davongelaufen war. Nach Hause konnte und wollte sie nicht zurück, denn der Kaufmann und dessen Tölpel von Sohn würden leichtes Spiel mit ihr haben. Trefflich würde eine andere Entschädigung als die verfallene Burg und den kärglichen Landbesitz fordern und sie durch Gerichtsentscheid wohl auch erhalten. Doch sie wollte sich von niemand zwingen lassen, Bothos Frau zu werden. Wenn sie Herrin ihrer Entscheidungen bleiben wollte, würde sie sich in Italien eine Heimat schaffen müssen. Ihre eigenen Geldreserven waren durch die Reise aufgebraucht, und so schwante ihr, dass sie nur die Wahl hatte, entweder einen unerwünschten Ehegatten zu akzeptieren oder als Bettlerin in einem ihr fremden Land zu enden. In ihrem verzweifelten Bemühen, einen Ausweg zu finden, erin-

nerte sie sich an das, was der kleinwüchsige schwäbische Unteroffizier ihr am Morgen erzählt hatte. Darin mochte ein Hoffnungsschimmer für sie liegen.
Sie seufzte leise und blickte Borelli fragend an. »Vetter Fabrizio, Hans Steifnacken hat mir von einem Besitz in der Romagna erzählt, der meinem Vater gehören soll. Was weißt du davon?«
Borelli lachte kurz auf und machte eine wegwerfende Handbewegung. »Du meinst Giustomina, meine Liebe. Das war ein Lehen auf Lebenszeit und ist mit dem Tod deines Vaters an den Papst zurückgefallen. Solche Besitztümer wie dieses Landgut sind die übliche Belohnung für einen Condottiere, dessen Dienste man sich erhalten will, ohne ihn zu einem Machtfaktor werden zu lassen.«
Caterina zog den Kopf zwischen die Schultern. »Schade! Ich hatte gehofft ...« Den Rest verschluckte ein Seufzer. »Was ist es mit der Kriegskasse meines Vaters? Kann ich wenigstens so viel Geld daraus entnehmen, wie ich benötige, um seine Schulden zu begleichen?« Vielleicht könnte sie dann in Eldenberg unbelästigt leben.
Borelli lächelte in sich hinein und neigte scheinbar mitfühlend den Kopf. »Die ist so gut wie leer. Dein Vater hat sehr viel Geld darauf verwendet, seine Leute neu auszurüsten und kriegswichtige Vorräte anzukaufen. Der Rest reicht kaum für die laufenden Kosten wie Soldgelder, Nahrungsmittel und Viehfutter.«
»Ich dachte ...« Caterina brach erneut ab und stellte ihren Becher auf den Klapptisch zurück, ohne daraus getrunken zu haben. Als sie weitersprach, klang sie bitter. »Diese Kompanie hier mit ihren Soldaten scheint das Einzige von Wert zu sein, das mein Vater mir hinterlassen hat. Nur – was soll ich damit anfangen?«
»Dein Vater hat sich und der Kompanie einen so großen Namen geschaffen, dass er zu einem Machtfaktor wurde, und das hätte ihm nun große Reichtümer eingetragen. Als Neffe deines Vaters und sein Stellvertreter bin ich – anders als Leute wie dieser Schwätzer

Steifnacken – in die geheimen Pläne des Capitano eingeweiht worden. Er stand kurz davor, die Seiten zu wechseln. Monte Elde hat jahrelang für verschiedene Vasallen des Kirchenstaats gekämpft und wenig Lob und noch weniger Lohn dafür erhalten. Das lag an deinem Großvater, dem Markgrafen Olivaldi, einem der engsten Berater des Heiligen Stuhls. Dieser hat jeden Versuch hintertrieben, deinen Vater so zu belohnen, wie es ihm eigentlich zustand, denn er hat deinem Vater die Entführung seiner Tochter – deiner Mutter – und deren Verschleppung in das kalte Germanien nie verziehen.«

»Ja, das ist mir bekannt.«

»Dein Vater hat lange gehofft, den Markgrafen durch treue Dienste für den Heiligen Stuhl versöhnen zu können, aber zuletzt musste er einsehen, dass er gegen den Hass seines Schwiegervaters nichts ausrichten konnte. Aus diesem Grund hat er vor kurzem Verhandlungen mit Mailand aufgenommen und von Herzog Gian Galeazzo ein großzügiges Angebot erhalten, nämlich eine Stadt in der Romagna als erbliches Lehen. Doch bevor er die Condotta abschließen konnte, wurden er und dein Bruder von ruchlosen Mördern umgebracht.«

Für einen Augenblick sah Caterina ihren Vater als stolzen Krieger vor sich, der das Ziel seines Lebens schon zum Greifen nahe vor sich sah – und elend umkam, bevor er es erreichen konnte. Sie wischte sich die Tränen ab, die ihr in die Augen geschossen waren, und schüttelte sich. »Es tut mir so leid für meinen Vater! Dieses Lehen hätte gewiss seinen Ehrgeiz befriedigt – und mich all meiner Probleme enthoben.«

Borelli rieb sich innerlich die Hände, er glaubte seinen Fisch nun an der Angel zu haben. »Setze mich offiziell als Capitano der Eisernen Kompanie ein und erteile mir den Auftrag, mit dem Herzog von Mailand zu verhandeln, Base. Da du die Erbin bist, wollte ich nicht ohne deine Zustimmung handeln, obwohl die Zeit drängt. Du glaubst ja nicht, wie froh ich bin, dass du durch Gottes Güte hierher geführt worden bist.«

Das Letzte war keine Lüge, denn während ihrer Gespräche war ihm klar geworden, dass er aus ihrer Anwesenheit noch mehr Nutzen ziehen konnte, als er es sich zunächst vorgestellt hatte, denn Steifnacken und die verbliebenen Offiziere, die sich ihm bisher widersetzten, würden ihren Anweisungen Folge leisten müssen.

Caterina nickte nachdenklich, schüttelte dann aber heftig den Kopf. »Diese Verhandlungen sollte ich wohl selbst führen oder wenigstens daran teilnehmen. Immerhin bin ich die Eigentümerin der Truppe.«

Borelli schluckte den Fluch hinunter, der ihm im ersten Moment über die Lippen kommen wollte, und begann schallend zu lachen. »Du bist köstlich, meine Liebe! Kein Herr in Italien wird mit einer Frau über Kriegspläne und Schlachten sprechen! Über amore jederzeit, aber nicht über Politik und die dafür notwendigen Winkelzüge.«

Sein Blick hätte ebenso gut einem unverständigen Kind gelten können, das schmutzige Wörter in den Mund genommen hatte. Caterina wurde rot und zog sich zurück wie eine Schnecke in ihr Häuschen. Ihr war, als wäre ihr der Strohhalm entrissen worden, an den sie sich hatte klammern wollen. Wenn sie als Frau nicht das Recht hatte, über ihr Eigentum zu verfügen, dann war dieses Erbe weniger wert als ihre von der Reise fadenscheinig gewordenen Kleider.

Borelli genoss die Verzweiflung, die sich auf ihrem Gesicht abzeichnete, und stand auf, um sie noch mehr zu verunsichern. Mit einer ausholenden Geste öffnete er den Zeltvorhang und wies nach draußen. »Meine Liebe, die Männer dort sind keine Nähmägde, die ihrer Herrin aufs Wort gehorchen, sondern wilde Wölfe, die nach Blut und Beute gieren und denen die Ehre einer Frau oder eines Mädchens weniger gilt als der Dreck unter ihren Nägeln. Du bist hier nicht sicher! Derzeit schützt dich noch meine Anwesenheit, doch auf Dauer werden die Kerle keine Rücksicht mehr darauf nehmen, dass du die Besitzerin ihrer Kompanie bist, und im Rudel über dich herfallen. Du musst dieses Lager in absehbarer Zeit verlassen und wieder in deine Heimat zurückkehren!«

Caterina breitete hilflos die Hände aus. »Ich sagte dir schon: dazu fehlt mir das Geld.«

Borelli setzte sich wieder und lächelte verständnisvoll. »Deswegen will ich dir ja einen Vorschlag machen, der dich deiner Sorgen enthebt. Beauftrage mich mit den Verhandlungen mit Gian Galeazzo Visconti, und ich werde sehen, ob ich eine genügend große Summe für dich herausschlagen kann, so dass du die Schulden deines Vaters begleichen kannst. Oder noch besser: verkaufe mir die Truppe für vier- oder fünftausend Dukaten. Diese Summe werde ich wohl mithilfe meiner Familie aufbringen. Sollte ich als Condottiere erfolgreich sein, werde ich dir später noch einmal die gleiche Summe zukommen lassen, damit du über eine genügend große Mitgift verfügst. Wir müssen das Geschäft jedoch bald aushandeln, sonst wird Herzog Gian Galeazzo das Angebot einem anderen Condottiere machen. Eine Truppe, die tatenlos an einem Platz bleibt, verliert bald ihren Ruf und löst sich auf. Dann hast du nichts mehr von deinem Erbe. Es wäre am besten für dich und die Kompanie, wenn ich den Vertrag zwischen uns gleich heute noch aufsetzte.«

Borellis Stimme hatte etwas hypnotisch Zwingendes an sich, so dass Caterina beinahe schon vorbehaltlos zustimmen wollte. Ehe ihr ein Wort über die Lippen schlüpfen konnte, besann sie sich jedoch. Sie hatte den deutschen Besitz ihres Vaters schon seit ihrem fünfzehnten Lebensjahr selbst verwaltet und kannte sich in geschäftlichen Dingen aus. »Aufsetzen kannst du den Vertrag, Vetter, aber unterschreiben werde ich ihn erst, wenn ich den Gegenwert für die Truppe in Händen halte.«

»Maledetto!« Diesmal vermochte Borelli den Fluch nicht zurückzuhalten. Einesteils löste sich diese deutsche Jungfer bei jedem offenen

Wort in Tränen auf, aber wenn er überzeugt war, sie weich gekocht zu haben, verwandelte sie sich in eine Wand aus Gletschereis.
Ihre Miene verriet, dass er ihre Unterschrift tatsächlich erst erhalten würde, wenn er ihr genügend blanke Dukaten vor ihre kleinen Füße gelegt hatte. Er konnte nur hoffen, dass Ranuccio so rasch wie möglich mit ausreichend Geld aus der Romagna zurückkam, denn er musste diese Tedesca loswerden, bevor sie dahinterkam, dass es sich bei Giustomina und Viratelli eben nicht um Lehen handelte, die an den Heiligen Stuhl zurückgefallen waren, sondern um einen Teil ihres Erbes. Zudem verhinderte Caterina durch ihre Anwesenheit im Lager, dass er es verlassen und sich mit einem der Vertrauten Gian Galeazzo Viscontis treffen konnte. Er musste hier bleiben, um Ranuccios Rückkehr zu erwarten und diese sturköpfige Tedesca zu bewachen, damit Steifnacken ihr keine Flöhe ins Ohr setzen und sie zu Aktionen verleiten konnte, die seine Pläne ruinieren würden.

## 2.

Rodolfo d'Abbati genoss den Ritt, auch wenn er sich beinahe stündlich fragte, wie seine Mission wohl enden mochte. Die erste Wut der Monte-Elde-Söldner mußte inzwischen abgeklungen sein und die Männer würden sich mehr Gedanken um ihre Zukunft als um die Vergangenheit machen. Zudem bot ihm die Tatsache, dass er als Bote des Marchese Olivaldi in ihr Lager kam, einen gewissen Schutz. Trotzdem verspürte er ein leichtes Kribbeln im Nacken, denn die deutschen und flämischen Söldner, die den Kern der Eisernen Kompanie ausmachten, waren unberechenbar. Bei diesen Kerlen handelte es sich, wie allgemein bekannt war, um dumpfe Schlagetots, die vom starken Willen ihres Capitano unter Kontrolle gehalten werden mussten. Nach Monte Eldes Tod aber gab es niemand, der diese Kerle zügeln konnte.

»Bisher habe ich dich noch nie für einen Feigling gehalten, Rodolfo«, verspottete er sich selbst. Aber als er ein kleines Dorf in der nördlichen Toskana erreichte, das zur Herrschaft Pisa gehörte, begegnete er einigen Offizieren und Söldnern in den Monte-Elde-Farben und bei diesem Anblick zogen sich seine Nacken- und Schultermuskeln zu Knoten zusammen. Er konnte nur hoffen, dass man mit diesen Leuten noch vernünftig reden konnte und sie nicht schon bei dem Namen Visconti Mordgelüste bekamen.

Die Männer saßen auf den Bänken vor einer Schenke, hatten Tonbecher vor sich stehen und diskutierten so eifrig, als stände der nächste Kriegszug dicht bevor. Dabei wirkten sie so friedlich, dass Rodolfo bei dem Anblick Lust verspürte, sich zu ihnen zu setzen und seinen Durst zu stillen. Gleichzeitig keimte in ihm die Idee auf, sich den Männern anzuschließen und mit ihnen ins Lager der Monte-Elde-Söldner zu reiten. Wenn sie seine Begleitung akzeptierten, würde er im Lager zunächst einmal als Freund gelten.

Er stieg vom Pferd, warf einem herbeieilenden Knecht den Zügel zu und gesellte sich zu den jungen Offizieren. »Buon giorno, Signori, ist hier noch Platz?«

Ein etwas geckenhaft gekleideter Edelmann blickte auf und musterte ihn. Rodolfo trug keine Farben, die seine Herkunft hätten verraten können, sondern nur die strapazierfähige Kleidung eines Herrn von Stand, der auf Reisen weniger auf modischen Schnickschnack denn auf Bequemlichkeit achtet.

»*Setzt Euch!*«, forderte der Mann ihn auf und rief nach Wein. Ein junges Mädchen schoss so schnell aus dem Innern der Schenke heraus, als wäre ihm der Boden unter den Füßen zu heiß geworden, und schenkte den Söldnern nach. Als die Schankmagd den neuen Gast wahrnahm, wollte sie ins Haus zurückkehren, um einen frischen Becher zu holen, und kam dabei einem der Offiziere zu nahe. Der versetzte ihr einen hallenden Klaps auf die Hinterbacken und grinste seine Kameraden vergnügt an, während das Mädchen aufschluchzte und seine Schritte verdoppelte. »Hart wie mein Bizeps, sage ich euch. Genau das Richtige für einen scharfen Ritt.«

»Denke nur nicht, dass du das Weibsstück stoßen kannst, während wir auf dem Trockenen sitzen«, drohte der Geck, der Rodolfo eingeladen hatte.

Sein Gegenüber winkte lachend ab. »Pah, die hält ein Dutzend von uns aus. Man muss ihr nur einen Viertel Gigliato in die Hand drücken, dann liegt die schneller auf dem Rücken, als du den Schwanz aus der Hose bringst.«

Inzwischen war das Mädchen wieder erschienen und hatte die Worte des Söldners gehört. Ihr Gesicht wurde weiß, und sie kniff die Lippen so fest zusammen, dass sie wie ein einzelner Strich wirkten. Das junge Ding tat Rodolfo leid; wie es aussah, würde die heutige Nacht kein Vergnügen für sie werden. Unter diesen Umständen wollte er nicht bei den Monte-Elde-Leuten bleiben. Er bezahlte seinen Wein und überlegte sich, unter welchem Vorwand er sich wieder verabschieden sollte.

»Wo kommst du her?«, fragte der Geck, der, wie Rodolfo aufgeschnappt hatte, Lanzelotto hieß.

»Von dort!« Er wies in die Richtung, die hinter ihm lag.

»Und willst wohl dorthin!«, spottete Lanzelotto und wies in die Gegenrichtung.

»Ganz recht!«, erklärte Rodolfo. »Aber um es genau zu sagen, will ich in euer Lager.«

»Unser Lager? Das ist hier diese Taverne«, antwortete Lanzelotto Aniballi lachend.

Rodolfo sah sich um, ob er noch weitere Söldner entdeckte, doch die Gruppe war allein. »Das verstehe ich nicht. Ich dachte, ihr zählt zur Eisernen Kompanie von Monte Elde?«

Aniballi winkte verächtlich ab. »Jetzt nicht mehr! Mit Monte Eldes Tod ist unser Dienst erloschen, vor allem, da die Kompanie jetzt einem Frauenzimmer gehört.«

Jetzt spitzte Rodolfo die Ohren. »Einer Frau? Aber das ist doch ein Witz!«

»Leider nicht! Monte Elde hat eine Tochter, die irgendwo in Germania lebt, und die ist seine einzige Erbin. Dieser Bastard Borelli war zwar der Ansicht, er müsse der neue Capitano sein, aber er konnte sich bei den Tedesco-Tölpeln nicht durchsetzen. Mögen die einem Weib dienen, wir tun es nicht! Das wäre ja dasselbe, als würde ein Hengst die Stute aufreiten lassen, anstatt sie selbst zu besteigen.«

»Was mich wieder auf die Kleine hier bringt. Bei dem Gedanken daran, was ich gleich mit ihr machen werde, wird mir die Hose zu eng.« Der Sprecher zupfte zwischen seinen Schenkeln herum und brachte seine Kameraden zum Lachen.

»Reib dir aber keinen runter, Beppino, sonst ist deine Lanze später nicht hart genug, um in die anvisierte Schlucht zu stoßen«, spottete einer.

»Außerdem wartest du gefälligst, bis wir uns am Wein satt getrunken haben. Wir wollen nicht dürsten müssen, während du sie zwischen den Schenkeln besuchst«, setzte Lanzelotto Aniballi verärgert hinzu, denn ihm passte es nicht, dass nicht ihm das erste Anrecht auf die Schankmagd zukommen sollte. Er trank seinen Becher in einem Zug leer, hieb ihn auf den Tisch, dass es krachte, und rief nach neuem Wein.

Als das Mädchen mit dem vollen Krug kam, fasste er es um die Hüften und zog es an sich. »Halte dich bereit! Heute Nacht wirst du etliche brünstige Hengste auf dir spüren.«

Rodolfo widerte das trunkene Gerede der Männer an. Das Mädchen war hübsch, und bei einer anderen Gelegenheit hätte er versucht, sie mit Schmeicheleien und einer kleinen Münze dazu zu bringen, dass sie ihm zu Willen war. Aniballi und dessen Freunde behandelten sie jedoch wie einen Gegenstand, den sie benutzen konnten, wie es ihnen passte. Da er sich von den Männern weder

Unterstützung noch weitere Informationen versprach, stand er auf und verabschiedete sich.

Auf dem Weg zum Stall überlegte er es sich anders, drehte sich um und betrat die Taverne. Die kleinen Fenster spendeten kaum Licht, und es dauerte zwei, drei Augenblicke, bis er etwas erkennen konnte. Dann entdeckte er einige Tische und eine gemauerte Feuerstelle, die derzeit jedoch nur Asche enthielt. Lanzelottos Leute, die als einzige Gäste hier weilten, verlangten nur nach Wein und gelegentlich nach einem Stück von den Schinken oder den Würsten, die an armdicken Stangen unter der Decke hingen. Der Wirt, ein mageres Männchen mit spitzem Gesicht, füllte eben einen weiteren Krug aus dem bauchigen Fass, das in einem kleinen Anbau aufgebockt stand.

Rodolfo blieb vor ihm stehen und lächelte. »Ich glaube, es wäre besser, wenn du diesen Kerlen draußen den Wein bringst. Deine Magd sollte sich für einige Stunden ein gutes Versteck suchen.«

Der Wirt sah Rodolfo an, als wäre dieser nicht bei Sinnen. »Dann erhalte ich Schläge, weil sie nicht mehr da ist. Nein, Signore, da ist es mir lieber, Renza hält die Kerle bei Laune. Ihr passiert nicht mehr als anderen Frauen auch.«

Rodolfo wandte ihm mit einer Geste der Verachtung den Rücken zu und legte Renza, die gerade hereingekommen war, die Hand auf die Schulter. Er spürte, wie sie vor Angst zitterte, und musste an sich halten, um dem Alten nicht die Schläge zu verabreichen, die dieser von Lanzelotto Aniballis Leuten befürchtete.

»Du solltest klug sein und verschwinden. Diese Kerle draußen sind Abschaum und werden dich zuschanden richten.«

Das Mädchen sah ihn verzweifelt an. »Wenn ich das tue, schlägt der Wirt mich tot.«

Rodolfo wusste nicht, was ihn trieb, doch er nestelte seine Börse los und zählte ihr drei blanke Dukaten in die Hand. »Das dürfte reichen, bis du eine bessere Stelle gefunden hast.«

Das Mädchen starrte auf das Geld, hauchte: »Danke«, und huschte davon. Der Wirt fluchte und wollte ihr folgen, um sie aufzuhalten. Doch da entblößte Rodolfo seine Zähne zu einem bösen Grinsen und streichelte den Knauf seines Schwertes.

»Versuche es! Ich bezweifle, dass du die Tür heil erreichen wirst.«

Der Wirt blieb stehen, als wäre er gegen eine unsichtbare Wand gerannt, und rang die Hände. »Herr, habt Gnade mit mir! Diese Schufte werden es mich entgelten lassen, dass meine Magd fortgelaufen ist. Die Schmerzen werdet Ihr mir nicht nehmen können, doch ein paar Dukaten aus Eurer Börse würden sie erträglicher machen. Ihr seid doch ein reicher Edelmann!«

»Bei der Muttergottes, was bist du für ein erbärmliches Geschöpf! Nimm die Prügel dieser Kerle hin und danke Gott, dass du nicht auch noch von mir Schläge erhältst.« Rodolfo drehte dem Wirt angewidert den Rücken und verließ die Taverne. Dieser fluchte leise vor sich hin, stellte dann den Weinkrug ab und schlich durch den Hintereingang ins Freie. Draußen rannte er los, als fühle er schon die Faust eines Söldners im Nacken, und suchte Schutz in einem kleinen Pinienwäldchen, das sich in der Nähe des Dorfes erstreckte. Die Unversehrtheit seiner Haut lag ihm mehr am Herzen als die Einrichtung seiner Schenke, die Aniballis Meute in ihrer Wut nun zerschlagen würde.

Rodolfo holte rasch sein Pferd und ritt los. Unterwegs nannte er sich einen blutigen Narren, weil er einer Wirtsmagd, die ihn nicht das Geringste anging, mehr als einen Jahreslohn geschenkt hatte. Dann aber musste er lachen, denn er stellte sich die dummen Gesichter vor, die Aniballi und seine Spießgesellen machen würden, wenn sie herausfanden, dass die Stute, die sie für die Nacht hatten satteln wollen, verschwunden war. In seinen Augen waren diese Männer Gesindel, das eine harte Hand fühlen musste. Wenn die Kerle nicht bald einen neuen Condottiere fanden, der sie in seine Dienste nahm, würden sie trotz der edlen Abkunft, die einigen anzusehen gewesen war, zu Banditen herabkommen, die früher oder später ein Ende auf dem Richtblock finden würden. Rodolfo hatte zwar nur den ersten, bescheidenen Schritt auf dem weiten Weg zu einem bedeutenden Condottiere getan, doch er würde Lanzelotto Aniballi und dessen Haufen nicht einmal als Soldknechte in seine Truppe aufnehmen, geschweige denn als Offiziere.

## 3.

Arnoldo Caetani, der Herzog von Molterossa, legte die Hände auf die Brüstung und starrte auf den kleinen See hinab, in den der Burghügel wie eine Halbinsel hineinragte. Unten schmiegte sich ein kleines, von einer Mauer umgebenes Städtchen an das Ufer, dessen Häuser aus Bruchsteinen und behauenen Quadern errichtet worden waren. Den Mittelpunkt des Örtchens bildete eine große, dreischiffige Kirche, die einen einzelnen, hoch aufstrebenden Glockenturm aufwies und die Grablege der herzoglichen Familie enthielt. Auch an diesem so friedlich erscheinenden Platz gab es Streit und Hader zwischen den einzelnen Sippen, doch die mächtigen Geschlechtertürme, die Städte wie San Gimignano und Rividello beherrschten, suchte man hier vergebens. Seit Generationen sorgten die Caetani von Molterossa mit eiserner Hand für Frieden und Ordnung, und wenn einen Bürger der Hafer zu sehr zu stechen drohte, genügte ein Blick auf die über der Stadt aufragende Burg, um ihn wieder zur Räson zu bringen.

Wie lange dieser Friede noch anhalten mochte, wagte der Herzog sich kaum zu fragen. Es gärte in seiner Stadt, und mancher der reichen Kaufleute und kleinen Edelleute, die jetzt noch den Rücken krümmten, wenn sie ihm begegneten, sehnten ein Ende seiner Herrschaft herbei, denn sie hofften, in Gian Galeazzo Viscontis Sold selbst zu Herren aufsteigen zu können. Arnoldo Caetani ballte die Fäuste und warf einen finsteren Blick in die Richtung, in der er Mailand wusste. Noch hatte Visconti den Norden Italiens nicht ganz erobert, und wenn es nach ihm ging, würden die hochfliegenden Pläne der Viper von Mailand kläglich scheitern.

Caetanis Blick glitt über seine Burg. Mit ihrer wuchtigen Wallmauer und den hohen Türmen wirkte sie wehrhaft und kampfbereit, und der einzig sichtbare Zugang wurde durch einen gewaltigen, achteckigen Turm beherrscht, der weder mit Leitern noch mit Rammböcken zu nehmen war. Drei weitere Türme sicherten die Flanken und das zum See hin abfallende Ende, ein fünfter die Engstelle zwischen dem Zwinger und dem eigentlichen Burghof, in dem sich neben den Wirtschaftsgebäuden und dem Zeughaus der vielfach umgebaute Palas erhob. Dieser war einst eine Festung für sich gewesen, mittlerweile aber bot das Wohngebäude allen Komfort, den ihre Besitzer sich hatten leisten können – und das war nicht wenig. Der Wohlstand hatte viel Neid erweckt und dazu geführt, dass der römische Zweig der Caetani den aus Molterossa als unbedeutenden Seitenzweig der Sippe abtat.

Arnoldo Caetani war stolz auf sein kleines Reich und den Rang eines Herzogs, den er von seinen Vätern ererbt hatte, während Gian Galeazzo Visconti für die gleiche Würde dem deutschen König Wenzel etliche Kisten gemünzten Goldes über die Alpen hatte bringen lassen müssen. Die Caetani von Molterossa führten ihre Abkunft auf Autarico zurück, einen Neffen Desiderios, des letzten Königs der Langobarden, und in der Chronik seines Geschlechts war verzeichnet, dass ihr Rang und ihr Titel noch aus jenen Tagen stammten. Ihr Anspruch war auch nie ernsthaft angezweifelt worden, insbesondere, da er vor nicht allzu langer Zeit durch die Einheirat einer Dame von ebenso hoher Abkunft noch einmal verbrieft worden war.

Der Herzog atmete tief durch und wandte sich seinem Neffen und designierten Nachfolger Amadeo zu, einem schlanken jungen

Mann um die fünfundzwanzig mit einem hübschen, sonnengebräunten Gesicht, lockigen, brünetten Haaren und dunklen Augen. Für den Geschmack des Herzogs war die Kleidung des Jünglings, die aus hautengen Hosen und einem kurzen, bestickten Wams bestand, etwas zu geckenhaft.

Arnoldo Caetani selbst hatte sich mit jener Sorgfalt gekleidet, die er seinem Rang für angemessen hielt. Sein langer, dunkelbrauner Überrock war genau wie seine roten Handschuhe mit goldenen Stickereien verziert und an jedem Finger einschließlich des linken Daumens steckte ein mit Edelsteinen geschmückter Goldring. Trotz der Wärme bedeckte eine mit Zobel verbrämte Mütze aus Samt sein Haupt. Im Gegensatz zu seinem hoch gewachsenen Neffen wirkte er klein und rundlich, und doch hätte ihm keiner seiner Nachbarn das Prädikat eines gemütlichen alten Herrn verliehen. Sein siebzigster Geburtstag stand kurz bevor, und jedes dieser vielen Jahre schien sein aufschäumendes Temperament verstärkt zu haben.

Der Herzog trank einen Schluck Wein, hob seinen Becher kurz der untergehenden Sonne entgegen, die sich blutrot im See widerspiegelte, und schnaubte. »Michelotti ist ein Narr!«

Amadeo wagte nicht zu fragen, wieso er zu dieser Ansicht gelangt sei, denn dafür hätte sein Onkel ihn gnadenlos abgekanzelt. Dabei interessierte ihn durchaus, weshalb der Herzog so wütend auf Biordio Michelotti war, den mächtigsten Mann der großen Stadt Perugia.

Arnoldo Caetani ließ sich wie erwartet sofort über den Mann aus. »Dieser Krämer glaubt, Visconti allein widerstehen zu können! Perugia, sagt er, würde sich nicht unter die Herrschaft eines Herzogs begeben, um der Herrschaft eines anderen Herzogs zu entgehen. Pah, als ginge es nur darum, hie Molterossa!, hie Milano! zu schreien. Es geht um Freiheit oder Knechtschaft, doch das wollen diese elenden Krämerseelen nicht begreifen. Sie sehen die Gefahr nicht,

die durch diesen verdammten Visconti über unser Italien kommt. Wagt dieser Hund es doch, Städte und Landschaften an sich zu reißen, die seit der großen Schenkung durch Imperatore Constantino dem Stuhle Petri gehören. Bereits die Hand nach derart geweihtem Boden auszustrecken ist Ketzerei und Häresie, sage ich dir!«
»Ja, Onkel! Da gebe ich dir vollkommen Recht.« Amadeo nickte eifrig und setzte ein paar Verwünschungen gegen Visconti hinzu. Sein Onkel war ein treuer Vasall des Papstes Bonifatius in Rom, auch wenn er seinen Besitz wie ein König regierte. Den Gegenpapst Klemens in Avignon aber strafte er mit Missachtung.
Caetani kümmerte sich nicht um die Bemerkung seines Neffen, sondern redete sich seinen Ärger von der Seele. Als Nächstes goss er seinen Zorn über Leonello da Polenta aus, den Markgrafen von Olivaldi, der ein treuer Vasall des Kirchenstaats gewesen war, bis er vor einiger Zeit die Seiten gewechselt hatte und nun zu den Anhängern Gian Galeazzo Viscontis zählte. Auch der Verursacher dieses Verrats, wie Caetani es nannte, bekam seinen Teil weg.
»Verfluchter Nepotismus! Daran wird Italien noch ganz zugrunde gehen. Was musste Salvatore Tomacelli, dieser unreife Lümmel, auch unbedingt eine von Olivaldis Herrschaften an sich raffen? Seine Heiligkeit hätte dem Burschen auf die Finger klopfen müssen, anstatt ihm nachzugeben. Olivaldis Unterstützung und Rat werden uns bitter fehlen, sage ich dir. Aber heute ist alles nicht mehr so, wie es früher einmal war. Das sieht man ja schon an Rodolfo.«
Amadeo errötete leicht, als der Herzog seinen Vetter erwähnte. Rodolfo war der erste Anwärter auf die Nachfolge in Molterossa gewesen, aber er hatte sein Temperament nicht zügeln können und war immer wieder mit dem alten Herrn aneinander geraten. Das hatte es Amadeo erleichtert, sich seinem Onkel als angenehmer Erbe anzudienen. Nachdem Rodolfo begriffen hatte, dass sich die Waagschale zu seinen Ungunsten neigte, war er im Streit von sei-

nem Onkel geschieden und hatte einen Verwandten seiner Mutter in Rom aufgesucht, um mit dessen Hilfe Karriere zu machen. Seitdem hatte Amadeo nur noch einmal von ihm gehört und lange an seinem Neid zu kauen gehabt, denn dem alten Kardinal war es gelungen, seinem Vetter den Titel eines Grafen d'Abbati zu beschaffen.

»Verfluchter Nepotismus!«, wiederholte der Herzog, als hätte er die Gedanken seines Nachfolgers gelesen. »Conte d'Abbati, ha! Der Titel ist so viel wert wie ein Hundeschiss. Andererseits ... Graf d'Abbati und Herzog von Molterossa – das hätte einen guten Klang.«

Amadeo hatte es längst aufgegeben, den sprunghaften Gedanken seines Onkels zu folgen oder sich über sie zu ärgern, besonders, wenn sie Rodolfo galten. In Augenblicken wie diesem empfand er sogar große Zufriedenheit, war es ihm doch noch rechtzeitig gelungen, seinen Vetter auszustechen, bevor der alte Herr begriffen hatte, dass Rodolfo trotz allen Streits ein guter Gesprächspartner und wohl noch einiges mehr für ihn gewesen war.

Arnoldo Caetani schnaubte, wie er es immer tat, wenn seine Laune sank, und bleckte die Zähne zu einem bösen Grinsen. »Der Lümmel hat ein paar Buschräuber um sich gesammelt und wollte als Condottiere in die Dienste des Kirchenstaats treten. Durch diese Rechnung habe ich ihm jedoch einen Strich gemacht. Ich musste dem Präfekten in Rom nur ein paar deutliche Worte zukommen lassen, dann hat er Rodolfo und dessen Halsabschneider zum Teufel gejagt.«

»Na, dann macht mein Vetter wohl als Räuber die Lande unsicher.« Amadeo kicherte bei diesem Gedanken und zog sich dadurch den Zorn seines Onkels zu.

»Narr! Kein Caetani wird sich jemals so weit vergessen, fromme Pilger und unschuldige Reisende zu überfallen und auszuplündern. Der Lümmel ist in Olivaldis Dienste getreten. Der wird seine Freu-

de an dem Querkopf haben! Wahrscheinlich hat Olivaldi Rodolfo auch nur besoldet, um mich zu ärgern. Aber er wird bald merken, dass er sich ins eigene Fleisch geschnitten hat. Ich vergönne diesem Gesinnungslumpen den Ärger, den der Bengel ihm bereiten wird.«
Die Miene seines Onkels verriet Amadeo, dass dieser sich all dieser Worte zum Trotz ärgerte, weil Rodolfo nun auf der Seite der Visconti stand. Leider schien der Abfall seines älteren Vetters den alten Herrn nicht so tief getroffen zu haben, wie Amadeo es erhofft hatte, und er empfand die nächsten Worte seines Onkels als Schlag ins Gesicht.
»Sobald Olivaldi sich von der Mailänder Viper lossagt – was hoffentlich bald geschehen wird – und auf unsere Seite zurückkehrt, wird auch Rodolfo wieder in päpstlichen Diensten stehen. Dann soll er meinetwegen seine Condotta haben.«
Amadeo nahm die Aussichten seines Vetters mit einem Zähneknirschen zur Kenntnis, doch zu seinem Glück schenkte der Herzog ihm keine Beachtung, sondern wechselte wieder das Thema. »Umso wichtiger ist es, dass Monte Eldes Eiserne Kompanie auf unserer Seite bleibt! Der Ruf dieser Truppe ist groß genug, auch bekanntere Condottieri davon abzuhalten, sich Visconti anzudienen. Ich rechne sogar damit, dass sich etliche von ihnen auf die Seite der Eisernen Kompanie stellen und in unsere Dienste treten werden. Dann haben wir die Macht, Mailand Widerstand zu leisten.«
»Monte Elde hat, soviel ich weiß, einen Vertrag mit Pisa abgeschlossen, und den wird sein Nachfolger gewiss einhalten, Oheim.«
Amadeo wollte seinen Onkel mit dieser Information beruhigen, doch Arnoldo Caetani kommentierte seine Worte mit einem verächtlichen Auflachen. »Dummkopf! Der Vertrag mit Pisa besteht doch nur zum Schein, um unsere Absichten zu verschleiern. In Wirklichkeit hat Francesco di Monte Elde einen Geheimvertrag mit mir unterzeichnet. Aus Sicherheitsgründen gibt es nur eine einzige Ausfertigung des Vertrags, und die liegt sicher verschlossen

in der Engelsburg in Rom. Es mag sein, dass Gian Galeazzo Visconti den Mord an Monte Elde und dessen Sohn, den er mit Sicherheit persönlich angeordnet hat, ausnützen will, um den neuen Capitano der Eisernen Kompanie mit Versprechungen auf seine Seite zu ziehen. Das muss unter allen Umständen verhindert werden!
Stehen die Eisernen erst einmal in Viscontis Diensten, wird dies die übrigen freien Condottieri ebenfalls nach Mailand spülen, und dann ist unsere Sache wie auch die Seiner Heiligkeit verloren. Unsere Freiheit steht und fällt mit den Männern Monte Eldes, denn nur mit ihrer Hilfe werden wir Molterossa erfolgreich verteidigen können. Wenn Viscontis Söldner über uns kommen, schlagen sie uns die Köpfe ab oder mauern uns in einem der Türme ein und lassen uns bei lebendigem Leib verhungern. So haben diese Hunde ihre Gegner oft genug behandelt!«
Die düstere Zukunftsaussicht, die der Herzog an die Wand malte, ließ Amadeo erschaudern. »Bei Gott, du hast Recht, Onkel! Wir müssen alles tun, um die Eiserne Kompanie auf unserer Seite zu halten.«
»Alles, was in unserer Macht steht! Wir können den Sohn einer Stallmagd, der jetzt das Kommando übernehmen wird, im Gegensatz zu Visconti nicht mit der Aussicht auf die Herrschaft über eine große Stadt oder sonst ein reiches Lehen locken. Verflucht sei Olivaldi, der verhindert hat, dass Monte Elde ein seinen Verdiensten angemessenes Stück Land in Lazio oder der Romagna erhalten hat, und verflucht sei der Tedesco selbst, der Olivaldis Tochter entführt hat, statt sich mit einer Kaufmannstochter oder einem Stall voller williger Mägde zu begnügen!«
Der Herzog schleuderte seinen noch halb vollen Becher quer über die Terrasse, so dass das Gefäß in die gegenüberliegende Ecke rollte. Ein Diener hob es mit gleichmütiger Miene auf, spülte es in einem bereitstehenden Eimer Wasser und brachte es mit Wein gefüllt zu

seinem Herrn zurück. Arnoldo Caetani trank einen Schluck und fasste den Becher dann mit beiden Händen, so als wäre er ein Hals, den es zu würgen galt. »Wir dürfen nicht in der Defensive bleiben, Neffe! Aus diesem Grund wirst du in das Lager der Eisernen Kompanie reiten und mit diesem Borelli reden. Er muss den Geheimvertrag, den sein Onkel mit mir abgeschlossen hat, unter allen Umständen einhalten. Drohe ihm, dass der Papst ihn sonst exkommunizieren wird, und versprich ihm, dass er seine Besitzungen Giustomina und Viratelli mit einigen anderen Lehen zu einer eigenen Herrschaft zusammenlegen kann und einen Adelstitel erhält. Ich werde den päpstlichen Behörden in Rom schreiben und mein Versprechen von ihnen bestätigen lassen.«

»Ich schwöre dir, ich werde alles in meiner Macht Stehende tun, Onkel, um den Nachfolger Monte Eldes für uns zu gewinnen.«

Amadeo nickte eifrig und verneigte sich wie ein Domestike. Dabei entging ihm der Blick, mit dem der Herzog ihn musterte. Arnoldo Caetanis Miene verriet deutlich, dass ihm das kriecherische Wesen seines Neffen und dessen Dienstbeflissenheit mehr und mehr zuwider wurden. An Tagen wie diesen sehnte er sich nach seinem älteren Neffen, obwohl er wusste, dass sie beide schon binnen weniger Augenblicke aneinander geraten würden. Rodolfo glich einem feurigen Hengst, der sich kaum zähmen ließ; Amadeo dagegen wirkte wie ein lahmer Wallach, den man zu jedem Schritt antreiben musste, und das versprach nichts Gutes für die Zukunft Molterossas.

## 4.

Das Lager der Eisernen Kompanie war in einem besseren Zustand, als Rodolfo d'Abbati es erwartet hatte. Seit dem Mord an Monte Elde waren schon über drei Wochen vergangen, und er hätte erwartet, einen undisziplinierten Haufen vorzufinden, der kurz vor der

Auflösung stand und sich so aufführte wie die Gruppe bei der Schenke.

Er hielt sein Pferd vor dem Wachtposten an, der ihm den Eingang versperrte, und lächelte auf ihn hinab. »Buon giorno, mein Guter. Wäre es dir möglich, mich dem neuen Capitano der berühmten Eisernen Kompanie zu melden?«

Friedel, der wie bei Caterinas Ankunft Wache hielt, musterte den Ankömmling mit geübtem Blick und kniff verwundert die Augen zusammen. Derbe lederne Reithosen, ein gestepptes Wams und ein Schwert ohne jeglichen Zierrat kennzeichneten in der Regel den Söldneroffizier. Doch dieser Mann trug nicht die Farben einer Kompanie, und er wurde auch nicht, wie es bei Männern dieses Ranges üblich war, von einem Knappen und einem halben Dutzend Knechten begleitet. Er konnte nicht ahnen, dass Rodolfo auf Begleiter verzichtet hatte, um nicht noch andere Leute in Gefahr zu bringen. Denn wenn eine Soldatenhorde sich der Kontrolle durch ihre Offiziere entzog, kannte ihre Mordlust keine Grenzen mehr.

Friedel kam zu der Überzeugung, dass es nicht seine Sache war, sich den Kopf über diesen Besucher zu zerbrechen, und trat beiseite. »Ihr könnt das Lager betreten, Signore. Aber es wird Euch nicht möglich sein, den neuen Capitano zu sprechen, denn der wurde noch nicht bestimmt. Ich denke aber, dass die Herrin Euch empfangen wird.«

»Die Herrin?« Rodolfos Lippen kräuselten sich spöttisch. Es war allgemein bekannt, dass Francesco di Monte Elde sich eine ebenso hübsche wie unbedarfte Gespielin zugelegt hatte. Sollte diese von dem ermordeten Capitano zur Herrin der Kompanie bestimmt worden sein, so konnte der berühmte Condottiere sein Testament wohl nur unter dem Einfluss erheblicher Mengen Alkohol geschrieben haben.

Friedel interessierte sich nicht für die Verwunderung des Besuchers, sondern rief vier Kameraden herbei, die Rodolfo in die Mitte nahmen und zum Zelt des Capitano – wie es immer noch genannt wurde – eskortierten.

Caterina hatte ein wenig geschlafen, aber nicht, weil sie von Müdigkeit überwältigt worden war, sondern um Borelli für eine Weile loszuwerden. Ihr Vetter bekniete sie immer stärker, ihm die Kompanie zu überlassen, doch in den langen Jahren, in denen sie Eldenberg mit geringen Mitteln hatte erhalten müssen, war sie Versprechen gegenüber misstrauisch geworden und deshalb nicht bereit, ihre Macht vorzeitig aus den Händen zu geben. Erst wenn Borelli ihr die Summe ausbezahlt hatte, die in ihrem noch nicht unterzeichneten Vertrag eingesetzt worden war, würde sie ihm mit der Kompanie auch das Kommando über die Männer überlassen. Sie wusste, dass Hans Steifnacken nicht bereit war, Borelli als Condottiere anzuerkennen, und hatte dem Unteroffizier bereits vorgeschlagen, sie mit einigen ausgesuchten Männern nach Eldenberg zu begleiten. Mit ihm an der Seite würde sie sich dort sicherer fühlen, denn weder ihr Verwalter noch ihre Knechte boten ihr Schutz gegen die Nachstellungen der Trefflichs auf Rechlingen. Noch wusste sie nicht, wie Steifnacken sich entscheiden würde, hoffte aber, dass er es in ihrem Sinne tat.

Als Malle sie weckte und ihr erklärte, es sei ein Besucher gekommen, spürte sie Neugier und begrüßte die Unterbrechung des normalen Tagesablaufs. Während Rodolfo vor dem Eingang warten musste, ließ Caterina sich von Malle in ihr Kleid helfen, strich ihre Locken zurecht und setzte sich auf den Klappstuhl.

»So, jetzt kannst du den Mann hereinlassen«, befahl sie ihrer Dienerin.

Diese betrachtete stirnrunzelnd die nackten Füße ihrer Herrin. »Nicht, bevor Ihr Schuhe anhabt. Ihr seht ja aus wie ein Bauernmädchen.«

Caterina lachte leise auf. »Dann bring mir ein Paar, du Quälgeist!«

Malle zog ihr ein Paar leichter Schuhe an, ging dann noch einmal

um sie herum, zupfte an der einen oder anderen Falte des Kleides und auch ein wenig an ihren Haaren. Dann nickte sie zufrieden.
»So könnt Ihr Euch sehen lassen. Draußen steht nämlich ein hoher Herr. Er sei ein Conte, hat man mir gesagt.«
»Hat dieser Graf auch einen Namen?«, fragte Caterina.
»Rodolfo d'Abbati, zu Euren Diensten!« Rodolfo war es zu dumm geworden, von der halben Kompanie beäugt draußen vor dem Zelt zu stehen, und hatte seinen Kopf durch einen Schlitz hereingesteckt.
Malle bedachte ihn mit einem vernichtenden Blick, band dann aber doch den Eingang auf und trat zur Seite. »Ihr könnt hereinkommen!«
Rodolfos strahlendes Lächeln und sein artiger Dank ließen ihren Unmut schnell verfliegen. Während er sich leicht vor Malle verbeugte, schätzte Caterina ihn mit einem schnellen Blick ab. Der Edelmann war vielleicht einen halben Kopf größer als sie, hatte recht breite Schultern und war dennoch schlank und sehnig. Seine eher derbe Tracht passte zu einem Mann von Stand, der sich zu den Kriegern zählte und viel unterwegs war. Sein Gesicht war angenehm männlich, ohne zu kantig zu wirken, und sein Lächeln entblößte zwei Reihen fehlerlos weißer Zähne. Die Nase war schmal und leicht gebogen, die Augen schimmerten wie lichtdurchfluteter Bernstein und die Haare, die unter seinem Barett hervorlugten, glänzten in einem Ton zwischen einem sehr dunklen Rot und Schwarz. Die Mägde auf Eldenberg hätten ihn gewiss einen äußerst attraktiven Mann genannt, dachte Caterina, in ihr aber löste sein Auftreten eher zwiespältige Gefühle aus. Hinter dieser einnehmenden Fassade konnte sich ein Teufel verbergen oder ein Verführer, der sie mit gut gedrechselten Komplimenten blind machen wollte für seine Absichten. Daher zwang sie ihrem Gesicht eine abweisende und hochmütige Miene auf.
Rodolfo war überrascht. Die Frau, die auf dem Stuhl des Capitano

saß, war jünger, als er erwartet hatte. Auch erschien sie ihm noch mädchenhaft mager und hatte das kalte, leblos erscheinende Antlitz jener Töchter des Nordens, in deren Adern Eiswasser statt Blut floss. Er konnte sich nicht einmal entscheiden, ob man sie wenigstens hübsch nennen konnte. Dann blickte er in ihre Augen und wusste, dass er vorsichtig mit ihr umgehen musste, denn in ihnen lag all das Feuer, das er in ihrem Gesicht und ihrer Haltung vermisste. Sie glühten wie zwei Opale und schienen sich durch seine Haut zu brennen, als wollten sie in sein Inneres schauen. Unwillkürlich beugte er den Kopf, um zu sehen, ob die Schlaufen seines Wamses auch alle geschlossen waren oder ob er vergessen hatte, den Schmutz der Landstraße abzuklopfen.
Er benötigte all seine Selbstbeherrschung, um seine unwillkürliche Bewegung in eine tiefe Verbeugung übergehen zu lassen. »Signora, Euer Diener!«
»Ihr könnt mich Signorina Caterina nennen«, antwortete sie kühl.
Jetzt begriff Rodolfo, wer vor ihm saß: Monte Eldes ehelicher Spross, die Tochter Margerita da Polentas und damit die Enkelin seines Auftraggebers, deren Existenz der Marchese mit aller Gewalt leugnete. Für einen Augenblick fragte er sich, wie da Polenta reagieren würde, wenn er wüsste, dass das Mädchen in Italien weilte. Dann musste er innerlich auflachen. Olivaldi hatte sich ja noch nicht einmal um Caterinas Bruder Giacomo gekümmert, warum also sollte der Marchese sich für ein Mädchen interessieren, mit dem er um einiges weniger anfangen konnte? Aber genau dieses Geschöpf, das wurde Rodolfo mit schmerzhafter Wucht klar, machte seinen Auftrag schwieriger und gefährlicher. Er musste sich jetzt nicht vor einem Neffen verantworten, der den Tod seiner Verwandten weniger betrauerte als begrüßte, weil er ihm zu einem unverhofften Aufstieg verhalf, sondern vor der Tochter und Schwester der Ermordeten. Wenn Caterina di Monte Elde als Erbin zweier Kulturen sowohl die Unerbittlichkeit des Nordens wie auch die

Leidenschaft und den Hass einer Italienerin in sich vereinte, hatte er von ihr keine Gnade zu erwarten.

»Ihr wünscht, Signore?« Caterina dauerte das Schweigen ihres Besuchers zu lange.

»Ich komme ...«, begann Rodolfo, stockte aber, denn ihm schien es mit einem Mal nicht geraten, sich auf ihren Großvater zu berufen. »Ich komme, um Euch mein tiefstes Mitgefühl zum Tod Eures Vaters zu überbringen. Er war ein großer Condottiere, und Euer Bruder wäre ihm gewiss gleichgekommen.«

Caterina ahnte, dass der Mann eigentlich etwas anderes hatte sagen wollen, und zog die Stirn kraus. »Ihr habt einen so weiten Weg unternommen, um mir zu kondolieren?«

»Natürlich nicht!«, antwortete Rodolfo ehrlich. »Ich bin auch gekommen, weil ich einen Auftrag zu erfüllen habe.«

»Dann redet nicht um den Brei herum!«

Ungeduld war eine Eigenschaft, die Rodolfo an Frauen bisher selten bemerkt hatte, und er fühlte sich aus dem Konzept gebracht. Er räusperte sich, um etwas Zeit zu gewinnen. Trotzdem kamen ihm die Worte nicht so diplomatisch über die Lippen, wie er sie sich unterwegs zurechtgelegt hatte. »Mich schickt ein Freund des Messer Battista Legrelli, des Podesta von Mentone.«

Er sah, wie seine Gastgeberin sich versteifte, und machte sich auf das Schlimmste gefasst. Draußen lungerte ein halbes Dutzend handfester Kerle herum, die auf den leisesten Ruf ihrer Herrin hereinstürmen und ihn niederringen würden. Rodolfo verdrängte diese unangenehme Vorstellung und schenkte seiner Gastgeberin ein Lächeln. »Signorina, es ist nicht richtig, was man sich über den Mord an Euren Verwandten erzählt. Messer Battista versichert Euch bei der Gottesmutter und allen Heiligen, dass er diese schändliche Tat weder befohlen noch durch Worte oder Gesten veranlasst hat. Er ist bereit, dies auf die heiligsten Reliquien der Christenheit zu beschwören, und das inmitten Eurer Kompanie!«

Dieses überraschende Angebot verwirrte Caterina, denn bis jetzt hatte sie wie die meisten ihrer Söldner geglaubt, Legrelli habe ihren Vater in eine Falle gelockt, um sich seiner zu entledigen. Einen falschen Eid auf eine Reliquie zu leisten war jedoch gleichbedeutend mit ewiger Höllenpein. Selbst der verstockteste Sünder würde es nicht wagen, sein Seelenheil in solch einer frevelhaften Weise aufs Spiel zu setzen.

»Ihr werdet erlauben, dass ich mich mit meinen Vertrauten berate«, brachte sie schließlich hervor und gab Malle den Befehl, Steifnacken zu holen. Die Dienerin nickte, wartete aber, bis zwei Leibwächter ins Zelt getreten waren, um jede Bewegung des Gastes zu überwachen. Dann lief sie hinaus und kehrte kurze Zeit später in Begleitung des Unteroffiziers zurück.

Rodolfo machte nicht den Fehler, den misstrauischen und bieder wirkenden Mann zu unterschätzen, denn Hans Steifnacken oder Giovanni Collobloccato, wie man ihn hier in Italien nannte, war beinahe ebenso berühmt wie sein Herr und hatte im Kampf Männer besiegt, die zwei Köpfe größer gewesen waren als er selbst.

»Was gibt es, Herrin?«, fragte Steifnacken auf Deutsch.

Rodolfo ärgerte sich, dass Caterina in dieser Sprache antwortete und er nichts von dem Wortwechsel verstand. Schließlich ging es um seinen Hals, und er konnte nicht eingreifen, wenn diese Tedesca auf die Idee kam, ihn ihren toten Verwandten nachsenden zu wollen.

Caterina berichtete Steifnacken, was sie eben erfahren hatte, und sah ihn ebenso verblüfft, wie sie es gewesen war.

»Sollte Borellis letzte Vermutung doch richtig sein, gewöhnliche Räuber wären für den Mord verantwortlich? Zuerst hat er seine Ansicht, dieser Legrelli wäre der Schuldige, doch recht heftig vertreten.« Steifnacken kratzte sich im Genick und musterte Rodolfo von Kopf bis Fuß. Die Kleidung des Mannes wies ihn als Condottiere aus, verriet aber nicht, ob er der Unteranführer eines Mannes wie Ugolino Malatesta oder Perino di Tortona war oder der Capitano einer eigenen Kompanie.

»Du sagst, du kommst von Legrelli?« Steifnacken war bewusst unhöflich, obwohl er den romagnolischen Dialekt auch in Nuancen beherrschte.

Rodolfo unterdrückte ein Lächeln, denn die Sprache des kurz geratenen Unteroffiziers klang in seinen Ohren schwerfällig und steif.

»Nicht direkt! Messer Battista hat sich an einen Freund gewandt, weil er nicht wusste, wie er die verleumderischen Gerüchte aus der Welt schaffen sollte, und dieser hat mich hierher geschickt.«

»Dieser Legrelli will also nichts mit dem Tod unseres Capitano zu tun haben. Das ist nicht sehr glaubwürdig, denn ihm nützt der Mord doch am meisten.«

Rodolfo blickte in Steifnackens angespannte Miene und beschloss, so offen und ehrlich zu sein, wie es ihm möglich war. Ausflüchte würden diesen Mann nur noch feindseliger machen. »Ich gebe zu, dass Messer Battista nicht die besten Wünsche für Monte Elde hegte und diesen gerne tot gesehen hätte. Doch ein solch plumper Mord, der ihn selbst als den Hauptschuldigen hinstellt, war gewiss nicht in seinem Sinn.«

Steifnacken drehte sich zu Caterina um und zuckte etwas hilflos mit den Schultern. »Der Signore könnte Recht haben. Dieser Mord hat Legrelli in ein schlechtes Licht gestellt und dürfte etliche Condottieri davon abhalten, sich mit seinen Abgesandten und denen seiner Verbündeten einzulassen.«

»Genau das ist bereits geschehen«, gab Rodolfo ehrlich zu.

Caterina achtete nicht auf ihn, sondern sah Steifnacken fragend an. »Können wir dem Mann da und vor allem diesem Legrelli Glauben schenken? Immerhin gibt Conte d'Abbati zu, dass der Podesta von Mentone und auch der Herzog von Mailand Grund genug hatten, den Tod meines Vaters zu wünschen.«

Der wackere Schwabe verzog die Lippen wie ein knurrender Hund.

»Ich würde diesem Kerl liebend gern die Faust in den Rachen stopfen, so dass ihm das Schnaufen für ewig vergeht. Aber er bietet einen heiligen Eid an, und das würde er nicht, wenn er selbst von der Schuld Legrellis überzeugt wäre. Mir gefällt das Ganze nicht, denn wenn dieser Schurke von einem Podesta vor aller Welt als unschuldig dasteht, werden andere Condottieri wieder Vertrauen zu ihm und den anderen Verbündeten des Mailänders fassen. Wenn wir darauf eingehen, stärken wir Gian Galeazzo Viscontis Macht. Der aber ist der Hauptfeind unseres Auftraggebers.«

»Das sollte uns nicht weiter stören, denn soviel ich weiß, will mein Vetter, sobald er die Kompanie führt, mit Herzog Gian Galeazzo verhandeln, um sich ihm anschließen zu können.« Caterinas Gedanken kreisten so um ihren Vater und die Frage, wer ihn ermordet haben könnte, dass sie das ausplauderte, was Borelli sie gebeten hatte, vor jedermann geheim zu halten.

Steifnacken sog überrascht die Luft ein, und es fehlte nicht viel, dann hätte er mitten im Zelt ausgespuckt. »So laufen also die Pferde! Der brave Neffe, der wie durch ein Wunder dem Mordanschlag entgangen ist, will also tatsächlich zum Feind übergehen. Ich hoffe, Ihr lasst das nicht zu, Herrin! Euer Vater würde Borelli und wahrscheinlich auch Euch noch im Grab verfluchen. Sein Vertrag mit Pisa hatte besondere Gründe, die er mir leider nicht mitteilen wollte. Eines schwöre ich Euch jedoch: er wollte gewiss kein Gefolgsmann der Visconti-Schlange werden!«

Caterina wusste nicht so recht, was sie dem braven Kriegsmann antworten sollte. Sobald Borelli ihr das versprochene Geld übergeben würde, konnte er die Geschicke der Eisernen Kompanie nach seinem Gusto lenken. Ihr ging es jetzt in erster Linie um Legrelli und den Schwur, den er ablegen wollte. Sie kannte Italien zu wenig, um eine heilige Stätte nennen zu können, die selbst den größten Sünder vor einem Meineid zurückschrecken lassen würde, und sie wollte Steifnacken schon nach einem passenden Ort fragen, als ihr einfiel, dass ihre Kompanie in den Diensten der Stadt Pisa stand. Daher hielt sie es für das Beste, die Zeremonie dort abzuhalten.

»Wir können Legrellis Angebot nicht ablehnen, ohne unsere Ehre zu beschmutzen. Er soll schwören, und zwar in drei Wochen in Pisa. Kommt er, will ich ihn von dem Mordverdacht freisprechen, erscheint er aber nicht, so wird die Eiserne Kompanie auf der Seite sein, auf der er nicht steht.«

Da die beiden wieder Deutsch gesprochen hatten, fühlte Rodolfo sich missachtet und äußerte seinen Unmut durch heftiges Räuspern. Sofort wiederholte Caterina ihre letzten Worte in der romagnolischen Mundart, die sie von ihrer Mutter und von Malle gelernt hatte. Damit verblüffte sie ihren Gast, denn die meisten Deutschen, die er kennen gelernt hatte, verwendeten den lombardischen oder den toskanischen Dialekt.

»Pisa ist eine gute Wahl!« Rodolfo erinnerte sich, von Olivaldi gehört zu haben, dass Iacopo Appiano, der Stadtherr Pisas, ebenfalls ein Geheimabkommen mit Herzog Gian Galeazzo anstrebte, um sich gegen die Zugriffe der Republik Florenz abzusichern.

»Dann ist es abgemacht! Ihr könnt etwas essen und Euch ausruhen, bevor Ihr wieder zu Eurem Herrn zurückkehrt und ihm meine Entscheidung mitteilt!« Caterina winkte ihm zu gehen, doch Rodolfo gefiel es nicht, wie ein Lakai verabschiedet zu werden.

»Wollt Ihr mir heute Abend die Ehre Eurer Gesellschaft gewähren?« Er wusste selbst nicht, was ihn dazu trieb, gegen alle Konventionen zu verstoßen. Immerhin war Monte Eldes Tochter die Gastgeberin und hatte daher allein das Anrecht, ihn zum Abendessen oder zu einem Glas Wein einzuladen. Das galt umso mehr, da sie eine Frau war, eine Jungfer, die ihre Tugend und Ehre hüten musste. Aber gerade deswegen wartete er gespannt darauf, wie sie auf diese Herausforderung reagieren würde.

Zu seinem Leidwesen blieb sie kühl, ja geradezu provozierend

gleichgültig. »Da es Euer Wunsch ist, werden wir das Mahl gemeinsam einnehmen. Malle, sorge dafür, dass alles gerichtet wird.«
Caterina neigte kurz ihr Haupt in Rodolfos Richtung und nahm dann ein Schreiben zur Hand, das in ihrer Reichweite lag, um ihm zu zeigen, dass sie etwas anderes zu tun hatte, als sich mit einem Unbekannten zu unterhalten. Rodolfo verstand die Geste und verließ unter mehreren Verbeugungen das Zelt.

## 5.

Fabrizio Borelli hatte von Rodolfos Ankunft erst erfahren, als dieser schon in Caterinas Zelt weilte, und verfluchte ausgiebig die Tatsache, dass Ranuccio nicht im Lager weilte. Seinem Verwandten wäre der Fremde gewiss nicht entgangen. So blieb ihm nur, sich rasch zurechtzumachen und sein Schwertgehänge umzuschnallen. Ungeduldig rannte er aus dem Zelt, das er früher mit Giacomo di Monte Elde geteilt hatte und das ihm nun allein gehörte. Trotz der Tatsache, dass er das Eigentum des jüngeren Eldenberg zum größten Teil an sich gebracht hatte, betrachtete er neiderfüllt das große Zelt in der Mitte des Lagers, das dem Capitano zustand und in dem nun Caterina lebte. Längst hätte er dort residieren müssen, dachte er verärgert und fragte sich, ob Ranuccio so lange ausblieb, weil es unerwartete Probleme gab.
Als er auf den Zelteingang zustiefelte, verstellte Malle ihm den Weg. »Die Capitana ist beschäftigt!«
Der Begriff Capitana war ein Scherz, den ein paar Söldner aufgebracht hatten. Caterina hörte ihn nicht gerne und er kam Malle sonst auch nicht über die Lippen. Da sie aber wusste, dass Borelli sich über diese Bezeichnung ärgerte, rieb sie ihm gerne unter die Nase, wer in diesem Lager zurzeit das Sagen hatte. Sie mochte Eldenbergs Neffe nicht besonders, er war ihr zu glatt und zu berech-

nend. Außerdem wusste sie, dass Steifnacken ihm nicht traute, und sie hatte noch aus ihrer ersten Zeit auf Eldenberg einiges für den kernigen Schwaben übrig.

»Ich muss Caterina dringend sprechen! Ein Fremder ist ins Lager gekommen, und ich will wissen, wer es ist.« Borelli machte Anstalten, Malle einfach beiseite zu schieben.

Diese klopfte ihm jedoch wie einem unartigen Kind auf die Finger und wies auf Rodolfo, der unweit des Kommandantenzelts durch das Lager schlenderte. »Ihr könnt den Signore ja selber fragen. Dort ist er!«

Borelli drehte sich um und erkannte den jungen Condottiere, der ebenfalls an dem Treffen bei Legrelli teilgenommen hatte. Seine Laune besserte sich, denn soviel er inzwischen wusste, zählte der Mann zu den Anhängern des Herzogs Gian Galeazzo oder stand zumindest in den Diensten eines Verbündeten des Mailänders. Kurz entschlossen ließ er Malle stehen und eilte auf Rodolfo zu. »Welch eine Freude, Euch zu sehen, Conte!«

Im Unterschied zu Borelli konnte Rodolfo sich nicht auf Anhieb an den Mann erinnern. Dann aber hoben sich seine Augenbrauen und er musterte sein Gegenüber mit einem eher gleichgültigen Blick. »Ah, Signore Borelli!«

»Conte, Ihr wisst gar nicht, wie ich mich freue, Euch zu sehen«, wiederholte dieser.

»Das sagtet Ihr bereits, Signore.«

Borelli war etwas aus dem Konzept gebracht, fasste sich aber rasch und legte einen Arm um Rodolfos Schulter. »Wir müssen dringend miteinander reden, Conte d'Abbati. Darum ist es gut, dass Ihr hierher gekommen seid.«

»Wenn Ihr jetzt ein drittes Mal sagt, wie sehr es Euch freut, mich zu sehen, macht Ihr mich erröten«, spöttelte Rodolfo, der sich fragte, welchen Grund Borelli haben mochte, so zu tun, als hinge sein Lebensglück von dieser zufälligen Begegnung ab.

Caterinas Vetter zog den Gast durch einen weniger belebten Teil des Lagers zu seinem Zelt. »Es müssen nicht alle sehen, dass wir miteinander reden«, erklärte er mit einem gekünstelten Auflachen.
»Ihr macht mich neugierig, Signore.« Das war nicht einmal eine Lüge.
Borelli lächelte etwas gezwungen, bot Rodolfo einen Stuhl an und befahl seinem Knecht, Wein zu bringen. Während er seinem Gast eigenhändig einschenkte, fragte er wie beiläufig: »Gibt es einen besonderen Grund, der Euch in das Lager unserer Kompanie geführt hat?«
Da die Nachricht schon bald durch alle Zeltreihen gehen würde, sah Rodolfo keinen Anlass, sie zu verschweigen. »Ich kam im Auftrag Messer Battistas, um zu bekunden, dass er keinen Anteil an dem Mord an Eurem Capitano hat. Er wird es in drei Wochen in Pisa auf die heiligen Reliquien beschwören.«
»Gott sei Dank!«
Borellis Erleichterung ließ Rodolfo erstaunt aufblicken. »Das scheint Euch ja sehr zu freuen!«
»Aber ja! Wisst Ihr, Conte, mit dem Tod meines Onkels hat sich die Lage für die Eiserne Kompanie grundlegend verändert. Anders als Monte Elde bin ich nicht bereit, meine Leute für billiges Geld im Dienste der Feinde Mailands zusammenschlagen zu lassen. Ich habe gehört, welchen Lohn Herzog Gian Galeazzo meinem Oheim angeboten hat, und bin bereit, auf dieses Angebot einzugehen.«
Borellis offenes Bekenntnis überraschte und amüsierte Rodolfo gleichermaßen. »Ihr wollt darauf eingehen, Signore? Habt Ihr da nicht einen kleinen Punkt vergessen? Nicht Ihr seid der Herr der Compagnia Ferrea, sondern Eure Cugina.«
Sein Gegenüber wischte diesen Einwand mit einer heftigen Handbewegung vom Tisch. »Pah, Caterina ist bloß ein Weib! Außerdem wird sie mir die Kompanie übereignen.«
Rodolfos Augenbrauen wanderten für einen Augenblick nach oben.

»Das ist die zweite Überraschung, die mich an diesem Tag ereilt. Als ich kam, glaubte ich Euch als Capitano der Compagnia Ferrea vorzufinden, sah mich aber einer deutschen Signorina als neuer Herrin gegenüber. Jetzt habe ich gerade begonnen, mich mit dieser Tatsache abzufinden, und da behauptet Ihr, dass Ihr bald der Capitano sein werdet.«

»Ich hätte es von Anfang an sein müssen! Doch die dumpfen Tedesci meiner Truppe hängen an dem Namen Monte Elde wie Ochsen an einem Strick. Für sie ist Caterina die Erbin ihres Vaters, daher haben sie ihr Treue geschworen. Dieses Zwischenspiel wird jedoch bald der Vergangenheit angehören. Dann werde ich entscheiden, für wen meine Truppe sich schlägt und zu welchem Preis.«

Borelli berauschte sich an seinen Worten und sah sich offensichtlich schon als Capitano del Popolo in Perugia oder einer anderen, vergleichbar großen Stadt in Luxus und Wohlleben schwelgen.

Rodolfo verfolgte innerlich grinsend das Mienenspiel seines Gegenübers. »Habt Ihr dabei nicht eine Kleinigkeit übersehen, Signore? Ihr seid nicht Monte Elde, und es mag sein, dass Herzog Gian Galeazzo den Preis, den er für Euren Oheim zu zahlen bereit war, nicht für Euch auf den Tisch legt.«

Diese Bemerkung fiel wie ein bitterer Tropfen in Borellis Zukunftsvisionen, doch er war nicht bereit, sich zu bescheiden. »Dies hier ist immer noch die Eiserne Kompanie, und ich habe mein Handwerk bei meinem Onkel gelernt. Mag sein, dass ich dem Herzog von Mailand zu teuer bin, aber seine Feinde werden mich mindestens ebenso gut bezahlen wie den alten Monte Elde.«

»Möglich wäre es, aber ich glaube es nicht. Der Hammelhaufen, der Visconti gegenübersteht, ist doch nicht in der Lage, auch nur ein Viertel des Goldes zusammenzukratzen, welches der Herzog Euch in die Hand drücken kann.« Rodolfo ließ sich nicht anmerken, dass ihm die anbiedernde Art Borellis zuwider war, um ihn nicht vor den Kopf zu stoßen. Der Ruf der Eisernen Kompanie war zumindest jetzt noch so groß, dass sie auch unter einem Capitano Borelli einen Machtfaktor darstellen würde, der weit über die Zahl ihrer Lanzen hinausging. Trat sie in Mailänder Dienste, würde dies den Schatten des Mordes an Monte Elde von Gian Galeazzo Visconti sicherer tilgen als jeder Eid. Im anderen Fall würde sich die Situation für Herzog Gian Galeazzo zuspitzen. Selbst wenn Legrelli seine Unschuld auf das Haupt des Papstes schwören würde, gab es genug Übelmeinende, die weiterhin die Ansicht verbreiten würden, der Mord wäre von Visconti angeordnet worden.

»Wenn ich zu meinem Herrn zurückkehre, werde ich ihm Eure Bereitschaft zu Verhandlungen melden, Signore«, sagte er daher versöhnlich und wurde von Fabrizio Borelli voller Dankbarkeit umarmt. Rodolfo nahm den Gefühlausbruch hin, konnte sich aber nicht verkneifen, dem Mann einen kleinen Stich zu versetzen. »Soviel ich gesehen habe, leidet Eure Kompanie derzeit unter einem gewissen Mangel an Offizieren. Den werdet Ihr beheben müssen, wenn Ihr die Geltung erlangen wollt, die Ihr anstrebt.«

Borelli nickte grimmig. Der Verrat Lanzelotto Aniballis und seiner Freunde hatte eine Lücke gerissen, die nicht leicht zu füllen war. Hier im Lager machte sich das Fehlen der Offiziere noch nicht bemerkbar. Doch auf dem Marsch würde es bestimmt Schwierigkeiten geben, und später in der Schlacht konnte dieser Mangel viele Soldaten das Leben kosten. Er war jedoch nicht bereit, seine Probleme mit einem Emissär der Visconti-Verbündeten zu besprechen.

»Die Eiserne Kompanie wird in voller Kriegsstärke bereitstehen, wenn der Herzog von Mailand uns eine Condotta anbietet, Conte. Dessen könnt Ihr versichert sein.«

»Ich hoffe es für Euch«, gab Rodolfo mit einer leisen Warnung zurück.

Die Höhe der Soldzahlungen und der Belohnung hing von dem Zustand der Kompanie ab, wenn sie in Mailänder Dienste trat, und Borelli war nicht bereit, auch nur auf einen Dukaten zu verzichten. Daher dachte er schon seit Tagen angestrengt darüber nach, welche seiner Verwandten und Bekannten er zu Offizieren machen konnte. Leider erfüllten die meisten nicht einmal die Grundvoraussetzungen, denn sie konnten weder lesen noch schreiben. Noch war der Ruf der Kompanie gut genug, um abenteuerlustige Edelleute und Bürgersöhne anzulocken, und wenn wirklich nicht genug kamen, musste er eben einige von Ranuccios speziellen Freunden zu Anführern ernennen. Zunächst aber nahm er die Chance wahr, mit Conte d'Abbati von Gleich zu Gleich zu sprechen und gemeinsam mit ihm die Möglichkeiten auszuloten, die sie beide in Mailänder Diensten hatten. Als Capitano der berühmten Compagnia Ferrea konnte er es sich schließlich erlauben, auf einen jungen Condottiere, der gerade einmal fünfzig Lanzen in die Waagschale werfen konnte, ein wenig hinabzusehen, auch wenn dieser einen hohen Adelstitel trug.

## 6.

Caterina wusste selbst nicht, weshalb sie für den Grafen d'Abbati so viel Aufwand trieb. Malle hatte sie vor dem Abendessen baden und ihr dann das einzige gute Kleid heraussuchen müssen, das sie noch besaß. Es schimmerte in der Farbe des nördlichen Himmels, also in einem helleren Blau als das Firmament hier in Italien, und harmonierte mit ihrem Haar, das im Schein der Kerzen, die in zwei silbernen Ständern brannten, zwischen einem dunklen Blond und der Farbe reifer Kastanien wechselte. Malle machte keinen Hehl daraus, wie stolz sie auf ihre Herrin war, die zu Hause immer in so einfachen Kleidern herumgelaufen war, dass man sie kaum von ihren Mägden hatte unterscheiden können.

Dennoch konnte sie es sich nicht verkneifen, ein wenig zu spötteln. »Ich fürchte, d'Abbati wird Euch für sehr unhöflich halten, Jungfer, denn Ihr führt ihm vor, wie sehr es ihm an Standesbewusstsein mangelt. Er hatte es ja noch nicht einmal für nötig erachtet, mit Leibdienern und Gewändern für Festlichkeiten zu erscheinen. In seinem schlichten Wams wird er neben dem Glanz Eurer Erscheinung arg verblassen.«

Caterina winkte lachend ab. »Er hat gewiss nicht erwartet, eine Frau hier als Herrin anzutreffen, sondern wollte sich wohl mit meinem Vetter beraten.«

Malle schnaufte hörbar und verzog das Gesicht. »Martin war Zeuge, dass er dies auch ausgiebig getan hat. Die beiden sind lange in Borellis Zelt gewesen und spazieren zurzeit gemeinsam durch das Lager.«

Caterina schüttelte amüsiert den Kopf. »Du überwachst diesen Signore ja scharf, meine Gute.«

»Man kann nicht vorsichtig genug sein! Immerhin wurde er von Leuten geschickt, die Eurem Vater nicht wohl gesinnt waren und vielleicht auch gegen Euch üble Pläne spinnen. Bitte vergesst nicht, dass Ihr einigen Mächtigen ebenso im Weg stehen könntet, wie Euer Vater es tat.« Malle sah Caterina besorgt an und erklärte, dass sie sechs wackere Burschen als Leibwache vor ihr Zelt stellen würde. »Natürlich nur Schwaben, die in Treue zu Eldenberg stehen, und keine Italiener, die sich von einem d'Abbati oder Borelli die Köpfe verdrehen lassen.«

Malle sagte dies in einem Ton, als misstraue sie ihren Landsleuten samt und sonders. Caterina begriff jedoch, dass ihre Leibmagd weniger die in der Kompanie verbliebenen einheimischen Soldaten meinte als vielmehr ihren Gast und ihren Vetter. Das wunderte sie, denn Borelli hatte sich Malle gegenüber stets von seiner angenehmsten Seite gezeigt und ihr sogar ein wenig geschmeichelt. Dennoch schien ihre Dienerin ebenso wie Steifnacken den Mann abzulehnen. Einesteils bedauerte Caterina dies, denn nur zu gerne würde sie die Kompanie ihres Vaters vertrauensvoll in die Hände ihres Vetters legen, um von Italien scheiden zu können. Andererseits konnte auch sie ein ungutes Gefühl ihrem Vetter gegenüber nicht leugnen.

Die Summe, die Borelli ihr zugesagt hatte, würde jedoch ausreichen, um die Schulden bei Hartmann Trefflich auf Rechlingen zu bezahlen und noch ein paar Äcker und Wiesen zur Herrschaft Eldenberg hinzuzukaufen. Durch diese Erbschaft würde sie zwar nicht reich, aber wenigstens unabhängig werden. In dem Augenblick schob sich das Gesicht Ludwig von Greblingens in ihre Gedanken, der in Deutschland ihr nächster Verwandter war, und sie schüttelte angewidert den Kopf. Den musste sie sich ebenfalls vom Leib halten, denn er würde alles tun, um seinen Vorteil aus der Situation zu ziehen. Wahrscheinlich würde er sich zu ihrem Vormund machen lassen, da sie ja nur eine Frau und noch dazu unverheiratet war. »Dem werde ich zu begegnen wissen!«

»Was meint Ihr, Herrin?«

Malles erstaunte Frage brachte Caterina darauf, dass sie ihre letzte Überlegung laut ausgesprochen hatte. »Nichts von Bedeutung, meine Gute!«, antwortete sie mit einem Lächeln, dem jede Wärme fehlte. »Kannst du nachsehen, wie weit der Koch mit dem Mahl ist, und die Pagen rufen, die das Zelt für das Abendessen herrichten sollen? Achte auch darauf, dass die Herren nicht zu spät erscheinen. Ich will nicht warten müssen.«

»Sehr wohl, Jungfer.« Malle machte keinen Hehl daraus, dass sie sich gekränkt fühlte, weil Caterina sie nicht in ihre Überlegungen einweihen wollte. Als sie aus dem Zelt trat, seufzte sie ein wenig, denn sie musste daran denken, dass das Schicksal von mehr als tausend Kriegern und Knechten nun in den zarten Händen ihrer Herrin lag. Gleich darauf lachte sie über sich selbst. Caterina hatte zwar hübsche Hände, die ein Dichter wohl auch zart nennen würde, doch sie vermochte damit sehr fest zuzupacken. Borelli und dieser fremde Graf würden aufpassen müssen, dass sie gegen Caterina nicht ins Hintertreffen gerieten. Zu was ihre Herrin fähig war, hatte sie schon bewiesen, als sie allein und ohne Hilfe der Wolfsgrube in Rechlingen entkommen war.

## 7.

Die Tafel war festlich gedeckt, die Trommelbuben und Flötenspieler der Kompanie spielten eine forsche Weise und Caterina thronte auf ihrem Platz wie eine Königin. Zumindest empfand Rodolfo dies so, als er in seinen ledernen Hosen und dem schon etwas abgeschabten Wams eintrat. Die übrigen Gäste waren bereits eingetroffen, und so sah er etliche Augenpaare auf sich gerichtet. Den Platz links neben Caterina hatte sich Borelli gesichert, ihm schräg gegenüber saß der zu kurz geratene deutsche Unteroffizier, der so angespannt wirkte wie ein Hütehund, der einen Wolf wittert. Seine unterschwellige Feindseligkeit galt aber, wie seine Blicke verrieten, weniger dem in seinen Augen wohl unwillkommenen Gast als vielmehr Borelli. Außer den beiden Männern, die einander sichtlich verachteten, waren der Zahlmeister, der Profos und die wenigen Offiziere anwesend, die nicht dem Beispiel der Deserteure um Lanzelotto Aniballi gefolgt, sondern bei der Kompanie geblieben waren.

Rodolfo versuchte, ein Lächeln zu verbergen, als Borelli ihn mit sichtlicher Freude begrüßte, während Steifnacken schon die Stelle an ihm zu suchen schien, in die er seinen Dolch stoßen konnte. Auch die übrigen Offiziere musterten ihn, als würden sie ihn am liebsten zum Lagertor hinausprügeln. Rodolfo fragte sich, was hier eigentlich vorging. Borelli hatte ihm gegenüber so getan, als müsse er die Kompanie nur noch nach Mailand führen. Jetzt aber spürte Rodolfo Spannungen zwischen den Männern, die jederzeit in Handgreiflichkeiten oder gar Mord und Totschlag ausarten konnten.

»Wollt Ihr nicht eintreten, Conte?«

Caterinas Frage erinnerte Rodolfo daran, dass er noch immer im Zelteingang stand. Mit einem Lächeln, das sich wie von selbst auf seine Lippen stahl, ging er auf sie zu und verneigte sich. »Verzeiht, Signorina, doch Euer Anblick hat meine Augen und meinen Verstand so geblendet, dass ich schier zu Stein erstarrt bin.«

Seine Worte waren mehr als Ausrede denn als Kompliment gedacht gewesen, doch zu Rodolfos heimlichem Vergnügen errötete die deutsche Jungfer wie ein kleines Mädchen, während die energische Dienerin ihn mit einem vernichtenden Blick maß und auf einen leeren Klappstuhl wies. Er nickte ihr artig zu, setzte sich auf den freien Platz zu Caterinas Rechten und schenkte den anwesenden Männern einen freundlichen Gruß, der von einigen brummig und von Steifnacken mit einem Zähnefletschen beantwortet wurde. Rodolfo beobachtete, dass die Augen des Schwaben zwischen ihm und Monte Eldes Neffen hin- und herwanderten, als suchten sie nach Zeichen geheimen Einverständnisses. Offensichtlich war Borellis Macht über die Kompanie keineswegs so unangefochten, wie dieser es dargestellt hatte.

Dies gefiel Rodolfo nicht besonders, denn er hätte Olivaldi zu gerne die Nachricht überbracht, dass die Eiserne Kompanie sich den Visconti-Truppen anschließen würde. Die Haltung der Männer um den Tisch verriet ihm, was ihm auch sein Gefühl sagte: Die Entscheidung über die Zukunft der Compagnia Ferrea hing ganz von ihrer Besitzerin ab. Allerdings könnte ihm das seine Mission auch erleichtern, denn die Tedesca war, wie er eben hatte feststellen können, Komplimenten durchaus zugänglich, und er glaubte zu wissen, wie man Frauen durch fein gedrechselte Worte beeinflussen konnte.

Mit einem schmelzenden Lächeln ergriff er Caterinas Rechte und führte sie an seine Lippen. »Signorina, Ihr seht aus, als hätten Diana und Venus Euch mit ihren besten Vorzügen beschenkt.«

Caterina entzog ihm mit einem schwer zu deutenden Blick die Hand und warf den Kopf in den Nacken. Einen Mann wie diesen Grafen d'Abbati hatte sie noch nicht kennen gelernt, und sie fühlte sich ihm gegenüber so hilflos wie ein neugeborenes Kalb. Nein, korrigierte sie sich, ein Kalb steht rasch auf seinen Beinen und weiß seiner Mutter zu folgen. Sie jedoch hatte niemand, der ihr voranging, auch wenn Malle in dem Augenblick so aussah, als sei sie eine Glucke und Graf d'Abbati ein Habicht, der sich auf ihr Küken stürzen wollte. Auf ihren Wink schlugen die Trommler einen Wirbel, der durchs ganze Lager hallen musste.

»Ich lasse auftragen, Herrin!« Malle wartete Caterinas Antwort nicht ab, sondern befahl den Pagen, das Mahl zu servieren. Doch die Leibdienerin hoffte vergeblich, dass der Gast, der es ganz offensichtlich darauf anlegte, den Seelenfrieden ihrer Herrin zu stören, sich durch das Essen von seinem Ziel ablenken ließ. Sowohl beim Vortisch wie auch bei der Hauptspeise blieb Rodolfo genug Zeit, um hübsch verbrämte Freundlichkeiten und Komplimente anzubringen. Damit verwirrte er nicht nur Caterina, sondern auch den Mann, dem er helfen wollte, sich die Kompanie anzueignen. Borelli empfand mit einem Mal rasende Eifersucht, denn er sah in d'Abbati nicht länger einen Abgesandten der Visconti-Partei, sondern einen noch recht unerfahrenen Condottiere mit fünfzig Lanzen, der Caterina mit seinem glatten Gesicht und seinem Grafentitel zu betören versuchte, um an das Kommando über ihre Truppe zu kommen. Durch die Rechnung würde er ihm einen Strich machen müssen.

»Eure süßen Worte vermögen vielleicht Wirtsmägden zu gefallen, Conte. Doch Ihr seht Monte Eldes Tochter vor Euch, die Herrin über dreihundert Lanzen. Sie wird sich gewiss mehr für Eure bisherigen Heldentaten interessieren als für Eure blumigen Verse.«

Rodolfo vernahm den Hass in Borellis Stimme und blickte verwundert auf. Dabei sah er, wie Caterinas Lippen sich kräuselten.

Sie schien zu begrüßen, dass ihr Vetter ihn in die Enge treiben wollte, und das reizte seinen Sinn für gewisse Späße.
Er bemühte sich, geknickt auszusehen, und blickte wie ein tollpatschiger junger Hund zu Caterina auf. »Was meinen Kriegsruhm betrifft, so gleicht er dem Caesars oder des großen Alexander – vor deren erster Schlacht! Ich vermag mich leider nicht mit den Recken zu messen, die unter dem grandiosen Francesco di Monte Elde unzählige Siege errungen haben. Doch die Zeit meines Ruhmes wird gewiss noch kommen.«
»Haltet Ihr Euch für einen neuen Caesar oder Alexander, Conte?«, fragte Caterina amüsiert.
Rodolfos Blick wurde womöglich noch treuherziger. »Aber nein, Signorina, so vermessen bin ich wahrlich nicht! Mir genügt das Kommando über eine Kompanie, die ruhig etwas größer sein darf als jene, die ich derzeit kommandiere, ein kleines Lehen, verliehen von einem dankbaren Auftraggeber, und ein Weib, mit dem mich die Liebe vereint.«
Ohne es zu wissen oder zu wollen, traf er mit diesen Worten Borellis bereits blank liegende Nerven. Caterinas Vetter konnte nichts anderes denken, als dass dieser d'Abbati Caterina umgarnen und notfalls sogar heiraten wollte, um die Eiserne Kompanie dem Herzog von Mailand zuzuführen und die Belohnung einheimsen zu können, für die er selbst zwei Morde angestiftet hatte. »Bevor Ihr an ein großes Kommando und reichen Lohn denken könnt, solltet Ihr erst einmal Euren Wert beweisen, Signore! Da gehe ich gewiss mit allen anwesenden Herren einig.«
Borelli wandte sich mit seinen Worten vor allem an Steifnacken, der ein Gesicht zog, als säße er statt an einer festlichen Tafel in einem feuchten Loch bei Wasser und Brot. Der Schwabe wand sich innerlich, weil er dem Neffen seines ermordeten Anführers in diesem Fall Recht geben musste. »Jeder muss klein anfangen, es sei denn, er wäre ein Fürst oder König. Seid Ihr ein solcher, Signore?«

Rodolfo schüttelte lächelnd den Kopf. »Gewiss nicht! Eigentlich bin ich nur der Neffe zweier Herren, von denen der eine mich verstoßen hat, während der andere genügend Einfluss besaß, um mir den Rang eines Grafen verleihen zu lassen. Diese Würde ist jedoch so hohl wie eine taube Nuss, denn sie besteht nur auf dem Papier und ist weder mit Land noch mit anderen weltlichen Gütern unterfüttert. Im Grunde stellt mein Titel eine Bürde dar, denn jedermann misst ihm mehr Bedeutung zu, als ihm in Wahrheit zukommt.«
Borelli lachte erleichtert auf, mit diesen Worten hatte der Mann sich einen Bärendienst erwiesen. »Mir dünkt, es steckt wohl gar nichts hinter Euch als heiße Luft!«
Rodolfo lächelte sanft, obwohl er Borelli lieber die Faust unter die Nase gehalten hätte. »Es wird sich zeigen, für was ich stehe. Auch Ihr habt Eure Fähigkeiten bisher nur unter der Anleitung Eures Oheims entfaltet.«
»Das ist mehr, als Ihr von Euch sagen könnt! Hans Steifnacken und die anderen können bezeugen, dass ich mich in mehr als einer Schlacht wacker geschlagen habe. Doch was habt Ihr getan? Mit den Mädchen getändelt, Wein getrunken und edle Taten von anderen vollbringen lassen!« Borelli war aufgesprungen und funkelte Rodolfo nun herausfordernd an. Seine Hand glitt zum Schwertgriff, und für Augenblicke schien es so, als käme es zu einem Zweikampf.
Caterina sah, dass Steifnacken den Mund öffnete, und ahnte, dass der Schwabe den Streit zwischen ihrem Vetter und dem Gast weiter anfachen wollte, in der Hoffnung, auf diese Weise beide ausschalten zu können. Deswegen schlug sie mit der flachen Hand auf den Tisch. »Die Herren Kampfhähne mögen ihre aufgeplusterten Federn wieder glatt streichen. Dies hier ist mein Zelt und ihr sitzt an meiner Tafel! Also erwarte ich von euch höfliches Benehmen. Oder ist es in Italien Sitte, sich bei einem Gastmahl wie betrunkene Raufbolde aufzuführen?«

Borelli hatte sichtlich an dem scharfen Tadel zu kauen, Rodolfos Augen aber blitzten fröhlich auf. Monte Eldes Tochter besaß also doch Temperament, und zwar ein sehr hitziges. Das machte sie ihm mit einem Mal sympathisch. Bisher hatte er sie für eine der kühlen und von ihrer Wichtigkeit erfüllten deutschen Frauen gehalten, wie er sie aus dem Gefolge hoher Herren kannte, welche nach Rom reisten und auf dem Weg dorthin in Molterossa Station machten. Diese Caterina hingegen trug ihren Vornamen nicht zu Unrecht, denn in ihren Adern floss das Blut einer Italienerin.

»Verzeiht meine unbedachten Äußerungen, Signorina. Ich wage Euch vor Scham kaum mehr ins Gesicht zu sehen.« Sein bewundernder Blick strafte seine Worte Lügen, nahm ihnen aber nicht die Wirkung. Caterina lächelte ihm versöhnlich zu, während Borelli an seiner Wut zu ersticken drohte.

Hans Steifnacken betrachtete seine Herrin mit neuen Augen. So resolut und zungenfertig hatte er sie noch nicht erlebt, und die Art, wie sie Borelli zurechtgewiesen hatte, tat seinem geschundenen Gemüt wohl. Sie schien eine würdige Tochter Monte Eldes zu sein. In diesem Augenblick schwor er sich, alles zu tun, um ihre Rechte zu wahren, und wenn er sein Leben dafür opfern musste. Vor allem würde er so bald wie möglich mit ihr reden müssen, um ihr all das mitzuteilen, was ihm von den Plänen und Absichten ihres Vaters bekannt war. Die Eiserne Kompanie musste getreu dem Vermächtnis Monte Eldes geführt werden und durfte nicht dem alleinigen Nutzen eines Fabrizio Borelli dienen.

Während Hans Steifnacken nachsann, wie er Caterina überzeugen konnte, ihren Vetter zum Teufel zu jagen, wurde das Gespräch um ihn herum immer lauter. Borelli und die anderen Offiziere prahlten mit ihren zu Heldentaten hochstilisierten Kriegserlebnissen, als wollten sie den noch unerfahrenen Gast verspotten. Da Rodolfo sich jedoch nicht herausfordern ließ, erlosch der Eifer der meisten, und die Rede kam auf die derzeitige Situation in Italien, die nach

Ansicht einiger Offiziere durch die Eroberungen des Mailänder Herzogs in eine arge Schieflage geraten war.

»Visconti ist wie ein Wolf, der ganz Norditalien verschlingen will und auch nicht vor dem heiligen Rom Halt machen wird«, rief der Flame de Lisse in einem Ton höchsten Abscheus aus.

Das konnte Rodolfo nicht unwidersprochen stehen lassen. »Ihr nennt Herzog Gian Galeazzo einen Wolf? Ganz Italien besteht doch aus Wölfen, die einander an die Kehle gehen und auffressen, wenn es möglich ist. Seit vielen Jahren herrscht Chaos in unserem Land, denn es gibt keine Macht, die Ordnung und Frieden garantieren kann. Zwar ist der Kaiser nominell der Herr über den Norden, aber er hält sich weit jenseits der Alpen auf und ist in zu viele andere Händel verstrickt, um hier eine entscheidende Rolle spielen zu können. Das Papsttum hat sich durch den Streit mit den Kaisern erschöpft und ist nicht einmal in der Lage, die Gebiete um Rom zu kontrollieren. Jede Stadt und jeder Herr über ein Fleckchen Erde geht eigene Wege, ob es nun in Bologna die Familie Bentivoglio ist, die Familie Montefeltro in Urbino oder auch mein Oheim in Molterossa. Sie alle sind Lehensleute des Heiligen Stuhls, streben aber nur nach persönlichem Vorteil und denken nicht über ihren Tellerrand hinaus. Mein Oheim bemüht sich wenigstens noch, diesen Haufen blökender Hammel zu einer Herde zu vereinen, die dem Visconti widerstehen kann, aber seine Chancen stehen alles andere als gut.

Noch schlimmer sieht es in den Gebieten zwischen Milano, Firenze und Venezia aus. Dort gibt es mehr als hundert Signorien, Republiken und andere Herrschaftsgebiete, deren Herren einander bekämpfen, während in ihrem Innern Mord und Totschlag an der Tagesordnung sind und ihre großen Geschlechter sich gegenseitig ausrotten.

Ihr, Signorina, habt vielleicht schon die Geschlechtertürme der Städte gesehen«, wandte Rodolfo sich direkt an Caterina. »Jeder stellt eine Festung dar, die einer Familie gehört, welche mit den anderen Sippen der Stadt um die Vorherrschaft kämpft. In der einen Stadt sind es altadelige Geschlechter, die um jeden Pflasterstein und jede Straßenecke ringen, anderenorts wie in Firenze sind es die Krämerfamilien der Albizzi und Medici. Giftmorde, Verrat und das Aufhetzen des Mobs zählen zu den meistgeübten Künsten in diesem Land, und je raffinierter und grausamer es sich abspielt, umso besser erscheint es den Herren. Ein so plumper Mord wie der an Euren Verwandten, Signorina, ist vielleicht einem geistlosen Capitano del Popolo irgendeiner unbedeutenden Stadt zuzutrauen. Doch einen Visconti oder Legrelli beleidigt allein schon der Verdacht, denn diese beherrschen wahrlich subtilere Methoden, um sich ihrer Feinde zu entledigen.«

»Seid Ihr auch so eine Methode Viscontis, seine Feinde auszuschalten?« Diesen Einwand vermochte Steifnacken sich nicht zu verkneifen.

Rodolfo maß ihn mit einem verärgerten Blick und richtete seine Worte wieder an Caterina. »Italien braucht jemand, der die Selbstzerfleischung und das Blutvergießen beendet. Gian Galeazzo Visconti ist dieser Mann. Seht Euch nur das Land an, das er sich geschaffen hat. Anders als im restlichen Italien herrschen im Herzogtum Mailand Ordnung und Recht! Signorina, wenn Ihr doch nur bereit wärt, mit Visconti zu sprechen. Er würde Euch reich belohnen und als Mitgift gewiss ein Lehen geben, das Euch als Enkelin des Marchese Olivaldi eine standesgemäße Heirat ermöglichen wird.«

Borelli sprang auf, ließ den Finger seiner rechten Hand auf Rodolfo zuschnellen und schrie ihn mit überschnappender Stimme an. »Ihr wollt Euch doch nur bei Caterina einschleimen, um Euer wertloses Grafenwappen zu vergolden!«

Rodolfo wischte sich mit dem Ärmel die Speichelspuren ab, die in sein Gesicht gesprüht waren. »Ihr habt eine arg feuchte Aussprache, Signore, die nicht jedermanns Geschmack ist. Wären wir nicht bei einer Dame zu Gast, müsste ich Euch lehren, das nächste Mal etwas vorsichtiger zu sprechen.«

»Ihr solltet Euch wirklich ein wenig im Zaum halten, Vetter!« Caterina hatte ebenfalls ein paar Tröpfchen abbekommen und musste ihren Ekel unterdrücken, sie fühlte sich beschmutzt und wäre am liebsten aufgestanden, um sich gründlich zu waschen. Gleichzeitig fragte sie sich, wie ihr Vetter die Kompanie führen wollte, wenn er schon bei kleinen Wortgefechten die Beherrschung verlor.

Borelli begriff, dass ihm das Vertrauen Caterinas zu entgleiten drohte, und er versuchte, sie wieder für sich einzunehmen. »Verzeiht mir, liebste Base, dass ich Euch verärgert habe! Ihr solltet aber auch meinen Standpunkt verstehen. Dieser junge Gimpel hier, dem noch kein schärferes Lüftchen um die Ohren geweht ist, stellt sich Euch dar, als wäre er der Neffe des Mailänder Herzogs persönlich. Dabei ist er in Wahrheit ein Verwandter des Herzogs von Molterossa, der als der schärfste Gegners des Gian Galeazzo Visconti gilt. Die Spatzen pfeifen es von den Dächern, dass der Mann, der sich jetzt stolz Graf d'Abbati nennt, von seinem Onkel hinausgeworfen worden ist, nachdem er mehrere Möglichkeiten, sich auszuzeichnen, ungenutzt verstreichen ließ.«

Die Blicke, mit denen die beiden Männer sich jetzt maßen, verrieten das Aufkeimen einer Auseinandersetzung, die irgendwann mit dem Tod eines der beiden Kontrahenten enden musste. Das Spiel, das Rodolfo eigentlich begonnen hatte, um Caterina für die Vorschläge ihres Vetters geneigt zu machen, war seiner Kontrolle entglitten und begann sich ins Gegenteil zu verkehren, und er wusste im Augenblick nicht, wie er die Situation doch noch zu seinen Gunsten wenden konnte.

Caterina, die Rodolfos Ausführungen interessiert gelauscht hatte, bedauerte es, ihn nicht als einzigen Gast eingeladen zu haben. Das aber hätte selbst dann ihren Ruf beschädigt, wenn Malle keinen Augenblick aus dem Zelt gewichen wäre, und überdies Borelli, de

Lisse und die übrigen Offiziere beleidigt. Was der gute Steifnacken, an dessen Meinung ihr viel gelegen war, zu einer solchen Düpierung der eigenen Leute gesagt hätte, wollte sie sich nicht einmal vorstellen.

»Meine Herren, ich glaube, wir sollten uns nun wieder dem Mahl zuwenden und den Weisen unserer wackeren Spielleute lauschen. Was das Gespräch über Italien betrifft, würde ich mich freuen, es am morgigen Tage in kleinerer Runde fortsetzen zu können, Conte.« Sie nickte Rodolfo freundlich zu und brachte diesen damit in Verlegenheit. Eigentlich hatte er am nächsten Morgen früh aufbrechen wollen, doch wenn er seine Gastgeberin nicht vor den Kopf stoßen wollte, würde er wohl noch einen weiteren Tag bleiben müssen. Er erhob sich und verneigte sich vor Caterina.

»Es gibt nichts, was ich mir mehr wünschen würde, Signorina.«

Borelli verließ als einer der Letzten das Zelt. In Gedanken drehte er dem Neffen des Herzogs von Molterossa den Kragen um. Das könnte dem Kerl so passen, sich ins gemachte Nest zu setzen. Da würde er einen Riegel vorschieben. Er spürte jedoch, dass ihm die Zeit knapp wurde, und sehnte die Rückkehr seines Vetters Ranuccio herbei. Mit Sicherheit würden weitere Gäste im Lager der Eisernen erscheinen, und wenn der Teufel es wollte, wusste einer von ihnen, was es mit Monte Eldes Besitzungen wirklich auf sich hatte. Wenn Caterina erst einmal begriff, dass er sie angelogen hatte, würde sie auch seinen übrigen Worten keinen Glauben mehr schenken und ihre Kompanie diesem Laffen Rodolfo überlassen.

## 8.

Trotz oder auch wegen der Spannungen im Zelt hatten die Herren dem Wein stark zugesprochen und waren dabei in ihrer Rede immer loser geworden, so dass Caterina sich schließlich genötigt sah, die Tafel aufzuheben und ihrem Gast und den Offizieren eine gute Nacht zu wünschen. Während Malle ihr das Bett bereitete, schwirrte ihr der Kopf von dem Gehörten, und sie lag bis in die frühen Morgenstunden wach, um über die ihr am wichtigsten erscheinenden Bemerkungen nachzudenken.

Am nächsten Morgen sah sie daher übermüdet und – wie ihr der kleine Silberspiegel verriet – wenig attraktiv aus. Obwohl sie nie eitel gewesen war, ärgerte sie sich nun darüber, denn sie fühlte sich so ihrem ersten Gesprächspartner nicht gewachsen. Aus diesem Grund war ihre Laune, als Malle Rodolfo ins Zelt führte und sich demonstrativ neben den offenen Eingang stellte, so schlecht wie seit langem nicht mehr.

»Einen wunderschönen guten Morgen, Signorina«, grüßte Rodolfo seine Gastgeberin mit einem schmelzenden Lächeln.

»Wie kann ein Morgen schön sein, wenn ich mich mit Leuten wie Euresgleichen herumschlagen muss?«, stieß Caterina hervor. Sie bedauerte den Ausbruch jedoch sofort und bat Rodolfo, sie zu entschuldigen. »Ich habe schlecht geschlafen und bin daher ein wenig missgestimmt.«

»Signorina haben die seltene Gabe, eigene Fehler zu erkennen und zu korrigieren. Das habe ich gestern bereits bemerkt. Ihr habt Eure Signori, die ihre Schwarte kräftig an mir reiben wollten, mit Grandezza in die Schranken gewiesen.«

Caterina winkte ab. »Hätte ich es Euch überlassen sollen? Ihr sagt, dass Messer Legrelli nicht mit dem Mord an meinem Vater in Verbindung gebracht werden will. Ebenso wenig will ich die Schuld an Eurem Tod über mich kommen lassen. Immerhin seid Ihr als Parlamentär in meinem Lager erschienen.«

»Ihr scheint sehr davon überzeugt zu sein, dass Eure Offiziere – wie hießen sie noch einmal? Ach ja, Borelli und de Lisse – mir mit dem Schwert oder in der Stechbahn überlegen sind. Ich kann Euch jedoch versichern, dass ich in allen Waffenkünsten wohl geübt bin.«

Rodolfo war sichtlich beleidigt, weil Caterina ihm so wenig zuzutrauen schien.
Sie ging mit einem Achselzucken über seine Behauptung hinweg und kam auf das zu sprechen, was sie seit dem letzten Abend bewegte. »Conte, Ihr sagtet, der Herzog von Mailand würde mich reich belohnen, wenn ich ihm meine Kompanie zuführte.«
»Gian Galeazzo Visconti wird gewiss nicht geizen, wenn Ihr Eure Kompanie Signore Borelli übergebt und diesem erlaubt, in seine Dienste zu treten.«
Gerade weil Rodolfos Worte ehrlich klangen, erregten sie Caterinas Misstrauen, erinnerte sie sich doch an Malles Bemerkung, dass ihr Gast längere Zeit mit ihrem Vetter gesprochen hatte, und vermutete daher ein abgekartetes Spiel. Der Streit zwischen d'Abbati und Borelli am Abend hatte wohl nur dazu gedient, sie zu täuschen. So einfach würde sie sich nicht hereinlegen lassen.
»Ihr habt gestern Abend sehr überzeugend dargelegt, dass Herzog Gian Galeazzo der kommende Mann in Italien sein wird, der selbst Rom, die Stadt des heiligen Petrus, in seine Hand bekommen und beherrschen will. Doch fürchtet Ihr nicht, dass Seine Heiligkeit der Papst diesem Vorhaben Widerstand entgegensetzen wird und dabei auf die Hilfe der gesamten Christenheit bauen kann?«
»Welchen Papst meint Ihr?«, fragte Rodolfo spöttisch. »Schließlich nehmen mindestens zwei Kirchenfürsten für sich in Anspruch, Nachfolger des heiligen Petrus zu sein.«
Diesen Einwand ließ Caterina nicht gelten. »Irgendwann wird es wieder einen Papst geben, der im Sinne Christi und des heiligen Petrus wirkt und sein Recht fordern wird. Dann wird aller Glanz des Mailänder Herzogs gegen die Macht des Heiligen Stuhls verblassen.«
Rodolfo wollte diese Worte so nicht stehen lassen und setzte zu einer flammenden Rede an, in der er Visconti verteidigen und den Machtkampf der Päpste als schädlich für den Heiligen Stuhl,

Rom und die ganze Christenheit darstellen wollte. »Es bedarf einer starken Hand, die rechtmäßige Ordnung in Rom wieder herzustellen ...«

Caterina unterbrach ihn mit einer zornigen Handbewegung. »Schweigt! Der Papst wird von Gott berufen! Den Mailänder aber hat niemand anderes eingesetzt als er selbst. Selbst wenn er sich derzeit mächtiger erweisen sollte als der Nachfolger Petri, werden die Herrscher des Abendlandes es nicht zulassen, dass er den Stellvertreter Christi auf Erden zu seinem Vasallen degradiert!«

»Der Kaiser ist auf seiner Seite, und der ist schließlich der mächtigste christliche Fürst«, verteidigte Rodolfo seine Ansichten. Gleichzeitig wurde ihm klar, wie dürftig dieses Argument war, denn Herr Wenzel konnte schon morgen anderen Sinnes werden. Und selbst wenn er den Herzog von Mailand auch noch als Beherrscher Roms unterstützte, konnte sein Nachfolger darin eine Gefahr sehen und eine ganz andere Politik einschlagen.

Caterina wischte seine Begründung mit einer heftigen Geste weg. »Wenn bei uns in Schwaben von Italien die Rede ist, dann spricht man zuerst von Rom als dem Zentrum der Christenheit und als Zweites von der mächtigen und reichen Stadt Venedig. Mailand aber ist nicht einmal interessant genug, erwähnt zu werden.«

Rodolfo lachte auf, um seine männliche Überlegenheit gegen dieses in seinen Augen weibische Argument zu unterstreichen. »Die venezianischen Kaufleute sehen nur auf das Meer hinaus, Signorina. Was in ihrem Rücken geschieht, ist ihnen völlig gleichgültig, solange nur ihre bis über das Deck beladenen Segler aus den Häfen des Ostens in die Lagune einlaufen.«

»Euer Wort in Gottes Ohr, Signore. Doch glaubt Ihr wirklich, Venedig würde dem Land weiterhin den Rücken zukehren, wenn dort ein Reich entsteht, das mächtig genug ist, die Fürstin der Meere zu bedrohen?«

Diese Frage hatte Rodolfo sich noch nie gestellt und tat sie verächt-

lich ab. Doch ganz gleich, was er sagte, er konnte bei Caterina keinen Fuß Boden gut machen. Weder war sie bereit, sich seinem überlegenen männlichen Verstand zu beugen, noch wollte sie akzeptieren, welch glanzvoller, mächtiger Herrscher Italien in Gian Galeazzo Visconti erwachsen war. Um sie nicht vollends zu verärgern und auf die Seite der Feinde des Herzogs von Mailand zu treiben, brach er das Gespräch schließlich ab und bat, sich entfernen zu dürfen.
»Es sei Euch gewährt!« Die höfliche Floskel wurde durch eine Geste gemindert, die Rodolfo fatal an jene Bewegung erinnerte, mit der man ein aufdringliches Huhn verscheucht.
»Auf ein baldiges Wiedersehen, Signorina.« Mit diesem nicht ganz ernst gemeinten Abschiedsgruß und einer knappen Verbeugung verließ er das Zelt und stieß draußen beinahe mit Hans Steifnacken zusammen, der dem Gespräch offensichtlich gelauscht hatte. Der Blick des Schwaben durchbohrte den jungen Romagnolen.
»Wagt es ja nicht, ein falsches Spiel mit der Jungfer zu treiben, Signore. Ich drehe Euch dann nämlich mit dem größten Vergnügen das Genick um, und zwar schön langsam, damit Ihr auch etwas davon habt!«
Die Warnung war mehr als deutlich. Rodolfo, der den um einen guten Kopf kleineren Söldner am Vortag noch ein wenig belächelt hatte, bemerkte nun die Muskelstränge, die sich von den Oberarmen und den Schultern des Unteroffiziers bis in dessen Nacken zogen und kräftiger waren als die Oberschenkel so manchen Mannes. Obwohl er selbst kein Schwächling war, bezweifelte er, dass er gegen dieses Bündel kompakter Kraft bestehen konnte, insbesondere, wenn der Mann in Wut geriet.
»Signore, Eure Freundlichkeit hat – sagen wir – etwas erfrischend Deutsches an sich. Doch nun erlaubt, dass ich gehe.« Rodolfo stapfte durch das Lager und kämpfte bei jedem Schritt mit dem Gefühl, zum zweiten Mal hintereinander eine Niederlage erlitten zu haben. Als er das Zelt erreichte, das man ihm für die Nacht

zugewiesen hatte, begann er seine Satteltaschen zu packen, denn er hatte beschlossen, die Compagnia Ferrea ohne Abschied zu verlassen. Seine Aufgabe hier war erfüllt, und Legrelli musste so schnell wie möglich erfahren, dass er seinen Eid in drei Wochen in Pisa zu leisten hatte.

Rodolfo trat gerade aus dem Zelt, als es am Eingang des Lagers unruhig wurde. Dort war eine Reitertruppe aufgetaucht, die aus sechs Reisigen bestand, welche einen siebten Mann begleiteten. Von diesem konnte Rodolfo zwar nur den Rücken sehen, doch es hätte weder der blauen und goldenen Farben der Caetani, in die die Gruppe gekleidet war, noch des Löwenwappens auf den Wämsern bedurft, um ihn erkennen zu lassen, wen er vor sich hatte. Er setzte seinen Sattel und die Satteltaschen ab und schritt neugierig zum Eingang. Gerade als er nahe genug war, um mithören zu können, stellte der Anführer der Reiter sich großspurig vor. »Mein Name lautet Amadeo Caetani und ich bin der Neffe und Erbe des Herzogs von Molterossa. Ich wünsche mit Eurem Capitano Borelli zu sprechen.«

Friedel, der auch an diesem Tag wieder die Torwache innehatte, hob eine Hand über die Augen, als würde er von dem goldenen Löwen auf dem Wams des Reiters geblendet. In Wahrheit aber wollte er nur den Spott verbergen, der um seine Augen tanzte. Der Mann vor ihm hatte sich herausgeputzt, als gelte es, vor den Papst oder den Kaiser zu treten. Die fingerdicken Goldstickereien auf seinem blauen Wams und den gleichfarbenen Hosen leuchteten mit der Sonne um die Wette, und der nachlässig zurückgeschlagene Umhang, der mit edelsteinbesetzten Knöpfen geschmückt war, musste ein Vermögen gekostet haben. »Borelli könnt Ihr sprechen, Signore, doch unser Capitano ist er nicht. Da müsste Euch schon die Herrin empfangen.«

»Welche Herrin?« Amadeo machte ein so verblüfftes Gesicht, dass Rodolfo sich das Lachen verkneifen musste. Sein Vetter hatte sich in den letzten zwei Jahren um keinen Deut verändert. Er war immer noch derselbe salbungsvolle Tölpel, der dem Onkel in allem um den Bart ging, um ja der nächste Herzog von Molterossa zu werden.

»Die Capitana, Eldenbergs Tochter! Sie ist aus Schwaben gekommen, um die Kompanie zu übernehmen.« Friedel machte es Spaß, den jungen Edelmann zu verunsichern. Er mochte Borelli nicht besonders und hoffte, dass Caterina sich die endgültige Entscheidung vorbehielt, wie es mit der Truppe weitergehen sollte. Doch wie die meisten Söldner erwartete auch er, dass sie ihren Vetter zum neuen Capitano bestimmen würde.

Amadeo Caetani brauchte ein paar Augenblicke, das Gehörte zu verdauen. Ein Weib sollte die berühmte Compagnia Ferrea führen? Das war unmöglich. Als er diese Überlegung laut aussprechen wollte, nahm er eine Bewegung wahr, blickte unwillkürlich auf und entdeckte seinen Cousin, der grinsend auf ihn zukam.

»Siehe da, mein lieber Vetter Amadeo! Erlaube mir, dich nicht willkommen zu heißen.«

»Rodolfo? Was suchst du hier?« Amadeo geriet sichtlich in Panik, denn er wusste, dass sein Vetter zur gegnerischen Seite gehörte, und fürchtete nun, dieser habe sich bereits mit der ominösen Herrin dieser Soldtruppe geeinigt. Weiber waren schwache Wesen ohne jeden Verstand und erlagen leicht allen Verlockungen, vor allem, wenn man in die reich gefüllten Truhen eines Gian Galeazzo Visconti greifen und sie mit Schmuck und eitlem Tand überhäufen konnte.

Für Rodolfo waren Amadeos Überlegungen dessen Gesicht so leicht zu entnehmen wie der Text eines aufgeschlagenen Buches, und er fand sogar einen Teil seiner guten Laune wieder, war seinem Vetter doch der Tag jetzt genauso verdorben wie ihm. Gleichzeitig begriff er, dass er nun nicht so einfach aufbrechen und zu Olivaldi zurückkehren konnte, denn wenn es Amadeo gelang, Caterina di

Monte Elde auf seine Seite beziehungsweise auf die ihres gemeinsamen Onkels zu ziehen, wäre dies fatal für ihn. Olivaldi und Gian Galeazzo Visconti würden ihm vorwerfen, es nicht verhindert zu haben, und das konnte seine Karriere ruinieren, bevor sie richtig begonnen hatte. Die Gefahr war groß, dass Amadeo Erfolg haben würde, denn wie er vorhin hatte feststellen müssen, hielt die Besitzerin der Eisernen Kompanie trotz seiner Bemühungen irgendwelche Gefolgsleute des Herzogs von Mailand für die Mörder ihres Vaters und ihres Bruders.

Während Amadeo beschloss, seinen Vetter nicht weiter zu beachten, zerbiss Rodolfo etliche lautlose Flüche zwischen den Zähnen und kehrte zu seinem Zelt zurück. Es verbesserte seine Laune nicht gerade, als er bemerkte, dass die kurze Zeit seiner Abwesenheit einem Langfinger genügt hatte, den Beutel mit den venezianischen Zechinen an sich zu bringen, den er als Reserve in seine Satteltaschen gesteckt hatte.

## 9.

Steifnacken blickte Rodolfo nach und machte unwillkürlich die Geste des Halsumdrehens. Dann wandte er dem jungen Mann den Rücken zu und trat in Caterinas Zelt. Malle wollte ihrer Herrin gerade die Haare bürsten und funkelte den Schwaben strafend an. Steifnacken ließ sich durch ihren Medusenblick nicht verscheuchen, sondern nahm seine Mütze vom Kopf, knetete sie nervös mit den Händen und räusperte sich, um Caterinas Aufmerksamkeit auf sich zu lenken.

»Was gibt es, mein guter Steifnacken?«, fragte sie genauso freundlich, wie er es erhofft hatte.

Der Unteroffizier war bislang mit seinem Rang und seiner Stellung in der Kompanie zufrieden gewesen und hatte es den italienischen

Bübchen, wie er die jungen Offiziere um Lanzelotto Aniballi bezeichnet hatte, überlassen, sich in Szene zu setzen. Jetzt aber wünschte er sich Engelszungen, um Caterina von einem Weg zurückzureißen, der die Eisernen nur ins Verderben führen konnte.
»Verzeiht, Jungfer, aber ich möchte Euch warnen. Übergebt die Kompanie nicht an Euren Vetter Fabrizio, denn der würde sie nicht im Sinne Eures Vaters führen.«
Überrascht hob Caterina den Kopf und rief dadurch Malles Unmut hervor. »Wie soll ich Eure Haare flechten, wenn Ihr nicht stillhaltet!«, schalt sie.
Caterina entschuldigte sich bei ihr und winkte Steifnacken, sich so vor sie hinzustellen, dass sie ihn anblicken konnte, ohne ihre Dienerin zu verärgern.
»Weshalb kommt Ihr gerade jetzt zu mir? Ist das nicht ein wenig spät? Zwischen mir und meinem Vetter ist schon alles besprochen, und ich warte nur noch auf das Geld, mit dem er die Kompanie bei mir auslösen will.«
Steifnacken schüttelte verblüfft den Kopf. »Borelli will Euch Geld geben? Das kann ich mir nicht vorstellen. Der Kerl ist doch so arm wie eine Kirchenmaus! Bei dem sind die Dukaten nie länger als einen Tag in der Tasche geblieben!«
»Fabrizio hat mir gesagt, seine Familie würde ihm helfen, die Summe zusammenzubringen.«
»Seine Familie?« Steifnacken lachte auf. »Verzeiht, Jungfer! Ich wollte Euch nicht beleidigen, doch Borellis gesamte Verwandtschaft besitzt nicht genug Geld, auch nur eine Lanze aufstellen zu können, selbst wenn sie den Lanzenherrn, seinen Knappen und den Lanzenknecht aus ihren Reihen stellen würden. Es sind Knechte und Mägde, die kaum ihre Blöße zu bedecken vermögen, also gewiss keine Leute, die über verborgene Schätze verfügen. Borellis Mutter war eine ... Nun, dieses Wort ist für die Ohren einer Jungfer nicht geeignet.«

Da Caterina nicht den Kopf schütteln durfte, breitete sie fragend die Arme aus. »Aber er hat einen Vertrag mit mir gemacht, in dem festgelegt ist, dass er mir fünftausend Dukaten für die Kompanie bezahlen wird. Mit dieser Summe wäre ich all meiner Schulden ledig und könnte ruhig und zufrieden in Eldenberg leben.«

Steifnacken sah ihr an, wie stark sie sich an diese Hoffnung klammerte, und stand für einen Augenblick hilflos da. Er wollte ihr nicht wehtun, durfte sie aber auch nicht den Lügen überlassen, mit denen Borelli sie eingewickelt hatte. Gleichzeitig wuchs seine Wut auf den windigen Kerl, der sich mit einem Bettel in den Besitz der Kompanie setzen wollte.

»Verzeiht, Jungfer, doch allein der Wert der Ausrüstung unserer Truppe übersteigt diese Summe bei weitem, denn Euer Vater hat es an nichts fehlen lassen. Außerdem sind da noch die beiden Besitzungen, die er für seine Dienste erhalten hat und auf denen seine Mät... seine Männer sich erholen können, wenn sie verwundet sind.«

»Von denen hat Fabrizio mir erzählt. Aber was soll ich mit Lehen, die nach dem Tod meines Vaters an die Geber zurückfallen?«

Steifnacken zog den Kopf zwischen die Schultern. »Möglich, dass die beiden Güter nur Lehen waren. Ich habe mich nie um die Besitzverhältnisse gekümmert. Aber ich würde mich an Eurer Stelle nicht allein auf Borellis Aussage verlassen. Euer Vetter will Euch über den Tisch ziehen, glaubt mir. Ich kann mir nicht vorstellen, woher er das Geld nehmen will, das er Euch versprochen hat.«

Caterina schob die Unterlippe vor und starrte einen Augenblick ins Leere. »Vom Herzog von Mailand, denke ich! Das war wohl der Grund, dass er meine Erlaubnis haben wollte, mit Visconti zu verhandeln. Er hofft wohl, mich mit dessen Hilfe loszuwerden ...«

»Er will wahrscheinlich selbst die Belohnung kassieren, die der Herzog nach einem entscheidenden Sieg über seine Feinde großzügig verteilen wird. Ich nehme an, Borelli träumt davon, einer von

Viscontis Lehnsmännern zu werden, ein Graf oder der Capitano del Popolo einer bedeutenden Stadt. So ein Schurke! Er will auf Eure Kosten Macht und Reichtum erlangen! Da soll ihn doch gleich dieser und jener holen!« Steifnacken wollte noch ein paar saftigere Flüche ausstoßen, doch Malles mahnendes Räuspern erinnerte ihn daran, dass eine solche Sprache im Zelt einer Dame unangemessen wäre.

Caterina war ebenfalls danach, einige sehr unweibliche Ausdrücke von sich zu geben, denn nun kamen ihr einige Bemerkungen Borellis zu Bewusstsein, die sie vorher nicht begriffen hatte, und sie war sich jetzt sicher, dass ihr Vetter sie getäuscht hatte. Aber da sie mit ihm einen Vertrag zur Übergabe der Kompanie abgeschlossen hatte, erlaubte ihr Ehrgefühl es nicht mehr, von dem Handel zurückzutreten. Dabei hätten einige tausend Dukaten mehr ihr ein angenehmes und sorgenfreies Leben bescheren können.

Es blieb ihr keine Zeit, darüber nachzudenken, denn im Lager war Unruhe aufgekommen, und gerade als sie Steifnacken dankte und ihn bitten wollte, sie zu verlassen, wurde ihr gemeldet, dass weitere Gäste gekommen waren. Kurz darauf führte Friedel einen Mann in der Kleidung eines Herrn von Stand zu ihr.

Caterina starrte ihren Besucher für einen Augenblick verwundert an, denn die Ähnlichkeit Amadeo Caetanis mit Rodolfo d'Abbati war verblüffend, auch wenn ihr jetziger Besucher aufgeputzt wirkte und nicht im Geringsten verwegen. Seine Kleidung war von ausgesuchter Qualität und die Stoffe hätten jedes Frauenherz schneller schlagen lassen. Zwar bewegte er sich geckenhaft geziert, aber seine Manieren ließen nichts zu wünschen übrig. Er verneigte sich schwungvoll und wartete auf ihre Geste, die ihn zum Reden aufforderte.

»Signorina, darf ich meiner Freude Ausdruck geben, Euch auf dem Stuhle Eures ruhmreichen Vaters, des mächtigen Ritters und Condottiere Francesco di Monte Elde zu sehen?«

In Wirklichkeit verfluchte Amadeo diese Tatsache, denn mit einem Mann wie Borelli hätte er gewiss besser verhandeln können. Er verbeugte sich noch einmal so tief vor Caterina, dass sie einen Herzschlag lang fürchtete, er könnte vornüberfallen. Doch er richtete sich mit einer ebenso eleganten Bewegung auf und blieb mit gesenktem Kopf vor ihr stehen. Seine golddurchwirkte Mütze hielt er dabei wie ein Bittsteller in der Hand.

»Was verschafft mir das Vergnügen Eurer Bekanntschaft?«, fragte Caterina in einem Ton, der nicht ganz der höflichen Formulierung entsprach.

»Ich komme im Auftrag meines durchlauchtigsten Oheims, des Herzogs von Molterossa, und – wie ich betonen möchte – eines ausgezeichneten Freundes Eures verblichenen Vaters«, begann Amadeo.

Caterina nickte mit einem leicht säuerlichen Lächeln. »Tote haben meistens nur treue Freunde gehabt, die sie bitterlich beweinen, und niemand kann verstehen, weshalb die so Geehrten nicht mehr auf der Erde weilen, selbst ihre Mörder nicht.«

Amadeo zuckte bei ihren bissigen Worten zusammen und stammelte aufgeregt, dass er und sein Onkel gewiss nichts mit dem Tod Monte Eldes zu tun hätten. »Bei Gott, ich würde meinen rechten Arm hergeben, wenn Euer Vater noch am Leben wäre, und mein Oheim den seinen! Francesco di Monte Elde war nicht nur unser Freund, sondern auch ein treuer Verbündeter, dessen Verlust eine tiefe Lücke gerissen hat. Ach, wie ich diesen Legrelli hasse, der diesen herrlichen Mann in eine Falle gelockt und vernichtet hat!«

»Legrelli ist bereit, auf alle Reliquien der Christenheit zu schwören, dass er am Tode meines Vaters unschuldig ist«, antwortete Caterina mit einem süffisanten Lächeln.

Ihr Gast ließ sich nicht aus dem Konzept bringen, sondern deutete eine verächtliche Geste an. »Legrelli mag den Befehl nicht selbst gegeben haben, aber er hat Euren verehrten Herrn Vater zu sich eingeladen und ihn so den Meuchelmördern des Mailänder Herzogs, dieses Landräubers und Städtewürgers, ausgeliefert! Gian Galeazzo Visconti scheut vor keiner Untat zurück, um unsere Sache zu schwächen.«

Es hätte dieser leidenschaftlichen Worte nicht bedurft, um Caterina deutlich zu machen, dass die Vettern Amadeo und Rodolfo auf verschiedenen Seiten standen. Im Moment vermochte sie nicht zu sagen, wer von beiden ihr sympathischer war – oder vielmehr noch unsympathischer, wie sie in Gedanken ergänzte. Amadeos übertrieben schmeichlerisches Auftreten stieß sie ebenso ab wie Rodolfos spöttisch-überhebliche Art. Doch für einen der beiden beziehungsweise für die Seite, die er vertrat, würde sie sich entscheiden müssen. Da sie sich immer noch über Borellis plumpen Versuch ärgerte, sie zu übervorteilen, neigte sie derzeit dazu, die Gegner Viscontis zu bevorzugen, und daher bat sie Amadeo Caetani lächelnd, in seiner Rede fortzufahren.

## 10.

Der Tag war noch nicht zu Ende, als ein weiterer Reisezug auf das Lager zuhielt. Friedel hatte seine Wache gerade an einen Kameraden abgegeben, war aber noch ein wenig stehen geblieben, um einen kleinen Schwatz zu halten. Mitten im Gespräch entdeckten die beiden Männer eine Gruppe von Leuten, die sichtlich müde und erschöpft näher kamen. An ihrer Spitze ritt eine junge Frau auf einem Maultier, und dieser folgte eine ältere Bedienstete, die sich verzweifelt bemühte, zwei kleine Kinder vor sich im Sattel zu halten. Dahinter tauchten zwei blasse Jüngelchen auf, die gewiss noch keine zwanzig Jahre zählten und auf Pferden saßen, die ihre besten Tage schon lange hinter sich hatten. Den Abschluss machte ein von einem Knecht geführter Esel, der vor einen mit mehreren Truhen beladenen zweirädrigen Karren gespannt war. Ein Stück hinter der

Gruppe schlurfte ein baumlanger Mönch in der Kutte eines Bettelordens dahin, den Kopf wie in Demut geneigt und die Kapuze tief ins Gesicht gezogen.

Friedel versteifte sich, als er in der Frau an der Spitze Bianca di Rumi erkannte, die er genau wie die anderen Kameraden wohl versorgt auf Monte Eldes Besitzung Giustomina vermutet hatte. Bis jetzt war es sowohl Borelli wie auch Steifnacken und dessen Freunden gelungen, die Existenz der Geliebten ihres Vaters und zweier Halbschwestern vor Caterina geheim zu halten, wenn auch aus unterschiedlichen Gründen. Steifnacken hatte erklärt, dass Dinge, die in Italien gang und gäbe waren, bei einer sittsamen Jungfer aus Schwaben gewiss Anstoß erregen würden, während Borelli Caterina so rasch wie möglich hatte loswerden wollen. Weitere familiäre Bindungen der jungen Dame zu Italien hätten nur seine Pläne gestört.

Der wachhabende Soldat hatte die Ankömmlinge nun ebenfalls erkannt. »Das ist doch Bianca! Was will die denn ausgerechnet jetzt hier?«

Friedel zog ein unglückliches Gesicht und kratzte sich am Kopf. »Ich weiß es auch nicht. Allerdings habe ich irgendetwas läuten hören, dass Giustomina nur ein persönliches Lehen gewesen sein soll, das nach Eldenbergs Tod wieder an den Heiligen Stuhl zurückgefallen ist. Vielleicht hat ein päpstlicher Beamter oder der neue Lehensträger Bianca und ihre Familie vor die Tür gesetzt.«

»Bei Gott, die Jungfer wird sich freuen! Wir hätten es ihr doch schonend beibringen sollen.« Der Wachhabende seufzte und wollte Bianca mit einem Scherz auf den Lippen entgegentreten, prallte aber beim Anblick ihres wutverzerrten Gesichts zurück. Er kannte Monte Eldes Mätresse als ein hübsches, rundliches Wesen mit einem ausgeglichenen Charakter, das sich von nichts aus der Ruhe bringen ließ. Jetzt aber sah er sich einer Furie mit vor Zorn lodernden Augen gegenüber.

»Wo ist Borelli, diese Ratte?«, schrie sie den Soldaten in ihrer romagnolischen Mundart an und wiederholte die Frage in holprigem Deutsch, nachdem weder Friedel noch der Wachtposten rasch genug geantwortet hatten.

»Der Signore ist in seinem Zelt.« Da Friedel auf Deutsch geantwortet hatte, setzte auch Bianca ihre Rede in dieser Sprache fort.

»Der wird erleben viel! Ich zerreiße ihm Kopf und ihn stecke in seinigen Hintern.« Dabei fuhr die Frau so heftig mit den Armen durch die Luft, dass ihr Maultier scheute und Friedel rasch zugreifen musste, um zu verhindern, dass sie abgeworfen wurde. Er half ihr aus dem Sattel und stellte sie auf den Boden. Ihre Ausdrucksweise, die höchstens einem Knecht oder Söldner angemessen war, aber gewiss nicht einer Dame kleinadeliger Abstammung, erschreckte ihn ebenso wie die Erkenntnis, dass Bianca tatsächlich imstande zu sein schien, gewalttätig zu werden.

»Hol Borelli, aber schnell, ehe die Capitana etwas merkt!«, raunte er dem Wachtposten zu. Dann bat er die Dame, ihre Stimme ein wenig zu mäßigen.

Dafür erntete er jedoch nur einen Schwall von Flüchen. Eine Hure oder Magd hätte er für diese Beschimpfungen verprügelt, Bianca zu schlagen verhinderte jedoch die Achtung, die er seinem ermordeten Herrn und damit auch ihr zu schulden glaubte, obwohl sie nicht Monte Eldes ehelich angetrautes Weib gewesen war. Da Friedel sich der Wut der Mätresse nicht zu entziehen wusste, war er erleichtert, als Borelli auftauchte, um zu sehen, wer ihn zu sprechen wünschte. Bei Biancas Anblick zog er die Stirn kraus und öffnete den Mund, doch bevor er nur ein Wort über die Lippen brachte, wurde er mit einem Wust an Verwünschungen überschüttet, die über das ganze Lager hallten und die Soldaten zusammenlaufen ließen. In ihrer Erregung mischte Bianca ihr ausdrucksvolles Italienisch mit etlichen kräftigen deutschen Flüchen, die sie von Monte Eldes Söldnern gelernt hatte, und bezeichnete Borelli mit allen negativen Bezeichnungen, die ihr einfielen, angefangen von den unangenehmsten Vertretern des Tierreichs bis hin zum Sohn eines nach Schwefel stinkenden Teufels und einer aussätzigen Hure. Zuletzt warf sie ihm Beleidigungen an den Kopf, die unter Männern nur durch Blut abzuwaschen gewesen wären. Dabei hatte sie sich ihm Schritt für Schritt wie eine von Jagdfieber gespannte Katze genähert und machte nun Anstalten, Caterinas Vetter mit ihren zu Krallen gekrümmten Fingern ins Gesicht zu fahren. Friedel versuchte, die Tobende von Borelli zurückzureißen, aber selbst mit der Hilfe von zwei Kameraden vermochte er nicht, die Frau zu bändigen. Erst Steifnacken, der vom Aufruhr herbeigelockt worden war, gelang es, sie zu packen und festzuhalten.

Nun traute Borelli sich, an sie heranzutreten, und versetzte ihr eine kräftige Ohrfeige. »Was ist denn mit dir los, du Miststück? Was hast du hier zu suchen?«

In dem Moment ließ Steifnacken sie los, doch statt auf Monte Eldes Neffen loszugehen, begnügte sie sich mit weiteren Beleidigungen. »Zu suchen? Das fragst du, du elende Ratte, du Maus, du Floh, du Wanze ...«

Eine weitere Ohrfeige unterbrach diesen erneuten Ausflug ins Tierreich. »Rede, aber so, dass man es versteht, und wage es nicht, mich noch einmal zu beleidigen!« Borelli war kurz davor, die Geduld zu verlieren, und wollte schon den Söldnern befehlen, die Frau samt ihrem Anhang zum Teufel zu jagen.

»Oh ja, ich rede! Schließlich sollen die Männer erfahren, was für ein Schuft ihr neuer Capitano ist«, rief Bianca mit mühsam beherrschter Stimme. »Kaum ist mein geliebter Francesco tot, schickt dieser Bandit hier seinen Vetter Ranuccio, um mich auszurauben und die Besitzungen zu verkaufen, die Monte Elde als Mitgift für seine und meine armen Töchter vorgesehen hatte. Diese Ratte Ranuccio hat es sogar gewagt, mir zu drohen, und verlangt, dass ich die Stute für ihn spielen soll, damit meine armen Kleinen und ich auf Giustomina bleiben dürfen. Ich habe ihm deutlich gesagt, was für ein Schwein er ist! Hat er als Junge doch selber die Schweine gehütet, während seine Mutter mit jedem brünstigen Kerl für einen halben Danaro ins Stroh gehüpft ist.«

Die Ohrfeige, die Borelli ihr jetzt versetzte, ließ Biancas Lippen aufplatzen. Sie stieß einen Schmerzensschrei aus und versuchte ihn anzuspucken. Als Caterinas Vetter erneut die Hand hob, trat Steifnacken dazwischen.

»Jetzt ist es genug! Ich lasse die Dame meines toten Herrn von niemand zuschanden schlagen.«

Borelli musterte den breit gebauten Schwaben und trat unwillkürlich einen Schritt zurück. »Du nennst Bianca eine Dame? Für mich ist so etwas eine Hure!«

»Du verwechselst sie wohl mit deiner Mutter. Die hat sich wirklich von jedem stoßen lassen, der sie haben wollte. Sogar ich habe sie ein- oder zweimal für einen scharfen Ritt gesattelt. Gott sei Dank ein ganzes Stück vor deiner Geburt, so dass ich mich nicht mit der Frage herumschlagen muss, ob so ein ...«, er unterbrach sich kurz und entblößte grimmig spöttisch die Zähne, »... ob so ein ausgesucht feiner Herr wie du mein Sohn sein könnte.«

Damit wandte er dem wutschnaubenden Borelli den Rücken zu und blickte Bianca an. »Dieser elende Ranuccio hat also verlangt, dass Ihr die Röcke für ihn hebt. Was kam dann?«

»Natürlich habe ich mich geweigert, doch der Kerl hat dem Verwalter von Giustomina einen Brief Borellis gezeigt, der ihm die alleinige Vollmacht gab, und mich und meine schutzlosen Töchter von dem Gesindel, das ihn begleitet hat, aus dem Haus jagen lassen. Hätten meine Magd und meine Brüder nicht rasch ein paar Kisten gefüllt, ein paar Maultiere geholt und den Karren beladen, hätten wir zu Fuß und ohne Geld über das Land ziehen und betteln müssen.«

Als Bianca laut aufweinend endete, wurde es im Lager so still wie

nach einem Donnerschlag. Die Söldner, die sich um die Gruppe geschart hatten, waren wie erstarrt. Sie alle hatten ihren Herrn und dessen Geliebte verehrt. Nach den oft harten Kämpfen hatte Bianca den meisten mit sanfter Hand die Wunden verbunden und ihnen den Schweiß von der Stirn gewischt, und es erfüllte die Männer mit Abscheu und Zorn, sie so schäbig behandelt zu sehen. Borelli bemerkte, wie die Söldner sich zumindest innerlich auf Biancas Seite stellten, und verfluchte seinen Vetter, der ihn mit seiner Lüsternheit in diese Lage gebracht hatte. Er überlegte, wie viele Dukaten er derzeit entbehren konnte, um Bianca und ihre Begleitung erst einmal in Pisa unterbringen zu können. Doch bevor er auch nur einen Ton sagen konnte, klang hinter ihm eine scharfe Stimme auf.
»Was geht hier vor?«
Caterina zwängte sich durch die Reihen der Söldner, die sich enger zusammenscharten, als wollten sie Bianca vor ihr verbergen, und musterte die junge Frau, deren Geschrei ihr Gespräch mit Amadeo Caetani unterbrochen hatte. Dieser war ihr neugierig gefolgt, und sie entdeckte auch Rodolfo d'Abbati, der die Szene höchst amüsiert beobachtete.
Bianca sah Caterina auf sich zukommen, bemerkte den verärgerten, aber auch fast ängstlichen Blick, den Borelli der Frau zuwarf, und zog die falschen Schlüsse. Vor Borellis Gewaltbereitschaft hatte sie kapitulieren müssen, doch jetzt hatte sie ein anderes Opfer entdeckt, an dem sie sich reiben konnte. Sie schüttelte Friedel und die Söldner ab, die sie wieder festhalten wollten, und trat mit in die Hüften gestemmten Fäusten auf Caterina zu.
»Wer bist du denn, du mageres Huhn? Wohl Borellis Betthäschen, das er sich zugelegt hat, seit er sich stolz Capitano der Compagnia Ferrea nennen kann! Habe ich es vielleicht dir zu verdanken, dass ich mit meinen armen Waisen, die ich dem seligen Francesco di Monte Elde geboren habe, aus der Heimat gejagt wurde? Du willst jetzt wohl selbst auf Giustomina herrschen und deine Vettern und

Brüder dort unterbringen? Pfui, sage ich nur. Eine Frau, die einer anderen Frau so etwas antut, hat kein Herz im Leib. Meine Kleinen und ich hätten auch nach Viratelli gehen können, wenn du uns nicht sehen hättest wollen. Aber uns diesem Ranuccio auszuliefern, der mich auf das Bett zwingen und damit das Andenken des seligen Monte Elde schänden wollte und uns dann heimatlos auf die Straße stieß, das kann nur das Werk einer Teufelin sein.«

Biancas Weinen steigerte sich zu einem hysterischen Trampeln und Schreien. Als sie sich auf den Boden werfen wollte, fing Friedel sie auf, presste sie an sich, weil er sich nicht anders zu helfen wusste, und starrte Caterina an, als erwarte er ein Donnerwetter, wie man es unter ihrem Vater hatte erleben können. Auch die anderen Söldner duckten sich. Sie malten sich schon aus, wie Monte Eldes Tochter nach den Beleidigungen reagieren würde, und hatten Mitleid mit Bianca.

Borelli war ebenfalls auf Caterinas Antwort gespannt, die nur vernichtend ausfallen konnte, und rieb sich in heimlicher Vorfreude die Hände. Aber gerade diese Geste und sein schadenfroher Gesichtsausdruck brachten Caterina dazu, ihre Empörung über Bianca zunächst einmal hinunterzuschlucken. Sie musterte die Frau, die höchstens fünf Jahre älter sein konnte als sie selbst, und versuchte, nicht ihren Gefühlen zu folgen, sondern einen klaren Kopf zu behalten. Biancas grünes Reisekleid hatte unterwegs stark gelitten, sah aber immer noch weitaus besser aus als ihr eigenes, und die Truhen auf dem Karren wiesen darauf hin, dass in ihnen noch weitere Schätze zur Befriedigung weiblicher Eitelkeit zu finden waren. Ein bitterer Geschmack machte sich in Caterinas Mund breit. Ihr selbst hatte der Vater das Geld stets so knapp zugemessen, dass sie kaum etwas für sich selbst hatte verwenden können und zumeist in Bauernkitteln herumgelaufen war wie ihre Mägde. Die wenigen Kleider, die sie besaß, hatte sie mit Malles Hilfe selbst nähen müssen, und bis auf eines waren die Gewänder vielfach geflickt, gewendet und

mit Stoffresten neu zusammengenäht worden. Ihres Vaters Ehefrau hätte Borelli nicht so schlecht behandelt, also musste diese Frau seine Geliebte gewesen sein, die in einem weich gepolsterten Nest gelebt hatte, ohne darben zu müssen.
Caterina hätte dem Weib am liebsten die Kleider vom Leib gerissen und es nackt aus dem Lager treiben lassen, so kochte es in ihr. Gleichzeitig war ihr bewusst, dass sie dieser Regung nicht nachgeben durfte, denn mit den beiden verschreckten Kindern hatte Bianca ihr ein Vermächtnis mitgebracht, das sie nun hüten musste. Während ihr Bruder Jakob und sie mehr nach ihrer italienischen Mutter gekommen waren, hatten die beiden kleinen Mädchen die blauen Augen und die blonden Haare ihres Vaters geerbt. Wahrscheinlich hatte die Ältere der beiden den Vater öfter gesehen als sie selbst und war von ihm geherzt und geküsst worden, so wie sie es sich immer gewünscht hatte. Für einen Augenblick überflutete der Neid auf diese Kinder ihre Sinne, und sie stellte sich vor, wie die Mutter und die Töchter in Lumpen auf Kirchenstufen saßen und die Vorübergehenden um Almosen anflehten. Dann rief sie sich zur Ordnung. Die Tatsache, dass sie sich nun noch mehr von ihrem Vater enttäuscht und zurückgesetzt fühlte, war kein Grund, ihre Halbschwestern im Straßengraben zugrunde gehen zu lassen.
Caterinas Blick glitt von den Kindern zu deren Mutter, weiter zu Borelli und wieder zurück zu Bianca. »Du sagst, dieser Ranuccio sei nach Giustomina gekommen, um die Besitzung zu verkaufen?« Ihre Stimme klang scharf.
Bianca nickte unter Tränen. »So ist es! Ranuccio hat gesagt, sein Vetter bräuchte dringend Geld, um die Kompanie übernehmen zu können.«
»Das hätte er tatsächlich benötigt!« Caterina drängte ihre gekränkten Gefühle beiseite und fixierte ihren Vetter mit einem Medusenblick. »Soso! Giustomina und Viratelli sollten für mich Lehen sein, die an den Heiligen Stuhl zurückgefallen sind. Signore

Borelli, Ihr seid beinahe genial. Ihr wolltet mir meine Kompanie mit dem Geld aus meinem eigenen Erbe abkaufen. Ein solches Schurkenstück hat die Welt wohl noch nicht gesehen!«

Bianca maß Caterina mit einem erschrockenen Blick, löste sich aus Friedels Griff und sah den Mann fragend an. »Wer ist diese Signora?«

»Giacomos Schwester, Monte Eldes legitime Tochter.« Es klang bärbeißig, denn Friedel wusste in dem Augenblick nicht, welcher der beiden Frauen er Loyalität schuldete. Caterina hielt als Erbin das Schicksal der Eisernen Kompanie in ihren Händen, doch seine Treue gehörte mindestens ebenso der Mätresse und den Bastardtöchtern seines ermordeten Capitano.

»Madonna, hilf!« Bianca gab sich in diesem Augenblick endgültig verloren und kniete nieder, um für sich und ihre Kinder zu beten.

Caterina las Verzweiflung in den müden, von Anstrengung gezeichneten Gesichtern ihrer Halbschwestern und deren Mutter, stemmte die Arme in die Hüfte und bedachte Borelli mit einem rachsüchtigen Blick. Er hatte jedes Wohlwollen bei ihr verspielt, während sie vor der Frau, die lieber die Straße gewählt hatte, als sich an einen dahergelaufenen Schuft zu verkaufen, wachsenden Respekt empfand. »Signore Borelli, ich warte noch immer auf Eure Rechtfertigung.«

Caterinas Tonfall kam einer Ohrfeige gleich. Ihr Vetter dachte jedoch nicht daran, klein beizugehen. Er verbog seine Lippen zu einem spöttischen Grinsen und wies in die Runde. »Es ging mir allein um die Kompanie, Base. Sie braucht einen entschlossenen Mann, der sie anführt, und kein mit der Nadel stichelndes Mädchen als Herrin. Du hast ja schon an Lanzelotto Aniballi und seinen Freunden gesehen, wie Edelmänner reagieren, wenn sie sich einer solchen Situation gegenübersehen.«

»Mir ist das Vergnügen entgangen, diese Herren kennen gelernt zu haben«, antwortete Caterina bissig.

»Da habt Ihr auch nichts versäumt, denn es sind feige Schurken, die lieber Mägde ins Stroh zerren als ehrlichen Sold zu nehmen«, entfuhr es Rodolfo, der sich inzwischen bis in die erste Reihe vorgeschoben hatte.

Ihn verdross die plumpe Art, mit der Borelli Monte Eldes Tochter hatte übervorteilen wollen, in seinen Augen hätte dieses Problem weitaus eleganter gelöst werden können. Es wäre gewiss nicht schwer gewesen, Herzog Gian Galeazzo zur Zahlung einer angemessenen Summe an Caterina zu bewegen oder auch den Marchese Olivaldi um eine Abfindung zu bitten. Leonello da Polenta war immerhin der Großvater des Mädchens und hätte seinen Einfluss geltend machen können. Doch in seiner Gier, sich Monte Eldes Erbe möglichst restlos anzueignen, hatte Borelli den Karren so stark in den Graben gefahren, dass nun jeder Versuch scheitern musste, Caterina di Monte Elde auf Viscontis Seite zu ziehen.

Während Rodolfo d'Abbati Caterinas Vetter im Geist den Hals umdrehte, weil durch dessen Schuld nun eine nicht unbeträchtliche Anzahl guter Kämpfer auf der falschen Seite stehen würden, wartete er neugierig darauf, wie die junge Dame dieser Herausforderung begegnen würde.

Borelli versuchte, den Söldnern und den verbliebenen Offizieren klar zu machen, dass die berühmte und gefürchtete Eiserne Kompanie zum Gespött des ganzen Landes werden würde, wenn Caterina die Herrin blieb. »Kein Herr mit Verstand wird die Compagnia Ferrea unter diesen Umständen unter Vertrag nehmen, und täte es doch jemand, dann nur unter ganz schlechten Bedingungen und unter dem Kommando eines anderen Condottiere als Capitano-General. Wollt ihr das? Solange Monte Elde uns geführt hat, war er gleichzeitig der oberste Anführer im Krieg und die anderen Condottieri hatten ihm zu gehorchen.«

»Ihr seid nicht Monte Elde, ja nicht einmal sein Bastard!«, warf Amadeo Caetani genüsslich ein.

Er war zwar noch nicht lange im Lager, hatte aber begriffen, dass Borelli hinter einem Vertrag mit Mailand her war wie der Teufel hinter einer armen Seele. Seine Aufgabe war es, genau dies zu verhindern. Sein Blick wanderte zu Rodolfo, der ein Visconti-Anhänger war und allein deswegen Borelli unterstützen musste. Zudem hatte sein Vetter verdammt viele Gründe, ihn zu hassen, und würde ihm wohl jeden möglichen Tort antun. Bei dem Gedanken an die Auseinandersetzung, die nun folgen musste, schüttelte er sich und straffte dann seinen Rücken, um größer zu wirken und eine bessere Ausgangsposition zu gewinnen.

Doch sein Vetter blieb mit vor der Brust verschränkten Armen stehen und grinste, als bereiteten ihm die Verwicklungen höllisches Vergnügen. Zum Glück schien er im Augenblick ganz vergessen zu haben, dass er Gian Galeazzo Viscontis Interessen hätte wahren sollen. Amadeo Caetani konnte nicht ahnen, dass die Beleidigungen, die Borelli seinem Vetter am Abend zuvor an den Kopf geworfen hatte, diesen ebenso abstießen wie die Art, mit der jener die Tochter seines Onkels hatte betrügen wollen, sowie sein schmählicher Umgang mit Monte Eldes Mätresse. Aus diesen Gründen zog Rodolfo es vor, stiller Zuschauer in diesem sich schnell zuspitzenden Spiel zu bleiben.

»Signore Caetani hat Recht! Borelli ist nicht Monte Elde, vielleicht nicht einmal sein Neffe, denn seine Mutter hatte ein sehr entgegenkommendes Wesen!« Steifnacken stichelte teils aus Wut über das ehrlose Verhalten des Möchtegern-Capitano, teils aber auch, weil es ihm Vergnügen bereitete, den Stand des von ihm verachteten Mannes zu untergraben. Das Lachen, das bei dieser Bemerkung ringsum aufbrandete, bewies, dass nicht nur er die Gunst der schönen Stallmagd Gina genossen hatte.

Borelli musste erkennen, dass die meisten der einfachen Söldner nicht bereit waren, sich seiner Autorität oder wenigstens seinen Argumenten zu beugen. Ein paar Schwaben, von denen einige aus

Eldenberg stammten und in Caterina nicht nur ihre Herrin, sondern auch ein Symbol ihrer Heimat sahen, schimpften ihn nun lautstark einen Betrüger und ehrlosen Schuft. Er versuchte, sie niederzureden, um das Blatt noch einmal zu wenden, und das wäre ihm vielleicht auch gelungen, wenn es nur um Caterina gegangen wäre. Doch die Männer starrten auf die weinende Bianca und deren Töchter, die sich grau vor Schwäche an ihre Mutter klammerten, und legten ihre Fäuste auf die Knäufe ihrer Schwerter und Dolche. Nur wenige der verbliebenen italienischen Offiziere und einige Söldner, die nicht unter einer Frau dienen wollten, sammelten sich um Borelli.

Der Flame de Lisse war schon auf halbem Weg, sich ebenfalls dem Neffen des ermordeten Capitano anzuschließen, als er mit einem klangvollen Fluch in seiner Muttersprache umkehrte, zu Steifnacken trat und auf den Boden spuckte. »Mir passt es zwar nicht, unter einem Weiberrock als Fahne zu dienen, aber ehe ich mich einem ehrlosen Wicht wie Borelli anschließe, sehe ich lieber zu, wie sich die deutsche Jungfer als Capitana macht.«

Steifnacken nickte ihm dankbar zu, wenngleich ihm der Schrecken ins Gesicht geschrieben stand. Nachdem Lanzelotto Aniballi mit seinen Freunden desertiert war, würde der sich abzeichnende Verlust weiterer Offiziere die Kompanie beinahe aller Anführer berauben, und es war fraglich, ob die Truppe noch halbwegs kampftauglich zu halten war, denn Offiziere wuchsen nicht auf der Straße.

Auch Rodolfo begriff, dass der Streit die gefürchtete Eiserne Kompanie praktisch enthauptet hatte. In diesem führerlosen Zustand stellte sie keine Gefahr mehr für die Pläne des Herzogs von Mailand dar, und wie es aussah, würden die Söldner über kurz oder lang auseinander laufen und sich neue Herren suchen. Sollte es Caterina di Monte Elde jedoch wider Erwarten gelingen, die Truppe zusammenzuhalten, konnte sie nichts anderes damit anfangen, als sie an einen Condottiere zu verkaufen oder zu vermieten. Wahrscheinlich würde sie sich in Giustomina häuslich einrichten oder gleich in ihr kaltes Heimatland zurückkehren, in dem sie nach Rodolfos Ansicht weitaus besser aufgehoben war.

Er hörte interessiert zu, wie Borelli versuchte, einen Teil der Söldner dazu zu bewegen, mit ihm zu kommen. Wenn es ihm gelang, die meisten mitzunehmen, könnte er eine neue Compagnia schaffen, an der der Herzog von Mailand durchaus Interesse haben würde. Doch es lösten sich nur eine Hand voll Männer aus der versammelten Schar und traten unter den Missfallensrufen ihrer Kameraden neben ihn. Zu den Offizieren, die sich ebenfalls auf seine Seite gestellt hatten, zählten der Quartier- und der Zahlmeister.

Diese mussten ihre Sachen unter den wachsamen Augen mehrerer Söldner packen, welche Steifnacken abgestellt hatte, darauf zu achten, dass keiner von den beiden noch schnell in die ihnen bisher anvertrauten Kassen griff. Als die Gruppe der Abtrünnigen wieder beisammen war, zog Borelli mit ihnen unter lauten Verwünschungen und der Drohung ab, Caterina dies alles heimzuzahlen. Sein Traum, eine bedeutende Stellung in Gian Galeazzo Viscontis Reich einnehmen zu können, war zunächst einmal verweht wie Frühdunst im Wind.

Auch Rodolfo sah nun keinen Anlass mehr, noch länger zu verweilen. Er holte sein Gepäck, sattelte sein Pferd und verließ unbeobachtet das Lager. Dabei konnte er sich ein boshaftes Grinsen nicht verkneifen, denn er vergönnte dieser neunmalklugen deutschen Jungfer die schwierige Lage, in die sie geraten war. Warum hatte sie ihn heute Morgen auch so behandeln müssen, als sei er nur ein dummer kleiner Junge! Auf seinem weiteren Weg stahl sich das zwar nicht sehr schöne, aber ebenmäßige Gesicht der jungen Deutschen öfter in seine Gedanken, als ihm lieb war. Das schob er schließlich auf die Tatsache, dass es sich bei Caterina um die Enkelin seines Auftraggebers Olivaldi handelte, dem er bald Rede und Antwort zu stehen hatte.

## II.

Als Borelli mit seinen Freunden das Lager verlassen hatte, herrschte zunächst einmal lähmende Stille. Noch begriffen die meisten Söldner nicht die Folgen des Streits, und die, die so weit vorausdachten, schüttelte es bei dem Gedanken an eine alles andere als rosige Zukunft.

Caterina hatte ihren Vetter mit zusammengekniffenen Lippen scheiden sehen, wandte sich aber, als dessen Trupp in der Ferne verschwunden war, mit einer heftigen Bewegung ab und musterte die Gruppe, die sich um Bianca drängte. Die ältere Frau, ihrer Kleidung nach die Leibmagd ihrer Herrin, hatte die beiden kleinen Mädchen wieder an sich gezogen, als suche sie bei ihren greinenden Schützlingen Trost. Bianca hatte sich bis zu dem Karren zurückgezogen, bei dem auch die beiden jungen Männer standen, die ihre jüngeren Brüder sein mussten. Deren Gesichter verrieten so viel Angst, als ständen sie bereits vor den Pforten der Hölle. Auch der Knecht sah aus, als erwarte er, Caterina würde jeden Augenblick sein Todesurteil aussprechen, und der lange Mönch stand mit tief gesenktem Kopf und gefalteten Händen im Hintergrund, als würde er am liebsten im Erdboden versinken.

Caterina focht einen kurzen Kampf mit sich aus, hieb dann mit der rechten Hand durch die Luft und winkte Bianca zu sich. »Du warst die Bettmagd meines Vaters?« Der Ton hätte nicht beleidigender sein können.

Der jungen Italienerin stiegen Tränen in die Augen, als sie nickte. »Si, Signorina, so sagt man wohl bei Euch dazu.«

»Wie kam es dazu?«

Bianca hob in einer hilflosen Bewegung die Hände. »Mein Vater war ein kleiner Adeliger in Arcevia. Seine Feinde beschuldigten ihn, ein Verräter zu sein, und ließen ihm den Kopf abschlagen.

Meine Mama war schon tot, und so blieb mir nichts anderes übrig, als mit meinen beiden Brüdern und zwei getreuen Bediensteten« – ihr Blick streifte dabei den Knecht und die Magd – »zu fliehen, um der Rache unserer Feinde zu entgehen. Der Capitano fand uns am nächsten Tag auf der Straße und nahm uns mit. Das war vor sechs Jahren.«

Bianca konnte damals kaum älter als siebzehn gewesen sein, dachte Caterina und spürte wider Willen Anerkennung für den Mut und die Umsicht, mit der die junge Frau sich und ihre Geschwister und bei der zweiten Flucht auch ihre beiden Kinder gerettet hatte. Das Alter des größeren Mädchens verriet ihr, dass ihr Vater nicht lange gewartet haben konnte, um die hübsche Italienerin in sein Bett zu holen. Für Caterina war es eine herbe Enttäuschung zu sehen, dass der Mann, den sie aus der Entfernung beinahe wie einen Heiligen verehrt hatte, nicht anders gewesen war als andere Männer auch.

Sie seufzte und wies dann ins Innere des Lagers. »Bis ich endgültig über euch entscheide, könnt ihr erst einmal hier bleiben, einschließlich eures Gesindes und eures Beichtvaters.«

»Der fromme Mann ist nicht mein Beichtvater. Er ist ein Mönch aus Germania, auf den wir unterwegs gestoßen sind. Da er zu dem Capitano wollte, haben wir ihn mitgenommen. Er hat bittere Tränen geweint, als er vom Tod des guten Monte Elde hörte.«

»Ein Freund meines Vaters?« Caterina ging auf den Mönch zu, dessen Kutte für seine hünenhafte Gestalt viel zu klein war und bereits an den Waden endete.

Der Mann drehte seinen Kopf weg, hielt ihn noch tiefer und verkrampfte die Hände zu einem stummen, aber offensichtlich verzweifelten Gebet.

Irgendwie kam der Mann Caterina bekannt vor, und so riss sie ihm mit einem schnellen Griff die Kapuze herab. »Botho Trefflich! Dich hat wahrlich der Teufel geschickt!«

Botho zuckte unter dem Hass zusammen, der in ihren Worten schwang, krümmte sich sichtlich und ließ seinen Blick wie Hilfe suchend über die Söldner wandern. Deren Mienen verrieten ihm, dass die Männer bereit waren, jeden Befehl ihrer Herrin sofort auszuführen, und er erinnerte sich nur allzu gut an die Berichte über die Grausamkeiten, die von solchen Leute verübt wurden.
Mit einem Aufschrei warf er sich vor Caterina zu Boden und umfasste ihre Knie. »Ich weiß, dass Ihr zornig auf mich seid, und das ist auch Euer gutes Recht! Doch es war nur der Wille meines Vaters! Er hat Euch erpressen wollen, Euch mit mir zu vermählen, und mich gezwungen, bei dem bösen Spiel mitzumachen. Er war es auch, der mich hinter Euch hergeschickt hat, um mit Eurem Vater zu reden, damit er der Heirat zustimmt. Meine eigenen Knechte haben mich jedoch unterwegs niedergeschlagen, ausgeraubt und für tot liegen gelassen. Brave Leute haben mich gefunden und gesund gepflegt. Sie waren aber zu arm, um mich mit mehr als ihren guten Wünschen ziehen lassen zu können. Ein Priester gab mir dieses Gewand und den Rat, den Wegen der frommen Pilger nach Rom zu folgen.«
»Es wäre besser gewesen, du hättest dich daran gehalten«, schnitt Caterina seinen Wortschwall ab.
»Ja, aber ich will doch kein Mönch werden! Würde ich in dieser Kleidung nach Rom pilgern, müsste ich mir unterwegs eine Tonsur schneiden lassen und wäre vor allen Menschen gezeichnet. Daher habe ich meine Schritte nach Padua gelenkt, wo ich einen Geschäftsfreund meines Vaters wusste. Ich hatte gehofft, er würde mir andere Kleidung und etwas Geld für die Weiterreise geben. Er aber hat mir nicht geglaubt, dass ich Hartmann Trefflichs Sohn bin, und mich von seinen Knechten von der Schwelle jagen lassen.«
Caterina unterdrückte ein schadenfrohes Lächeln, denn Botho begann ihr leid zu tun. Hätte er die heilige Stadt in der Kutte eines Mönchs betreten, wäre dies gleichbedeutend mit dem Versprechen

gewesen, sein weiteres Leben Gott zu weihen. Sein durch Hunger schmal gewordenes Gesicht und die von blutigen Schrunden bedeckten Füße rührten ihr Herz mehr, als ihr Stolz es zulassen wollte, und sie sagte sich, dass Bothos Vater hier in Italien keine Macht mehr über sie hatte. »Also gut, du kannst ebenfalls bleiben. Aber du wirst dich nützlich machen! Ohne Gegenleistung erhältst du hier nicht einmal eine Scheibe trockenen Brotes.«

»Ich danke Euch, Jungfer Caterina!« Botho verbeugte sich und atmete erst einmal auf, auch wenn er sich bereits mit der Forke in der Hand Pferdemist beseitigen sah.

Caterina kehrte ihm den Rücken und ging zu Steifnacken hinüber, der bei den wenigen treu gebliebenen Unteranführern stand. Bislang hatte sie sich nicht um die Leitung der Kompanie gekümmert, sondern alles ihm und Borelli überlassen. Die Miene des treuen Schwaben verriet ihr jedoch, dass er zumindest ihres moralischen Beistands bedurfte.

»Kann ich einen Augenblick mit dir reden, Hans?«, fragte sie ihn.
Steifnacken nickte erleichtert. »Ich wollte Euch gerade um ein Gespräch bitten, Herrin.«

Er fasste sie am Arm und zog sie auf ihr Zelt zu. Dann ging ihm die Ungehörigkeit seiner Handlung auf und er entschuldigte sich mit hochrotem Kopf.

Caterina hob lachend die Arme. »Schon gut, Hans! Ein Schluck Wein wird uns beiden gut tun. Malle wird darauf achten, dass wir nichts Verbotenes tun.«

Der Schwabe sah zu Caterinas Dienerin hinüber, die zwei Schritte hinter ihnen ging und scheinbar nur die Weinberge in der Umgebung im Sinn hatte. Aber er konnte deutlich feststellen, dass sie ihn und Caterina nicht aus den Augen ließ. »Weiß sie zu schweigen und könnt Ihr der Frau ganz und gar vertrauen?«

Bevor Caterina antworten konnte, hatte Malle aufgeschlossen und fauchte ihn an. »Die Jungfer kann mir gewiss eher vertrauen als dir und deinem Soldgesindel! Heilige Madonna, welch eine Schande, so mit der Tochter ihres Herrn umzugehen, wie Borelli und die restlichen Lümmel es getan haben!«

Steifnacken zuckte mit den Schultern. »So ist nun einmal der Lauf der Welt. Treue zählt wenig, wenn es um den eigenen Vorteil geht. Der einfache Mann ist gewohnt zu gehorchen und er liebt keine Veränderungen. Die Offiziere hingegen schauen, wo ihr Korn am besten wächst, und ihnen scheint die Ernte bei der Eisernen Kompanie in nächster Zeit arg dürftig zu sein. Leider könnten sie damit Recht behalten.«

»Nicht, wenn ich es verhindern kann!« Caterina sprach den Gedanken fast schneller aus, als er in ihrem Kopf entstanden war, und schämte sich sofort für ihren Vorwitz, denn sie hatte nicht die geringste Ahnung vom Kriegsgeschäft und wusste auch viel zu wenig über die Verhältnisse in Italien, um gute Entscheidungen treffen zu können. Die Wut über Borellis schändliches Verhalten und der Spott, der sich auf d'Abbatis Gesicht abgezeichnet hatte, zwangen sie jedoch dazu, die Söldner als ihre Untergebenen anzusehen und für sie zu sorgen. Sie kaute noch an ihren vorschnellen Worten, als sie in ihrem Zelt saßen und Malle die gefüllten Becher vor sie stellte. Die Dienerin achtete sorgfältig darauf, dass die Schicklichkeit gewahrt blieb, deshalb hatte sie den Eingang des Zeltes weit offen stehen lassen, damit die Soldaten die Herrin und den Unteroffizier ungehindert beobachten konnten.

Caterina warf einen Blick auf die Leute, die ihnen gefolgt waren und Gesichter schnitten, als werde im Zelt ihres ermordeten Capitano gerade entschieden, ob ihr Weg nun geradewegs in die Hölle führe oder ob ihnen wenigstens ein Zipfelchen der ewigen Seeligkeit erhalten bliebe. »Ich hoffe aber, dass du mich in allen Dingen, die die Kompanie betreffen, gut berätst und mir den Rücken stärkst, lieber Hans ... ich meine, Herr Steifnacken«, setzte sie kleinlaut ihr Gespräch fort.

Hans Steifnacken nickte grimmig. »Oh ja, das werde ich! Ich will, dass die Kompanie weiterhin im Sinne des Capitano geführt wird. Borelli hätte das nicht getan, sondern wäre nur auf seinen Vorteil bedacht gewesen. Daher ist es kein Schaden, dass er gegangen ist. Um einige andere Offiziere tut es mir jedoch leid, denn sie werden uns noch bitter abgehen.«

»Steht es so schlimm?«, fragte Caterina, die der unterdrückte Zorn in der Stimme des Unteroffiziers erschreckte.

Steifnacken nickte heftig. »An Männern hat die Kompanie nur wenige eingebüßt, aber von den dreißig Unteranführern sind uns nur eine Hand voll geblieben, und es besteht wenig Aussicht, die Fehlenden zu ersetzen.«

»Ich fürchte, Ihr müsst mir zuerst erklären, wie die Kompanie sich zusammensetzt und wer wem welche Befehle erteilt.«

»Genau das müsst Ihr lernen, bevor Ihr in Verhandlungen mit unseren Auftraggebern tretet.«

Caterina wiegte nachdenklich den Kopf. »Signore Amadeo hat angedeutet, mein Vater könnte einen Geheimvertrag mit seinem Onkel, dem Herzog von Molterossa, geschlossen haben.«

»Das ist gut möglich, sonst wäre die Condotta mit Pisa wenig sinnvoll. In dem Vertrag heißt es lediglich, dass wir uns bereithalten sollen, bei Möglichkeit einzugreifen, und wir erhalten auch nur einen Teil des sonst üblichen Soldes. Einen solchen Vertrag hätte der Capitano nie geschlossen, wenn er nicht eine andere, weitaus lukrativere Condotta an der Hand gehabt hätte. Der Herzog von Molterossa gilt als Haupt des Bündnisses, das sich gegen die Eroberungszüge Gian Galeazzo Viscontis stemmt, doch er hat trotz des Titels, den auch der Mailänder trägt, nicht einmal ein Zehntel von dessen Macht und ist zudem ein Lehnsmann des Heiligen Stuhls in der Romagna.

Dennoch oder gerade deswegen ist er im Gegensatz zu vielen anderen ein zuverlässiger Partner, wenn wir unseren Teil der Abmachung erfüllen, Jungfer. Das aber wird kaum noch möglich sein, denn uns fehlen die dafür notwendigen Offiziere. Euer Vater hat einen Fehler gemacht, als er nur auf die jungen Edelleute aus der Romagna, aus Umbrien und den Marken gesetzt hat, die zuhauf zu der Fahne der Eisernen Kompanie geströmt sind, um von ihrem berühmten Führer das Kriegshandwerk zu erlernen. Ein Teil ist mit Aniballi desertiert, weil sie nicht unter Borelli dienen wollten, und der Rest zusammen mit diesem Schuft.« Steifnacken spie aus und grummelte dann wie ein Bär, der sich von den Bienen beim Plündern ihres Honigvorrats gestört fühlt.

Caterina sah ihr Gegenüber hoffnungsvoll an. »Aber jetzt, wo Borelli weg ist, könnten wir doch einige der Offiziere zurückholen, die gegen meinen Vetter waren!«

Steifnacken lachte bitter auf und schüttelte den Kopf. »Es tut mir leid, Herrin – um die Kompanie und auch um Euch! Keiner von denen wird zurückkehren, solange Ihr die Eisernen führt. Es ist wie eine Wahl zwischen Teufel und Beelzebub, denn die meisten von denen würden, übergäbt Ihr ihnen die Truppe, sie in die Arme des Mailänders führen. Nur wenn Ihr die Capitana bleibt, besteht eine Chance, das Vermächtnis Eures Vaters zu erfüllen – und möglicherweise auch herauszufinden, wer am Tod des Capitano die Schuld trägt! Aber eine Lösung für Euer Problem kann ich Euch nicht nennen, denn ich bin keiner der hohen Herren, deren Verstand auf Schulen und Universitäten geschult worden ist.«

»Und doch seid Ihr der Mann, auf den ich am meisten baue! Ich will, dass Ihr die Truppe in meinem Namen führen und mich beraten werdet.« Caterina glaubte, den Schwaben damit in einen Rang zu heben, den der Mann sich erhofft hatte, aber zu ihrer Überraschung verzog er das Gesicht, als hätte sie ihm auf die Zehen getreten, und stürzte den Wein hinab, den Malle ihm eingeschenkt hatte.

»Verzeiht, Herrin, aber das geht nicht! Ich eigne mich nicht zum Offizier, ich kann ja nicht einmal richtig lesen und schreiben. Außerdem würde ich Euch blamieren, müsste ich mit den hohen Herren aus der Toskana oder der Romagna verhandeln. Für diesen Posten braucht Ihr einen besseren Mann als mich!«
»Ich glaube kaum, dass es den gibt«, antwortete Caterina kaum hörbar. Sie blickte ins Lager hinaus, in das inzwischen wieder das normale Leben eingekehrt war, als hätte es den Zwischenfall mit Bianca und Borelli nicht gegeben. Aus einem Impuls heraus stand sie auf und klopfte Steifnacken auf die Schulter.
»Zusammen werden wir es schon schaffen, mein Guter. Wir müssen es schaffen!«

## 12.

Während Steifnacken zu seinen Leuten zurückkehrte und man kurz darauf sein Brüllen über das Lager schallen hörte, wanderte Caterina an den Wagen mit dem Arsenal und an den Zelten vorbei, die als Ställe dienten, bis sie die Pferdeweide erreicht hatte. Dort setzte sie sich auf einen zerbrochenen Säulenstumpf, der aus dem Grün ragte, und barg ihr Gesicht in den Händen. An diesem Tag war mehr auf sie eingestürmt, als sie glaubte ertragen zu können, und nichts davon konnte sie mit einer Handbewegung beiseite schieben. Es war weniger die Sorge um die Kompanie, die ihr zu schaffen machte, als die private Hinterlassenschaft ihres Vaters, der das Leben offensichtlich in vollen Zügen genossen hatte, während sie in der Angst gelebt hatte, er müsse um jedes Stück Brot kämpfen.
Diese Bianca hatte sich ihm wohl zunächst nur aus Dankbarkeit im Bett ergeben, aber sie machte nun den Eindruck, als habe sie ihren Beschützer recht innig geliebt. Seltsamerweise empfand Caterina keine Eifersucht, weil diese Frau ihr vielleicht den Rest an Liebe

weggenommen hatte, den ihr Vater für sie übrig gehabt haben mochte, sondern spürte nur die Last der Verantwortung, für zwei Halbschwestern und damit auch für deren Mutter sorgen zu müssen. Auch wenn sie bis zu diesem Tag nichts von den Mädchen gewusst hatte, gehörten sie doch ebenso zu ihr, als wären sie mit ihr aufgewachsen.

Da sie jetzt drei Mäuler mehr zu stopfen hatte, war es umso wichtiger, die Entscheidung zu treffen, was mit der Kompanie ihres Vaters geschehen sollte. Am besten erschien es ihr, die Truppe aufzulösen, den verbliebenen Rest der Kriegskasse zu nehmen und mit ihren Schutzbefohlenen nach Eldenberg zurückzukehren. Noch während sie sich das ausmalte, wurde ihr jedoch klar, dass sie damit dem guten Steifnacken einen Tort antat, den er nicht verdiente. Nicht nur er, sondern auch viele andere brave Männer vertrauten auf ihre Führung, und sie durfte sie nicht enttäuschen. Aber sie hatte nicht die geringste Ahnung, wie es nun weitergehen sollte, und diese Erkenntnis quittierte sie mit einem bitteren Auflachen.

Malle, die ihrer Herrin gefolgt war, hielt es für an der Zeit einzugreifen. »Ihr grübelt zu viel, Jungfer. Dabei solltet Ihr Euch zuerst um die wirklich wichtigen Dinge kümmern.«

Caterina blickte auf. »Um was denn?«

»Diese Bianca hat doch gesagt, Borellis Schufte würden die Besitzungen Eures Vaters besetzt halten. Also müssen sie schnellstens von dort vertrieben werden, bevor sie die Güter ganz ausrauben oder – was Gott verhindern möge – sogar in Brand stecken können. Auch besteht Gefahr, dass dieser Schurke Borelli Euer Erbe an irgendeinen Tölpel verkauft, der ihn für den rechtmäßigen Besitzer hält. Wenn Ihr nicht das Nachsehen haben wollt, müsst Ihr um Euer Eigentum kämpfen!«

Caterina nickte, nun sah sie zumindest die nächsten Züge in diesem ihr noch unwirklich erscheinenden Spiel vor sich, in das das

Schicksal sie geworfen hatte. Zwar war sie die Erbin ihres Vaters, doch die beiden Güter würden erst ihr gehören, wenn ihre Leute sie gegen räuberische Zugriffe verteidigen konnten. Dafür war sie auf die Söldner der Kompanie angewiesen. Diese würden jedoch ohne Ziel, ohne Vertrauen in ihre Führung und ohne Aussicht auf Sold in alle Himmelsrichtungen auseinander laufen. Wenn sie sich und ihren Halbschwestern eine Zukunft schaffen wollte, musste sie tatsächlich und nicht nur dem Namen nach die Capitana der Compagnia Ferrea werden.
Sie hob den Kopf und lächelte Malle dankbar an. »Du hast Recht! Borelli darf Giustomina und Viratelli nicht bekommen. Ich werde Steifnacken noch heute den Befehl geben, mit einem Trupp dorthin zu reiten.«
»Nehmt lieber nicht den Schwaben! Schickt einen anderen Anführer, Jungfer, diesen de Lisse zum Beispiel, denn Steifnacken werdet Ihr hier noch dringend brauchen. Ich fürchte, dass kein anderer in der Lage ist, die Kerle im Zaum zu halten, sollte es zu Unruhen kommen.«
Caterina stand auf, zog sie lachend an sich und küsste sie auf die Wange. »Was täte ich ohne dich, meine Gute? Ich werde so handeln, wie du mir geraten hast. Doch kannst du mir auch sagen, was ich mit Bianca tun soll? Die Söldner scheinen sie zu mögen.«
»Verschafft ihr einen Ehemann, damit sie beschäftigt ist, aber nicht den, den Ihr selbst haben wollt.«
Caterina stieß keuchend die Luft aus und lachte dann gezwungen. »Ich und ans Heiraten denken? Wie könnte ich das in dieser verfahrenen Situation?«
»Man weiß heute nie, was morgen kommt, Jungfer, und Ihr müsst zuallererst an Eure Zukunft denken!«, antwortete die Magd unbeeindruckt.
Gern hätte Caterina ihr widersprochen; einen Ehemann, dem sie zu

Gehorsam verpflichtet war, konnte sie nun als Allerletztes gebrauchen. Doch nach all dem, was seit Hartmann Trefflichs Übergriff bis zu diesem Tag auf sie eingestürmt war, hatte sie zum ersten Mal das Gefühl, eine starke Schulter zu vermissen, an die sie sich hätte anlehnen können.

# Dritter Teil

*Das erste Gefecht*

## I.

Das Bankett war prunkvoll und die Tafel so reich gedeckt, wie Caterina es noch nie erlebt hatte. Jeder Gast wurde von einem, die Hochrangigen sogar von zwei Pagen bedient, die in die Farben der Familie Appiano gekleidet waren, nämlich in Schwarz, Silber und Blau. Diese Familie stellte derzeit mit Messer Iacopo den Capitano del Popolo von Pisa und mit dessen ältestem Sohn und erklärtem Nachfolger Vanni den Vikar der Stadt. Während die Teilnehmer an dieser Festivität einander mit Artigkeiten übertrafen, in denen sie Francesco di Monte Elde als größten Condottiere aller Zeiten ebenso priesen wie die Schönheit und Anmut seiner Tochter, wäre Caterina am liebsten davongerannt. Die schmeichelnden Reden klangen in ihren Ohren wie giftdurchtränkter Hohn, und die Speisen zerfielen in ihrem Mund zu Asche, denn sie fühlte sich überlistet und lächerlich gemacht.

Sie war in diese Stadt gekommen, um Battista Legrellis Schwur zu hören, dass er am Tod ihres Vaters und Bruders schuldlos sei. Der frühere Podesta von Mentone und jetzige Stadtherr von Gian Galeazzos Gnaden hatte diesen Schwur auch geleistet – und zwar mit großem Pomp vor Hunderten von Zeugen auf dem großen Platz vor den Toren des Domes. Zu diesem Zweck waren nicht nur die Gebeine der Stadtheiligen von Pisa, sondern auch ein Dutzend anderer, eilig herbeigeschaffter Reliquien aufgebaut worden. Nach der feierlichen Versicherung, unschuldig am Tod des Francesco di Monte Elde zu sein, hatte Legrelli sein Knie vor Caterina gebeugt und sein Bedauern über ihren Verlust mit vielen aufrichtig klingenden Worten ausgedrückt. Bis zu diesem Zeitpunkt war sie noch halbwegs zufrieden gewesen, auch wenn der Mord an ihrem Vater ihr nun noch rätselhafter erschien.

Dann aber war Signore Angelo Maria Visconti, ein Verwandter des

Mailänder Herzogs, ebenfalls vor die Reliquien getreten und hatte im Namen Gian Galeazzo Viscontis einen heiligen Eid geschworen, dass weder sein Herr noch ein Vasall der Visconti an diesem Mord beteiligt wären oder ihn befohlen hätten. Da keiner der Anwesenden, der die Feierlichkeit des Augenblicks erlebt hatte, annehmen konnte, dass der Herzog von Mailand sein Seelenheil und das seines Verwandten auf eine so schnöde Weise opfern würde, galt der Mailänder nun als ebenso unschuldig wie sein Vasall Legrelli. Damit hatte Gian Galeazzo Visconti sein Ziel erreicht, denn kein Condottiere würde es mehr ablehnen, zu einer Zusammenkunft mit seinen Gesandten oder Vasallen zu erscheinen. Das betraf ganz besonders die Söldnerführer, die mit Francesco di Monte Elde befreundet gewesen waren und nun, gelockt vom Visconti-Gold, die Macht des Herzogs vergrößern würden.

Hier in Pisa war bereits zu spüren, wie weit der Arm des Mannes reichte, den seine Gegner nach seinem Wappen die Viper von Mailand nannten. Sogar bei diesem Fest überwogen die Farben der Visconti – Blau, Silber und Rot – die der Familie Appiano, zumindest bei den Gästen und den Wachen. Wohl galt Iacopo Appiano als Gastgeber, doch jeder konnte sehen, dass die Visconti bereits das Heft in der Hand hielten. Durch einen in Caterinas Augen sehr dummen Angriff der Stadt Florenz auf Pisa hatte der alte Capitano del Popolo den Mailänder um Hilfe bitten müssen, und nun war es nur noch eine Frage der Zeit, bis er die Unabhängigkeit Pisas und des von ihr beherrschten Umlands an den Visconti verlor. Es gab bereits eine kleine Garnison Visconti-Truppen in der Stadt, während die Söldner der Eisernen Kompanie trotz des Vertrags mit Appiano ein ganzes Stück von den Toren entfernt lagern mussten und Pisa nur einzeln und ohne Waffen betreten durften. Dieser Umstand hatte die Eidesleistung zu einer Farce werden lassen, man hätte die Zeremonie ebenso gut in Mailand abhalten können. Caterina wusste zwar inzwischen, dass Iacopo Appiano an dieser Entwicklung unschuldig war, dennoch grollte sie ihm ebenso wie dem abwesenden Gian Galeazzo Visconti, dessen Schatten über jedem Fußbreit Boden zu liegen schien.

Sie konnte nicht festmachen, warum sie den Herzog von Mailand ebenso fürchtete wie hasste. Sie empfand ihn als persönliche Bedrohung und war immer noch überzeugt, dass er indirekt die Schuld am Tod ihres Vaters trug. Die Eide schlossen schließlich nicht aus, dass der Anstifter der Morde ein Anhänger des Mailänders gewesen war, der seinem Herrn einen Dienst hatte erweisen wollen. Aber mehr noch verabscheute sie die Mailänder Viper wegen der aussichtslosen Situation, in die diese sie manövriert hatte. Es war noch schlimmer als jene Nacht, in der sie sich in der Gewalt Hartmann Trefflichs befunden hatte und die in ihren Albträumen immer wiederkehrte. Wieder fühlte sie sich der Macht eines Mannes ausgeliefert, dem ihr Wort nichts galt.

Ihr Vertrag mit Pisa war unter den hier herrschenden Umständen das Pergament nicht mehr wert, auf dem er geschrieben war, und was den geheimen Vertrag mit dem Herzog von Molterossa anging, so war sie bisher nicht einmal über den Inhalt informiert worden, denn sein Neffe Amadeo Caetani hatte ihr nichts Genaues darüber sagen können. Kurz vor dem Fest war Angelo Maria Visconti auf sie zugetreten und hatte ihr angeboten, ihr die Kompanie abzukaufen – oder vielmehr das, was noch davon übrig war. Seine Worte hatten freundlich geklungen und waren sehr diplomatisch gesetzt gewesen, und doch hatte sie ganz deutlich herausgehört, wie wenig ernst der Mann sie nahm.

»Blutiger Hund!«, entfuhr es ihr bei der Erinnerung. Der Fluch erschreckte Iacopo Appianos jüngeren Sohn Gherardo Leonardo, der zu ihrer Rechten saß.

»Was habt Ihr gesagt, Signorina?«

»Oh, nichts!« Caterina zwang ein Lächeln auf ihre Lippen, das genauso falsch war wie die Trauer um ihren Vater, die Legrelli jedem, der ihm nicht rasch genug entkam, wortreich unterbreitete. In Wahrheit war das Stadtoberhaupt von Mentone froh über den Zusammenbruch der einst so ruhmreichen und gefürchteten Compagnia Ferrea, und er war nicht der Einzige, der so dachte. Auch die anwesenden Visconti-Leute konnten ihre Freude kaum verhehlen und ergingen sich in Sticheleien gegen die Männer, die Caterina begleiteten. Da der Mangel an Offizieren nicht durch eine gütige Fee mit einem Schwenk ihres Zauberstabs behoben worden war, hatte sie sich gezwungen gesehen, Biancas Brüder zu Anführern zu machen, obwohl beide noch keine zwanzig Jahre zählten und mit dem Kriegshandwerk noch weniger vertraut waren als mit der Kunst, farbenprächtige Blumen in Seide zu sticken – eine Tätigkeit, bei der sie ihrer Schwester hatten zusehen können. Auch Hans Steifnacken hatte nachgeben und den Rang eines Offiziers annehmen müssen, allerdings nicht den ihres Stellvertreters. Als dieser galt, wenigstens nach außen hin, Amadeo Caetani, der Neffe des Herzogs von Molterossa, der ihr in seinen verzweifelten Bemühungen, die Kompanie für seinen Onkel zu retten, seine Hilfe angeboten hatte. Zu Caterinas nicht geringem Ärger nahm auch dessen Vetter Rodolfo an diesem Fest teil. Er saß ihr schräg gegenüber und schien sich köstlich zu amüsieren.

Als letzten neuen Offizier hatte Caterina schlussendlich Botho Trefflich bestimmt, der sehr erleichtert gewesen war, keine Knechtsdienste leisten zu müssen. Doch allein für die Ausrüstung und die beiden Pferde, die er erhalten hatte, würde er ihr mehr als ein Jahr lang dienen müssen, und sie hatte nicht vor, ihm eine Stunde davon zu erlassen. Jetzt war Botho von einem heimtückischen Zeremonienmeister genau neben Steifnacken platziert worden, den er auch im Sitzen noch um die doppelte Haupteslänge überragte. Das Arrangement war mehr als unglücklich, denn es reizte etliche Mailänder Offiziere zu spöttischen Bemerkungen. Zwar saßen diese wie Caterinas Männer ein ganzes Stück weiter unten an der Tafel, aber da sie ihren Stimmen keine Zügel anlegten, vernahm Caterina ihre Anzüglichkeiten nur allzu deutlich.

»Wisst ihr, Signori, dass ihr beim Einritt in die Stadt ein geradezu prachtvolles Bild abgegeben habt? Bei dem einen von euch endete der Kopf, wo bei dem anderen der Sattel begann. Vielleicht solltet ihr besser eure Pferde tauschen.«

»Das wird kaum machbar sein, denn dieser Bulle von einem Tedesco kann nur von solch einem Elefanten getragen werden, wie er ihn jetzt reitet«, warf ein anderer Visconti-Mann ein.

»Schade, dass man die beiden nicht an der Taille auseinander schneiden und anders wieder zusammensetzen kann. Dann wären sie gleich groß und würden unter normal gewachsenen Männern nicht mehr so auffallen.«

»Außer durch die langen Beine und kurzen Arme des einen und die langen Arme und kurzen Beine des anderen.« Der Spott ging weiter, und Caterina konnte nur hoffen, dass Steifnacken und Botho die Ruhe bewahrten. Als immer mehr Wein aufgetischt wurde, blieb auch sie von spöttischen Reden nicht verschont.

Ein Condottiere der Visconti, den man ihr als Perino di Tortona vorgestellt hatte, drehte sich grinsend in ihre Richtung. »Erlaubt eine Frage, Signorina. Nennt man Eure Kompanie die Eiserne wegen der Güte Eurer Stricknadeln?«

Caterina zählte lautlos bis fünf und lächelte so freundlich wie eine Spinne, die dabei ist, ihr Opfer einzuwickeln. »Verzeiht, Signore Perino, aber seid Ihr es nicht selbst gewesen, der meiner Kompanie diesen Beinamen gab? Das war doch nach der Schlacht bei Brescia vor sieben Jahren, in der Ihr von meinem Vater so arg verdroschen worden seid, dass Ihr sechs Wochen gebraucht habt, um die versprengten Überlebenden Eurer Truppe wieder einzusammeln!«

In diesem Augenblick war Caterina froh um Biancas Anwesenheit im Lager, denn die einstige Mätresse hatte ihr während der letzten drei Wochen viele Anekdoten über ihren Vater erzählt. Da die jun-

ge Italienerin längere Zeit mit der Truppe mitgezogen war, wusste sie gut über das Kriegswesen Bescheid und hatte ihr schon mehrmals mit guten Ratschlägen beistehen können.
»Mit dem Mundwerk kämpft Ihr gut! Mit blanken Waffen sieht die Sache jedoch ganz anders aus. Ihr mögt vielleicht auf dem Stuhl Eures Vaters sitzen, in seinen Stiefeln aber steckt Ihr gewiss nicht, und Ihr werdet noch merken, dass eine Truppe ohne guten Anführer nicht mehr wert ist als eine Schlange ohne Kopf. Ich habe übrigens mehrere ehemalige Offiziere Eures Vaters in meine Dienste genommen, darunter auch Euren Vetter Fabrizio Borelli. Der Mann ist so sehr auf Euer Blut aus, dass ich ihn nicht mit nach Pisa bringen konnte, sondern im Lager lassen musste.« Mit diesem seiner Meinung nach schmerzhaften Stich gegen Caterina gab Perino di Tortona den verbalen Zweikampf auf und widmete sich wieder seinen Nebenmännern und dem goldenen Weinpokal, den ein aufmerksamer Page mit köstlichem Toskaner füllte.
Für Caterina war es keine große Überraschung zu erfahren, dass ihr Vetter so rasch einen neuen Capitano gefunden hatte, und sie dachte spöttisch daran, dass dieser raffgierige Betrüger sich nun mit einer geringeren Stellung bescheiden musste, als er sie bei ihrem Vater eingenommen hatte. Seine Träume, selbst Capitano zu werden, würde er eine Weile auf Eis legen müssen. Sie wünschte diesem verlogenen Kerl, keines seiner Ziele je zu erreichen, und fragte sich angesichts der an diesem Tag geleisteten Schwüre, was in der Mordnacht wirklich geschehen war. Hatte Borelli tatsächlich nichts gesehen? Oder hatte er die Mörder beobachtet und nur den Mund gehalten, um aus diesem Wissen Kapital schlagen zu können? War er zurückgeblieben, weil er die Gefahr erahnt oder sogar gekannt hatte? Sie wünschte sich, den Mann noch einmal in die Hände zu bekommen und ihn von ihren Leuten gründlich verhören und notfalls sogar foltern zu lassen, bis er all sein Wissen preisgegeben hatte. Aber da die Visconti-Seite offensichtlich ausschied und deren Feinde erst recht keinen

Grund gehabt hätten, Francesco di Monte Elde tot zu wissen, kamen wohl doch nur einfache Räuber in Frage. Caterina schüttelte es bei dem Gedanken, ein Kriegsheld wie Franz von Eldenberg könne auf eine so schmähliche Weise ums Leben gekommen sein, und nahm sich vor, alles zu tun, um die wahren Mörder zu finden. Doch ihr war klar, wie gering ihre Möglichkeiten waren, und sie knirschte in hilfloser Wut mit den Zähnen.

Damit gab sie ihrem Nachbarn zur Linken die Gelegenheit, sie anzusprechen. »Ärgert Ihr Euch über Tortona, Signorina? Das lohnt sich nicht! Er ist ein Hund, der jeden anbellt und den man einfach übersehen sollte.«

Caterina blickte auf und sah den Mann an, dem sie bisher noch keine Beachtung geschenkt hatte. Er war noch kein Greis, mochte die Mitte seines Lebens aber bereits hinter sich gelassen haben. Seine Gestalt war etwas untersetzt, sein Gesicht kantig und das Haar an den Schläfen leicht ergraut. Mit seiner schlichten und eher auf Bequemlichkeit zugeschnittenen Kleidung, die aus ledernen Hosen, einem Hemd aus gebleichtem Leinen und einer vorne offen stehenden ärmellosen Weste mit ledernen Schlaufen bestand, unterschied er sich angenehm von den pfauenhaft aufgeputzten Anhängern Viscontis und den kaum weniger prachtvoll gekleideten Herren aus Pisa. Da er ihr nicht auf Anhieb unsympathisch war, ging sie auf das Gespräch ein. Der Mann stellte sich ihr als Ugolino Malatesta vor und kam schon bald auf ihren Vater zu sprechen. Seinen Worten zufolge hatte er Francesco di Monte Elde in jungen Jahren kennen gelernt und mehrere Jahre mit ihm zusammen in derselben Kompanie gedient.

»Das waren Zeiten, Signorina!«, schwärmte er mit leuchtenden Augen. »Wir waren beide Offiziere in der Weißen Kompanie des legendären Sir John Hawkwood. Ihr habt vielleicht von dessen Bastardsohn Henry gehört, der sich überall seines Vaters rühmt. Doch der ist nur ein kleiner Funken gegen eine lodernde Flamme. Der alte Hawkwood hat mir und Eurem Vater beigebracht, was ein guter Condottiere ist. Schon damals hat Monte Elde den festen Willen zum Sieg gezeigt, für den er später berühmt wurde. Wir waren gute Freunde und haben uns diese Freundschaft auch weiterhin bewahrt. Keiner von uns hat je eine Condotta angenommen, wenn er wusste, dass der andere auf der Gegenseite stehen würde. Ich war meistens in Florenz, später dann, vor Gian Galeazzos Zeiten, auch mal in Mailand und zuletzt in Neapel. Derweil hat Euer Vater zunächst für Lucca und einige andere kleinere Städte gekämpft und ist dann in die Dienste päpstlicher Lehensleute getreten. Ein Jammer, dass er nun tot ist!« Malatesta seufzte und hob seinen Becher, um auf den verlorenen Freund zu trinken.

Seine einfühlsamen Worte rührten Caterina, und sie freute sich, einen Freund ihres Vaters gefunden zu haben, den sie ausfragen konnte. Für sie war Franz von Eldenberg im Grunde ein Fremder geblieben, und es gelang ihr nur mühsam, sich ein Bild von ihm zu machen. Biancas Erzählungen halfen ihr zwar, beschrieben ihn aber aus dem Blickwinkel einer liebenden Frau. »Ich danke Euch, Messer Ugolino. Besser als Ihr hätte niemand von meinem Vater sprechen können.«

»Nennt mich ruhig Signore oder auch einfach Malatesta, wenn es Euch beliebt, Signorina. Ich entstamme einem Nebenzweig unserer Sippe ohne Anrecht auf andere Titel und Würden als jene, die ich mir selbst erkämpfe.«

Er lachte dabei so fröhlich auf, als gälten ihm ein schönes Leben und eine heiße Schlacht mehr als Besitz und Macht. Sie fiel in sein Lachen ein, und bevor der Page ihr das nächste Mal einschenkte, waren sie so vertraut wie Nichte und Onkel. Malatesta gab noch etliche Anekdoten über ihren Vater zum Besten, fragte dann wie beiläufig nach dem derzeitigen Zustand der Kompanie und winkte ab, als Caterina ihm vom Verrat der meisten Offiziere berichtete.

»Die paar Lumpenkerle habt Ihr rasch wieder ersetzt, meine Liebe. Die Compagnia Ferrea hat einen guten Namen, und bald schon werden junge, tapfere Männer in Scharen zu Euch eilen, um in

Eure Dienste zu treten. Wie Ihr wisst, waren zu allen Zeiten Helden bereit, sich für schöne Damen zu schlagen.«

»Mit der schönen Dame tut Ihr mir zu viel des Guten an. Ich weiß, dass ich eher gewöhnlich aussehe«, wehrte Caterina bescheiden ab.

»Gewöhnlich? Signorina, welch ein Wort! Ihr seid eher sehr ungewöhnlich. In Euch haben sich der Winter des germanischen Nordens und die Sonne Italiens in idealer Weise verbunden. Euer Haar funkelt wie Herbstlaub, Eure Augen gleichen leuchtenden Opalen, und Euer Mund lässt in jedem Mann den Wunsch erwachsen, ihn zu küssen.«

Allmählich wurde Caterina die Unterhaltung etwas zu schlüpfrig. Sie war es nicht gewohnt, Komplimente zu vernehmen, auch wenn sie sich, wie sie innerlich zugeben musste, ein wenig geschmeichelt fühlte. Aber sie roch den Wein, dem Malatesta bereits kräftig zugesprochen hatte, und es war ihr unangenehm, dass er trotz ihrer Abwehr versuchte, den Arm um sie zu legen, um sie näher an sich heranzuziehen. Obwohl man ihn einen ansehnlichen Mann nennen konnte, war ihr das zu viel der Nähe. Um der lobenden Worte willen, die er über ihren Vater gesprochen hatte, wollte sie ihn jedoch nicht unfreundlich abfahren lassen. Daher entfernte sie lächelnd seinen Arm, der sich nun zu ihrer Taille verirrt hatte, und nickte ihm kurz zu. »Verzeiht, Signore, doch meine weibliche Natur zwingt mich dazu, Euch für eine gewisse Zeit allein zu lassen.«

»Bis bald, bella Signorina!« Er warf ihr eine Kusshand nach und nahm zufrieden lächelnd seinen Weinkelch zur Hand.

## 2.

Bianca hatte Caterina geraten, den Abtritt zu meiden, wenn so viele unbekannte Männer, insbesondere Soldaten, anwesend waren wie hier in Pisa. Daher schlug sie den Weg zu der Kammer ein, die Iacopo Appiano ihr zur Verfügung gestellt hatte. Es war ein hübsches Zimmer mit bemalten Wänden und einem Fenster, das nicht aus Dutzenden kleinen, mit Blei gefassten Glasstücken bestand wie in der Heimat, sondern aus vier großen, glatten Scheiben in einem hölzernen Rahmen. Eine allerliebste Kommode mit einer Marmorplatte diente als Waschtisch und ein bemalter Kasten nahm ihre Kleidung auf. Dazu gab es noch ein bequemes Bett mit gedrechselten Beinen und einen Strohsack für ihre Magd.

Malle hatte ein wenig geschlafen, wachte bei Caterinas Eintreten jedoch auf. »Ist das Bankett endlich vorbei?«

Caterina schüttelte den Kopf. »Leider noch nicht. Ich werde wohl noch mal zurückgehen müssen. Ich bin nur schnell gekommen, um den Nachttopf zu benutzen.«

Malle zog das Porzellangefäß mit einer Fratze als Griff unter dem Bett hervor und half Caterina, die Röcke zu schürzen. »Ist es schlimm?«, fragte sie, während ihre Herrin sich über das Töpfchen hockte.

»Was soll schlimm sein?«

»Das Bankett! Wegen der vielen Visconti, meine ich. Wir hätten diesen Eid nicht hier leisten lassen sollen, sondern in einer anderen Stadt, am besten in Rom, dort hätte dieser Herzog keine Möglichkeit gehabt, sich wie ein Gockel aufzuplustern.«

Caterina blitzte sie spöttisch an. »Glaubst du, Gian Galeazzo Visconti hätte anderswo darauf verzichtet?«

Malle wiegte den Kopf. »Wahrscheinlich nicht. Diese Viper auf Mailands Thron muss wohl dringend beweisen, dass sie am Tod Eures Vaters schuldlos ist. Wahrscheinlich hätte Gian Galeazzo seinen Verwandten sogar in den Vorhof der Hölle geschickt, um den Schwur glaubhaft zu machen.«

Über diesen Vergleich musste Caterina lachen. Ganz so Unrecht hatte ihre Dienerin nicht, der Kampf um die Macht in Italien wurde nicht in erster Linie mithilfe der Condottieri und ihrer

Soldaten geführt, sondern mit geheimen Verhandlungen, Drohungen, Bestechungen, Meuchelmord – und solchen Schauspielen wie diese Farce hier in Pisa, zu dem sie dem Herzog von Mailand die Gelegenheit geliefert hatte. Die Bedeutung ihrer Kompanie lag weniger in ihrem Kampfwert als in der Tatsache, dass sie überhaupt existierte. Wie Malatesta nicht zu Unrecht behauptet hatte, gab es eine Reihe Condottieri, die nur ungern gegen einen befreundeten Söldnerführer kämpften, und wenn sie es doch tun mussten, wurde die Schlacht meist zu einem vorher abgesprochenen Schauspiel mit möglichst wenigen Verlusten. Solche Freunde hatte sie leider nicht, sagte Caterina sich seufzend, aber sie hoffte, dass der Ruf der Eisernen Kompanie ausreichte, die Leute um Visconti nervös zu machen.

Malle wurde ungeduldig, denn ihre Herrin hatte sich längst erleichtert, blieb aber auf dem Topf hocken, als wäre sie mit den Gedanken ganz woanders. »Passt auf, Jungfer! Euch wird der Schädel noch platzen, wenn Ihr weiter so viel grübelt.«

Caterina fuhr schuldbewusst hoch und stülpte ihre Röcke nach unten. »Ach Malle, ich weiß wirklich nicht, wo mir der Kopf steht. Ich kann des Nachts schon nicht mehr schlafen, weil die Gedanken in mir galoppieren wie wild gewordene Pferde, und ich weiß nicht, wie ich mit all dem fertig werden soll, was da auf mich einstürmt. Die Kompanie ist in einem schlechten Zustand; Pisa, mit dem mein Vater einen Vertrag abgeschlossen hat, buchstäblich von den Visconti besetzt; und was seine ruchlosen Mörder angeht, so tappe ich seit Angelo Maria Viscontis Schwur völlig im Dunkeln.«

»Wenn es einen Gott im Himmel gibt, wird er Euch den Mörder zeigen! Es mag nicht heute sein und auch noch nicht morgen«, antwortete Malle gelassen, obwohl sie jene Männer, die am Tode ihres Herrn schuld waren, in die tiefste Hölle wünschte. Für sie war das Heute jedoch wichtiger und daher hob sie mahnend die Hand. »Ihr solltet jetzt wieder zu dem Bankett zurückkehren!«

Caterina nickte säuerlich. »Das wird wohl das Beste sein. Sitzt alles richtig?«

Malle ging einmal um ihre Herrin herum und zupfte hier und da. »So könnt Ihr Euch sehen lassen. Habt aber gut Acht auf Euch! Ich will Euch nicht zu einer sittsamen Jungfer erzogen haben, um erfahren zu müssen, dass Ihr dem Charme irgendeines dahergelaufenen Lumpen erlegen und zu einer wertlosen Ware geworden seid.«

Caterina dachte für einen Moment an Ugolino Malatesta und entblößte in unbewusster Abwehr die Zähne. Der Mann schien es darauf angelegt zu haben, sie zu verführen. »Dem Kerl wird der Schnabel ebenso sauber bleiben wie allen anderen, meine Gute«, sagte sie lachend zu ihrer Magd.

»Es rückt also schon einer gegen Eure Festung vor! Hoffen wir, dass Eure Mauern standhalten.« Malle zog ein zweifelndes Gesicht. Sie sah in der auf einer abgelegenen Burg in Schwaben aufgewachsenen Caterina immer noch ein weltfremdes Ding, das den ebenso leidenschaftlichen wie wortgewaltigen Edelleuten Italiens nicht gewachsen war. Dann aber erinnerte sie sich daran, wie Caterina dem Trefflich auf Rechlingen entschlüpft war, und kicherte. Eine leichte Beute würde ihre Herrin für niemand sein. Mit diesem Gedanken schob sie Caterina zur Tür hinaus und sah ihr nach, bis sie das Ende des durch Kerzen hell erleuchteten Korridors erreicht hatte.

Caterina wollte sich am Ende des Ganges nach rechts wenden, um den Festsaal zu erreichen, als sie in einem Nebengang ihren Namen fallen hörte.

»Ihr seid also sicher, dass Ihr mit Monte Eldes Tochter zurechtkommen werdet?« Die skeptisch klingende Stimme gehörte Rodolfo d'Abbati, und das Lachen, das daraufhin erscholl, klang nach Ugolino Malatesta.

»Mein guter Rodolfo, hältst du mich für einen heurigen Hasen? Ich habe diese Tedesca bis jetzt gut eingeseift und werde sie bald barbieren. Wer weiß, vielleicht landet sie noch heute Nacht in meinem Bett. Dann kann ich ihr die Kompanie während des Liebesspiels abschwatzen. Sollte sie sich hingegen als spröder erweisen als erwartet, werden blanke Dukaten ihren Widerstand hinwegfegen.«

»Im Bett oder bei der Kompanie?«, fragte nun ein Dritter anzüglich, den Caterina als Angelo Maria Visconti identifizierte.

»Bei ihrer Kompanie. Für eine willige Gespielin habe ich noch nie bezahlen müssen. Vielleicht lege ich mir die Tedesca für die nächsten Monate sogar als Mätresse zu. Ich glaube, in dem Weib ist ein Feuer verborgen, welches von der richtigen Hand entfacht werden muss.«

»Seit wann benützt Ihr die Hand dazu, Malatesta? Ich nehme lieber das Glied, mit dem Gott mich in seiner Güte ausgestattet hat«, hörte Caterina den Visconti spöttisch antworten.

Während in ihr die Wut über das plumpe Spiel hochkochte, nahm sie den Ärger wahr, der in Rodolfos Stimme schwang. »Ihr solltet die Sache weniger von Eurem Charme und der Stoßkraft Eurer Lanze abhängig machen, Malatesta, denn beide könnten im entscheidenden Augenblick versagen.«

»Pah, meine Lanze ist hart wie Eisen und hat mehr Weiber beackert, als Ihr in Eurem ganzen Leben gesehen habt!« Gekränkte Eitelkeit ließ Malatesta in die übertrieben lächerlichen Angebereien verfallen, die Männer von sich geben, wenn sie sich unter ihresgleichen glauben.

Caterina schürzte spöttisch den Lippen. Auch wenn sie noch Jungfrau war, wusste sie genug über den Unterschied zwischen Mann und Frau, denn die Mägde auf Eldenberg hatten sich des Öfteren über die Vorzüge des einen oder anderen Knechts ausgelassen. Auch hatte sie an den Badetagen, an denen sie zusammen mit dem weiblichen Gesinde und den Kindern in die Bottiche gestiegen war, gesehen, wie sich die kleinen Lanzen der Jungen bei scheinbar zufälligen Berührungen der Mägde keck in die Höhe gereckt hatten, und sie war oft genug dabei gewesen, wenn die Kuh zum Stier und die Ziege zum Bock geführt wurde, denn das Wohlergehen der Menschen auf Eldenberg hatte auch von guten Zuchtergebnissen abgehangen. Sie hoffte nur, dass es bei Menschen gesitteter zuging als beim Vieh.

Das werde ich wohl erst herausfinden, dachte sie, wenn ich einmal heirate. Dann zuckte sie zusammen, denn sie glaubte im ersten Moment, sie habe diese Worte laut gesprochen. Da sich Angelo Maria Visconti und Ugolino Malatesta immer noch wortreich über die eigenen Vorzüge und die einiger ihnen bekannter Damen ausließen, hatte sie sich wohl nicht verraten, wie sie erleichtert feststellte. Aber zum Aufatmen war keine Zeit. Wenn sie sich jetzt schamhaft zurückzog, würde sie sich dem nächsten Angriff Malatestas auf ihre Festung – wie Malle es ausgedrückt hatte – aussetzen und sich vielleicht gezwungen sehen, ihn vor aller Augen zu ohrfeigen. Das würde ihre sowieso schon schwierige Situation weiter verschlechtern. Da war es schon besser, den Stier bei den Hörnern zu packen.

Gerade als sie zu diesem Entschluss gekommen war, klang Rodolfo d'Abbatis Stimme mahnend auf. »Malatesta, ich beschwöre Euch: geht an diese Sache heran wie an ein Geschäft. Sagt der Tedesca, Ihr würdet die Eiserne Kompanie aus alter Anhänglichkeit an ihren Vater in Eure Dienste nehmen wollen. Bietet ihr zehntausend oder fünfzehntausend Dukaten, und sie wird mit Freuden darauf eingehen, da sie darüber hinaus noch zwei Güter in der Romagna besitzt. Schwört ihr hundert Eide, dass Ihr die Kompanie nicht für die Visconti verwenden werdet, und schickt die Kerle unter einem Eurer Unteranführer nach Neapel oder sonst wohin.«

»Aber warum denn?«, protestierte Angelo Maria Visconti. »Der Reiz liegt doch gerade darin, Monte Eldes Kompanie für Mailand marschieren zu lassen! Was meint Ihr, wie viele Städte uns ihre

Tore öffnen werden, wenn es heißt, die Eisernen seien im Anmarsch.«

»Ich ...«, begann Rodolfo, doch Caterina schnitt ihm das Wort vom Munde ab.

»Ihr könnt Euch Euer Täuschungsspiel sparen, denn die Compagnia Ferrea ist und bleibt meine Truppe, und sie wird für die Seite kämpfen, die ich für richtig halte. Ihr aber, Malatesta, seht Euch jetzt besser nach einer geneigten Magd um, damit Eure Lanze, die – wie Ihr eben sagtet – hart wie Eisen ist, in dieser Nacht nicht unbeschäftigt bleibt. Euer Freund Visconti kann seinem herzoglichen Verwandten berichten, dass mich sein heutiger Schwur nicht im Geringsten beeindruckt hat! Und was Euch betrifft, Graf d'Abbati, so empfinde ich zehn- oder auch fünfzehntausend Dukaten als einen lächerlichen Preis für die berühmteste aller Condottieri-Kompanien, vor der die Städte, wie Signore Visconti eben sagte, reihenweise die Tore öffnen werden. Aber für mehr als einen kratzigen Pfennigfuchser habe ich Euch ja auch nicht gehalten!«

Caterina wandte den drei Männern den Rücken und rauschte davon.

## 3.

Es dauerte etliche Augenblicke, bis Angelo Maria Visconti sich so weit gefangen hatte, um sprechen zu können. »Diese Tedesca hat der Satan aus dem Norden zu uns geweht! Wie kam es, dass sie ausgerechnet jetzt vorbeikommen und uns belauschen konnte?«

»Sie hat gesagt, sie müsse zum Abtritt, und da das bei Frauen immer ein wenig länger dauert, hatten wir nach meiner Einschätzung Zeit genug, um uns zu beraten«, verteidigte sich Malatesta.

»Wir wären wahrscheinlich auch damit fertig gewesen, wenn Ihr weniger mit der Länge Eures Schwanzes und den Pforten der Weiber geprahlt hättet, die Ihr schon durchstoßen haben wollt!« Rodolfo ärgerte sich dermaßen, dass er den älteren und erfahreneren Condottiere zurechtwies wie einen kleinen Jungen, den er beim Spiel mit seinem Dingelchen erwischt hatte.

Malatestas Hand fuhr zum Dolch, doch Visconti packte seinen Arm. »Lasst diesen unsinnigen Streit! Ihr, Malatesta, seht zu, ob Ihr diese teutonische Kuh nicht doch noch ans Halfter bekommt, und Ihr, d'Abbati, behaltet Eure dummen Sprüche für Euch. Noch seid Ihr nicht alt und weise genug, um mit erwachsenen Männern mitreden zu können.«

Die Abfuhr, die der Jüngere nun erhalten hatte, stellte Malatesta sichtlich zufrieden. Rodolfo hingegen knirschte mit den Zähnen, wusste aber, dass er keinen Streit mit Angelo Maria Visconti vom Zaun brechen durfte, wenn er seinen Dienstherrn Olivaldi nicht erzürnen wollte. Einen Augenblick lang fragte er sich, was der Marchese wohl zu der Art sagen würde, mit der seine Verbündeten seine Enkelin behandelten. Dann erinnerte er sich daran, dass der Marchese selbst den Vorschlag gemacht hatte, einen noch nicht als Visconti-Anhänger bekannten Condottiere zu Caterina zu schicken, um ihr die Kompanie abzuhandeln. Auch hatte Leonello da Polenta bei Rodolfos Rückkehr aus dem Kriegslager der Eisernen Kompanie keinerlei Interesse an der jungen Deutschen gezeigt, die immerhin seinem Blut entstammte. Als Rodolfo auf Caterina zu sprechen gekommen war, hatte er ärgerlich abgewinkt und ihm befohlen, sich auf das Wesentliche zu beschränken. In gewisser Weise vergönnte Rodolfo seinem Herrn den jetzigen Misserfolg, der voll und ganz auf Malatestas Kappe ging. Jeder Narr musste wissen, dass eine Frau in einem Haus, in dem es vor fremden Männern nur so wimmelte, es vorzog, das Leibgeschirr in ihrer Kammer zu benutzen – und es war kein Geheimnis, dass Caterinas Zimmer ganz in der Nähe der Gangmündung lag, die sie sich für ihr Gespräch ausgesucht hatten.

Eigentlich hätte er selbst die Situation erkennen und Malatesta dar-

auf hinweisen müssen, daher verneigte er sich mit einem leicht schlechten Gewissen vor Angelo Maria Visconti, deutete eine weitere Verbeugung vor Malatesta an, der betrunken genug war, um Caterinas Worte lauthals nur als kurzfristigen Fehlschlag zu werten. Wie es aussah, wollte der Mann sich noch einmal mit aller Kraft ins Gefecht werfen.
Rodolfo lachte leise vor sich hin, als er sich vorstellte, wie Caterina sich gegen Ugolinos Zudringlichkeiten zur Wehr setzen musste. Am liebsten hätte er Malatesta zum Teufel gejagt und es selbst übernommen, die spröde Tedesca zu umwerben. Sie war auch nur eine Frau, und wo so ein angeberischer Tölpel versagte, würde er mit Sicherheit zum Ziel kommen. Aber die Chance dafür hatte er sich selbst verdorben, indem er Caterina gegenüber zugegeben hatte, arm zu sein, und zudem galt er als Mann Viscontis. Er ärgerte sich nun über sich selbst, denn bei seinem Besuch in Caterinas Lager hätte er wohl noch die Möglichkeit gehabt, das Blatt zugunsten seines Auftraggebers zu wenden. Mit einem unwirschen Kopfschütteln beschloss er, in den Bankettsaal zurückzukehren, um Malatestas Bemühungen zu beobachten. In dem Moment löste sich ein Schatten aus dem Halbdunkel einer Türnische.
Rodolfos Hand flog zum Schwertgriff, doch ein amüsiertes Auflachen ließ ihn innehalten. »Mariano? Du?«
»Derselbe und in eigener Person.« Mariano Dorati trat in den Schein der Kerzen und grinste Rodolfo an. Er war zwei Jahre älter als sein adeliger Freund und ebenso groß wie dieser, jedoch von hagerer Statur. Obwohl er Rodolfos Stellvertreter bei dessen kleiner Söldnertruppe war, reichte sein Ansehen nicht aus, um zu einem Bankett dieser Art geladen zu werden. Daher hatte er die Gelegenheit genützt, seine Augen und Ohren offen zu halten, und dabei die drei Gesprächspartner und Caterinas Auftritt belauscht.
»Ich glaube kaum, dass Malatesta Erfolg haben wird, Rodolfo. Ich kenne die Deutschen. Sie haben feste Prinzipien und halten daran

so stur fest wie Ochsen, die nur einen einzigen Weg gehen wollen, auch wenn der Treiber seinen Stachelstab noch so einsetzt. Allerdings vergönne ich es diesem aufgeblasenen Kerl, der so tut, als wäre er der beste Condottiere seit John Hawkwood und Alberico di Barbitano. Unser Herr, der Marchese, wird verdammt wütend sein, denn er hat geglaubt, die Eiserne Kompanie mit einem Fingerschnippen erledigen lassen zu können – und jetzt ist alles noch schwieriger geworden.«
Rodolfo hieb mit einer ärgerlichen Geste durch die Luft. »Er hätte an Ugolino Malatestas Stelle einen intelligenteren und charmanteren Mann nehmen müssen, zum Beispiel den Vetter des Grafen von Mantua.«
»Der ist aber nicht hergekommen – und niemand weiß, ob er sich wirklich auf die Seite Gian Galeazzo Viscontis stellen wird.«
»Auf unsere Seite«, korrigierte Rodolfo seinen Freund.
Mariano Dorati schüttelte zweifelnd den Kopf. »Ich weiß nicht, ob du dir nicht Illusionen machst. Es ist die Seite Viscontis. Wir kämpfen für ihn, weil unser Herr derzeit sein Verbündeter ist. Doch an deiner Stelle würde ich nicht allzu viel auf Olivaldis Treue zu Mailand geben. Er hat sich nicht mit Gian Galeazzo Visconti verbündet, weil er an ihn glaubt, sondern weil er sich mit dem Papstnepoten Salvatore Tomacelli überworfen hat. Sobald Seine Heiligkeit Bonifacio seinen Neffen zurechtweist und Olivaldi Genugtuung gewährt, wird der Marchese wieder umschwenken – das ist in meinen Augen so sicher wie das Amen in der Kirche.«
Rodolfo zischte einen sehr unanständigen Söldnerfluch. »Italien braucht eine starke Hand, die die kleinen verfeindeten Kleinfürsten und Republiken vereint und Frieden und Ordnung schafft. Eine gute Sache aus einer Laune heraus wieder im Stich zu lassen halte ich für grundfalsch!«
Sein Freund winkte lachend ab. »Du sprichst mir zu viel von deinem Italien, mein Guter, und tust dabei so, als wäre es ein Land von

Brüdern. Ich sehe es nur als geographischen Begriff, so wie Spanien, in dem es mit Portugal, Kastilien, Navarra und Aragon auch verschiedene Länder gibt, von den Mauren in Granada ganz zu schweigen. Ich bin wie du ein Romagnole und vermag mich als solcher mit den Leuten aus der Toskana, der Lombardei und Umbrien noch halbwegs zu verständigen. Bei den Venezianern kann ich gerade noch verstehen, was sie wollen. Ebenso ergeht es mir in Rom. Wenn ich aber einen Ligurer, Piemontesen oder gar Neapolitaner reden höre, frage ich mich, wo dein Italien sein soll. Von der Sprache her stellt es gewiss keine Einheit dar! Oder hast du vergessen, wie viele Befehle wir in unserer Truppe auf Deutsch geben müssen, damit die Kerle sie nicht missverstehen?«

Mariano spürte, dass seine Worte Rodolfo nicht sonderlich gefielen, doch er dachte nicht daran, sie zurückzunehmen. Es war nun einmal die Wahrheit, dass ein Mailänder keinen Römer als Landsmann ansah und der keinen Apulier oder gar Sizilianer. Je schneller Rodolfo das begriff und sich damit abfand, umso besser war es für ihn. Mariano hatte in seinem Leben gelernt, dass ein leerer Magen ein mächtigerer Zuchtmeister war als ein noch so edler Gedanke, und ihm erschien die Idee eines vereinigten Italien, die Rodolfo in den Bemühungen des Visconti zu erkennen glaubte, arg verschroben. Er war sich sicher, dass es dem Mailänder um nichts anderes ging als um seine persönliche Macht. Da er Rodolfo nicht noch mehr verärgern wollte, verkniff er sich eine weitere Bemerkung und kam stattdessen wieder auf Caterina zu sprechen.

»Die Tedesca hat Recht! Es war schofelig von dir, ihr zehn- oder fünfzehntausend Dukaten für ihre Kompanie bieten zu wollen, denn ihr Vater hätte bereits das Vier- bis Fünffache als Sold für ein Jahr fordern können.«

»Mit dieser Summe hätte er aber auch sämtliche Ausgaben für seine Truppe begleichen müssen, während seine Tochter sich mit dem Geld in Giustomina ein schönes Leben machen könnte!« Rodolfo hatte Caterinas Bemerkung über seinen angeblichen Geiz gekränkt, und er hätte ihr die Worte liebend gerne heimgezahlt. Noch während er über eine passende Gelegenheit nachdachte, erinnerte er sich daran, dass drinnen im Saal weitergefeiert wurde und der betrunkene Malatesta gewiss schon dabei war, die Tedesca zu bedrängen. Dieses Schauspiel wollte er sich nicht entgehen lassen. Daher verabschiedete er sich von seinem Freund und kehrte in die große Halle zurück.

## 4.

Am Ende konnte niemand die Feier in Pisa als großen Erfolg für sich verbuchen. Den Mailändern war es zwar gelungen, sich als führende Macht zu präsentieren, doch Iacopo Appiano hatte ihnen weder die wichtigen Bastionen der Stadt überlassen noch eine höhere Anzahl an Visconti-Truppen in Pisa akzeptiert. Ebenso fehlgeschlagen war der Versuch, sich mithilfe Ugolino Malatestas der Eisernen Kompanie zu bemächtigen. Auch wenn die Truppe derzeit ohne erfahrene Offiziere war, würde ihr Ruf noch etliche Condottieri dazu bringen, ihr Glück im Königreich Neapel oder in Venedig zu suchen, um ihr nicht im Kampf gegenüberstehen zu müssen.

Iacopo Appianos Freude hielt sich ebenfalls in Grenzen, denn er musste die Anwesenheit einiger kleinerer Visconti-Verbände in Pisa und in dem von ihm beherrschten Umland dulden und konnte sich nur mit Mühe weiterer Umarmungsversuche erwehren, die Angelo Maria Visconti im Auftrag seines herzoglichen Verwandten unternahm.

Caterina dachte nur mit Schaudern an den Abend zurück, an dem sie sich beinahe bis zum Schluss mit Ugolino Malatesta hatte herumschlagen müssen. Entgegen ihrer Hoffnung war dieser dem reichlich genossenen Wein erst spät zum Opfer gefallen und hatte zuvor mit allen Mitteln versucht, sich ihr aufzudrängen. Auch für ihre Offiziere waren es ein paar unangenehme Stunden gewesen, denn sie hatten sich alle nur erdenklichen Unverschämtheiten und Beleidigungen anhören müssen. Wäre Hans Steifnacken ihnen nicht mit gutem Beispiel vorangegangen, indem er alle Unflätigkeiten wie ein Fels an sich abprallen ließ, hätten die übrigen das halbe Visconti-Heer zum Zweikampf gefordert. Biancas Brüder war es nicht leicht gefallen, ihr Temperament zu zügeln, doch die Angst und das Wissen um ihre geringen Waffenfertigkeiten hatten sie im Zaum gehalten, und Botho Trefflich hatte mangels ausreichender Kenntnisse der norditalienischen Mundarten gar nicht begriffen, was alles auf ihn niedergeprasselt war.

Am meisten ergrimmte es Caterina, dass sie und ihre Begleiter die Stadt am nächsten Tag noch vor der Mittagsstunde verlassen mussten, während die Visconti-Truppen zurückblieben und sich häuslich einrichten durften. Auch die Nachrichten, die sie noch in Pisa erreicht hatten, waren nicht dazu angetan, hoffnungsfroher in die Zukunft zu blicken. Den Berichten der zuständigen Kanzleien und Amtleute zufolge gab es keine Spur der Räuber, die ihren Vater überfallen haben sollten. Wenn es sie gegeben haben sollte, so hatten sie den Landstrich längst verlassen. Zudem würde wohl kaum einer der Mörder so verwegen sein, sich mit einer Schandtat zu brüsten, die Auswirkungen bis in die Kreise der Mächtigen gehabt hatte. Damit sank Caterinas Aussicht, den Mord an ihrem Vater aufgeklärt zu sehen und ihn rächen zu können.

Ihre Laune zu Beginn des Rittes war deshalb so schlecht, dass selbst Steifnacken es nicht wagte, sie anzusprechen. Ganz in ihre trüben Gedanken eingesponnen, bemerkte sie erst nach einer Weile, dass Amadeo Caetani fehlte. Im ersten Augenblick glaubte sie, er hätte genug davon gehabt, Soldat spielen zu müssen, und wäre zu seinem Onkel heimgekehrt. Doch noch während sie diesen Gedanken mit einem verächtlichen Schnauben quittierte, rief Biancas jüngerer Bruder Camillo ihr zu, ein Reiter folge ihnen im vollen Galopp.

Es war der vermisste Amadeo. Er schloss zu Caterina auf und wirkte dabei so erleichtert, als hätte ihn ein Legat des Papstes von sämtlichen begangenen und zukünftigen Sünden freigesprochen. »Verzeiht mir mein Säumen!«, rief er Caterina zu. »Doch es ist mir gelungen, kurz vor Eurer Abreise mit Messer Iacopo unter vier Augen zu sprechen. Ich soll Euch vielmals von ihm grüßen und Euch sagen, dass unsere Kompanie auch weiterhin in seinen Diensten stehen wird. Er hält zu meinem Onkel und zu der gegen Gian Galeazzo Visconti gerichteten Allianz und wird sich der ihm aufgezwungenen Mailänder Söldner bei nächster Gelegenheit entledigen.«

Das war endlich einmal eine gute Nachricht. Caterina ärgerte sich dennoch, dass Appiano sie einfach übergangen und nur mit Amadeo Caetani gesprochen hatte, zumal dieser in erster Linie als Vertreter seines Onkels bei ihrer Kompanie weilte. Der Not gehorchend hatte er etliche Aufgaben als Söldneroffizier übernommen, wurde aber von den einfachen Soldaten beinahe noch weniger ernst genommen als Biancas tollpatschige Brüder.

Ein wenig von ihrem Unmut musste sich auf ihrem Gesicht abgezeichnet haben, denn Amadeo hob beschwichtigend die Hände und verlor dadurch für einen Augenblick die Herrschaft über sein Pferd. Als er es wieder in seine Gewalt gebracht hatte, zauberte er ein schmeichlerisches Lächeln auf seine Lippen, das die Wirkung auf seinen Onkel nur selten verfehlt hatte. »Messer Iacopo bittet zu entschuldigen, dass er sich nicht direkt an Euch gewendet hat, doch dies hätten die Kreaturen der Visconti-Schlange sofort erfahren. Es schien ihm daher sicherer, mich zu bitten, Euch seine Anweisungen zu übermitteln.«

»Dann tut dies!« Caterina streckte den Arm aus und erwartete, Amadeo Caetani werde ihr einen Brief des Pisaner Stadtherrn überreichen.

Amadeos Miene nahm einen erstaunten Ausdruck an. »Verzeiht, Capitana, doch diese Anweisungen soll ich Euch mündlich ausrichten.«

»Also muss ich glauben, was Ihr sagt.« Caterinas Stimme klang schärfer als beabsichtigt, doch nachdem die Gegenseite sie in Pisa wie einen Stein in einem Brettspiel benutzt hatte, um ihren Vorteil auszubauen, wollte sie sich von ihren Verbündeten nicht ebenfalls wie eine Marionette behandeln lassen.

Amadeo fluchte im Stillen über die sture Tedesca, die so tat, als wäre sie in der Lage, Männern Befehle zu erteilen, und überlegte bereits, seinen Onkel zu bitten, Caterina nach Molterossa einzuladen, damit er selbst das Kommando über die Kompanie übernehmen konnte. Doch ihm fehlte die Erfahrung als Condottiere und Steifnacken und dessen Kameraden würden ihn wohl nicht als Capitano akzeptieren.

»Signorina, Ihr beleidigt mich, wenn Ihr an der Wahrheit meiner Worte zweifelt!« Amadeo beschloss, Caterina mit Festigkeit entgegenzutreten, wie man es allen Weibern gegenüber tun musste, denn wie die weisen Männer der Vergangenheit und der Gegenwart bekundeten, verfügte dieses Geschlecht nur über einen beschränkten Verstand.

Caterina kämpfte um ihre Beherrschung. »Ich will Euch weder beleidigen, noch ziehe ich Eure Worte in Zweifel. Doch wäre es mir lieber, mir meine Meinung selbst bilden zu können. Es ist schließlich meine Kompanie und ich bin für ihr Wohlergehen verantwortlich.«

Amadeo hatte genug Erfahrung mit Frauen, um zu wissen, wann er einlenken musste. Er verbeugte sich im Sattel und sah Caterina dann mit jener ergebenen Miene an, die zu erlernen ihn etliche Monate gekostet hatte. Damit und mit geduldigem Eingehen auf ihre weiblichen Schrullen würde er sie genauso einwickeln, wie es ihm bei seinem Onkel gelungen war. »Signorina, weder Messer Iacopo noch ich ziehen Eure Herrschaft über die Compagnia Ferrea in Zweifel. Uns treibt jedoch der gleiche Wille an, der auch Euren ruhmreichen Vater erfüllte, nämlich Gian Galeazzo Visconti seine Grenzen aufzuzeigen. Wenn die Zeit gekommen ist, mehr zu tun, als nur ein paar Worte zu wechseln, werdet Ihr gewiss in die Beratungen mit einbezogen.«

»Das will ich hoffen!« Caterina war noch immer nicht versöhnt und zeigte es deutlich. Daher ließ Amadeo Caetani sich etwas zurückfallen und begann zuerst auf Steifnacken, und als dieser nicht wie gewünscht reagierte, auf Biancas Brüder Camillo und Fulvio di Rumi einzureden. Doch auch hier traf er nicht auf die erhoffte Zustimmung. Die beiden jungen Männer hatten Franz von Eldenberg kennen gelernt und wussten, dass das Wort des Capitano und hier nun das der Capitana Gesetz war, nach dem sich alle in der Kompanie zu richten hatten.

Verärgert beobachtete Hans Steifnacken die Bemühungen Amadeos, Einfluss auf die anderen Offiziere zu nehmen, und schloss nach einer Weile zu Caterina auf. »Ihr müsst Acht geben, Herrin, damit Ihr nicht übervorteilt werdet«, sagte er auf Deutsch.

Caterina hob die Augenbrauen und warf dann einen kurzen Blick nach hinten. »Fühlt Signore Amadeo sich zu einem zweiten Borelli berufen und fordert das Kommando über die Kompanie?«

»Offen sagt er das natürlich nicht, doch er könnte versucht sein, Entscheidungen über Euren Kopf hinweg zu treffen, die ihm und seinem Oheim zugute kommen, nicht aber Euch.« Steifnacken verglich unwillkürlich die beiden Vettern und kam zu dem Schluss, dass Rodolfo weitaus mehr taugte als Amadeo.

»Schade, dass der Mann auf der falschen Seite steht.«

Caterina schüttelte verwirrt den Kopf. »Wen meinst du?«

»Rodolfo Caetani. Der ist zwar ein windiger Bursche, doch im Gegensatz zu seinem Vetter hat er Mumm in den Knochen. Aus dem hätte man einen guten Offizier machen können.«

Caterinas Meinung über Rodolfo d'Abbati war seit dem gestrigen Abend noch um einiges schlechter geworden, daher bleckte sie die Zähne und fauchte wie eine wütende Katze. »Da kann ich Euch nicht zustimmen, Steifnacken! Conte d'Abbati ist ein Lump, wie er im Buche steht. Von dem könnte sogar mein Vetter noch einiges lernen.«

Das war ein unerwartet heftiges Urteil, und Steifnacken musste erst einmal schlucken, bevor er antworten konnte. »Mit Borelli würde ich Rodolfo wirklich nicht vergleichen. Er hätte Bianca gewiss nicht aus ihrem Haus gejagt.«

»Aus meinem Haus, mein Guter!«, korrigierte ihn Caterina. Ihre Liebe zur Mätresse ihres Vaters war nicht so groß, dass sie ihr ein Recht auf dessen Besitz eingeräumt hätte.

Steifnacken sagte sich, dass die junge Herrin wohl kaum so hartherzig war, Bianca und deren Töchter dem Schicksal zu überlassen, und ging daher nicht auf die Bemerkung ein. »Rodolfo mag ein junger Gimpel sein, aber er ist gewiss kein Schurke. Für Borelli hingegen würde ich meine Hand nicht ins Feuer legen. Mich kränkt immer noch seine Aussage, der Capitano und Euer Bruder hätten ihn zurückgelassen, als sein Pferd lahmte, und seien weitergeritten. Euer Vater war nicht der Mann, einen seiner Leute einer vermeidbaren Gefahr auszusetzen, sondern wäre auf jeden Fall bei Borelli geblieben.«

»Und was soll stattdessen geschehen sein?«

»Ich bin überzeugt, dass Borelli das Weite gesucht und unseren Capitano im Stich gelassen hat, als die Räuber die Gruppe überfallen haben. Vielleicht …, nein, aber das wäre …« Steifnacken brach ab und hieb mit der linken Faust durch die Luft.

»Was wolltet Ihr sagen, Steifnacken?« Caterinas Stimme klang dunkel und fordernd.

Der alte Söldner entzog sich ihrer Frage. »Ihr solltet mich nicht Ihr und Euch nennen, Herrin, denn schließlich bin ich nur ein einfacher Mann. Es reicht, wenn Ihr du und Hans zu mir sagt.«

Caterina schürzte die Lippen. »Was nicht gar? Ihr seid ein Offizier meiner Kompanie, Steifnacken, und habt das Recht, wie ein Herr behandelt zu werden.«

Der Söldner war froh, seine Herrin auf andere Gedanken gebracht zu haben, denn der Verdacht, der ihn für den Hauch eines Augenblicks gestreift hatte, schien ihm doch zu ungeheuerlich. Immerhin war Borelli Eldenbergs Neffe gewesen. Der Mann mochte aus Angst davongerannt sein, als der Überfall stattfand, aber es gab keinen Grund, ihn der Mitwisserschaft zu verdächtigen.

Caterina ließ ihre Blicke über das Land schweifen. Lang gezogene Hügel teilten es von Nord nach Süd und zwangen die Truppe, die Pferde immer wieder bergan zu treiben und bergab zu zügeln. Meist säumten Olivenhaine die Straße und man sah Bauersleute Ölfrüchte mit Körben und Stangen ernten. Ein Stück weiter krönten mehrere einzeln stehende Walnussbäume einen Hügel, und an einer Stelle, an der ein Hang steil in die Höhe strebte, waren kleine Terrassenfelder angelegt worden. Hier wohnt ein arbeitsames Völkchen, dachte Caterina, das sich gewiss nicht nach Krieg sehnt oder gar nach Söldnern, die wie Heuschrecken in ihr Land einfallen und es verheeren.

Als sie wenig später an einem Weingarten vorbeiritten, dessen Rebstöcke dunkle, reife Trauben trugen, bückte Caterina sich vom Sattel nieder und pflückte eine Rebe. Noch während sie die erste Traube abzupfte und sich in den Mund steckte, dachte sie daran, dass sie eben nicht besser gehandelt hatte als ein Dieb. Sie wollte die Trauben bereits fallen lassen, als ihr einfiel, dass sie damit noch schändlicher handeln würde. Nur ein gottloser Mensch pflückte Obst, um es dann in den Staub zu werfen. Daher aß sie die Trauben, die zwar süß und saftig waren, ihr aber seltsam schal schmeckten.

## 5.

Rodolfo hatte Flüche oder sogar einen Tadel erwartet, doch Olivaldi nahm die Nachricht von dem Fehlschlag in Pisa mit unbewegter Miene hin und wechselte ansatzlos das Thema. »Attendolo hat eine Condotta mit Perugia abgeschlossen!«

Es dauerte einen Augenblick, bis Rodolfo diesem Gedankensprung folgen konnte. »Es ist Euch und Herzog Gian Galeazzo also nicht gelungen, ihn für unsere Sache zu gewinnen.«

Ein einzelner Muskel regte sich im starren Gesicht des Marchese. »Ich hatte gehofft, er würde in meine Dienste treten, aber er hat mir durch meinen Emissär ausrichten lassen, für einen jungen und noch unerprobten Condottiere sei es ruhmvoller, sich der schwächeren Seite anzuschließen, als einer von vielen unter dem Kommando eines Capitano-General zu werden.«

»Der Mann ist verdammt ehrgeizig.« Rodolfo wusste nicht, ob er über Sforza Attendolo den Kopf schütteln oder ihn bewundern sollte. Dieser hatte sich bereits als Unteranführer des legendären Alberico di Barbitano einen guten Ruf als Condottiere erworben und stellte nun einen nicht zu unterschätzenden Faktor im fragilen Spiel um die Macht in Italien dar. Die Tatsache, dass er das gut dotierte Angebot Gian Galeazzo Viscontis abgelehnt und sich Perugia angeschlossen hatte, sprach zusätzlich noch für ein gesundes Selbstvertrauen.

»Jeder Mann ist ehrgeizig, sogar Ihr, d'Abbati, auch wenn Ihr so tut, als könne Euch nichts berühren. Wenn dieser Krieg zu Ende ist, werdet Ihr Euch möglicherweise sogar einen Namen gemacht haben und eine bedeutende Stellung einnehmen. Muzio Attendolo hingegen mag es einmal bedauern, sich gegen Mailand gestellt zu haben. Er wäre noch weit gefährlicher, hätte Perugia sich der Allianz Eures Onkels Molterossa angeschlossen. Zum Glück ist es Biordio Michelotti zuwider, einem anderen als sich selbst gehorchen zu müssen, und daher wird Attendolos Kompanie brav in Perugia bleiben, während unsere Condottieri die Nachbarstädte erobern.« Olivaldi klang zufrieden.

Die Pläne des Herzogs von Mailand scheinen trotz kleiner Fehlschläge wie mit der Eisernen Kompanie Monte Eldes oder mit Attendolos Entscheidung für eine feindliche Stadt gut zu gedeihen, dachte Rodolfo, und da er glaubte, der Marchese erwarte eine Antwort, bog er seine Lippen zu einem sanften Lächeln. »Wäre ich so ehrgeizig, wie Ihr meint, wäre ich bei meinem Onkel geblieben, um einmal sein Land und seinen Titel zu erben. Stattdessen habe ich beides fast kampflos meinem Vetter Amadeo überlassen.«

»Haltet mich nicht für einen Narren, d'Abbati. Wärt Ihr wirklich der lächerliche Geck, für den die Welt Euch halten soll, hättet Ihr den Titel, den Euer Onkel, der Kardinal d'Abbati, Euch beschafft hat, in der von ihm gedachten Weise genützt, anstatt eine Handvoll Söldner um Euch zu sammeln und Euch als Condottiere zu verkaufen.«

Diese Bemerkung verblüffte Rodolfo so, dass er keine Antwort fand. Olivaldi lachte leise auf. »Oder stimmt es nicht, dass der Kardinal Euch den Titel nur deshalb verschafft hat, damit Ihr die mit Juwelen behangene Erbtochter irgendeines reichen Kaufmanns erfreuen könnt? Wie ich hörte, gab es eine Reihe hoffnungsvoller Väter, die bereit gewesen wären, Euch als Eidam an ihr Herz zu drücken und Euch zu ihrem einzigen Kind in das gemachte Brautbett zu legen.«

Für einen Augenblick wurde der Marchese Rodolfo unheimlich, er schien über alles Bescheid zu wissen, was in Italien vorging, darunter auch so persönliche Dinge wie den Versuch seines purpurgewandeten Verwandten, sich seiner Verantwortung für ihn mit einem Bogen Pergament zu entledigen, auch wenn dieses einen Adelsbrief enthielt.

»Warum habt Ihr es nicht getan, d'Abbati? Es wäre gewiss leichter gewesen, reich zu heiraten, als Soldat zu spielen«, fragte der Marchese mit einem gewissen Spott.

»Weil ich das, was ich einmal erreichen will, aus eigener Kraft anstrebe! Ich will nicht nur der Neffe oder Eidam alter Männer sein, denen das Feuer der Jugend vor so langer Zeit abhanden gekommen ist, dass sie nicht einmal mehr wissen, wie es in einem brennt«, brach es aus Rodolfo heraus.

Das Lächeln auf Olivaldis Lippen vertiefte sich noch. »Ihr werdet noch lernen müssen, dass eine helfende Hand zur rechten Zeit einen Mann weiterbringt als verwegener Mut, mein junger Freund. Doch jetzt genug geschwatzt. Da ich Euch im Augenblick nicht mehr benötige, werdet Ihr zu Euren Männern zurückkehren und Euch Malatestas Trupp anschließen.«

»Meint Ihr Ugolino Malatesta?« Rodolfo glaubte sich verhört zu haben. Er hatte ja nicht erwartet, von Olivaldi zum Capitano-General seiner Truppen ernannt zu werden, doch so einfach zu einem anderen Condottiere abgeschoben zu werden kränkte ihn, insbesondere, da es sich um das Großmaul handelte, mit dem er in Pisa aneinander geraten war. Er versuchte, den Marchese von dieser Entscheidung abzubringen, doch Olivaldi ließ sich auf keine Diskussion ein.

»Es ist beschlossen! Unter Ugolino Malatesta könnt Ihr ersten Kriegsruhm erwerben, denn seine Kompanie wird bald in die Romagna vorstoßen. Ihr werdet ihm in allem gehorchen, verstanden?«

»Wenn es Euer Wille ist, soll es geschehen!« Rodolfo erstickte beinahe an diesen Worten, doch er hatte keine Wahl.

Olivaldi nickte kurz, als wolle er seinen Entschluss noch einmal bekräftigen, und wies dann auf mehrere gesiegelte Briefe, die auf einem kleinen Tisch aus hellem, wohlriechendem Holz lagen. »Da liegen die Befehle für Malatesta. Ein Bote aus Mailand hat sie gestern gebracht. Ihr werdet innerhalb einer Woche aufbrechen und auf genau bestimmten Wegen in die Romagna eindringen. Ängstigt die Leute, aber lasst Euch auf keine Schlacht oder Belagerung ein, denn Euer Ziel steht bereits fest.«

»Darf ich erfahren, um welches Ziel es sich handelt, oder ist diese Information allein Malatesta vorbehalten?« Rodolfo gab sich nicht die Mühe, besonders höflich zu sein.

Der Marchese blickte ihn mit der Zufriedenheit eines Mannes an, dem es gelungen war, sein Gegenüber aus der Reserve zu locken. Noch wusste er mit dem jungen Mann nicht allzu viel anzufangen. Er hatte ihn nicht in seine Dienste genommen, weil er an die Fähigkeiten des noch unerprobten Condottiere glaubte, sondern um dessen Onkel Molterossa einen Tort anzutun. Den Worten nach, die Rodolfo bislang geäußert hatte, schienen seine Treue und seine Loyalität mehr Gian Galeazzo Visconti zu gehören als ihm selbst – oder besser gesagt der Idee eines geeinten Italien unter der Herrschaft des Mailänder Herzogs. Olivaldi war Realist genug, um zu wissen, dass dieses Ziel unerreichbar war. Im besten Fall würde Mailand den Norden Italiens dominieren, aber niemals beherrschen. Dafür sorgten schon die Regenten der vielen kleinen Städte und Fürstentümer, die sich Gian Galeazzo angeschlossen hatten, um wenigstens nominell ihre Unabhängigkeit zu bewahren, und auch jene Kräfte, die bislang ein fragiles Gleichgewicht in Italien aufrechterhalten hatten.

Olivaldi kannte Rom gut genug, um zu wissen, dass selbst eine ganze Reihe schlechter Päpste es nicht fertig bringen würde, das Machtgefüge der heiligen Stadt zu erschüttern und sie zur leichten Beute eines Eroberers werden zu lassen. Gian Galeazzo Visconti vermochte vielleicht einen Teil der Gebiete abzutrennen, auf die der Heilige Stuhl ein Anrecht zu haben glaubte, mehr aber auch nicht. Denn wenn es hart auf hart kam, würden die außeritalienischen Mächte wie Frankreich, Aragon oder das Deutsche Reich dafür sorgen, dass die Bäume des Herzogs von Mailand nicht in den Himmel wuchsen. Auch Venedig, dieser in seiner Lagune schlummernde Markuslöwe, in dessen Schatztruhen mehr Gold ruhte als im übrigen Italien zusammen, würde da noch ein Wort mitzureden haben. Ein starker Visconti-Staat konnte nur im Bündnis mit dieser Seemacht entstehen, nicht aber gegen sie.

Rodolfos Stiefelsohlen scharrten auf dem Marmorfußboden und machten Olivaldi klar, dass er seine Gedanken zu weit hatte schweifen lassen. Er blickte auf die Briefe und lächelte väterlich. »Ihr mögt Eure Fehler haben, d'Abbati, doch Geschwätzigkeit gehört gewiss nicht dazu. Also hört mir zu! Es gilt, einen kühnen Streich zu wagen und eine Stadt in der Romagna für den Herzog von Mailand zu sichern. Dies ist Malatestas und damit auch Eure Aufgabe. Es gibt genug Leute, die alles tun werden, um uns zu behindern oder aufzuhalten. Deren Truppen müssen durch geschickte Märsche ausmanövriert und in die Irre geführt werden. Das hält unseren Kompanien den Rücken frei, so dass sie sich wie ein Adler auf die Beute stürzen können. Es geht dabei um die Stadt Rividello, in deren Diensten Monte Elde stand, bevor er den Vertrag mit Pisa und Eurem Oheim abgeschlossen hat.«

»Die Bürger dort haben, wenn ich mich recht entsinne, Umberto di Muozzola zu ihrem Podesta gewählt, einen Mann, der über jeden Tadel erhaben sein soll.« Rodolfo wunderte sich, dass der Mailänder Herzog ausgerechnet diese Stadt als Angriffsziel ausgewählt hatte, denn sie hatte kaum strategischen Wert.

»Zu Messer Umbertos vielen Tugenden zählt auch die Kindesliebe, und daher wünscht er sich, seinem Sohn Aldobrando mehr hinterlassen zu können als einen makellosen Ruf.« Olivaldis Stimme klang amüsiert, als sehe er diese Haltung als Schwäche an.

Rodolfo nickte erfreut, denn er sah eine Gelegenheit vor sich, Gian Galeazzo Viscontis Macht vergrößern und sich gleichzeitig als

Condottiere in dessen Diensten auszeichnen zu können. Den Gedanken an seinen Zwist mit Ugolino Malatesta schob er beiseite und sagte sich, dass sie beide dasselbe Ziel verfolgten, nämlich ihren Ruhm zu mehren. Zufrieden verbeugte er sich vor dem Marchese und legte die rechte Hand auf sein Herz. »Ich danke Euch für Euer Vertrauen, mein Herr. Seid versichert, ich werde es nicht enttäuschen.«
»Das hoffe ich für Euch, d'Abbati. Und nun geht mit Gott!« Die Worte klangen wie eine Drohung.
Rodolfo kniff die Lippen zusammen und fragte sich, was der Marchese tatsächlich von ihm hielt. Als er Olivaldis Gesicht forschend musterte, verbarg dessen glatte weiße Stirn die Gedanken dahinter wie eine hoch aufragende Festungsmauer. Etwas verunsichert verbeugte er sich noch einmal. »Mit Eurer Erlaubnis empfehle ich mich und reite zu meinen Leuten, um mich mit ihnen so bald wie möglich Signore Ugolino anzuschließen.«
»Tut dies!« Der Marchese reichte ihm die Briefe für Malatesta und schien ihn bereits im nächsten Augenblick vergessen zu haben.
Rodolfo kam sich mit einem Mal vor wie ein kleiner Junge, der sich selbst wichtig nahm, aber dennoch nicht bei den Großen mitspielen durfte. Für Olivaldi schien er nur den Stellenwert eines Lakaien zu haben, und das fuchste ihn gewaltig. Während er zu der kleinen Kammer eilte, die ihm auf der Burg zur Verfügung stand, beschloss er, so viel Ruhm auf seine Fahnen zu heften, dass auch ein Leonello da Polenta, Marchese di Olivaldi, ihn in Zukunft mit anderen Augen ansehen musste. Für einen Augenblick schob sich das Bild der jungen Tedesca in seine Gedanken, die ihn in Pisa mit beleidigenden Worten bedacht hatte, und er sehnte sich danach, so bald wie möglich der Eisernen Kompanie gegenüberzustehen, um der Jungfer zu zeigen, wessen er fähig war. Als er sie in seiner Phantasie gefangen nahm und in sein Zelt schleppen wollte, fiel ihm ein, dass Ugolino als Kommandant der gesamten Truppe den ersten An-

spruch auf Caterina di Monte Elde erheben würde, und fluchte leise vor sich hin.

## 6.

Der Herzog von Molterossa betrachtete die drei Besucher, die in ihren prunkvollen Roben eher Goldfasanen glichen als den Bürgern einer bedrohten Stadt, und fragte sich, warum die Menschen immer nur dann zu ihm kamen, wenn sie die Gefahr auf sich selbst zurollen sahen. Solange sie sich in Sicherheit wähnten, verweigerten sie ihm jegliche Unterstützung. In Rividello handelte man in dieser Beziehung nicht anders als in Perugia und in all den anderen Republiken und Signorien, die eigentlich fest zueinander hätten stehen müssen, um sich Gian Galeazzo Viscontis zu erwehren. Damit machten sie es der Viper von Mailand leicht, ihre Macht auszudehnen. Fiel die Herrschaft über eine Stadt an einen Visconti-Anhänger, war meist Verrat im Spiel – und genau das fürchteten die Vertreter des Popolo Grasso von Rividello. Der Verräter, das behaupteten sie, sei der von ihnen selbst eingesetzte Podesta.

»Ihr seid also überzeugt, dass Muozzola eure Stadt dem Visconti ausliefern will?«, fragte Arnoldo Caetani noch einmal.

Die drei Männer nickten eifrig. »So ist es, Euer Gnaden! Muozzolas Sohn Aldobrando hat in einem Gespräch mit meinem Sohn angedeutet, dass er schon bald eine bedeutende Rolle in Rividello spielen würde, nämlich die des Vikars. Erinnert Euch an Pisa! Dort nimmt Signore Vanni diesen Posten ein und gilt als Nachfolger seines Vaters als Capitano del Popolo.«

»Habt ihr keine anderen Beweise als das Geschwätz eines jungen Burschen?« Der Herzog gab sich keine Mühe, seinen Unmut zu verbergen. Wie viele andere Städte hatte auch Rividello alles getan, um seine Pläne für einen Machtblock, der es mit Mailand aufnehmen konnte, zu vereiteln, und jetzt forderten ausgerechnet die

Herren dieser Stadt ihn auf, sie vor Gian Galeazzo Visconti zu beschützen.

Der Sprecher der Delegation fuhr auf. »Mein Sohn ist absolut zuverlässig und würde so etwas niemals sagen, wenn er es nicht mit eigenen Ohren vernommen hätte!«

»Das mag ja sein. Doch der junge Muozzola kann auch nur einen Wunschtraum von sich gegeben haben, den kein anderer mit ihm teilt. Messer Umberto gilt als gerecht und integer. Ihr müsstet es wissen, denn ihr habt ihn mehrfach hintereinander mit dem Posten des Podestas betraut.« Arnoldo Caetani wollte mehr Beweise sehen als das Stadtgeschwätz. Jeder falsche Zug in diesem Spiel konnte mit zerstörerischer Wucht auf die eigene Seite zurückfallen. Dies sagte er den Männern auch und brachte sie damit an den Rand der Tränen. »Muozzola mag einmal so ehrlich und aufrichtig gewesen sein, wie Ihr ihn beschreibt, Euer Gnaden. Aber die Herrschaft über unsere Stadt, die ihm unglückseligerweise über so lange Zeit anvertraut worden ist, hat seinen Appetit nach mehr geweckt! Deswegen konnten die Agenten Viscontis bei ihm offene Türen einrennen.«

»Nichts als Vermutungen!«, antwortete Arnoldo Caetani mit einer wegwerfenden Geste, obwohl sein Verstand einen möglichen Abfall Muozzolas durchaus in Erwägung zog.

Einer der drei warf die Arme hoch. »Rividello darf nicht unter die Herrschaft eines Tyrannen fallen! Es gilt, unsere republikanischen Traditionen und unsere Freiheit als Bürger und Herren dieser Stadt zu bewahren.«

Der Herzog von Molterossa verzog sein Gesicht zu einer Grimasse, die zwischen Verachtung und amüsiertem Spott lag. Ausgerechnet ihn, einen Vertreter des alten Adels, der sonst von solchen Leuten als Bedrohung ihrer republikanischen Traditionen angesehen wurde, aufzufordern, für ihre Freiheit zu streiten, war geradezu lächerlich. Genau diese Herrschaft reich gewordener Krämer war es doch, die die Bürger der einzelnen Städte dazu brachte, sich mit Dolch und Gift zu bekämpfen und – wie schon mehrfach geschehen – sippenweise gegenseitig auszurotten. Er war ein Feind Mailands, und auch seine Besucher nannten sich so, doch damit endeten ihre Gemeinsamkeiten auch schon. Molterossa hätte lieber Umberto di Muozzola als Capitano del Popolo von Rividello auf seiner Seite gesehen als die Vertreter dieses Pöbels, der die Macht in seiner Stadt mit dem Inhalt seiner persönlichen Geldkiste gleichsetzte. Da er sich seine Verbündeten jedoch nicht aussuchen konnte, beschloss er, diplomatisch vorzugehen.

»Wenn euer Verdacht richtig ist, Signori, wird Gian Galeazzo Visconti schon bald ein Heer in Marsch setzen, das sich eurer Stadt bemächtigen soll. Wir werden die Augen offen halten, damit wir sofort auf diese Bedrohung reagieren können.«

»Wäre es Euch nicht möglich, einen Eurer Condottieri mit seiner Kompanie nach Rividello zu schicken, Euer Gnaden? Das würde die Bürger gewiss beruhigen.«

Der Herzog lachte bitter auf. »Könnt Ihr mir sagen, wo ich diesen Condottiere hernehmen soll? Mir hat sich die Gelegenheit geboten, Braccio und Attendolo, die beiden besten Schüler Alberico di Barbitanos, in meine Dienste zu nehmen, doch als ich euch und die anderen verbündeten Städte um Geld bat, habt ihr alle es mir verweigert. Michelotti aus Perugia hat sogar hinter meinem Rücken Kontakte zu Muzio Attendolo angeknüpft und ihn als Condottiere für seine Stadt angeworben. Wenn ihr wollt, könnt ihr in Perugia betteln gehen, damit man ihn euch überlässt. Ich selbst verfüge nur noch über die Eiserne Kompanie Monte Eldes und die Besatzung meiner Burg.« Das war nicht die ganze Wahrheit, denn Arnoldo Caetani hatte sich noch ein paar kleinere Söldnertruppen gesichert, die strategisch wichtige Orte besetzt hielten, die er nicht entblößen durfte. Dennoch wollte er Rividello nicht einfach seinem Schicksal überlassen.

»Ich werde sehen, was ich zu tun vermag, doch versprechen kann ich nichts«, setzte der Herzog etwas versöhnlicher hinzu.

Die Herren aus Rividello atmeten erleichtert auf und priesen seine Voraussicht und seine Klugheit in einer Weise, die ihn dazu brachte, sich umzudrehen, damit die Leute die Verachtung in seinem Gesicht nicht bemerkten. Einen Augenblick erwog er sogar, sich mit Umberto di Muozzola in Verbindung zu setzen und ihn aufzufordern, sich die Stadt untertan zu machen. Der Gedanke an den Bürgerkrieg, den dies zur Folge haben würde und der nur Gian Galeazzo Visconti zum Vorteil gereichen konnte, ließ ihn von der Idee absehen. Freundlicher, als er im Herzen gesinnt war, verabschiedete er die Delegation und gab ihnen bis zum Burgtor das Geleit.

Die Männer und ihre Begleitung besaßen gute Pferde, doch ihre Reitkünste wurden den edlen Tieren nicht gerecht. Unwillkürlich empfand der Herzog Neid auf diese reichen Kaufleute, in deren Truhen sich die Dukaten von selbst zu vermehren schienen. Dann aber winkte er heftig ab. Einen armen Mann konnte man auch ihn nicht nennen, und er hatte etwas, das diese Krämer trotz all ihrer Mühen nicht erwerben konnten, nämlich einen guten Namen und einen Titel, der ihm jede Tür auf dieser Welt oder zumindest in den Ländern der Christenheit öffnete.

Mit dieser Feststellung kehrte er in den Burghof zurück und blickte sich um. Die Mauern waren fest und hoch, der Platz frisch gefegt, und die Ställe und die Quartiere von Vieh und Mensch sahen so sauber aus, wie er es wünschte. In der Nähe eines Seitenturms exerzierte eine Gruppe Hellebardenträger, und ganz am Ende übten sich etliche Armbrustschützen beim Schießen auf eine bewegliche Scheibe, die ein Page an einer Leine hinter sich herzog. Arnoldo Caetani sah ihnen eine Weile zu und überlegte, wie viele seiner Reisigen er entbehren konnte. Die Zahl war nicht besonders hoch und würde einen Mailänder Condottiere gewiss nicht davon abhalten, Rividello einzunehmen.

»Es muss eine größere Truppe sein, mindestens einhundert, besser noch zweihundert Lanzen!«

Erst das verständnislose Gesicht eines Armbrustschützen brachte dem Herzog zu Bewusstsein, dass er seine Gedanken laut ausgesprochen hatte. »Mach weiter!«, fuhr er den Mann an und schlenderte in Richtung des Wohngebäudes. Doch sosehr er auch nachsann, mehr als fünfzig Lanzen konnte er nicht entbehren, und die reichten nicht aus, um Rividello zu befrieden und zu halten. Es gab nur eine einzige Truppe, die groß genug war und über die er verfügen konnte, und die lag wie ein unnützer Kadaver unweit von Pisa.

»Wenn ich den Kerl erwische, der Monte Elde umgebracht hat, breche ich ihm sämtliche Knochen!« Diesmal zuckte der Diener, der seinem Herrn die Türe öffnete, erschrocken zusammen. Caetani bemerkte ihn nicht einmal, sondern durchquerte die Vorhalle und blieb am Eingang der großen Halle stehen. An der langen Holztafel hatten bereits Könige und Kaiser gesessen, der Sage nach sogar der Franke Carlo nach seinem Sieg über Desiderio von der Lombardei, mit Sicherheit aber Federico I. Barbarossa und später Lodovico di Baviera. Der Herzog sah sie im Geiste vor sich, jene Herrscher aus dem Norden mit ihren flachsblonden Recken, glaubte das Klirren ihrer Schwerter zu hören und das Rauschen ihrer weiten, vom Wind geblähten Umhänge. Stets hatte der hier herrschende Herzog sich diesen Herren gleichrangig gefühlt und war von ihnen auch so behandelt worden. Es schmerzte ihn, dass von allen Caetani auf Molterossa ausgerechnet er sich mit Krämern herumschlagen musste, die nicht erkennen wollten, dass nur Einigkeit jene Freiheiten bewahren konnte, an die sie sich klammerten.

»Ich darf Rividello nicht dem Visconti überlassen.« Diesmal war keiner da, der ihn hörte. Allerdings gab es auch niemand, der ihm mit Rat aushalf. Konnte Monte Eldes Kompanie die Lösung sein? Was war eine Truppe wert, die ihre Offiziere verloren hatte? Der Herzog versuchte sich seinen Neffen Amadeo als Krieger vorzu-

stellen und schüttelte den Kopf. Der junge Mann war ein guter Befehlsempfänger, mehr aber nicht. Da war Rodolfo von ganz anderer Statur gewesen – äußerlich und innerlich. Es hatte jedoch keinen Sinn, einem Neffen nachzutrauern, den er selbst von seinem Hof gewiesen hatte. Entschlossen wandte er der Halle den Rücken zu und rief nach dem Capitano seiner Leibwache.
Der Mann erschien so schnell, als hätte er auf diesen Ruf gewartet.
»Euer Gnaden befehlen?«
»Sende sofort einen Boten nach Pisa zu meinem Neffen. Amadeo soll umgehend nach Molterossa kommen, um neue Befehle entgegenzunehmen.« Der Herzog wollte sich schon abwenden, als ihm einfiel, dass eine solche Handlung Monte Eldes Tochter beleidigen könnte. »Er soll diese Tedesca mitbringen! Ich hoffe nicht, dass ich dem Weibsbild Zimmerarrest verordnen muss, um seine Zustimmung für meine Pläne zu erhalten.«
Die Vorstellung, dass er gezwungen war, sich des Wohlwollens eines jungen Mädchens versichern zu müssen, um seinen Kampf gegen Mailand fortführen zu können, bereitete ihm Bauchschmerzen.
»Weibern gehört ein Strickzeug in die Hand gedrückt und ein paar Ohrfeigen verpasst, damit sie kuschen!«, stellte er grimmig fest. Doch genau dieses Mittel konnte er bei Caterina di Monte Elde nicht anwenden, und das machte ihn ebenso wütend wie sein Unvermögen, den Plänen des Visconti die entsprechenden Mittel entgegenzusetzen.

## 7.

Caterina sah dem Reitertrupp zu, der unter Steifnackens Kommando auf einem abgeernteten Weizenfeld Manöver übte und dabei so geschickt vorging, dass Mann und Pferd wie ein Fabeltier auf Dutzenden von Beinen wirkten, die sich im gleichen Takt bewegten.

Das Training schien den Söldnern Spaß zu machen, denn sie lachten begeistert auf, wenn sie mit ihren Lanzen die Vogelscheuchen trafen, die man mit Lappen in den Farben der Visconti behangen hatte.

Kaum hatte ein Trupp seine Übung beendet, ritt auch schon der nächste auf das Feld. Steifnackens Worten zufolge gab es in einem Söldnerlager nichts Schlimmeres als eintöniges Herumlungern. Das brachte die Leute nur auf dumme Gedanken, und daher beschäftigte er sie tagtäglich mit verschiedenen Manövern und Waffenübungen, ließ sie die Ausrüstung flicken und primitive Belagerungsgeräte bauen, die abends wieder auseinander genommen wurden. Dabei bildete er ganz nebenbei die neuen Offiziere aus. Neben Amadeo Caetani, Botho Trefflich und den beiden de-Rumi-Brüdern hatte Caterina auf Steifnackens Rat noch einige erfahrene Söldner zu Unteranführern befördert, darunter auch Friedel und den Veteranen Martin, der mit ihr aus Eldenberg gekommen und eigentlich schon zu alt war, um noch in der Formation reiten zu können. Doch jeder dieser Männer und ihre Erfahrung wurden gebraucht.

»Wollt Ihr nicht auch einmal versuchen, die Strohkameraden zu treffen, Capitana?«, rief ein Söldner Caterina zu.

Sofort richteten sich Hunderte erwartungsvoller Augen auf sie, und einer der Männer trabte auf sie zu und streckte ihr seine Lanze entgegen. »Euer Vater, Capitana, hat jede Vogelscheuche genau am Kopf getroffen«, erklärte er dabei.

Caterina ahnte, wie wichtig ihre Reaktion auf die Aufforderung zu diesem ihr unbekannten Söldnerritual war. Wenn sie sich weigerte, das Spiel mitzumachen, würde sie von nun an außerhalb ihrer Gemeinschaft stehen. Sie wäre zwar noch die Besitzerin, aber nicht mehr die Anführerin und geriete in Gefahr, die Kontrolle über die Truppe zu verlieren. In der Geschichte der Condottieri war es schon oft genug vorgekommen, dass Söldner einen unfähigen Anführer zum Teufel schickten – meist mit Dolch oder Speer –, um sich einen Capitano nach eigenem Belieben zu wählen. Wenn sie aber der Aufforderung ihrer Männer Folge leistete und sich blamierte, wäre das ihrem Ruf auch nicht gerade förderlich. Sie atmete einmal tief durch, ergriff die Lanze und legte sie so an, wie sie es bei ihren Reitern gesehen hatte. Der Mann, der ihr die Waffe gereicht hatte, nickte anerkennend und wies auf die erste Reihe der jeweils in gerader Linie aufgestellten Vogelscheuchen.

»Ich habe mit einigen Kerlen gewettet, dass Ihr wenigstens eine trefft!« Er lachte fröhlich auf und gab ihr den Weg frei.

Die Stute, die Caterina aus dem Bestand der Truppe als persönliches Reittier gewählt hatte, tänzelte nervös. »Vorwärts, Pernica!«, rief sie und drückte dem Pferd den stumpfen Sporn in die Weiche. Sie war eine recht gute Reiterin, doch noch nie hatte sie sich so unsicher gefühlt wie jetzt, denn seitlich sitzend hielt sie die schwere Lanze in der Hand und musste die Zügel in der Linken führen. Die erste Vogelscheuche schoss förmlich auf sie zu. Sie versuchte, die Spitze ihrer Waffe auf sie zuzuschwenken, fuhr damit aber nur durch die Luft.

Einige Söldner lachten auf, andere riefen ihr aufmunternde Worte zu. Die zweite Vogelscheuche kam heran und diesmal verfehlte die Lanzenspitze sie nur knapp. Caterina biss die Zähne zusammen, bis ihre Kiefermuskeln schmerzten. Mit einem Mal ging es wie von selbst. Die Lanze durchbohrte den Kopf der nächsten Vogelscheuche und wurde ihr beinahe aus der Hand geprellt. Im letzten Moment gelang es ihr, die Spitze wieder herauszuziehen, auch wenn sie dabei so im Sattel schwankte, dass sie beinahe gestürzt wäre. Sie fing sich wieder, und es gelang ihr, erneut die Waffe zu heben. Die vierte Vogelscheuche kam jedoch viel zu früh, als dass sie auf sie hätte zielen können. Jetzt stand noch eine in ihrer Bahn und diese wollte sie unter allen Umständen treffen.

Caterina feuerte sich selbst mit einem lauten Schrei an, stieß die

Lanze nach vorne und sah, wie der Kopf davonflog, ein Stück vor ihr herrollte und am Rand des Feldes liegen blieb.

Die Söldner jubelten und schrien: »Monte Elde! Monte Elde!« Dann begannen einige »Capitana!« zu skandieren. Alle fielen ein und ließen ihre Anführerin hochleben. Caterina wurde von den Männern umringt, und Dutzende Hände reckten sich ihr entgegen, die sie eine nach der anderen mit der Linken ergriff und drückte.

»Bravo, Capitana! Ihr seid wahrlich Monte Eldes Tochter«, rief der Söldner, der ihr seine Lanze geliehen hatte.

Caterina reichte die Waffe zurück und lachte. »Du hast deine Wette gewonnen, Görg, und zwar doppelt, da ich zweimal getroffen habe.«

Der Mann lächelte geschmeichelt, weil sie sich an seinen Namen erinnert hatte. Caterina wiederum hatte Grund, Bianca dankbar zu sein, denn diese hatte sie darauf hingewiesen, wie wichtig es war, die Männer persönlich ansprechen zu können. Zwar hatte sie sich bis jetzt nur einen Bruchteil der Gesichter der Eisernen Kompanie merken können, doch zum Glück war ihr dieser Name gerade rechtzeitig eingefallen. Sie nickte Görg zu und schüttelte weitere Hände, die sich ihr entgegenstreckten.

»Für den Anfang war es ganz gut, doch ich werde noch kräftig üben müssen, um euch keine Schande zu machen«, rief sie lachend. »Vor allem brauche ich einen anderen Sattel. Dieser hier mag für ein braves Burgfräulein geeignet sein, doch um mit der Lanze zu stoßen, muss man wie ein Mann auf seinem Ross sitzen.«

»Da habt Ihr Recht, Capitana!« Steifnacken drängte sich jetzt durch die dicht stehenden Soldaten und blickte Caterina so erleichtert an, als wären ihm etliche Felsblöcke vom Herzen gefallen. Obwohl er sich rühmte, über alles in der Kompanie Bescheid zu wissen, war ihm dieser gewiss geplante Streich der Männer vollständig entgangen, und er dankte dem Heiland und etlichen Heiligen dafür, dass die Herrin die Prüfung so gut bestanden hatte.

»Ich werde den Sattler der Kompanie noch heute mit der Anfertigung eines passenden Sattels beauftragen. Ihr werdet auch einen Harnisch benötigen, nicht für den Kampf, sondern für Paraden. Die Leute in den Städten, mit denen wir es zu tun bekommen, wollen ein kriegerisches Schauspiel erleben, und eine Capitana, die wie ein braves Fräulein ihre Leute anführt, macht keinen guten Eindruck.«

»Richtig, Steifnacken! Die Leute sollen sehen, dass Monte Eldes Tochter uns anführt, kein Jüngferlein, das vor einem einzigen Blutstropfen zurückschreckt«, stimmte Friedel ihm eifrig zu.

Caterina fragte sich, in welche Situationen sie wohl noch hineingeraten würde, doch wenn ihre Teilnahme an dem einen oder anderen Wettspiel half, die Stimmung und Kampfbereitschaft der Männer zu steigern, war sie auch dazu bereit. »Es ist also abgemacht. Ihr sorgt für Sattel und Harnisch, Steifnacken, und ich übe mit der Lanze. Ob ich allerdings so gut werde wie mein Vater, wage ich zu bezweifeln.«

Caterina erntete ein herzliches Gelächter, aber auch etliche fröhliche und aufmunternde Worte und blickte stolz auf die versammelten Söldner. Die Eisernen waren dabei, zu sich selbst zu finden und den Exodus der Offiziere zu überwinden. Das war für sie die wichtigste Erkenntnis an diesem Tag. Ein wenig erleichtert winkte sie den Männern noch einmal zu und kehrte ins Lager zurück.

In der Nähe des Eingangs entdeckte sie Francesca und Giovanna, Biancas Töchter. Kaum bemerkten die beiden Mädchen sie, schoben sie sich mit ängstlichen Blicken zur Seite. Wider Willen ärgerte Caterina sich darüber. Sie hielt Pernica an und wies mit dem rechten Zeigefinger auf die Kinder. »Ihr seid wohl eurer Kinderfrau ausgebüchst?«

Da Biancas Magd noch andere Aufgaben hatte, als sich um deren Töchter zu kümmern, machte sie der alten Frau keinen Vorwurf. Den verdienten eher die beiden Ausreißerinnen. Caterina wollte schon zu einer Strafpredigt anheben, als sie sich an ihre Jugend erinnerte und verständnisvoll zu lächeln begann. Damals hatte Malle ihr gedroht, sie festzubinden, so besessen war sie als Kind von den dunklen Kellern und verschlungenen Gängen der alten Burg gewesen. Ein Söldnerlager war jedoch etwas anderes als das eigene Heim, mochte es auch noch so groß und düster sein. Caterina nahm zwar nicht an, dass einer der Männer den Kindern etwas antun würde, dennoch wollte sie die beiden munteren Wesen nicht noch darin bestärken, sich der Aufsicht ihrer Hüterin zu entziehen.

»Ich glaube, ich bringe euch besser zu eurer Mama.« Kurz entschlossen stieg Caterina ab, führte ihre Stute bis zu den beiden wie erstarrt wirkenden Mädchen und hob das ältere auf das Pferd. Dann nahm sie Giovanna auf den Arm und stieg mit ihr in den Sattel.

»Das letzte Stück reiten wir. Ich hoffe, es gefällt euch!« Sie erhielt keine Antwort. Die Jüngere klammerte sich ängstlich an sie, während Francesca sich sichtlich aufrichtete, als hätte sie sich gerade daran erinnert, dass ein großes Mädchen wie sie keine Furcht zeigen durfte. Dennoch griff Caterina mit der Zügelhand um sie herum und zog sie an sich.

Einige Söldner sahen ihr dabei zu und nickten zufrieden. Für die Männer waren die Kleinen die Töchter ihres verehrten Capitano und damit die Schwestern ihrer neuen Anführerin. Also war es Caterinas Aufgabe, sich um die beiden zu kümmern. Zu sehen, wie behutsam sie mit den Kindern umging, verstärkte das Vertrauen der Männer, dass ihre Capitana genauso sorgfältig auf das Wohl der Kompanie achten würde.

Caterina ließ die Stute im Schritt gehen, hielt sie vor ihrem Zelt an und rief nach Malle, die ihr die Kinder abnehmen sollte. Ihre Dienerin sah die beiden Mädchen strafend an und drohte ihnen mit dem Zeigefinger. »Ihr bösen Dinger! Was fällt euch ein, der armen

Munzia einfach davonzulaufen? Sie hat sich schon große Sorgen um euch gemacht hat. Und eure Mama erst! Dafür gibt es heute Abend keinen Nachtisch!«

Die beiden begannen zu weinen, wohl mehr wegen des scharfen Tonfalls als wegen der Strafe, doch Malle ging nicht darauf ein, sondern pflückte sie wie Früchte vom Pferderücken und stellte sie auf den Boden. Caterina schwang sich ebenfalls aus dem Sattel und strich ihren Schwestern tröstend über die Haare. »Wenn ihr den Rest des Tages ganz brav seid, wird Malle es sich gewiss noch überlegen und euch doch noch einen Nachtisch geben.«

»Ihr dürft diese Ausreißerinnen nicht noch unterstützen!«, grummelte die Magd und scheuchte die Mädchen zu dem Zelt, das einst Caterinas Bruder Jakob und ihr Vetter Fabrizio Borelli bewohnt hatten und welches nun Bianca als Quartier diente. Dann wandte sie sich an ihre Herrin. »Es ist ein Bote gekommen, der mit Euch sprechen will.«

»Ein Bote? Von wem denn?« Caterina erwartete, den Namen Iacopo Appiano zu hören, doch Malle nannte den Herzog von Molterossa.

»Ach ja, Signore Amadeo will er auch sprechen. Wie es aussieht, hat der Herzog einen Auftrag für uns«, setzte Malle hinzu.

»Einen Auftrag?« Caterina erschrak, das konnte nur eines bedeuten: sie würde in den Krieg ziehen müssen. Das Spiel, in das sie mit der Übernahme der Kompanie hineingeraten war, drohte ernst zu werden, und sie fragte sich besorgt, wie sie es ertragen würde, ihre Männer in ein Gefecht zu schicken, im dem sie den Tod finden konnten.

Malle las ihr die Gedanken von der Stirn ab und schnaubte. »Ihr habt die Sache begonnen, also steht sie auch durch!«

Ihre Herrin starrte sie verdattert an. »Aber ich habe doch gar nichts gesagt!«

»Aber sehr laut gedacht! Jungfer, ich kenne Euch, seit Ihr in meine beiden Hände gepasst habt, und ich weiß vielleicht mehr über Euch als Ihr selbst. Ihr befindet Euch jetzt in einer schwierigen Lage, denn Ihr seid geschaffen, um Leben zu gebären und nicht zu nehmen. Dennoch werdet Ihr wohl bald Euren Männern befehlen müssen, andere zu töten. Das aber mussten schon andere Frauen vor Euch tun, und sie haben mit ihren Taten ein leuchtendes Beispiel gegeben. Erinnert Euch an Giuditta, die Oloferne erschlug und damit Israel rettete! Oder an die Richterin Debora, die die Führung ihres Volkes ergriff und es zum Sieg führte, als die Männer bereits alles verloren gegeben hatten. Herrin, Ihr seid die Tochter des Reichsritters Franz von Eldenberg und Spross eines alten, stolzen Geschlechts. Macht ihm Ehre!«

»Wem, meinem Vater oder meiner Sippe?«

»Beiden!«, antwortete Malle im Brustton der Überzeugung und wies zum Zelteingang. »Setzt Euch schon auf Euren Frisierstuhl. Ich komme gleich, um Euch zurechtzumachen. Vorher will ich dem Boten des Herzogs Bescheid geben lassen, dass er Euch in wenigen Augenblicken sprechen kann.

## 8.

Trotz der guten Pferde benötigte die Gruppe, die aus Caterina, Amadeo Caetani und dreißig Mann Leibwache bestand, etliche Tage bis nach Molterossa, aber das störte Caterina nicht. Sie genoss jeden Augenblick des herrlichen Ritts. Kleine, pittoreske Dörfer, sanfte Hügel mit Olivenhainen und Weinbergen und schroffe Felsenlandschaften wechselten einander ab, und als sie schließlich das kleine Reich des Herzogs erreichten, begrüßte sie eine mächtige Burg, die sich in einem See spiegelte, dessen Wasser ebenso blau schimmerte wie der Himmel. Das Städtchen zu Füßen der Burg wirkte friedlich, doch die Tore wurden von Männern bewacht, die wie zu einem Feldzug gerüstet waren. Sie gaben dem bewaffneten Trupp erst den Weg frei, als sie Amadeo Caetani erkannt hatten. Während die Gruppe durch die Stadt ritt, musterte Caterina die Menschen, die hier lebten. Die Leute schienen neugierig zu sein, waren aber auch sichtlich auf Abstand bedacht. Man warf Amadeo zwar interessierte Blicke zu, doch niemand begrüßte ihn so, wie es sich für den Erben des Herzogs gehörte, und die Frauen und Mädchen schenkten ihm auch keine Kusshände. Unwillkürlich fragte Caterina sich, ob Rodolfo hier genauso kühl empfangen worden wäre, und musste sich eingestehen, dass ihn höchstwahrscheinlich ein Spalier fröhlich winkender Menschen erwartet hätte. Gleichzeitig ärgerte sie sich über diese Erkenntnis wie auch über die Tatsache, dass der Mann sie überhaupt beschäftigte. In ihren Augen war Rodolfo ein Nichtsnutz, auch wenn er sich mit dem Titel eines Grafen d'Abbati schmücken konnte.

Ihre Anspannung wuchs, und sie fieberte dem Augenblick entgegen, in dem sie dem Herrn dieses Landes gegenübertreten würde. Vorerst musste ihre Neugier sich mit der Burg begnügen. Diese war vor mehreren Jahrhunderten erbaut worden, und jede Generation der Caetani von Molterossa hatte nach Amadeos Worten die Anlage umgebaut, erweitert und verschönert. Während die von wuchtigen Türmen gekrönten Mauern immer noch wehrhaft und uneinnehmbar wirkten, hatte man den Palas modern und luxuriös eingerichtet. Davon konnte Caterina sich überzeugen, als sie durch das mächtige Portal trat. Zu ihrer Überraschung barg das Gebäude weite, luftige Hallen, deren Wände mit exotischen Teppichen und Holzpaneelen geschmückt waren. Fenster aus dickem Glas hielten die Zugluft fern, die Caterina auf Eldenberg so zu schaffen gemacht hatte, und die Fußböden waren entweder mit Parkett oder dicken Teppichen sarazenischer Herkunft belegt. Die Tische wirkten weniger schwerfällig als in der Heimat, von den Stühlen waren viele gepolstert, und Bilder mit Heiligen und Bibelszenen an den

Wänden zeigten, dass der Herr dieser Pracht einen ausgeprägten Sinn für Kunst und Religion besaß.

Man hatte Caterina und Amadeo in einen weiteren Saal geführt, und da die Diener sich ein wenig in den Hintergrund zurückzogen, blieb ihr ein wenig Zeit, sich umzusehen. Sie bewunderte gerade ein Bild ihrer Namenspatronin, der heiligen Katharina von Alexandria, als das scharfe Einatmen Amadeos sie aufschreckte. Sie drehte sich um und sah einen kleinen, dicklichen Mann im Raum stehen, der in eine blaue, vielfarbig gemusterte Tunika mit pelzverbrämten Säumen und langen, weiten Ärmeln gekleidet war, die fast bis zum Boden fielen. Ein breiter Silbergürtel, auf dem zu Mustern zusammengesetzte Halbedelsteine glänzten, umfasste die stattliche Taille, und eine goldene Kette mit dem Wappen des vorigen Papstes hing um seinen Hals. Dazu trug er ein Mittelding zwischen Mütze, Hut und Barett auf seinem Kopf, von dem eine große, blau und gold schimmernde Feder herabhing. Neben dem Herzog stand ein Diener, der einen zusammengefalteten Samtumhang bereithielt, für den Fall, dass es seinem Herrn kalt werden könnte.

Caterina, der es eher zu warm im Raum war, unterdrückte ein spöttisches Lächeln. Ihr Gastgeber schien ihr nicht der Mann zu sein, der einem Gian Galeazzo Visconti und der geballten Macht Mailands die Stirn bieten konnte.

Amadeo eilte zu seinem Onkel, kniete vor ihm nieder und küsste ihm theatralisch die Hand. »Buon giorno, Euer Gnaden! Wir erhielten Euren Befehl und sind so rasch herbeigeeilt, wie wir es vermochten.«

»Ich hatte Euch gestern erwartet!«

Caterina beobachtete fassungslos, dass Amadeo sich unter den harschen Worten seines Onkels krümmte wie ein Wurm, auf den jemand getreten war. Während der junge Caetani offensichtlich noch nach Gründen suchte, die ihre Ankunft verzögert haben konnten, wandte der Herzog sich Caterina zu und musterte sie durchdringend. »Ihr seid also die Enkelin des Marchese Olivaldi.«

»Ich bin die Tochter Franz von Eldenbergs!«, antwortete Caterina mit fester Stimme.

»Ja, das seid Ihr wohl auch. Ich heiße Euch in meinem Haus willkommen! Lasst Euch versichern, dass ich den Tod Eures Vaters und Bruders von ganzem Herzen bedaure. Wären sie noch am Leben, sähe die Situation heute anders aus.«

»Die Eiserne Kompanie wird ganz im Sinne meines Vaters kämpfen und siegen, Euer Gnaden!« Die sichtliche Herablassung des alten Herrn brachte Caterina dazu, ihm schärfer zu antworten, als sie es beabsichtigt hatte.

Der Herzog hob überrascht die Augenbrauen und verzog das Gesicht, als hätte er auf eine Zitrone gebissen. Diese Tedesca schien aus härterem Stoff gemacht zu sein, als er angenommen hatte, deswegen hatte sein Neffe es wohl auch nicht gewagt, ihr das Kommando über die Truppe aus der Hand zu nehmen. Er tat diesen Gedanken mit einer verächtlichen Handbewegung ab, als erwarte er nichts anderes von Amadeo, und biss sich auf die Lippen, als ihm klar wurde, dass auch er Caterina nicht so leicht würde übergehen können.

»Ich habe einen kleinen Imbiss vorbereiten lassen. Später wollte ich meinen Neffen über die jetzige Lage unterrichten. Es wäre mir eine Ehre, wenn Ihr daran teilnehmen würdet.« Caterina begriff durchaus, dass der Herzog sie am liebsten beiseite geschoben und mithilfe seines Neffen über ihre Kompanie verfügt hätte. Dieser aufgeblasene kleine Mann würde lernen müssen, dass sie niemanden über sich bestimmen ließ.

Sie setzte ein Lächeln auf, das ihre Wut verbarg. »Ich fühle mich geehrt und ich nehme Eure Einladung mit Freuden an. In Pisa hat sich wegen der vielen dort weilenden Visconti keine Möglichkeit zu einem Gespräch mit Messer Iacopo ergeben, auch aus diesem

Grund bin ich froh, dass Ihr mir die Gelegenheit gebt, die neuesten politischen Verwicklungen zu erfahren.«

Arnoldo Caetani erkannte sehr wohl, dass die Monte-Elde-Tochter die Federn aufstellte und nicht bereit war, sich ihm ohne weiteres unterzuordnen, und warf seinem Neffen einen Blick zu, der diesem ein Donnerwetter unter vier Augen versprach. Dieses impertinente Weibsstück gehörte mit Stickrahmen, Nadel und Faden nach Giustomina geschickt und die Eiserne Kompanie in die Hände eines Mannes, der sie zum Besten des Herzogtums zu führen wusste. Doch Amadeo hatte sich auf der Nase herumtanzen lassen und zugesehen, wie die Tedesca sich als Capitana ihrer Truppe aufspielte. Diesem Unsinn musste er schleunigst ein Ende bereiten.

Zunächst begnügte der Herzog sich damit, Caterina und Amadeo einen Wink zu geben, ihm zu folgen. Er schritt ihnen voraus in ein anderes Zimmer, in dem auf kleinen Beistelltischen Silberplatten mit warmen und kalten Speisen auf ihn und seine Gäste warteten. Caterinas und Amadeos Begleitung wusste der Herzog im Gesindesaal gut versorgt, daher richtete er sein Augenmerk ganz darauf, die Herrin der Compagnia Ferrea mit einem ebenso köstlichen wie reichhaltigen Mahl bei Laune zu halten. Dazu ließ er mehrere Kannen besten Weines kredenzen, doch zu seinem Ärger tat sich nur Amadeo daran gütlich, während Caterina nach dem ersten Glas um eine Karaffe Wasser bat.

»Verzeiht, Euer Gnaden. Euer Wein schmeckt vorzüglich, doch ich bin es nicht gewohnt, viel davon zu trinken, und ich will Euch nicht das abstoßende Bild eines betrunkenen Weibes bieten«, entschuldigte sie sich mit einem freundlichen Lächeln.

»Ich sehe, Ihr habt Verstand. Das würde ich von meinen beiden Neffen auch gerne sagen können, doch der eine ist ein Lump, und der andere ...« Er streifte Amadeo mit einem Blick, der diesen zusammenzucken ließ. »Nun, auch dieser hat seine Fehler, doch die werde ich ihm schon noch austreiben«, setzte er nach einem kaum merklichen Zögern hinzu und gab den Dienern den Befehl, die Tafel aufzuheben.

Dann führte er Caterina und Amadeo in ein etwas kleineres Zimmer, das wie ein Erker an das oberste Geschoss des Palas angebaut war und einen weiten Blick über das Land bot. Zwei Diener brachten Wein und Naschereien und zogen sich unter höflichen Verbeugungen zurück.

Der Herzog starrte für einen Augenblick auf die Kuppen der Hügel, die den See umgaben und hinter denen bereits das nächste kleine Ländchen lag. Dieses gehörte einem Grafen, der in Rom lebte, um in der Nähe des Heiligen Vaters zu sein, und der seinen Besitz einem kleinen Condottiere als Lehen gegeben hatte. Der Herzog hätte keinen Aprikosenkern dagegen verwettet, dass dieser Bursche schon heimlich mit dem Visconti verhandelte, um nicht länger nur Nutznießer eines Afterlehens zu sein.

»Narren, allesamt!«

Der Herzog sah, wie Amadeo zusammenzuckte und Caterina ihn leicht empört anblickte, und lächelte amüsiert. »Meine Bemerkung galt nicht euch, sondern denen, die nicht sehen wollen, was sich vor ihrer Nase abspielt! Der Hunger der Viper von Mailand ist gewaltig, und er wächst mit jeder Stadt, die Visconti sich unterwirft oder die ihm durch die verblendete Machtgier anderer in den Schoß fällt. Es scheint mittlerweile fast unmöglich zu sein, ihm noch etwas entgegenzusetzen und ihm zu zeigen, dass auch seine Bäume nicht in den Himmel wachsen. Und doch gibt es Kräfte, die stark genug sind, dem Mailänder seine Grenzen aufzuzeigen. Bisher hat keine dieser Mächte in diesen Konflikt eingegriffen, aber einige werden es tun müssen, und zwar bald, wenn sie nicht selbst gefressen werden wollen.«

»Ihr meint Venedig?«, fragte Caterina.

Der Herzog blickte sie überrascht an. Einen solchen Scharfblick hatte er von einem Weib nicht erwartet. Sein Neffe hingegen sah aus wie ein Schaf, das eben geschoren worden war und sich nun wunderte, warum es plötzlich fror.

»Venedig ist doch eine Seemacht, Oheim. Es wird kaum Interesse haben, sich mit Mailand anzulegen.«

»Überlass das Denken Leuten, die mehr davon verstehen als du!« Nur selten hatte der Herzog seinen Erben vor fremden Menschen so harsch zurechtgewiesen, doch es erboste ihn, dass Caterina seinen Gedankengängen folgen konnte, während Amadeo nur das nachplapperte, was er irgendwann einmal gehört hatte.

In dem Moment dämmerte es dem alten Mann, dass es vielleicht besser war, wenn Monte Eldes Tochter das Kommando über ihre Truppe behielt. Sein Neffe würde höchstwahrscheinlich die Kompanie wie auch das Herzogtum durch seine Kurzsichtigkeit und Dummheit gefährden. Wieder einmal musste Arnoldo Caetani an Rodolfo denken, der ihn schnöde im Stich gelassen hatte und auf die Seite des Feindes übergegangen war, und bedachte den Abwesenden mit einem lautlosen Fluch. Dann atmete er tief durch, fixierte Caterina mit seinem Blick, als wolle er sie hypnotisieren, und fuhr dann mit dem Zeigefinger seiner rechten Hand auf die vor ihm liegende Landkarte herab.

»Das hier ist die Stadt Rividello. Sie liegt etwa auf halbem Weg zwischen Arezzo und Perugia. Strategisch ist sie bedeutungslos, denn es gibt genügend Straßen, auf denen man sie umgehen kann. Dennoch bin ich sicher, dass der Visconti als Nächstes versuchen wird, sie in seine Hand zu bekommen.«

Caterina hob interessiert den Kopf. »Rividello? Das war doch die Stadt, für die mein Vater gekämpft hat, bevor er den Vertrag mit Pisa abschlossen hat.«

»Bevor er den Vertrag mit mir abgeschlossen hat, wollt Ihr wohl sagen. Pisa ist nur das Aushängeschild. Der eigentliche Auftraggeber der Eisernen Kompanie bin ich. Das darf nur nicht an die große Glocke gehängt werden.« Der Herzog verdrängte dabei die

Tatsache, dass Iacopo Appiano den Sold für die Truppe bisher allein aufgebracht hatte, während aus seinen Geldtruhen noch kein einziger Baiocco geflossen war. Er plusterte sich auf wie ein Pfau, um Caterinas Widerspruch von vornherein zu unterbinden, und klopfte auf das Tischchen.

»Ich erteile Euch die Anweisungen, meine Liebe, und sonst niemand. Jetzt bekommt Ihr von mir den Befehl, zu verhindern, dass Rividello von den Visconti-Truppen besetzt wird. Es steht zu erwarten, dass einer der Mailänder Condottieri schon bald mit seinem Heerhaufen auf die Stadt zurückt. Das wird nicht offen geschehen, um sowohl die Bürger von Rividello wie auch uns über die Absichten der Viper von Mailand im Unklaren zu lassen. Seht es als einen Wettlauf an, bei dem die Beteiligten einander täuschen wollen. Eure Kompanie muss diesen Wettlauf gewinnen, meine Gute, sonst werden sich weitere Gebietsfürsten und Stadtherren aus reiner Angst Visconti unterwerfen.«

Molterossas Stimme klang beschwörend, und Caterina merkte ihm an, dass er sich am liebsten selbst aufs Pferd geschwungen und ihre Truppe angeführt hätte. Doch das ließen weder seine Ehre noch die jetzige Lage zu. Als Oberhaupt der gegen Mailand gerichteten Koalition der kleinen Staaten Nord- und Mittelitaliens musste er jederzeit erreichbar sein. Außerdem war er der Auftraggeber der Eisernen Kompanie und stand damit weit über einem besoldeten Condottiere, in diesem Falle also über einer Caterina di Monte Elde.

Mit dem Anflug einer Verbeugung wandte sie sich an den Herzog.

»Ich habe Euch verstanden, Euer Gnaden. Wenn Ihr erlaubt, werden Signore Amadeo und ich morgen früh aufbrechen und zu meiner Kompanie zurückreiten, um sie in Marsch zu setzen.«

»Ich erwarte das von euch. Vorher aber werde ich euch noch zeigen, wie eure Kompanie ziehen muss. Seht her! Eure Truppe hält sich derzeit bei Mezzana östlich von Pisa auf. Euer Ziel aber liegt südöstlich von Arezzo. Der schnellste Weg ginge über Firenze und Montevarchi, doch ist es geraten, den Herrschaftsbereich von Florenz zu meiden. Außerdem dürft ihr, wie ich bereits erwähnte, nicht den direkten Weg wählen, um unsere Absichten nicht zu verraten. Ihr werdet euch also erst einmal Richtung Lucca halten, von dort nach Pistoia marschieren und dann über die Berge nach Castiglione und Firenzuola. Dort wird ein Bote auf euch warten und euch über die nächsten Schritte aufklären.«

Die Finger des Herzogs vollführten dabei einen verwirrenden Tanz über der Karte, deren Sinn Caterina nicht auf Anhieb verstand. Arnoldo Caetani bemerkte es und sah seinen Neffen an. »Du wirst der Signorina erklären müssen, wie eine solche Karte zu verwenden ist, Amadeo.« Dieser nickte und wollte gleich mit seinen Ausführungen beginnen.

Sein Onkel fuhr ihm bereits bei den ersten Worten über den Mund. »Das hat später Zeit, wenn ihr wieder bei der Kompanie seid. Ihr werdet sie übrigens aufbruchbereit finden, dann ich habe bereits einen Kurier losgeschickt, der diese Anordnung überbringen soll.«

Caterina musste ihren Ärger hinunterschlucken, um nicht laut zu werden. In ihren Augen maßte der Herzog sich etwas zu viel an, als Kommandantin der Truppe war es an ihr, die entsprechenden Befehle zu erteilen.

Der Herzog schien ihren Unmut nicht zu bemerken, denn sein Finger wanderte ein Stück die Karte hoch nach Norden, bis er südlich von Parma bei dem Örtchen Pilastro stehen blieb. »Ich erwarte, dass Gian Galeazzo Visconti den Condottiere Ugolino Malatesta mit dem Marsch auf Rividello beauftragen wird. Dessen Kompanie wurde in den letzten Tagen durch mehrere kleinere Truppen nachrangiger Condottieri verstärkt, unter denen sich auch die Leute meines verräterischen Neffen Rodolfo und dieses Lanzelotto Aniballi befinden. Daher steht der Verband der Mailänder euren Eisernen an Zahl kaum mehr nach. Malatestas Weg ist etwas länger als der eure, aber er wird wohl einige Tage vor euch losmarschieren. Unterwegs werdet ihr ihm ein- oder zweimal bis auf einen Tagesmarsch nahe kommen, aber das hat euch nicht zu kümmern, verstanden? Euer Ziel ist es, Rividello vor ihm zu erreichen und es zu sichern.«

Der Herzog sah seine beiden Gäste fragend an. Caterina nickte mit verkniffenen Lippen, während Amadeo wortreich versicherte, dass alles genau so geschehen würde, wie sein Onkel es wünsche.

## 9.

Endlich befand sich die Kompanie auf dem Marsch. Für Caterina war es ein erregendes Gefühl, die schier endlos lange Schlange aus Reitern, Knechten zu Fuß, Lasttieren und Wagen anzuführen. Steifnacken hatte sein Versprechen gehalten und einen neuen Sattel für sie fertigen lassen, und daher saß sie nun wie ein Mann auf dem Pferd. Sie fand diese Haltung weitaus bequemer als den Damensitz, denn sie gab ihr mehr Sicherheit. Sie vermochte sich ohne Mühe im Sattel zu drehen und sich lockerer zu bewegen und überall hinzuschauen, ohne in Gefahr zu geraten, das Gleichgewicht zu verlieren. Malle, die um ihre Schicklichkeit besorgt war, hatte ihr einen Rock genäht, der im Schritt geteilt war und eine Art weiter Hose darstellte. Das Ding sah Caterinas Meinung nach unmöglich aus, aber sie trug es, um den Seelenfrieden ihrer Magd und damit auch den ihren nicht zu belasten.

Nicht nur Malle, sondern die gesamte Truppe schien auf ihren guten Ruf bedacht zu sein, denn Bianca hatte sich geweigert, nach Giustomina zurückzukehren. Die Mätresse ihres Vaters hatte jedem, der es hören wollte, erklärt, sie dürfe die Tochter des Francesco di Monte Elde nicht allein mit einer Magd unter den Söldnern zurücklassen, und machte diesen Marsch mit. Sie zog es aber vor, auf ihrem Maultier den Trosswagen zu begleiten, auf dem auch ihre Töchter Francesca und Giovanna mit Malle und Biancas Magd Munzia untergebracht waren. Caterina hatte Bianca zunächst verbieten wollen mitzukommen, denn sie begriff nicht, warum ausgerechnet die Frau, die sich jahrelang als Geliebte ihres Vaters bei der Truppe aufgehalten hatte, ihretwegen so ein Aufhebens machte. Zu ihrem Leidwesen aber hatten Steifnacken und Amadeo die füllige Italienerin vehement unterstützt.

Caterina wusste nicht, ob sie über diese Entwicklung lachen oder sich ärgern sollte. Daher schob sie diese Gedanken beiseite und richtete ihren Blick auf die flachhügelige Landschaft mit der gewundenen, von Zypressen gesäumten Straße und den rosa Ziegeldächern, die in der Ferne über den Hügeln zu erkennen waren. Kühe grasten auf braun gewordenen Weiden und äugten mit großen Augen zu den Soldaten herüber, die in langer Reihe an ihnen vorbeizogen. Jenseits der Wiesen standen einige Hirten beisammen, die nicht recht zu wissen schienen, ob sie nun ihre anvertrauten Herden beschützen oder sich lieber aus dem Staub machen sollten. Die Männer wussten, dass Soldaten nicht davor zurückscheuten, das eine oder andere Stück Vieh unterwegs mitzunehmen, um es zu schlachten und in den Kochtopf zu stecken, und hatten offensichtlich ebenso viel Angst um ihre Tiere wie um sich selbst. Die Männer der Eisernen Kompanie warfen dem Vieh jedoch keinen zweiten Blick zu, denn sie waren erst vor kurzem aufgebrochen und hatten noch genügend Vorräte.

Caterina drehte sich im Sattel um, sah Amadeo hinter sich reiten und musste ein Lächeln unterdrücken. Wenn man den jungen Caetani so betrachtete, musste man glauben, es ginge bereits in die Schlacht. Er hatte sich auf der Burg seines Onkels frisch ausgerüstet und trug nun ein Kettenhemd aus feinem Stahlgeflecht, das bis zu den Hüften reichte und in Zacken auslief. Arme und Beine wurden von eisernen Schienen geschützt, sein Oberkörper noch zusätzlich durch einen Brustharnisch aus Stahl. Eine mit Stoff überzogene Brünne bedeckte Schultern und Nacken, und der Helm, dessen Visier er aufgeklappt hatte, war feinste Mailänder Arbeit und mit Goldtauschierungen verziert.

Amadeo bot ein stolzes Bild, mit dem er bei den meisten Frauen Eindruck machen würde, doch Caterina schüttelte nur den Kopf. Sie hielt es für unklug, bereits auf dem Marsch voll gerüstet durch die Hitze zu reiten. Zwar hatte der Herbst schon eingesetzt, doch für ihre Begriffe war es immer noch unerträglich heiß, und ihr lief unter den vielen Schichten Stoff, die Malle für einen sittsamen Aufzug als notwendig erachtete, der Schweiß in Strömen herab. Daher fuchste es sie, Amadeos Stirn völlig trocken und ihn selbst so munter wie einen Zeisig zu sehen. Er schien auf einen Kampf zu brennen, denn bereits auf ihrem Rückweg von Molterossa hatte er immer wieder davon gesprochen, wie sehr er darauf hoffte, seinen Vetter Rodolfo in die Schranken weisen zu können. Caterina bezweifelte, dass ihm das gelingen würde, und verglich die prachtvolle Hülle ihres Begleiters unwillkürlich mit der schlichten Gewandung, die Rodolfo bei ihren Begegnungen getragen hatte. Gleichzeitig ärgerte sie sich über sich selbst, weil ihr der Vetter, der zur feindlichen Seite zählte, um so viel besser gefiel als Amadeo, der ja immerhin der Erbe des Herzogs war.

Dabei keimte in ihr die Frage auf, wie ernst sie das Interesse nehmen sollte, welches Amadeo an ihr zeigte. Bei ihrer Reise zu seinem Onkel und zurück hatte er kaum über dessen Pläne gesprochen, sondern sich darin ergangen, ihre Schönheit und ihre Anmut zu preisen. Doch wenn es eine wirklich schöne Frau in seinem Umkreis gab, so war es Bianca. Jetzt, wo der erste Schrecken über die Vertreibung aus ihrer Heimat gewichen war und sie sich wieder entspannt hatte, konnte man sehen, dass sie ein Gesicht wie ein Engel hatte, welches von vollem, glänzendem Haar in einem leuchtenden Brünett umrahmt wurde. Große, dunkle Augen blicken so bewundernd in die Welt, dass ein Mann sich in ihrer Nähe einfach großartig fühlen musste. Caterina fragte sich, wie viele angenehme Stunden diese Frau ihrem Vater wohl geschenkt haben mochte, verspürte aber nicht mehr die Eifersucht, die sie in den ersten Tagen geschüttelt hatte. Stattdessen beschlich sie, als Biancas füllige, aber durchaus wohlgeformte Gestalt vor ihrem inneren Auge auftauchte, wieder das seltsame, vorher nie gekannte Gefühl, das sie zum ersten Mal beim gemeinsamen Bad empfunden hatte. Es war ein leichtes Ziehen unterhalb des Magens, irgendwie erschreckend und doch nicht unangenehm. Nur konnte sie es nicht einordnen und versuchte ihre Gedanken schnell auf etwas anderes zu richten.

Das gelang ihr erst, als der Bote des neuen Quartiermeisters zurückkehrte, den sie vorausgeschickt hatte, damit er das Lager für die heutige Nacht in Augenschein nehme. Der Mann kam ihnen fröhlich lachend entgegen und meldete, dass alles bereitstünde. Außerdem brachte er die Nachricht, Ugolino Malatesta habe seine Kompanie schon in Marsch gesetzt. Damit war der Wettlauf nach Rividello eröffnet.

Caterina nahm die Botschaft mit unbewegter Miene entgegen und winkte Amadeo, zu ihr aufzuschließen. »Eines verstehe ich nicht: Wir sind näher an Rividello als Malatesta und würden die Stadt in jedem Fall vor ihm erreichen, wenn wir direkt auf sie zuhalten. Daher frage ich mich, warum wir all diese Umwege machen sollen, die Euer Oheim von uns fordert. Es wäre doch weitaus besser, Rividello so rasch wie möglich zu besetzen.«

Amadeo sah sie mit dem Blick eines Mannes an, der ein unverständiges Kind vor sich hat. »Signorina, wo denkt Ihr hin? Wenn wir unsere Absicht zu deutlich erkennen lassen, würden wir zwar vor Malatestas Truppen bei Rividello sein, aber nicht in der Stadt. Die dortigen Visconti-Anhänger würden nämlich bei der Nachricht von unserer Annäherung die Herrschaft an sich reißen und die Tore vor uns verschließen, so dass wir den Ort belagern müssten.

Eine Truppe, die vor den Mauern einer Stadt liegt, ist so gefährdet wie keine andere, da sie unweigerlich zwischen das Entsatzheer und die ausfallenden Truppen geraten wird.«

»Dann müssen wir Rividello eben erreichen, ohne dass die Visconti-Leute es dort erfahren – falls das möglich ist!«

Amadeo seufzte und machte ihr dann wortreich klar, dass es nicht allein um die Anhänger des Mailänder Herzogs in jener Stadt ging, sondern auch um deren Verbündete in den umliegenden Gebieten. Wenn es diesen gelang, in die Stadt einzudringen, würden sie Viscontis Freunden helfen, die Macht zu ergreifen. »Genau das müssen wir verhindern. Aus diesem Grund werden wir uns Rividello auf Umwegen nähern, damit sich jede dem Visconti zuneigende Partei in den Nachbarorten und darüber hinaus bedroht sehen muss. Erst dann, wenn wir noch einen oder zwei Tagesmärsche entfernt sind, bewegen wir uns so schnell wie möglich auf die Stadt zu, in der Hoffnung, dass unsere Verbündeten stark genug sein werden, uns die Tore offen zu halten.«

Caterina stand ins Gesicht geschrieben, wie wenig sie von dieser Art der Kriegsführung hielt. Gewohnt, geradlinig zu denken, erschien ihr dieses Vorgehen verquer. Aber wenn die Kriege hier immer so geführt wurden, musste sie sich das irgendwie zunutze machen.

»Wie viele Krieger wären nötig, um in einer Stadt wie Rividello die Macht zu ergreifen und sie für mehrere Tage gegen ein Heer wie das von Malatesta halten zu können?«

Amadeo hob in einer hilflosen Geste die Hände, doch inzwischen war Steifnacken nach vorne getreten, um zu erfahren, was der Bote gemeldet hatte. Er vernahm Caterinas Frage und begriff, worauf sie hinauswollte. »Nicht mehr als fünfzig oder sechzig Lanzen, vorausgesetzt, man macht ihnen das Tor auf. Es müssten die schnellsten Reiter sein, und man sollte die Möglichkeit haben, den Blick der Visconti-Leute von ihnen abzulenken.«

»Das wird deine Aufgabe sein, mein Guter! Wähle die besten Rei-

ter aus und stelle sie zu zwei Fähnlein zusammen. Eine soll Friedel anführen, die andere Camillo di Rumi.«
»Aber das ist doch Wahnsinn!«, rief Amadeo entgeistert aus.
»Der ganze Krieg ist Wahnsinn«, antwortete Caterina, deren Gedanken bereits in die Zukunft eilten.

## 10.

Rodolfo d'Abbatis Hoffnung, Ugolino Malatesta könne vergessen haben, dass sie in Pisa aneinander geraten waren, oder lege der Sache keine Bedeutung bei, zerstob bereits beim ersten Blick in das hämisch grinsende Gesicht des älteren Condottiere. War die Aussicht, von seinem Anführer gehasst zu werden, schon niederschmetternd genug, so befand er sich jetzt auch noch in der Gesellschaft einiger Leute, die er auch vorher schon hinter den Mond gewünscht hatte.
Für Lanzelotto Aniballi war der Schwur Angelo Maria Viscontis, sein Verwandter Gian Galeazzo sei am Tode Monte Eldes unschuldig, das Zeichen gewesen, in dessen Dienste zu treten, um ebenfalls einen Teil an der zu erwartenden Beute zu ergattern. Um nicht als einfache Ritter behandelt und mit Gold abgespeist zu werden, hatten er und seine Freunde dreißig Lanzen aufgestellt, als deren Anführer er nun galt. Eigentlich hatte er sich Henry Hawkwood anschließen wollen, doch da er die Eiserne Kompanie am besten kannte, hatten die Vertrauten des Mailänder Herzogs ihm befohlen, sich unter Malatestas Befehl zu stellen. Zu dessen Offizieren zählte seit neuestem auch Fabrizio Borelli, den Perino di Tortona seinem Freund Malatesta zur Verfügung gestellt hatte. Caterinas Vetter galt ebenfalls nur als Anführer von dreißig Lanzen, zählte aber in kürzester Zeit zu den vertrauten Freunden des Capitano-Generals.

Dafür ignorierte Ugolino Malatesta Rodolfo d'Abbati in beleidigender Weise, obwohl dieser ein eigenständiger Condottiere mit fünfzig Lanzen und ihm nur für diesen Kriegszug unterstellt war. Am Abend zuvor hatte es ein paar dumme Bemerkungen gegeben, und so saß Rodolfo wie eine Fleisch gewordene Gewitterwolke auf seinem Pferd und atmete den Staub ein, den die knapp tausend Reiter des Haupttrupps und die Maultiere des Trosses aufgewirbelt hatten. Die Gegend, durch die sie zogen, war flach, und der knochentrockene Boden strahlte die Hitze aus, mit der die Sonne das Land versengte.

Mariano Dorati, der neben Rodolfo ritt, wischte sich stöhnend den Schweiß von der Stirn. »Es wird Zeit, dass wir wieder über Bergstraßen ziehen. Dort oben ist es doch ein wenig kühler.«

»So schnell werden wir nicht in die Berge kommen«, antwortete Rodolfo. »Malatesta will an Bologna vorbei in die Gegend von Ravenna oder Faenza marschieren und vielleicht sogar die Adria erreichen, bevor er sich dann in Richtung Arezzo oder Perugia wendet.«

Mariano lachte ärgerlich auf. »Welch eine Verschwendung von Tagen! Wir könnten Rividello in der Hälfte der Zeit erreichen und hätten es eingenommen, bevor dein Onkel auch nur reagieren kann.«

»Ich glaube, du unterschätzt den alten Herrn. Er mag zwar ein sturer Bock sein, aber er hat verdammt viel in seinem Kopf. Er weiß, was er will, und eines will er gewiss nicht, nämlich Viscontis Farben über den Türmen von Rividello sehen.« Rodolfo wusste selbst nicht, weshalb er seinem Freund widersprach, denn er hatte Malatesta am gestrigen Abend den gleichen Vorschlag gemacht. In seinen Augen wäre ein schneller Schlag gegen Rividello das Klügste.

»Wahrscheinlich hast du sogar Recht«, gab er dann aber zu. »Mein Onkel verfügt nicht über Truppen, die er nach Belieben verschieben kann. Er müsste schon seine Garde in Marsch setzen, und das tut er nicht, weil er seine Stadt nicht entblößen darf. Anders wäre es, wenn er über Attendolos Kompanie verfügen könnte, die in Perugia liegt.«

Mariano kratzte sich kurz am Kopf und überlegte. »Es gibt eine Truppe, die er schicken kann, die Compagnia Ferrea. Dort, wo sie jetzt liegt, hat sie einen weitaus kürzeren Weg nach Rividello als wir.«

Rodolfo winkte lachend ab. »Mein Guter, ich habe mir angesehen, was aus den Eisernen geworden ist, nachdem der Truppe die erfahrenen Offiziere weggelaufen sind. Sie gleicht einem Bullen ohne Kopf! Nein, die stellt keine Gefahr mehr für uns dar.«

»Dein Wort in Gottes Ohr, Rodolfo. Doch was ist, wenn diesem Bullen inzwischen wieder ein Kopf gewachsen ist?«

Rodolfo ahmte das Kichern eines Mädchens nach. »Der Kopf einer hornlosen Färse, die nicht einmal ein Kälbchen zu schrecken vermag. Nein, mein Guter, die Compagnia Ferrea ist kein ernst zu nehmender Gegner mehr. Wenn mein Oheim auf diese Truppe zurückgreifen müsste, wäre dies ein Zeichen, wie schlecht seine Lage bereits geworden ist.«

»Unterschätze die Frauen nicht, Rodolfo! Sie bestehen aus demselben Fleisch wie wir und tragen hinter ihren Stirnen einen nicht weniger scharfen Verstand!«

»Verglichen mit dir, mein Guter, mag es vielleicht stimmen!« Allein der Gedanke, eine Caterina di Monte Elde könne ihre geistigen Fähigkeiten mit den seinen messen wollen, war in Rodolfos Augen grotesk. Er lachte noch einmal auf, um seine Geringschätzung zu bekräftigen, und fragte seinen Freund dann nach Wasser, um sich die durch den Staub und die Hitze ausgetrocknete Kehle anzufeuchten.

Mariano winkte einen ihrer Leute heran, der einen bereits recht schlaffen Wassersack hinter seinen Sattel geschnallt hatte, und befahl ihm, dem Capitano einen Becher abzufüllen. Der Mann gehorchte, doch als Rodolfo das lederne Gefäß an die Lippen setzte, musste er sich zwingen, die warme, schal schmeckende Flüssigkeit zu trinken.

»Erfrischend ist das nicht gerade«, sagte er mit verzogenem Gesicht zu Mariano.

Der Mann mit dem Wassersack schien die Kritik auf sich zu beziehen. »Ich habe den Schlauch heute Morgen gefüllt! Bis jetzt gab es keine Möglichkeit, das Wasser zu ersetzen. Die Quellen und Brunnen, an denen wir unterwegs vorbeigekommen sind, wurden von Malatestas Leuten benutzt und sind dabei versaut worden.«

»Ich habe dir auch keinen Vorwurf gemacht, mein Guter!« Rodolfo klopfte dem Mann auf die Schulter und bat ihn um einen weiteren Becher Wasser. Als sein Durst halbwegs gestillt war und er die Gedanken schweifen lassen konnte, spürte er, dass sein Unmut durch das Gespräch mit Mariano gedämpft worden war. Mit einem Mal sah er dem Kriegszug gelassener entgegen, und als sie am Abend Lager bezogen und er zu Malatesta gehen musste, um die Anweisungen für den nächsten Tag in Empfang zu nehmen, vermochte er den Capitano-General sogar halbwegs fröhlich zu grüßen.

»Da seid Ihr ja, d'Abbati!« Malatesta legte ihm den Arm um die Schulter und grinste wie ein Straßenjunge. »Euer Oheim hat seine letzten Reserven in Marsch gesetzt! Ein Kurier aus Pisa kam vorhin mit dieser Nachricht. Angeblich soll die Eiserne Kompanie in die Romagna verlegt werden, doch wer das glaubt, wird selig. Ich verwette mein Pferd und meinen Harnisch, dass ihr Ziel Rividello ist.«

»Dann ist es umso wichtiger, dass wir rasch auf die Stadt vorrücken und sie einnehmen«, entfuhr es Rodolfo.

Ugolino Malatesta schlug sich lachend auf seine Oberschenkel und

drehte sich zu Borelli um. »Hört Ihr? Unser kleiner d'Abbati sieht in dieser Tedesca eine Gefahr für unsere Pläne.«
Borelli musterte Rodolfo mit zusammengekniffenen Augenbrauen und fiel dann in Malatestas Lachen ein. »Ich habe den Signore schon bei seinem Besuch im Lager der Eisernen Kompanie nicht gerade für einen Helden gehalten, und dieser Eindruck hat sich eben bestätigt.«
Rodolfo verschränkte die Arme vor der Brust und maß Borelli mit einem verächtlichen Blick. »Ich weiß nicht, was Eure Meinung über mich mit unserem Auftrag zu tun hat. Doch ich bin gerne bereit, Euch eine bessere Meinung über mich zu lehren.«
»Ich dulde keinen Streit zwischen Offizieren unter meinem Kommando!« Malatesta hieb ärgerlich durch die Luft und befahl seinem Diener, endlich Wein zu bringen. »Ein guter Schluck wird euch alle abkühlen und dann will ich keine Diskussionen mehr hören. Wir führen die Aktion so durch, wie ich es für richtig erachte. Was diese Tedesca betrifft, so kommt es mir gerade recht, dass sie den Versuch unternimmt, uns den Weg zu verlegen. Wir werden ihre Truppe vorerst ignorieren und Rividello für Seine Gnaden Herzog Gian Galeazzo sichern. Danach zerschmettern wir diese so genannten Eisernen mit einem einzigen schnellen Schlag und schaffen die Gerüchte um die angebliche Unbesiegbarkeit dieser Tedesci ein für alle Mal vom Tisch.«
Borelli drängte sich näher an ihn heran und fuhr sich mit der Zungenspitze über die Lippen. »Was geschieht mit Monte Eldes Tochter, wenn sie in unsere Hände gerät?«
Malatesta grinste. »Ich werde das tun, was mir in Pisa noch verwehrt geblieben ist, nämlich den Hengst für sie spielen. Sie wird meine ganz persönliche Lanze spüren, bis sie schreit.«
Borelli verzog kurz das Gesicht, nickte dann aber begeistert. »Sehr gut! Und wenn Ihr mit ihr fertig seid, übergebt sie mir! Ich will dieses Miststück, das mir meine Kompanie gestohlen hat,

zureiten, bis ihr Unterleib nur noch aus Feuer zu bestehen scheint.«

»Dafür müsste Eure – wie nannte es der Capitano eben? – Eure persönliche Lanze um einiges härter und ausdauernder sein, als sie in Wirklichkeit ist«, höhnte Rodolfo, den das prahlerische Gehabe dieses Sohnes einer Stallmagd abstieß.

Borelli winkte mit einem spöttischen Auflachen ab. »Juckt Euch die Eure? Ich muss ja nicht der Letzte sein, der die Tedesca besteigt. Wir können es nach alter Sitte machen und sie von elf oder dreiunddreißig Männern vergewaltigen lassen.«

»Das ist keine schlechte Idee!«, fand Malatesta, den Caterinas Zurückweisung noch immer kränkte. »Dreiunddreißig wackere Burschen, die ihr ihren Nagel ins Fleisch schlagen wollen, finden wir gewiss.«

»Vielleicht sogar sechsundsechzig oder gar einhundertelf!«, rief Borelli begeistert.

Rodolfo widerstand nur mit Mühe dem Wunsch, ihn ins Gesicht zu schlagen. Keine Frau der Welt überstand eine solche Behandlung ohne bleibenden Schaden, wenn sie nicht gar dabei starb. Da Borellis Vorschlag bei den versammelten Offizieren Anklang fand und Lanzelotto Aniballi bereits eine Liste der entsprechenden Männer zusammenstellte, zwang Rodolfo sich zur Ruhe. »Ich weiß nicht, ob diese Idee so gut ist. Die Tedesca ist immerhin Olivaldis Enkelin, und ich glaube nicht, dass der Marchese es gerne sehen würde, wenn sein Blut auf diese Weise geschändet wird. Wie Ihr wisst, ist er leicht zu erzürnen. Er hätte dem Papstnepoten Salvatore Tomacelli nur jenes eine Lehen übergeben müssen, welches dieser von ihm verlangt hat, und wäre von Seiner Heiligkeit mit einem ebenso reichen Landstrich abgefunden worden. Doch er hat es vorgezogen, sich vom Heiligen Stuhl zu trennen und sich Herzog Gian Galeazzo anzuschließen. Wollt Ihr daran schuld sein, wenn er seinen Sinn wieder ändert?«

Für einen Augenblick sah es so aus, als könnte er Malatesta überzeugen. Dann aber spie der Condottiere aus und griff sich in den Schritt. »Egal, was geschieht, sie wird unter mir liegen. Diese Genugtuung kann auch Olivaldi mir nicht verwehren.«
»Unter mir muss sie ebenfalls liegen!«, schrie Borelli mit sich überschlagender Stimme. »Eher gehe ich zum Feind über, als auf meine Rache zu verzichten!«
»Das wäre kein Schaden für uns«, murmelte Rodolfo, doch er sah keine Möglichkeit mehr, die Männer umzustimmen. In diesem Augenblick begann er zu hoffen, Caterina möge klug genug gewesen sein, ihre Truppe einem erfahrenen Offizier anzuvertrauen und sich selbst nach Giustomina zurückzuziehen. Doch während er Malatesta beobachtete, der sich eben in all jenen Dingen erging, die er der Tedesca antun wollte, wurde ihm klar, dass sie auch dort nicht sicher sein würde. Malatesta hatte den Weg seiner Truppen so gelegt, dass dieser sie in die Nähe von Monte Eldes Gütern führte. Also war Caterina inmitten ihrer Soldaten immer noch am sichersten, zumindest so lange, wie sie einer Schlacht mit Malatesta oder einem anderen Mailänder Condottiere auswich. Doch genau daran zweifelte er. Sie war eine Tochter des Nordens und damit von Hause aus unvernünftig und eigensinnig. Daher würde sie keinem Kampf aus dem Weg gehen. Irgendwie tat ihm das Mädchen jetzt schon leid, denn er sah keine Chance, das Verhängnis aufzuhalten, das auf Caterina zurollte.

## 11.

Caterina zügelte ihre Stute am Rande des kleinen Wäldchens und winkte ihren Begleitern, ebenfalls anzuhalten. Vor zwei Tagen hatten sie den Haupttrupp der Kompanie verlassen und waren von Chiusi della Verna aus über die Berge geritten. Ein Söldner, der aus dieser Gegend stammte, hatte ihnen diesen Weg gezeigt und strahlte nun über das ganze Gesicht, als er zu seiner Capitana aufschloss. »Dort liegt Rividello, genau wie ich es gesagt habe. Ich bin sicher, dass kein einziger Visconti-Spion weiß, wie nahe wir unserem Ziel bereits sind.«

»Das war sehr gut! Jetzt müssen wir die Stadt nur noch einnehmen.« Caterina atmete scharf durch, dies war der schwache Punkt in ihrer Planung.

»Wir müssen die Porta Grosso gewinnen, Capitana«, erklärte der Söldner. »Wenn wir dieses Tor haben, beherrschen wir auch den Rest.«

Caterina nickte und sah auf die Stadt hinab, die sich im Schein der Abendsonne malerisch an den Hang schmiegte. Nicht weit vor ihnen führte die Hauptstraße auf ein von zwei runden Türmen flankiertes Tor zu, durch das eben die letzten Reisenden in die Stadt eilten.

»Ist das die Porta?«, fragte sie den Söldner.

Der Mann nickte. »Si, Signorina. Das ist das große Tor von Rividello.«

»Ihr wisst, was ihr zu tun habt?« Caterinas Worte galten Friedel und Camillo di Rumi, die sie als Unterführer der etwas mehr als einhundert Reiter eingesetzt hatte. Für diesen Ritt hatte sie die starre Aufteilung der Einheit in Lanzen aufgehoben und auf Lanzenknechte verzichtet, die, wenn sie überhaupt beritten waren, auf elenden Kleppern saßen. So wurden die Ritter nur von ebenso vielen Knappen begleitet, die ebenfalls über schnelle Pferde verfügten. Ihr Trupp war daher so rasch vorwärts gekommen, wie sie es erhofft hatte, und könnte über die Visconti-Leute in der Stadt kommen, ehe diese sich der Gefahr bewusst wurden. Ein kurzer Blick galt Bianca, die sich als sehr dickköpfig erwiesen und durchgesetzt hatte, mitzukommen, da sie die Capitana nicht ohne weibliche Begleitung hatte reiten lassen wollen. Caterina war es nicht recht gewesen, doch da Malle ein solch scharfer Ritt nicht zuzumuten gewesen war, hatte sie schließlich nachgegeben. Zu ihrer Erleichterung saß Bianca sicher auf ihrem Maultier und hatte den Gewaltritt über Fels und Stein nicht nur klaglos ertragen, sondern ihn auch kaum verlangsamt.

Während die beiden Offiziere eifrig erklärten, den Plan der Capitana verstanden zu haben, schob Bianca sich an Caterinas Seite, zupfte ein wenig an deren Kleidung herum und forderte sie dann auf, sich seitwärts in den Sattel zu setzen.

»Eine Dame reitet nicht wie ein Pferdeknecht, Signorina! Wenn Ihr die Sitten so verletzt, könnte es Misstrauen erregen.«

Caterina schwang seufzend ihr rechtes Bein über Pernicas Hals und bemühte sich, nur noch im linken Steigbügel stehend einen festen Sitz auf dem dafür recht ungeeigneten Sattel zu finden.

»Lass uns reiten!«, forderte sie Bianca auf, die sie in das geplante Täuschungsspiel mit einbezogen hatte.

»Ihr anderen folgt uns, wenn wir am Tor angekommen sind. Oder besser noch – betet zehnmal das Vaterunser und reitet dann los.«

Caterina winkte ihren Männern aufmunternd zu und lenkte dann die Stute durch den Wald, bis sie eine Stelle erreichten, an der sie auf die Hauptstraße einschwenken konnten, ohne von der Stadt aus gesehen zu werden. Bianca steckte in einem Kleid, das sie als ihre Hausdame auswies, und sie wurden von fünfzehn Reitern begleitet.

An der Porta Grosso war man gerade dabei, die letzten Reisenden hindurchzutreiben, um die Tore schließen zu können. Caterinas Erscheinen ließ die Wächter innehalten. Neugierige Blicke trafen die kleine Schar, dann trat ihnen der Unteroffizier der Wache mit einer höflichen Verbeugung entgegen.

»Verzeiht, Signorina, dürfte ich Euren Namen erfahren? Es wurde Alarm gegeben und ich darf niemand ungefragt in die Stadt lassen.«

»Du siehst Ihre Erlaucht die Gräfin von Trutzingen-Wutzingen vor dir, die zum Grabe des heiligen Francesco von Assisi pilgert.« Bianca hatte die Antwort übernommen und dabei italienische und deutsche Worte so bunt gemischt, dass der Wächter nur einen Teil davon verstand. Sein Blick hellte sich jedoch auf, als er annehmen musste, dass er eine deutsche Adelsdame vor sich sah, die sich nur für Reliquien und heilige Orte interessierte. Er trat höflich beiseite und gab Befehl, die Gruppe einzulassen. Kaum hatten Caterinas Leute das Tor passiert, umringten sie die Wachen und hielten ihnen die Schwerter an die Kehlen.

»Seid ihr für Visconti oder gegen ihn?«, fragte Caterina, obwohl ihr die Farben Muozzolas auf den Waffenröcken der Wachen bereits Antwort genug war. Wie es aussah, hatte der Podesta in Erwartung der Visconti-Truppen bereits die Macht in der Stadt an sich gerissen. Für einen Augenblick befürchtete Caterina, mit ihren wenigen Reitern das Blatt nicht mehr wenden zu können, dann aber wies sie energisch auf die schmale, steile Gasse, die zu einem wuchtigen Gebäude führte. »Dort ist das Arsenal. Zehn Leute sollen es sofort besetzen.«

»Könnt ihr das Tor mit so wenigen halten?«, fragte einer ihrer Begleiter besorgt.

Caterina sah, dass die Wachen unter Kontrolle waren, und nickte. »Zumindest so lange, bis Camillo und Friedel mit dem Haupttrupp erscheinen.«

Der Mann nickte, auch wenn er nicht ganz überzeugt zu sein schien, und winkte einigen Gefährten, ihm zu folgen. Caterina sah ihnen einen Augenblick lang nach und griff, um ihre angespannten Nerven zu beruhigen, selbst zum Schwert. Sie musste die Waffe jedoch nicht einsetzen, denn die Bürger, die ihr Manöver beobachtet hatten, interessierten sich nur wenig für das, was am Tor geschah, sondern eilten in ihre Häuser und schlossen die Fensterläden. Keinem schien es einzufallen, die Nachricht von den unerwarteten Eindringlingen zu dem Palazzo zu tragen, in dem Umberto di Muozzola seit einigen Tagen als unumschränkter Herr der Stadt residierte. Die Spuren seiner Machtergreifung konnte Caterina deutlich sehen und riechen, denn auf dem kleinen Platz, der sich an das große Tor anschloss, schaukelten drei Gehenkte im leichten Wind. Der Herzog von Molterossa hätte ihr sagen können, dass es sich um jene Bürger handelte, die ihn auf seiner Burg aufgesucht hatten, um seine Hilfe gegen Muozzola und den Visconti zu erbitten.

Während ihre Begleiter die gefangenen Wächter in einen der beiden Tortürme sperrten, erschienen Friedel und Camillo di Rumi mit dem Haupttrupp ihrer Schar und schlossen das Tor hinter sich. Während zwei Gruppen die beiden anderen Stadttore von innen sicherten, ritt Caterina mit einigen Begleitern zum Arsenal, das sich bereits in der Hand ihrer Leute befand.

Mit einem Mal öffneten sich etliche Türen und Fenster wieder, die eben noch hastig geschlossen worden waren, und von allen Seiten strömten Menschen herbei. Caterinas Begleiter hoben die Waffen, um sich zu verteidigen, atmeten aber erleichtert auf, als plötzlich Hochrufe ausgebracht wurden. Bürger, Knechte und Frauen aller Stände drängten sich um Caterinas Trupp, blickten mit leuchtenden Augen zu ihnen auf und jubelten, als sie einige bekannte Gesichter unter ihnen entdeckten.

»Seid ihr wirklich die Männer von Monte Elde?«, fragte eine ältere Frau noch etwas scheu.

»Wir sind die Eisernen, Signora Bassi, und das hier ist Monte Eldes Tochter, unsere Capitana!«, antwortete Friedel, der in ihr die Ehefrau eines der führenden Bürger der Stadt erkannt hatte.

Signora Bassi krampfte die Hände vor der Brust zusammen und stieß ein Schluchzen aus, das nach zwei Atemzügen in ein wildes Geheul überging. »Die Eisernen sind hier! Tod den Visconti-Hunden! Rache für meinen Mann und meinen Neffen! Vorwärts! Worauf wartet ihr noch?«

Ihre Worte wirkten wie ein Signal. Die versammelte Menge, die eben noch so fröhlich gewirkt hatte, verwandelte sich innerhalb eines Augenblicks in eine heulende Furie. Caterina sah, wie ein Teil der Leute in die Häuser stürmte und alles herausholte, das als Waffe zu verwenden war. Wenige Augenblicke später hatte sich die Stadt in einen Höllenpfuhl verwandelt. Türen wurden eingeschlagen, Menschen schrien in hellster Angst auf und verstummten plötzlich, und dann wurden die ersten Leichen aus den Fenstern geworfen.

Voller Entsetzen erkannte Caterina, dass die heulende Masse weder Frauen noch Kinder verschonte. Wütend gab sie ihren Leuten Befehl, einzugreifen, fühlte jedoch prompt Biancas Hand wie eine eiserne Klammer um ihren Arm.

»Tu das nicht, wir haben keine Chance, etwas zu verhindern! Es ist entsetzlich, aber so geht es in Italien nun einmal zu. Der Hass zwischen den Visconti-Leuten und ihren Feinden kennt keine Grenzen. Denke an die Gehenkten beim Tor. Sie waren gewiss nicht die einzigen Toten, die es in den letzten Tagen hier gegeben hat. Die Bürger der Stadt haben Umberto di Muozzola vertraut und sind von ihm verraten worden. Sie haben ein Recht, sich an ihm und seinen Helfershelfern zu rächen.«

»Aber was ist mit den Kindern?« Caterina zeigte mit blutleerem Gesicht auf einen sich wie irrsinnig gebärdenden Städter, der einem kleinen Jungen mit dem Absatz den Kopf zertrat.

»Lässt man die Kinder am Leben, zwingt das Gesetz der Vendetta diese zur Rache, und deswegen tötet man sie gleich mit.«

»Aber du und deine Brüder, ihr seid doch noch am Leben, obwohl euer Vater umgebracht wurde.«

»Das war etwas anderes! Das Urteil ist von einem Gericht gesprochen worden, so ungerecht es auch gewesen sein mag, und damit steht eine ganze Stadt dahinter. In meinem Fall Rache zu suchen ist unmöglich, wenngleich ich zugeben muss, dass mein Francesco einige der Männer, die am Tod meines Vaters schuld waren, hat abfangen und aufhängen lassen.« Biancas Gesicht zeigte keine Regung. Sie hielt Caterina fest, während ihre Leute die kleine Bastion der Stadt übernahmen und die Besatzung, die ihnen angesichts der tobenden Masse freiwillig das Tor geöffnet hatte, in den Kellern dort einsperrte, damit sie vor der Rache der Städter geschützt war. Während Muozzolas Söldner als Caterinas Gefangene in Sicherheit waren, hatten die einheimischen Anhänger des Podesta keine Chance, ihren Mördern zu entkommen. Da Caterinas Männer die Tore der Stadt besetzt hatten und niemand hinausließen, damit die Visconti-Truppen nicht vorschnell die Nachricht von der geglückten Einnahme Rividellos erhielten, überlebten nur diejenigen Visconti-Anhänger, die von mutigen Freunden versteckt wurden. Die anderen fielen ihren Feinden zum Opfer, die mehr an ihnen zu rächen hatten als die drei Toten am Tor.

Caterina fand es unerträglich, diesem Massaker zusehen zu müssen, ohne einschreiten zu können. Doch wenn sie versucht hätte, dazwischenzutreten, wäre die entfesselte Meute auch über sie und ihre Leute hergefallen. In diesem Augenblick sehnte sie Steifnacken und den Rest der Kompanie herbei, die derzeit mit verwirrenden Märschen Ugolino Malatesta und dessen Leute an der Nase herumzuführen suchten.

Bianca begriff, welche Gefühle in Caterina tobten, auch wenn sie diese nicht teilen konnte. Sie war Italienerin und hatte am eigenen Leib erlebt, mit welcher Grausamkeit hier um die Herrschaft in einer Stadt oder auch nur einem Stadtviertel gekämpft wurde. Doch auch sie war froh, als die Angst- und Entsetzensschreie verebbten und der Wahn, der die rasenden Bürger erfasst hatte, allmählich wich. Nur einmal brach er noch durch, als eine Gruppe von Marktweibern und Fleischergesellen Umberto di Muozzola in einem Versteck entdeckten und ihn die Hauptstraße entlangtrieben. Immer wieder packten sie ihn, schlugen mit Fleischerbeilen und Messern auf ihn ein und hackten ihm, als er zu Boden sank, bei lebendigem Leib die Gliedmaßen ab.

Caterina schüttelte es vor Ekel. In dieser Stadt würde sie keine Mahlzeit zu sich nehmen können, die mit Fleisch zubereitet worden war. Noch während sie mit ihrem Grauen kämpfte, gab es noch einmal einen Aufruhr. Aldobrando di Muozzola hatte sich ebenso wie sein Vater ein Versteck gesucht, doch als sich einige Leute dem Holzstapel näherten, unter dem er sich verborgen hatte, verlor er die Nerven, kroch heraus und lief schreiend die Straße entlang. Sofort hefteten sich ein, zwei Dutzend Verfolger an seine Fersen. In höchster Not rannte er auf Caterina und ihre Leute zu und schüttelte mit einer heftigen Bewegung die Arme ab, die nach ihm griffen. Er zwängte sich zwischen den Pferden hindurch, bis er vor Caterina stand, umklammerte schluchzend ihre Beine und flehte sie an, ihm das Leben zu retten.

Caterina blickte mit brennenden Augen auf ihn hinab. Nichts erinnerte mehr an den arroganten Schnösel, den sie vor etlichen Wochen kennen gelernt hatte. Sein prachtvolles Gewand war zerrissen und verschmutzt, blutige Schrammen zogen sich über sein Gesicht und seine Hände zitterten wie Espenlaub. Mit einem kurzen Atemstoß wandte Caterina sich an seine Verfolger, die nicht recht wussten, ob sie sich durch den Kordon, den ihre Reiter um sie und den jungen Muozzola gezogen hatten, hindurchkämpfen sollten.

»Dieser Mann ist mein Gefangener. Wer ihn anrührt, erregt meinen Zorn!« Es war der Entschluss eines Augenblicks und nicht gerade glücklich, wie Caterina an der Reaktion der Einheimischen erkennen konnte. Die Fleischergesellen, die Aldobrandos Vater erschlagen hatten, waren nämlich ebenfalls gekommen und drohten mit ihren Äxten und Messern.

»Wir wollen den Kerl haben«, schrie ein schmales Bürschchen, das sich an der Macht berauschte, die ihm an diesem Abend in den Schoß gefallen war.

»Legt ihr auch nur eine Hand an einen meiner Männer, wird es dieser Stadt so ergehen wie Cesena, nachdem John Hawkwood den Ort besucht hat!« Caterinas Stimme war laut genug, dass auch die Bewohner der umliegenden Häuser es hören konnten. Einige der Umstehenden zogen die Köpfe ein, sie kannten die Berichte über das Massaker, welches der englische Condottiere in der aufständischen Stadt angerichtet hatte und das grausamer gewesen war als alles, was Italien bis dorthin hatte erdulden müssen. Caterina konnte nur hoffen, dass die aufgeputschte Menge in der rasch aufsteigenden Nacht nicht erkennen konnte, wie schwach ihre Truppe war, und sich durch ihre Drohung in Schach halten ließ.

Für einige Augenblicke herrschte eine fast schmerzhafte Anspannung. Dann schnaufte einer der vernünftigeren Bürger kurz durch und lachte dann auf. »Was wollen wir mit diesem Bengel? Er ist kein Einwohner unserer Stadt und damit auch niemand, dessen Rache wir zu fürchten hätten.« Ein paar stimmten ihm widerwillig zu, aber die Spannung löste sich erst, als einer den Vorschlag machte, ein paar weitere Häuser zu plündern. Die meisten folgten dem Mann johlend und hatten Aldobrando di Muozzola beim Anblick der ersten Geldstücke vergessen.

Caterina spürte, wie knapp sie dem Verhängnis entgangen war, und begann zu zittern. Nie mehr, das schwor sie sich, würde sie sich auf ein so waghalsiges Unternehmen einlassen. Nach ein paar tiefen Atemzügen wandte sie sich an Friedel. »Glaubst du, wir können uns in der Stadt halten, bis Steifnacken mit dem Haupttrupp kommt?«

Der Schwabe machte eine wegwerfende Handbewegung, die in der Dämmerung kaum zu erkennen war. »Es wäre ja noch schöner, wenn uns das nicht gelänge! Bis morgen früh werden die Leute sich wieder beruhigt haben und wir können die Miliz zusammenrufen. Die muss uns gegen die Visconti-Truppen unterstützen, wenn es nicht dem Rest der Einwohner hier an den Kragen gehen soll. Dann kann Malatesta erscheinen! Hier gibt es nichts anderes mehr für ihn zu holen als blutige Köpfe.«

»Dann ist es gut.« Caterina atmete tief durch und wies auf Aldobrando di Muozzola. »Was machen wir mit dem?«

»Ich würde vorschlagen, ihn erst einmal irgendwo einzusperren, wo keiner an ihn herankommt. Wenn er Glück hat, lösen ihn Viscontis Emissäre später aus. Unserem Herzog würde es sicher gefallen, ein paar Dukaten in seine Truhen zu bekommen.« Friedel beugte sich aus dem Sattel nieder, um Aldobrando zu packen, als Caterina ihm auf die Schulter tippte.

»Wieso würde der Herzog von Molterossa das Lösegeld für diesen Mann erhalten? Er ist doch unser Gefangener.«

»Als unserem Auftraggeber stehen ihm ein Teil der Beute zu, die wir machen, sowie das Lösegeld für Gefangene«, erklärte Bianca ihr an Friedels statt und gab dem Söldner den Befehl, Aldobrando wegzubringen. Sie selbst wandte sich an einen der Einheimischen, der auf der Piazza geblieben war. »Unsere Leute brauchen ein Quartier, aber eines, das auch für die Herrin geeignet ist!«

Der Mann lachte auf, wenn auch nicht sehr fröhlich. »Daran gibt es keinen Mangel, denn die Häuser dieser von Gott verfluchten Visconti-Knechte stehen nun leer. Für Monte Eldes Tochter wäre wohl Muozzolas Palazzo angebracht. Wenn ihr wollt, führe ich euch hin.«

»Danke, aber unsere Leute kennen den Weg.« Bianca war mehrmals in Rividello gewesen und wusste, wo der Palazzo zu finden war. Daher setzte sie sich an die Spitze der Gruppe. Friedel versetzte Caterinas Stute einen leichten Klaps, damit sie mit ihnen lief, denn die Capitana saß wie erstarrt im Sattel und schien die Welt um sich herum vergessen zu haben. Pernica lief gehorsam los und schloss zu Biancas Maultier auf. Vier Reiter folgten ihnen als Begleitschutz. Nach den Exzessen des Abends war eine sternenklare und von nur wenigen Geräuschen erfüllte Nacht hereingebrochen, die ihren Mantel gnädig über all das Blut deckte, das noch vor kurzem geflossen war.

## 12.

Muozzolas Palazzo entpuppte sich als zweistöckiges Gebäude mit flachem Dach und Schießscharten in der Mauerkrone. Die Fenster in der Außenwand waren klein und vergittert, das Tor mit Bronzeblech beschlagen und durch einen Vorbau geschützt. Das trutzige Bollwerk hatte seinen Dienst jedoch nicht erfüllt, denn die Torflügel standen halb offen, so dass Friedel sie vom Sattel aus aufstoßen und durch den hohen Gang in den Hof reiten konnte. Dort war alles still, und erst auf mehrmaliges Rufen des Söldners kamen zwei verängstigte Knechte näher.
»Kümmert euch um die Pferde«, herrschte Friedel sie an und hob die Hand. »Halt, vorher holt ihr noch ein paar Mägde, die sich der Capitana annehmen sollen.«
»Wenn noch welche hier sind! Als die Leute ins Haus eindrangen, sind die meisten geflohen, um nicht von dem Gesindel erschlagen oder vergewaltigt zu werden.« Der Knecht brummte noch ein paar unverständliche Worte in seinen struppigen Bart und schlurfte zum Haus, während der andere den Zügel von Caterinas Stute entgegennahm.
Caterina stieg steifbeinig ab und musste sich am Sattel festhalten, da ihre Beine nachzugeben drohten. Bianca ließ sich von einem Söldner von ihrem Maultier heben und eilte an ihre Seite.
»Gleich ist es geschafft! Dann könnt Ihr Euch erfrischen und eine Kleinigkeit zu Euch nehmen.«
Caterina erinnerte sich an den Podesta, den die Fleischergesellen wie ein Stück Vieh zerlegt hatten, und schüttelte den Kopf. »Heute werde ich nichts über die Lippen bringen.«

»Ihr müsst etwas essen und dann schlafen! Morgen erwartet die Stadt eine siegessichere Capitana zu sehen und kein übernächtigt und krank aussehendes Geschöpf.« Bianca fasste Caterina resolut unter und führte sie auf die Tür des Wohntrakts zu, aus der eben eine alte Magd herausblickte, die die mangelnde Schnelligkeit ihrer Beine wettgemacht hatte, indem sie in ein sicheres Versteck gekrochen war. Als sie sah, dass ihr nichts Schlimmeres drohte, als zwei Damen bedienen zu müssen, kam sie eilfertig näher.

»Sorge dafür, dass die beste Kammer für die Herrin hergerichtet wird, und lass einen Badezuber mit warmem Wasser darin aufstellen«, wies Bianca sie an.

Caterina war in diesem Augenblick froh, dass ihre Begleiterin das Heft in die Hand genommen hatte, sie selbst fühlte sich so elend, dass sie glaubte, jeden Augenblick erbrechen zu müssen. Da sie ihren Leuten diesen schmählichen Anblick ersparen wollte, trat sie ins Haus und folgte der Magd in den Raum, den diese für geeignet erachtete. Es war ein schönes Zimmer mit Wandverkleidungen und einer dunklen Holzdecke. Die Wappen an dem wuchtigen Kastenbett und die kostbaren Schnitzereien auf den Truhen und an den Schränken wiesen darauf hin, dass es sich um das Schlafgemach des Podesta handelte. Aus einem ersten Impuls heraus wollte Caterina es ablehnen, hier zu übernachten, doch bevor sie etwas sagen konnte, war die Magd bereits wieder verschwunden.

Ein gepolsterter Armstuhl lud zum Sitzen ein. Da Caterinas Beine sich immer noch zittrig anfühlten, nahm sie darauf Platz und barg das Gesicht in den Händen. Als Bianca sie nach einer Weile antippte und wieder in die Welt zurückrief, trug der kleine Tisch an der Wand einige Weinkaraffen und etliche Teller, die mit silbernen Schutzhauben bedeckt waren, und mitten im Raum stand eine kupferne Wanne, die so groß war, dass man sich ganz hineinlegen konnte. Dampf kräuselte sich darüber und verriet, dass sie mit heißem Wasser gefüllt war.

»Wollt Ihr zuerst etwas zu Euch nehmen oder vorher baden?«, fragte Bianca.
Caterina warf dem Tisch einen kurzen Blick zu und entschied sich für das Bad. Während sie mit müden Bewegungen die Schlaufen ihres Kleides löste, schickte Bianca die Magd fort und befahl ihr, sie in dieser Nacht nicht mehr zu stören. Als die Tür sich hinter der Frau schloss, wandte Bianca sich mit einem unsicheren Lächeln an Caterina.
»Ich hoffe, Ihr verzeiht mir, wenn ich bei Euch bleiben will, doch ich habe das Gefühl, dass es nicht gut wäre, Euch in dieser Nacht allein zu lassen. Außerdem kann ich Euch bedienen.«
»Dann hilf mir aus dem Kleid, denn mir ist, als wäre mein ganzer Körper mit Blut befleckt.« Caterina seufzte und hob die Arme, damit Bianca ihr das Gewand über den Kopf streifen sollte. Dann erinnerte sie sich an ihren im Schritt zusammengenähten Reitrock und ließ die Arme wieder sinken. »Es tut mir leid, ich bin heute nicht ganz ich selbst«, sagte sie mit einem bitteren Lächeln.
Bianca fasste sie um die Schulter und drückte sie fest an sich. »Das kann ich gut verstehen. Doch Ihr seid wunderbar gewesen. Kaum einer der bekannten Condottieri hätte einen solch kühnen Streich gewagt, geschweige denn, ihn erfolgreich zu Ende bringen können. Ihr seid wahrlich Monte Eldes Tochter. Ach, wie sehr ich ihn vermisse!«
Biancas Augen füllten sich mit Tränen, und nun war es an Caterina, sie zu trösten. Sie drückte sie an sich, strich ihr übers Haar und wies auf die dampfende Wanne. »Wollen wir das Wasser kalt werden lassen? Komm, der Zuber ist groß genug für uns beide.«
Damit löste sie die letzten Schlaufen, streifte ihre Kleidung ab und stand nackt vor Bianca. Da diese nicht sofort reagierte, begann Caterina ihre Begleiterin auszuziehen. Als die einstige Mätresse so vor ihr stand, wie Gott sie geschaffen hatte, wanderte ihr Blick bewundernd über deren große, wohlgeformte Brüste und dem

trotz einer gewissen Fülle harmonischen Schwung des Bauches und der Hüften.

»Du bist wunderschön! Ich kann verstehen, dass mein Vater in heißer Liebe zu dir entbrannt ist.« Caterina konnte der Versuchung nicht widerstehen, Bianca zu berühren, und fühlte einen leichten Schlag durch ihren eigenen Körper fahren. Das Grauen, das sie eben noch in seinen Klauen gehalten hatte, glitt langsam von ihr ab und der Druck auf ihren Magen löste sich. Durch die seltsame Reaktion ihres Körpers verunsichert ließ sie Bianca los und stieg in die Wanne. Das Wasser hatte gerade die richtige Temperatur und verströmte Wohlgerüche, die wohl Muozzolas Ehefrau oder seine Mätresse erfreut hatten.

Bianca war über ihre plötzlich erwachenden Gefühle und Sehnsüchte nicht weniger verwirrt als Caterina, gab sich diesen aber bereitwilliger hin und folgte ihr rasch ins Wasser. Wie von selbst fanden ihre Hände Caterinas Brüste und massierten sie sanft, bis die Brustwarzen sich aufrichteten und hart wurden.

Caterina stieß einen erschrockenen Laut aus. »Was machst du mit mir?«

»Nur das, was du jetzt brauchst, Capitana!« Bianca benutzte nun nicht mehr die höfliche Anrede, die sie Caterina gegenüber bisher verwendet hatte. »Du hast einen großen Erfolg errungen, und dein Körper ist dadurch voller Spannung, die sich entladen muss. Wenn dein Vater nach einem solchen Sieg zu mir kam, war er so stark wie zehn Männer, und ich vermochte ihn manchmal kaum mehr zu ertragen, so oft brachte er mir die Erfüllung. Wärest du verheiratet, würdest du jetzt wohl deinen Mann zu dir rufen und zu Taten anfeuern, von denen ihr noch im Alter voller Stolz sprechen könntet. Da du jedoch noch Jungfrau bist, bleibt dieser Weg dir verwehrt. Also werde ich alles tun, damit du dem morgigen Tag mit Mut und frohen Sinnen entgegensehen kannst.« Bianca fand, dass sie genug geredet hatte, und küsste Caterina auf den Mund. Diese war im ersten Augenblick wie erstarrt, dann riss sie Bianca an sich und hielt sich schluchzend an ihr fest.

»Gib dich ganz deinen Sinnen hin«, forderte Bianca sie auf und glitt mit ihrem Mund tiefer, bis sie auf eine der Brustwarzen traf. »Dein Vater«, flüsterte sie mit seltsam rauer Stimme, »hat mich so oft glücklich gemacht, dass ich mich freue, dir ein wenig davon zurückgeben zu können.«

## 13.

Als Malatesta die Nachricht von der Besetzung der Stadt erreichte, sah er so aus, als wolle er vor Wut platzen. Die ganze Zeit hatte er Spott und Hohn über die Tedesca ausgegossen, und nun war es dem Weib gelungen, Umberto di Muozzola mit einem kühnen Streich zu überrumpeln und Rividello einzunehmen. Für den Capitano-General war es ein Schlag ins Gesicht. Er lief dunkelrot an, und aus seinem Mund brachen Schimpfwörter, wie sie schlimmer auch in den übelsten Gassen nicht gebraucht wurden. Dann packte er den Boten, der aus einer der Nachbarstädte Rividellos stammte, und schüttelte ihn, als wolle er ihm das Rückgrat brechen. »Hund, du lügst auch nicht?«

Der Mann sah Malatesta entsetzt an, denn er fürchtete um sein Leben. »Aber nein, Signore! Ich war am Tag darauf selbst in der Stadt und habe die Krieger der Compagnia Ferrea gesehen. Sie haben gehaust wie die Untiere und alle der Unseren erschlagen. Nicht einmal das Kind im Mutterleib wurde verschont.«

Jetzt fand Rodolfo es an der Zeit einzugreifen. »Mit wie vielen Kriegern hat die Tedesca die Stadt besetzt?«

Der Bote zuckte hilflos mit den Schultern. »Mit hundert, vielleicht auch zweihundert Mann, mehr waren es gewiss nicht.«

»Selbst zweihundert Söldner können kein solches Blutbad anrichten, wie du es uns weismachen willst!« Rodolfos Stimme klang scharf und reizte den Boten zum Widerspruch.

»Einige Freunde, denen die Flucht gelungen ist, haben mir davon erzählt! Ihren Worten zufolge hat sich auch der Pöbel an diesen Morden beteiligt.«

»Es waren wohl eher die ehrsamen Bürger, die ihre Konkurrenten ausgerottet haben! Die Krieger der Tedesca dürften genug damit zu tun gehabt haben, die wichtigsten Punkte der Stadt zu besetzen.«

Rodolfo wollte das Verhör fortsetzen, aber Malatesta schob ihn wie ein hinderliches Gepäckstück beiseite. »Es ist doch egal, wer die Unseren umgebracht hat. Sowohl die Bewohner der Stadt wie auch die Mordknechte der Tedesca werden dafür bezahlen. Unsere Leute gieren nach Blut und Weiberfleisch. Von beidem sollen sie genug bekommen.«

Der Condottiere entblößte seine Zähne zu einem bösartigen Grinsen und zwinkerte Borelli zu. »Wir werden in Eilmärschen auf Rividello zurücken und die Stadt im Handstreich nehmen. Wenn ich dann mit der Tedesca fertig bin, wird sie einmal durch die ganze Kompanie gehen. Du kannst sie dann als Erster haben.«

»Ich freue mich schon darauf.« Borelli erwiderte Malatestas Grinsen und rieb sich die Hände.

Rodolfo verspürte ein flaues Gefühl im Magen. Zuerst glaubte er, er würde sich aus ihm unbekannten Gründen schon wieder um Caterina sorgen, dann aber begriff er, dass seine Bedenken Malatestas nächsten Schritten galten. »Haltet Ihr es wirklich für klug, schnurstracks auf Rividello zuzuhalten, obwohl der Hauptteil der Eisernen Kompanie keine zwei Tagesmärsche von uns entfernt steht? Die Truppe kann fast zur selben Zeit wie wir dort ankommen!«

Malatesta schmeckte dieser Einwand nicht und er musterte Rodolfo mit einem finsteren Blick. »Ihr habt wohl Angst vor einem Kampf, d'Abbati? Ich sage Euch, wir werden die Compagnia Ferrea weit hinter uns lassen und die Stadt längst erobert haben, bis die Truppe dort erscheint. Und jetzt macht, dass Ihr zu Euren Leuten kommt! Ihr übernehmt wie immer die Nachhut.«

Borelli baute sich spöttisch grinsend vor Rodolfo auf. »Seht es positiv, d'Abbati. Solange Ihr mit Euren Leuten den Arsch unseres Heeres bildet, kommt Ihr nicht in Gefahr, einen Feind vor Euch zu sehen.«

Rodolfo bedauerte wieder einmal, dass er den Mann nicht schon bei seinem Besuch in Caterinas Lager auf das rechte Maß zurechtgestutzt hatte. So musste er zähneknirschend zusehen, wie der Kerl Lanzelotto Aniballi und einige andere Offiziere auffordernd anblickte und diese auch sofort in sein höhnisches Gelächter einstimmten. Mit einer heftigen Bewegung drehte er der Gruppe den Rücken zu, denn er musste sich zwingen, seine Hand vom Schwertgriff fern zu halten. Als er zu seinen Leuten zurückkehrte, sah er an ihren Mienen, dass die Nachricht von der Einnahme Rividellos bereits zu ihnen gedrungen war.

Mariano Dorati kam ihm entgegen und fasste seinen Arm. »Stimmt das wirklich?«

»Es sieht so aus. Die Tedesca hat so reagiert, wie wir es hätten erwarten müssen. Sie ist schnurstracks auf ihr Ziel losgegangen und hat es gepackt wie ein Adler, der ein Kaninchen schlägt.«

Dorati lachte leise auf. »Was für eine Frau! Malatestas Gesicht hätte ich sehen mögen, als er es erfuhr, aber auch das deine.«

»Warum das meine?«, fragte Rodolfo verblüfft. »Ich habe immer davor gewarnt, diese Tedesca zu unterschätzen. Schließlich ist sie Monte Eldes Tochter, und zu was der imstande war, weiß von der Lombardei bis nach Neapel jedes Kind.«

Er brachte seine Ansicht so überzeugend vor, dass Dorati verwundert mit den Augen blinzelte. »Dann muss ich es wirklich mit den Ohren haben. Bis jetzt glaubte ich deinen Worten entnehmen zu können, diese Tedesca sei nur eine dumme Kuh, die man mit Leichtigkeit am Nasenring führen könne.« Mariano kicherte, als er den empörten Blick seines Freundes sah. »Nun ja, bei Malatesta kannst du ja anders geklungen haben als bei mir.«

»Das habe ich mit Sicherheit!«, antwortete Rodolfo und schämte sich der verächtlichen Worte, die er im vertrauten Kreis über Caterina fallen gelassen hatte. Wie es aussah, war sie ein Teufelsweib, das man nicht unterschätzen durfte. Doch er bezweifelte, dass Malatesta dies begriffen hatte, und bekam Bauchgrimmen von dem, was nun auf sie zukommen würde.

Seine Besorgnis wurde auch in den nächsten Tagen nicht geringer, denn Ugolino Malatesta reagierte wie ein gereizter Stier. Er zwang seine Kompanie zu Gewaltmärschen über Stock und Stein und bedrohte jeden, der in seinen Augen die Geschwindigkeit der Truppe behinderte, mit harten Leibesstrafen oder gar mit dem Tod. Rodolfo hielt es für ratsam, sich von ihm ebenso fern zu halten wie von Fabrizio Borelli, er hätte sich sonst unweigerlich mit ihnen gestritten. Zum ersten Mal, seit Olivaldi ihn Malatesta unterstellt hatte, war er froh, mit seinen Leuten die Nachhut zu bilden. Auch wenn er und seine Männer den Staub der anderen schlucken mussten, blieb ihnen wenigstens das Geschwätz über all das erspart, was der Capitano-General und dessen Freunde Caterina antun wollten.

In Rodolfos Augen war die Truppe dem Zusammenbruch nahe, als Rividello endlich vor ihnen auftauchte. Aus dem raschen Handstreich wurde jedoch nichts, denn die Turmwachen hatten sie schon von weitem entdeckt und die Tore verschlossen. Rodolfo lenkte sein Pferd einen Hang hinauf, der ihm einen freien Blick auf die Stadt bot, und musterte die in den letzten Monaten verstärkten Befestigungen. Diese Mauern zu übersteigen würde viele Opfer kosten, sagte er sich. Doch diese Bedenken durfte er sich nicht anmerken lassen, um den Kriegern und Knechten nicht den Mut zu nehmen. Daher sah er zu, wie die Männer in das kleine Wäldchen eilten, welches einige Tage zuvor Caterinas Trupp Deckung geboten hatte, und dort Holz für Leitern und Belagerungsgerät zu schlagen begannen.

Mariano Dorati war seinem Freund gefolgt und sah ebenfalls nach Rividello hinüber, über deren Zitadelle wie zum Hohn das Banner der Eisernen Kompanie wehte. »Ich hoffe, Malatesta weiß, was er tut, sonst wird er hier nicht nur eine Schlacht, sondern auch seinen Ruf verlieren.«

»Mir wäre es lieber, einer der anderen Condottieri in Mailands Diensten würde uns befehligen, sei es Perino di Tortona oder Ugolinos Vetter Carlo Malatesta. Ich würde sogar mit Freuden unter Henry Hawkwood dienen, auch wenn der Mann bei weitem kein solches Genie ist wie sein Vater. Unser Feldherr macht mir im Augenblick nämlich mehr Angst als der Feind.« Rodolfo schüttelte sich, als streife ihn ein kalter Hauch, und starrte wieder zur Stadt hinüber, auf deren Mauern nun die rot und schwarz gekleideten Krieger der Eisernen Kompanie zusammen mit Angehörigen der Bürgerwehr Rividellos auftauchten und das Visconti-Heer mit obszönen Gesten begrüßten.

»Sieh mal nach hinten«, forderte Mariano ihn auf. Rodolfo befolgte den Rat und starrte in die Richtung, aus der sie gekommen waren. Zunächst konnte er nichts erkennen, doch dann glaubte er in der Ferne eine feine Staubwolke zu sehen.

»Du meinst, das könnte schon der Haupttrupp der Eisernen sein?«

Mariano nickte mit gebleckten Zähnen. »Wenn er es ist, befindet er sich keinen Tagesmarsch hinter uns. Malatesta sollte sich also beeilen, die Stadt zu nehmen, sonst geraten wir zwischen Hammer und Amboss.«

»Oder, besser gesagt, in Teufels Küche. Ich werde es melden.« Rodolfo ließ Mariano zurück und ritt nach vorne, wo auf einer ebenen Stelle die Zelte für Malatesta und die übrigen Offiziere aufgestellt wurden.

»Capitano-General, ich habe hinter uns eine Staubwolke entdeckt, die von der Eisernen Kompanie stammen könnte«, rief Rodolfo dem Feldherrn zu.
Bevor dieser reagieren konnte, blickte Borelli in die angegebene Richtung. »Ich sehe nichts! Es ist wohl die Angst, die Eure Augen trübt.«
Malatesta winkte verächtlich ab. »Das ist unmöglich! Wir haben die Eisernen weit hinter uns gelassen. Also verschont uns mit Euren Kassandrarufen und bleibt bei Euren Leuten. Dort seid Ihr am besten aufgehoben.« Er kehrte Rodolfo den Rücken und zeigte ihm deutlich, dass er nichts mehr hören wollte.
Rodolfo wusste, dass jedes weitere Wort nur zu Streit und Hohn führen würde, und zog sich kopfschüttelnd zurück. Als er wieder nach der Staubwolke Ausschau hielt, hing diese deutlich sichtbar über dem Land.

## 14.

Hans Steifnacken hatte alles getan, um Malatestas Aufmerksamkeit auf sich zu lenken und Caterina freie Hand zu verschaffen, und als er die Nachricht erhielt, dass es ihr gelungen war, die Stadt einzunehmen, hetzte er seine Leute Richtung Rividello. Noch während er überlegte, wie es ihm gelingen könnte, Malatesta in die Irre zu führen, um lange genug vor ihm die Stadt zu erreichen, teilten seine Späher ihm mit, dass dieser wie ein wütender Bulle losgestürmt war und die Eiserne Kompanie bereits überholt hatte. Da Steifnacken nicht wusste, wie lange Caterina einer Belagerung standhalten konnte, setzte er sich kurzerhand auf Malatestas Spur und folgte ihm in weniger als einem Tagesmarsch Abstand. Unterwegs verging er vor Sorge, der Condottiere könnte die Verfolger bemerken und sich an einer günstigen Stelle gegen sie wenden. Doch zu seiner Erleichterung beendete Malatesta den Vormarsch erst vor den Mauern Rividellos und stellte sich dort so auf, als gäbe es niemand außerhalb der Stadt, der ihn bedrohen konnte.

Die Späher berichteten Steifnacken, dass das gegnerische Lager unbefestigt blieb und auch die Straße nicht besetzt worden war, um den Eisernen den Weg zu verlegen. Da Caterinas Söldner aus ihrer Zeit in Rividello die Gegend besser kannten als ihre Gegner, sandte Steifnacken einen Boten aus, der Malatestas Leute umging und ungesehen eine kleine Pforte erreichte, durch die er in die Stadt gelassen wurde. Eigene Leute nahmen ihn in Empfang und führten ihn umgehend zu Muozzolas Palazzo, in dem die Capitana der Eisernen Kompanie wie eine Stadtherrin residierte.

Trotz Biancas beruhigenden Worten war Caterina beim Auftauchen des Feindes nervös geworden und hatte sich wie in einer Falle gefühlt. Doch als sie nun vernahm, dass Steifnacken nur noch wenige Stunden entfernt war, wurde ihr leichter ums Herz, und sie konnte ihren Leuten eine lächelnde Miene zeigen, ohne dass es sie viel Kraft kostete. Sie befahl Bianca, dem Boten Essen und Wein bringen zu lassen, und fragte den Mann erst, als das Gewünschte vor ihm stand, ob er noch mehr von Steifnacken zu berichten hätte.

»Das habe ich wohl«, antwortete der Mann eifrig kauend. »Amadeo Caetani und Steifnacken sind sich nicht einig, wie die Kompanie vorgehen soll. Signore Amadeo will, dass wir uns ein Stück die Straße hinab verschanzen und diese für Malatestas Trupp sperren, so dass dieser gezwungen ist, über schlechte Bergpfade abzuziehen. Der alte Steifnacken hingegen will einen Teil der kommenden Nacht durchmarschieren und den Feind in der Morgendämmerung angreifen. Er meint, anders zu handeln wäre verhängnisvoll, da dem Feind sonst Zeit zum Überlegen bliebe. Ihr müsst nun bestimmen, wie vorgegangen werden soll, Capitana«, setzte er zu Caterinas nicht geringem Schrecken hinzu.

»Warum handelt Steifnacken nicht so, wie er es für richtig hält?«, fragte sie.

»Als Euer Stellvertreter gilt nun einmal Amadeo Caetani, und der beruft sich darauf, in Eurer Abwesenheit das Kommando zu führen.«

Diese Nachricht passte Caterina wenig, denn sie traute dem Neffen des Herzogs nicht zu, die richtige Entscheidung zu treffen. Aber sie zweifelte auch daran, ob sie selbst dazu in der Lage war. Ganz gleich, wie sie ihre Leute vorgehen ließ, würde sie Menschen in den Tod schicken. Letztlich kam es nur noch darauf an, welche Strategie weniger Opfer kosten würde. Würde sie Amadeos Vorschlag folgen und erst einmal Malatestas Reaktion abwarten, konnte dieses Zögern dazu führen, dass dieser die Stadt einnahm, und dann war alles, was sie bisher erreicht hatte, vergebens gewesen. Sie atmete tief durch, wechselte einen kurzen Blick mit Bianca und sah dann den Söldner fragend an.

»Glaubst du, du schaffst es, zur Kompanie durchzukommen?«

Der Mann nickte. »Freilich schaffe ich das!«

»Gut, dann übermittele Steifnacken und Caetani meinen Befehl: Die Kompanie soll morgen früh angreifen. Wir werden bei Tagesanbruch einen Ausfall wagen und den Feind von zwei Seiten packen.«

»Auf diese Entscheidung hat der alte Steifnacken gehofft!« Der Söldner grinste über das ganze Gesicht. Obwohl er noch einen weiten Weg zurückzulegen hatte, nahm er sich die Zeit, das ihm aufgetischte Hähnchen bis auf die Knochen abzunagen und zwei Becher Wein dazu zu trinken. Einen dritten lehnte er mit Hinweis auf den gefahrvollen Weg ab, der nun vor im lag.

Als er aufgebrochen war und die Mägde den Tisch abgeräumt hatten, schlug Caterina die Hände vor das Gesicht. »Bei Gott und allen Heiligen! Worauf habe ich mich da nur eingelassen?«

Bianca zog sie an sich und streichelte ihr die Wangen. »Du darfst nicht an dir zweifeln, meine Liebe. Komm, iss etwas und trink einen Schluck Wein. Danach legst du dich hin, morgen früh musst du frisch sein. Die Männer werden erwarten, dass du mit ihnen reitest. Sie sind es gewohnt, ihren Capitano und dessen Fahne bei sich zu sehen.«

Daran hatte Caterina überhaupt nicht gedacht, doch als sie sich vorstellte, aus der Stadt zu reiten und sich dem Feind Auge in Auge gegenüberzusehen, verspürte sie seltsamerweise keine Angst. Sie war die Herrin der Kompanie, und damit war es nur recht und billig, die Gefahr mit ihren Männern zu teilen. »Du hast Recht, Bianca! Nur glaube ich nicht, dass ich diese Nacht schlafen werde können.«

»Oh doch! Das wirst du!«, antwortete ihre Gefährtin resolut. »Ich werde dich in den Schlaf streicheln und über dich wachen, damit kein böser Traum in deine Gedanken dringen kann.«

Caterina wurde rot, und sie war froh, dass die Mägde die Kammer bereits verlassen hatten. »Was wir tun, ist eine Sünde!«

»Alle Menschen sündigen, und doch kommen die meisten von ihnen in den Himmel. Gott ist gewiss gnädiger, als so mancher Priester behauptet, und er wird uns verzeihen.« Bianca lächelte Caterina aufmunternd zu und flößte ihr eigenhändig etwas Wein ein.

»So, jetzt geht es dir schon wieder besser, nicht wahr? Wenn du dich wieder kräftig genug fühlst, sollten wir ins Zeughaus gehen und dir eine Rüstung aussuchen. Die Männer müssen sehen, welch mutige und kriegerische Capitana sie besitzen.« Der Kuss, mit dem Bianca ihre Worte begleitete, versprach viel Zärtlichkeit für die kommende Nacht.

Caterina nickte ihr zu, atmete tief durch und wischte eine verräterische Tränenspur aus den Augen. »Eigentlich sollten wir die Nacht im Gebet verbringen und Gott, die Engel und alle Heiligen um Unterstützung bitten!«

Bianca lächelte nur, und Caterina wusste genau, dass sie ihre Gefährtin nicht von sich stoßen würde, wenn diese in ihr Bett kam, denn in ihren Armen vergaß sie die Angst und Sorgen, die sie sonst

quälen würden. Sie fragte sich, ob die Gefühle, die sie bei ihrem Zusammensein empfand, denen einer Frau glichen, die das Bett mit ihrem Ehemann teilte. Das würde sie wohl irgendwann erfahren. Für heute war sie einfach froh, in Bianca eine Freundin gefunden zu haben, die sie verstand und die ihr Halt bot.
Unwillkürlich musste sie kichern, denn sie stellte sich vor, was Malle zu ihren Eskapaden sagen würde. »Wenn wir wieder mit unserer Kompanie vereint sind, werden wir nicht mehr so intim sein dürfen, denn meine Magd könnte uns dabei überraschen.«
Bianca sah Caterina trotz deren scheinbarer Heiterkeit an, dass diese Tatsache ihre Freundin traurig machte, und nickte lächelnd. »Ich weiß! Doch jetzt geben wir einander in einer gefährlichen Situation Zuversicht, und dafür sollten wir dem Schicksal oder der heiligen Barbara dankbar sein.« Sie küsste Caterina noch einmal, zupfte deren Kleid zurecht und wies auf die Tür. »Das Arsenal wartet!«

## 15.

Rodolfo schwankte, ob er Malatesta aufsuchen und so lange auf ihn einprügeln sollte, bis der Mann begriff, in welch missliche Lage er seine Kompanie gebracht hatte, oder lieber gleich seine fünfzig Lanzen nehmen und über eine der beiden noch freien Bergstraßen abrücken sollte. Dem ersten Wunsch standen Malatestas Leibwächter entgegen, die ihn zweifelsohne in Stücke hacken würden, dem zweiten seine Ehre. Wenn er ohne Erlaubnis Malatestas oder eines Befehls des Marchese Olivaldi abrückte, war er für alle Zeiten als Feigling gebrandmarkt. So sah Rodolfo das Verhängnis heraufziehen, ohne es aufhalten zu können.
Er hatte Späher ausgeschickt, um zu erkunden, wie nahe die Eisernen ihrem Lager bereits gekommen waren, und hoffte wider besseres Wissen, dass Caterina die Schlacht vermeiden und sich auf

Verhandlungen einlassen würde. Er hatte jedoch schon einmal erlebt, wie rasch und kompromisslos die Tedesca zuschlug, und befürchtete Schlimmes. Daher schlief er in dieser Nacht sehr schlecht und sank kurz vor dem Morgen in einen Albtraum, in dem er sich allein einem Trupp Krieger gegenübersah, die alle Caterinas Gesichtszüge annahmen und lachend auf ihn einhackten. Dabei schrien und kreischten sie wie wilde Tiere und ihre Waffen machten einen Heidenlärm.

Mit diesem Bild vor Augen schreckte er hoch und begriff, dass die Geräusche aus seinem Albtraum tatsächlich existierten. Raue Männerstimmen brüllten fremdländische Befehle, von denen er die meisten verstand, denn er hatte auf Marianos Anraten die gleichen Begriffe in seiner Kompanie eingeführt, um Missverständnisse durch unterschiedliche Dialekte zu vermeiden. Einen Augenblick lauschte er verwirrt, dann wurde ihm klar, dass die Eiserne Kompanie das Lager angriff, obwohl noch nicht einmal richtig Tag war.

Mit einer zornerfüllten Bewegung schlug er das schweißnasse Laken zurück, sprang auf und rief nach seinem Knappen, der normalerweise neben dem Eingang schlief. Doch der war, wie sein zerwühltes Lager und sein am Boden liegendes Obergewand verrieten, kopflos davongelaufen. Um seine Kleidung anzuziehen, brauchte er den Kerl zwar nicht, aber Rüstung und Helm vermochte er nicht selbst anzulegen.

Während er mehrfach nach dem Burschen rief, suchte er seine Waffen zusammen und stellte dabei mit Schrecken fest, wie nahe der Kampflärm bereits herangekommen war. Als er den Kopf zum Zelt hinausstreckte, kam Mariano ihm entgegen, halb nackt und ohne jede Wehr, aber mit dem Schwert in der Hand.

»Die Eisernen greifen an, Rodolfo, ohne dass wir gewarnt wurden. Unsere Wachen müssen geschlafen haben!«

»Das wundert mich nicht – nach den Gewaltmärschen, zu denen

Malatesta uns gezwungen hat.« Rodolfo spie aus und versuchte sich einen Überblick zu verschaffen. Die meisten der eigenen Leute kämpften so, wie sie ihr Nachtlager verlassen, und mit dem ersten Gegenstand, den sie in die Hand bekommen hatten. Nicht weit von ihm versuchte Lanzelotto Aniballi sein Fähnlein um sich zu sammeln. Auch er war kaum bekleidet und nur mit einer Lanze bewaffnet. Er fluchte wie ein Stallknecht, dem gerade ein Hengst auf den Fuß gestiegen war, schien aber nicht wirklich zu begreifen, was um ihn herum geschah.

»Die Eisernen greifen an! Sammle deine Leute, damit wir eine Linie bilden können«, rief Rodolfo ihm zu.

Aniballi starrte verständnislos zu ihm herüber und wurde im nächsten Augenblick von zurückweichenden eigenen Truppen fortgeschwemmt. Rodolfo und die Männer, die sich um ihn gesammelt hatten, sahen sich plötzlich anstürmenden Monte-Elde-Söldnern gegenüber, die teilweise noch hoch zu Ross gegen sie anbrandeten. Rodolfo hieb mit dem Schwert um sich, verletzte ein Pferd und rammte, als es zusammenbrach, dem Reiter die Klinge in den Leib. Sein Beispiel feuerte die eigenen Leute an und für ein paar Augenblicke hielten sie stand. Dann aber drückte die überlegene Zahl der Feinde sie immer weiter zurück.

»Verdammt, warum unternimmt Malatesta nichts?« Mariano Dorati fluchte und brüllte, während die Gruppe Rodolfos Anweisung folgte und sich auf einen flachen Felsen zurückzog, der ihnen ein wenig Schutz vor Reiterangriffen bot. Der Schwung der Monte-Elde-Söldner war zu groß, als dass sie anhalten und sich mit voller Wucht gegen die kleine Schar hätten wenden können. Stattdessen fluteten sie an dem Felsen vorbei und drängten die übrigen Malatesta-Krieger immer weiter auf die Stadt zu. Ehe Rodolfo sich versah, waren er und seine fünfzig Lanzen zu einer Insel in einem Meer von Feinden geworden. Für ein paar Augenblicke blieben sie unbeachtet, dann warf ihnen ein feindlicher Offizier einen Blick zu

und brüllte Befehle, die Rodolfos Magen zu einem glühenden Knoten werden ließen.
Mariano Dorati packte seinen Freund und schüttelte ihn. »Verdammt, Rodolfo, wir müssen uns zurückziehen!«
»Und wohin?«, fragte Rodolfo mit gefletschten Zähnen und einer im Zorn geballten Faust. Die Geste galt jedoch nicht seinem Stellvertreter, sondern Fabrizio Borelli und Ugolino Malatesta, die eben voll gerüstet aus ihren Zelten kamen und sich auf die Pferde schwangen, die ihre Knechte zu ihnen geführt hatten. Anstatt in die Schlacht einzugreifen, trieben sie ihre Reittiere im Galopp den Bergpfad hoch, der auf Scopetone zu und darüber hinaus nach Arezzo führte.
»Verfluchte Feiglinge! Der Teufel soll euch holen!«, schrie Mariano hinter ihnen her.
Rodolfo heulte fast vor Wut. »Mit Pandolfo, Carlo und anderen stehen so viele tapfere Malatestas in den Diensten des Herzogs Gian Galeazzo! Warum zum Teufel musste er ausgerechnet diesen Narren Ugolino mit diesem Feldzug betrauen?«
Ein Rippenstoß seines Freundes lenkte Rodolfo von den Fliehenden ab, denen sich immer mehr Söldner anschlossen. Das große Tor Rividellos stand nun weit offen, und er sah mehr als ein halbes Hundert Lanzenreiter der Eisernen Kompanie herausströmen, gefolgt von der Miliz der Stadt. Auf ebenem Feld hätten diese Bürgersoldaten keine Chance gegen eine gut ausgebildete Söldnerkompanie gehabt, doch Malatestas kopfloses Heer war nicht einmal mehr in der Lage, sich zu einer Schlachtreihe zu sammeln.
Rodolfo sah mit Ingrimm das Banner Monte Eldes bei den aus der Stadt ausfallenden Reitern auftauchen. Es wurde von einem Knappen getragen und neben diesem ritt eine schlanke Gestalt in Kettenhemd und Helm auf einem grauen Pferd. Er erkannte Caterinas Stute, und ihm war klar, dass der Reiter nur die Capitana sein

konnte. Sie hielt ein Schwert in der Hand, musste es aber nicht einsetzen, da ihre Ritter einen undurchdringlichen Wall um sie bildeten.

»Malatesta und Borelli müssen geahnt haben, dass die Tedesca einen Ausfall wagen würde. Die Schlacht ist verloren, und wer kann, haut natürlich ab!« Mariano zeigte auf eine Gruppe Söldner, die sich zu ihren Pferden durchgeschlagen hatten und nun der Staubwolke folgten, die Malatesta und dessen Begleiter hinterlassen hatten. Auch Lanzelotto Aniballi schwenkte mit seinem Trupp unvermittelt herum, durchbrach den Ring der Eisernen an dessen dünnster Stelle und stürmte davon. Das war das Signal zur allgemeinen Flucht. Wer von den Malatesta-Söldnern noch laufen konnte, nahm die Beine in die Hand, und wer nicht schnell genug war, wurde von den Reitern der Tedesca oder von der Stadtmiliz aus Rividello eingeholt, wobei sich Letztere weitaus blutrünstiger gebärdete als die Krieger der Compagnia Ferrea.

Rodolfo musste mit einem bitteren Gefühl erkennen, dass die Felsplatte, auf die sie sich gerettet hatten, ihnen zwar Sicherheit vor dem ersten, ungestümen Angriffsschwung der Feinde geboten hatte, sich aber nun als Falle erwies. Sie befanden sich inmitten der feindlichen Truppen, und es gab keinerlei Möglichkeit, heil von hier wegzukommen.

»Bildet einen Igel«, forderte er seine Männer mit vor Enttäuschung rauer Stimme auf.

Sein Fähnlein gehorchte, doch ein Viertel von ihnen war bereits tot oder kampfunfähig. Rodolfo lobte seine Leute und sprach ihnen Mut zu. Ihre Gesichter zeigten ihm jedoch deutlich, dass sie sich der Aussichtslosigkeit ihrer Lage bewusst waren.

»Sie werden uns zerquetschen wie eine Laus«, murmelte Mariano, und zum ersten Mal, seit Rodolfo ihn kannte, zeigte er Furcht. Rodolfo wurde bewusst, dass weiterer Widerstand nur sinnlose Opfer mit sich bringen würde, und focht einen harten Kampf zwischen seinem Stolz und seiner Verpflichtung für seine Männer aus. Das Letztere wog schließlich mehr.

»Senkt die Waffen«, forderte er sein Fähnlein auf und hob die Hand, damit die Monte-Elde-Söldner es sehen konnten. »Wir sind bereit, uns zu ergeben!« Die Worte brannten auf seiner Zunge wie Gift. Er hörte, wie einige seiner Männer erleichtert aufatmeten, und musste an sich halten, um sie nicht dafür niederzuschlagen. Der Einzige, dem er seine Klinge in diesem Augenblick mit Genuss in den Leib gestoßen hätte, war Ugolino Malatesta. Der aber war bereits über alle Berge.

Rodolfo sah zu, wie der Feind einen weiten Kreis um seine kleine Truppe zog und die Waffen bereithielt, um jederzeit angreifen zu können. Ein prächtig herausgeputzter Offizier, in dem Rodolfo seinen Vetter Amadeo erkannte, löste sich aus dem Heer und ritt zu Caterina hinüber, die mit ihrer Begleitung ebenfalls näher gekommen war. Amadeo sagte etwas zu ihr, worauf sie den Helm abnahm und heftig den Kopf schüttelte.

Als Steifnacken sein Pferd unter den Felsabsatz lenkte und fragte, ob der Conte d'Abbati sich wirklich ergeben wolle, wusste dieser, was sein Vetter verlangt hatte: nämlich seinen Tod. Das wäre die einfachste Möglichkeit gewesen, ihn endgültig als Konkurrenten um die Herrschaft in Molterossa auszuschalten. Caterinas Weigerung hatte ihm das Leben gerettet, doch als er in ihr zufrieden lächelndes Gesicht blickte und sah, wie ihre Augen ihn amüsiert anfunkelten, hasste er sie beinahe noch mehr als Amadeo.

# Vierter Teil

*Der Streich von Pisa*

## I.

Caterina saß auf einem mit Seidenkissen gepolsterten Stuhl aus vergoldetem Holz, der Umberto Muozzola als eine Art Thron gedient hatte, und tat das Gleiche wie schon seit Tagen – sie lächelte freundlich und zuvorkommend, während sie im Geist ihre Besucher zum Mond oder wenigstens zu den Osmanen wünschte. Seit der Eroberung Rividellos gaben sich die Gesandten jener Städte und Signorien die Klinke in die Hand, die selbst die Angst vor Gian Galeazzo Visconti nicht dazu gebracht hatte, sich zu verbünden. Selbstredend handelte es sich bei allen um gute Patrioten. Das behaupteten auch die beiden einheimischen Bürger Cornelio Bassi und Marcello Fiocchi von sich, die sich selbstherrlich zu Caterinas Beratern ernannt hatten.

Aus Ravenna war Bernardino da Polenta angereist, der sie aufgrund der weitläufigen Verwandtschaft zu ihrem Großvater Base nannte und sich aufführte, als müsse sie ihm die Stadtschlüssel auf einem Samtkissen überreichen. Caterina musste all ihre Nervenkraft zusammenkratzen, um diesen aufdringlichen Vetter höflich, aber unnachgiebig hinauszukomplimentieren, ohne ihn zu beleidigen. Gegen ihn war Biordio Michelotti aus Perugia, der seinen Condottiere Sforza Attendolo mitgebracht hatte, eine angenehme Erscheinung. Doch trotz der gedrechselten Phrasen des Stadtherrn galt Caterinas Aufmerksamkeit in weit höherem Maße dessen Begleiter. Attendolo war ein nicht übermäßig großer, kräftig gebauter Mann mit markanten Gesichtszügen und einem offenen, ehrlichen Lachen, das eher zu einem Bauern als zu einem Söldner zu passen schien. Caterina spürte den Ehrgeiz, der ihn durchdrang, und eine Aufrichtigkeit, die sie bei ihren meisten anderen Gästen vermisste.

»Ihr habt Malatesta und seinem Mailänder Herrn auf bewundernswerte Weise ihre Grenzen aufgezeigt, Signorina«, begann Michelotti sein Loblied, das Caterina in ähnlicher Weise schon oft genug vernommen hatte. Attendolo, der zwei Schritte hinter dem Stadtherrn von Perugia stand, sich aber nur halb so tief verbeugte wie dieser, verzog sein Gesicht zu einem anerkennenden Lächeln, das Caterina mehr schmeichelte als all die wohlklingenden Phrasen, die sie sonst zu hören bekam.

Jetzt aber musste sie erst einmal eine passende Antwort auf die Komplimente seines Herrn finden. »Ich danke Euch, Messer Biordio, doch war die Besetzung Rividellos keine Tat, die zu rühmen sich lohnt. Es waren Ugolino Malatestas Fehler, die mir den Sieg geschenkt haben.«

»Es war trotzdem bewundernswert«, fuhr Michelotti fort und pries noch einmal Caterinas Mut und ihre Entschlossenheit. Dabei sah sie ihm an, dass er sehr wohl glückliche Umstände und gute Berater für diesen Sieg verantwortlich machte. Sein Blick glitt mehrmals zu Amadeo Caetani, der neben der Capitana stand. In seinen prachtvollen Gewändern, in denen sich das Rot und Schwarz der Compagnia Ferrea mit dem Blau und Gold der Caetani vereinigte, glich er trotz des Löwen auf seiner Brust mehr einem sich aufplusternden Hahn. Caterina musste an sich halten, um nicht schadenfroh zu kichern, denn sie wusste, dass Amadeo es hasste, stehen zu müssen, während sie selbst saß. Vor der Schlacht war er der schärfste Gegner des Überraschungsangriffs gewesen, und nun tat er so, als hätte er den Plan mit eigener Hand entworfen.

Jetzt richtete er einige Worte an Michelotti, um ihn vielleicht doch noch zu einem Bündnis mit seinem Onkel zu bewegen. Caterina wechselte einen kurzen Blick mit Bianca, die an einem Tischchen in der Ecke saß und stickte, und musterte dann Botho Trefflich, der wie ein lebendig gewordener Fels neben Bianca stand, als wolle er sie beschützen. Sie hatte Botho nie als besonders attraktiv empfunden und wunderte sich darüber, dass die italienischen Frauen sich von seiner Größe beeindrucken ließen. Diese schienen eine Vorliebe für Riesen zu haben, die alle anderen Männer um mehr als Haupteslänge überragten. Botho war nicht mehr ganz so wuchtig wie früher. Die harte Reise durch Norditalien und die häufigen Waffenübungen, auf denen Steifnacken bestand, hatten verhindert, dass er wieder so feist wurde wie in Schwaben, und stattdessen feste Muskeln hinterlassen. Sein Gesicht war kantiger geworden und wirkte daher männlicher, und der Blick seiner hellen Augen war offen und frei geworden. Er trug ein schwarzes Wams mit roten Säumen, schwarze Hosen und dazu passende Schuhe mit roten Schnallen. Das sechsfach geschlitzte Barett mit dem roten Futter, unter dem seine dünnen, fast weiß schimmernden Haare bis auf die Schultern fielen, wirkte sogar ein wenig geckenhaft. Obwohl Caterina ihn noch immer nicht mochte, musste sie zugeben, dass er sich zu seinen Gunsten verändert hatte.

Dies schien auch Bianca zu empfinden, denn sie blickte immer wieder interessiert und leicht ungläubig zu Botho auf. Den Ausdruck hatte Caterina schon seit Tagen an ihr bemerkt, und sie empfand mit einem Mal Eifersucht. Sofort spottete sie über sich selbst. Auch wenn Bianca ihr ein paarmal die Entspannung gegeben hatte, die sie dringend benötigt hatte, war die ehemalige Mätresse ihres Vaters nicht ihr Eigentum, sondern konnte tun und lassen, was ihr gefiel.

Während Caterina noch über die aufkeimende Verliebtheit ihrer Freundin nachsann, führte Amadeo Caetani das Gespräch mit Michelotti und bezog auch Attendolo mit ein. Mit einigen vorsichtigen Worten deutete er an, dass sie mit ihm den wahren Sieger der Schlacht vor sich sähen, und äußerte die Hoffnung, bald Seite an Seite mit Attendolo weitere Siege erringen zu können.

Zu seinem Leidwesen ging Michelotti nicht auf ihn ein, sondern verabschiedete sich wortreich und verließ nach einem letzten Gruß, den Caterina fast automatisch beantwortete, den Saal. Attendolo blieb noch einen Augenblick stehen, musterte dabei mit einem selt-

samen Lächeln erst Amadeo und dann Caterina und zog sich mit einer Verbeugung zurück, die allein der jungen Dame galt.
Amadeo knirschte leise mit den Zähnen, denn ihn ärgerte die sichtliche Missachtung, die ihm von einem einfachen Condottiere zuteil wurde, der dazu noch in den Diensten eines Krämers stand. Die Bürger Rividellos behandelten ihn wesentlich anders, nämlich so untertänig, wie es ihm seines Erachtens zukam. Unter der Hand hatte man ihm sogar schon den Rang eines Podesta der Stadt angeboten, dessen Regentschaft nicht auf ein Jahr, sondern auf drei, vielleicht sogar fünf festgesetzt werden sollte. Unter Umständen konnte er das vollbringen, woran Umberto Muozzola gescheitert war, nämlich sich zum erblichen Stadtherrn von Rividello aufzuschwingen. Für diesen Streich benötigte er jedoch die Söldner der Eisernen Kompanie, und er hatte schon einen Plan, wie er sie Caterina abluchsen konnte: er würde sie ganz einfach heiraten. Sie entsprach zwar nicht seinem Geschmack, doch bei einer Ehefrau zählten andere Qualitäten als Schönheit und eine vollbusige Gestalt. Um seine Triebe zu befriedigen, hielt ein Herr von Stand sich eine Mätresse. Sein Blick wanderte dabei zu Bianca, die nicht nur seinen Vorstellungen als Frau entsprach, sondern auch einen großen Einfluss auf die Söldner der Kompanie ausübte. Mit diesen beiden Frauen würde er sich vorerst zufrieden geben müssen. Später dann, wenn er seine Macht gefestigt hatte, konnte er sich Caterinas entledigen und eine reiche Erbtochter heiraten, die ihm Städte und Land mit in die Ehe brachte. Dann würde er nicht mehr vor seinem Onkel kuschen müssen wie ein gut dressierter Hund.
Ein Teil seiner Gefühle zeichnete sich auf seinem Gesicht ab, und Caterina fragte sich, was ihn so stark bewegen mochte. Sie ahnte nicht, auf welche Abwege Amadeos Gedanken geraten waren, sondern vermutete, er freue sich darüber, dass sein Vetter Rodolfo als Gefangener im Kerker saß und sich die Gunst seines Onkels wohl endgültig verscherzt hatte. Bei dem Gedanken an ihren Gefangenen

kräuselte ein Lächeln Caterinas Lippen. Sie gönnte diesem unmöglichen Menschen die Wanzen und Ratten, in deren Gesellschaft er sich derzeit aufhalten musste. Am liebsten hätte sie ihn aufgesucht, um ihren Spott über ihn auszuschütten, aber das ließen ihre gesellschaftlichen Pflichten nicht zu.

Als nächster Gast erschien ein Vertreter der Stadt Arezzo, dann ein Mitglied der Familie Bentivoglio aus Bologna, das sich ebenfalls von Mailand bedroht sah, und ihnen folgten Herren aus Siena und einigen kleineren Orten, deren Namen sie noch nie gehört hatte. In einem schien Rodolfo d'Abbati Recht zu haben: es gab wirklich eine Unmenge mehr oder weniger selbständiger Herrschaftsgebiete in Italien. Während sie den Abgesandten lauschte und freundlich Rede und Antwort stand, fragte sie sich insgeheim, wie viele von diesen Leuten bereits im Sold des Visconti stehen mochten oder sich der Viper von Mailand heimlich unterworfen hatten.

Caterinas ehrliches Interesse an ihren Besuchern erwachte erst wieder, als ein Bote aus Pisa erschien. Iacopo Appiano hatte keinen hohen Herrn aus seiner Umgebung geschickt, sondern einen Diener in streng wirkender schwarzer Tracht, an der nur ein wenig Silber und Blau auf die Farben der Familie Appiano hinwies. Der Mann verbeugte sich geziert und überreichte ihr ein sorgfältig gesiegeltes Schreiben. »Signorina, erlaubt mir, Euch die Glückwünsche Messer Iacopos und ganz Pisas zu übermitteln! Ihr habt wahrlich Großes geleistet und diese Stadt hier vor der drückenden Herrschaft Mailands bewahrt.«

Die Einleitung klang genauso wie die Lobreden, die Caterina bereits über sich hatte ergehen lassen müssen. Dann aber senkte der Pisaner den Kopf. »Leider vermag ich nicht nur gute Botschaft zu bringen. Messer Vanni Appiano, der älteste Sohn unseres Capitano del Popolo und Vikar unserer Stadt, ist leider vor wenigen Tagen verstorben. Pisa wird seinen scharfen Verstand und seine feste Hand sehr vermissen.«

Die Nachricht traf Caterina hart. Zwar hatte sie bei ihrem Besuch in der Stadt keine Gelegenheit gefunden, mit Vanni Appiano zu sprechen, doch sein Vater war ein alter Mann, den der Tod seines Lieblingssohns dem Grab näher bringen konnte. Dann würde Gherardo Leonardo Appiano der neue Herr von Pisa werden, einer ihrer beiden Tischherren bei jenem missglückten Bankett und ebenso undeutend wie unbedarft. Sie zweifelte daran, dass es diesem Jüngling gelingen würde, Pisa gegen Mailand oder das ebenfalls begierige Florenz zu halten. Für sie selbst und die Eiserne Kompanie war die Lage in Pisa nicht zuletzt deshalb wichtig, weil sie offiziell noch immer in den Diensten dieser Stadt standen und von dort ihren Sold und das Geld erhielten, das sie für ihre Feldzüge benötigten.

Mit betroffener Miene senkte sie den Kopf und sprach ein kurzes Gebet für den Toten, bevor sie dem Boten Antwort gab. »Richtet Messer Iacopo mein aufrichtiges Beileid zum Tod seines Sohnes aus. Mögen die Engel des Herrn die Seele Messer Vannis ins Paradies geleiten und zur Rechten unseres Herrn Jesus Christus setzen.«

Noch während sie die Worte sprach, glaubte sie zu spüren, wie ihr der erst vor kurzem errungene Erfolg durch die Finger zu rinnen drohte. Die Eiserne Kompanie hatte sich bewährt, doch ihr Ruf war noch nicht so weit wiederhergestellt, dass eine große Stadt oder ein reicher Herr ihr eine Condotta antragen würde. Der Herzog von Molterossa hielt seine Geldtruhen geschlossen, und sie mochte sich nicht vorstellen, was geschehen würde, wenn sie ihren Männern den Sold kürzen musste.

Ich werde so bald wie möglich mit dem Herzog von Molterossa sprechen müssen, sagte sie sich und versuchte dabei die Entfernung abzuschätzen, die sie von dessen Ländchen trennte. Es war eine Reise von mehreren Tagen, und ebenso viele würde sie für die Rückkehr brauchen. Aber dieses Gespräch durfte nur sie allein führen, denn es gab niemand, auf den sie sich verlassen konnte. Als Neffe des Herzogs würde Amadeo alles tun, um diesem zu gefallen, und ihre deutschen Offiziere einschließlich Bothos waren einfachen Gemüts und würden sich von Arnoldo Caetani an der Nase herumführen lassen.

»Das darf nicht geschehen!« Ihre Worte erschreckten den nächsten Boten, ein Mitglied der Familie Este aus Ferrara, der ihr eben erklärt hatte, wie gerne er es sehen würde, wenn sie noch weitere Städte aus dem Rachen der Mailänder Viper retten würde.

Caterina sah seine Verwirrung und zwang ihre Lippen zu einem Lächeln. »Verzeiht, Signore, aber meine Gedanken weilten eben bei unserem Feind, und ich wollte zum Ausdruck bringen, dass wir alles tun müssen, damit er nicht noch weitere Städte und Herrschaften seinem tyrannischen Regime unterwirft.«

Der Herr aus Ferrara atmete erleichtert auf und dachte für sich, dass Caterina trotz ihres großen Erfolgs doch nur eine Frau war, deren Gedanken wie ein Lämmerschwanz hüpften.

## 2.

Die Audienz dauerte bis tief in den Abend hinein und als Krönung durfte Caterina die wichtigsten Botschafter und Gesandten auch noch bewirten – und wichtig nahmen sich alle. Bevor das Bankett zu ausgelassen werden konnte, entschuldigte sie sich mit Unpässlichkeit und bat ihre Offiziere, sich der versammelten Herren anzunehmen.

Amadeos Augen blitzten zufrieden auf, denn nun sah er eine günstige Gelegenheit gekommen, sich vor einer Reihe hochrangiger Leute in Szene zu setzen. Er würde mit den herausragenden Personen reden, Verhandlungen beginnen und sowohl im Interesse seines Onkels als auch in seinem eigenen wirken.

Botho hingegen fühlte sich durch seine mangelnden Sprachkenntnisse gehemmt. Wohl hatte er von den Söldnern bereits etliche Worte des romagnolischen Dialekts gelernt, doch für eine sinnvolle Unterhaltung reichte sein bescheidener Sprachschatz noch nicht aus. Er tröstete sich damit, dass ihm Friedel und Steifnacken, mit denen er erstaunlich gut auskam, die wichtigsten Dinge übersetzen würden, und beschloss, sich an dem guten Tropfen festzuhalten, der hier ausgeschenkt wurde und gegen den der in den Kellern seines Vaters lagernde Wein wie Essig schmeckte.

Als Caterina den Audienzsaal verließ, war sie froh, wenigstens für den Rest der angebrochenen Nacht aller Verpflichtungen ledig zu sein. Sie kehrte in ihre Gemächer zurück und fand dort Bianca vor, die ihre Töchter schon zu Bett gebracht hatte. Malle wartete ebenfalls auf ihre Herrin, warf einen kurzen Blick in das blasse, abgespannte Gesicht Caterinas und schüttelte den Kopf. »Das wird noch einmal ein schlimmes Ende mit Euch nehmen, Jungfer! Aber daran seid Ihr selbst schuld. Ihr hättet wirklich nicht in die Rolle Eures Vaters schlüpfen dürfen.«

Bianca, die gerade ihr Weinglas an die Lippen gesetzt hatte, bekam die Worte und den Wein in den falschen Hals und kämpfte mit einem brennenden Hustenreiz, während Caterina all ihre Beherrschung aufbringen musste, um nicht erschrocken zusammenzuzucken. Weiß Malle das mit mir und Bianca?, fragte sie sich und starrte ihre Dienerin fragend an. Doch Malles Worte schienen tatsächlich nur der Kompanie zu gelten.

Daher zwang Caterina sich zu einem gekünstelten Lachen. »Mein Vater würde gewiss noch mit den Gästen zusammensitzen und Wein trinken. Doch ein Jüngferlein wie ich braucht tatsächlich seinen Schönheitsschlaf. Ach, was bin ich froh, wenn ich im Bett liege!«

Malle nickte grimmig, als vernehme sie endlich einmal eine vernünftige Entscheidung. »Wollt Ihr vorher noch ein Bad nehmen?«

Caterine wehrte kopfschüttelnd ab. »Nein, eine Schüssel Wasser reicht mir – und vielleicht ist Bianca so gut, mir den Nacken zu massieren.«

»Das habe ich bei Eurem Vater oft tun müssen, Herrin.« Bianca verbeugte sich, als wäre sie eine beliebige Dienerin und nicht Caterinas vertraute Freundin und Bettgenossin, und machte sich sofort ans Werk. Caterina stöhnte, als Biancas zarte, aber nicht gerade schwächliche Finger den Knoten in ihrem Nacken ertasteten, zu dem ihre Muskeln sich zusammengezogen hatten.

»Das muss locker werden, sonst leidet Ihr morgen unter heftigen Kopfschmerzen. Das habe ich bei Francesco des Öfteren erlebt. Ihr wisst gar nicht, wie ähnlich Ihr ihm seid.« Bianca seufzte und fuhr darin fort, Caterinas Nacken- und Schultermuskulatur zu kneten. Malle sah ihr eine Zeit lang zu und nickte anerkennend. »Ihr könnt das gut! Es ist aber trotzdem eine Schande, dass die Jungfer sich mit all den Männern herumschlagen muss, die um sie herumschleichen wie die Kater um eine Katze.«

»Gut, dass du nicht rollige Katze gesagt hast, sonst wäre ich dir jetzt ernsthaft böse«, fiel Caterina ihr ins Wort.

Malle winkte ab. »Genauso benehmen sich die Kerle da draußen, und für die meisten dieser feinen Herren seid Ihr nur Mittel zum Zweck!«

»Zu welchem Zweck?«, fragte Caterina scharf.

»Die Herrschaft über diese Stadt zu erlangen«, antwortete Bianca anstelle der Dienerin. »Sowohl Signore Bassi wie auch sein Konkurrent Fiocchi würden Euch liebend gerne als Schwiegertochter ans Herz drücken, wenn Ihr dem jeweiligen Lieblingssohn mit Eurer Hand gleichzeitig die Stadtschlüssel von Rividello übergeben und ihn zum Capitano del Popolo machen würdet.«

»Um mir im selben Augenblick die Todfeindschaft des anderen Herrn und seiner Anhänger zuzuziehen? Nein, Bianca, das werde ich gewiss nicht tun. Ich habe gesehen, zu was der entfesselte Mob fähig ist, und so etwas will ich nicht noch einmal erleben.« Caterina schüttelte sich in der Erinnerung an die Gräuel, die bei ihrem Einzug in Rividello stattgefunden hatten.

Um Biancas Lippen zuckte ein mitleidiges, aber auch leicht belustigtes Lächeln. »Das Leben ist hart, Herrin, und das Leben eines Menschen zählt oft nicht mehr als das einer Maus. Daran könnt Ihr nichts ändern. Ihr müsst Stärke zeigen, damit Ihr das Heft in der Hand behaltet, und Amadeo Caetani auf die Finger schauen.«

Malle warf Bianca einen finsteren Blick zu. »Wenn Ihr klug seid, heiratet Ihr diesen Herrn. Er macht Euch zur Herzogin mit dem Recht, vor jedem Königsthron erscheinen zu dürfen, und nimmt Euch auch die Last ab, die Eure Schultern derzeit noch zu Boden drückt.«

Caterina runzelte die Stirn, hatte Malle sich doch erst kürzlich noch vehement gegen Amadeo ausgesprochen. Offensichtlich verübelte sie Bianca, dass diese ihr mittlerweile näher stand als sie selbst. Nun war der Neffe des Herzogs von Molterossa in ihren Augen ein untadeliger Edelmann, dem ihre Herrin das Kommando über die Kompanie und die Stadt übergeben und damit die von Gott gewollte Ordnung wiederherstellen konnte.

Malle kümmerte sich nicht um das Stirnrunzeln ihrer Herrin, sondern setzte ihre Tirade fort. »Wenn Ihr zu lange zögert, werden diese Bassi und Fiocchi aufeinander losgehen und Euch als einen Siegespreis ansehen, den es zu erringen gilt.«

Caterina winkte lachend ab. »Warum soll ich so bescheiden sein, meine Liebe, und mich mit diesem kleinen Städtchen zufrieden geben? Rividello liegt eingezwängt zwischen viel mächtigeren Nachbarn wie Perugia, Urbino, Arezzo und Florenz und wird sich irgendwann einem davon beugen müssen. Gian Galeazzo Visconti wollte meinen Vater mit einem weit höheren Preis für sich gewinnen, und den kann ich ebenfalls verlangen!«

Während Bianca ihre Worte als Scherz auffasste und vor sich hin kicherte, schlug Malle das Kreuz und wich erschrocken vor ihrer

Herrin zurück. »Heilige Maria Muttergottes, wie könnt Ihr so etwas sagen?«

Bianca unterbrach ihre Massage und lächelte der Dienerin zu. »Lass es gut sein, Malle. Merkst du denn nicht, dass die Herrin dich auf den Arm nehmen will? Ihr liegt weder etwas an den Söhnen der hohen Bürger dieser Stadt noch an Signore Amadeo. Dieser Herr nimmt sich in meinen Augen etwas zu viel heraus, um als Heiratskandidat in Frage zu kommen. Er würde Caterina auf eine abgelegene Burg verbannen und sein eigenes Leben führen. Wünschst du dir ein solches Schicksal für Caterina di Monte Elde?«

»Nein, natürlich nicht!« Malle wunderte sich, wie schlecht Caterina und Bianca von dem jungen Mann dachten, der sich ihr gegenüber immer so höflich und zuvorkommend zeigte.

Anders als die erfahrene Mätresse begriff sie nicht, dass Amadeo nach dem Motto vorging, in Liebesdingen sei alles erlaubt. Daher versuchte er schon seit einer Weile, sich bei der vertrauten Dienerin der Capitana in ein möglichst gutes Licht zu setzen, und hätte vielleicht auch Erfolg damit, wäre Caterina ganz allein auf sich gestellt. Nun aber verhinderte der Halt, den Bianca ihr bot, dass sie Malles ständigen Ermahnungen nachgab und einen Teil ihrer Pflichten auf den Neffen des Herzogs von Molterossa übertrug. Die ehemalige Mätresse bestätigte Caterinas schlechten Eindruck von Amadeo, der immer wieder versuchte, sich in den Vordergrund zu schieben und das Kommando über die Kompanie an sich zu reißen.

Aus diesem Grund schüttelte Caterina heftig den Kopf. »Schluss damit, Malle! Ich bin weder bereit, eine Ehe einzugehen, noch werde ich die Truppe abgeben, die mir das Vermächtnis meines Vaters anvertraut hat.«

»Ihr seid ein Mädchen, Herrin, und kein Mann und Krieger.« Malle war es gewohnt, Caterinas Zorn zu trotzen, und kam mit ihren Argumenten meist durch. Diesmal aber biss sie auf Granit.

»Ich bin die Capitana und meinen Männern gegenüber in der Pflicht!«
Bianca überzeugte sich, dass der Knoten in Caterinas Nacken sich gelöst hatte, und wandte sich dann der Dienerin zu. »Ich verstehe dich ja, liebe Malle, und stimme dir in den meisten Dingen auch zu. Doch du darfst nicht versuchen, die Herrin zu etwas zwingen zu wollen. Sie ist noch unerfahren und fürchtet sich vor der Ehe. Das wird sich legen, sobald sie den Mann trifft, der ihr Herz zu entflammen vermag.«
»Ihr Vater hätte sie verheiraten sollen, als er noch dazu imstande war.« Malle schnaubte und wollte dann Caterina beim Auskleiden helfen.
»Zofendienste kann ich ihr leisten«, bot Bianca lächelnd an.
Malle dachte daran, wie viele Pflichten noch auf sie als derzeitige Beschließerin dieses Hauses warteten, und nickte erleichtert. »Es ist wohl besser, wenn ich dem Dienergesindel auf die Finger schaue. Das verrichtet die Arbeit viel zu nachlässig und macht lange Finger, wenn es sich unbeobachtet glaubt. Wenn Ihr erlaubt, Herrin, werde ich mich entfernen.«
»Freilich erlaube ich es, Malle, und wünsche dir eine gute Nacht!« Caterina lächelte versonnen und hoffte, dass Bianca mehr im Sinn hatte, als sie nur auszukleiden.
Nachdem Malle die Tür hinter sich geschlossen hatte, zog Bianca einen Stuhl heran und setzte sich mit dem Gesicht zur Lehne darauf.
»Die Gute hat Recht! Du kannst nicht auf Dauer in die Stiefel deines Vaters steigen. Dafür fehlt dir dann doch ein kleines, aber wichtiges Teil.«
Biancas Blick streifte anzüglich Caterinas Leibesmitte, dann schloss sie seufzend die Augen und gab sich der Erinnerung an die Liebesnächte hin, die sie mit Franz von Eldenberg verbracht hatte.
Caterina klopfte mit den Fingern ärgerlich auf die Lehne ihres

Stuhls. »Als ich dich letztens in den Armen hielt, schien es mir, als wärst du sehr zufrieden gewesen.«
Bianca spürte eine gewisse Eifersucht in diesen Worten und hob begütigend die Hände. »Das bin ich immer noch, meine Geliebte. Doch Gott hat nun einmal den Hengst zur Stute und den Mann zur Frau geschaffen, damit sie sich finden und vereinen. Auch du wirst einmal dem Mann begegnen, der dein Blut erhitzen und dein Herz entflammen wird.«
»Das wird gewiss nicht Amadeo sein!«, spottete Caterina.
»Warum nicht?«, fragte Bianca zu ihrer Überraschung. »In einem muss ich Malle zustimmen: Durch eine Ehe mit Amadeo Caetani würdest du Mitglied einer der höchsten Familien Italiens werden. Und was seinen Ehrgeiz betrifft, kannst du ihn kontrollieren, solange du das Kommando über die Compagnia Ferrea behältst.«
»Selbst wenn Amadeo König von Italien wäre, würde ich ihn nicht zum Manne nehmen!« Caterina stand auf und begann auf und ab zu gehen.
Bianca sah ihr eine Weile zu und lachte dann laut auf. »Du bist so unruhig wie ein Huhn, das nach einem Küken sucht. Ich glaube, ich werde heute einiges tun müssen, um dich zu entspannen.«
»Und wenn Malle uns dabei erwischt?«
»Sie wird gewiss nicht eher zurückkommen, bis in ihren Augen alles richtig läuft – und das kann dauern.« Bianca trat auf Caterina zu, umschlang sie mit den Armen und presste den Mund auf ihre Lippen.
Caterina war noch nicht völlig versöhnt und löste sich wieder von ihr. »Du vergisst wohl, dass mir jenes wichtige Teil fehlt, das dich richtig zufrieden stellen könnte.«
Bianca nahm durchaus wahr, dass die Freundin sich den Gefühlen, die ihre streichelnden Hände entfachten, nicht entziehen konnte, und lächelte. »Da ich derzeit auf dieses Teil verzichten muss, reicht mir deine Umarmung vollkommen.«

Dann begann sie, Caterina aus ihren Kleidern zu schälen, und tippte gegen eine der blassrosa Brustwarzen. »Ich bedauere aufrichtig, dass du kein Mann bist, auch wenn es ungehörig von einer Frau ist, sich dem Sohn ihres toten Geliebten hinzugeben. Die heilige Kirche belegt Frauen, die solch ein Verhältnis eingehen, mit Exkommunikation und Leibesstrafen.«

»Wenn ein Priester erführe, was wir hier treiben, ginge es uns ebenso«, antwortete Caterina etwas bedrückt.

»Exkommunizieren müsste uns der Papst! Aber welcher wäre denn dafür zuständig? Der in Rom, der in Avignon oder irgendein anderer, der sich berufen fühlt, den Stuhl des heiligen Petrus einzunehmen? Nein, meine Liebe, diese Männer haben das Recht verloren, über uns zu richten. Vertreibe die trüben Gedanken aus deinem hübschen Köpfchen und küss mich!« Bianca streckte Caterina dabei den Mund hin und brummte zufrieden, als diese ihren Wunsch erfüllte.

Lange Augenblicke lang gab es nur noch sie beide, und als sie einige Zeit später zur Erfüllung gekommen waren, zog Bianca Caterina wie einem kleinen Mädchen das Nachthemd an, brachte sie zu Bett und beseitigte alle verräterischen Spuren. Dann hüllte sie sich selbst in einen weiten Morgenmantel und setzte sich neben sie auf die Bettkante. »Du hast doch etwas auf dem Herzen!«

Caterina nickte. »Ja, ich möchte dich etwas fragen, das mir schon länger auf der Seele liegt: Wie ist es wirklich, wenn man mit einem Mann zusammen ist? Ich habe gehört, dass es wehtun soll.«

»Beim ersten Mal ist das möglich, aber nur, wenn der Mann zu stürmisch zu Werke geht. Danach kann es wunderschön sein! Dir wird das Ehewerk deines Mannes gewiss großes Vergnügen bereiten.«

Caterina stützte sich leicht auf und blickte Bianca nachdenklich an.

»Warum hast du dir nach dem Tod meines Vaters keinen neuen Geliebten genommen? Du hättest auf dieses Vergnügen, wie du es nennst, doch nicht so lange verzichten müssen.«

Bianca fauchte wie eine Katze, der man auf den Schwanz getreten hatte. »Die Trauer um meinen geliebten Francesco ist zu groß, als dass ich meinen Schoß unbedenklich dem Nächsten öffnen könnte. Zudem bin ich nicht seine Witwe, sondern war nur seine Mätresse und muss als solche viel stärker auf meinen Ruf achten als ein Eheweib. Hat die Gattin eine mächtige Verwandtschaft, vermag sie ihrem Ehemann bedenkenlos Hörner aufzusetzen und er muss es dulden. Wird aber eine Geliebte auf Abwegen erwischt, schneidet man ihr die Kehle durch oder überlässt sie einer Horde geiler, betrunkener Männer, die nicht eher von ihr ablassen, bis sie nur noch ein Klumpen zerstoßenen Fleisches ist.«

Bianca schüttelte sich und schlang die Arme um die Schultern. Dabei sah sie so erschreckt aus, dass Caterina sie zu beruhigen versuchte.

»Aber dieses Schicksal brauchst du doch nicht mehr zu fürchten. Mein Vater ist tot ...«

Bianca unterbrach sie heftig. »Doch du bist am Leben! Glaub mir: meist sind ein Sohn oder eine Tochter viel grausamer, als der Vater es je hätte sein können.«

»Du hast Angst vor mir?« Caterina starrte sie verblüfft an.

Bianca nickte scheu. »Jetzt vielleicht nicht mehr so stark wie zu Beginn, aber genug, um dich nicht erzürnen zu wollen. Außerdem trauere ich von ganzem Herzen um deinen Vater. Ich habe bis jetzt bei keinem anderen Mann gelegen und will es so schnell auch nicht tun. Warum musste er nur sterben! Vielleicht hätte er mich sogar noch geheiratet – oder mit einem braven Mann vermählt, dem ich eine gute Ehefrau hätte sein können. Doch ihn so zu verlieren ...«

Sie brach ab und begann zu weinen.

Caterina schlüpfte unter der Decke hervor und zog sie an sich. »Ist es dein Wunsch zu heiraten?«

Bianca nickte beschämt. »Es würde eine ehrbare Frau aus mir machen und verhindern, dass ich eine ...«, sie schluckte, da die Worte

nicht so recht über ihre Lippen kommen wollten, »... eine Kurtisane oder gar eine billige Hure werde.«
Caterina hatte noch nicht viel von Huren und gar nichts von Kurtisanen gehört und zog verständnislos die Schultern hoch. Daher erzählte Bianca ihr einiges über das Leben jener Frauen. Nicht lange, da schüttelte es Caterina bei der Vorstellung, dass Frauen gezwungen sein sollten, sich völlig unbekannten Männern für ein Geschenk oder gar nur ein paar Münzen hinzugeben.
»Dieses Schicksal wird dich gewiss nicht treffen!«, versprach sie Bianca feierlich und setzte lächelnd hinzu: »Ich werde dafür sorgen, dass du einen guten Mann bekommst.«
Dabei dachte sie an Bothos verliebte Blicke und stellte sich vor, was Hartmann Trefflich zu Bianca als Schwiegertochter sagen würde. Sie sah ihn in Gedanken toben und brüllen und wollte die Idee schon fallen lassen. Dann sagte sie sich, dass Bianca immerhin von adeliger Herkunft war und damit zumindest in einem wichtigen Punkt den Vorstellungen entsprach, die Bothos Vater sich von seiner zukünftigen Schwiegertochter machte.

## 3.

Caterinas scheinbar leicht errungener Erfolg machte rasch die Runde. Was Herzog Gian Galeazzo Visconti in Mailand dazu zu sagen hatte, drang allerdings nicht aus den Mauern seines Palasts hinaus. In Pisa hingegen war Caterinas beherzter Schritt Tagesgespräch. Nicht wenige Bürger bedauerten, dass ihr Stadtherr Iacopo Appiano die Truppe nach Rividello hatte marschieren lassen, denn sie hätten sie in ihrer Stadt ebenso gut brauchen können. Messer Iacopo war nämlich schwer erkrankt – aus Gram um den Tod seines ältesten Sohnes und aus Sorge, was aus seiner Stadt werden würde, wenn sein jüngerer Sohn Gherardo Leonardo an seine Stelle trat. Zudem traten die Mailänder, die sich in der Stadt befanden, nun so auf, als wären sie bereits die Herren von Pisa.

Angelo Maria Visconti, der Vertreter Herzog Gian Galeazzos, hatte sich schon als neuer Capitano del Popolo dieser bedeutenden Stadt gesehen. Doch nach dem Fehlschlag des von ihm protegierten Ugolino Malatesta vor Rividello bekam er es mit der Angst zu tun, sein erlauchter Verwandter würde einen anderen Mann mit der Herrschaft über Pisa betrauen, sobald das Banner mit dem Schlangenwappen der Visconti über den Zinnen der Stadtburg wehte. Noch wurde die Festung von Appianos Garde gehalten, und es mochte sein, dass Messer Iacopo selbst oder sein Sohn Gherardo Leonardo lieber Florenz zu Hilfe rufen würden, als die Herrschaft an Mailand zu verlieren.

Immer wieder ging Angelo Maria Visconti im Geist die Mailänder Truppenpräsenz in Pisa durch und stellte jedes Mal mit einem Anflug von Angst fest, dass sie einem beherzten Angriff der Stadtmilizen nicht würde standhalten können. Sein Verwandter, der Herzog, drängte schon seit längerem darauf, weitere Soldaten in Pisa zu stationieren, doch Iacopo Appiano hatte sich bisher erfolgreich gegen diese Forderungen gestemmt. Da der Stadtherr nun krank daniederlag, glaubte Angelo Maria Visconti, ihm weitere Zugeständnisse abringen zu können. Mit diesem Gedanken betrat er Appianos Palast und befahl dem auf ihn zueilenden Haushofmeister, ihn bei seinem Herrn zu melden.

Der Mann, der wie alle in Appianos Haushalt düster gekleidet war, wand sich. »Verzeiht, Messer Angelo Maria, doch mein Herr liegt den Worten der Ärzte zufolge auf den Tod danieder. Es wäre besser, wenn Ihr zu einer glücklicheren Stunde kommen würdet.«

Visconti versetzte ihm einen Schlag mit der flachen Hand. »Ich bin nicht gekommen, um mich wie ein Knecht fortweisen zu lassen.

Du wirst mich zu Messer Iacopo führen oder du bekommst meinen Zorn zu spüren!«

Die sechs Leibwächter, die Messer Angelo Maria begleiteten, legten die Hände auf ihre Schwertgriffe, um der Forderung Nachruck zu verleihen. Der Majordomo hätte jetzt die eigenen Wachen rufen können, aber er durfte keinen offenen Konflikt mit Mailand provozieren. Daher verneigte er sich steif und zwang seinem Gesicht eine ausdruckslose Miene auf. »Ich werde fragen, ob Messer Iacopo Euch empfangen kann.«

»Er wird mich empfangen!« Angelo Maria Visconti ließ dem Haushofmeister gerade so viel Zeit, wie er für schicklich hielt, ihn anzumelden, und eilte dann auf den Korridor zu, in dem Appianos Privatgemächer lagen. Seine Garde folgte ihm auf dem Fuß und erstickte von vorneherein jeden Versuch der Hausbewohner, ihn aufhalten zu wollen.

Iacopo Appiano wirkte ausgezehrt und glich in dem übergroßen Bett einem kleinen Kind. Sein Kopf versank fast ganz in einem voluminösen Kissen und seine rechte Hand krampfte sich wie im Schmerz in das Laken. Eine Verwandte, die neben seinem Bett stand, tupfte ihm den Schweiß mit einem Tuch ab. Als Angelo Maria Visconti ungebeten eintrat, fauchte sie ihn zornig an. »Wie könnt Ihr es wagen, meinen Onkel zu stören?«

»Lass uns allein, Weib!« Visconti wies mit einer schroffen Geste auf die Tür. Da die Frau nicht schnell genug gehorchte, gab er seinen Begleitern einen Wink. Zwei setzten sich drohend in Bewegung, doch bevor sie Appianos Pflegerin erreichten, wich diese mit einem Aufschrei vor ihnen zurück und verließ den Raum durch eine Nebentür. Einer von Viscontis Garden schloss hinter ihr ab und stellte sich demonstrativ vor diesen Eingang. Zwei andere scheuchten den Majordomo hinaus und nahmen vor der Hauptpforte Aufstellung.

»Ich hoffe, Ihr befindet Euch wohl, Messer Iacopo«, begann Angelo Maria Visconti in einem Tonfall, der genau das Gegenteil verriet.

Statt einer Antwort hustete der Kranke trocken und musterte ihn mit verschleierten Blicken.

»Das Alter macht sich bemerkbar, Signore Angelo Maria.« Appianos Stimme klang so schwach, dass Visconti sich nicht einmal darüber ärgerte, dass der Kranke ihm die ehrenvollere Anrede Messer verweigerte.

»Ihr seid wahrlich nicht mehr jung, sondern habt, wie ich glaube, bereits das dreiundsiebzigste Jahr erreicht.« Der Mailänder gab sich nicht einmal den Anschein von Mitgefühl.

»Fünfundsiebzig, mein Guter. Ich bin fünfundsiebzig Jahre alt und habe in dieser Zeit mehr gesehen als andere in drei Leben.« Appiano lachte kurz auf, begann aber sofort wieder röchelnd zu husten.

»Wasser!«, würgte er mühsam hervor und zeigte mit zitternden Fingern auf einen goldenen Becher, der auf einem Beistelltischchen stand.

Visconti nickte einem seiner Männer zu. Der ergriff den Becher und wollte ihn dem Kranken reichen, doch Appiano war zu schwach, um allein trinken zu können. Während der Gardist dem Alten das Gefäß an die Lippen hielt, vermochte Angelo Maria Visconti seine Ungeduld kaum noch zu zügeln.

»Ich soll Euch Grüße von meinem allererlauchtesten Vetter, Herzog Gian Galeazzo, überbringen, verbunden mit dem Wunsch, Euch bald wieder gesund zu sehen.«

»Ich danke Seiner Gnaden dem Herzog von Mailand.«

»Ihr sprecht von dem Herzog der Lombardei, Messer Iacopo. Seine Majestät der Kaiser hat meinem Verwandten den Herzogshut der Lombarden überreichen lassen.«

»Ein Herzogshut? Wie bescheiden! Gab es bei den Lombarden nicht einmal eine Königskrone mit einem eisernen Reifen?« Obwohl Appiano schwach und gebrechlich wirkte, vermochte er immer noch Gift zu verspritzen.

Visconti hielt es für besser, die Stichelei des alten Mannes zu überhören. »Ihr meint die Krone des Desiderio. Diese wurde schon vor langer Zeit zur Krone des Königreichs Italien erhöht und gilt nicht mehr als das Symbol der Lombardei.«
Der Kranke kicherte leise vor sich hin. »Ach so ist das! Aber nun zu Euch, Messer Angelo. Ihr seid doch gewiss nicht nur gekommen, um einen alten Mann zu besuchen, der mit einem Bein bereits im anderen Leben steht.«
Angelo Maria Visconti fühlte sich durch die direkte Art des Kranken überrumpelt. »Das ist richtig, Messer Iacopo. Von meinem allererlauchtesten Vetter wurde mir aufgetragen, Euch sein Missfallen zu übermitteln.«
»Missfallen? Aber weshalb denn?« Appiano lächelte bei diesen Worten so sanft, als könne er kein Wässerchen trüben.
»Wegen der Sache mit Rividello, die von einer Truppe durchgeführt wurde, die in Eurem Sold steht!«
Für einen Augenblick sah es so aus, als würde diese Anklage Appiano niederschmettern, dann aber blitzten die Augen des Alten auf. »Eure Worte kränken mich, Signore! Ich wollte die Compagnia Ferrea ganz in den Dienst Pisas stellen, doch gemäß dem Willen Eures allererlauchtesten Herzogs musste ich auf diesen Schritt verzichten. Ich konnte Monte Elde nur zum halben Sold als Hilfstruppe gegen Florenz verpflichten und musste ihm dafür das Zugeständnis machen, einen anderen Auftrag annehmen zu können, sobald Pisa nicht mehr durch Florenz bedroht sei. Da Mailand mir zu Seite sprang und die Gefahr von uns abwendete, sah die Erbin des Monte Elde sich ihrer Verpflichtungen mir gegenüber ledig und hat nach eigenem Ermessen gehandelt.«
Angelo Maria Visconti hätte den Greis am liebsten eigenhändig erwürgt, doch der Gedanke, in diesem Fall trotz seiner Leibwächter nicht ungeschoren aus diesem Haus kommen zu können, hinderte ihn ebenso daran wie die Angst vor der Reaktion seines Verwand-

ten auf dem Mailänder Thron. Hatte der Tod Monte Eldes einige Söldnerhauptleute verschreckt, würde der Mord an einem scheinbar wohl gesinnten Stadtoberhaupt noch ganz anderen Ärger nach sich ziehen. Der Mailänder blickte auf den alten Mann hinab, der durch das bisherige Gespräch bereits über Gebühr erschöpft schien, und beschloss, die Beseitigung dieses Hindernisses der Natur zu überlassen. Appiano sah nicht so aus, als würde er die nächsten Wochen überleben, und sein Sohn Gherardo Leonardo würde auf die Hilfe Mailands angewiesen sein, wenn er die Macht in Pisa übernehmen wollte.

Halbwegs zufrieden mit der vorhersehbaren Entwicklung griff Visconti das Thema auf, das ihn zu dem Stadtherrn von Pisa geführt hatte. »Mein allererlauchtester Vetter hält es angesichts Eurer Krankheit und der nicht unberechtigten Sorge, Florenz könne den Tod Eures ältesten Sohnes und Eure Schwäche ausnützen, für geraten, die Mailänder Garnison in Pisa zu verstärken und Truppen in die hiesige Zitadelle zu verlegen. Der ehrenwerte Condottiere Henry Hawkwood wird in Kürze sein Lager bei Rovato verlassen und hierher kommen. Mein Verwandter, der Herzog, erwartet, dass Hawkwoods Söldner als Freunde empfangen werden.«

Viscontis Worte enthielten eine deutliche Drohung. Die bislang in Pisa stationierten Mailänder Truppen waren nicht stark genug, um die Stadt zu übernehmen, würden sich aber bis zur Ankunft Hawkwoods halten und diesem die Tore öffnen können. Hatte der Condottiere seine Söldner erst einmal in die Mauern von Pisa geführt, wäre der Fall der Zitadelle nur noch eine Frage der Zeit. »Ich hoffe, ich habe mich deutlich genug ausgedrückt.«

Appiano spürte, wie die Angst ihn packte und ihm den Atem abschnürte. Für einige Augenblicke sehnte er sogar den Tod herbei, um das gnadenlose Spiel um Macht und Einfluss hinter sich lassen zu können. Er wusste jedoch, dass er seiner Schwäche um Pisas und um seines Sohnes willen nicht nachgeben durfte. Ging ihm die Herrschaft über die Stadt verloren, würde Gherardo Leonardo seinen Tod nicht lange überleben.

Er holte keuchend Luft, und es gelang ihm sogar, ein wenig zu lächeln. »Eure Worte waren deutlich genug, Signore! Herzog Gian Galeazzo duldet mich hier nur so lange, wie ich in seinem Sinne handle. Nun, dann wird mein Sohn eben Statthalter von seinen Gnaden. Man kann den Sturm nicht aufhalten, wisst Ihr? Da ist es besser …«

Appiano brach ab und blickte mit einem ersterbenden Blick zu Visconti auf. »Verzeiht einem alten, kranken Mann, Signore, doch ich spüre, wie mein Leben verrinnt. Bitte ruft meine Nichte, noch besser meinen Arzt, ich …« Sein Kopf fiel schwer auf das Kissen zurück, und sein Atem klang so röchelnd, als ginge es mit ihm zu Ende.

Visconti wich vor dem Kranken zurück, als hätte er Angst, sich die Seuche zu holen. Da er erreicht hatte, was er wollte, konnte er den Greis unbesorgt den Händen seiner Ärzte überlassen. »Kommt mit!«, befahl er seinen Männern und verließ das Zimmer.

Kaum war die Haustür hinter Angelo Maria Visconti und seinen Begleitern geschlossen worden, kam Leben in den Kranken. Er stemmte sich mit dem Oberkörper hoch und rief mit erstaunlich kräftiger Stimme nach seiner Betreuerin. Diese stürzte herein und wollte eben in eine wütende Anklage gegen das unverschämte Auftreten Angelo Maria Viscontis ausbrechen, der nicht einmal einem Todkranken seine Ruhe gönnte, als Appiano sie anfuhr: »Halt den Mund! Hol Gherardo … Nein, den erst später! Jetzt brauche ich …« Er dachte kurz nach und nannte einen Namen. Dabei verzog sich sein Gesicht zu einer spöttischen Grimasse.

»Die Viper von Mailand will unsere Stadt übernehmen, meine Gute! Wollen wir doch sehen, ob wir ihr das nicht vergällen können.«

## 4.

Nachdem der Strom der Neugierigen und Gratulanten abgeebbt war, konnte Caterina sich einiger Verpflichtungen entledigen. In Rividello herrschte Ruhe, denn Fiocchi und Bassi waren zu der Überzeugung gekommen, dass keiner von ihnen stark genug war, über den anderen triumphieren zu können. Der Einzige, der ihren Seelenfrieden ständig störte, war Amadeo, dessen Kopf von zumeist unausführbaren Ideen schwirrte und der versuchte, sie zu unsinnigen Handlungen zu überreden. Wenn sie nicht auf seine Vorschläge einging, reagierte er wie ein beleidigter kleiner Junge, dem man das Spielzeug weggenommen hatte.
Auch an diesem Tag redete er voller Eifer auf sie ein. »Caterina, es ist unsere Pflicht, den Frieden in dieser Stadt zu erhalten. Begreifst du das denn nicht? Aus diesem Grund muss ich dem Vorschlag der beiden Signori Bassi und Fiocchi folgen und das Amt des Podesta annehmen. Aber dafür brauche ich die Kompanie! Ohne Heeresmacht im Rücken fällt diese Stadt dem Visconti wie eine reife Frucht in die Hände. Wenn aber Rividello zu dem Bündnis gehört, das mein Onkel geschmiedet hat, wird dies große Auswirkung auf die anderen freien Städte der Toskana, der Romagna und Umbriens haben. Man wird mit Freuden an unsere Seite eilen und der Viper von Mailand endlich geschlossen Widerstand leisten.«
Über dieses Problem hatte Caterina bereits mit Bianca gesprochen, und sie waren beide zu einem ganz anderen Schluss gekommen. Daher hieb sie mit der flachen Hand auf die Stuhllehne, um ihre Worte zu unterstreichen. »Rividello ist zu klein, um unsere Kompanie auf Dauer ernähren zu können. Der nächste Zahltag steht bevor und unsere Kasse ist beinahe leer. Wir können nicht länger auf die versprochenen Zuwendungen warten! Wenn Euer Oheim

nicht bald die vereinbarten Summen schickt, werde ich den Kontrakt mit ihm als gelöst betrachten.«

Amadeo fuhr wütend auf. »Rividello hat doch früher auch die Kompanie deines Vaters bezahlen können. Warum sollte dies jetzt anders sein?«

»Aus dieser Stadt ist nur ein kleiner Teil der Soldsumme gekommen. Den Rest haben die päpstliche Kasse und einige hohe Adelige des Kirchenstaats getragen, die in der Kompanie meines Vaters ein Werkzeug gegen die Mailänder Expansionsbestrebungen gesehen haben. Diese Gelder fehlen mir jetzt, und ich muss zusehen, wie ich neue Hilfsquellen erschließen kann. Vielleicht habe ich die erste bereits gefunden. Wenn Ihr mich jetzt entschuldigen wollt, Signore Amadeo! Ich würde gerne mit dem Boten des Herzogs von Mailand sprechen.«

»Du willst in Gian Galeazzos Dienste treten?« Amadeos Stimme klang so entgeistert, als hätte Caterina ihm eben erklärt, draußen vor der Tür warte der Henker auf ihn.

»Nein! Ich will mit ihm über die Freilassung der Söldner verhandeln, die bei dem Kampf in unsere Hände gefallen sind, denn ich mag die Kerle nicht noch länger durchfüttern, und das Gold, das ich für sie kassiere, würde mich für einige Zeit meiner Sorgen entheben.«

»Die Lösegelder für die Gefangenen stehen meinem Oheim zu!«, rief Amadeo empört.

»Ich nehme die Summe nur als Vorgriff auf die Soldgelder, die der Herzog von Molterossa mir bis jetzt schuldig geblieben ist.« Obwohl Caterina ihre Stimme nicht hob, zeigte ihr Tonfall deutlich, dass das Thema für sie abgeschlossen war.

Amadeo fluchte ein paar Augenblicke leise vor sich hin und hob dann herausfordernd den Kopf.

»Meinetwegen kannst du sämtliche Mailänder Soldknechte auslösen lassen – bis auf einen. Mein Oheim hat sehr deutlich zur

Sprache gebracht, dass mein Vetter Rodolfo sein persönlicher Gefangener ist.«

»Bis jetzt ist er noch mein Gefangener. Doch um dem Herzog von Molterossa einen Gefallen zu tun, werde ich Rodolfo in Gewahrsam behalten. Euch wäre ich jedoch sehr verbunden, wenn Ihr Eure frühere Höflichkeit wieder aufnehmen und mich so ansprechen würdet, wie es sich gebührt. Ich bin weder Eure Schwester noch Eure Magd!«

Diese Abfuhr war deutlich. Amadeo hatte sich entschlossen, die vertrauliche Anrede zu benutzen, um vor aller Welt seinen Anspruch auf die Capitana anzumelden, und musste nun erkennen, dass er bei der jungen Tedesca auch auf diese Weise nicht weiterkam. Ihm lagen etliche heftige Bemerkungen auf der Zunge, doch er würgte sie wie eine Kröte hinunter, holte tief Luft und kniete vor Caterina nieder. »Signorina, versteht Ihr denn nicht, wie mein Herz mich drängt, Euch nahe zu sein? Eure Schönheit blendet mein Auge! Euer Verstand gleicht dem der Weisen des Altertums und nur eine Bewegung Eurer zarten Hand lässt Eure Feinde erblassen.«

Wäre er ehrlich zu ihr gewesen und hätte ihr gesagt, sie sollten sich zusammentun, um gemeinsam Macht zu erringen, hätte sie vielleicht sogar eine Ehe mit ihm in Erwägung gezogen. Amadeo war ein hübscher Mann von guter Herkunft und trotz seiner Fehler ein erträglicher Gefährte. Seine Heuchelei stieß sie jedoch ab. Daher wiederholte sie kühl ihre Aufforderung, den Raum zu verlassen. Er stand auf und schritt mit einer Miene aus dem Saal, als hätte sie ihn mit unflätigen Ausdrücken belegt, und ließ seine Wut draußen an einem Bediensteten aus, der ihm nicht rasch genug aus dem Weg ging.

Amadeo war nicht der Mann, nach dessen Umarmungen sie sich sehnte, das stellte Caterina nicht zum ersten Mal fest. Gleichzeitig fragte sie sich beunruhigt, ob sie überhaupt noch Interesse an einer normalen Liebesbeziehung hatte. Vor ihrem inneren Auge stieg Biancas Gesicht auf, und sie stellte sich vor, wie es wäre, auf Dauer mit ihr zusammenzuleben. Dann lachte sie über sich selbst. Ihre Freundin hatte ihr deutlich genug gesagt, dass sie ihr Verhältnis nicht für alle Zeit fortsetzen wollte, sondern auf eine passende Heirat hoffte. Auch Caterina wusste, dass es ihre Pflicht war, dem Haus Eldenberg einen weiteren Spross aufzupflanzen. Deswegen ärgerte es sie, dass der einzig passende junge Mann, der um sie warb, ausgerechnet Amadeo war.

Sie schloss die Augen, lockerte die verkrampften Schultern und richtete ihre Gedanken auf die Begegnung mit dem Botschafter des Mailänders, dessen Eintreten ihr gerade angekündigt wurde.

Es handelte sich nicht um einen der vielen Condottieri, die in Gian Galeazzos Diensten standen, und auch nicht um einen seiner Verwandten, sondern um einen Herold, dessen Rock neben vielen anderen Wappen besonders auffällig mit dem Reichsadler, der Visconti-Schlange und den Wappen Mailands und der Lombardei bestickt war. Der Mann stand an der Schwelle zum Greisenalter, hatte aber ein glattes Gesicht, das vollkommen beherrscht wirkte, und als er sich vor Caterina verbeugte, tat er es mit einer Grazie, die jeden Jüngeren beschämt hätte. »Ich überbringe Euch die Grüße meines allerdurchlauchtigsten Herrn, des Herzogs der Lombardei«, begann er in einem Ton, als sähe er statt einer Feindin die engste Verbündete Gian Galeazzos vor sich.

»Ich danke Euch, Signore.« Caterina ruckte nervös auf ihrem Stuhl und fragte sich, was als Nächstes kommen mochte.

Der Herold richtete sich wieder auf und sah ihr offen ins Gesicht. »Meinem Herrn, dem Herzog der Lombardei, ist zu Ohren gekommen, dass etliche Offiziere und Söldner der Kompanie Ugolino Malatestas und einiger anderer Condottieri, die in seinen Diensten stehen, sich als Eure Gäste in dieser Stadt aufhalten. Er wünscht, diese Männer wieder unter seinen Fahnen zu sehen, natürlich mit dem Ehrenwort, dass sie auf drei Jahre nicht gegen Euch und die Compagnia Ferrea kämpfen werden.«

Der Anfang lässt sich schon einmal gut an, dachte Caterina und keuchte überrascht auf, als der Herold ihr die Summe nannte, mit der Gian Galeazzo seine Söldner auszulösen gedachte.

»Euer Herr ist sehr großzügig«, sagte sie mit schwankender Stimme.

»An der Battaglia, die zu diesem für Euch erfreulichen Ergebnis geführt hat, waren auf Signore Ugolinos Seite mehr als ein Condottiere beteiligt. Die Summe erscheint meinem Herrn für einen Capitano, sechs Offiziere, etliche Unteroffiziere und etwa zweihundert Lanzenritter, Knappen und Knechte, die in Eure Gefangenschaft geraten sind, nicht zu hoch.« Der Ton des Herolds klang belehrend, doch trotz der hohen Summe, die sie dringend benötigte, wollte Caterina ehrlich bleiben.

»Verzeiht, Signore, aber der einzige Capitano, wenn man den Herrn über fünfzig Lanzen überhaupt so nennen kann, der als Gefangener in dieser Stadt weilt, ist Rodolfo d'Abbati, und genau diesen darf ich auf Anweisung des Herzogs von Molterossa nicht freigeben. Auch ist die Zahl an Offizieren und Anführern, die Ihr nanntet, zu hoch angesetzt.«

»Sie wurde meinem Herrn so genannt und er hat die Höhe des Lösegelds danach ausgerichtet. Ich halte es für unnötig, ihn noch einmal mit dieser Sache zu behelligen. Wenn Ihr einverstanden seid, Signorina, wird dieses Geld in zwei Tagen in diese Stadt gebracht und Ihr könnt mir alle Eure Gefangenen bis auf den genannten Rodolfo Caetani übergeben.«

Für einen Augenblick gab der Blick des Herolds einen Teil dessen preis, was in seinen Gedanken umging. Caterina begriff, dass der Mailänder Herzog unter allen Umständen verhindern wollte, dass die schmähliche Flucht seiner Offiziere mit Ugolino Malatesta an der Spitze publik wurde, und er daher bereit war, Lösegeld für fiktive Gefangene zu bezahlen. Für einen Augenblick überlegte sie, das

Angebot abzulehnen und nur das Geld für die wirklichen Gefangenen zu fordern. Der Gedanke an ihre sich zusehends leerende Kasse ließ sie davon absehen.
»Ich stimme Euch zu, Signore! Seine Durchlaucht muss wirklich nicht noch einmal damit behelligt werden. Übermittelt ihm meinen herzlichsten Dank für sein großzügiges Angebot, das ich selbstverständlich annehmen werde.«
Der Mailänder atmete auf, er hatte sein Ziel rascher erreicht, als er erwartet hatte. Er streifte Caterinas Gesicht mit einem prüfenden Blick und fragte sich, ob sie tatsächlich das Geschick und den Verstand besaß, ihre Truppe mit Erfolg führen zu können. Gewiss, sie hatte Rividello eingenommen und Ugolino Malatesta in die Flucht geschlagen, doch das konnte auch Glück oder Zufall gewesen sein. Auf alle Fälle würde er seinem Herrn raten, diese Frau in Zukunft im Auge zu behalten. Immerhin war sie die Tochter des Francesco di Monte Elde und mochte sein Genie im Krieg geerbt haben.
»Ich danke Euch im Namen meines Herrn für Eure Großzügigkeit, Signorina, und bitte Euch nun, mich zurückziehen zu dürfen, um alles in die Wege zu leiten.«
»Ich erlaube es.« Caterina nickte dem Herold huldvoll zu und beobachtete mit einem gewissen Vergnügen, wie er unter etlichen Bücklingen das Zimmer verließ. Kaum war er gegangen, stürmte Amadeo herein und überschüttete sie mit Fragen, die zu beantworten sie keine Lust hatte.
»Wolltet Ihr nicht einen Eurer Freunde in der Stadt besuchen?« Es war eine Aufforderung zu gehen, und Amadeo fasste sie auch als solche auf. Nur mühsam schluckte er seinen Ärger hinab und nahm sich vor, ihr für den Rest ihres Lebens zu zeigen, wer der Herr war. Dazu musste sie jedoch erst seine Frau geworden sein. Vorerst sollte er sie besser bei Laune halten. Er verneigte sich daher nicht weniger geziert als der Herold und erklärte, dass er keine Pläne hätte, sondern voll und ganz zu ihrer Verfügung stünde.

Genau das hatte Caterina befürchtet. Wenigstens konnte er, solange er in ihrer Nähe blieb, keine unsinnigen Intrigen hinter ihrem Rücken spinnen. Deshalb forderte sie ihn zu einer Partie Schach auf. Sie hatte dieses Spiel erst hier in Italien kennen gelernt und war begeistert, Amadeo hingegen begann es zu hassen, weil er beinahe jede Partie gegen sie verlor. Diesmal aber glättete seine Miene sich schnell, denn Caterina berichtete ihm während des Spiels von ihrem Gespräch mit dem Mailänder Herold, und er konnte sich selbst ausrechnen, dass das versprochene Geld die Kompanie mehrere Monate besolden und ernähren würde. In der Zwischenzeit hatte er nämlich über Caterinas Worte nachgedacht und war zu der Überzeugung gekommen, dass es eine Verschwendung seiner Talente wäre, sich mit dem Rang eines Podesta einer so bedeutungslosen Stadt wie Rividello zu bescheiden. Es gab Dutzende mächtigere Städte in Italien, und in einer davon würde er mit Caterinas Unterstützung an die Macht kommen können.

## 5.

Keine dreißig Stunden später erschien ein Bote aus Pisa. Er kam des Nachts, um kein Aufsehen zu erregen, und trug anstelle eines prachtvollen Wappenrocks ein einfaches braunes Wams. Zu seinem Glück traf er auf Friedel, der ihn erkannte, sonst wäre er vielleicht gar nicht zur Capitana geführt worden. Caterina runzelte bei seinem Anblick ein wenig die Stirn, denn sie empfand seine schlichte Aufmachung zunächst als Affront und erwartete daher, die Auflösung ihres Vertrags mit Iacopo Appiano zu erhalten.

»Buon giorno, Signorina. Ich erlaube mir, Euch die besten Grüße Messer Iacopos zu überbringen. Er hat mir Befehle für Euch mitgegeben, die jedoch so geheim sind, dass selbst Eure Stellvertreter sie nicht erfahren dürfen.« Der Bote hielt diese Anweisung für wenig

Erfolg versprechend, denn seiner Erfahrung nach waren Frauen von Natur aus Schwätzerinnen und er hätte die Nachricht lieber einem Mann übergeben. Amadeo Caetani war jedoch der Neffe des Herzogs von Molterossa, der zwar ein heimlicher Verbündeter Appianos war, aber seiner eigenen Wege ging und nicht alles zu wissen brauchte, was in Pisa vor sich ging. Die anderen Unteranführer kamen auch nicht in Frage, denn sie waren Tedesci, die niemals über den Kopf ihrer Herrin hinweg handeln würden.

Caterina hatte bei dem Wort Befehle interessiert aufgesehen, denn das klang nicht nach einem raschen Abschied. »Ich danke Euch, Signore, und bitte Euch, mir Messer Iacopos Anweisungen mitzuteilen.«

»Den ersten Teil davon, Signorina. Den Rest muss ich zunächst für mich behalten. Mein Befehl lautet nämlich, Euch zu begleiten.«

Caterina starrte ihn unwirsch an. »Da Ihr uns begleiten wollt, Signore, heißt dies, dass entweder ich oder die gesamte Kompanie bald aufbrechen werden – und das zu einem Ziel, welches nur Ihr kennt.«

»Und natürlich Messer Iacopo! Doch sonst niemand, und das soll auch so bleiben.« Der Bote ließ keinen Zweifel daran, dass er das höchste Vertrauen seines Herrn besaß.

Caterina lächelte ein wenig über den Stolz, den der Mann zur Schau stellte. Da Pisa die Verpflichtungen ihrer Kompanie gegenüber stets getreulich erfüllt hatte, sah sie keinen Grund, Appiano den Gehorsam zu verweigern. Sie bedauerte ein wenig, das bequeme Quartier in Rividello wieder mit ihrem Zelt vertauschen zu müssen, doch die Änderung ihrer Situation hatte auch ihre Vorteile. Auf dem Marsch hatte Amadeo so viele Pflichten zu erfüllen, dass er keinen unnützen Gedanken nachhängen oder sie umschwänzeln konnte.

»Wann sollen wir ausrücken?«, fragte sie interessiert.

Iacopo Appianos Emissär nahm erleichtert wahr, dass die Tedesca einem Abschied aus Rividello weniger Widerstand entgegenzusetzen schien, als sein Herr befürchtet hatte. In Pisa war bereits kolportiert worden, sie würde sich mit dem Erben des Herzogs von Molterossa vermählen und diesen zum Capitano del Popolo von Rividello machen. Anscheinend hatte Amadeo Caetanis Onkel ein Machtwort gesprochen und den beiden diesen Unsinn ausgetrieben.

»Euer Aufbruch muss so rasch wie möglich erfolgen. Am besten gebt Ihr die Befehle heute noch.« Der Bote glaubte damit alles gesagt zu haben, doch da hob Caterina die Hand.

»Verzeiht, Signore, aber ich habe für den morgigen Tag die Übergabe der Gefangenen an die Gesandten des Herzogs Gian Galeazzo vereinbart. Wenn ich vorher den Abmarsch anordne, könnte dies den Feind alarmieren.« Ganz wohl war ihr bei diesem Bekenntnis nicht. Da Appiano und Pisa zu ihren Auftraggebern gehörten, hätten auch sie ein Anrecht auf das Lösegeld erheben können, welches sie für ihre Kompanie verwenden wollte.

Der Bote überlegte kurz und nickte. »Ihr habt Recht, Signorina. Ihr solltet zuerst die Gefangenen freilassen und erst danach die Kompanie in Marsch setzen.«

»Ein Gefangener wird mir leider bleiben, denn der Herzog von Molterossa hat mir Nachricht geschickt, dass ich seinen Neffen Rodolfo nicht freilassen darf.«

Diese Information war dem Boten nur eine abfällige Handbewegung wert. »Dann nehmt den Mann am besten mit. Oder wollt Ihr ihn hier lassen?«

Caterina dachte an die blutigen Szenen, die sich bei ihrem Einmarsch abgespielt hatten, und schüttelte sich unwillkürlich. Die Gefahr, dass die neuen Machthaber der Stadt Rodolfo d'Abbati aus Hass und Rachegefühlen heraus umbringen würden, war zu groß. Warum kümmere ich mich eigentlich um diesen aufgeblasenen Wicht?, fragte sie sich in einem Anfall von Ärger. Ihr konnte es doch gleichgültig sein, ob er tot war oder nicht. Ein Teil von ihr sträubte sich jedoch gegen diesen Gedanken. Auch wenn Rodolfo auf der anderen Seite kämpfte, so hatte er ihr selbst keinen Schaden zugefügt. Außerdem war es erquicklicher gewesen, mit ihm zu streiten, als sich Amadeos langatmige Erklärungen anhören zu müssen.

»Also gut, Signore, es wird so geschehen, wie Ihr es wünscht«, beschied sie den Boten und lud ihn dann ein, in ihrem Haus Quartier zu nehmen. Dabei lachte sie innerlich über sich selbst. Der Palazzo des einstigen Podesta von Rividello gehörte ihr nicht und sie würde auch keine Ansprüche auf das Gebäude oder seine Einrichtung erheben. Wahrscheinlich würden die beiden Signori Cornelio Bassi und Marcello Fiocchi sich bis aufs Messer darum streiten, wer hier einziehen durfte, und das vergönnte sie den beiden aufdringlichen Herren.

## 6.

Rodolfo d'Abbati zählte wohl zum hundertsten Mal die Schritte, die er frei gehen konnte. Es waren vier, denn genauso lang war die Zelle, in die man ihn gesteckt hatte. Breit war sie höchstens drei Schritte – ein winziges Loch, in das gerade ein Strohsack passte und der Eimer, in den er seine körperlichen Bedürfnisse verrichten musste. Er befand sich zwar erst seit drei Wochen in diesem Kerker, und doch erschien es ihm wie eine Ewigkeit. Dabei wusste er, dass es ihm im Vergleich zu den übrigen Gefangenen noch gut ging. Mariano und die anderen waren gruppenweise in ähnliche Zellen gesperrt worden, in denen sie sich nicht einmal alle zur gleichen Zeit niederlegen konnten. Während ein Teil schlief, mussten die anderen stehen bleiben und warten, bis sie an die Reihe kamen.

Trotz der erbärmlichen Verhältnisse, die durch den Gestank des stets vollen Eimers und die Flöhe, Wanzen und Läuse verschlimmert wurden, wäre Rodolfo lieber bei ihnen gewesen, als hier eine Sonderbehandlung zu erhalten. Es schien ihm als schlechtes Omen, vor allem, seit sein Vetter Amadeo draußen auf dem Flur hohnlachend erklärt hatte, dass Herzog Gian Galeazzo bereit sei, alle Gefangenen auszulösen – bis auf einen.

Ein Geräusch auf dem Korridor ließ Rodolfo aufhorchen. Er eilte an die eisenbeschlagene Tür und spähte durch das unversperrte Guckloch nach draußen. Bei Amadeos Anblick verzog er säuerlich das Gesicht. Sein Vetter war jeden Tag zu ihm gekommen, um ihn zu verspotten, und er nahm an, dass es diesmal nicht anders sein würde. Amadeo blieb jedoch vor einer der Zellen stehen, in denen die übrigen Gefangenen steckten, und stellte sich dort in Positur.

»Durch die Gnade der Capitana werdet ihr morgen früh freigelassen. Aus diesem Grund könnt ihr jetzt in kleinen Gruppen dieses Loch verlassen, um euch oben zu waschen und frische Gewänder anzuziehen. Ihr solltet dieses unverdiente Geschenk jedoch nicht für Fluchtversuche nutzen oder anderen Ärger machen. Es stehen genug Krieger bereit, euch in Stücke zu hauen.«

Rodolfo fand die Drohung seines Vetters lächerlich, keiner der Gefangenen würde es riskieren, seine Freilassung durch eine Dummheit zu gefährden. Da er glaubte, diesmal in Ruhe gelassen zu werden, wandte er der Tür den Rücken zu und legte sich wieder auf seinen Strohsack. Der Geruch, der dem schmierigen Ding entströmte, machte ihm jedes Mal klar, dass er nicht der erste Gefangene war, der auf die bretthàrte Unterlage angewiesen war. In einem Anfall von Mutlosigkeit fragte er sich, wie viele Nächte er noch hier würde verbringen müssen. Seit sein Onkel ihn aus Molterossa verjagt hatte, war sein Leben aus den Fugen geraten. Hatte der alte Herr ihn vielleicht verwünscht oder gar einen Priester veranlasst, einen Fluch über ihn zu sprechen? Nein, nicht ein Priester, korrigierte er sich. Wahrscheinlich war es ein Hexer oder eine Hexe gewesen, anders konnte er sich sein jetziges Pech nicht erklären. Seine Gedanken wanderten weiter zu Caterina, der Siegerin in jener Schlacht, die Schmach und Schande über ihn gebracht hatte, und er stellte sich vor, wie er die Hände um ihren Hals legen und ganz genüsslich zudrücken würde, bis ihr Genick brach. Seine Phantasie aber wich diesem mörderischen Bild schnell aus und spiegelte ihm vor, wie er der Tedesca die Kleider vom Leib riss und sie wie ein brünstiger Bulle nahm.

Diese Vorstellung erschreckte ihn, denn bislang war er Frauen nie anders als höflich und zuvorkommend begegnet. Dann lachte er sich selbst aus. »Diese Deutsche ist keine Frau, sondern ein Mannweib! Würde sie sich sonst an die Spitze eines Söldnerheeres stellen?«

»Sprichst du mit dir selbst? Ich kann mir vorstellen, dass dies eine recht einseitige Unterhaltung ist.« Amadeos spöttische Worte machten Rodolfo bewusst, dass er nicht wahrgenommen hatte, wie seine Zellentür geöffnet wurde. Sein Vetter stand draußen auf dem Flur und grinste ihn hämisch an, während vier Söldner ihre Hellebarden drohend in die Zelle hielten, als müssten sie sich vor einem angriffslustigen Raubtier schützen.

»Das andere Gesindel wird morgen freigelassen, wie du wohl schon gehört hast. Du aber warst dem Mailänder Herzog keinen blanken Danaro wert.« Amadeo starrte seinen Vetter an, als erwarte er, ihn vor Schreck erbleichen zu sehen. Rodolfo zuckte jedoch nur mit den Schultern und ließ seinen Blick über das gemauerte Tonnengewölbe schweifen, als gäbe es dort oben etwas Interessanteres zu sehen.

»Du bleibst unser Gefangener!«, setzte Amadeo hinzu.

»Auch gut!«, antwortete Rodolfo scheinbar leichthin.

Amadeo stampfte mit dem Fuß auf den Boden. »Du wirst es noch bedauern, unseren Onkel gegen dich aufgebracht zu haben. Er sieht dich als Verräter an, weil du in die Dienste des Herzogs von Mailand getreten bist. Vielleicht wird er dich dafür sogar köpfen lassen.«

»Das wäre das Beste, was er machen könnte. Dann müsste ich mir dein dummes Geschwätz nicht länger anhören.« Rodolfo bemerkte zufrieden, dass sein Vetter innerlich schäumte. Nun sah der Kerl so

aus, als würde er am liebsten den Söldnern befehlen, den Gefangenen aus der Zelle zu holen und auspeitschen zu lassen.
Amadeo zügelte sich jedoch, wahrscheinlich aus Angst vor der Tedesca – oder vor seinem Onkel. »Du wirst schon noch um Gnade winseln, wenn der Henker von Molterossa sein Meisterstück an dir vollbringt.« Mit dieser giftigen Bemerkung wandte der jüngere Caetani sich ab, gab den Söldnern den Befehl, die Zelle zu verschließen, und verließ vor Wut kochend den Kerker.
Rodolfos Gedanken führten einen wirren Tanz auf. War sein Onkel wirklich so zornig auf ihn, dass er ihn hinrichten lassen wollte?, fragte er sich. Herzog Arnoldo Caetani war zwar ein fanatischer Gegner Mailands, doch bislang hatte er sich eingebildet, das gemeinsame Blut verbinde sie trotz allem miteinander. Nun packte ihn tiefste Verzweiflung und für einige Augenblicke wünschte er sich einen schnellen, schmerzlosen Tod. Noch während er überlegte, ob er nicht einen der Wächter um ein wirksames Gift bitten sollte, erhielt er zum zweiten Mal an diesem Tag Besuch.
Es war beinahe die gleiche Situation. Die Tür wurde geöffnet und vier Söldner streckten ihre Hellebarden herein. Diesmal befand sich jedoch nicht Amadeo bei ihnen, sondern Caterina. Rodolfo starrte sie an und spürte, wie der Wunsch, sie zu packen und zu schütteln, in ihm immer stärker wurde. Mit einer schnellen Bewegung stand er auf, verschränkte die Arme vor der Brust und bemühte sich, demonstrativ auf sie hinabzusehen. »Was verschafft mir die Ehre Eures Besuches, Signorina?«
»Ich wollte nur sehen, wie die Gefangenen untergebracht sind.« Caterina schauderte noch bei dem Gedanken, wie eng die anderen Männer zusammengepfercht gewesen waren, und sie dankte Gott, dass sie die Leute endlich freilassen konnte. Als sie Rodolfo blass und verhärmt vor sich stehen sah, hätte sie am liebsten auch ihn befreit. Doch die Anweisung, die der Herzog von Molterossa ihr durch einen Kurier hatte überbringen lassen, war eindeutig. Sie

musste Rodolfo d'Abbati als Gefangenen behandeln, bis sein Onkel über ihn entscheiden würde. Caterina ärgerte sich darüber, doch da sie das Lösegeld aus Mailand in die eigene Kriegskasse gesteckt hatte, fühlte sie sich dem Herrn auf Molterossa stärker verpflichtet als zuvor.

»Benötigt Ihr etwas, Signore, vielleicht ein Bad und frische Kleider?« Caterina sagte es aus einer Laune heraus und überraschte Rodolfo damit. Dieser kratzte sich am Kinn, auf dem der Bart wucherte, und sehnte sich plötzlich nach einem Rasiermesser und warmem Wasser.

»Wenn Ihr das veranlassen könntet, wäre ich Euch auf ewig verbunden.« Er wartete gespannt auf ihre Antwort und sah, wie sie sich an den hünenhaften Tedesco wandte, der in der Verkleidung eines Mönches zu ihr gekommen war und nun die Stelle eines Offiziers einnahm.

»Könntest du dafür sorgen, dass der Conte d'Abbati sich säubern und neu einkleiden kann? Ach ja – und bringe ihn nach oben. Dort gibt es genug Kammern mit festen Türen, deren Fenster vergittert sind.«

Da sie es auf Deutsch sagte, verstand Rodolfo es nicht, doch die Gesten, mit denen sie ihre Worte unterstrich, verrieten ihm genug. Botho nickte und wies die vier Söldner an, den Gefangenen in ihre Mitte zu nehmen. »Lasst ihn aber nicht entkommen!«, befahl er ihnen mit dem Versuch, seiner Stimme einen strengen Klang zu geben. Obwohl er Caterina dankbar war, dass sie ihm in seiner Notsituation geholfen hatte, fühlte er sich nicht zum Soldaten berufen. Sie hatte jedoch seine Bitten, ihn ziehen zu lassen und seine Schulden bei ihr mit denen zu verrechnen, die ihr Vater bei dem seinen besaß, schroff abgelehnt.

Kurze Zeit später saß Rodolfo in einer dampfenden Badewanne und rieb sich von Kopf bis Fuß mit einer wohlriechenden Seife ein, die aus Caterinas eigenen Beständen stammen musste. War er unten in dem Loch noch mutlos und ohne Hoffnung gewesen, hätte er jetzt am liebsten gesungen. Selbst die beiden kräftigen deutschen Söldner, die an der Tür Wache hielten, vermochten seine gute Laune nicht zu trüben.

»Ist es nicht seltsam, Freunde, wie eine veränderte Umgebung auf einen Menschen wirkt?«, fragte er die Männer.

Diese starrten ihn verständnislos an. Zunächst nahm er an, die beiden verstünden keinen der italienischen Dialekte, doch als der Barbier mit Messer, Pinsel und Schale erschien, befahl einer der Söldner dem kleinen Mann, der so zittrig wirkte wie ein Weberknecht, in einem grobschlächtig klingenden Romagnolisch, Acht zu geben, dass der Gefangene ihm nicht das Rasiermesser entwende.

»Wenn Ihr nur eine falsche Bewegung macht, seid Ihr schnell wieder in Eurem Wanzenloch!«, warnte er auch Rodolfo. Dieser nickte lächelnd und beschloss, sich an diesem Tag über nichts mehr zu ärgern.

## 7.

Rodolfo hatte es sich gerade in dem frisch bezogenen Bett bequem gemacht, als jemand heftig an seine Tür polterte. In der Annahme, eine der Wachen wolle ihn damit auf Caterinas Erscheinen aufmerksam machen, bat er um ein wenig Geduld, sprang aus dem Bett und wollte in seine Hosen schlüpfen. Er hatte gerade ein Hosenbein hochgezogen, da sprang die Tür auf und sein Vetter trat grinsend ein. Ihm folgte ein Mann, den Rodolfo lieber an jedem anderen Fleck der Welt gesehen hätte, nämlich der Kommandant der Leibwache seines Onkels. In Molterossa war er öfter mit dem steifknochigen Offizier aneinander geraten.

»Einen schönen Gruß von unserem Oheim! Er wartet schon auf deinen Besuch, Rodolfo. Nur wird er dir wohl eher einen Kerker im großen Turm als Wohnstatt zuweisen lassen als die schönen

Gemächer, die du früher bewohnen durftest.« Amadeo rieb sich voller Vorfreude die Hände, denn Caterinas Entscheidung, Rodolfo aus dem Loch unten herauszuholen, hatte ihn arg gewurmt. Am liebsten hätte er seinen Vetter dem Capitano seines Onkels so übergeben, wie er ihn unten gesehen hatte – in Lumpen und von Ungeziefer zerfressen. Diese Hoffnung hatte die Tedesca zunichte gemacht, denn Rodolfo war sauber, gut rasiert und trug ein schmuckloses Gewand, aber von der Art, die einem Edelmann zukam.

Der Hauptmann aus Molterossa interessierte sich nicht für Amadeos Geschwätz, sondern stellte sich vor Rodolfo auf. »Seine Gnaden Herzog Arnoldo hat erfahren, dass die Capitana ihre Gefangenen freilässt, und will verhindern, dass Ihr weiterhin den ehrenvollen Namen der Caetani von Molterossa in den Schmutz tretet. Daher hat er mir den Befehl erteilt, Euch in die Heimat zu bringen, damit Ihr die gerechte Strafe für Eure Untreue erhaltet.«

Das Auftreten des Offiziers war zwar das eines Kerkermeisters, aber er redete Rodolfo wie einen Herrn von Stand an. Das fuchste Amadeo und er trat giftig nach. »Hoffentlich steckt unser Oheim dich in das tiefste, schmutzigste Loch, das es auf Molterossa gibt!«

»Ich danke dir für deine lieben Wünsche, Vetter. Möge es mir einmal vergönnt sein, ebenso edel an dir zu handeln.« Rodolfo zog sich seelenruhig an und wandte sich dann an den Capitano. »Wann wollt Ihr aufbrechen?«

»Morgen bei Sonnenaufgang! Ich will die Stadt verlassen haben, wenn das Geschmeiß aus Mailand hier erscheint.«

Rodolfo grinste. »Gut, dann kann ich ja noch eine Nacht hier schlafen. Oder soll ich auf Wunsch meines lieben Vetters diese Kammer räumen und wieder in den Kerker zurückkehren?«

Amadeo sah so aus, als wolle er die Wachen rufen, um seinen Vetter wieder nach unten bringen zu lassen, doch der Capitano winkte ab. »Das ist nicht nötig. Seid bei Morgengrauen reisefertig! Bis dorthin Gott befohlen.« Bei diesen Worten blickte er Amadeo auffordernd an und verließ dann nach ihm die Kammer.

Als die Tür hinter den beiden verriegelt wurde, atmete Rodolfo auf und fragte sich, ob er bereits so genügsam geworden war, dass eine Nacht in einem weichen Bett ihm als höchster Genuss erschien. Das Einzige, was ihm vielleicht noch fehlte, war ein hübsches Mädchen wie zum Beispiel jene Renza, die er vor Lanzelotto Aniballi und dessen Spießgesellen gerettet hatte. Er versuchte, sich das Gesicht der Wirtsmagd vor das innere Auge zu rufen, doch an ihrer Stelle formte sich Caterinas Bild.

Rodolfo sah ihre Opalaugen vor sich, die denen einer Italienerin glichen und doch so hochmütig und kalt blicken konnten, als beständen sie aus Gletschereis. Gäbe es eine himmlische Gerechtigkeit auf Erden, dachte er, würde er, ehe er in Molterossa den Kopf verlor, die Tedesca wenigstens einmal unter sich spüren. Das wäre die Rache für seine schmähliche Niederlage vor den Toren dieser Stadt und sein wohl nicht weniger ruhmloses Ende gewesen.

Er verscheuchte Caterinas Antlitz ebenso aus dem Kopf wie seine lächerlichen Wünsche, zog sich wieder aus und legte sich hin. Dabei fragte er sich, wem er lieber den Hals umdrehen würde, seinem aufgeblasenen Vetter oder Monte Eldes Tochter. Doch ehe er zu einem Ergebnis kam, sank er in einen tiefen, von keinem bösen Traum geplagten Schlaf.

## 8.

Für Caterina war das Auftauchen des Capitano aus Molterossa ebenfalls ein Schock gewesen, denn sie hatte sich darauf eingerichtet, Rodolfo Caetani auf ihren Ritt mitzunehmen, und verspürte wenig Lust, ihn dem Sendboten seines Onkels zu übergeben. Aber ihr war klar, dass sie sich nicht weigern durfte. Herzog Arnoldos

Bote hatte ihr mehrere schwere Beutel mit Goldmünzen als Anzahlung für ihren Sold auf den Tisch gelegt und gleichzeitig erklärt, dass sein Herr es guthieße, wenn sie das Lösegeld für Ugolino Malatestas Leute mit weiteren Soldzahlungen verrechnen würde. Dann erst hatte der Mann sie gebeten, Rodolfo sehen zu dürfen.

In jenem Augenblick war Caterina froh gewesen, Rodolfo aus dem Kerker herausgeholt und ihm frische Kleidung gegeben zu haben, und sie rang mit sich, ob sie den Capitano zu Rodolfos jetzigem Quartier begleiten sollte. Doch eine ihr unerklärliche Scheu hielt sie davon ab, Rodolfo persönlich dem Mann zu übergeben, der ihn nach Einschätzung seines Vetters dem Henker ausliefern würde, und so hatte sie diese Aufgabe Amadeo übertragen. Nun saß sie in ihrer Kammer, starrte durch das Fenster in die zunehmende Dämmerung hinaus und wurde sich ihrer selbst erst wieder bewusst, als ihre Freundin die Tür öffnete.

Die Nacht war längst hereingebrochen und doch brannte keine einzige Lampe. Bianca erschrak. »Fühlst du dich nicht wohl, meine Liebe?«

Caterina winkte ab, obwohl ihre Freundin diese Geste in der Dunkelheit nicht sehen konnte. »Es ist nichts, Bianca. Ich habe nur ein wenig nachgedacht und dabei die Zeit verrinnen lassen.«

»Du brauchst Licht! Warte, ich hole einen Fidibus.« Bianca drehte sich um und lief zu der blakenden Fackel, die den Flur erleuchtete, zündete dort einen Holzspan an und kehrte mit der kleinen Flamme zurück. Kurz darauf spendeten von abschirmenden Glaskugeln umgebene Kerzen ein weiches Licht, das den Augen nicht wehtat, und gaben Bianca die Möglichkeit, Caterina zu mustern. »Irgendetwas stimmt nicht mit dir. Ich habe es schon gestern gespürt, nachdem dieser Bote aus Pisa gekommen war. Hat er dir so schlechte Nachrichten gebracht? Vielleicht erleichtert es dich, wenn du darüber sprichst.«

Caterina fasste ihre Hand und sah sie lächelnd an. »Die Nachricht war nicht unangenehm, Bianca, nur so geheim, dass ich sie jetzt noch nicht weitergeben darf.«

Für den Augenblick schien Bianca beleidigt zu sein, dann kicherte sie leise vor sich hin. »Wir brechen also wieder auf.«

»Wie kommst du darauf?« Caterina erschrak, denn sie glaubte schon, ein paar unbedachte Worte fallen gelassen zu haben, Biancas Antwort aber beruhigte sie. »Wenn ein Bote so heimlich erscheint wie dieser Pisaner Signore, die Söldner mustert und sogar prüft, wie gut die Räder der Bagagewagen eingefettet sind, dann deutet das auf einen schnellen Abmarsch zu einem nicht gerade nahen Ziel hin.«

Caterina musste lachen. »Du hast einen scharfen Blick!«

»Wundert dich das? Ich bin etliche Jahre mit deinem Vater durch Italien gezogen und weiß daher die Anzeichen zu deuten! Darf ich erfahren, wohin es geht?«

Caterina schnaubte. »Ich kenne das Ziel selbst nicht – bis auf die erste Etappe! Dann will der Bote mehr erzählen.«

Bianca legte den Kopf schief und legte den Zeigefinger der Rechten auf ihre Wange. »Das deutet auf eine große Sache hin, wahrscheinlich sogar auf eine neue Schlacht. Es dürfte ein ähnlicher Wettlauf werden wie der, den wir gegen Ugolino Malatesta gewonnen haben.«

»Wenn es so ist, wüsste ich gerne mehr darüber! Ich glaube, ich werde diesen Signore aus Pisa rufen lassen und ihn nicht eher aus den Klauen lassen, bis er alles berichtet hat.«

Caterina machte schon Miene, Malle zu rufen und ihr den entsprechenden Befehl zu geben, deshalb hob Bianca beschwichtigend die Hand. »Wenn er seine Anweisungen von Iacopo Appiano selbst erhalten hat, kannst du ihn foltern und er wird kein Wort preisgeben.«

»Dann bleibt mir nichts anderes übrig, als ihm und Appiano zu vertrauen. Und das ist mit meiner Verantwortung für die Truppe eigentlich nicht zu vereinbaren.« Caterina klang nervös.

»Du musst die Augen offen halten und zu schnellen Entscheidungen bereit sein! Etwas anderes kannst du nicht tun. Jetzt aber setz dich gerade hin, damit ich dir die Schultern massieren kann. Danach kannst du besser schlafen. Denke daran, du musst morgen die Boten des Herzogs Gian Galeazzo von Mailand empfangen.«
»Von wegen Herzog von Mailand! Der Kaiser hat ihn zum Herzog der Lombarden ernannt.« Caterinas Unmut war wie durch ein Wunder gewichen, und sie konnte schon wieder lachen.
Kurz darauf trat Malle mit einem Tablett ein, das von Speisen überquoll. »Ihr habt heute Abend noch nichts zu Euch genommen, Jungfer!«, erklärte sie tadelnd.
Caterina tippte gegen ihren Bauch und fühlte, dass sie tatsächlich Hunger hatte. »Wenn ich dich nicht hätte, meine Gute!«, sagte sie und lächelte Malle dankbar zu.
Die Dienerin schniefte gerührt und stellte die Speisen auf den Tisch. »Ihr solltet wirklich mehr auf Euch achten, Jungfer. Auf dem Marsch werdet Ihr all Eure Kraft brauchen.«
Caterina fiel der Silberlöffel, nach dem sie gegriffen hatte, aus der Hand. »Woher weißt du denn, dass wir aufbrechen werden?«
»Friedel hat es vorhin gesagt. Er meinte, er hätte ein besonderes Gespür dafür, und das hätte ihn bis jetzt noch nie getrogen.«
Caterina konnte nur noch den Kopf schütteln. »Bei allen Heiligen, bleibt in diesem Land denn nichts geheim?«
»Anscheinend nicht«, antwortete Bianca gemütlich und bediente sich mit sichtlichem Appetit an den Leckereien, die die Dienerin auftischte.
Malle hob die Augenbrauen. »Eure Töchter haben ihr Abendessen schon restlos verputzt und gehen gleich zu Bett. Ihr solltet noch einmal zu ihnen gehen und ihnen einen Gutenachtkuss geben.«
»Caterina hat Recht, du bist wirklich ein Schatz!« Bianca schenkte der Dienerin einen so dankbaren Blick, als hätte diese sie mit Lob überschüttet, und langte weiter herzhaft zu. Im Gegensatz zu ihrer

Freundin musste Caterina sich zwingen, etwas zu essen. Zu viel Unvorhergesehenes war auf sie eingestürmt und nahm ihre Gedanken gefangen.
Nachdem Malle den Tisch abgeräumt und das Zimmer verlassen hatte, stand Bianca auf. »Ich werde jetzt zu meinen beiden Goldschätzen gehen und sie in den Schlaf wiegen. Soll ich danach wiederkommen und es auch bei dir tun?«
Caterina schüttelte den Kopf. »Heute nicht! Der morgige Tag wird anstrengend, und ich hoffe, ich schlafe rasch ein. Das gelingt mir sicherlich nicht, wenn du mich in deinen Armen hältst.«
»Dann gute Nacht und süße Träume, mein Liebling!« Bianca küsste Caterina auf die Stirn und knickste dann vor ihr, ohne im Geringsten enttäuscht oder gar beleidigt zu sein.
Caterina sah ihr nach, bis sie den Raum verlassen hatte, und dachte sich, dass ihr an einem jener prickelnden Streitgespräche mit Rodolfo an diesem Abend weit mehr gelegen gewesen wäre als an einer zärtlichen Stunde mit Bianca. Für einen Moment erwog sie sogar, ihn zu sich bringen zu lassen. Doch allein der Gedanke an das Gesicht, das Malle ziehen würde, wenn sie zu dieser Stunde einen Mann in ihren privaten Gemächern empfing, ließ sie davon absehen. Sie gähnte ausgiebig und spürte, wie der Schlaf die Oberhand über ihre anderen Wünsche gewann.

## 9.

Der nächste Morgen begann alles andere als viel versprechend. Es regnete und ein kalter Wind pfiff den Apennin herab. Caterina hatte die Nacht durchgeschlafen und wachte erst auf, als Malle in ihr Zimmer trat und sich räusperte.
»Guten Morgen, Jungfer. Wünsche, wohl geruht zu haben.«
»Das habe ich. Ich könnte Bäume ausreißen!« Caterina schlüpfte

aus dem Bett und eilte ans Fenster. Angesichts des Wetters zog sie eine Schnute. »Hätte es nicht ein wenig schöner sein können?«
»Das Wetter ist so, wie der Herrgott es will! Wir können nichts daran ändern und müssen es so hinnehmen, wie es kommt. Außerdem behauptet Friedel, dass es morgen wieder schön sein würde.«
Caterina sah Malle erstaunt an. In der ersten Zeit bei der Eisernen Kompanie hatte ihre Dienerin sich an Hans Steifnacken gehalten, doch jetzt schien sie Friedels Gesellschaft vorzuziehen. Sie fragte sich, wie alt Malle sein mochte. Die Dienerin war ihrer Mutter als junges Mädchen nach Schwaben gefolgt und mochte daher wohl um die vierzig Jahre zählen. Jung konnte man sie also nicht mehr nennen, doch sie war auch bei weitem noch keine Greisin. Bisher hatte sie kein Interesse an Männern gezeigt, und daher war Caterina der Ansicht gewesen, sie sei mit ihrem Leben zufrieden. Aber wenn Malle den Lebensbund mit Friedel oder Hans Steifnacken einzugehen wünschte, würde sie sie nicht daran hindern. Sie stellte sich bereits die Hochzeit vor, die sie ihrer treuen Dienerin ausrichten würde, und sogleich erregte ihre Unaufmerksamkeit deren Unmut.
»Ihr solltet Euch waschen und anziehen, Jungfer! Die Herren aus Mailand können jeden Augenblick auftauchen und Ihr wollt sie doch nicht im Nachtgewand empfangen.«
»Da hast du Recht!« Caterina kicherte bei der Vorstellung an die indignierten Mienen der Herren, wenn sie ihnen so entgegenträten würde, und trat an das Tischchen, auf dem bereits eine Schüssel mit warmem Wasser stand. Während sie ihre Haut mit duftender Seife einschäumte und dann mit einem ins warme Wasser getauchten Lappen abrieb, berichtete Malle, was an diesem Morgen bereits alles geschehen war.
»Die Gefangenen wurden in frische Kittel gesteckt und warten unten am Haupttor auf die Übergabe. Der Graf d'Abbati ist schon weg. Den hat der Capitano aus Molterossa vor Tau und Tag mitge-

nommen. Ich halte es für eine schreiende Ungerechtigkeit, dass der Herzog von Molterossa seinen armen Neffen bestrafen will, nur weil er in die Dienste Eures Großvaters getreten ist. Dabei hat er ihn doch selbst aus seiner Burg gejagt!«

Bei dieser Nachricht wurde Caterina wieder von Gefühlen heimgesucht, die sie verunsicherten. Am Tag zuvor hatte sie eine Begegnung mit Rodolfo gescheut und nun empfand sie Trauer, weil sie zu gerne noch einmal mit ihm gesprochen und ihm alles Gute gewünscht hätte. Jetzt blieb ihr nur zu hoffen, dass Arnoldo Caetani nicht zu grausam mit ihm verfahren würde. Nach Amadeos Worten stand zu befürchten, dass Rodolfos Kopf fallen würde, bevor der Mond sich einmal gerundet hatte.

»Ich hätte ihn nicht übergeben sollen!« Und doch wusste sie, dass sie nicht anders hatte handeln können. In dem Konflikt zwischen dem machtvollen Mailänder Reich unter Gian Galeazzo Visconti und den kleinen, bislang noch unabhängigen Staaten Norditaliens blieb ihr keine andere Wahl, als treu zu ihren Auftraggebern zu stehen und deren Wünsche zu erfüllen. Arnoldo Caetani auf Molterossa war dabei noch das kleinere ihrer Probleme, das größere stellte Iacopo Appiano in Pisa dar. Nicht zum ersten Mal fragte Caterina sich, was ihr Vater sich dabei gedacht haben mochte, eine so vertrackte Condotta mit diesen beiden Männern abzuschließen.

»Ihr trödelt schon wieder!« Malle klopfte mahnend auf die Tischplatte und reichte ihr ein Laken, damit sie sich abtrocknen konnte.

Malle hatte Caterinas Kleidung für diesen Tag schon herausgesucht und half ihrer Herrin nun, in die blaue Staatsrobe mit den Goldstickereien zu schlüpfen, und legte ihr eine schwarzrote Schärpe um, die sie als Capitana der Eisernen Legion auswies. Auf dem zweifarbigen Band prangte das Wappen von Eldenberg ebenso wie auf dem Siegelring, den Malle Caterina nun an den Ringfinger der rechten Hand steckte. Das Schmuckstück war hier in Rividello angefertigt worden, da der Ring ihres Vaters von dessen Mördern geraubt worden war. Für einen Augenblick verstieg Caterina sich in die Vorstellung, die Mörder anhand dieses Siegelrings entlarven und bestrafen zu können, schüttelte dann aber mit einer ärgerlichen Geste den Kopf. Nur ein Narr würde ein Schmuckstück behalten, das ihn vor aller Welt als den Schuldigen an Franz von Eldenbergs Tod auswies. Wahrscheinlich lag der Ring längst auf dem Grund eines Flusses oder war seines Schmucksteins beraubt einem Goldschmied übergeben worden, der ihn eingeschmolzen hatte.

»Heute seid Ihr wirklich in Trödelheim zu Hause!«, wies Malle sie zurecht und schimpfte noch ein wenig weiter. Sie ärgerte sich, dass Caterina die beinahe schon fertige Frisur durch ihre unbedachten Bewegungen hatte zusammenfallen lassen.

Caterina bemerkte die Bescherung nun ebenfalls und wurde kleinlaut. »Es tut mir leid, Malle! Ich werde nun ganz still sitzen, bis du fertig bist.«

»Das will ich hoffen! Sonst muss Signore Amadeo die Gefangenen übergeben, und der Kerl platzt ohnehin schon vor lauter Wichtigkeit. Die anderen Offiziere der Kompanie behandelt er seit dem Einzug in diese Stadt wie Stiefelputzer! Ehrlich gesagt, da war mir sein Vetter tausendmal lieber. Dieser Herzog aus Molterossa, dieser Caetani, kann nicht ganz richtig im Kopf sein, Amadeo einem Rodolfo vorzuziehen.«

Caterina musste ein heftiges Kopfschütteln unterdrücken. So einen starken und schnellen Stimmungsumschwung hatte sie bei ihrer Dienerin noch nie erlebt. Bislang hatte Malle Amadeo in allem den Vorzug gegeben. Hatte sie sie nicht sogar mit ihm verheiraten wollen? Was, so fragte sie sich, mochte diese krasse Meinungsänderung bewirkt haben? Sie beobachtete ihre Dienerin im Spiegel und stellte fest, dass die Frau weniger matronenhaft und streng wirkte. Es konnte nur einen Grund dafür geben: Malle war verliebt – wahrscheinlich in Friedel, und der hatte ihr die Augen für Amadeos Charakter geöffnet. In Molterossa hatte dieser sich seinem Onkel

gegenüber liebedienerisch und so ergeben wie ein Domestik aufgeführt. Die Männer der Compagnia Ferrea aber behandelte er, als seien sie gut dressierte Hunde, die auf jeden Wink von ihm springen mussten.
Bei dem Gedanken hätte sie beinahe wieder den Kopf geschüttelt, doch Malle merkte es noch früh genug und packte sie kurzerhand bei den Schläfen. »Macht nicht noch einmal meine Arbeit kaputt, Jungfer, sonst werde ich zornig! Ich kann Euch zwar nicht mehr übers Knie legen wie damals, als Ihr die Stachelbeersträucher im Garten niedergemäht hattet, aber ich vermag Euch durchaus noch zu strafen.«
»So, meine Gute, wie willst du mich denn bestrafen?«, fragte sie fröhlich.
»Da weiß ich einige Dinge! Zum Beispiel müsste ich Signore Amadeo nur stecken, dass Ihr im Vertrauen zu mir gesagt hättet, welch ein stattlicher Herr er wäre.«
»Wage es und du wirst mich erst richtig kennen lernen!« Caterinas Lachen nahm dieser Warnung jedoch die Schärfe. Nachdem sie frisiert und angezogen war, brachte eine Magd das Frühstück. Hinter ihr schlüpfte die kleine Giovanna in das Zimmer und bettelte so lange, bis Caterina sie auf den Schoß nahm und fütterte.
Malle sah ihnen eine Weile zu und seufzte. »Ihr solltet Euch auch so etwas Süßes zulegen, Herrin. Immerhin seid Ihr bereits über zwanzig und in dem Alter gilt man in Adelskreisen bereits als alte Jungfer. Das schreckt geeignete Freier ab, denn man wird annehmen, dass mit Euch etwas nicht stimmen kann, weil Ihr noch keinen Mann gefunden habt.«
Caterina erinnerte sich an die Tochter eines Nachbarn, die mit zwölf Jahren verheiratet und mit vierzehn schwanger geworden war. Weder das Mädchen noch das Kind hatten die Geburt überlebt – und der Ehemann hatte die Tote noch dafür verflucht, dass er seinen Erben gleich wieder verloren hatte. »Nein, danke! Ich bin

froh, dass ich dem Los einer Ehefrau bislang entkommen bin. Es ist ein Unding, kleine Mädchen ins Ehebett zu stecken und sie der Gier alter Männer auszuliefern.«

Malle wiegte nachdenklich den Kopf. »Manchmal übertreiben es die adeligen Sippen wirklich. Vielleicht machen die ständigen Fehden, in denen sie die Töchter ihren Bündniswünschen opfern, sie blind für deren Nöte. Da habt Ihr wirklich Glück mit Eurem Vater gehabt. Aber mit zwanzig wird es höchste Zeit, an eine Ehe zu denken.«

»Ich werde mich bei passender Gelegenheit daran erinnern«, gab Caterina lachend zurück.

»Es ist ja nicht so, dass Ihr keine Bewunderer hättet. Mit Signore Amadeo ist es so eine Sache: Teils wäre es gut, wenn Ihr ihn heiraten würdet, denn er bringt Euch einen hohen Rang und ein großes Vermögen mit in die Ehe. Andererseits glaube ich kaum, dass Ihr mit ihm auskommen könntet, denn Ihr seid viel zu sturköpfig für ihn. Aber da wäre ja noch Botho, der sich hier in Italien wirklich gut herausgemacht hat. Wenn er wieder nach Hause kommt, wird er sich so leicht nichts mehr von seinem Vater befehlen lassen. Ich weiß, Ihr seid sehr zornig auf ihn gewesen, aber ...«

»Sagtest du nicht, wir müssten uns beeilen, meine Gute? Jetzt bist du es, die trödelt. Außerdem habe ich mit Botho etwas anderes vor.«

»Ihr dreht einem das Wort im Munde um, Herrin!«, rief Malle erbost. Dann siegte ihre Neugier. »Was wollt Ihr dem armen Botho antun?«

»Das werde ich dir auf die Nase binden, wenn es so weit ist. Jetzt kannst du erst einmal unsere Kleine zu ihrer Mutter bringen. Ich glaube, Kinder füttern muss ich noch lernen, denn wir haben uns arg bekleckert.«

»Was???« Malle schoss heran, riss Biancas Tochter aus Caterinas Armen und musterte das Kleid ihrer Herrin. Dann begriff sie, dass

zwar Giovannas Gesicht und ihr Lätzchen beschmiert waren, Caterinas Robe aber keinen Fleck abbekommen hatte, und atmete auf. »Jetzt habt Ihr mir aber einen Schrecken eingejagt! Die Zeit, Euch noch einmal einzukleiden, haben wir wirklich nicht mehr. Hört Ihr? Die Torwächter kündigen die Abgesandten Mailands an.«
»Dann werde ich mich jetzt auf den Weg machen, Malle. Und du, Spätzchen, sei brav!« Caterina tippte Giovanna zärtlich auf die Nasenspitze und ging leichten Fußes davon.
Auf dem Hof waren Steifnacken, Friedel und Botho mit einer Ehrengarde angetreten. Amadeo Caetani ließ sich nicht sehen, und Caterina hatte nicht die Absicht, auf ihn zu warten. Der Austausch würde auf einem abgeernteten Feld vor der Stadt stattfinden, auf dem zu diesem Zweck ein großes Zelt errichtet worden war. Etliche Fähnlein der Eisernen Kompanie bewachten das Gelände, um zu verhindern, dass etwas Unvorhergesehenes geschah. Caterina erwartete jedoch keine Zwischenfälle, denn zum einen standen keine Visconti-Truppen in der Nähe und zum anderen hatte die Übergabe von Gefangenen einen beinahe sakralen Charakter. Das wurde durch den Prediger der Kompanie und mehrere Priester aus Rividello unterstrichen, die sich mit Kreuz und Monstranz wie zu einer Prozession formiert hatten und sich nun der Gruppe anschlossen. Caterina schwang sich auf ihre graue Stute, die diesmal einen Damensattel trug, denn die Robe für den Empfang der Visconti-Delegation war nicht zum Reiten geeignet. Als Malle ihr den Rock zurechtgezupft hatte, nickte sie den Priestern zu. Diese segneten die Capitana und ihre guten Werke und machten sich dann unter Gebeten und Gesängen auf den Weg. Als Erste folgte ihnen Caterina, ihr schlossen sich Steifnacken, Botho und Friedel an. Als sich auch die Garde in Bewegung gesetzt hatte, erschien endlich Amadeo, bestieg sein Pferd und trieb es fast aus dem Stand in den Galopp. Das Klappern der Hufe übertönte den Gesang der Priester, was dem Nachzügler etliche zornige Blicke einbrachte. Caterina gönnte

es ihm, dass er sich wieder einmal unbeliebt machte, wurde aber zornig, als er an ihr vorbeireiten wollte.

»Halt, Signore! Auch wenn Ihr der Neffe des Herzogs von Molterossa seid, ist Euer Platz in meiner Kompanie immer noch hinter mir!«

Die Zurechtweisung trieb Amadeo die Röte ins Gesicht, insbesondere, da etliche Caterinas Worte vernommen hatten. Er zügelte sein Pferd und reihte sich hinter Caterina ein, doch seine Miene verriet deutlich, wie lächerlich er es fand, hinter einem Weib zurückstehen zu müssen, und im Stillen schwor er sich, es ihr bei passender Gelegenheit heimzuzahlen. War er erst einmal Capitano del Popolo einer bedeutenden Stadt oder gar der Nachfolger seines Onkels als Herzog von Molterossa, würde er Caterina zu dem machen, zu dem sie bestimmt war, nämlich zu dem Gefäß, das seinen Samen empfangen und seine Kinder gebären würde. Der Herr aber würde er sein, so wahr der heilige Pietro in Rom gekreuzigt worden war. Diese angenehme Vorstellung ermöglichte es ihm, ein Lächeln aufzusetzen, als Botho in seiner grauenhaften Mischung aus Romagnolisch, Toskanisch und Deutsch eine Frage an ihn richtete. Kurz hinter dem Tor passierten sie die Gruppe der Gefangenen, die bereits ins Freie geschafft worden waren und von Caterinas Söldnern nur noch recht nachlässig bewacht wurden, und erreichten das für die Zeremonie der Übergabe errichtete Zelt. Caterina hätte gerne ihr eigenes genommen, das mit dem Wappen von Monte Elde geschmückt war. Doch das hätten ihre Leute hinterher in aller Eile abbauen müssen, da es auf den Marsch mitgenommen werden sollte. Daher hatte sie das Prunkzelt gewählt, welches Umberto di Muozzola für sich hatte nähen lassen. Es war mit Purpur gefärbt und dick mit Gold bestickt, und allein der Stoff hatte mehr Geld gekostet als die Ausrüstung und der Jahressold von zehn Lanzen. Caterina konnte nicht begreifen, warum der Mann ein Vermögen für so viel Prunk ausgegeben hatte, obwohl seine Herrschaft in

Rividello alles andere als gesichert gewesen war, und begann, den Hass der Bürger auf ihr gewähltes Stadtoberhaupt zu begreifen. Andererseits würden diese Leute an Muozzolas Stelle wohl genauso gehandelt haben, denn es war geradezu eine Sucht der Italiener, ihren Reichtum und damit ihre wahre oder eingebildete Bedeutung möglichst glänzend zur Schau zu stellen. Auch sie hatte dieser Unsitte Rechnung tragen und ein Kleid anziehen müssen, welches mehr wert war als das Maierdorf, das am Fuß von Burg Eldenberg lag.

Ein Söldner eilte heran und half ihr aus dem Sattel, ein zweiter führte Pernica beiseite und ein dritter schlug den Eingang zum Zelt zurück. Ein einziger, mit Gold überzogener Stuhl stand auf dem mit Teppichen bedeckten Boden. Caterina ließ sich darauf nieder, während Amadeo, Steifnacken, Botho und Friedel an ihren Seiten Aufstellung nahmen.

Ein Fanfarenstoß kündigte die Ankunft der Mailänder an. Da der Zeltvorhang am Eingang aufgerollt worden war, konnte Caterina den Aufzug der Gesandten ungehindert beobachten. Das Zaumzeug der Pferde war so reich geschmückt, dass ein König sich dessen nicht hätte schämen müssen; die Gewänder der Herren strotzten vor Gold und Edelsteinen, und die Diener, die sie begleiteten, hätten in Caterinas Heimat mit der Pracht ihrer Kleidung so manchen Edelmann in den Schatten gestellt.

Der Anführer der Gesandtschaft, der mit dem Mailänder Herzog den Sippennamen Visconti teilte und zu dessen umfangreicher Verwandtschaft zählte, stieg von seinem Rappen und schritt an der Spitze seiner Begleiter ins Zelt. Dort verneigte er sich so tief vor Caterina, dass sein Scheitel beinahe den Teppich berührte. »Buon giorno, Signorina. Mein Herz erbebt vor Freude, Euch sehen und sprechen zu dürfen, und mein Mund vermag fast nicht all die guten Wünsche auszusprechen, die mein allererlauchtester Vetter, der Herzog der Lombardei, Euch übermitteln lässt.«

Als er sich wieder aufrichtete, blickte er Caterina an, als wäre sie die liebste Freundin seines Herrn. Wortreich bekundete er die Achtung und Zuneigung, die der Herzog der Lombardei für sie empfinde, und lobte ihr militärisches Können und ihre Kühnheit in einer Weise, die die Grenzen des Lächerlichen überschritt. Er kam auch dann noch nicht auf den Zweck ihrer Zusammenkunft zu sprechen, sondern überbrachte erst einmal die Geschenke, die Gian Galeazzo Visconti gesandt hatte, um die Capitana seiner Freundschaft zu versichern.

Caterina starrte auf die glitzernden Stoffe und das funkelnde Geschmeide, die den Wert des Lösegelds weit übertrafen, und fragte sich, ob sie träumte. Als schließlich die ausgehandelte Summe in einem kostbaren, goldbeschlagenen und mit Edelsteinen besetzten Kasten übergeben wurde, begriff sie langsam, was der Mailänder damit bezweckte. Er wollte sie nicht kaufen, wie sie im ersten Augenblick vermutet hatte, sondern mit seinem Reichtum und der Macht beeindrucken, die sein Gold ihm verlieh, um auf diese Weise ihren Kampfgeist zu schwächen. Sie spürte, wie sich Zweifel in ihr Herz fraß, und fragte sich, ob es tatsächlich sinnvoll war, sich gegen einen Mann zu stellen, der genug Geld besaß, um sämtliche Condottieri Italiens in seine Dienste nehmen zu können. Dann machte sie sich klar, dass Gian Galeazzo dies weder bei ihrem Vater noch bei Muzio Sforza Attendolo gelungen war, und schüttelte die Bedrückung ab. Der Herr von Mailand war nicht allmächtig, auch wenn er versuchte, diesen Anschein zu erwecken.

So war das Lächeln, das Caterina dem Gesandten schenkte, freundlich und unbekümmert. »Ich danke Euch, Signore, und selbstverständlich auch Seiner Gnaden, dem Herzog Gian Galeazzo! Leider erlauben mir die Umstände nicht, die prachtvollen Geschenke Eures Herrn entsprechend zu beantworten, doch dafür erhält er ja einen Capitano, etliche Offiziere und sehr viele Söldner zurück, die sein Condottiere Ugolino Malatesta schmerzlich vermisst.«

Sie hatte eigentlich nicht spotten wollen, doch angesichts des übertrieben prachtvollen Auftritts der Mailänder konnte sie diese Worte einfach nicht zurückhalten.
Der Gesandte nahm ihre Ironie mit verkniffenen Lippen zur Kenntnis. Humor schien nicht zu seinen Eigenschaften zu zählen, und Caterina ahnte, dass man in Mailand nach diesem Tag noch mehr darauf hinarbeiten würde, sie und ihre Kompanie auszuschalten. Aber ihr war ein ehrlicher, offener Kampf lieber als dieses Gefecht verzuckerter Worte, in denen das Gift so geschickt verborgen war, dass man es erst wahrnahm, wenn es bereits wirkte.
Sie wartete einen Augenblick auf die Erwiderung des Gesandten, aber da er immer noch um Worte zu ringen schien, klatschte sie in die Hände. »Steifnacken, wärt Ihr so gut, die Gefangenen zu übergeben!«
Der kleine Schwabe nickte und stapfte auf den Ausgang zu. Seine Rüstung klirrte bei jedem Schritt, als marschiere eine Zehnerschaft durch das Zelt, und als er an dem Gesandten vorbeikam, schlug er mit der Rechten vernehmlich gegen seinen Schwertgriff. »Es wird wohl nicht das letzte Mal sein, dass wir uns sehen, Signore!«, sagte er herausfordernd.
Der Gesandte verstand die Anspielung auf weitere Gefangenenübergaben, tat sie aber mit einer Handbewegung ab und wandte sich Caterina zu. »Signorina, Ihr solltet in Euch gehen und Euch fragen, ob es wirklich sinnvoll für Euch ist, weiterhin den Feinden Mailands zu dienen. Pisa wird Euch bald nicht mehr benötigen, und der Herr auf Molterossa besitzt nicht das Geld, Eure Kompanie auf Dauer besolden zu können.«
Caterinas Augen weiteten sich einen Herzschlag lang, denn eben hatte Gian Galeazzos Gesandter eine wichtige Information preisgegeben. Mailand wollte also etwas gegen Pisa unternehmen, und Iacopo Appiano wusste davon. Deswegen hatte der alte Stadtherr wohl nach ihrer Kompanie geschickt. Um ihre Gedanken nicht zu

verraten, zwang sie sich ein nichtssagendes Lächeln auf die Lippen und neigte leicht den Kopf. »Signore, der Krieg ist unsere Mutter, denn er ernährt uns. Im Frieden müssten wir Söldner darben.«
»Ihr könntet in die Dienste Neapels treten, oder noch besser in die der Provence. Re Ladislao oder Conte Lodovico wären gewiss überglücklich, eine Condotta mit Euch abschließen zu können.«
»Bin ich für Mailand so gefährlich geworden, dass es mich unbedingt loswerden will?«, spöttelte sie.
Das Gesicht des Gesandten blühte purpurn auf, und er musste mehrmals ansetzen, bevor er antworten konnte. »Ihr scheint ja sehr von Euch überzeugt zu sein, Signorina. Doch seid versichert, für meinen allerdurchlauchtigsten Vetter Gian Galeazzo seid Ihr nicht mehr als eine Laus, die man zerknackt, wenn sie einen stört.«
»So wie er meinen Vater und meinen Bruder zerknackt hat?«
Der Gesandte kniff die Augen zusammen, musterte sie wie ein Bildnis, über dessen Wert man sich im Unklaren ist, und lächelte dann überlegen. »Signorina, wenn es der Zorn über den Tod Eures Vaters und Eures Bruders ist, der Euch die Waffen gegen Mailand erheben lässt, so seid noch einmal versichert, dass weder mein Herr noch irgendeiner seiner Vertrauten diese Bluttat befohlen hat oder sie billigt. Francesco di Monte Elde im Kampf zu besiegen und zu töten wäre ruhmreich gewesen! Doch dieser Mord wirft einen Schatten auf Mailands Glorie. Im Namen meines allerdurchlauchtigsten Vetters schwöre ich Euch: Mailand hat nichts damit zu tun und wird Euch bei der Verfolgung und Bestrafung dieser Schurken rückhaltlos unterstützen.«
Der Gesandte der Herzogs hatte seine Gelassenheit wieder gefunden und vermochte Caterina ohne Zorn in die Augen zu blicken, denn sie hatte ihm gerade einen in seinen Augen sehr weiblichen Grund für ihren Hass auf Mailand genannt, nämlich den Mord an ihrem Vater. Trotz des Schwurs von Pisa schien sie nicht von der Schuldlosigkeit des Herzogs Gian Galeazzo und seiner Vertrauten

überzeugt zu sein. Einen Mann hätte er für diese Unverschämtheit vor seine Waffe gefordert und bestraft. Bei einer Frau aber konnte er eine solche Haltung nicht ernst nehmen. Seine Worte waren daher auch weniger an Caterina selbst als an ihre Offiziere gerichtet, denn ihm war klar, dass diese Frau sich so lange, wie der Neffe des Herzogs von Molterossa zu ihren engsten Beratern zählte, nicht von ihrem Rachefeldzug abbringen ließ. Sobald aber Pisa ganz in der Hand Mailands war, war auch das Schicksal der Eisernen Kompanie besiegelt, denn ohne Geld würde die Capitana eine Condotta in der Provence oder in Neapel annehmen müssen – oder ihre Kompanie an den Meistbietenden verkaufen.

Erleichtert, weil die Eisernen mit dieser Frau an der Spitze im Grunde kein Problem mehr für Mailand und Herzog Gian Galeazzo darstellten, verbeugte der Gesandte sich vor Caterina und bat sie, ihn zu entschuldigen, da er die ausgelösten Männer im Namen seines Herrn begrüßen wolle.

»Tut dies!«, erklärte Caterina. »Ich habe Euch übrigens Signore Aldebrando di Muozzola zusammen mit den Gefangenen der Schlacht übergeben lassen, obwohl Euer Herr seinen Namen nicht ausdrücklich erwähnt hat.«

»Den Sohn des Capitano del Popolo? Er hat also überlebt.« Der Gesandte atmete auf. Diese Nachricht würde seinen Herrn erfreuen. Jetzt konnte Gian Galeazzo seine Gnadensonne über den Sohn des unglückseligen Umberto di Muozzola aufgehen lassen und allen seinen Verbündeten damit zeigen, dass Treue sich lohnte.

Caterina sah in die zufriedene Miene des Mannes, die seine Gedanken verriet, und ärgerte sich ein weiteres Mal. Anscheinend ließ sie sich bei jeder Begegnung von den Männern der Visconti-Schlange übertölpeln. Es wäre besser gewesen, den jungen Muozzola einen Kopf kürzer zu machen, als Gian Galeazzo Visconti einen weiteren Triumph zu gönnen. Aus diesem Grund verabschiedete sie die Mailänder Delegation mit säuerlicher Miene und atmete erleichtert auf, als die Gruppe sich noch vor der Mittagsstunde zusammen mit den ausgelösten Gefangenen auf den Weg machte. Caterina kehrte in die Stadt zurück, nahm ein ausgezeichnetes Mahl in der Gesellschaft ihrer Offiziere zu sich und fand sich dabei im Zentrum aller Blicke wieder.

»Die Leute faseln etwas von einem baldigen Aufbruch. Entspricht dies der Wahrheit?« Amadeo störte es, dass Caterina sich zum Abmarsch entschlossen zu haben schien, ohne ihn selbst oder seinen Onkel zu Rate zu ziehen.

»Also das würde mich auch interessieren.« Steifnacken beugte sich vor und maß seine Capitana mit einem vorwurfsvollen Blick. Bislang hatte Caterina ihn stets ins Vertrauen gezogen, und er fragte sich, was geschehen war, weil sie sich diesmal so verschlossen gab.

»Wann können wir abmarschieren?«, wollte Caterina von ihm wissen.

Steifnacken überlegte kurz. »In drei oder vier Tagen.«

Caterina schüttelte energisch den Kopf. »Das ist zu spät. Die Truppe muss sich morgen früh auf den Weg machen.«

»Morgen früh schon? Das ist unmöglich!« Amadeo fuhr von seinem Sitz hoch und hob in einer beschwörenden Geste die Arme. »Signorina, bis alle Vorräte besorgt und die Quartiere geräumt sind, vergehen nun einmal etliche Tage. Außerdem müssen wir mit meinem Oheim Kontakt aufnehmen.«

»Genau das werden wir nicht tun, denn das würde uns wertvolle Zeit kosten. Was die Vorräte und das Gepäck betrifft, so sehe ich nicht ein, warum die Sachen nicht innerhalb weniger Stunden auf Tragtiere geladen werden können. Die Wagen lassen wir nämlich zurück. Die Wege, die wir einschlagen werden, sind dafür nicht geeignet. Steifnacken, Botho, ihr kümmert euch nach dem Essen darum. Ihr, Caetani, bleibt in meiner Nähe und lasst Euch nicht einfallen, einen Boten zu Eurem Oheim zu schicken. Es ergeht strenger Befehl, dass von jetzt an bis zu unserem Abrücken niemand mehr die Stadt verlassen darf. Habe ich mich deutlich genug ausgedrückt?«

»Das habt Ihr, Capitana!« Von allen unbemerkt war der Bote aus Pisa in den Raum getreten und setzte sich nun so selbstverständlich an den Tisch, als wäre er ein langjähriges Mitglied im Offizierskorps der Kompanie. »Ihr erlaubt?«

Mit diesen Worten winkte er einem Diener, ihm einen Teller zu bringen und ihm vorzulegen. »Ich habe heute noch nicht gespeist!«, entschuldigte er sein Tun und lächelte dann Caterina an. »Ihr seid wirklich eine bemerkenswerte Frau, Capitana. Hoffen wir, dass der Feind das noch eine Zeit lang nicht begreift.«

»Wer seid denn Ihr und was habt Ihr hier zu suchen?« Amadeo bemühte sich noch nicht einmal um den Anschein von Höflichkeit.

Der Pisaner betrachtete ihn mit einem nachsichtigen Lächeln. »Mein Name tut nichts zur Sache. Die Hauptsache ist, dass die Capitana mir vertraut.«

»Tut Ihr das, Jungfer?« Steifnacken fragte es mit einem gewissen Zweifel, der sich verlor, als Caterina nickte.

»Ich vertraue dem Signore. Allerdings würde ich nachher gerne mit ihm unter vier Augen sprechen.«

»Ich stehe Euch stets zu Diensten, Capitana, doch bitte ich Euch, dieses Gespräch nicht zu lange währen zu lassen, denn ich würde mir von Signore Amadeo gerne die Befestigungen der Stadt zeigen lassen.«

»Wie käme ich dazu?«, fuhr Amadeo auf.

»Weil es der Wunsch der Capitana sein wird!« Ohne Amadeo weiter zu beachten, wandte der Pisaner sich seinem Mahl zu und begann mit Genuss zu essen. Caterina sah ihm zu und fühlte sich, als säße sie auf Nesseln. Am liebsten hätte sie sofort mit dem Mann geredet, doch sie musste warten, bis er sichtlich zufrieden seinen

Teller zurückschob und sich einen letzten Becher Wein einschenken ließ.

»Jetzt können wir reden. Wenn die Herren uns bitte entschuldigen würden? Signore Caetani, wir sehen uns auf der Piazza wieder.«

Steifnacken wechselte einen kurzen Blick mit Caterina und verließ dann an der Spitze der Offiziere den Raum. Amadeo ging als Letzter und warf dem Pisaner dabei einen mörderischen Blick zu. Insgeheim nahm er sich vor, bei seinem Onkel darauf zu drängen, dass Caterina und ihre Kompanie in Zukunft nur noch Molterossa und sonst niemand unterstehen sollte.

Nachdem auch die Diener sich zurückgezogen hatten, stand Caterina auf, durchquerte das Zimmer und drehte sich dann mit einer heftigen Bewegung zu Appianos Boten um. »Signore, schwört mir bei Eurer Seligkeit und dem Leben Eurer Frau und Eurer Kinder, dass Ihr mich und meine Männer nicht in eine Falle der Mailänder locken werdet!«

Der Pisaner lachte leise auf. »Das Gift, das einem die Viper von Mailand ins Ohr träufelt, ist sehr stark, Signorina. Sogar Ihr wisst nicht, ob Ihr ihm erliegen sollt oder nicht. Doch diesen Schwur kann ich unbesorgt ablegen. Mein Ziel und das meines Herrn Iacopo Appiano ist die Freiheit Pisas, und diese wird von Gian Galeazzo Visconti bedroht. Mein Herr wird mir meine Offenheit verzeihen, doch ich glaube nun, Eurer Verschwiegenheit vertrauen zu können. Mailand versucht die Erkrankung Messer Iacopos auszunützen und sich in den Besitz unserer Stadt zu setzen. Herzog Gian Galeazzos Verwandter Angelo Maria Visconti hat Messer Iacopo bedroht und darauf gedrungen, dass Pisas Zitadelle an Mailänder Truppen übergeben wird. Eben jetzt zu dieser Stunde ist der Condottiere Henry Hawkwood mit seinen Truppen auf dem Weg dorthin. Werden ihm erst einmal die Tore Pisas geöffnet, herrscht Mailand in meiner Heimatstadt, und es wird ein Morden geben, das jenes hier in Rividello bei weitem übertrifft. Das wollen mein Herr und ich verhindern.«

Caterina maß ihn mit einem scharfen Blick. »Welche Rolle sollen ich und meine Kompanie dabei spielen?«

»Eine für die Mailänder sehr überraschende. Mein Herr zieht alles an Pisaner Truppen und Söldnern zusammen, was er aufbringen kann. Er will allerdings versuchen, einen offenen Krieg mit Mailand zu verhindern. Dafür braucht er Eure Leute.«

»Das begreife ich nicht!« Caterina hoffte auf weitere Informationen, doch der Pisaner lächelte nur und bat sie, ihm zu vertrauen. »Messer Iacopo mag alt und krank sein, doch sein Verstand arbeitet so scharf wie eh und je. Er weiß, was zu tun ist, und wird es Euch bei passender Gelegenheit mitteilen. Doch nun entschuldigt mich. Ich will Signore Amadeo nicht länger warten lassen. Er ist mir ein wenig übereifrig, und ich will nicht, dass er Dinge anstößt, die besser ruhen sollten.« Damit verbeugte sich der Mann und verließ den Raum.

Caterina blieb in einem Zustand zurück, der zwischen Wut und unangemessener Heiterkeit schwankte. Würde der Krieg um die Vorherrschaft in Norditalien nur mit der Zunge und nicht mit Waffen ausgetragen, könnte man wohl darüber lachen, sagte sie sich. Doch leider floss umso mehr Blut, je gezierter und liebenswürdiger die Worte gesetzt wurden. Daran würde sie sich gewöhnen müssen, wollte sie in diesem Sumpf aus Intrigen und Gegenintrigen nicht untergehen.

## 10.

Etwa zu derselben Zeit, in der Caterina mit dem Vertreter Pisas sprach, empfing auch der Herzog von Molterossa einen Gast. Der Mann trug den Namen Visconti wie sein Herr in Mailand, jedoch nicht von Geburt an. Sein Erzeuger, ein entfernter Verwandter von Gian Galeazzos Vater, hatte von diesem das Privileg erwirkt, seinem Bastard den Sippennamen geben zu dürfen. Auch dieser Visconti hatte sich mehr als prächtig gekleidet, und die Geschenke, die er vor dem alten Herzog durch seine Diener ausbreiten ließ, waren ebenso wertvoll wie von erlesenem Geschmack.

Arnoldo Caetani saß auf seinem erhöhten Sitz, blickte auf den Gesandten und die prachtvollen Gaben und murmelte unbewusst ein altes Sprichwort: »Ich fürchte die Danaer, auch wenn sie Geschenke bringen.«

Der Visconti vernahm die Worte, obwohl der Herzog sehr leise gesprochen hatte, und zwang seinen Lippen ein Lächeln auf. »Euer Gnaden können ganz unbesorgt sein. Mein Verwandter, Seine Gnaden der Herzog der Lombardei, empfindet die freundschaftlichsten Gefühle für Euch und wünscht mehr als alles andere Frieden zwischen Euch und ihm.«

»Ha!«, antwortete Arnoldo Caetani.

»Doch, doch! So ist es wirklich!«, versicherte der Gesandte. »Es ist an der Zeit, in Italien eine neue Ordnung zu schaffen, und mein erhabener Vetter wünscht, dass Ihr ein Teil dieses neuen Italien sein werdet.«

»Als sein Vasall? Niemals!« Der alte Herr hob den Fuß, als wolle er dem Mailänder einen Tritt versetzen, senkte ihn dann aber wieder und funkelte den Mann zornig an. »Jetzt rede schon! Was will dein Herr tatsächlich von mir? Um mein Wohlwollen geht es Gian Galeazzo gewiss nicht. Er hat es nicht nötig, sich um eine kleine Stadt und eine Burg in den Bergen zu kümmern.«

»Molterossa ist ein prächtiges Städtchen und die Burg fest und schier uneinnehmbar. Sie aus den Augen zu verlieren wäre ein Fehler. Doch in einem habt Ihr Recht: Mein erhabener Vetter richtet wirklich einen Wunsch an Euch. Während des an und für sich belanglosen Geplänkels bei Rividello sind mehrere Offiziere und Söldner in die Hände Eurer Capitana gefallen. Diese kann mein Herr auslösen, jedoch ein Mann wird ihm verweigert.«

»Mein Neffe Rodolfo!« Caetani schnurrte vor Zufriedenheit, dass es ihm gelungen war, seinen jungen Verwandten in die Hände zu bekommen, auch wenn dieser noch nicht hinter festen Mauern eingesperrt war.

Der Mailänder nickte. »Genau diesen. Mein Herr wünscht, auch den Conte d'Abbati auszulösen, und bietet Euch eine Summe von zwanzigtausend Dukaten für ihn. Er will den jungen Herrn unbedingt wiederhaben, müsst Ihr wissen.« Das Letzte klang wie eine Drohung.

Der Herzog von Molterossa war zunächst überrascht von der stattlichen Summe, die der Mailänder für Rodolfo bot. Wie es aussah, war Gian Galeazzo bereit, den jungen Taugenichts in Gold aufzuwiegen, nur um ihn wieder in sein Gefolge aufnehmen zu können. Dann wurde dem alten Herrn der Grund schlagartig bewusst. Es ging dem Herzog darum, ein Zeichen zu setzen nach dem Motto: Seht her, ich lasse keinen Verbündeten Mailands im Stich! Doch genau diesen Trumpf wollte Caetani seinem Feind nicht gönnen.

»Ihr verlangt Unmögliches! Rodolfo ist mein Gefangener und wird es auch bleiben. Und damit basta! Packt Euren Kramladen wieder ein und verschwindet, Signore!« Der alte Herr glaubte das Gespräch damit beendet, doch der Visconti hob beschwörend die Hände.

»Euer Gnaden, lasst Euch doch nicht vom Zorn übermannen. Bedenkt die Macht meines erhabenen Verwandten. Für jedes Städtchen, das Ihr für Euer kleines Bündnis gewinnt, schließen sich fünf andere Mailand an. Schon jetzt reicht der Arm des Herzogs der Lombardei bis vor die Tore von Florenz und bis in den Kirchenstaat hinein. Seine Condottieri tränken ihre Pferde bereits an der Adria ...«

»Salzwasser können die Gäule nicht saufen«, fiel Caetani ihm ins Wort. Doch auch er konnte nicht leugnen, dass Gian Galeazzo Visconti in den letzten Jahren schier übermächtig geworden war. Sein Besucher bemerkte eine gewisse Unsicherheit, lächelte selbstzufrieden und wies mit einer eleganten Geste auf die Geschenke. »Glaubt Ihr nicht, dass es auch für Euch an der Zeit ist, Euren Frieden mit Mailand zu machen, Euer Gnaden? Ihr seid doch auch jetzt kein unabhängiger Souverän, sondern ein Vasall des Heiligen Stuhls. Wäre es denn wirklich so schlimm für Euch, Euer Lehen aus der Hand eines anderen, weitaus mächtigeren Mannes anzunehmen als von Seiner angeblichen Heiligkeit Bonifacio?«

Der Gesandte musterte Caetani angespannt. Da dieser nicht antwortete, sprach er schnell weiter. »Es wäre nicht zu Eurem Nachteil, Euer Gnaden, denn der Herzog der Lombardei würde Euch für Euer Entgegenkommen reich belohnen. Schon jetzt reicht seine Herrschaft weit über die Landschaft hinaus, deren Titel er trägt, und Seine Majestät der Kaiser deutete bereits an, dass er einer weiteren Rangerhöhung meines allererhabensten Vetters wohlwollend gegenüberstünde. Wenn Ihr, der Ihr so hoch im Rang steht wie kaum ein anderer in diesen Landen, den ersten Schritt dafür tun könntet, würdet auch Ihr höher steigen, als Ihr es Euch jemals erträumt habt.«

Arnoldo Caetani schüttelte unwillig den Kopf. »Was soll Euer Geschwätz bedeuten?«

»Wenn Euer Gnaden Seiner Majestät Kaiser Wenzeslao erklären könntet, dass die Macht Gian Galeazzos der eines Königs von Italien gleicht, wie es zur Zeit der Imperatori Otto und Federico Barbarossa der Fall war, würde dieser meinem erhabenen Vetter gewiss diesen Titel zugestehen. In diesem Fall könntet Ihr Eurem Erben Amadeo Rang und Herrschaft eines Herzogs der Romagna hinterlassen, und Eurem Neffen Rodolfo würde eine Herrschaft verliehen, die des Namens d'Abbati würdig ist.«

Dieser Vorschlag zeigte Arnoldo Caetani, wie weit die Pläne seines Feindes bereits gediehen waren. Gian Galeazzo wagte also schon den Griff nach der Königskrone Italiens. Für einige Augenblicke verließ den alten Mann der Mut. Er dachte an Amadeo, der sich bei solchen Aussichten sofort Mailand unterwerfen würde, und kämpfte gegen die Erkenntnis an, dass all seine Mühen, dem Einfluss des Visconti Einhalt zu gebieten, vergebens gewesen waren.

Gian Galeazzos Bote dauerte das Schweigen seines Gastgebers zu lange, und daher spielte er noch seinen letzten Trumpf aus. »Auf Pisa braucht Ihr nicht mehr zu hoffen, Euer Gnaden. Iacopo Appiano hat das Schicksal seiner Stadt vertrauensvoll in die Hände Mailands gelegt.«

Das war genau eine Provokation zu viel. Arnoldo Caetani kannte Appiano von vielen Gesprächen her und er wusste, dass dieser sich Mailand niemals unterwerfen würde, ohne ihn vorher über diesen Schritt zu informieren. Wenn Gian Galeazzo nun auch Pisa unter seine Herrschaft gezwungen hatte, war dies gewiss nicht mit dem Einverständnis Appianos geschehen, sondern durch List oder Gewalt.

»Irgendwann wird Euer Herr sich überfressen, Signore! Gebe Gott, dass ich dann noch lebe und seinem Untergang zusehen kann. Doch nun solltet Ihr Euch in das Gemach begeben, das mein Majordomo Euch anweisen lässt, und Euch ausruhen. Zu Eurem Schutz werden wir den Riegel sowohl bei dieser Kammer wie auch bei jenen, in denen Eure Begleiter untergebracht werden, vorlegen lassen. Morgen früh könnt Ihr dann in Eure Heimat zurückkehren und Eurem Herrn berichten, dass Eure Mission gescheitert ist.«

Arnoldo Caetani wusste zwar nicht, was er noch gegen Mailands wachsende Machtfülle unternehmen konnte, doch in jedem Fall hatte er zu lange gegen Gian Galeazzo Visconti gekämpft, um sich am Abend seines Lebens zwingen zu lassen, sein Brot aus den Händen dieses Mannes zu empfangen.

Der Gesandte öffnete den Mund zu einer geharnischten Gegenrede, doch Caetani gab seinen Wachen einen Wink. Vier kräftige Burschen nahmen den Mailänder in die Mitte und führten ihn zur

Tür hinaus. Als diese sich hinter dem Gesandten schloss, atmete der Herzog erst einmal durch und sah sich die Geschenke an, die vor ihm lagen. Nach zwei, drei Augenblicken fand er, dass es schade um die hübschen Dinge wäre, rief seinen Majordomo und befahl ihm, die Sachen in seine Schatzkammer zu schaffen.

## II.

Rodolfo d'Abbati hatte schon angenehmere Ritte erlebt als diesen. Er saß mit auf dem Rücken gefesselten Händen auf seinem Pferd, das ihn mit jedem Schritt näher an Molterossa brachte, wo sein zorniger Onkel auf ihn wartete, und haderte mit dem Schicksal. Seine Bewacher ritten schnell und gönnten weder sich selbst noch ihm eine Pause, so dass es schien, als flögen die Orte an ihnen vorbei. Zumeist passierten sie kleine Dörfer mit einfachen Bauernkaten, dann und wann auch ein großes Gut mit einem festungsähnlichen Hauptgebäude und manchmal eine Burg auf einem Felssporn. Die Herren, die in diesem Landstrich lebten, galten als Vasallen des Kirchenstaats, fühlten sich aber angesichts der langjährigen Abwesenheit der Päpste, die in Avignon residiert hatten, aller Pflichten ledig und waren je nach Laune für oder gegen Visconti. Die wenigen Städte, durch die sie kamen, rühmten sich stolz ihrer republikanischen Freiheiten und verteidigten diese gegen jeden, ob ihr Gegner nun Mailand, Florenz oder sonst ein mächtiger Stadtstaat war.
Rodolfo wusste jedoch, dass Gold ihren Bewohnern mehr galt als Ideale, und so hatten sowohl die Visconti als auch die Medici aus Florenz in jeder Stadt ihre Anhänger, die nur darauf lauerten, für ihre Gönner tätig werden zu können. Viele ummauerte Orte, die sich nach außen hin unabhängig gebärdeten, hatten sich längst Mailand oder einem anderen mächtigen Staat angeschlossen, und

wer noch wartete, tat dies in der Hoffnung, den Preis für sein Wohlverhalten in die Höhe treiben zu können.

Angesichts dieser Verhältnisse fragte Rodolfo sich, wie es dem Herzog von Mailand gelingen sollte, eine stabile Herrschaft zu errichten. Wohl hatte Gian Galeazzo Visconti große Erfolge errungen, doch er war nur ein einziger Mann und in spätestens zwei Jahrzehnten würde der Tod seine Herrschaft beenden. Was würde nach ihm kommen? Obwohl Rodolfo bewusst war, dass er selbst keine Chance mehr hatte, ein Mitspieler um die Macht zu werden, malte er sich verschiedene Konstellationen aus. Das war besser, als sich ständig vorzustellen, wie der Henker an seinem Hals Maß nehmen würde.

Als sie am Abend in einer kleinen Herberge Quartier nahmen, wurde er in ein Loch gesperrt, in dem der Wirt sonst Kürbisse aufbewahrte. Dabei kam es zu einem Zwischenfall, der ihn mit anderen Gefühlen in die Zukunft blicken ließ. Während ihn zwei der Söldner, die ihm das Abendessen brachten, mit blanken Schwertern bedrohten, löste der dritte die Fesseln von seinen Handgelenken, damit er sich selbst bedienen konnte; dabei zwinkerte ihm der noch recht junge Bursche verschwörerisch zu. Rodolfo musterte das Gesicht und presste die Lippen zusammen, damit ihm kein verräterischer Laut entfliehen konnte. Es war Gaetano, ein Spielkamerad aus seiner Kinderzeit. Sie hatten sich vor ein paar Jahren aus den Augen verloren, und nun stand der einstige Freund als Söldner im Dienst seines Onkels.

Während Rodolfo langsam die Suppe aß, in der Gemüse und Hammelfleisch schwammen, keimte die Hoffnung in ihm auf, der Gefangenschaft und damit auch dem Henker entfliehen zu können. Gaetano schien auf seiner Seite zu stehen, denn als er ihm die Schüssel zurückgab, zwinkerte dieser ihm erneut zu.

»Danke, das hat gut geschmeckt!«, sagte Rodolfo in einem Tonfall, der den Wächtern seine Friedfertigkeit demonstrieren sollte.

Gaetano reagierte nicht, sondern verließ den Keller. Einer seiner Kameraden aber konnte es sich nicht verkneifen, ihn zu verspotten. »Auf Molterossa wirst du schlechter essen, du verräterischer Hund! Den eigenen Oheim und die Heimat im Stich lassen und sich diesen elenden Mailändern anschließen: pfui Teufel! Der Herr wird es dir schon gründlich eintränken, darauf kannst du Gift nehmen.«

Da Rodolfo seinen Onkel kannte, hätte er nicht dagegen gewettet. In Molterossa hatte er entweder den Richtblock oder eine elende Kerkerhaft zu erwarten, die Amadeo als Nachfolger seines Onkels dann sicher ebenfalls mit der Hinrichtung beenden würde. Doch nun baute er darauf, dass ihm dieses Schicksal erspart bleiben würde. Einer der beiden Söldner fesselte ihm die Hände wieder auf den Rücken und band ihm die Füße zusammen, während ihm der andere das Schwert an die Kehle hielt. Dann verließen sie das Loch und schlossen die Tür. Da es keinen Riegel zu geben schien, stemmten sie einen festen Pflock gegen die Tür. Kurz darauf hörte Rodolfo, wie der Capitano die Wachen für die Nacht benannte, und als Gaetanos Name fiel, atmete er auf.

Trotz einer bleiernen Müdigkeit vermochte er nicht einzuschlafen. Es waren weniger die stramm sitzenden Riemen und der harte Boden, die ihn daran hinderten, sondern die Erwartung dessen, was kommen mochte. Er sehnte den Augenblick herbei, an dem sein Freund die Wache übernehmen würde, aber die Zeit zog sich dahin wie ein Spinnfaden und die Nacht schien nicht enden zu wollen. Mehrfach versuchte er, sich das dumme Gesicht seines Onkels vorzustellen, wenn dieser von seiner Flucht erfuhr, aber das fachte seine Anspannung eher noch an. So zwang er seine Gedanken in andere Bahnen und schmiedete Pläne, wie er seinem Vetter Amadeo dessen Gemeinheiten zurückzahlen konnte. Dabei fiel ihm ein, dass die Tedesca ihm ebenfalls noch einiges schuldig war. Deren Abbitte würde er jedoch nicht mit blanker Klinge eintreiben, sondern auf einem weichen Bett. Er würde sie benutzen, nahm er sich vor, bis sie ihn weinend um Gnade anflehte.

Rodolfo hatte sich so in seine Phantasien eingesponnen, dass er erschrocken auffuhr, als draußen an dem Pflock gerüttelt wurde, mit dem der Keller versperrt war.

»Herr, seid Ihr wach?«, hörte er Gaetano leise fragen.

»Ja, mein Freund!«

Fast im selben Augenblick wurde die Tür geöffnet und Gaetano schlüpfte herein. In seiner Hand hielt er einen Kerzenstummel, der noch den Geruch von Weihrauch verströmte. »Den habe ich aus einer Kirche mitgehen lassen. Ich hoffe, der heilige Isidoro, dem diese Kerze geweiht war, wird es mir verzeihen. Ich hatte so eine Ahnung, dass ich hier keine Laterne vorfinden würde.«

Rodolfo spürte, dass der hektische Wortschwall aus der Nervosität seines Freundes geboren war, und drehte ihm kurzerhand den Rücken mit den gefesselten Händen zu. »Binde mich los! Und dann nichts wie fort, bevor dieser elende Capitano etwas mitbekommt. Oder willst du die Kerkerzelle auf Molterossa mit mir teilen?«

Diese unangenehme Aussicht beflügelte Gaetano. Er stellte die Kerze ab, zog seinen Dolch und schnitt die Lederriemen durch. »Die Pferde sind bereits gesattelt«, erklärte er, während er die Riemen an den Füßen seines Freundes löste. Rodolfo stand auf, rieb sich die schmerzenden Handgelenke, schüttelte die fast tauben Füße und grinste trotz des Gefühls, auf Tausenden von Nadeln zu stehen.

»Dann nichts wie los!« Er folgte Gaetano durch einen Kellergang in eine fast lichtlose Nacht. Der Himmel war wolkenbedeckt, so dass man nur gelegentlich eine schmale Mondsichel erkennen konnte. Die Finsternis verbarg die Flüchtenden zwar vor fremden Augen, erschwerte aber, dass sie selbst weit genug kamen, um vor Verfolgung sicher zu sein. Die Kerze bot ihnen keine Hilfe mehr, denn sie war bereits beim ersten Luftzug erloschen. Dennoch fand Gaetano mit schlafwandlerischer Sicherheit die Stelle, an der er die Pferde festgebunden hatte, und ehe die Zeit vergangen war, in der ein Käuzchen dreimal schreit, saßen sie in den Sätteln und ritten los.

»In welche Richtung sollen wir uns wenden, Herr?«, fragte Gaetano.

»Nach Süden, mein Guter. Der Capitano meines Oheims wird annehmen, wir würden nach Norden reiten, um so rasch wie möglich auf Mailänder Gebiet zu gelangen, und versuchen, uns auf diesem Weg einzuholen. Aber wir werden stattdessen Florenz im weiten Bogen umgehen und uns zu den Besitzungen des Marchese Olivaldi durchschlagen.«

Das waren die letzten Worte, die sie für längere Zeit wechselten. Zu ihrem Glück zogen die Wolken weiter und es wurde so hell, dass sie einen leichten Trab riskieren konnten. Als der Morgen graute, wuchs ihre Hoffnung, entkommen zu sein. Daher rasteten sie am Ufer eines kleinen Baches und tränkten die Pferde. Auch Rodolfo und Gaetano genossen das kühle, klare Nass und teilten sich das Brot, das der Söldner am Abend unter seinem Hemd versteckt hatte.

»Mehr konnte ich leider nicht mitgehen lassen«, entschuldigte Gaetano sich mit einer hilflosen Geste.

Rodolfo klopfte seinem Begleiter anerkennend auf die Schulter. »Du hast genau das Richtige getan! Im Lauf des Tages können wir es riskieren, uns Lebensmittel und ein wenig Hafer für die Pferde zu besorgen. Wir dürfen uns jedoch nirgends aufhalten und müssen abseits der Handelsstraßen reiten.«

Gaetano steckte das letzte Stück Brot in den Mund, kaute kräftig darauf herum und spülte es mit Wasser hinunter. »Ich bin froh, dass ich Euch helfen konnte, Herr. Euer Oheim ist furchtbar wütend auf Euch, und dieser Schleicher Amadeo hätte ihn gewiss beschwatzt, Euch einen Kopf …, ähm, zumindest sehr streng zu bestrafen.«

»Du kannst nicht so froh sein wie ich selbst. Ich habe schon bei dem Gedanken, meinem Onkel gegenüberstehen zu müssen, am ganzen Körper gezittert.« Rodolfo lachte leise auf und blickte Gaetano fragend an. »Wie bist du eigentlich in die Dienste des Alten geraten? Es hieß, du würdest immer noch in dem Dorf beim Gutshof meiner Mutter leben. Zumindest war das das Letzte, was ich von dir gehört habe.«

»Nachdem Eure Eltern tot waren und Ihr zu Eurem Oheim nach Molterossa gebracht worden seid, war das Leben in der Heimat arg langweilig. Als dann der Capitano kam, um Söldner für Euren Onkel anzuwerben, habe ich alles liegen und stehen lassen und mich ihm als Rossbub angeschlossen. Natürlich habe ich gehofft, Euch auf Molterossa zu treffen und mit Eurer Hilfe mehr zu werden als ein einfacher Knecht. Aber als wir in die Stadt kamen, hatte Euer Oheim Euch bereits verjagt. Da ich mich nicht allzu dumm angestellt habe, bin ich schon bald zu den Söldnern gesteckt worden, und das hat sich nun als Vorteil erwiesen.«

Gaetano grinste über den Streich, den er dem Capitano und Rodolfos Onkel hatte spielen können, aber Rodolfo konnte seine Heiterkeit nicht teilen, denn von diesem Augenblick an würde sein Jugendfreund auf Molterossa als Verräter gelten – und gnadenlos zu Tode gepeitscht werden, wenn man ihn erwischte.

»Ich danke dir, Gaetano. Dir ist aber klar, dass du dich in Molterossa und Umgebung nicht mehr blicken lassen kannst. Am besten bleibst du bei mir, auch wenn ich nicht weiß, was mir die Zukunft bringen wird. Ich kann nur hoffen, dass der Marchese Olivaldi mich als Condottiere in seinen Diensten behält – obwohl ich Mariano und meine restlichen Leute verloren habe. Wie ich Ugolino Malatesta kenne, wird dieser versuchen, sie in seine eigene Truppe zu stecken.«

Auf Gaetanos rundem Gesicht malte sich ein glückliches Lächeln ab. »In Euren Diensten zu stehen ist genau das, was ich mir immer gewünscht habe – ganz gleich, ob als Söldner oder Euer Knecht.«

»Ich hoffe, du wirst mehr als das. Sollte meine kleine Kompanie noch existieren, werde ich dich zum Anführer eines Dutzends Lanzen machen.« Obwohl Rodolfo es für unwahrscheinlich hielt, dass der Marchese ihn nach der Schlappe bei Rividello noch als freien Condottiere behalten würde, nahm er sich vor, Gaetano so gut zu belohnen, wie er es vermochte. Zunächst aber galt es, möglichst viele Meilen zwischen sich und eventuelle Verfolger zu legen. Da die Pferde ausgeruht wirkten, brachen sie auf und ritten stramm nach Süden. Im Lauf des Tages blieb die Gegend um Rividello immer weiter hinter ihnen zurück, und sie konnten es wagen, auf Sinalunga zuzuhalten. Unterwegs erstanden sie bei einem Hirten etwas Schafskäse und pflückten Oliven von einem Baum, der den Rest eines ansonsten niedergehauenen Haines bildete.

In der Nähe von Asciano übernachteten sie unter freiem Himmel und setzten ihren Weg am nächsten Morgen mit der festen Überzeugung fort, den Männern des Herzogs von Molterossa entkommen zu sein. Rodolfo überlegte schon, ob er es wagen könnte, nach Siena zu reiten, um sich und Gaetano mit allem zu versorgen, was sie für ihre Reise brauchten, doch die Tatsache, dass Caterinas Söldner ihn nach seiner Gefangennahme ausgeplündert hatten und sie auf die paar Münzen angewiesen waren, die Gaetano besaß, ließ ihn davon absehen. Das wenige Geld reichte gerade für ein paar bescheidene Mahlzeiten und vielleicht noch für eine oder zwei Übernachtungen in einer einfachen Herberge. Daher beschloss Rodolfo, auch Siena zu meiden, und ritt weiter Richtung Westen. Im Lauf des Nachmittags entdeckte er weiter unten am Berg eine fast bis zu ihm hochwirbelnde Staubwolke. Neugierig geworden spornte er sein Pferd an und sah schon bald auf einen Kriegstrupp hinab, der zu seiner Verwunderung nicht die Hauptstraße benützte, sondern auf einem wenig begangenen, zwischen zwei Höhenrücken verlaufenden Weg über Casole d'Elsa in Richtung Volterra zog.

Ein Heer in dieser Gegend bedeutete nichts Gutes. Aus Siena konnte es kaum stammen, dann wäre es gewiss den großen Straßen gefolgt. Noch während Rodolfo überlegte, wer sich hier so heimlich auf dem Gebiet dieses Stadtstaats bewegte, bemerkte er einen hünenhaften Offizier auf einem Pferd, das einem kleinen Elefanten glich. Dieser Mann war so einmalig, dass Rodolfo unwillkürlich seinen Namen flüsterte. »Botho, der Tedesco!« Jetzt erkannte er auch Steifnacken, der an der langen Schlange der Krieger entlangritt und sie zu größerer Eile anfeuerte. Angespannt hielt er nun nach Caterina Ausschau und entdeckte sie auch bald. Sie ritt zwischen zwei Männern an der Spitze des Zuges, und zwar ganz schamlos auf einem Männersattel, wie er mit einigem Ingrimm bemerkte. Während sein Blick die Tedesca verfolgte, schloss Gaetano zu ihm auf.

»Was ist, Herr?«

Rodolfo legte die Finger auf die Lippen. »Sei still, wenn diese Leute uns bemerken, ist es um uns geschehen.«

»Sind es Feinde?«, flüsterte sein Begleiter.

Rodolfo nickte mit verkniffener Miene. »Das ist Monte Eldes Eiserne Kompanie, die Leute, in deren Hände ich vor Rividello gefallen bin.«

Gaetano erschrak sichtlich, der Ruf dieser Truppe hatte den Tod des Condottiere und die Übernahme des Kommandos durch Caterina bisher schadlos überstanden.

»Wenn die uns erwischen, sind wir schneller in Molterossa, als ein Sperling tschilpt. Bei Gott, das sind die Letzten, denen ich auf dieser Reise begegnen wollte. Ich frage mich nur, was die hier wollen?« Rodolfo kratzte sich nachdenklich am Kinn, fand sich aber diesem Rätsel nicht gewachsen. »Komm, Gaetano, der Anblick dieser Kerle bereitet mir Übelkeit. Da sie ungefähr in die Richtung marschieren, die auch wir einschlagen wollten, werden wir unsere Route ändern müssen. Es ist wohl am besten, wenn wir versuchen,

die Romagna über Greve und Regello zu erreichen.« Mit diesen Worten zog Rodolfo seinen Hengst herum und ritt vorsichtig an. Dabei blickte er sich noch mehrfach nach Caterina um, die auf diese Entfernung nicht größer wirkte als eine Katze. Dennoch konnte er erkennen, wie elegant und geschmeidig sie auf ihrer Stute saß. Was ihre Reitkunst betraf, konnte sich keine der jungen Damen aus seinem Bekanntenkreis mit ihr messen, und er ahnte, dass sie ihn auch noch mit ganz anderen Fertigkeiten verblüffen mochte.
»Ich frage mich, weshalb die Kerle sich hier durch diese Berge quälen. Siena hätte sie mit Sicherheit die Hauptstraßen benützen lassen. Hier kommen sie mit ihren Bagagewagen doch nur unter verdammten Schwierigkeiten voran.« Während Rodolfo sich mit diesem Rätsel herumschlug, nutzte sein Begleiter eine Stelle, von der aus sie den Heerzug in seiner ganzen Länge überblicken konnten.
»Ich sehe keine Wagen, Herr! Sie haben ihren ganzen Tross auf Saumtiere geladen.«
»Also haben sie es darauf angelegt, nicht gesehen zu werden. Pferde besitzen sie genug, denn sie haben etliche bei der Schlacht mit Malatesta erbeutet – an die hundert allein von mir. Die gefangenen Söldner wurden inzwischen freigekauft, doch die Gäule haben sie natürlich behalten. Man hätte ihnen stattdessen die Männer lassen sollen!« Rodolfo fluchte leise und schob dann den Gedanken an Caterina und ihre Truppe beiseite. Erst einmal war es wichtiger, Olivaldis Burg ungeschoren zu erreichen.

## 12.

Rodolfo und Gaetano benötigten weitere vier Tage, bis sie Olivaldis derzeitige Residenz vor sich aufragen sahen, eine alte Festung, die anders als Molterossa nicht für die persönlichen Bedürfnisse des Besitzers umgebaut worden war, sondern lange Zeit nur als Wehrbau Verwendung gefunden hatte. Nach seinem Streit mit dem Neffen des Papstes hatte Leonello da Polenta, der sich sonst in Rom oder auf seinen von dem Papstnepoten beanspruchten Gütern in Latium aufgehalten hatte, Grund genug gehabt, Anschläge von Anhängern seines Gegners zu fürchten, und sich an diesen unwirtlichen Ort zurückgezogen.

Rodolfo musterte mit zwiespältigen Gefühlen das düstere Gemäuer, das im Schatten des Monte Vigese die Straße zwischen Porretta und Vergato beherrschte, denn er fürchtete sich ein wenig vor dem Empfang, der ihm dort zuteil werden würde. Seine Spannung löste sich etwas, als er den Wachen am Tor seinen Namen genannt hatte und diese ihm umgehend öffneten. Er hatte den Burghof noch nicht halb durchquert, als Mariano Dorati aus dem Palas stürmte und jubelnd auf ihn zueilte.

»Bei der Heiligen Jungfrau und dem Christuskind, du bist es wirklich! Dem Himmel sei Dank! Gerade ist die Nachricht gekommen, man würde dich nach Molterossa bringen, und ich wollte nun unsere Leute in die Sättel scheuchen, um deine Begleitmannschaft unterwegs abzufangen.«

Rodolfo hob lachend die Hand. »Ihr wärt viel zu spät gekommen! Die Leute meines Oheims haben mich noch vor eurer Übergabe mitgenommen und ein scharfes Tempo vorgelegt. Ich wäre schon längst in seiner Burg, wenn mein Freund Gaetano mich nicht befreit hätte.«

Mariano musterte Rodolfos Begleiter und streckte diesem lächelnd die Hand entgegen. »Du bist also dieser Gaetano, mit dem unser Capitano als Junge Kastanien geklaut und über dem Feuer geröstet hat. Willkommen, mein Freund! Du weißt gar nicht, wie sehr ich mich freue, dich zu sehen.«

»Wie geht es unseren Männern?«, wollte Rodolfo wissen.

»Sieben haben die Schlacht nicht überlebt und dreizehn weitere sind zu Krüppeln geschlagen, aber der Rest ist wieder auf den Beinen. Damit bringst du immer noch fast fünfzig Lanzen in den Sattel oder, besser gesagt, dreißig! Die restlichen Ritter, sämtliche Knappen und die Waffenknechte werden zu Fuß kämpfen müssen, bis Fortuna uns so viel Gold in die Kasse wirft, dass wir neue Pferde kaufen können.« Trotz dieser schmerzlichen Nachricht sah Mariano alles andere als unzufrieden aus. Er lachte und klopfte sowohl Rodolfo wie auch Gaetano auf die Oberschenkel und hielt eigenhändig ihre Pferde fest, damit sie absteigen konnten.

»Wie du siehst, sind wir besser davongekommen als Signore Ugolino. Seine Verwandten Pandolfo und Carlo glühen vor Zorn und werfen ihm vor, mit seiner Flucht den Namen ihrer Sippe in den Schmutz getreten zu haben, während wir bis zuletzt standgehalten und uns erst nach einem gewissen Blutzoll ehrenhaft ergeben haben.«

Rodolfo hörte Mariano nur noch mit halbem Ohr zu. »Was ist mit Olivaldi? Wird er uns weiterhin in seinen Diensten behalten?«

»Das habe ich vor«, klang es von oben herab. Olivaldi war auf den kleinen Erkerbalkon getreten, der eigentlich dazu diente, die Pforte des Palas zu verteidigen, und winkte Rodolfo freundlich zu.

»Kommt herein, d'Abbati, und berichtet, wie es Euch ergangen ist. Nach einer solchen Flucht dürftet Ihr Hunger und Durst haben!«

»Gegen einen Schluck Wein hätte ich nichts einzuwenden«, antwortete Rodolfo lachend. »In den letzten Tagen war das Wasser aus den Quellen am Weg unsere einzige Labe.«

Der Marchese fiel in sein Lachen ein. »Da lernt man den Rebensaft erst so richtig zu schätzen!«

Rodolfo eilte die Stufen der Freitreppe hinauf und trat in den Palas. Olivaldi war ihm vorausgeeilt und erwartete ihn in der großen Halle, die trotz ihres reichen Waffenschmucks und etlicher Banner an den Wänden ebenso düster wirkte wie der Rest des Gebäudes. Auf einen Wink des Marchese brachte ein Lakai eine Lampe und stellte sie vor ihn hin. Ein weiterer Diener erschien mit einem Krug Wein, und eine Magd brachte ein Tablett voller Köstlichkeiten, auf die Rodolfo schon während des Kriegszugs hatte verzichten müssen.

»Stärkt Euch erst einmal und berichtet mir dann, wie Ihr entkommen seid«, forderte Olivaldi Rodolfo auf. Dieser ließ sich das nicht zweimal sagen und griff zu. Der Wein war ausgezeichnet und das Essen machte der Küche seines Herrn alle Ehre. Die Einladung hatte auch Gaetano gegolten, der kaum zuzugreifen wagte, denn solche Leckerbissen erhielt ein einfacher Söldner wie er nur an den allerhöchsten Feiertagen, und dann auch bei weitem nicht so reichlich, wie sie hier geboten wurden.

Nachdem Rodolfo den ersten Hunger und Durst gestillt hatte, begann er mit seinem Bericht. Zunächst erzählte er von dem Marsch gegen Rividello, und obwohl er Caterina nie namentlich erwähnte, sprach er doch von dem Geschick, mit dem sie und ihre Truppen Ugolino Malatesta an der Nase herumgeführt und schließlich besiegt hatten. Einige der unangenehmen Dinge, die zwischen Borelli, Malatesta und ihm vorgefallen waren, verschwieg er, doch Olivaldi gelang es mit einigen geschickten Fragen, die Wahrheit aus ihm herauszuholen.

Der Marchese lehnte sich auf seinem Stuhl zurück und starrte an Rodolfo vorbei gegen die Wand, ohne sie zu sehen. »Stimmt es, dass Signore Ugolino und dieser Fabrizio Borelli planten, ihre Gegnerin gefangen zu nehmen und vergewaltigen zu lassen?«

Olivaldi sprach den Namen seiner Enkelin nicht aus, dennoch merkte Rodolfo den Grimm, der in ihm fraß. Bedrückt nickte er. »Sie haben sich des Öfteren über diese Möglichkeit unterhalten.«

»Und Ihr? Habt Ihr sie darin bestärkt?«

Rodolfo sprang empört auf. »Gewiss nicht! Für was haltet Ihr mich?«

Olivaldi winkte ihm lächelnd, sich wieder zu setzen. »Ihr habt den beiden also widersprochen. Vielleicht ist das der Grund, warum die

Kerle nun versuchen, Euren Namen durch den Schmutz zu ziehen. Sie geben Euch sogar die Schuld an der Niederlage.«

Rodolfo schlug mit der Faust auf den Tisch. »Diese elenden Hunde! Ich hole sie mir vor die Klinge, wenn ich sie das nächste Mal sehe!«

»Solange sie und wir auf der Seite Gian Galeazzo Viscontis stehen, werdet Ihr nichts dergleichen tun!« Olivaldis Stimme klang scharf, und doch spürte Rodolfo einen feinen Unterton. Olivaldi schien mit seinem Mailänder Verbündeten nicht mehr sonderlich zufrieden zu sein, doch da er fast unvermittelt weitersprach, blieb Rodolfo keine Zeit, darüber nachzudenken.

»Was wisst Ihr von der Capitana? Will sie weiterhin den Tod ihres Vaters rächen?«

Rodolfo zuckte hilflos mit den Schultern. »Verzeiht, Marchese, doch ich kenne die geheimen Gedanken der Tedesca nicht und weiß daher nicht zu sagen, was sie plant.«

»Sie ist nicht nur Monte Eldes Tochter, sondern auch eine halbe Italienerin und müsste daher das Wort Vendetta kennen!« Olivaldi erhob sich und wanderte erregt an der Tischreihe entlang und wieder zurück. »Gian Galeazzo hat geschworen, nichts mit dem Tod Monte Eldes zu tun zu haben, doch ich traue einigen Leuten in seiner Umgebung nicht. Wer bereit ist, die schlimmste Schande über die Enkelin eines engen Verbündeten zu bringen und damit auch dessen Ehre zu beschmutzen, ist auch zu einer solchen Tat fähig. Sagte ich eben Verbündete? Vergesst dieses Wort! Vasall ist hier eher angebracht. Anders behandeln die Mailänder mich und einige meiner Freunde nicht mehr.«

Für einen Augenblick konnte Rodolfo sehen, dass Olivaldi innerlich vor Zorn glühte, und seine Ahnung, dass der Marchese am Sinn seines Bündnisses mit Mailand zweifelte, verstärkte sich. Unwillkürlich fragte er sich, ob die Vertrauten und Boten Gian Galeazzos mit dem Marchese ähnlich umgesprungen waren wie Ugo-

lino Malatesta mit ihm. »Glaubt Ihr, dass Mailand doch hinter dem Mord an Monte Elde steht?«
»Dafür fehlen mir die Beweise. Ich habe jedoch nachforschen lassen und erfahren, dass die Pferde, die Francesco und Giacomo di Monte Elde geritten haben, von ein paar Kerlen in Barga verkauft wurden. Dabei wurde einer der Männer erkannt. Er soll ein Viehhirte und Räuber aus der Romagna sein. Den würde ich gerne selbst befragen. Wollt Ihr versuchen, ihn für mich zu fangen?«
Etwas verwundert, dass Olivaldi den Mördern Monte Eldes so viel Aufmerksamkeit zukommen ließ, nickte Rodolfo. »Wenn das Euer Befehl ist, werde ich es tun.«
»Befehlen könnte ich Euch, mit Euren Lanzen gegen Montese oder Piandesetta vorzurücken, doch einem Mann nachzuspüren, der sich als Phantom erweisen kann, das ist etwas anderes. Ihr müsstet in der nächsten Zeit darauf verzichten, Ruhm zu erwerben, und das fällt jungen, ehrgeizigen Männern wie Euch nicht leicht.«
Rodolfo sprang auf und kniete vor dem Marchese nieder. »Ihr seid mein Herr und ich habe Euch Treue geschworen. Was Ihr mir befehlt, werde ich ausführen!«
»Selbst wenn Ihr einen feigen Mord für mich begehen müsstet?«
Rodolfo wurde blass, und das reizte Olivaldi zu einem Auflachen. »Nein, dass würdet Ihr nicht tun, denn ganz gleich, was Euer Oheim oder Ugolino Malatesta auch über Euch sagen mögen, Ihr seid ein Mann von Ehre. Geht und bringt mir diesen Räuber – und findet auch seine Hintermänner heraus. Kein Condottiere wird ohne Grund umgebracht, und es gibt in ganz Italien keinen Banditen, der sich um ein paar Münzen willen mit der Eisernen Kompanie anlegt. Söldner sind ein raues Volk, und wer ihnen in die Hände fällt, kann seine Seele nur noch Gott empfehlen. Monte Elde und sein Sohn hatten auf jenem Ritt gewiss keine Reichtümer bei sich – und ihre Pferde waren bekannt. Ich an ihrer Stelle hätte die Gäule getötet und in die nächste Schlucht geworfen, anstatt sie zu verkaufen.«

Während der Marchese seine unruhige Wanderung durch den Saal wieder aufnahm, fragte Rodolfo sich, in was für eine Lage ihn der Auftrag des Marchese versetzen mochte. Er würde nur wenige Begleiter mitnehmen können, Gaetano wahrscheinlich und zwei, drei andere; der Rest würde unter Marianos Kommando hier bleiben müssen. Natürlich konnte er auf dieser Suche keinen Ruhm erringen, aber die Zufriedenheit seines Herrn war unter den gegebenen Umständen wichtiger. Zudem war es eine Möglichkeit, über die Tedesca zu triumphieren. Er versuchte, sich Caterinas Gesicht vorzustellen, wenn er ihr sagen konnte, dass er den Mörder ihrer Familie ausfindig gemacht oder gar gefangen hatte.

Dabei fiel ihm ein, dass er beinahe eine wichtige Nachricht unterschlagen hätte. »Verzeiht, Marchese, aber da gibt es noch etwas zu berichten. Während unserer Flucht sind Gaetano und ich südlich von Siena auf die Eiserne Kompanie gestoßen. Sie zog auf Bergpfaden in nordwestlicher Richtung und sie marschierte schnell.«

»Südlich von Siena sagt Ihr?« Olivaldi befahl einem Diener, eine Karte zu holen und auf dem Tisch auszubreiten. Als der Mann die Kalbshaut an den Rändern beschwert hatte, so dass sie sich nicht mehr einrollte, zeichnete der Marchese mit dem Finger die Strecke nach, die Caterinas Leute von Rividello genommen haben mussten, und versuchte ihr Ziel herauszufinden. Schließlich blieb sein Finger auf dem Symbol stehen, das die Stadt Pisa darstellte.

»Appiano ist ein alter Fuchs! Die Mailänder glauben schon, ihn im Käfig zu haben, doch wie es aussieht, will er noch einmal kräftig zubeißen. Ich muss sofort einen Boten an Angelo Maria Visconti und Henry Hawkwood senden!« Er rief nach einem Diener, doch als dieser eintrat, schickte er ihn wieder weg und bleckte die Zähne zu einem seltsamen Grinsen. »Es ist sinnlos! Der Bote käme zu spät. Lassen wir uns also überraschen, was Iacopo Appiano ausgeheckt hat.«

## 13.

Angelo Maria Visconti war rundum zufrieden, so dass er am liebsten geschnurrt hätte wie ein Kater, der sich an der Sahne satt gefressen hat. Schon bald würde er die Macht über Pisa in seinen Händen halten. Sein Verwandter, Herzog Gian Galeazzo, hatte Iacopo Appiano erst vor einigen Jahren die Möglichkeit geboten, sich gegen die bis dahin in Pisa vorherrschende Gambacorta-Sippe durchzusetzen, doch anstatt sich als dankbar zu erweisen, hatte der alte Bock es gewagt, sich mit den Feinden Mailands zu verbünden. Diese Episode würde an diesem Tag ein Ende haben.

Messer Angelo Maria wandte sich zu dem hinter ihm reitenden Sohn und Erben Iacopos, Gherardo Leonardo, um. Ein Dutzend Gardisten zu Pferd in prunkvollen Rüstungen und Helmen, von denen Bänder in den Farben der Familie Appiano flatterten, begleiteten den jungen Herrn. Angelo Maria Viscontis Leibwächter umringten die Gruppe und schirmten ihn auch gegen die Pisaner ab. Das war allerdings mehr eine symbolische Maßnahme, denn er rechnete nicht mit Problemen. Schon bald würden sie auf Henry Hawkwood und dessen Söldner treffen, und nur wenig später würde Pisa eine Visconti-Stadt sein wie so viele andere auch.

»Ich sehe bereits die Banner der Unseren!« Einer der Gardisten zeigte aufgeregt nach vorne. Angelo Maria Visconti stellte sich in den Steigbügeln auf und beschattete mit einer Hand die Augen. Ja, da kamen sie! Hawkwood, der Capitano, ritt an der Spitze einer Truppe, die mehr als zweihundert Lanzen zählen mochte. Mit dieser Macht im Rücken war Pisa in seiner Hand, sagte sich Messer Angelo und gab seinem Pferd die Sporen, um den Condottiere so schnell wie möglich zu begrüßen.

Bei Hawkwood angekommen hob er fröhlich die Hand. »Buon giorno, mein Freund! Hattet Ihr eine gute Reise?«

Der Condottiere beantwortete den Gruß mit einem breiten Lächeln. »Sie hätte nicht besser sein können, Messer Angelo Maria! Wir haben unterwegs keinen einzigen Bewaffneten gesehen und auch nichts von gegnerischen Truppen gehört, die in Richtung Pisa marschieren könnten.«

»Und wennschon! Sie kämen in jedem Fall zu spät. Ihr kennt Messer Gherardo Leonardo, den Sohn des Stadtherrn von Pisa?« Visconti wies mit einer raumgreifenden Geste auf Messer Iacopos Sohn, der zu ihm aufgeschlossen hatte und Hawkwood mit der Faszination, aber auch mit dem leichten Grausen eines verwöhnten jungen Mannes musterte, der sich einem in vielen Schlachten erprobten Krieger gegenübersah. Während der Condottiere in Eisen und Stahl gewandet war, prunkte Gherardo mit einem wattierten Brokatwams, das einen hohen Kragen und weite, beutelähnliche Ärmel aufwies. Dazu trug er eine hautenge Hose, elegante Schuhe mit lang auslaufenden Spitzen und zwei Schärpen, eine in den Farben seiner Familie, die andere in denen der Visconti.

Auch er begrüßte den Condottiere wie einen lange vermissten Freund. »Willkommen, Signore! Ich kann Euch gar nicht sagen, wie sehr es mich freut, Euch begrüßen zu dürfen. Mein Vater wünscht Euch sofort zu sprechen! Er hat sich deshalb heute bereits früh morgens in einer Sänfte zu unserem Landhaus tragen lassen. Es liegt nur ein kleines Stück abseits der Hauptstraße, und man erreicht Pisa von dort aus in weniger als einer halben Stunde.«

Hawkwood wechselte einen kurzen Blick mit Angelo Maria Visconti und nickte. »Ich würde mich freuen, mit Eurem Vater sprechen zu können. Es gilt abzuklären, wo meine Männer untergebracht werden und welche Plätze wir übernehmen sollen.«

»Dann folgt mir bitte, Signore!« Gherardo Appiano zog sein Pferd herum und hielt auf einen schmalen Weg zu, der zwischen den Hügeln hindurchführte.

Hawkwood wandte sich an seinen Stellvertreter. »Zwanzig Reiter kommen mit mir. Ihr selbst marschiert mit dem Haupttrupp weiter auf Pisa zu und rückt in die Stadt ein.«

Der Mann nickte eifrig und wies Hawkwoods Leibgarde an, den Capitano zu begleiten. Angelo Maria Visconti schloss sich mit seinen Männern ebenfalls Hawkwood an und wechselte ein paar launige Worte mit ihm. Beide wussten, dass Appiano zwar alt und krank war, aber auch ausnehmend störrisch, doch da sein Sohn und Erbe praktisch als Geisel an ihrer Seite ritt, hatten sie ein Faustpfand, mit dem sie den Stadtherrn überzeugen konnten, ihnen zu Willen zu sein.

Das festungsähnliche Gebäude, das Gherardo Leonardo ein Landhaus genannt hatte, lag etwas weiter von der Straße entfernt, als die Worte des jungen Mannes hatten erwarten lassen. Vor dem weit geöffneten Tor standen zwei nicht besonders kriegerisch wirkende Wachen, und als die Gruppe in den Innenhof ritt, sahen der durchaus wachsame Mailänder und seine ebenso misstrauischen Söldner nur einige Bewaffnete, die ihren Abzeichen nach zu Appianos Leibwache gehörten. Von schlanken Säulen gestützte Arkaden umgaben das mauergesäumte Geviert auf drei Seiten, die vierte wurde von den Stallungen begrenzt. Im Stockwerk über dem Arkadengang waren glasgefüllte, teilweise geöffnete Fenster zu erkennen, und durch eines von ihnen blickte Iacopo Appiano zu seinen Gästen hinab. Er wirkte greisenhaft eingeschrumpft und leidend, schien sich aber so weit erholt zu haben, dass er auf den eigenen Beinen stehen konnte.

Angelo Maria Visconti schwang sich aus dem Sattel und trat breitbeinig auf das Portal des Hauptgebäudes zu. Seine Leibwachen umringten ihn sofort und drängten Gherardo Appiano mit überheblichen Mienen zurück, als wollten sie ihm jetzt schon zeigen, wer zukünftig in Pisa das Sagen hatte. Nach ihnen schoben sich Hawkwood und seine Begleiter durch die Tür und musterten das

Anwesen dabei mit jenen hungrigen Blicken, welche den Söldnern auf Beutezügen zu Eigen waren.

Als sie im Halbdunkel des Flurs untergetaucht waren, wollte Gherardo Appiano durch die Tür treten, doch in diesem Moment packte ihn einer seiner eigenen Leibwächter und zog ihn durch eine kleine Seitenpforte in ein Zimmer, das als Abstellraum diente. Ein darin wartender Diener schlug die Pforte zu und verriegelte sie von innen.

»Was soll denn das?«, fragte Messer Iacopos Sohn empört.

»Es geschieht auf Befehl Eures Vaters, Herr, der Euch in Sicherheit wissen möchte«, erklärte ihm der Gardist und zog sein Schwert.

Gherardo Leonardo sah ihn mit großen Augen an. »Glaubt mein Vater, es käme zu einem Kampf?«

»Nicht, wenn die Mailänder sich klug verhalten!« Sein Leibwächter grinste und forderte ihn auf, ans Fenster zu treten. Im Gegensatz zu jenen im Obergeschoss war es klein und vergittert. Der Arkadengang schränkte das Gesichtsfeld stark ein, dennoch konnte Gherardo Appiano erkennen, dass Dutzende von Kriegern aus dem Stall und den anderen Nebengebäuden ins Freie strömten und sich auf die auf dem Hof verbliebenen Begleiter der Mailänder Emissäre stürzten. Hawkwoods Söldner kamen nicht einmal dazu, ihre Waffen zu ziehen, so schnell waren sie niedergerungen.

Kaum war dies geschehen, eilten mehrere Bewaffnete zu der Tür, durch die Visconti und Hawkwood ins Haus getreten waren, zerrten einen Mailänder Gardisten ins Freie, der hatte nachsehen wollen, was der Lärm und das Geschrei zu bedeuten hatten, und überwältigten ihn. Gleichzeitig zogen zwei Leute in den Appiano-Farben die Tür ins Schloss und verbarrikadierten sie von außen. Nun klangen im Haupthaus Flüche auf und verrieten, dass die Mailänder auch dort auf verschlossene Türen getroffen waren.

Angelo Maria Visconti war mit dem Gefühl des sicheren Erfolgs in das Haus getreten und fand sich nun in einem großen, durch zwei vergitterte Fenster spärlich erhellten Raum wieder, aus dem eine weitere Tür tiefer in das Gebäude zu führen schien. Gerade als er diese erreichte, klang draußen Lärm auf.

Hawkwood langte instinktiv zum Schwertgriff. »Was geschieht da?« Er wandte sich um und wollte auf die Haustür zutreten, doch einer von Viscontis Männern kam ihm zuvor und nahm ihm die Sicht. Im nächsten Moment wurde der Gardist ins Freie gezerrt und dem Söldnerführer die Tür vor der Nase zugeschlagen. Hawkwood griff nach der Klinke, um sie wieder zu öffnen. Im selben Augenblick erklang ein schabendes Geräusch, und dann folgten Hammerschläge, als würde sie vernagelt.

»Bei Christi Blut, das ist eine Falle!« Hawkwood knirschte mit den Zähnen und warf sich mit der Schulter gegen das Holz. Doch er hätte genauso gut versuchen können, mit dem Kopf durch die Wand zu rennen.

Da er die Nutzlosigkeit seiner Bemühungen einsah, gab er dem neben ihm stehenden Söldner einen Stoß. »Los doch! Steht nicht herum, sondern brecht die Tür da hinten auf!«

Da erklang eine greisenhaft brüchige Stimme über ihren Köpfen. »An Eurer Stelle würde ich das gar nicht erst versuchen, denn auch für diesen Ausgang wäre ein Rammbock vonnöten!«

Angelo Maria Visconti starrte zu dem kleinen Loch in der Decke hoch und heulte vor Wut auf wie ein getretener Hund. »Messer Iacopo, das werdet Ihr bereuen!«

Henry Hawkwood hingegen versuchte, kühlen Kopf zu bewahren. »Dieser Streich wird Euch auch nichts mehr nützen, Appiano. Meine Krieger marschieren gerade auf Pisa zu und werden es besetzen. Wenn sie merken, was für ein Spiel Ihr hier treibt, werden sie Messer Angelo und mich befreien und über Eure Stadt herfallen. Dann wird Euch das, was mein Vater damals mit Cesena gemacht hat, gegen das Schicksal von Pisa harmlos erscheinen.«

Ein spöttisches Gelächter antwortete ihm. »Erst einmal seid ihr alle in meiner Hand. Wird einem Bewohner Pisas auch nur ein Haar gekrümmt, müsst ihr es ausbaden. Habt Ihr vergessen, dass das letzte Stück des Weges durch die Sümpfe des Arno führt? Wenn man die Straße dort blockiert, gibt es für Eure Leute kein Entrinnen.«

»Dann kehren meine Männer eben um und benützen einen Weg über die Berge«, antwortete Henry Hawkwood scheinbar gelassen.

»Durch dreihundert kampfbereite Lanzen hindurch?« Iacopo Appiano kicherte vor Vergnügen. Obwohl weder Hawkwood noch Messer Angelo den Alten sehen konnten, vermochten sie sich seine überaus zufriedene Miene vorstellen. Da Visconti vor Angst oder Wut erstarrt zu sein schien, übernahm Hawkwood es, zu verhandeln.

»Was wollt Ihr denn mit diesem Scherz bezwecken, Messer Iacopo? Unseren Informanten zufolge verfügt Ihr weder in Pisa noch in der Umgebung über Truppen, die sich meiner Kompanie entgegenstellen könnten. Wenn Ihr nicht wollt, dass Eure Stadt zu Schaden kommt, dann lasst die Türen öffnen und tischt uns Wein und ein gutes Mahl auf. Messer Angelo und ich versprechen Euch dafür, diese Begebenheit zu vergessen.«

»Ich lasse diesen Hund nicht ungeschoren davonkommen!«, flüsterte Visconti mit bebender Stimme.

Hawkwood packte seine Schulter mit einem schmerzhaften Griff. »Haltet doch den Mund! Oder wollt Ihr den Tattergreis da oben unnütz reizen?«, flüsterte er.

Von oben klang Lachen herab. »Glaubt ihr, ich hätte Messer Angelos freundliche Worte nicht vernommen? Aber es ist bedeutungslos, was er sagt. Ihr werdet jetzt die Waffen ablegen und durch das Fenster ins Freie reichen. Wenn ihr euch ohne Widerstand ergebt, verspreche ich euch ehrenvolle Haft. Entscheidet euch, Signori, ob ihr meine Gäste sein oder lieber krepieren wollt. Am Ausgang des Geschehens wird euer Schicksal nichts ändern.«

Henry Hawkwood versuchte noch einmal, den störrischen Greis zum Einlenken zu bewegen. »Begreift Ihr denn nicht, wie wenig Euch das nützt, uns in eine Falle gelockt zu haben? Ihr habt es draußen noch mit meinen zweihundert Lanzen zu tun, und denen könnt Ihr mit Eurer windigen Stadtmiliz nicht beikommen!«

»Ihr irrt Euch, Signore! Ich verfüge über mehr als genug gut ausgebildete Söldner, um Eure Kompanie in Stücke schlagen zu lassen. Ihr entscheidet hier und jetzt über das Schicksal Eurer Männer. Gebt ihnen den Befehl zum Rückzug auf Mailänder Gebiet und schwört bei Eurer Ehre, dass Eure Leute sich friedlich verhalten werden, bis meine Verhandlungen mit Herzog Gian Galeazzo abgeschlossen sind. Nur dann werdet Ihr bei Eurer Freilassung ein unversehrtes Heer vorfinden. Andernfalls sorge ich dafür, dass Ihr über keine zehn Lanzen mehr verfügt!«

»Und mit welchem Phantom wollt Ihr meine Männer zusammenschlagen?«

»Mit meinen Männern!« Es war unzweifelhaft eine weibliche Stimme, die Antwort gab, und Angelo Maria Visconti erkannte den romagnolischen Dialekt. »Monte Eldes Tochter! Die Tedesca!«

Hawkwood schüttelte ihn wie einen Olivenbaum, dessen Ölfrüchte er ernten wollte. »Aber die ist doch in Rividello!«

»Schon seit einer Weile nicht mehr, Signore. Meine Männer und ich sind rasch marschiert, um noch vor Euren Truppen in Pisa einzutreffen. Jetzt habt Ihr die Wahl: entweder erfüllt Ihr den Wunsch Messer Iacopos, oder ich werde Eure Leute von meinen Kriegern in die Sümpfe oder gegen die Mauern Pisas treiben und vernichten lassen.«

Es war kein leichtes Stück für die Eisernen gewesen, die gegnerischen Truppen unbemerkt zu überholen. Dabei war hilfreich gewesen, dass Hawkwood im Gefühl des sicheren Erfolgs auf Spähreiter verzichtet hatte. Jetzt standen Caterinas dreihundert

Lanzen bereit, einem ahnungslosen Gegner in den Rücken zu fallen.

Hawkwood knirschte mit den Zähnen, denn ihm wurde klar, in welch vertrackter Situation seine Kompanie steckte. Die Chancen, die schon an Zahl überlegenen Eisernen zu überwältigen oder sie auch nur zu einem Patt zu zwingen, schätzte er als zu gering ein, um sich auf einen Kampf einlassen zu können.

Neben ihm fluchte Angelo Maria Visconti wie ein Stallknecht, so dass Hawkwood ihn wütend anblaffte. »Haltet endlich den Mund und lasst mich nachdenken!«

Messer Angelo Maria bleckte die Zähne. »Idiotie, das Ganze! Merkt Ihr nicht, dass das nur ein Täuschungsspiel ist? Die tumben Ochsen der Tedesca sind nicht in der Lage, Eure Männer zu werfen! Dafür fehlen ihnen die erfahrenen Anführer!«

»Mag sein, dass die Eiserne Kompanie ohne ihre Offiziere nicht mehr zu jenen taktischen Manövern fähig ist, die sie in den Zeiten Francesco di Monte Eldes berühmt gemacht hat. Doch zuhauen können die Kerle immer noch! Das haben sie schon bei Rividello bewiesen. Und diesmal können sie uns weit höhere Verluste zufügen!« In Henry Hawkwood Stimme schwangen Panik und Verzweiflung, denn ohne seine Männer würde er, wenn er dies hier überlebte, ein Nichts sein, ein Offizier, der bei anderen, weniger brühmten Condottieri um einen Posten betteln müsste. Sein Zorn richtete sich jedoch weniger gegen Iacopo Appiano, dessen kühnen Schachzug er zu würdigen wusste, noch gegen die junge Condottiera, sondern gegen seinen Begleiter.

»Seine Gnaden, Euer Verwandter, wird entzückt sein, wenn er von diesen Geschehnissen informiert wird. Ihr habt mich und meine Männer wie eine Herde Schafe in den Pferch gelockt, in dem man uns nach Belieben scheren kann, und ich habe die Befürchtung, dass von unserem Vlies nicht viel übrig bleiben wird.«

Angelo Maria Visconti wollte auffahren, krampfte dann aber die

Hände zusammen und versuchte, seine Wut in den Griff zu bekommen. Im Augenblick war Iacopo Appiano Herr der Lage, daran war nicht zu rütteln. Doch der Capitano del Popolo von Pisa war fünfundsiebzig Jahre alt und schwerkrank. Mochte er heute noch triumphieren, so konnte es morgen schon anders aussehen. War erst sein Sohn Gherardo Leonardo der neue Herr von Pisa, würde er leichtes Spiel haben, denn mit dem jungen Mann war er bisher bestens zurechtgekommen. Aus diesem Grund lenkte er ein.

»Wir sind in Eurer Hand, Messer Iacopo, und müssen uns Euch auf Gnade und Ungnade ausliefern. Wir werden jetzt unsere Waffen hinausreichen und bitten Euch, uns aus dieser Düsternis zu befreien, in die Ihr uns gesperrt habt.«

Im Zimmer über ihnen atmete Iacopo Appiano erleichtert auf. Die Anspannung war beinahe zu viel für sein geschwächtes Herz gewesen. Er taumelte und wäre gefallen, hätte Caterina ihn nicht rechtzeitig festgehalten.

»Danke, Signorina, und zwar im doppelten Sinne! Ohne Euch an meiner Seite wäre es mir gewiss nicht gelungen, Hawkwood und Visconti zur Vernunft zu bringen. So aber vermag ich mit Gian Galeazzo von Mailand friedlich und von Gleich zu Gleich verhandeln. Ich bin gespannt, wie viel ihm sein Verwandter und sein Feldherr wert sind.«

Caterina sah ihn verblüfft an. »Ihr wollt Lösegeld für die beiden fordern?«

Appiano bedachte sie mit einem nachsichtigen Blick. »Signorina, täte ich es nicht, würde ich sowohl den Herzog von Mailand wie auch unsere Gefangenen schwer beleidigen, denn eine solche Handlung würde sie auf die Stelle von Knechten stellen, deren Leben keine lumpige Maglia wert ist. Wir haben es aber mit einem Herrn von Stand und einem der berühmtesten Condottieri zu tun, und deren Leben muss mit vielen tausend Dukaten ausgelöst werden.«

Caterina nickte zustimmend, um den alten Herrn nicht zu kränken. Wahrscheinlich, sagte sie sich, würde sie diese Italiener und ihre seltsamen Sitten niemals richtig begreifen. Als sie von Rividello aufgebrochen war, hatte sie erwartet, in eine blutige Schlacht hineinzureiten. Doch das, was Appiano hier aufgeführt hatte, glich eher einem lustigen Bubenstreich als einem ehrlichen Krieg. Dann dachte sie an die Männer, die im Kampf ihr Leben hätten verlieren können, und fühlte die Last von sich abfallen, die während des Marsches ihre Schultern niedergedrückt hatte.

# FÜNFTER TEIL

◆

*Schach der Dame*

# I.

Die Sonne brannte vom Himmel, und da sich kein Lüftchen regte, war der Gestank, der vom Wasser hochstieg, kaum zu ertragen. Nun bedauerte Caterina, sich nicht mit einem parfümgetränkten Tüchlein gegen diese wohl unangenehmste Seite der Lagunenstadt gewappnet zu haben. Sie atmete so flach wie möglich, musste sich aber trotzdem zwingen, nicht nach jedem dritten Atemzug auszuspucken, denn in ihrem Mund machte sich ein Geschmack breit, als hätte sie die Gosse ausgeleckt. Sie versuchte sich abzulenken, indem sie den Schiffen und Kähnen zusah, die in scheinbar wirrem Durcheinander den Canal Grande befuhren. Da und dort bogen einige in andere Kanäle ab, aus denen sich gleichzeitig ein steter Strom neuer Boote in den Hauptkanal ergoss.

Venedig war mit keiner der Städte zu vergleichen, die Caterina bis dahin kennen gelernt hatte, und all die Vorstellungen, mit denen sie hierher gekommen war, hatten sich vor der Wirklichkeit verflüchtigt. Die Fürstin der Adria war ebenso einmalig wie der Gestank der Kanäle, die hier den größten Teil der Straßen ersetzten. Ihr Blick fiel auf eine Barke, die mit Gemüse vom Festland beladen vor ihnen herschaukelte. Darauf stapelten sich Zwiebeln und Kohl in kühnen Pyramiden, und Caterina wunderte sich, dass der Kahn nicht die Hälfte seiner Ladung unterwegs verlor. Ein anderes Boot brachte eine Herde lebendiger Schafe in die Stadt, die sich ängstlich blökend aneinander drückten, und auch die meisten anderen Prähme waren mit all jenen Dingen beladen, die die Menschen zum täglichen Leben benötigten. Es glich einem Wunder, dass die Stadt mitten im Wasser ihre mehr als einhunderttausend Menschen ernähren und beherbergen konnte, denn jedes Getreidekorn und jede Fleischfaser mussten per Schiff herangeschafft werden, und dazu alles, was an Kleidung, Hausrat, Werkzeugen und anderen

Dingen benötigt wurde, einschließlich jener Luxusgüter, die die Bequemlichkeit der Wohlhabenden sicherten.

»Vermaledeiter Hund!« Der wütende Ruf ihres Schiffers riss sie aus diesen Gedanken. Sie blickte hoch und sah ein anderes Boot direkt auf sie zukommen. Zwei Ruderer standen am Heck und forderten ihren Bootsführer mit lauten Stimmen auf, ihnen Platz zu machen. Obwohl Caterina die Sprache ihrer Mutter inzwischen in allen Nuancen beherrschte, verstand sie kaum ein Wort des hier gesprochenen Dialekts, und im Augenblick legte sie auch gar keinen Wert darauf, denn das wenige, was sie von den Beschimpfungen der Bootsführer zu verstehen glaubte, trieb ihr trotz einer gewissen Abhärtung durch das Leben unter Söldnern die Schamröte ins Gesicht. Ihr eigener Schiffer schien eine Vorliebe für Seuchen an intimen Stellen zu haben, und wohl deswegen gingen ihm die Flüche schneller aus als den anderen.

Als er bemerkte, dass er bei dem Wortgefecht mit zwei Gegnern den Kürzeren zog, plusterte er sich mit seiner Wichtigkeit auf. »Ich bringe Gäste zum Hause des ehrwürdigen Dogen Antonio Venier!«

»Gäste für Venier?« Einer der drei Passagiere des anderen Bootes, ein älterer Mann, der wie seine Gefährten mit einem schlichten schwarzen, alles verhüllenden Mantel und einer ebenfalls schwarzen Kappe bekleidet war, winkte seinen Schiffern zu schweigen und verbeugte sich in Caterinas Richtung. »Seid Ihr die Signorina di Monte Elde?«

Caterina nickte knapp und warf Malle einen auffordernden Blick zu. Ihre Dienerin sah es und warf sich in die Brust. »Wer seid Ihr, Signore, dass Ihr es wagt, meine Herrin auf der Straße, äh ... auf dem Kanal anzusprechen, als wäre sie eines der Weiber, deren Bezeichnung man nicht in den Mund nimmt?«

Bevor der Mann antworten konnte, mischte sich einer seiner Gefährten ein. »Wir sind ehrenwerte Bürger Venedigs und haben die

Dame gewiss nicht beleidigen wollen!« Auch er verneigte sich in Caterinas Richtung und wies dann seine Bootsleute an, den Weg freizugeben.

»Besonders höflich scheint man hier in Venedig nicht zu sein!« Bianca machte keinen Hehl daraus, dass sie einen anderen Empfang erwartet hatte. Der Steuerer des eigenen Bootes erklärte ihr lang und breit, dass die Herren, die die Dame angesprochen hätten, Notare der Stadtverwaltung seien, welche sich auf dem Weg zum Rialto befänden, um über die Märkte in dessen Umgebung zu wachen. Caterina, die sich nur wenig für solche Dinge interessierte, lehnte sich zurück und sann wieder über die Bocksprünge des Schicksals nach, die sie wie einen Sack Lumpen hin und her geworfen hatten.

Iacopo Appianos kühner Streich hatte Herzog Gian Galeazzo gezwungen, seine Truppen aus Pisa abzuziehen und ein horrendes Lösegeld für seine gefangenen Emissäre zu bezahlen. Nicht lange danach aber war ihr der Erfolg wie Wasser zwischen den Fingern zerronnen, denn die Anstrengungen und die Aufregung des Kampfes hatten Messer Iacopos letzte Kräfte gefordert und er war wenige Monate später gestorben. Gherardo Leonardo Appiano war sein Nachfolger geworden und hatte sofort den Ausgleich mit Mailand gesucht. Daraufhin besetzten die Visconti-Truppen, die sein Vater mühsam aus der Stadt vertrieben hatte, mit seinem Segen die Zitadelle von Pisa, und Angelo Maria Visconti stand als graue Eminenz und wahrer Herr der Stadt hinter dem neuen Capitano del Popolo.

Zu ihrem Glück hatten einige von Messer Iacopos alten Vertrauten Caterina rechtzeitig gewarnt, denn Gherardo Appiano war bereit gewesen, sie und die Eiserne Kompanie an die Mailänder zu verkaufen. So hatte sie mit ihrer Truppe noch früh genug abziehen und den lautstark geäußerten Rachegelüsten Ugolino Malatestas und ihres Vetters Fabrizio Borelli entkommen können. In Molterossa, das ihr und ihren Leuten als einzige Zuflucht geblieben war, hatte Arnoldo Caetani ihr eröffnet, dass er nicht in der Lage sei, ohne Unterstützung durch andere für den Unterhalt und den Sold ihrer Truppe zu sorgen. Das aber bedeute, wie er sie sofort beruhigt hatte, keine Auflösung der Condotta, und der alte Herr hatte auch sofort seine Fühler ausgestreckt, um an Geld zu kommen. Die nächstliegende Möglichkeit wäre Florenz gewesen, doch der Herzog von Molterossa hatte den Landhunger dieser toskanischen Republik ebenso zu fürchten wie die Machtgelüste des Gian Galeazzo Visconti.

Siena, Bologna und Ferrara hatten sich bereits bis unter die Hirnschale bewaffnet und mit Truppen versehen, und den anderen Städten fehlte es schlicht und einfach an Geld, um die Eiserne Kompanie besolden zu können. Der alte Herzog hatte sogar in Rom nachgefühlt, war aber abschlägig beschieden worden, da der Heilige Stuhl einer Frau nicht zutraute, eine Söldnertruppe mit Erfolg zu führen. Außerdem waren die päpstlichen Kassen wieder einmal leer und der derzeitige Träger der Tiara war vor allem damit beschäftigt, Bannsprüche gegen seinen Widersacher in Avignon auszusprechen. Für die Bedrohung durch Mailand interessierte man sich in Rom daher nur wenig.

So blieben nur zwei Möglichkeiten: das Königreich Neapel und Venedig. Da König Ladislao ebenfalls Appetit auf Gebiete des Kirchenstaats nachgesagt wurden, hatte Arnoldo Caetani erklärt, dass Verhandlungen mit Venedig wohl die größte Aussicht auf Erfolg besäßen, und Caterina kurzerhand in die Lagunenstadt geschickt. Obwohl sie sich darüber geärgert hatte, wie der Herzog über ihren Kopf hinweg bestimmt hatte, war Caterina nichts anderes übrig geblieben, als seinem Neffen Amadeo den Befehl über ihre Truppen anzuvertrauen. Auf dieser Reise begleiteten sie neben ein paar vertrauenswürdigen Söldnern wie Friedel, dem alten Martin und Görg ihre Freundin Bianca, deren Bruder Camillo und Malle.

»Dort ist San Marco!« Erneut riss ein Ausruf Caterina aus ihrem Grübeln. Als sie aufblickte, sah sie den Dogenpalast vor sich, das Symbol des Reichtums und des Einflusses dieser Stadt. Sie musste ihren Blick von dem beeindruckenden Gebäude losreißen, um nach der Kirche des heiligen Markus Ausschau zu halten. Wirkte der Palast mit seinen geraden Linien und der strengen Architektur eher abweisend, so flößte ihr San Marco mit seinen hoch aufragenden Kuppeln und dem einzeln stehenden Campanile so viel Ehrfurcht ein, dass sie ein kurzes Gebet sprach.

Der Gondoliere steuerte auf das gemauerte Ufer zu und brachte sein Boot mit einem einzigen schnellen Schlag des Ruders zum Stehen. Die Bordwand berührte die Mole dabei so sanft, als wolle sie sie küssen. »Wir sind da, Signorina!«

Caterina nickte, erhob sich und versuchte auf dem schwankenden Boot ihr Gleichgewicht zu bewahren. Als sie an Land stieg, streckten sich ihr sofort einige hilfreiche Arme entgegen. Sie gehörten zwei jungen Männern in schreiend bunten Hosen und Jacken, die vor Verzierungen und Stickereien nur so strotzten. Kecke Kappen saßen auf ihren Köpfen, und ihren Augen war anzusehen, dass sie gerne mehr getan hätten, als der Dame an Land zu helfen. Doch unter dem mahnenden Räuspern eines älteren Herrn in einem schwarzen Talar und gleichfarbiger Mütze ließen sie Caterina mit einem bedauernden Seufzen los und wandten ihre Aufmerksamkeit Bianca zu. Diese ergriff die ihr entgegengestreckten Hände und sprang ans Ufer. Als einer der Burschen mit seinen Fingern jedoch ihre Schultern berührte und ihr an den Busen zu greifen versuchte, versetzte sie ihm einen heftigen Klaps auf die vorwitzigen Finger.

Der ältere Herr räusperte sich noch einmal und um etliches lauter. »Ihr seid eine Schande für unsere Stadt!«, herrschte er die Jugendlichen an, trat jedoch selbst nicht näher, um zu helfen, so dass einer der bunt gescheckten Burschen nun Malle half, ohne seine Finger auf Reisen gehen zu lassen.

»Können wir den Damen irgendwie behilflich ein?«, bot er an und bemühte sich, den schwarz gekleideten Herrn zu ignorieren.

Caterina warf einen Blick über den gepflasterten Platz, der sie vom Eingang des Dogenpalasts trennte, und klopfte mit dem Fuß ärgerlich auf den Boden. »Ich wurde zu einer Audienz mit Messer Antonio Venier geladen und finde diesen Empfang etwas eigenartig.«

Sie hatte den Satz noch nicht zu Ende gesprochen, da sprang die Pforte des Palastes auf und gab den Blick auf ein Rudel Diener frei, die zwei Sänften herausbegleiteten. Einer von ihnen, der in seinem dunklen Gewand, mit spitzigem Gesicht und dem beständig nickenden Kopf einer Krähe glich, verneigte sich vor ihr.

»Seid Ihr die Signorina di Monte Elde?«

Caterina nickte. »Die bin ich.«

»Ich bitte Euch und Eure Begleitung, in den Sänften Platz zu nehmen.«

Caterina zog die Augenbrauen hoch und wies auf den Dogenpalast. »Will Messer Antonio mich nicht hier empfangen?«

Der Mann bedachte Caterina mit einem strafenden Blick, weil sie von dem gewählten Oberhaupt des mächtigen Venedig sprach, als wäre er ein einfacher Landadeliger oder Beamter.

»Seine Gnaden, der Herzog von Dalmatien und Herr der Stadt Venedig, ist leider unabkömmlich und gab uns daher den Befehl, Euch zu einem seiner Palazzi zu bringen, in dem seine Gemahlin Euch empfangen wird.« Es tat dem Mann sichtlich gut, so mit dieser aufgeblasenen Tedesca reden zu können. Allein schon ihr Ansinnen, den mächtigsten Mann in ganz Italien und darüber hinaus persönlich sprechen zu wollen, war in seinen Augen eine Anmaßung. Würde sie aus hohem Adel stammen und einer mächtigen Sippe angehören, so hätte man darüber hinwegsehen können. Aber die Tochter eines deutschen Ritters, die ihr Leben damit fristen musste, ein paar Dutzend Raufbolde zu kommandieren, hatte damit zufrieden zu sein, überhaupt beachtet zu werden. Am liebsten hätte der Mann Caterina samt ihren Begleiterinnen in die nächste Gondel gesetzt und dorthin zurückgeschickt, woher sie gekommen waren, doch das ließen seine Befehle nicht zu. So drängte er sie, endlich in einer der Sänften Platz zu nehmen.

Sie tat es jedoch erst, als Bianca die Hand auf ihre Schulter legte und mit ihrem Mund so nahe an ihr Ohr kam, dass keiner mithören konnte. »Wir sollten mitgehen, Caterina, und die Dogessa aufsuchen. Gewiss wird Messer Antonio Venier mit seiner Gemahlin über unseren Besuch sprechen und uns vielleicht danach empfangen.«

Caterina musste ihrer Freundin Recht geben, doch das kühlte ihre Wut, die bereits durch einige andere Ärgernisse in Wallung geraten war, nicht gerade ab. Obwohl der Herzog von Molterossa ihr Kommen angekündigt und auch Nachricht erhalten hatte, dass der Doge sie empfangen würde, hatte man sie zwei Wochen in der Stadt Chioggia warten lassen, bevor man sie endlich nach Venedig gebracht und in einem kleinen Nonnenkloster auf dem Inselchen San Giorgio einquartiert hatte. Dadurch war sie von Camillo di Rumi und den anderen Männern getrennt worden, die sich in einer Schifferherberge hatten einmieten müssen, in der ihren Bemerkungen nach an einem Abend mehr geflucht wurde als in der Eisernen Kompanie in einem ganzen Monat.

»Wir hätten nicht hierher kommen sollen!« Zum Glück sagte Caterina es auf Deutsch, so dass der Diener des Dogen es nicht verstand.

»Vielleicht will man uns entführen«, antwortete Malle, die mit in Caterinas Sänfte saß, sichtlich besorgt. Der Dienerin war jeder Ort suspekt, den man nicht auf seinen eigenen Beinen oder denen eines Reittiers erreichen konnte. Sie hielt Venedig für eine Schöpfung des Teufels und fand immer neue Gründe, warum ihr die Stadt nicht geheuer war. »Die Venezianer treiben Handel mit den Sarazenen und sollen, wie man so hört, auch ehrliche Christenmenschen als Sklaven an die Heiden verkaufen.«

Offensichtlich hatte die Dienerin Angst, sie könnten zu Opfern eines solch perfiden Geschäftssinns werden, und für einen Augenblick ließ Caterina sich von ihr anstecken. Ihre Hand glitt durch einen Schlitz ihres seidenen Obergewands, welches weit genug fiel, um den Dolch zu verbergen, den sie an einem schmalen Gürtel darunter trug. Schnell zog sie die Hand wieder zurück und schalt sich eine Närrin. Arnoldo Caetani und etliche andere, darunter auch ihre Söldner und Offiziere, wussten, wo sie sich befand, und würden eine mögliche Entführung nicht ungerächt lassen.

## 2.

Der Weg führte durch enge Gassen und über Dutzende schmaler Brücken tiefer in die Stadt hinein bis zu einem schmalen Gebäude, dessen Arkadengang nicht im Innenhof, sondern außen verlief. Das Haus hatte zwar große Fenster, wirkte ansonsten aber schmucklos und ein wenig ungepflegt. Selbst das Tor war ohne jede Verzierung, und die Knechte, die es nun öffneten, trugen die gleiche schlichte, dunkle Kleidung wie ihre Begleiter. Iacopo Appiano und der Herzog von Molterossa hätten sich geschämt, ihre Bediensteten in Gewändern herumlaufen zu lassen, die selbst von armen Bürgern ihrer Städte verschmäht worden wären. Caterina beschlich der Verdacht, der sagenhafte Reichtum Venedigs sei nur ein Märchen, das alte Frauen Kindern vor dem Schlafengehen erzählten, und das Innere des Gebäudes schien diese Erkenntnis zunächst zu bestätigen.

Die Wände waren sauber verputzt und gekalkt, aber bis auf einzelne Teppiche hie und da trugen sie keinen Schmuck. Als sie in die Gemächer der Dogessa geführt wurden, sah Caterina die ersten Bilder. Ein mannshohes Gemälde zeigte den Evangelisten Markus, den sagenhaften Begründer der Lagunenstadt. Rechts neben dem Heiligen hing die Darstellung eines Mannes mit einem eher mürrischen Gesichtsausdruck in dunkler Kleidung und links das Bildnis einer Frau mittleren Alters, die ebenfalls ganz in Schwarz gekleidet war und eine einfache, wenn auch mit Pelz verbrämte Haube trug. Auffällig waren nur die Zahl der Ringe an den Fingern der Dame und die breite, mit Halbedelsteinen besetzte Kette um ihren Hals.

Gleich darauf entdeckte Caterina das lebendige, aber um mehrere Jahrzehnte gealterte Ebenbild der Dame. Da sie annahm, die Gemahlin des Dogen vor sich zu sehen, knickste sie vor ihr. Bianca tat es ihr gleich, während Malle im Hintergrund stehen blieb und sich fragte, weshalb die Dogessa in einem so kleinen, schmucklosen Häuschen wohnte.

»Einen schönen guten Morgen, Signorine.« Die Stimme der Dogessa klang ein wenig müde, aber angenehm, und als sie zu Caterina aufsah, lag sogar ein Lächeln auf ihren Lippen.

»Buon giorno, Eure Hoheit.« Jetzt entsann Caterina sich ihrer guten Umgangsformen, auf die sie bei San Marco keinen Wert gelegt hatte.

Die Dogessa hob beschwichtigend die Hand. »Sagt einfach Signora zu mir, das reicht. Ich bin nicht der Doge selbst, sondern nur sein Weib.« Sie musterte Caterina und bat ihre Gäste, sich zu setzen. Ein Dienstmädchen brachte Konfekt und Wein.

»Bedient Euch, Signorine«, forderte die Dogessa Caterina und Bianca auf. Bianca überflog die aufgetischten Naschereien und wählte sich ihr Lieblingskonfekt aus, während Caterina aufs Geratewohl zugriff und neben der Süße ein fremdartiges, aber sehr angenehm schmeckendes Gewürz auf der Zunge spürte.

»Eure Hoheit sind sehr gütig«, antwortete sie, als sie die Köstlichkeit hinuntergeschluckt hatte.

In der Hoffnung, die Dogessa könne sich als Verbündete erweisen, trat Caterina der Dame mit all der Höflichkeit gegenüber, die sie aufzubringen vermochte. Dabei war sie froh, dass Bianca sie begleitete, denn die Freundin brachte das Gespräch mit ein paar munteren Bemerkungen und viel Lob über die Lagunenstadt in Gang. Auch Caterina pries Venedig und seine Bauten, von denen sie alle bis auf zwei bisher nur von außen gesehen hatte und in Wirklichkeit alles andere als angetan war. Aber um des Geldes willen, das sie nach dem Ausfall Pisas benötigte, war sie auch bereit, Begeisterung zu heucheln.

Die Dogessa aß ebenfalls ein Stückchen Konfekt und nippte von ihrem Wein. Caterina verspürte Durst und trank zuerst ungeniert. Als sie merkte, wie ein leichter Schwindel sie erfasste, schob sie ihren Becher zurück und begnügte sich damit, Biancas ungezwungener Konversation mit der Ehefrau des Dogen zu lauschen und den Schmuck zu betrachten, mit dem die Dogessa sich beladen hatte. Allein die Ringe an ihren Fingern hätten ausgereicht, Caterinas Schulden bei Hartmann Trefflich mehrfach zu begleichen, und mit der goldenen, juwelengeschmückten Halskette der alten Dame hätte sie ihre gesamte Kompanie ein Jahr lang verpflegen und besolden können. Anscheinend war der Reichtum der Venezianer doch nicht nur ein Gerücht, nur zeigten diese ihn auf eine andere Weise als die hohen Herren in der Lombardei, der Toskana oder der Romagna.

Caterina wandte den Blick ab. Beinahe im gleichen Augenblick klang draußen eine Männerstimme auf. Eine Dienerin schoss herein und erklärte ihrer Herrin, dass ihr Gemahl eingetroffen sei. Caterina atmete erleichtert auf. Wahrscheinlich wollte der Doge die zugesagte Audienz lieber hier im privaten Rahmen abhalten als in seinem Palast, in dem die Wände wohl genauso wie in anderen Herrschaftshäusern Ohren hatten.

Als Antonio Venier eintrat, wollte sie sich erheben, doch der Doge bedeutete ihr mit einer fast schroffen Geste, sitzen zu bleiben, und begrüßte zuerst seine Ehefrau. »Ich hoffe, Ihr befindet Euch wohl, meine Liebe!«

»Mir geht es heute besser als seit langem. Die nette Unterhaltung mit den jungen Damen war sehr angenehm.«

Die Dogessa klang so, als wolle sie ihre Gäste kurzerhand verabschieden. Doch so einfach würde Caterina nicht weichen. Sie sprang auf und blieb vor dem Dogen stehen. »Erlauben Eure Hoheit mir ein paar offene Worte?«

Venier hob die Hand. »Ich bedauere, Signorina, doch ich vermag nichts für Euch zu tun. Dies habe ich bereits Herzog Arnoldo mitgeteilt. Er wollte meinen Standpunkt jedoch nicht akzeptieren und hat Euch gegen meinen Willen hierher geschickt. Ihr seid vergebens gekommen, Signorina. Gian Galeazzo Visconti war stets ein guter Freund und Verbündeter Venedigs und hat bisher keinen Schritt getan, der uns schaden könnte.«

Caterina war es, als öffne sich der Boden unter ihren Füßen und schlügen die schwarzbraunen Wasser der Lagune über ihrem Kopf zusammen. Zwar hatte der Herzog von Molterossa ihr erklärt, dass Mailand und Venedig zehn Jahre zuvor Seite an Seite gegen Francesco Novello da Carrara und dessen Verbündete Krieg geführt hatten, doch hier in Italien, in dem man am Morgen als Todfeind des einen und Freund des anderen erwachte, um am Abend den Feind als Freund zu begrüßen und den einstigen Freund heftig zu bekämpfen, war dies eine sehr lange Zeit. Doch der Doge schien blind für die für Venedig bedrohliche Entwicklung zu sein, obwohl Gian Galeazzo Visconti seine Macht nun beinahe bis an die Grenzen des venezianischen Herrschaftsbereichs ausgedehnt hatte.

»Eure Hoheit, ich ...«, begann Caterina, doch Venier unterbrach sie grob.

»Ich sagte: es gibt nichts zu bereden! Venedig wird einem Feind Gian Galeazzo Viscontis keine Hilfe leisten. Kehrt zu Arnoldo

Caetani zurück, Signorina, und sagt ihm, dies sei mein letztes Wort.«

Caterina blickte in die kalten Augen des Dogen und begriff, dass jeder weitere Versuch sinnlos war. Dieser starrsinnige alte Mann wollte offensichtlich nicht sehen, dass Mailands Einfluss bereits den gesamten Norden Italiens überschattete. Gleichzeitig quoll in ihr die Wut über den Herzog von Molterossa hoch, der sie wider besseres Wissen in diese beschämende Situation geschickt hatte. Möglicherweise hatte Arnoldo Caetani auf ein Wunder gehofft und erwartet, dass ihr Charme Antonio Venier würde erweichen können. Aber da hatte er sich gewaltig getäuscht.

»Wenn es so ist, Signore, ist es wohl besser, wenn meine Freundin und ich gehen. Signora, ich danke Euch für Konfekt und Wein.«

Caterina neigte fast unmerklich das Haupt und rauschte davon.

Bianca folgte ihr mit einer Miene, als müsse sie an sich halten, um nicht zu platzen, machte aber erst im Freien ihrem Unmut Luft.

»Was für ein arroganter alter Narr!«

Dann sah sie sich erschrocken um. Zu ihrem Glück befand sich niemand sonst in ihrer Nähe. Malle, die wie ein geprügelter Hund hinter den beiden Freundinnen hergetrottet war, schüttelte sich.

»Was sollen wir jetzt tun?«

»Nach Molterossa zurückkehren, die Stadt und die Burg plündern und danach schauen, ob Florenz uns in seine Dienste nimmt«, antwortete Caterina bissig.

Bianca starrte sie mit offenem Mund an und Malle schlug die Hände über dem Kopf zusammen. »Heilige Madonna! Das wollt Ihr doch nicht wirklich tun!«

Caterina lachte bitter auf, als sie die entsetzten Mienen ihrer Begleiterinnen bemerkte. »Natürlich nicht! Obwohl es im Augenblick das Einzige wäre, das meine Wut besänftigen könnte. Ich fühle mich lächerlich gemacht und gedemütigt – und jetzt sind auch noch die Diener mit den Sänften verschwunden! Also werden wir uns selbst um ein Fahrzeug kümmern müssen – so als wären wir Marktweiber.«

Ohne Vorwarnung drehte sie sich um und ging auf eine Lücke zwischen zwei Häusern zu, hinter denen ein etwas breiterer Kanal zu erkennen war. Dort würden sie, wie sie hoffte, einen Gondoliere finden, der sie nach San Giorgio zurückbringen konnte. Sie war noch mehrere Schritte vom Ufer entfernt, als ein junger Mann in einem aufwändig bestickten Tappert und engen, unterschiedlich gefärbten Beinkleidern auf sie zutrat.

»Signorina di Monte Elde?«

Caterinas Rechte tastete nach dem Knauf ihres Dolchs, bevor sie Antwort gab. »Die bin ich. Was wünscht Ihr von mir?«

»Ich soll Euch ausrichten, dass Eure Gondola bereitsteht.«

»Wer hat Euch den Befehl gegeben? Der Doge?«

»Sagen wir – ein guter Freund des Herzogs von Molterossa.« Der Jüngling verneigte sich und zeigte auf eine recht große Gondel mit einem Baldachin, der die Passagiere vor der Sonne schützte und an dem Vorhänge befestigt waren, die geschlossen werden konnten, um unerwünschte Blicke fern zu halten. Caterina kam wieder Malles Warnung vor einer Entführung in den Sinn, aber ihre Neugier war größer als ihre Vorsicht. Der junge Mann wirkte nervös, jedoch nicht feindselig, und er hatte auch nur die beiden Ruderer der Gondel bei sich.

»Ich will Euch vertrauen, Signore. Doch versucht nicht, mich hinters Licht zu führen! Ihr würdet es bereuen.« Kurz entschlossen trat Caterina auf die Gondel zu und ließ sich zu Malles Entsetzen von den beiden Ruderern hineinhelfen. Bianca zögerte einen Augenblick, stieg dann ebenfalls in das Boot, und nun folgte Malle ihnen mit der Miene eines Hütehundes, der einen Wolf wittert. Hinter ihr stieg der junge Mann an Bord, und es wunderte Caterina nicht, dass er sofort die Vorhänge zuzog.

Durch einen kleinen Spalt, den sie mit dem Finger öffnete, sah sie

Kanäle und Häuser vorbeiziehen, und dem Stand der Sonne nach zu urteilen, näherten sie sich dem westlichen Teil der Stadt. Kurz darauf überquerten sie den Canal Grande, wechselten noch einige Male die Wasserstraßen und erreichten schließlich ein schmuckloses graues Haus, von dem aus eine Treppe bis ins Wasser führte. Die beiden Ruderer brachten die Gondel so zum Stehen, dass die Bordwand die Steine nicht berührte und die Passagiere dennoch bequem aussteigen konnten. Sofort öffnete der junge Mann den Vorhang und schlüpfte hinaus. Da Caterina zögerte, streckte er den Kopf wieder herein und lächelte. »Ihr könnt beruhigt aussteigen, Signorine.«

Caterina und Bianca erhoben sich mit erwartungsvollen Seufzern und ließen sich von ihrem Begleiter die Hand reichen, bis sie sicher auf der Treppe standen, Malle aber kletterte alleine hinaus und sah sich dabei so suchend um, als hielte sie nach einem Gegenstand Ausschau, mit dem sie ihre Herrin verteidigen konnte. Die Tür am Ende der Treppe öffnete sich nun wie von unsichtbarer Hand, aber es kam kein Diener heraus, um die Gäste in Empfang zu nehmen. Caterina betrat einen langen Flur, der bis zur Rückwand des Hauses zu reichen schien. Ein halbes Dutzend Türen und zwei Treppen führten in andere Räume und Stockwerke. Der junge Mann stieg eine der Treppen hoch und winkte seinen misstrauischen Gästen, ihm zu folgen. Kurz darauf fanden Caterina und ihre Begleiterinnen sich mit dem jungen Mann in einem kleinen Zimmer wieder, in dem eine ältere Frau neben dem Fenster saß und stickte. Die Dame blickte einen Augenblick auf, begrüßte die Eintretenden und beugte sich dann wieder über ihre Nadelarbeit.

»Ich darf den Damen meine Mutter vorstellen! Sie überwacht unser Zusammentreffen, damit die Schicklichkeit gewahrt bleibt«, erklärte der junge Mann und gab herbeieilenden Mägden den Befehl, einen kleinen Tisch in der Mitte des Raumes zu decken, um den fünf Stühle platziert waren. Caterina und Bianca nahmen ungeniert

Platz, und Malle setzte sich kurzerhand neben ihre Herrin, obwohl der Jüngling sie so empört anstarrte, als wolle er sie verjagen. Doch er äußerte sich nicht, sondern wies eine Magd an, einen weiteren Stuhl zu bringen.
Noch ehe das Mädchen den Befehl ausgeführt hatte, schob sich ein beleibter Mann in dunkler Kleidung in den Raum. Er mochte um die fünfzig sein, wirkte aber mit seinem runden rosigen Gesicht alterslos.
»Buon giorno, Signorine!«, grüßte er höflich und nahm ächzend auf dem letzten freien Stuhl Platz. Ihm folgte ein hagerer Mann im Amtstalar eines Notars mit einer abgegriffenen Ledertasche unter dem Arm, der sich vor dem Dicken und dem Jüngling devot verneigte.
Der junge Mann überließ dem Notar seinen Stuhl, auf den er sich gestützt hatte. Zwar war er der Ranghöhere, aber ihm schien es selbstverständlich, älteren Menschen höflich zu begegnen. Als die ausgesandte Magd einen Stuhl hereintrug und neben den Tisch stellte, nahm auch er Platz.
»Ich bitte die Damen, uns die Ehre zu erweisen, mit uns zu speisen. Bei Antonio Venier habt ihr gewiss hungern müssen.«
»Das könnt Ihr laut sagen!« Malle legte ihrer Herrin und Bianca vor, vergaß dabei aber auch sich selbst nicht. Sie genehmigte sich sogar einen Becher Wein, während Caterina sich aus einer Karaffe, in der Eisstückchen schwammen, Wasser einschenken ließ. Sie trank einen Schluck von dem kühlen, nach frischem Quellwasser schmeckenden Nass und blickte dann den jungen Herrn leicht gereizt an. »Nun, Signore, wäre es mir lieb, wenn Ihr mir den Zweck dieser Zusammenkunft nennen könntet.«
»Mein Oheim und ich wollen mit Euch reden und nach Möglichkeit auch ins Geschäft kommen«, antwortete er in einem sanften Tonfall, der nicht so ganz zu seiner ernsten Miene passte.
Caterina runzelte die Stirn. »Zuallererst würde ich gerne erfahren,

mit wem ich es zu tun habe. Ich nehme an, Ihr wünscht meine Söldnerkompanie zu mieten? Wenn Ihr daran denken solltet, sie zu kaufen, muss ich Euch enttäuschen. Ich veräußere die Eisernen nicht.«

Der junge Mann schüttelte lächelnd den Kopf. »Ich will Euch und Eure Männer weder kaufen noch mieten, Signorina. Später einmal, wenn die Notwendigkeit dafür bestehen sollte, werden wir die Eiserne Kompanie in unsere Dienste nehmen. Doch bevor wir weiterverhandeln, muss ich eines klarstellen: Mein Name und der meines Oheims wie auch der des Notars tun derzeit nichts zur Sache. Wenn man uns später fragen sollte, ob wir Euch gesehen oder gar mit Euch gesprochen haben, werden wir dies verneinen. Da wir wissen, wie lose euch Frauen die Zungen im Mund sitzen, müssen wir uns auf diese Weise schützen.«

»Und was ist, wenn wir Euch und Euren Oheim unterwegs treffen und andere Leute danach fragen, wer ihr seid?«, antwortete Caterina mit deutlichem Spott.

Ihre Pfeile prallten an dem jungen Mann ab. »Diese Gefahr besteht nicht. Ich werde in wenigen Tagen zu einer Handelsreise aufbrechen und mein Onkel geht selten aus. Zudem werdet Ihr und Eure Begleitung Venedig bereits morgen früh verlassen und nach Chioggia zurückkehren. Von dort aus könnt Ihr nach Molterossa weiterreisen.«

»Aber nicht mit leeren Händen!« Caterina tat so, als habe sie noch einen Trumpf im Ärmel, obwohl ihre Hoffnung, eine Condotta mit Venedig zu erhalten, an der feindseligen Haltung des Dogen gescheitert war.

Der dicke Mann beugte sich interessiert vor und legte seine Hände so zusammen, dass die Spitzen der Finger sich berührten. »Wenn wir ein Übereinkommen treffen können, erhaltet Ihr eine Summe, die Euch weiterhelfen wird. Euer Vater war ein sehr berühmter Condottiere, und auch Ihr habt Euch schon einen gewissen Ruf erworben. Bevor wir zum eigentlichen Geschäft kommen, möchte ich jedoch wissen, wie Ihr die Situation in Norditalien einschätzt. Schließlich habt Ihr schon zweimal den Truppen der Viper von Mailand gegenübergestanden.«

»Ich verstehe die Frage nicht ganz«, erklärte Caterina verwundert.

»Gian Galeazzo Visconti hat bereits mehr als die Hälfte der Städte in Nord- und Mittelitalien erobert oder mit anderen Mitteln auf seine Seite gebracht. Nun bedrängt er weitere. Glaubt Ihr, dass er seine Macht so weit ausbauen kann, wie er es sich wünscht?«

»Um das zu wissen, müsste ich im Kopf des Herzogs von Mailand sitzen. Er schafft es, seinen Einfluss immer weiter auszudehnen, und dort, wo die Überredungskünste seiner Gesandten und Bestechung nicht ausreichen, wendet er Gewalt an, ohne dass andere, die ebenso gefährdet sind, ihn daran hindern. Nun bedroht er sämtliche Städte und Signorien bis hinunter nach Perugia, das er unbedingt haben will, um Florenz einschließen zu können.«

Caterina sah keinen Grund, mit ihrem Wissen hinter dem Berg zu halten. Sie brauchte dringend Verbündete oder wenigstens jemand, der ihr half, die Kosten für die Eiserne Kompanie zu tragen. Nachdem ihre Hoffnungen auf Antonio Venier zerstoben waren wie Asche im Wind, war sie bereit, nach jedem Strohhalm zu greifen.

»Wenn Gian Galeazzo Visconti Perugia einnimmt, drängt er den Einflussbereich des Heiligen Stuhls so weit zurück, dass Rom und der Papst als Landesherr in Bedeutungslosigkeit versinken.« Die Stimme des Dicken klang nachdenklich.

Er schnaufte, zog eine ärgerliche Grimasse und blickte erst seinen Neffen und dann Caterina an. »Von Perugia bis Ancona ist es kein weiter Weg. Ein guter Condottiere könnte diese Strecke mit seinen Leuten in wenigen Tagen zurücklegen und Ancona für Mailand erobern. Vorausgesetzt natürlich, Perugia fällt. Wird es das, Signorina?«

Caterina zuckte unter seinem scharfen Tonfall zusammen und breitete hilflos die Arme aus. »Ich weiß es nicht, Signore.«

Sie versuchte, sich an Biordio Michelotti, den Anführer der derzeit dort herrschenden Fraktion, zu erinnern. Zusammen mit seinem Condottiere Sforza Attendolo hatte er sie in Rividello besucht. An Sforzas Mut war gewiss nicht zu zweifeln, doch bei Michelotti hatte sie ihre Zweifel. Sie atmete tief durch und sah die beiden Herren an.

»Ich glaube, Visconti wird Perugia erobern. Leicht wird es nicht werden, denn Attendolo ist ein guter Condottiere. Aber da Michelotti nicht bereit war, dem Bündnis des Herzogs von Molterossa beizutreten, wird er keine anderweitige Unterstützung erhalten. Bisher glaubt er sich sicher, weil Florenz und das von ihm beherrschte Umland zwischen seiner Stadt und Mailand liegen. Gerade deswegen aber ist er für Visconti das ideale Opfer.«

»Wärt Ihr so gut, diese Einschätzung etwas zu präzisieren, Capitana?« Caterinas Bemerkungen hatten den dicken Herrn durchaus beeindruckt, und für Augenblicke sah er in ihr nicht mehr die Frau, deren Verstand weit hinter dem jedes Mannes zurückstand, sondern die bisher durchaus erfolgreiche Erbin des Francesco di Monte Elde.

Caterina befeuchtete ihren Mund mit einem Schluck Wasser und erklärte ihm und seinem Neffen, was sie von Arnoldo Caetani und Iacopo Appiano über Gian Galeazzo Visconti und seinen Aufstieg gehört hatte, brachte ihre eigenen Überlegungen mit ein und erinnerte die Anwesenden daran, dass der Herr von Mailand danach strebte, den Herzogshut der Lombardei mit einer noch wertvolleren Kopfbedeckung zu vertauschen.

Onkel und Neffe sahen sich kurz an und nickten, als hätten sich ihre Vermutungen bewahrheitet. Dann ergriff wieder der Ältere das Wort. »Es war zu erwarten, dass ein Mann mit einem solch brennenden Ehrgeiz nach der Krone Italiens greifen würde. Mit diesem

Glanz im Rücken und der Mark Ancona als Provinz vermag er Venedig niederzuringen, ohne einen Schwertstreich führen zu müssen. Er braucht nur einem frisch eroberten Hafen das Monopol für den Handel mit seinen eigenen Territorien und den Ländern jenseits der Alpen zu verleihen. In dem Augenblick liegt Venedig wie ein toter Fisch in der Lagune. Ob unsere Flotte danach noch in der Lage sein wird, die Adria zu beherrschen, wage ich zu bezweifeln. Antonio Venier ist ein Narr, der dies nicht erkennen will. Doch zum Glück ist der Doge bereits alt und wird über kurz oder lang in das andere Reich eingehen.«

Er bedachte Caterina mit einem anerkennenden Blick. »Ihr habt wirklich einen scharfen Verstand, Capitana! Ganz erstaunlich für eine Frau! Nun, mehrere meiner Freunde und ich sind bereit, Euch die Summe von zwanzigtausend Dukaten zu übergeben. Dafür dürft Ihr ein Jahr lang keinen Krieg gegen einen erklärten Freund Venedigs führen und müsst Euch darauf beschränken, Molterossa und Arnoldo Caetanis engere Verbündete gegen feindliche Angriffe zu verteidigen. Seid Ihr dazu bereit?«

Caterina war nicht wohl dabei, sich den genannten Bedingungen zu unterwerfen, ohne zu wissen, was auf sie zukommen mochte. Doch ihr blieb keine andere Wahl. Zusammen mit dem Geld, das der Herzog von Molterossa bereit war, ihr zu zahlen, reichten zwanzigtausend Dukaten aus, um ihre Kompanie ein Jahr lang zu versorgen und zu besolden, vorausgesetzt, es gab keine schlimmeren Verluste durch Krankheit oder Krieg.

»Ihr wollt meine Kompanie also doch unter Vertrag nehmen!«, stellte sie fest.

Der Dicke schüttelte den Kopf. »Nein! Hier geht es nicht um eine Condotta, sondern um einen schlichten Geschäftsvertrag. Venedig wird Euch für ein Jahr sagen, gegen wen Ihr nicht kämpfen dürft. Dafür erhaltet Ihr einen Wechsel, den Ihr in jeder großen Bank in Rom, Florenz, Neapel, ja selbst in Mailand einlösen könnt. Ach ja, der Mann, der diesen Wechsel ausgestellt hat, gehört nicht zu meinen speziellen Freunden, sondern ist ein Handelsherr, der vor allem im Fondaco dei Tedeschi mit Euren Landsleuten handelt. Selbst wenn Ihr ihn darauf ansprecht, wird er Euch nicht sagen können, wer ihm den Auftrag dazu gegeben hat.«

Caterina fand die Geheimniskrämerei der Venezianer lächerlich, aber solange ihr das Geld ausbezahlt wurde, hatte sie keine Lust, viele Gedanken an deren Motive zu verschwenden. Es gab nur noch eine Frage, die sie gerne beantwortet haben wollte. »Und wer, Signori, wird mir Venedigs Freunde nennen, die ich nicht bekämpfen soll?«

»Der Herzog von Molterossa. Er wird von uns auf dem Laufenden gehalten.« Die Stimme des Dicken hatte jetzt viel von seiner zuvorkommenden Art verloren, als könne er den Abschied seiner Gäste kaum erwarten. Er stand auf, deutete eine Verbeugung an und wandte sich an seinen Neffen.

»Sorge dafür, dass der Notar den Vertrag ausfertigt. Unsere Seite soll als ›Freunde Venedigs‹ bezeichnet werden. Wenn die Damen dann so weit sind, kannst du sie zum Kloster von San Giorgio bringen lassen. Und nun, arrivederci, Signorine! Ich habe dringende Geschäfte zu tätigen.« Mit diesen Worten verließ er den Raum.

Der Notar öffnete seine Tasche, holte Papier, Tintenfass und Federkästchen hervor und begann, den Vertrag niederzuschreiben, den der Jüngling ihm diktierte. Caterina aß derweil die Reste eines gebratenen Hühnchens, das raffiniert gewürzt war, und dachte seufzend daran, dass ihr neuer Geldgeber im Gegensatz zu dem leutseligen Iacopo Appiano ein gesichtsloses Etwas war, das seine Anweisungen nach Belieben erteilen würde, ohne dass sie die Gründe dafür erfuhr. Das würde ihr die Aufgabe, für die Eiserne Kompanie zu sorgen und sie erfolgreich zu führen, nicht gerade erleichtern. Die Wege der Interessen und der Politik schienen in

Venedig noch verwirrender zu sein als in anderen Städten, und sie fragte sich nun doch, welches Spiel man hier mit ihr getrieben hatte. Sie konnte sich nämlich nicht vorstellen, dass der Doge nichts von diesen Freunden Venedigs wusste. Es musste ein Plan dahinterstecken, dass er sie von der Piazza San Marco in einen abgelegenen Teil Venedigs hatte bringen lassen und ihr junger Gastgeber genau dort auf sie gewartet hatte.

## 3.

In den letzten Monaten hatte Rodolfo d'Abbati die Spur der mutmaßlichen Mörder von Francesco di Monte Elde dreimal neu aufgenommen und jedes Mal wieder verloren. Die Räuberbande war nach dem Mord in der Toskana ebenso spurlos verschwunden, wie sie zuvor wie aus dem Nichts aufgetaucht war. Deswegen dehnte er seine Suche bis in die Romagna und in die Lombardei aus und kannte inzwischen beinahe jede Meile der Wege und Pfade zwischen Perugia und Milano und jede Taverne, die es in dieser Region gab. Die meisten waren Räuberhöhlen, in denen man beinahe alles kaufen konnte, was für Geld zu haben war, und er hatte einiges an Gold für Informationen ausgegeben.

Nun schien das Glück ihm endlich hold zu sein. Der Podesta eines kleinen Städtchens bei Pontremoli hatte dem Marchese Olivaldi Nachricht gesandt, dass seine Schergen Räuber gefangen genommen hätten, von denen einige aus der Romagna stammen sollten. Nach all den Rückschlägen und Irrwegen gab Rodolfo nicht viel auf die Botschaft, die ein Kurier ihm nach Parma gebracht hatte, doch als er mit Gaetano und vier handfesten Söldnern Arzelato erreichte, spürte er eine stärkere Anspannung als sonst.

Das Städtchen wirkte auf den ersten Blick völlig verschlafen. Es war von einer eindrucksvollen Mauer umgeben, allerdings sahen die

Wachen am Tor aus, als würden sie sich für ein gutes Trinkgeld nicht an die Gesichter und Namen der Reisenden erinnern. Einer machte sogar die Geste des Geldzählens, als er auf Rodolfo zuging. Dieser hob die Reitpeitsche und sah auf den Mann hinab.

»Gib den Weg frei! Wir sind Gäste des Podestas.«

»Das kann jeder behaupten!« Der Wächter baute sich breitbeinig vor Rodolfo auf.

Einer seiner Kameraden hatte in Rodolfo jedoch den Edelmann erkannt, der schon vor einigen Wochen hier gewesen war, und zupfte ihn am Ärmel. »Du Narr, dies ist Seine Eccellenza, der Conte d'Abbati, ein berühmter Condottiere in den Diensten Seiner Herrlichkeit des Herzogs Gian Galeazzo.«

Der aufmüpfige Wächter wich zurück. »Verzeiht, Euer Hochwohlgeboren, das wusste ich nicht.«

»Jetzt weißt du es!« Rodolfo trieb seinen Rappen an, ritt durch das Tor und erreichte nach wenigen Schritten den einzigen Marktplatz des Örtchens, auf dem die Bauern der Umgebung gerade ihre Waren feilhielten. Da Rodolfo die Zügel schleifen ließ, hielt der Rappe schnurstracks auf einen Gemüsestand zu und rupfte ein Bündel Karotten heraus.

»Elendes Vieh!«, schrie der Bauer und hob einen Stock, um nach dem Tier zu schlagen.

»Das würde ich lieber nicht tun«, riet Rodolfo ihm und schnürte lachend seine Börse auf. »Hier, das wird wohl reichen.« Er warf dem Bauern eine Münze zu und zog sein Pferd mit einem energischen Ruck zur Seite.

»Verdammter Gaul! Wenn du so etwas noch einmal machst, esse ich dich als Salami!«, drohte er leise. Der Rappe kaute trotz der tadelnden Stimme seines Herrn gemütlich auf seinen erbeuteten Karotten herum. Er schien Rodolfo gut zu kennen, denn dieser ließ ihn seine Beute verzehren und schaute sich in der Zeit gründlich um.

Da er in dem bunten Markttreiben keines der Galgenvogelgesichter ausmachen konnte, denen er auf seiner Suche so oft begegnet war, nahm er an, dass der Podesta die Macht in der Stadt immer noch fest in den Händen hielt. Das beruhigte ihn, enttäuschte ihn aber gleichzeitig, denn damit war unwahrscheinlich, dass hier Menschen von Räuberbanden gefangen waren, die sich heimlicher Gönner in höheren Kreisen erfreuten. Banditen mit solchen Kontakten wurden nämlich öfter dafür eingesetzt, persönliche Feinde ihres Schutzherrn zu beseitigen, und hätten durchaus für den Mord an Monte Elde verantwortlich sein können.

Rodolfo ritt mit seinen Begleitern durch die engen Gassen des Ortes zum Hauptplatz, um den sich einige Häuser wohlhabender Bürger, die Kirche, die eher schlichte Residenz des Podestas und das Zeughaus gruppierten. Die Schildwache vor dem Palazzo sah ihn und seine Begleiter kommen und schrie etwas durch ein offen stehendes Fenster. Sofort liefen mehrere Knechte ins Freie, um die Pferde zu übernehmen, und einen Augenblick später erschien auch der Majordomo. Er begrüßte die Ankömmlinge und warf dann einen kritischen Blick auf deren staubige, verschwitzte Kleidung.

»Wollen die Signori sich etwas frisch machen, bevor sie mit meinem Herrn zusammentreffen?«

Rodolfo schüttelte den Kopf. »Das Bad kann warten! Ich will zuerst die Gefangenen sehen.«

»Sehr wohl.« Die Miene des Majordomo zeigte deutlich, was er von dieser dem Rang des Gastes unangemessenen Eile hielt. Rodolfo war jedoch nicht in das Städtchen gekommen, um mit dem Podesta zu speisen, dabei stundenlang Artigkeiten auszutauschen und schließlich feststellen zu müssen, dass er nur seine Zeit verschwendet hatte.

Der Majordomo kehrte ins Haus zurück, schien sich drinnen aber auf seine Pflichten zu besinnen, denn zwei Mägde traten heraus und kredenzten Rodolfo und seinen Männern gut gekühlten Wein.

Wenig später tauchte auch der Podesta auf und begrüßte seinen Gast so überschwänglich wie einen lange vermissten Freund.

Ein paar Atemzüge lang ließ Rodolfo den Redeschwall über sich ergehen, brachte aber dann das Gespräch auf die Räuber. Der Podesta lächelte selbstzufrieden und betonte, dass seine Männer die gesamte Bande gefangen genommen hätten. »Es war ein Fehler von ihnen, sich hier herumzutreiben, denn nach dem ersten Überfall haben wir sofort energische Gegenmaßnahmen ergriffen und die Kerle auch bald erwischt. Es handelt sich um keine der seit längerem existierenden Banden, sondern um einen erst vor wenigen Wochen zusammengelaufenen Haufen. Einer der Kerle hat unter der Folter gestanden, die Räuber zu kennen, die Monte Elde getötet haben! Natürlich habe ich noch am gleichen Tag eine Nachricht an den Marchese Olivaldi geschickt und ihn gebeten, Euch Bescheid zu sagen.«

Rodolfo stieß die angehaltene Luft aus und nickte. »Ich danke Euch!«

Der Podesta begriff, wie angespannt sein Gast war. Er rief ein paar Wachen zu sich und führte Rodolfo über den Innenhof seines Palazzo zu einer Tür, durch die man einen Verbindungsgang zum Kerker betreten konnte. Der oberirdische Teil dieses Gebäudes bestand aus wuchtigen Steinquadern und enthielt vier Zellen, die mit dicken, eisenbeschlagenen Türen verschlossen waren. Von dem kleinen Flur aus führte eine Treppe in den Keller, aus dem der stechende Geruch verbrannten Fleisches heraufdrang.

Der Podesta zog ein parfümiertes Tüchlein aus seiner Weste, schnupperte kurz daran und reichte es Rodolfo. »Nehmt dies! Wir mussten die Kerle ein wenig härter anfassen, damit sie gestanden!«

»Man riecht es.« Rodolfo rang mit sich, ob er das Tüchlein benutzen sollte, denn es erschien ihm weibisch. Doch nach einem weiteren Schwall dieses üblen Geruchs griff seine Hand wie von selbst zu. Das Parfüm erinnerte ihn an die Kurtisane, die sein Onkel an seinem vierzehnten Geburtstag in sein Schlafzimmer geschickt hatte, damit sie ihm beibringen sollte, ein Mann zu sein. Sie war sehr sinnlich gewesen und hatte ihm Zweifel und Ängste genommen. Rodolfo wunderte sich, dass er ausgerechnet an so einem Ort an jene nicht unangenehme Erfahrung denken musste, und zwang sich, die Gedanken auf sein eigentliches Ziel zu richten. »Wo ist der Kerl, von dem Ihr gesprochen habt?«

»Da unten!« Der Podesta schritt mit einem selbstzufriedenen Lächeln in die Tiefe, und Rodolfo, der ihm ohne zu zögern folgte, war nach wenigen Stufen heilfroh um das parfümierte Tuch. Daher ignorierte er die auffordernden Blicke seines Gastgebers, der sein Eigentum zurückhaben wollte. In dem Gewölbe stank es, als hätten sich menschliche Exkremente, Erbrochenes und abgeschlagene Körperteile seit Jahrhunderten angehäuft und wären festgetreten worden. Rodolfos Magen stieg bis zur Kehle, und er musste alle Kraft aufbringen, nicht die Treppe hinaufzustürmen, um frische Luft zu atmen.

Ein Wächter zündete Fackeln an und steckte sie in Ringe an der Wand, so dass der Räuber sichtbar wurde. Der Anblick lenkte Rodolfo ab und half ihm, wenigstens für ein paar Augenblicke die Umgebung zu vergessen. Der Podesta hatte den Mann an die Wand der Folterkammer anketten und ihn zusehen lassen, wie seine Kumpane beinahe zu Tode geschunden worden waren. Jetzt starrte der Gefangene den Ankömmlingen panikerfüllt entgegen und drückte sich, soweit seine Ketten es zuließen, in den Schutz eines vorspringenden Pfeilers.

»Steh auf, du Hund!«, befahl der Podesta.

Als der Mann nicht rasch genug gehorchte, trat einer der Wächter auf den Gefangenen zu und versetzte ihm einen Schlag mit dem Speerschaft. Der Bandit kroch auf den Knien nach vorne und hob weinend die Hände. »Gnade, Herr! Ich habe doch nichts getan. Die Räuber haben mich gezwungen, mit ihnen zu gehen.«

Diese Ausrede brachte beinahe jeder dieser Kerle vor, und der lauernde Blick des Mannes ließ Rodolfo vermuten, dass er einiges auf dem Kerbholz haben musste. Daher schob er den Podesta zur Seite und blieb vor dem Gefangenen stehen. »Wie heißt du?«

Der Mann blickte zu ihm hoch und versuchte ihn einzuschätzen. Das Ergebnis schien nicht ganz nach seinem Sinn zu sein, denn seine Miene drückte Todesangst aus. Das mochte daran liegen, dass Rodolfos Lederkleidung nach den langen Ritten so abgerissen und speckig wirkte wie die eines Söldners, der an harten Gefechten teilgenommen hatte und dem das Leben eines Menschen so viel galt wie das einer Wanze.

»Mein Name ist Tino, Signore.« Die Stimme des Räubers zitterte.

»Du hast gestanden, die Mörder des Condottiere Monte Elde zu kennen!« Rodolfo packte den Mann an seinem nicht gerade sauberen Kittel und zog ihn ein Stück zu sich hoch. »Rede, wenn dir dein Leben lieb ist!«

Der Räuber wand sich wie ein Aal, doch von den Ketten behindert konnte er sich Rodolfos Griff nicht entziehen. »Wie sollte ich diese Banditen kennen, Herr? Ich bin nur ein harmloser Wandersmann auf der Suche nach einem Platz, an dem ich leben kann.«

Rodolfo ließ den Mann fallen, säuberte seine Hände in dem Napf, in dem man den Gefangenen Wasser zum Trinken hingestellt hatte, und drehte sich zu dem Podesta um.

»Es sieht so aus, als hätte der Kerl Euch angelogen. Also könnt Ihr mit ihm genauso verfahren wie mit seinen Kumpanen.«

Der Podesta verzog sein Gesicht zu einem breiten Grinsen. »Bisher haben wir den Schurken nur ein wenig gekitzelt. Aber nun werde ich Befehl geben, ihn Stück für Stück zu zerlegen und den noch zappelnden Überrest am Abend mit der Keule zu erschlagen.« Er stieg ein Stück die Treppe hoch, und Rodolfo folgte ihm, ohne dem Räuber noch einen Blick zu schenken.

Sie hatten kaum die Hälfte der Stufen hinter sich gebracht, als der Gefangene zu schreien begann, als würden die Folterknechte ihn bereits zerfleischen. »Ja, ich kenne die Männer, die Ihr sucht, edler Herr! Verschont mich vor der Folter und rettet mein Leben, dann werde ich sie Euch nennen.«

Rodolfo blieb stehen und sah auf ihn hinab. »Du wirst mich doch nur anlügen.«

»Nein, gewiss nicht, Herr! Ich kenne die Männer wirklich. Nicht, dass ich je ein Räuber gewesen wäre, aber einer von ihnen ist der Bruder der Frau meines Bruders. Er und seine Kumpane haben mich bedroht und gezwungen, die Beute ihrer Raubzüge bei jüdischen Pfandleihern zu versetzen.«

Rodolfo war sich sicher, dass der Mann zwar nicht die ganze Wahrheit sprach, in diesem Punkt aber auch nicht log. Er kehrte um und blickte den Gefangenen mit einem wolfsähnlichen Grinsen an, das diesen warnen sollte, sich wieder in Ausreden zu flüchten. »Rede! Doch sei versichert, dass ich dir für jede Lüge einen Knochen brechen lasse.«

Diese Sprache verstand der Gefangene, er warf sich zitternd zu Boden und schwor bei der Madonna und einem Dutzend Heiliger, die Wahrheit zu bekennen. Danach sah er Rodolfo bettelnd an. »Ihr habt nicht zufällig ein Schlückchen Wein für mich? Meine Kehle ist ganz trocken und da wollen die Worte nicht so recht heraus.«

Rodolfo sah den Podesta fragend an. Dieser nickte und schickte einen seiner Leibwächter los, der bald darauf mit einem Lederbeutel zurückkehrte und auf den Wink seines Herrn den Gefangenen trinken ließ.

»Das wird die letzte Labe in deinem Leben sein, solltest du den erlauchten Conte d'Abbati belügen wollen«, drohte der Podesta dem Räuber.

Die Augen des Gefangenen weiteten sich vor Erstaunen. »Ein Graf seid Ihr? Aber so seht Ihr gar nicht aus!«

»Wie ich aussehe, geht dich nichts an! Ich will jetzt wissen, wer Monte Eldes Mörder sind.«

»Also, als Conte müsstet Ihr schon besser gekleidet sein und wertvolle Ringe an den Fingern tragen«, antwortete der Gefangene frech.

Rodolfo lachte hart auf. »Damit deinesgleichen sofort weiß, dass es sich lohnt, mich zu überfallen!«

»Hohe Herren mit großer Begleitung haben wir nie überfallen!«

»Jetzt hast du zugegeben, dass du an den Raubüberfällen beteiligt gewesen bist«, rief der Podesta und rieb sich die Hände, als freue er sich schon, den Befehl zur Hinrichtung des Mannes erteilen zu können.

Der Bandit kreischte auf. »Weil der Schwager meines Bruders mich dazu gezwungen hat!«

»Wer hat dich gezwungen?« Rodolfos Stimme klang scharf.

»Die Räuber, aber das auch nur einmal! Bis auf meinen Verwandten kenne ich nur ihre Bandennamen, die Hammer, Stock, Messer und dergleichen lauten. Ich kann Euch aber die Männer beschreiben und Merkmale nennen, an denen Ihr sie leicht erkennen könnt. Der Anführer ist ein Viehhirte aus der Romagna, ein lang aufgeschossener Kerl mit einem Gesicht wie ein Pferd. Ihr könnt ihn unter Tausenden herausfinden. Er muss Verwandte in besseren Kreisen haben, denn ein paar Wochen vor dem Mord an jenem Condottiere hat mir der Schwager meines Bruders erzählt, dass sie die Romagna für kurze Zeit verlassen und in die Toskana reiten würden. Es gäbe dort einen Auftrag für sie, der sie zu reichen Männern machen würde.«

Rodolfo nickte unbewusst, es schien ihm wahrscheinlich, dass der

Schuldige am Tod Monte Eldes Banditen anheuerte, die in der Gegend des Verbrechens unbekannt waren. »Und was war das für ein Auftrag?«

»Als ich den Schwager meines Bruders einige Wochen später wieder gesehen habe, war er bester Dinge und hat auf eine dicke Börse geklopft und mir gesagt, ich würde wohl nichts mehr an ihnen verdienen können, denn die ganze Bande hätte sich einem Condottiere angeschlossen, um zu geachteten Männern zu werden. Er hat mich sogar aufgefordert, mit ihnen zu kommen, aber mit dem Soldatspielen habe ich es nicht. Als ich abgelehnt habe, meinte mein Verwandter, ich könne es mir ja noch überlegen. Ich würde ihn in Viratelli oder Giustomina finden. Aber ich sollte nicht zu lange säumen.«

Rodolfo starrte den Räuber ungläubig an. Aus welchem Grund sollte die Bande ausgerechnet in den beiden Landgütern des Ermordeten Unterschlupf suchen? Mit einer heftigen Bewegung wandte er sich an den Podesta. »Messer Damiano, seid Ihr so gut, mir diesen Gefangenen zu überlassen? Ich verspreche Euch, ihn eigenhändig aufzuhängen, wenn er zu fliehen versucht.«

»Wegen mir könnt Ihr den Kerl gerne haben. Empfehlt mich dem Marchese Olivaldi. In einem halben Jahr endet mein Vertrag mit den ehrenwerten Bürgern von Arzelato und ich würde gerne in die Dienste einer anderen Stadt oder eines hohen Herrn treten.«

Rodolfo begriff, dass der Podesta eine größere Belohnung erwartete, und ärgerte sich über die Unzulänglichkeit seiner eigenen Börse. Ihm blieb nichts anderes übrig, als Olivaldi Bericht zu erstatten und zu hoffen, dass dieser die Ehrenschuld an Messer Damiano beglich. Jetzt war es erst einmal notwendig, den Gefangenen sicher zu seinem Auftraggeber zu bringen und sich auf die Suche nach dem pferdegesichtigen Anführer der Bande zu machen. Er bat die Wachen, die Ketten des Mannes zu lösen und ihn so zu fesseln, dass er ihn auf ein Pferd setzen konnte. Oben an der frischen Luft pries er Messer Damiano überschwänglich für seine Hilfe und bedankte sich mit mindestens ebenso vielen Worten, wie der Podesta für seine Begrüßung verwendet hatte. Da er keine Dukaten oder Fiorini springen lassen konnte, wollte er wenigstens nicht an lobenden Worten sparen.

## 4.

Giustomina lag in einem malerischen Teil der Romagna, abseits der viel begangenen Wege, und geriet daher auch kaum in Gefahr, von den durch Norditalien ziehenden Söldnerheeren geplündert zu werden. Der Gutshof in der Mitte des weiten Tales ähnelte einem kleinen Dorf, und auch das Herrenhaus und die dazugehörenden Wirtschaftsgebäude waren aus großen Steinen errichtet, so dass der Komplex einer Festung gleichkam und von wenigen Männern gegen ein kleines Heer gehalten werden konnte. Nichts aber deutete darauf hin, dass hier in den letzten Jahren gekämpft worden war, denn die Felder ringsum waren gut bestellt und die Häuser des Dorfes wirkten unversehrt.

Angesichts des stattlichen Besitzes empfand Rodolfo d'Abbati einen gewissen Neid auf Caterina, schalt sich dann aber selbst einen Narren, lag es doch in seiner Hand, sich etwas Ähnliches zu schaffen. Im Grunde war Giustomina, die größere der beiden Besitzungen, die Monte Elde von den päpstlichen Behörden als Lohn für seine Dienste erhalten hatte, ein geringer Dank für einen so geachteten Kriegsmann. In Neapel oder in Mailand hätte er es in derselben Zeit zu einer größeren Stadt oder gar zu einem ganzen Landstrich gebracht. Francesco di Monte Elde musste ein besonders frommer Mann gewesen sein, weil er unter diesen Umständen dem Kirchenstaat treu geblieben war, oder er hatte die Verantwortung für einen größeren Besitz gescheut.

Rodolfo schüttelte sich bei dem Gedanken, der berühmte Condottiere könnte nur ein simpler Haudegen gewesen sein, dessen Horizont kaum über die nächste Schlacht hinausreichte. War er tatsächlich nur ein teutonischer Schlagetot gewesen, hatte Caterina diese Eigenschaft nicht von ihm geerbt. Es tat Rodolfos Seele wohl, sich Caterina als junge Frau vorzustellen, die nach ihrer italienischen Mutter und nicht nach ihrem deutschen Vater geraten war. Dann sagte er sich, dass sie wohl das Ergebnis beider Charaktere war und deswegen so geheimnisvoll wirkte.

»Bei dem Dorf sind Soldaten, Capitano!«, unterbrach Gaetano das Grübeln seines Anführers. Rodolfo blickte auf und sah neben der Straße etliche Söldner in den Farben Monte Eldes. Beim Anblick seiner Gruppe verlegten sie ihnen den Weg.

»Halt, gemach! Wer seid ihr und wo wollt ihr hin?«, fragte einer und scheuchte die hübsche Magd, mit der er eben noch geschäkert hatte, kurzerhand weg.

Rodolfo verdrängte die Tatsache, dass seine letzte Begegnung mit den Eisernen alles andere als erfreulich gewesen war. Immerhin war seit damals einige Zeit vergangen, und er hoffte, dass sie ihn nicht sofort festnehmen und zu seinem Onkel schleppen würden. Außerdem kam er mit Neuigkeiten, die Caterina und ihre Söldner gewiss interessieren würden. Lächelnd deutete er eine Verbeugung an.

»Buon giorno, Signori. Wir sind harmlose Reisende und bitten für die Nacht um ein Dach über den Kopf.«

Der Söldner deutete großspurig auf die Bauernhäuser, die den Gutshof umgaben. »In einer der Hütten ist gewiss Platz für euch!«

»Für ein paar Münzen nehmen euch die Leute gerne auf«, setzte ein weiterer Söldner lachend hinzu.

Rodolfo merkte, dass er auf diese Weise nicht weiterkam, und stieg vom Pferd. »Seid ihr nicht Männer der Eisernen Kompanie? Ich dachte, Eure Truppe würde sich in Pisa aufhalten.« Er wusste bereits, dass Caterina das Gebiet beinahe fluchtartig hatte verlassen müssen, und wollte auf den Busch klopfen.

Der Söldner ging bereitwillig auf seine Andeutungen ein. »Pisa? Das war mal! Unsere Kompanie steht jetzt in Molterossa und setzt Rost an. Wenigstens haben meine Kameraden und ich ein besseres Los gezogen. Wir bewachen nämlich den Besitz der Capitana und bekommen zu unserem Sold gut zu essen. Hübsche Mädchen gibt es ebenfalls, wie Ihr sehen könnt.« Dabei warf er seiner Angebeteten einen seelenvollen Blick zu, der deutlich zeigte, dass Rodolfo störte.

Einer seiner Kameraden erwies sich als gesprächiger. »Ihr dürft nicht glauben, Signore, dass wir hierher gekommen sind, um wie die Maden im Speck zu leben. Zuerst mussten wir nämlich ein paar Schufte verjagen, die sich hier breit gemacht hatten und so taten, als seien sie hier die Herren.«

Rodolfo kniff scheinbar überrascht die Augenlider zusammen. »Ihr musstet das Gut freikämpfen? Wer hatte es denn besetzt?«

»Nur ein knappes Dutzend Kerle, gewöhnliche Räuber, wie die Dörfler uns später erklärt haben. Sie haben doch glatt behauptet, der Besitzer des Gutes hätte sie hier eingesetzt, um sein Eigentum zu bewachen. Na, denen haben wir gehörig heimgeleuchtet!«

Der Söldner berichtete kurz von dem Streit, der unblutig geendet hatte, weil die Räuber angesichts der überlegenen Zahl der Söldner abgezogen waren.

Rodolfo kratzte sich am Kopf. »Das verstehe ich nicht!«

»Was gibt es da nicht zu verstehen?«, wollte der Söldner wissen.

»Wie auch immer. War der Anführer der Bande ein dürrer, lang aufgeschossener Kerl mit einem Pferdegesicht?«

Der Söldner nickte. »Genau! Er hatte Zähne, die jedem Gaul Ehre gemacht hätten, und nannte sich Ranuccio. Was habt Ihr mit diesem Banditen zu schaffen?«

Rodolfo beschloss, mit offenen Karten zu spielen, wollte sich vorher jedoch vergewissern, dass ihm tatsächlich Männer gegenüberstanden, die Caterina den Treueid geleistet hatten.
»Wer ist Euer Anführer?«
»Der alte Jaap de Lisse. Er zählt seit Jahren zu Monte Eldes besten Offizieren.«
»Caterina hat de Lisse hierher geschickt?« Rodolfo war beeindruckt, denn diesem bärbeißigen Offizier traute er nicht nur zu, Giustomina zu beschützen, sondern auch, es gut zu verwalten. Er grinste den Soldaten an. »Ich kenne de Lisse, denn ich habe ihn in Eurem damaligen Lager bei Pisa getroffen.«
Jetzt dämmerte es auch dem Söldner. »Seid Ihr nicht dieser junge Edelmann, den der verdammte Legrelli zu uns geschickt hatte? Amanti oder so ähnlich?«
»Ich bin Rodolfo d'Abbati«, korrigierte Rodolfo ihn lächelnd. »Ich muss unbedingt mit de Lisse reden, denn ich folge einer Spur, die mich zu den Mördern Eures Capitano bringen kann – und die führt ausgerechnet hierher! Die von euch vertriebenen Räuber haben Monte Elde und dessen Sohn umgebracht!«
Der Söldner starrte Rodolfo ungläubig an und stieß einen gotteslästerlichen Fluch aus. »Was sagt Ihr da? Das Diebsgesindel soll den Capitano und Giacomo auf dem Gewissen haben? Und wir haben die Bande ungeschoren ziehen lassen? Wenn das stimmt, soll mir die rechte Hand verfaulen und abfallen!«
»Lass deinen Arm dran, denn du wirst ihn noch brauchen. Aber es stimmt! Die Kerle, die hier waren, sind in jedem Fall die Räuber, die ich verfolge. Einer von ihnen hat die Pferde eures Capitano in Barga verkauft, und er gehört, wie ich aus sicherer Quelle weiß, zu Ranuccios Bande.«
Der Söldner stieß einen weiteren Fluch aus, der mindestens tausend Jahre Fegefeuer wert war, ballte die Fäuste und heulte wie ein Wolf. Auch die anderen Monte-Elde-Leute, die sich nun immer

zahlreicher um Rodolfos Trupp versammelten, brüllten wild durcheinander.

»Was ist denn los mit euch?« Trotz des scharfen Tons hatte Rodolfo Mühe, sich Gehör zu verschaffen. Erst als er seinen Gesprächspartner packte und rüttelte, nahm dieser ihn wieder wahr.

Die Augen des Mannes glitzerten feucht. »Conte, Ihr ahnt nicht, welche Botschaft Ihr uns gebracht habt. Dieser Ranuccio ist ein Vetter von Fabrizio Borelli! Ich hatte ihn schon einige Male gesehen, denn er kam öfter in unser Lager, um mit seinem Verwandten zu sprechen. Als wir nach Giustomina kamen, hat es uns in den Fingern gejuckt, ihm wegen ein paar der Sachen, die hier passiert sind, das Fell zu gerben. Aber wir haben ihn nicht zuletzt wegen seiner Verwandtschaft zu Borelli laufen lassen! Hätten wir gewusst, dass er am Tode unseres Capitano schuld ist, hätten wir ihn ...«

Der Söldner konnte nicht weitersprechen, denn Wut und Tränen übermannten ihn so, dass er in die Knie sank und mit den Fäusten den Boden bearbeitete.

Rodolfos Gedanken wirbelten wie ein Staubteufel durch seinen Kopf. Im ersten Augenblick erschienen die Informationen ihm völlig widersinnig. Aus welchem Grund hätte dieser Ranuccio Monte Elde umbringen sollen? Dann erinnerte er sich an seinen Aufenthalt im Lager bei Pisa und sein Gespräch mit Borelli und stieß hart die Luft aus.

»Nun wird mir einiges klar! Ranuccio und seine Bande haben euren Capitano umgebracht, das steht für mich fest. Doch der Anstifter des Mordes war ein anderer! Borelli hat Francesco und Giacomo di Monte Elde zu der Unterredung mit Legrelli begleitet – und ihm ist von den Mördern kein Haar gekrümmt worden!«

Die Umstehenden nickten mit versteinerten Mienen, und der Söldner, der seine Wut am Erdboden ausgelassen hatte, sprang auf und schüttelte die Fäuste. »Borelli hat uns erzählt, der Capitano hätte ihn mit einem lahmenden Pferd zurückgelassen. Doch Francesco di Monte Elde hätte nie im Leben einen seiner Leute im Stich gelassen, und daher haben wir angenommen, Borelli wäre angesichts der überlegenen Anzahl der Räuber davongerannt. Doch was Ihr uns erzählt, passt weitaus besser zu der ruchlosen Tat.«

Rodolfo kniff die Lippen zusammen. »Borelli wollte Capitano der Eisernen Kompanie werden, um sie Gian Galeazzo Visconti zuzuführen und die Belohnung zu erlangen, die der Herzog von Mailand Monte Elde geboten hat.«

»Hätte er den Mord nicht Legrelli in die Schuhe geschoben, wäre er sogar unser Anführer geworden. Wir wussten bereits, dass der Podesta von Mentone die Seiten gewechselt hatte, und haben daher Mailand und nicht dessen Feinde für den Mord verantwortlich gemacht. Wenn Caterina di Monte Elde nicht gekommen und Borelli in die Parade gefahren wäre, sähe es jetzt wohl anders aus. Bei der Heiligen Jungfrau und dem Erzengel Michael, mir wird ganz flau bei dem Gedanken, dass wir um ein Haar dem Mann gefolgt wären, an dessen Händen das Blut unseres verehrten Anführers klebt!«

Der Söldner senkte bedrückt den Kopf, zwang aber seine Erregung dann so weit nieder, dass er Rodolfo anbieten konnte, ihn zu de Lisse zu führen. »Unser Hauptmann wird das, was Ihr uns erzählt habt, ganz genau wissen wollen. Ich glaube aber nicht, dass er besonders glücklich darüber sein wird.«

»Solange er seinen Ärger nicht an mir auslässt, wird er alles erfahren, was ich herausgefunden habe. Dann kann er sich selbst ein Bild von der Situation machen.« Rodolfo spürte, wie seine Ungeduld wuchs. Wenn Borelli wirklich der Anstifter des Mordes an seinem Onkel war, musste er getötet werden, sonst würde er früher oder später versuchen, Caterina aus dem Weg zu räumen, schon allein aus Angst, sie würde die Wahrheit erfahren und ihren Vater an ihm rächen wollen.

## 5.

Caterina genoss die Seereise von Chioggia nach Ravenna, obwohl sie und Bianca Malle pflegen mussten, die so stark von Übelkeit geplagt wurde, dass sie kaum etwas bei sich behalten konnte. Caterina bedauerte den schlechten Zustand ihrer Magd, hätte aber dennoch nicht das Erlebnis missen mögen, auf einem großen Schiff mitfahren zu können. Noch nie war sie dem Meer so nahe gewesen, und sie genoss es, ihre Hände in das sich seltsam weich anfühlende Wasser zu tauchen und den Geschmack von Salz auf den Lippen zu spüren. Weder Malles Seekrankheit noch die Tatsache, dass sie, Bianca und ihre Dienerin die winzige Kabine im Bug der Galeere mit zwei jungen Damen und deren Dienerinnen teilen mussten, waren ihrer Laune abträglich. Während der größten Hitze war der vom Fahrtwind gekühlte Raum trotz der Enge ein angenehmer Aufenthaltsort. Ihren Begleitern und den übrigen männlichen Reisenden ging es nicht so gut, denn sie mussten die gesamte Fahrt an Deck zubringen und konnten sich nur mit einem Stück Segeltuch vor der sengenden Sonne schützen. Noch schlechter dran waren die Ruderer, die zwar freie Männer waren, aber wie Sklaven behandelt wurden.

Der Kapitän der Galeere hätte seine männlichen Fahrgäste am liebsten ebenfalls auf die Ruderbänke gescheucht, um sein Schiff mit höherer Schlagzahl vorwärts treiben zu können, doch nach einem kurzen Wortwechsel mit Caterina, deren Worte von den halb aus der Scheide gezogenen Schwertern der Söldner unterstrichen worden waren, verzichtete er auf seine Forderung. Wegen dieser und manch anderer misslicher Umstände war Caterina schließlich doch froh, als sie im Hafen von Ravenna wieder festen Boden unter ihren Füßen spürte.

Malle war noch so schwach, dass sie auf einer improvisierten Trage an Land gebracht werden musste.

Der Hafenmeister führte die adeligen Gäste und ihre Begleiter zu einem niederrangigen Mitglied der Familie da Polenta, einem jungen Mann, der sich freute, eine entfernte Cousine begrüßen zu dürfen, und sie im Gästehaus der Familie unterbrachte. Auf dem Weg dorthin gestand er Caterina in vielen blumigen Worten, dass sein Oheim sich weigere, sie zu empfangen. Der hiesige Familienälteste könne es sich nicht leisten, den Zorn des Herzogs Gian Galeazzo zu erregen, indem er die Capitana einer feindlichen Kompanie zu Gast lud. Caterina kränkte es ein wenig, auch von diesem Mitglied ihrer mütterlichen Familie wie ein schwarzes Schaf behandelt zu werden, und stellte sich darauf ein, die Stadt trotz Malles Schwäche am nächsten Tag verlassen zu müssen. Doch als man ihr und ihren Begleitern ein ausgezeichnetes Mahl auftischte, war sie etwas versöhnt. Der Wein war ebenfalls von bester Qualität, und daher nahm sie an, dass sie nicht ganz so unerwünscht war, wie sie zunächst angenommen hatte.

Kurz nach dem Essen erschien ein Lakai, der sie zu ihrer Überraschung bat, ihn zu ihrem Gastgeber zu begleiten. Neugierig geworden folgte sie dem Diener zu Obizzo da Polenta, der nicht nur das nominelle Oberhaupt der Familie, sondern zurzeit auch der Capitano del Popolo der Stadt Ravenna war. Der Weg führte durch einsame, schmucklose Gänge, die wie geschaffen für Heimlichkeiten schienen und an einer unauffälligen Tür endeten, welche sich in ein prunkvoll geschmücktes Zimmer öffnete. Das einzige Möbelstück in dem Raum war ein mit Gold überzogener Thron, auf dem ihr Verwandter saß. In seinem voluminösen, mit Edelsteinen und Stickereien überladenen Wams aus rotem und goldenem Brokat, aus dem der kahle Kopf gerade eben noch hervorragte, wirkte Obizzo auf Caterina wie eine übergroße Nacktschnecke mit Armen. Seine Hände steckten in roten Samthandschuhen, über denen doppelt so viele Ringe glitzerten, als er Finger hatte. »Buon giorno, liebste Kusine! Willkommen in Ravenna.«

Seine Stimme klang übertrieben gedrechselt, und er sprach die Worte so gedehnt, als wolle er mit jedem einzelnen seinen Rang und seinen Stand betonen. Caterina unterdrückte ein spöttisches Lächeln und sank in einen Knicks, der ehrerbietig genug war, um ihm zu schmeicheln. Dabei war er ihr auf Anhieb herzlich unsympathisch. Sie hatte seinen Bruder Bernardino in Rividello kennen gelernt und diesen schon für einen unangenehmen Menschen gehalten, aber der Stadtkern von Ravenna übertraf noch den schlechten Eindruck, den jener auf sie gemacht hatte.

Sie antwortete so freundlich, wie es ihr möglich war. »Gott zum Gruße, lieber Vetter. Ich danke Euch für diesen herzlichen Empfang und für die Gastfreundschaft, die Ihr mir und meiner Begleitung zuteil werden lasst.«

Obizzo betrachtete Caterina, als hätte er eine Stute vor sich, die ihm auf einem Pferdemarkt angeboten wurde. »Bedauerlich, wirklich bedauerlich!«

»Wie bitte?«, fragte Caterina konsterniert.

»Ich finde es beklagenswert, dass Ihr nicht die einzige Nachkommin Eures Oheims, des Marchese Olivaldi, seid und daher nicht seinen Titel erben werdet. Sonst hätte ich Euch geheiratet, um die beiden Häuser der da Polenta wieder zu vereinigen.«

Er sagte das so bestimmt, als setze er Caterinas Einwilligung voraus beziehungsweise halte sie gar nicht für notwendig.

Caterina versuchte, nicht zu zeigen, wie schockiert sie war. Obizzo war nämlich bereits verheiratet und würde eine neue Ehe erst nach dem Tod seiner Gemahlin schließen können. Der Gedanke, dass ihr Auftauchen in Ravenna beinahe das Ableben einer ihr unbekannten Frau zur Folge gehabt hätte, trieb ihr Schauer über den Rücken, und sie musste alle Kraft aufbieten, um ihrem Verwandten nicht ins Gesicht zu schreien, was sie von ihm hielt.

»Wie Ihr bereits sagtet, bin nicht ich die Erbin des Titels, sondern ein Nachkomme meines Oheims Luciano. Das ist nun einmal vom Himmel so bestimmt. Ich bitte Euch, mich nun zu entschuldigen. Die Reise war sehr anstrengend und ich fühle mich erschöpft.«
Obizzo da Polenta entließ sie mit einer unwirschen Geste. Sofort trat der Lakai vor, der sie hierher begleitet hatte, verbeugte sich vor ihr und bat sie höflich, ihm wieder zu folgen. Mit scheinbar gleichmütiger Miene ließ sie sich zu ihrem Zimmer führen und erlaubte sich erst ein tiefes Aufatmen, nachdem die Tür sich hinter ihr geschlossen hatte. Sie hatte jedoch keine Zeit, sich mit dem Erlebten zu beschäftigen, denn Malle lag kreidebleich auf dem Bett und bat sie um einen Priester, um ihren Frieden mit Gott zu machen. Da Caterina während der Reise die gleiche Szene beinahe tagtäglich erlebt hatte, war sie der Meinung, dass es so schlimm nicht sein könne. Biancas besorgtes Gesicht aber verhinderte, dass sie ihre schlechte Laune an Malle ausließ.
Ihre Freundin hatte der Magd ein mit Parfüm angefeuchtetes Tuch auf die Stirn gelegt und massierte ihr gerade die Hände, um die Kälte aus ihnen zu vertreiben. Als sie Caterinas abwehrende Miene wahrnahm, schüttelte sie heftig den Kopf. »Malle geht es noch schlechter als auf dem Schiff. Das ist auch kein Wunder, denn die feuchte Luft hier nimmt selbst mir den Atem, und wenn man sich nur ein wenig bewegt, klebt einem das Hemd am Leib.«
Caterina trat ans Fenster, blickte über die Stadt auf ein Stück des Umlands und nickte verständnisvoll. Ravenna lag in einer weiten, sumpfigen Ebene, die von mehreren Flüssen durchzogen wurde, und das erklärte die Feuchtigkeit, die trotz der Hitze in den Mauern steckte. Die Wände des Zimmers, in dem man sie untergebracht hatte, waren teilweise mit einem weißen Belag bedeckt, der Caterina an Schimmel denken ließ. Als sie Bianca darauf aufmerksam machte, strich diese mit dem Zeigefinger neugierig darüber und leckte vorsichtig daran.

»Salzausfällungen und andere mineralische Dinge, ähnlich jener, die meine Brüder als Kinder gesammelt haben. Ich werde froh sein, wenn wir wieder unterwegs sind.«
»Nicht nur du! Ich will so bald wie möglich von hier weg und viele Meilen zwischen mich und die da Polentas dieser Stadt legen. Dieser aufgeblasene Kröterich Obizzo hat mir ins Gesicht gesagt, er würde mich auf der Stelle heiraten, wenn er über mich an den Titel meines Großvaters gelangen könnte. Was für ein Glück, dass meine Mutter nicht das einzige Kind des Marchese Olivaldi war und daher auch nicht seine Erbin.«
Bianca nickte verständnisvoll. »Ich habe gehört, dass dein Verwandter hier ein grausamer Mann ist, der kein Nein gelten lässt. Er würde dich mit dem Dolch an der Kehle zu einem Ja vor dem Altar zwingen.«
Caterina schüttelte sich. »Diesem Kerl würde ich sogar Botho vorziehen!«
Bianca hatte den Eindruck, dass dies das vernichtendste Urteil war, das ihre Freundin fällen konnte, und hob die Hände. »Was hast du gegen Botho? Er ist doch ein recht angenehmer Mann und benimmt sich höflicher als die meisten, die ich kenne. Ich bin überzeugt, du hättest es gut mit ihm getroffen.«
»Wohl kaum! In Deutschland stand er völlig unter dem Einfluss seines Vaters, und der hat einiges von einem Obizzo da Polenta an sich. Ich hätte nicht gedacht, dass dieser große, dumme Ochse sich je zu einem Mann mausern könnte, aber ich muss zugeben, dass Italien ihm gut getan und ihn verändert hat. Aber ich werde ihn auf keinen Fall heiraten. Ihn nicht und auch keinen anderen! Ich werde wohl bis zu meinem Lebensende Jungfrau bleiben.« Caterinas Wangen färbten sich bei diesen Worten rot, denn so weit war es mit ihrer Entschlossenheit nun doch nicht her. Sie hatte in Biancas Armen Wonnen gekostet, die sie neugierig auf das machten, was der heiligen Kirche zufolge nur brave Eheleute tun durften.

Bianca konnte nachfühlen, was in ihrer Freundin vorging, und lächelte. Die Zärtlichkeiten, die sie von Zeit zu Zeit mit Caterina teilte, waren nur ein kümmerlicher Ersatz für das, was sie mit Franz von Eldenberg erlebt hatte. Caterinas Vater war ein guter Liebhaber gewesen, und sie hatte sich so an seine betuliche deutsche Art gewöhnt, dass sie sich keinen ihrer temperamentvolleren, aber auch launischeren Landsleute als Ehemann vorstellen konnte. Botho war nicht mit ihrem toten Geliebten zu vergleichen und lief überdies wie ein junger Hund hinter Caterina her. Bianca glaubte weniger, dass er ihre Freundin liebte, sondern vermutete, dass er sie vor allem vor Amadeo Caetani beschützen wollte, der die Capitana bedrängte, um ihr die Macht über die Eiserne Kompanie aus den Händen nehmen zu können. Leider stellte Botho sich bei dem Versuch, Caterina zu umwerben, so ungeschickt an, dass diese seine Bemühungen völlig missverstand.
»Ich werde mit Botho reden müssen«, sagte Bianca nachdenklich.
»Warum? Was willst du von diesem zu groß geratenen Säugling?«
Bianca wurde rot und wusste nicht zu antworten, obwohl sie sonst nicht auf den Mund gefallen war. Caterina wandte sich ab und versuchte, ein Kichern zu unterdrücken. Was Botho und ihre Freundin betraf, so hatte sie gewisse Pläne mit den beiden, und sie freute sich schon ein wenig über den Streich, den sie Bothos Vater spielen konnte. Die einstige Mätresse ihres Vaters erschien ihr genau die Richtige, um Herrn Trefflichs Wappenschild aufzupolieren, denn sie entstammte altem Adel und würde damit seinem Stolz schmeicheln. Gleichzeitig war sie die Geliebte eines Söldnerführers gewesen und konnte daher nur bedingt als standesgemäße Schwiegertochter angesehen werden. Caterina genoss das Vorgefühl ihrer Rache, die sie an Trefflich zu nehmen gedachte, auch wenn sie sich ein wenig für ihre Bosheit schämte, denn sie liebte Bianca von ganzem Herzen und wollte sie auf keinen Fall unglücklich machen.

Wären da nicht die schmachtenden Blicke, mit denen Botho Bianca verfolgte, wenn er sich unbeobachtet glaubte, wäre sie vielleicht gar nicht auf die Idee gekommen, die beiden zu verkuppeln. So aber klammerte sie sich an die Hoffnung, dass Botho Manns genug sein würde, seine Frau zu verteidigen und seinen Vater in die Schranken zu weisen.

Sie ballte die Fäuste, blickte Bianca an und sagte: »Ich werde es tun.«

Bianca lachte hell auf. »Was führen wir doch für ein seltsames Gespräch! Wir reden die ganze Zeit aneinander vorbei.«

Caterina schloss Bianca in die Arme und zog sie an sich. In dem Moment fiel ihr ein, dass Malle im Zimmer war, und sah erschrocken zu ihr hinüber. Aber die Dienerin lag demonstrativ röchelnd und mit geschlossenen Augen da, als wolle sie protestieren, dass sich keiner um sie kümmerte. Daher hatte sie nicht bemerkt, dass die Umarmung zwischen Caterina und Bianca keine unschuldig zärtliche Geste war, sondern fordernd und voller Leidenschaft.

Die einstige Mätresse spürte, wie angespannt ihre junge Freundin war, und nahm sich vor, sie in der Nacht zu erfreuen. Malle würde sie nicht stören, da die Magd um einen Schlummertrunk gebeten hatte. Nun aber fragte Bianca die Freundin noch einmal gründlich aus, was diese bei ihrem Besuch bei Obizzo da Polenta gesehen und gehört hatte, und schloss sich schließlich Caterinas Urteil an. Der Stadtherr von Ravenna war ein unmöglicher Mensch, um den man tunlichst einen weitem Bogen machen sollte.

## 6.

Auf der gegenüberliegenden Seite Norditaliens hatten sich am selben Abend vier Männer in Ugolino Malatestas Zelt versammelt. Der Capitano lag betrunken und mit zerknitterter Kleidung auf seinem Feldbett. Ihm gegenüber hockte ein ebenfalls nicht mehr nüchterner Lanzelotto Aniballi auf dem Boden und stierte vor sich hin. Fabrizio Borelli saß stocksteif auf dem einzigen Feldstuhl und umklammerte einen Weinbecher, aus dem er kaum genippt hatte, während Ranuccio, der nun auch offiziell als Stellvertreter seines Vetters galt, mit lauerndem Blick hinter diesem stand und sich auf die Stuhllehne stützte.

Eine Weile beklagte Ugolino Malatesta wortreich die Ungerechtigkeit der Schicksalsgöttin, die ihm jeglichen Erfolg mit heimtückischen Schlägen zunichte machte. Als er endlich schwieg, herrschte im Zelt eine bedrückende Stille.

Borelli drehte den Becher in seiner Hand und starrte auf den dunklen Wein. »Seid Ihr wirklich der Ansicht, Fortuna sei Eure Feindin, Signore Ugolino?«, fragte er schließlich mit lauerndem Unterton.

»Zumindest geizt sie derzeit arg mit ihren Geschenken«, antwortete Malatesta bitter.

»Ich nehme eher an, es ist die Tedesca, die Euch im Magen liegt. Sie hat Euch vor ganz Italien blamiert, und das Gelächter über Euch wird nicht verstummen, solange sie lebt.«

»Der Teufel hole dieses unnatürliche Weibsbild!«, brach es aus Malatesta heraus.

»Der hält es mit Fortuna. Wenn man ihn braucht, lässt er sich nicht sehen. Wir werden selbst etwas gegen Monte Eldes Weibsteufel unternehmen müssen, mein Guter.« Borelli lächelte dabei so zufrieden, dass Malatesta ärgerlich auffuhr.

»Was können wir denn tun – außer fluchen? Das Miststück ist weit weg und immer von einem Kordon aus Kriegsknechten umgeben. Zudem hat mir der Herzog jeden selbständigen Vorstoß gegen die Eiserne Kompanie untersagt, obwohl er weiß, dass ich meine Ehre erst wiedergewinnen werde, wenn die Tedesca meine Beute geworden ist.«

»Nicht nur die Eure!«, setzte Borelli hinzu. »Ich muss dieser Hure ebenfalls beweisen, dass man nicht mit mir umspringen kann wie mit einem Sack Lumpen! Wäre sie nicht aufgetaucht, so stände ich heute als hoch geachteter Condottiere und Capitano der Eisernen Kompanie in den Diensten Gian Galeazzo Viscontis und müsste mich nicht mit dem Rang eines einfachen Unteranführers zufrieden geben.«

Aniballi hob den Kopf und grinste Borelli herausfordernd an. »Gebt Ihr Euch denn damit zufrieden?«

»Ebenso wenig wie Ihr! Doch unser Glücksstern wird erst wieder steigen, wenn wir die Tedesca in den Staub getreten und ihren Ruf ruiniert haben.« Borelli sah Malatesta und Aniballi mit gebleckten Zähnen an, als wolle er sie aufscheuchen und vor sich hertreiben. »Caterina di Monte Elde ist jedem von uns etwas schuldig. Diese Rechnung sollten wir so bald wie möglich einfordern.«

Ugolino Malatesta schüttelte den Kopf. »Aber wie?«

»Ich habe schon einen Plan.« Borelli setzte eine überlegene Miene auf. In seinen Augen war Ugolino Malatesta der schlechteste Condottiere, den er je kennen gelernt hatte. Der Mann war nur durch seine Verwandtschaft zu Carlo und Pandolfo Malatesta zu dem geworden, was er jetzt war. Borelli hatte beschlossen, die Tatsache zu nutzen, dass der Verstand seines jetzigen Capitano eher beschränkt war. Für einen geschickten Mann musste es ein Leichtes sein, Signore Ugolino so zu lenken, dass er über ihn zu Ruhm, Ehren und Reichtum gelangen konnte. Zuerst aber wollte er Rache an Caterina nehmen, und dafür musste er den eitlen Condottiere auf die richtigen Gedanken bringen.

Borelli stand auf, setzte sich an Malatestas Seite, der sich aufgerichtet hatte, um sich seinen Becher neu zu füllen, und legte ihm den Arm um die Schulter. »Die Tedesca mag mich vertrieben haben, dennoch habe ich noch eine Reihe guter Freunde in ihrer Kompanie. Man könnte fast sagen, meine Ohren liegen auf ihrem Tisch.

Ranuccio ist erst gestern Abend von einem kleinen Ausflug in die Romagna zurückgekehrt und weiß einiges Interessantes zu berichten.«

Ranuccio trat in die Mitte des Zeltes und verriet mit seinem Blick, dass er das Feld nicht seinem Vetter überlassen, sondern sich selbst die Anerkennung und Dankbarkeit Malatestas sichern wollte. »Ich habe mich mit einem alten Kumpel aus der Eisernen Kompanie in einer kleinen Taverna getroffen und einiges von ihm erfahren.«

Borelli begriff, was Ranuccio beabsichtigte, konnte aber vorerst nichts dagegen tun, denn er brauchte ihn noch und durfte ihn daher nicht verärgern. Der Kern seines Fähnleins bestand aus der früheren Räuberbande, und die Kerle gehorchten mehr ihrem alten Hauptmann als ihm. Normalerweise hätte Borelli darauf verzichtet, so ein Gesindel in seine Dienste zu nehmen, doch er besaß nicht das Geld, gute Leute anzuwerben und zu besolden. Hätte er die Eiserne Kompanie an sich bringen können, wäre das anders gewesen. Dann hätte er den Kerlen ein paar Goldstücke für ihre Mithilfe bei Monte Eldes Beseitigung in die Hände drücken und sie wegschicken können. So aber hatte er etliche Mitwisser am Hals – und das war eine Tatsache, die ihm durchaus Sorgen bereitete, solange Caterina noch lebte. Ein weiterer Grund, um alles daranzusetzen, sie so bald wie möglich zu beseitigen.

Er stand auf, klopfte Ranuccio auf die Schulter und lächelte die beiden anderen an. »Mein Vetter ist sehr geschickt darin, Dinge zu erfahren, die einem von Nutzen sein können. Wir wissen jetzt, dass Caterina di Monte Elde nach Venedig aufgebrochen ist, um ihre Kompanie dem Dogen und dem Rat der Zehn anzudienen.«

Malatesta heulte auf wie ein getretener Hund, denn er hatte sich bereits an die Herren der Lagunenstadt gewandt, in der Hoffnung, in ihre Dienste treten zu können, und war wie ein Bettler behandelt worden.. »Der Teufel soll das Weib holen! Diese Hure wird ihre Gesprächspartner mit ihren Mitteln zu überzeugen wissen, und wenn sie erst in Venedigs Diensten steht, kommen wir nicht mehr an sie heran!«

Borelli winkte lachend ab. »Keine Sorge! Die Venezianer werden ihr schon heimleuchten, denn sie können es sich gar nicht leisten, unseren allerdurchlauchtigsten Herzog zu erzürnen. Zudem dürften weder der Doge noch der Rat der Zehn ein Weib als Anführerin einer Söldnertruppe akzeptieren.«

»Ja? Und was soll dann das ganze Geschwätz über Venedig? Das bringt uns unserer Rache auch nicht näher.« Malatesta maß Borelli mit einem verächtlichen Blick.

Caterinas Vetter ließ sich nicht aus der Ruhe bringen. Er schenkte sich seinen Becher voll, trank mit Genuss und blickte Malatesta dann über den Rand des Gefäßes hinweg an. »Genau diese Reise wird uns die Rache ermöglichen, mein Freund. Der Weg von Venedig nach Molterossa ist lang und die Capitana wird gewiss nicht von ihrem ganzen Heer begleitet.«

»Sie hat zehn Männer bei sich, die unter dem Befehl des einstigen Lanzenknechts Friedel stehen. Ansonsten wird sie nur von dem Milchbübchen Camillo di Rumi, Monte Eldes einstiger Bettwärmerin Bianca und einer Dienerin begleitet«, warf Ranuccio grinsend ein.

Borelli breitete die Hände aus. »Wie Ihr seht, ist Gott mit uns. Ich weiß zwar nicht, wie lange Caterina sich in Venedig aufhalten wird oder bei ihren Verwandten in Ravenna, die sie ebenfalls aufsuchen will, aber sie dürfte etliche Wochen unterwegs sein. Sie braucht Geld für ihre Truppe und wird versuchen, Obizzo da Polenta anzupumpen. Wie ich den kenne, wird er ihr kaum etwas geben, sondern uns diese selbsternannte Capitana für eine Hand voll Golddukaten ausliefern – und zwar mit Kusshand!«

Borelli achtete scharf auf Malatestas Reaktion, denn er selbst besaß nicht einmal ein Zehntel der Summe, die nötig wäre, den Capitano del Popolo von Ravenna zu bestechen.

Doch Ugolino Malatesta hob in einer hilflosen Geste die Hände. »Das wäre eine gute Idee – wenn meine Geldtruhe nicht so leer wäre, dass ich bereits den Boden sehen kann. Herzog Gian Galeazzos Schatzamt hat einen Teil des mir zugesagten Soldes als Ersatz für das Lösegeld einbehalten, das es für meine Leute zahlen musste. Zum Glück hat der Marchese Olivaldi die Summe für d'Abbatis Schurken aus der eigenen Tasche bezahlt, sonst hätte ich auch noch für diese geradestehen müssen.«

»Also können wir Caterina di Monte Elde nicht von Messer Obizzo kaufen, sondern müssen sie unterwegs abfangen.« Es hatte auch sein Gutes, dass Malatesta nicht in der Lage war, seinen Anspruch auf Caterina mit Gold zu untermauern, dachte Borelli. Dann würde er selbst diese Aktion leiten.

»Ich habe alles genau geplant«, fuhr er selbstzufrieden fort. »Mir fehlt nur noch ein Platz, an dem ich unsere Gefangene sicher festhalten kann. Ranuccio kennt zwar ein paar gute Verstecke in der Romagna, doch von denen ist keines für unsere Zwecke geeignet. Eines ist nämlich so sicher wie das Amen in der Kirche: Die Eiserne Kompanie wird auf die Suche nach ihrer entführten Capitana gehen und in der Romagna Stein für Stein umdrehen, bis sie sie gefunden hat. Also benötige ich eine Burg oder Festung in der Lombardei oder meinetwegen auch im Herrschaftsbereich Eurer Vettern bei Rimini oder Pesaro. Könnt Ihr mir solch eine Unterkunft beschaffen?«

Ugolino Malatesta stützte sein Kinn auf die rechte Hand und drehte die Linke so, als müsse er seine Zweifel abschütteln. »Gian Galeazzo hat mir zwar eine Herrschaft oder eine Stadt versprochen, aber das sind bis jetzt leere Phrasen geblieben. Also besitze ich selbst keinen Platz, an dem wir das Weib unterbringen können. Doch ich kenne eine gut verborgene Burg in den Bergen südlich von Pesaro, die einem meiner Vettern gehört. Der Kastellan ist mein Freund und wird mir ganz sicher zu Diensten sein.« Bei diesen Worten

verschwand der nörglerische Ausdruck auf Malatestas Gesicht und es nahm wieder die stolze, selbstbewusste Miene an, die der Condottiere sich in langen Jahren anerzogen hatte.
»Da die Tedesca wohl nicht lange in Venedig bleiben wird, sollten wir uns schnellstens auf den Weg machen, sonst entfliegt uns das Vögelchen noch.« Übermütig lachend stand er auf und schlug Borelli so kräftig auf die Schulter, als wolle er ihm das Rückgrat brechen.
Das würde dir so passen, dachte Borelli und wiegte scheinbar besorgt den Kopf. »Denkt aber daran, dass Ihr in Mailand um Erlaubnis bitten müsst, bevor Ihr das Land verlassen könnt! Es wäre fatal, wenn Herzog Gian Galeazzo am Vorabend unseres großen Triumphs erfahren würde, dass Ihr Euch heimlich davongeschlichen habt. Käme er zu der Überzeugung, Ihr wärt desertiert, würde dies das Ende Eurer Karriere bedeuten.«
Malatesta ballte die Fäuste, fluchte zum Gotterbarmen und stürzte einen Becher Wein hinunter, als müsse er seinen Grimm ertränken. »Wenn ich vorher nach Mailand reiten muss, ist die Tedesca wieder bei ihrer Kompanie, bevor wir in der Lage sind, sie aufzuhalten.«
»Diese Gefahr besteht nicht, wenn Ihr richtig handelt. Im Gegensatz zu Euch können Ranuccio und ich das Land jederzeit verlassen – zumindest, wenn Ihr uns den Befehl dazu erteilt. Tut es, und bevor der Mond einmal wechselt, ist Caterina di Monte Elde unsere Gefangene.«
Man konnte Malatesta ansehen, wie wenig es ihm passte, seine Untergebenen allein reiten zu lassen. Gleichzeitig aber war ihm klar, dass ihm nichts anderes übrig bleiben würde, als gute Miene zu Borellis Vorschlag zu machen. »Also gut! Ihr erhaltet den Marschbefehl. Aber ihr werdet die Tedesca nicht anrühren, verstanden! Ich will der Erste sein, der Rache an ihr nimmt.«
Borelli nickte eifrig, doch Ranuccio las in dem scheinbar gleichmütigen Gesichtsausdruck seines Vetters, dass dieser den Befehl seines

Capitano zu missachten gewillt war. Der ehemalige Banditenhäuptling hingegen dachte an eine andere Frau und leckte sich voller Vorfreude die Lippen. Mit Bianca, die die Capitana begleitete, hatte er noch ein sehr großes Hühnchen zu rupfen.

## 7.

Rodolfo hatte wie ein guter Jagdhund die Spur aufgenommen und folgte ihr hartnäckig. Nachdem er erfahren hatte, dass Borelli und Ranuccio die Mörder von Caterinas Vater waren, gönnte er sich kaum Ruhe, sondern querte die Romagna und die östliche Lombardei so schnell, wie er es den Pferden zumuten konnte, um an den Ort zu gelangen, an dem die Gesuchten sich seines Wissens nach zuletzt aufgehalten hatten. Ugolino Malatesta hatte sein Söldnerlager beim Städtchen Asola auf halbem Weg zwischen Mantua und Cremona aufgeschlagen. Es war dem Condottiere zwar gelungen, die bei Rividello erlittenen Verluste auszugleichen, doch er hatte Gian Galeazzo Viscontis Vertrauen verloren und wurde mit keiner Aufgabe mehr betraut, bei der Ruhm und Beute winkten.

Da Rodolfo den brennenden Ehrgeiz kannte, von dem Fabrizio Borelli zerfressen wurde, würde dieser einen Weg suchen, Ugolino Malatestas Kompanie zu verlassen und in die Dienste eines anderen, erfolgreicheren Condottiere zu treten. Wenn er nicht wochen- und monatelang nach Caterinas Vetter suchen wollte, musste er den Mann stellen, solange er noch in Malatestas Diensten stand.

Als er das Stadttor von Asola erreichte, blickte ihm ein einzelner Wächter gelangweilt entgegen.

»Wenn ihr zum Söldnerlager wollt, müsst ihr dort vorne links abbiegen.« Offensichtlich hielt er Rodolfo und dessen Männer für Söldner, die einen neuen Condottiere suchten, und erzählte ihnen auch sofort, was es Neues gab. »Wenn ihr Signore Ugolino sucht, seid ihr vergeblich gekommen, denn der ist gestern nach Mailand aufgebrochen.«

Da Rodolfo weniger an Malatesta gelegen war als an Monte Eldes Mörder, quittierte er diese Nachricht mit einem Achselzucken. »Ich suche einen von seinen Offizieren, einen Mann namens Fabrizio Borelli. Vielleicht kennst du ihn, er ist der Neffe des Francesco di Monte Elde.«

»Vom Eisernen Francesco habe ich natürlich gehört, aber dass er einen Neffen hat, wusste ich nicht ...« Der Torwächter fasste sich an den Kopf, als erleichtere ihm die Geste das Nachdenken. »Ah! Jetzt weiß ich, wen Ihr meint. Der hat das Lager zusammen mit Malatesta verlassen!«

Rodolfo nahm an, dass Borelli und Malatesta gemeinsam nach Mailand unterwegs waren, um neue Befehle einzuholen. Für einen Augenblick wollte er schon sein Pferd wenden, um ihnen nachzureiten, aber dann sah er ein, dass die Tiere und auch seine Männer zu erschöpft waren. So entschloss er sich schweren Herzens, die Nacht in der Stadt zu verbringen und den Gesuchten am nächsten Morgen zu folgen.

»Wenn das so ist, können wir genauso gut in der Stadt unterkommen. Kannst du uns eine gute Herberge nennen?«

Der Mann nickte eifrig. »Da gibt es mehrere, aber die wollen alle gutes Geld sehen. Für Gottes Lohn gibt hier keiner Speise oder Unterkunft.«

Rodolfo klopfte auf den Beutel an seinem Gürtel. »Für eine Übernachtung und ein Mahl wird es noch reichen. Hier, trink einen Schluck auf meine Gesundheit!«

Er schnellte eine Münze durch die Luft, die der Torwächter geschickt auffing, und lenkte sein Pferd durch die Leute, die das Tor passierten und ihm und seinen Männern teils ängstliche, teils ablehnende Blicke zuwarfen. Der Wächter am Tor hatte nicht zu viel versprochen, denn sie fanden eine ausgezeichnete Herberge, die nicht zu teuer war. Der Wein, der dort aus dem Spundloch lief, war süffig, und das Essen schmeichelte der Zunge, wie Rodolfo es schon lange nicht mehr erlebt hatte. Es war angenehm, einmal nicht in Kriegslagern oder einfachen Tavernen übernachten zu müssen, sondern als geehrter Gast umsorgt zu werden.

Auch Tino, der gefangene Räuber, hatte sich inzwischen mit seinem Schicksal abgefunden. »So könnte es von mir aus ruhig weitergehen«, erklärte er Gaetano, während er ein Hühnerbein abnagte.

»Nicht für dich, denn wir werden dich wohl eher früher als später an einem Baum aufhängen.« Gaetano misstraute dem Mann und nahm sich vor, in der Nähe des Malatesta-Lagers noch wachsamer zu sein, damit der Kerl, mit dessen Aussage Rodolfo Borelli konfrontieren wollte, nicht ausriss und bei ehemaligen Bandenmitgliedern Zuflucht suchte.

Er ahnte nicht, dass Tino sich schon bei dem Gedanken an seine einstigen Kumpane schüttelte, die nun Söldner spielten, denn er kannte die grausamen Rituale, in denen sie echte oder vermeintliche Verräter zu Tode brachten. Daher schien es dem Räuber am sichersten, wenn er sich an Rodolfo hielt und sich diesem angenehm machte. Er schätzte den Grafen d'Abbati inzwischen als weichherzig genug ein, dass dieser ihn nicht aufhängen, sondern als Knecht oder Soldat in seinem Gefolge behalten würde. Zwar wusste er, dass Rodolfo neben seinem wohlklingenden Titel kaum mehr besaß als das Geld in seinem Beutel, aber das störte ihn nicht. Schon morgen konnte Fortuna ihn mit Glücksgütern segnen, von denen auch seine Untergebenen profitieren würden.

Rodolfo las in Tinos lebhaftem Mienenspiel und konnte sich zusammenreimen, was den Mann bewegte. Zuerst amüsierte er sich darüber, doch dann zuckte er mit den Schultern, der Kerl war auch nicht schlechter als die meisten seiner Landsleute. In diesen Zeiten, in denen die einfachen Leute von ihren Herren ebenso bedrängt wurden wie von allerlei durchziehendem Kriegsvolk und in denen der Nachbar um einer Meinungsverschiedenheit willen den Nachbarn erschlug, waren Räuber die Helden der Armen, und mancher, der tagsüber einer ehrlichen Arbeit nachging, plünderte nachts die Erschlagenen auf den Straßen aus. So gesehen gab es für ihn keinen Grund, Tino aufzuhängen, denn wenn er ihm das Leben schenkte, bekam er einen Diener, der ebenso geschickt wie gewitzt war und auf dessen Treue er sich verlassen konnte.

Kurz entschlossen tippte er ihn an. »Wenn du die Wahrheit gesagt hast, könnte ich mir überlegen, dich als Leibdiener zu behalten. Solltest du mich jedoch bestehlen, werde ich mich erinnern, was ich mit dir hätte tun sollen.« Er begleitete seine Worte mit einem freundlichen Lächeln, doch sein Tonfall verriet, dass er es ernst meinte.

Tino warf in einer gekränkten Pose die Arme hoch. »Was denken Euer Gnaden nur von mir?«

»Es reicht, wenn du mich mit Signore Rodolfo ansprichst oder, wenn es sehr förmlich sein soll, mit Conte. Euer Gnaden ist noch etwas zu hoch für mich. Da müsste ich schon der Nachfolger meines Onkels werden, und der hat für mich weniger übrig als eine schöne Jungfer für Warzen in ihrem Gesicht.«

Gaetano machte aus seinem Ärger über Rodolfos Gutmütigkeit kaum einen Hehl und rückte während der fröhlichen Unterhaltung nervös auf seinem Stuhl herum. Schließlich erhob er sich. »Verzeiht, Capitano, aber ich denke, ich sollte mir Malatestas Lager ansehen. Da mich keiner seiner Leute kennt, wird auch keiner misstrauisch werden.«

Rodolfo überlegte kurz und nickte. »Mach das, mein Guter. Vielleicht erfährst du Dinge über Borelli, die uns weiterhelfen können.«

Gaetano trank seinen Becher leer und verließ die Gaststube. Rodolfo hörte, wie er draußen nach seinem Pferd rief und kurz darauf wegritt. Nun blieb ihm nur zu hoffen, dass sein Freund etwas über

Malatestas und Borellis Reiseziel erfuhr. Er selbst konnte nichts anderes tun als warten, obwohl Borelli sich in jeder Stunde weiter von ihm entfernte.

Es war erst Nachmittag und die Sonne stand noch ein hübsches Stück über dem Horizont, doch die Herberge füllte sich bereits. Auch wenn Asola an keiner der großen Überlandstraßen lag, kamen genug Reisende vorbei, die von Brescia aus nach Parma wollten, ohne dabei den Weg über Cremona zu nehmen. Es handelte sich meist um Adelige und wohlhabende Herren, denen der Staub der Fernhandelsstraßen und das Gewimmel der Pilger zuwider waren und die zudem einen edlen Tropfen und eine gute Küche zu schätzen wussten. Daher fand Rodolfo sich inmitten eines Kreuzfeuers neugieriger, aber auch kritischer Blicke wieder. Seines abgerissenen Aussehens wegen hielt mancher ihn für einen Räuber. Doch der Wirt, dem er sich vorgestellt hatte, brachte seinen Gästen mehrfach zur Kenntnis, dass sie den Grafen d'Abbati vor sich sahen.

Ein beleibter Herr, dem man schon von weitem den Kaufmann ansah, setzte sich ungebeten an Rodolfos Tisch und rief dem Wirt zu, eine Kanne seines besten Weines zu bringen. »Ihr seid wirklich ein Graf?«, fragte er Rodolfo zweifelnd.

»Rodolfo Caetani, Conte d'Abbati, zu Diensten!« Rodolfo verbeugte sich spöttisch, denn er sah, wie die Nennung seines Ranges und seines Namens die Augen seines Gegenübers aufleuchten ließen.

»Dann seid Ihr der Neffe des Herzogs von Molterossa!« Der Kaufmann schien sich in der Genealogie der italienischen Geschlechter gut auszukennen, denn er vermochte Rodolfo einige Würdenträger und bekannte Familien aufzählen, mit denen dieser verwandt war. Zuletzt hob Rodolfo lachend die Arme. »Verzeiht, mein Freund! Die Beziehungen unseres romagnolischen Familienzweigs zu den Caetani in Rom sind nicht so eng, als dass ich mit jedem von ihnen bekannt wäre.«

»Ich habe schon gehört, dass die römischen Caetani ein wenig in Streit mit Eurer Sippe liegen, da einer Eurer Vorfahren auf Molterossa die Erbin eines Herzogs geheiratet hat und diese den Titel auf ihre gemeinsamen Nachkommen vererben konnte.« Wäre der Kaufmann ein Kater gewesen, hätte er wohl vor Vergnügen geschnurrt. Ehe Rodolfo sich versah, legte der ihm den Arm um die Schulter, musterte mit zufriedener Miene dessen abgetragene Kleidung und begann einen langen Monolog, in dem er die Hoffnung zum Ausdruck brachte, Rodolfos Verhältnisse würden sich sehr bald zum Besseren wenden.

»Ich weiß, Ihr verfügt über keinerlei Besitz, der Eures Ranges angemessen wäre, aber ich kenne einige Herren in Deutschland, die nahe genug bei Kaiser Wenzel stehen und Euch gegen ein kleines Dankeschön ein prachtvolles Lehen vermitteln könnten, und ich bin auch in Rom gut angesehen. Die Caetani dort würden einen zu Reichtum gekommenen Vetter gewiss an ihre Brust drücken und ihm weiterhelfen.«

Rodolfo begriff die Absicht des Kaufmanns und hätte ihm zu jeder anderen Stunde mit ein paar kurzen, aber deutlichen Worten erklärt, dass er sich zum Teufel scheren solle. Einige Becher des guten Weines hatten jedoch seine Anspannung fortgespült, und so genoss er es, ein wenig mit dem anderen zu spielen.

»Signore, weder bin ich in der Lage, den Beratern Kaiser Wenzels zu einer kräftigen Handsalbe zu verhelfen, noch sehe ich eine Möglichkeit, bald zu Reichtum zu gelangen.«

Der Kaufmann hob beschwichtigend die Hände. »Conte, Ihr braucht natürlich Freunde, die Euch dabei helfen. Eine Braut mit reicher Mitgift und ein Schwiegervater, dessen Einfluss bis in höchste Kreise reicht, wären das Fundament für Euren Erfolg.«

»Ehrlich gesagt fühle ich mich gar nicht danach, zu heiraten.« Es gelang Rodolfo meisterhaft, so zu reden, als hätte er dem Wein um einiges mehr zugesprochen, als es tatsächlich der Fall war.

Der Kaufmann witterte eine Chance und presste seine Finger in Rodolfos Arm. »Euer Titel ist es wert, einem Sohn vererbt zu werden! Ich habe vor einiger Zeit mit Eurem Onkel, dem Kardinal, gesprochen, und er meinte auch, dass Ihr möglichst bald eine Ehe eingehen solltet. Es ist von Gott so bestimmt, dass Mann und Frau zusammenliegen und das Menschengeschlecht fortsetzen.«

»Gegen das Zusammenliegen habe ich nichts, das macht sogar höllischen Spaß. Aber muss man deswegen gleich heiraten?« Rodolfo sah den Kaufmann so entsetzt an, als wäre eine Ehe mit tausend Jahren Fegefeuer zu vergleichen.

Sein Gesprächspartner widersprach ihm energisch und breitete die Vorteile einer Ehe in leuchtenden Farben vor ihm aus. Aus einer Laune heraus tat Rodolfo so, als interessiere er sich nun doch für das Angebot des Kaufherrn, und brachte den Mann so weit, allerlei Zugeständnisse zu machen. Der Kaufherr flüsterte ihm schließlich sogar ins Ohr, seine Tochter mache gewiss keinen Ärger, wenn ihr Gatte sich nebenbei noch einer Kurtisane bedienen würde.

Rodolfo lachte innerlich über den Eifer des Mannes, und während er immer wieder Hoffnungen in ihm weckte, um diese beinahe im gleichen Augenblick wieder zu zerstören, trank er mehr Wein, als er gewohnt war. Dabei war ihm durchaus bewusst, dass er sich nur von dem Ärger darüber ablenken wollte, Borelli verpasst zu haben.

## 8.

Als Gaetano zurückkehrte, stand die Sonne nur noch eine Handbreit über dem westlichen Horizont. Er wirkte abgehetzt und zwängte sich rüde durch die Leute, um zu Rodolfo zu gelangen. »Capitano, es gibt schlechte Neuigkeiten! Ich konnte mit einem Mann sprechen, der mir einiges über die Pläne unseres Freundes zu erzählen wusste.«

Rodolfo schüttelte die Hand des Kaufmanns ab, der ihn noch immer als Schwiegersohn zu gewinnen trachtete, und wandte sich Gaetano zu. »Was hast du in Erfahrung bringen können?«
Gaetano streifte die Menge in der Gaststube mit einem zweifelnden Blick und wies nach draußen. »Hier ist es zu laut für ein Gespräch.«
Trotz des Nebels, den der Wein um seine Sinne gelegt hatte, begriff Rodolfo, dass sein Gefolgsmann keine Zuhörer in der Nähe haben wollte. Also musste es sehr interessante Neuigkeiten geben. Er stemmte sich hoch, warf ein paar Münzen auf den Tisch und folgte ihm ins Freie.
In der Nähe des Stalles blieb Gaetano stehen und fasste Rodolfo am Arm. »Ich hatte großes Glück, Capitano, denn als ich nach Borelli gefragt habe, bin ich an einen Mann geraten, der sich gegen dessen Anmaßungen zur Wehr gesetzt hat und dafür streng bestraft worden ist. Wie alle guten Italiener hat der Soldat eine Gelegenheit zur Rache gesucht und Borelli deswegen heimlich beobachtet. Dabei hat er einiges erfahren, das für Euch wichtig sein könnte. Ich habe dem Soldaten eine Hand voll Dukaten für die Informationen versprochen, die er mir gegeben hat. Ich hoffe, Ihr macht mich nicht zum Lügner.«
»Gewiss nicht!«, bestätigte Rodolfo, obwohl diese Belohnung ein großes Loch in seine bereits arg leere Börse reißen würde.
Gaetano nickte zufrieden und näherte sich dem Ohr seines Vorgesetzten, damit niemand sonst seine Worte aufschnappen konnte. »Malatesta und Borelli wollen der Capitana der Eisernen Kompanie unterwegs auflauern und sie gefangen nehmen.«
Rodolfo schüttelte lachend den Kopf. »Das glaube ich nicht! Da würden sie mehr Söldner brauchen, als Malatesta aufzuweisen hat. Die Eisernen werden sich ihre Anführerin nicht ohne Kampf abnehmen lassen und sie hauen verdammt hart zu.«
»Die Capitana ist derzeit nicht bei ihrer Kompanie! Sie soll mit

nur wenigen Leuten nach Venedig gereist sein, um dort eine Condotta zu erwerben, und man will ihr den Rückweg verlegen.«
Venedig lag etliche Tagesreisen von Molterossa entfernt und es gab mehr als eine Straße, die von dort in die Romagna führte. Die Konsequenzen aus dieser Tatsache überforderten Rodolfos umnebelten Kopf. Er starrte Gaetano an, als mache er ihn für die schlechte Nachricht verantwortlich, und fluchte dann vor sich hin. »Wir müssen sofort aufbrechen! Sorge dafür, dass die Pferde gesattelt werden! Ich hole inzwischen unsere Leute.«
Gaetano starrte seinen Anführer an. »Capitano, es ist gleich Nacht!«
»Na und?« Rodolfo stand einen Augenblick hilflos da, holte dann tief Luft und verzog sein Gesicht zu einem jämmerlichen Grinsen. »Ich bin nicht mehr ganz nüchtern, mein Guter! Der Teufel hole den Kaufmann, der mir seine Tochter aufschwatzen wollte, und mich dazu, weil ich so dumm war, mich auf ein Wettsaufen mit dem Kerl einzulassen! Wir müssen tatsächlich bis morgen früh warten. Vorher will ich aber selbst mit dem Söldner sprechen, von dem du deine Weisheiten erhalten hast. Da er auf seine Belohnung wartet, kann ich hoffentlich feststellen, ob er dir nicht einen Bären aufgebunden hat.«
»Das hat er gewiss nicht, Capitano! Soll ich Euch zu ihm führen?«
»Was denn sonst? Los, gehen wir!« Da das Tor noch offen stand, verließen sie ungehindert die Stadt und wanderten auf eine einsam stehende Steineiche zu, die von Gebüsch umgeben war. Als sie näher kamen, sahen sie einen Söldner in den Farben Ugolino Malatestas gegen den Stamm gelehnt stehen, der scheinbar versonnen in die Ferne starrte. Als er ihre Schritte vernahm, schnellte er herum und griff zu seinem Schwert.
Rodolfo blieb vor dem Söldner stehen und musterte ihn. »Du bist also derjenige, der Borelli belauscht haben will.«
Sein Gegenüber verzog beleidigt das Gesicht. »Ich habe mit eigenen

Ohren vernommen, was dieser räudige Hund plant! Euer Begleiter hat mir etliche Dukaten für mein Wissen versprochen! Ich hoffe, Ihr habt sie bei Euch.«

»Wenn du die Wahrheit sagst, wirst du das Geld erhalten.« Rodolfo klopfte auf seine Börse, und deren Klingeln ließ die Augen des Söldners begehrlich aufflammen. »Du behauptest also, Borelli wolle Monte Eldes Tochter auf dem Heimweg von Venedig abfangen und sich ihrer bemächtigen.«

»Deshalb ist er fortgeritten!«

»Ich will dir vorerst glauben. Was hat Borelli mit der Tedesca vor und wohin will er sie bringen?« Rodolfo blickte dem Söldner unverwandt in die Augen, um sich keine Regung entgehen zu lassen, und wunderte sich, wie klar sein umnebelter Kopf unter der Anspannung wurde.

»Die Capitana der Eisernen Kompanie soll auf ein Kastell in der Nähe von Pesaro gebracht werden. Dort wollen Malatesta und die anderen sich an ihr vergnügen und ihr anschließend die Kehle durchschneiden.« Der Mann klang fast so, als bedaure er es, nicht mit von der Partie sein zu dürfen.

»Weißt du auch, wo sie der Capitana auflauern wollen?«

Der Söldner schüttelte den Kopf. »Sie planen, sie nach ihrem Aufenthalt in Ravenna zu überfallen. Mehr haben sie dazu nicht gesagt.«

»Um welches Kastell handelt es sich?«

Der Söldner zuckte mit den Schultern. »Eines, das einem Vetter Malatestas gehört. Das ist alles, was ich weiß!« Er verzog unwillig den Mund und schien zu befürchten, Rodolfo würde ihm die versprochene Belohnung kürzen, weil er nicht alle Einzelheiten kannte. Dieser nestelte jedoch seine Börse los und schüttete einen Großteil des Inhalts in die eilig ausgestreckten Hände des Mannes. Noch während der Söldner sich wortreich bedankte, hatte Rodolfo ihn bereits aus seinen Gedanken verbannt.

Er wandte sich Gaetano zu und wies mit dem Kopf zur Stadt. »Kehren wir zurück, bevor die Tore geschlossen werden. Morgen früh will ich der Erste sein, der die Stadt verlässt!«

## 9.

Nach dem kurzen und nicht gerade angenehmen Aufenthalt in Ravenna setzte Caterina ihre Reise fort. Für die Strecke nach Molterossa hätte sie normalerweise knapp eine Woche gebraucht, doch die politischen Umstände zwangen sie zu geradezu lächerlichen Umwegen, denn sie musste jene Gebiete meiden, die sich Gian Galeazzo Visconti unterworfen hatte, und auch fast alle anderen Städte auf ihrem Weg. So mancher Capitano del Popolo des einen oder anderen Örtchens hätte sich nämlich gefreut, sie gefangen zu nehmen, um sie dem Visconti auszuliefern oder dem Herzog von Molterossa ein hohes Lösegeld für sie abzupressen.

Die allgegenwärtigen Räuber machten ihr weniger Sorgen, denn die würden sich nicht auf einen Kampf mit einem Dutzend Söldner einlassen, doch gegen die Garde oder Miliz einer Stadt konnten ihre Begleiter nichts ausrichten. Daher musste sie Augen und Ohren offen halten, in Italien drehte sich der politische Wind schneller als das Wetter. Aus diesem Grund zogen sie ständig Erkundigungen ein, um nicht in die falschen Orte zu geraten. Caterina gab auch nie ihr wirkliches Ziel an, wenn sie danach gefragt wurde, sondern nannte irgendeine Stadt, die sie mit Sicherheit nicht betreten würde. Ohne es zu ahnen, zwang sie damit Borelli und seine Leute, die verbissen nach ihr suchten, zu manch vergeblichem Ritt, und die Flüche, die ihr galten, hätten selbst Luzifer die Ohren rot gefärbt.

Caterinas Glück war jedoch ebenso wetterwendisch wie die politischen Verhältnisse, denn ehe sie die halbe Strecke zurückgelegt hatte, kam Borelli ihr auf die Spur. Diese war zwar schon zwei Tage alt, aber da er die politischen Verhältnisse besser kannte als die Verfolgten, nahm er eine Abkürzung, die ihm die Chance gab, ihr den Weg zu verlegen. Gerade als er seine Männer aufteilen wollte, um die in Frage kommenden Wege zu überwachen, entdeckte einer seiner Leute Caterinas Trupp. Dieser näherte sich über einen schmalen Gebirgspfad dem Städtchen Marradi. Caterina hatte schon öfter Wege dieser Art gewählt, obwohl ihre Begleiter murrten, denn eine Vorahnung drohenden Unheils hatte von ihr Besitz ergriffen. Auf diese Weise hoffte sie dem Schicksal ein Schnippchen schlagen zu können. Deswegen nahm sie auch keine Rücksicht auf Malle, die immer noch kränkelte und sich auf den steil ansteigenden und unvermittelt wieder abfallenden Pfaden verzweifelt an den Sattelbogen klammerte und alle Heiligen zu Hilfe rief, als gelte es erneut, die Via Mala in Graubünden zu bezwingen.

An diesem Tag ließ Caterinas warnender Sinn sie jedoch im Stich, und sie ritt achtlos an Borellis Leuten vorbei, die neben einer kleinen Taverne angehalten hatten, um sich zu beraten.

Zu ihrem Pech hatte Ranuccio sich mit Borelli und ein paar anderen, den Eisernen bekannten Männern im Stall versteckt. Als die Reisegruppe vorbeigeritten war, schlug er mit der Faust in die offene Hand.

»Gott und die Heiligen scheinen doch mit uns zu sein! Ich habe schon gedacht, wir würden noch wochenlang im Schlamm stochern, während dieses Weib sich auf Molterossa ins Fäustchen lacht. Malatesta hätte dir die Ohren abgeschnitten, wenn dir die Tedesca trotz deines angeblich narrensicheren Planes entgangen wäre.«

Ranuccio nahm seinem Vetter gegenüber kein Blatt mehr vor den Mund und reizte dessen Nerven bis zum Äußersten. Inzwischen hasste Borelli ihn von ganzem Herzen, doch er konnte gerade in dieser Situation nicht auf ihn verzichten. »Was kann ich dafür, dass

Monte Eldes Tochter Ravenna bereits verlassen und dann auch noch Wege benutzt hat, wie sie höchstens streunende Ziegen wählen? Weiber denken nun einmal nicht geradeaus!«

Ranuccio bedachte ihn mit einem spöttischen Blick. »Nun, auf alle Fälle sind wir jetzt auf ihrer Spur.«

»Ich denke, ich kenne den Weg, den sie nun einschlagen wird. Sie dürfte versuchen, Palazuolo zu umgehen und Conale zu erreichen. Dabei muss sie auf jeden Fall den Pass von San Ilario überqueren.« Borelli nickte so zufrieden, als hätte Caterina selbst ihm ihre Pläne offenbart.

Das Lächeln seines Vetters wurde noch breiter. »Das denke ich auch und ich kenne dort oben eine Herberge, deren Wirt mir noch aus alten Zeiten zu Dank verpflichtet ist. Die Tedesca wird mit Sicherheit dort Rast machen, damit sie und ihre Leute sich von der Anstrengung des Aufstiegs erholen können. Dann sitzt sie in der Falle und wir können das Gleiche mit ihr machen wie ich mit dieser Fliege hier!« Noch während Ranuccio sprach, schlug seine Hand mit einem klatschenden Geräusch gegen die Wand des Stalles, und dann zeigte er Borelli die auf seiner Haut verschmierten Reste des Insekts.

Borelli winkte angeekelt ab und verließ den Stall. Draußen lief er sich vorsichtig in Deckung haltend in die Richtung, die Caterina eingeschlagen hatte, und beobachtete hinter hohem Gestrüpp verborgen, wie ihr Trupp in der Ferne verschwand. Zwar war er sich sicher, dass sie nicht nach Süden ins Mugello abbiegen würde, doch er wollte sie nicht noch einmal aus den Augen verlieren. Daher suchte er drei Mann aus und erteilte ihnen den Befehl, die aus Marradi herausführenden Straßen zu überwachen. Dann warf er dem Wirt ein paar Münzen für die Zeche zu und winkte dem Rest seiner Leute, ihm zu folgen. Sie umgingen Marradi auf Wegen, die eher für Ziegen als für Pferde geeignet waren, ohne den steilen Abhängen, an denen sie vorbeiritten, mehr als einen beiläufigen Blick zu schenken. Die Männer, die Borelli jetzt noch begleiteten, waren ausnahmslos ehemalige Räuber und gewohnt, noch weitaus riskantere Pfade zu benutzen, und er selbst missachtete in seiner Gier nach Rache jegliche Gefahr.

Sie übernachteten nur wenige Meilen außerhalb des Städtchens in einem kleinen Piniengehölz, so wie Ranuccio und seine Männer es vor dem Mord an Franz von Eldenberg getan hatten. Ranuccio spielte mehrmals auf die damaligen Geschehnisse an, während sie ihr Lager aufschlugen, doch sein Vetter würdigte ihn keiner Antwort. Daher hüllte er sich brummend in seine Decke und fragte sich, welchen Profit sie aus dieser Jagd ziehen würden. Rache, die keinen zählbaren Gewinn einbrachte, war in seinen Augen verschwendete Zeit. Statt der Tedesca Gewalt anzutun und sie hinterher umzubringen, wäre es in seinen Augen sinnvoller, sie unversehrt zu lassen und ein hohes Lösegeld für sie zu verlangen. Malatesta und Borelli hatten aber nichts anderes im Kopf, als wie brünstige Bullen über sie herzufallen. Noch ehe er einschlief, fiel Ranuccio ein, dass er aus den noblen Verwandten dieses Weibsstücks auch dann Geld herausschlagen konnte, wenn er nur noch den Leichnam für das Geschäft einzusetzen hatte. Es musste ja keiner wissen, dass Caterina tot war.

Sollten die beiden aufgeblasenen Kerle doch ihren Spaß mit dem Frauenzimmer haben – er würde kassieren und weder mit Borelli noch mit Malatesta teilen.

## 10.

Caterina wählte tatsächlich den Weg, den Borelli für den wahrscheinlichsten gehalten hatte. In den ersten Stunden mussten sie so steile Anstiege bewältigen, dass die Tiere auf der Höhe des Passes San Ilario erschöpft stehen blieben und die Männer sehnsüchtig auf das Dach der Taverne starrten, die ein Stück unter ihnen auftauchte und mit einem im Wind knarrenden Schild über der Tür lockte. Es handelte sich um ein schäbiges Gebäude aus Bruchsteinen, das mit dünnen Steinplatten gedeckt war. Die Vorderseite grenzte an eine natürliche Felsterrasse, die als Schankfläche benutzt wurde, wie mehrere primitive Tische und etliche als Hocker dienende, abgesägte Baumstämme verrieten.

Der Wirt schien die neuen Gäste schon bei der Ankunft auf der Passhöhe wahrgenommen zu haben, denn er schoss aus dem Gebäude und blickte ihnen erwartungsvoll entgegen. Mit seinem unrasierten Kinn, den kurzen, um die Beine flatternden Hosen und der breiten Schärpe um seine Taille, in der ein langer, gebogener Dolch steckte, wirkte der Mann eher wie ein Räuber, und Caterina wäre am liebsten weitergeritten. Doch sie wusste, dass sie ihren erschöpften Begleitern die Schenke kaum würde vorenthalten können, zumal der Wirt nun die üblichen Sprüche abließ, mit denen seinesgleichen Gästen ihre Dienste schmackhaft zu machen pflegten.

»Buon giorno, Signori, ein Becher Wein gefällig? Besseren habt ihr noch nie getrunken! Es gibt auch Braten von der Ziege, Schinken vom Schwein und den feinsten Käse weit und breit!« Der Mann gebärdete sich so widerlich aufdringlich, dass Caterina trotz der Erschöpfung ihrer Leute den Befehl zum Weiterreiten geben wollte, doch einige ihrer Begleiter stiegen bereits ab, banden die Pferde an die dafür vorgesehenen Pfähle und steuerten auf die Tische zu. Malle bemerkte das Zögern ihrer Herrin und stöhnte auf. »Wir sollten wirklich Rast machen und etwas trinken, Jungfer. Meine Zunge hängt wie ein lederner Lappen am Gaumen, und wer weiß, wann wir eine andere Wirtschaft finden.«

»In Palazuolo gibt es gewiss etwas Besseres«, antwortete Caterina. Aber ihr Einwand verhallte ungehört, da Bianca im gleichen Augenblick aus dem Sattel rutschte, während Friedel Malle vom Pferd half und ihr dabei spielerisch in den Hintern kniff. So ließ sie sich von Biancas Bruder vom Pferd helfen und versuchte, den Wirt auf Abstand zu halten, der sie als Anführerin des Trupps erkannt hatte und nun auf sie zutrat.

»Ihr werdet es nicht bereuen, Signorina! Mein Wein ist wirklich gut und meine Frau bereitet die Speisen besser zu als der Koch des Herzogs von Mailand.«

Der Söldner Götz trat zu dem Mann und deutete mit dem Zeigefinger auf dessen für einen Tavernenwirt nicht sehr umfangreichen Bauch. »Danach siehst du mir nicht aus! Wenn du gelogen hast, stäupen wir dir den Rücken, damit du nächstes Mal bescheidener auftrittst.«

Der Wirt lächelte breit. »Es wird kein einziges Wort der Klage über eure Lippen kommen!«

Caterina lief bei diesen Worten ein Schauer über den Rücken, doch im gleichen Moment schalt sie sich wegen ihres Misstrauens. Auf sie wirkten die meisten Wirte wegen ihrer nur schlecht verborgenen Gier kriecherisch und unzuverlässig, und in einsameren Gegenden waren diese Männer in der Regel halbe Banditen, die Räubern Unterschlupf boten und ihre Beute ankauften. Sie unterdrückte ihre heftige Abneigung gegen die Herberge und ihren Besitzer und sah zu, wie der Mann, der offensichtlich keinen Schankknecht hatte, eilfertig ins Haus lief und kurz darauf mit einem großen Krug und etlichen Bechern zurückkehrte. Diese verteilte er mit großer Geschicklichkeit auf den Tischen und füllte sie, ohne einen Tropfen zu verschütten.

Während die Söldner ihre Becher hoben und ein Hoch auf Caterina ausstießen, wurde deren Aufmerksamkeit von Friedel abgelenkt, der Malle zuprostete und dabei einen lockeren Spruch von sich gab. Caterinas Dienerin hob in scheinbarer Entrüstung die Hand, doch ihr Blick offenbarte auch ihrer Herrin, dass der Offizier nicht vergebens hoffen musste. In seinem neuen Rang hätte der schwäbische

Söldner sich eine andere Geliebte zulegen können als eine Dienerin, die bereits auf die vierzig zuging, aber er schien sich in Malles Nähe wohl zu fühlen.

Während Caterina sich noch fragte, ob das Verhältnis zwischen den beiden von Dauer sein mochte und von einem Priester gesegnet werden sollte, erschien der Wirt aufs Neue, verbeugte sich erst vor Caterina, dann vor Bianca und deutete auf sein Haus. »Drinnen ist es kühl! Da werden sich die Signorine gewiss wohler fühlen als hier im Freien.«

»Ich hätte wirklich nichts gegen eine gewisse Abkühlung« sagte Malle mit einem schiefen Blick auf Friedel, der ihr wohl etwas zu übermütig geworden war. Bianca nickte und ging ebenso wie Malle auf das Haus zu, so dass Caterina nichts anderes übrig blieb, als sich ihnen anzuschließen. Die Kammer, in die der Wirt sie führte, war nicht besonders groß und enthielt nur einen einzigen Tisch mit zwei schmalen Bänken. Jemand hatte schon einen Tonkrug voll Wein bereitgestellt und ein Holzbrett, auf dem etwas Brot und harter Käse lagen. Der Wirt dienerte mit einem schmierigen Grinsen und erklärte, er würde gleich Schinken und Ziegenbraten bringen.

»Mir gefällt es hier nicht«, erklärte Caterina, als der Mann die Kammer verlassen hatte.

»Von so abgelegenen Kneipen kannst du nichts Besseres erwarten. Hier gehen gewiss Räuber aus und ein, und die Obrigkeit würde sich wundern, bekäme sie die geheimen Felsenkeller zu sehen, die solche Tavernen in den Bergwänden ringsum besitzen. Wir aber haben nichts zu befürchten, denn unsere wackeren Begleiter beschützen uns.« Mit diesen Worten schenkte Bianca sich, ihrer Freundin und Malle ein.

Der Wein schmeckte nicht schlecht, war aber eher minderer Qualität und hinterließ einen unangenehmen Nachgeschmack, der sich wie Galle auf die Zunge und den Gaumen legte und den ganzen Mund pelzig werden ließ. Daher verzichtete Caterina auf einen zweiten Becher. Malle und Bianca griffen jedoch kräftig zu und schienen sich zu erholen. Eine Weile spöttelten sie über Caterinas besorgte Miene, dann klangen ihre Stimmen müder und sie rieben sich immer wieder über die Augen.

»Ich glaube, der Weg war doch ein wenig zu anstrengend für uns. Wir sollten ein Stündchen ausruhen und erst weiterreiten, wenn die größte Tageshitze vorbei ist.« Bianca gähnte so stark, dass ihre Worte kaum verständlich waren.

Als sie den Mund wieder schließen konnte, legte sie ihren Kopf auf die Tischplatte und begann misstönend zu schnarchen. Gleich darauf tat Malle es ihr nach.

Nun war Caterina ganz sicher, in eine Falle gegangen zu sein. Sie wollte aufspringen, hatte aber nicht mehr die Kraft dazu. Obwohl sie sich zurückgehalten und nur wenig Wein getrunken hatte, waren ihre Glieder schwer und die Welt schien sich um sie zu drehen. Mühsam erhob sie sich, schob sich an der Wand entlang, die einen wilden Tanz mit ihr aufzuführen schien, und erreichte nach einer halben Ewigkeit das kleine Fenster, von dem aus man auf die Veranda blicken konnte. Die frische Luft, die ihr entgegenströmte, klärte ihre Sinne und sie konnte nach ihren Begleitern Ausschau halten. Als sie sie erblickte, war es, als griffe eine kalte Hand nach ihrem Herzen.

Ohne Ausnahme lagen die Männer wie gefällt am Boden, und nur gelegentliche Schnarchlaute verrieten, dass noch Leben in ihnen war. Während Caterina hilflos auf die Betäubten starrte und sich verzweifelt fragte, was sie in ihrem geschwächten Zustand unternehmen konnte, kam ein großer Reitertrupp den Hang herauf und hielt auf die Taverne zu. Es waren mehr als dreißig Mann. Als Caterina an ihrer Spitze Borelli erkannte, war ihr klar, dass sie nicht mehr lange zu leben hatte und ihr Ende grausam sein würde.

Ihr Vetter grinste über das ganze Gesicht, als er sich aus dem Sattel schwang, auf Friedel zutrat und ihn in die Seite trat. »Der schläft wie ein Toter! Also wird er uns nicht viel Mühe machen.«

Der Wirt trat selbstgefällig auf Borelli zu und berichtete ihm und Ranuccio, der sich wie ein Schatten an seinen Vetter heftete, wie leicht es ihm gefallen war, Caterina und ihre Leute zu überlisten.
»Wo sind die Weiber?«, unterbrach Borelli ihn, da ihn das Geschwätz nicht interessierte.
Der Wirt zeigte mit dem rechten Daumen auf das Fenster, hinter dem Caterina sich festklammerte. »In der Kammer! Sie sind ebenfalls betäubt. Aber ich habe zur Sicherheit den Riegel vorgeschoben.«
Jetzt erst begriff Caterina, dass sie sofort an Flucht hätte denken müssen. Trotz der Worte des Wirts schleppte sie sich zur Tür und rüttelte daran, doch diese gab nicht nach. Für einige Augenblicke geriet sie in Panik, dann zwang sie sich trotz der Lähmung, die ihren Körper erfasst hatte, zum Nachdenken. In diesem halbbetäubten Zustand wäre sie nicht weit gekommen, also würde sie auf eine bessere Gelegenheit zur Flucht warten müssen. Mit immer schwerer werdenden Beinen stakste sie zum Tisch zurück, nahm das kleine Messer, das der Wirt zum Schneiden des Käses hingelegt hatte, und ließ es in den gesteppten Stoffschichten verschwinden, die ihr Mieder stützten. Zwar besaß sie einen Dolch, der ebenso wie die Tasche mit ihrem Essbesteck am Gürtel hing, und ein weiteres Messer in einer Scheide unter ihrem Rock, doch wenn Borellis Leute sie durchsuchten, würden sie ihr beide Waffen abnehmen.
Draußen näherten sich nun Schritte, und Caterina fand gerade noch Zeit, sich an den Tisch zu setzen und den Kopf so auf die Arme zu legen, dass sie unbemerkt zwischen den Wimpern hindurchblinzeln konnte. Gleich darauf wurde der Riegel zurückgezogen und der Wirt, Borelli und sein Vetter drängten sich ins Zimmer.
»Da liegen sie, süß schlafend wie Engelein!«, spottete Borelli. Er trat auf Caterina zu, zog ihren Kopf an den Haaren hoch und verabreichte ihr eine Ohrfeige, die sie wünschen ließ, wirklich bewusst-

los zu sein. Mühsam schluckte sie einen Schmerzenslaut hinab, so dass nur ein leises, halbersticktes Stöhnen hörbar wurde.
»Die ist völlig weggetreten«, erklärte Borelli zufrieden.
Ranuccio trat zu Bianca und griff ihr in den Ausschnitt. »Dieses Weib hat mehr aufzuweisen als die dürre Tedesca. Mich reizt es schon seit langem, sie zu stoßen, und dieses Vergnügen werde ich mir ausgiebig gönnen.«
Borelli lachte anzüglich. »Dürr würde ich meine Base nicht nennen. Frauen wie sie halten einiges aus. Das Weib werde ich nicht nur so benutzen, wie die Pfaffen es predigen, da kann Malatesta maulen, so viel er will! Der bekommt, was von ihr übrig bleibt!«
Das Lachen der Männer klang so schmutzig, dass Caterina befürchtete, schon hier in ihrem hilflosen Zustand missbraucht und gequält zu werden. Sie musste alle Kraft zusammennehmen, um nicht in Panik zu verfallen und sich zu verraten, als Borelli befahl, sie und ihre Begleiterinnen nach draußen zu schaffen.
»Wir müssen weg sein, bevor andere Reisende des Weges kommen!« Borelli verließ die Kammer und brüllte ein paar Befehle. Gleich darauf quollen einige Söldner in die Kammer. Caterina fühlte sich von rauen Händen gepackt und an ein paar Stellen abgefingert, für die sie in einer anderen Situation schallende Ohrfeigen verteilt hätte. Gleichzeitig war sie froh um die Eile, in der sie hinausgetragen wurde. Wie es aussah, verschaffte ihr Borellis Angst vor unliebsamen Zeugen eine Galgenfrist.
Man warf sie wie einen Sack über den Rücken eines Pferdes und band ihr Arme und Beine unter dessen Bauch zusammen. Bianca erging es ebenso, doch als zwei andere Männer Malle hochheben wollten, winkte Ranuccio ab. »Die brauchen wir nicht! Es reicht, wenn wir uns mit zwei Weibern durch das Land schlagen müssen. Sammelt die Gäule der Gruppe ein und lasst sie irgendwo im Gebirge frei! Sie dürfen nicht bei uns gesehen werden.«
Die enttäuschten Gesten einiger Männer verrieten, dass diese nicht

darauf verzichten würden, die zum Teil recht wertvollen Pferde irgendwo auf einem Markt anzubieten. Ranuccio interessierte sich nicht dafür, was seine ehemaligen Kameraden planten, denn ihm schwebte eine andere Zukunft als die eines Räuberanführers vor. Schon manch berühmter Condottiere hatte seine Karriere als Wegelagerer begonnen und sich zwischendurch seiner alten Kumpel entledigt. So würde auch er es halten. Jetzt galt es, ein näher liegendes Problem zu lösen.

Dem Wirt war klar geworden, dass es nicht so lief, wie er sich das vorgestellt hatte, denn er zeigte erregt auf Caterinas bewusstlose Söldner, zu denen nun auch noch Malle gelegt wurde. »Die Kerle werden verdammt zornig werden, wenn sie aufwachen und ihre Anführerin verschwunden ist! Den Ärger habe ich dann am Hals!«

Während Borelli ein Stück bergan ging, als wolle er nach anderen Reisenden Ausschau halten, winkte Ranuccio spöttisch grinsend ab. »Von denen tut dir keiner mehr was. Los, Männer, an die Arbeit!«

Einige seiner Räuberkumpane zogen ihre Dolche, traten zu den Bewusstlosen und schlitzten ihnen kurzerhand die Kehlen auf.

Caterina, deren Gesicht hinter ihren wie ein Vorhang niederfallenden Haaren verborgen war, wurde von dem Gemetzel so überrascht, dass sie den Blick nicht abwenden konnte. Als es vorbei war, reagierte ihr Körper mit Zuckungen und Krämpfen, dass sie glaubte, sterben zu müssen. Ihre Kiefer pressten sich so fest gegeneinander, dass die Schreie, die sich in ihrer Kehle ballten, nur als Stöhnen hörbar wurden, und Tränen quollen ihr wie Bäche aus den Augen. Ehe der nasse Schleier die entsetzliche Szene vor ihr verbarg, sah sie noch, wie Malle auf Friedel sank und sich das Blut der beiden im Staub des Weges mischte. So werden sie im Tod noch ein Paar, dachte sie unwillkürlich, bevor nackte Todesangst jegliches Denken in ihr auslöschte. In ihrem Kopf tanzten die Bilder der

Ermordeten, und es war ihr, als streckten sich ihr blutige Hände anklagend entgegen.

Während Caterina mit dem Schrecken kämpfte, der ihr schier den Verstand auszubrennen drohte, schrie der Wirt protestierend auf. »Bei der Heiligen Jungfrau! Ranuccio, was soll das? Das Blut bekomme ich nie mehr weg, und wenn man die Toten findet, wird man mich zu Tode foltern!«

Ranuccio klopfte ihm lachend auf die Schulter. »Mein Guter, du kennst mich doch. Natürlich werde ich nicht zulassen, dass man dich quält.«

»Aber wie? Die Taverne ist alles, was ich besitze! Ich kann doch nicht einfach davonlaufen!«

»Keine Sorge! Du wirst hier bleiben können.« Noch ehe er die Worte ausgesprochen hatte, zog Ranuccio seinen Dolch und stieß ihn dem überraschten Wirt ins Herz. Dann winkte er zwei seiner Männer und deutete auf das Haus. Die beiden traten hinein und einen Augenblick später gellte der Todesschrei einer Frau auf.

Ranuccio quittierte das Geräusch mit einem Auflachen, und seine Stimme klang so zufrieden, als hätte er an diesem Ort nur einen Becher Wein und ein ausgezeichnetes Mahl zu sich genommen. »Komm, Borelli! Wir können aufbrechen! Bis Pesaro ist es noch weit, und mich drängt es, die Geliebte des alten Monte Elde auszuprobieren! Dafür aber möchte ich ein Bett unter mir wissen und die Sicherheit fester Mauern um mich herum.«

Borelli nickte mit grünlich angelaufenem Gesicht. Zwar scheute auch er sich nicht, Blut zu vergießen, doch Ranuccios kaltschnäuzige Art ließ ihn schaudern. Ihm war jedoch klar, dass sein Vetter nicht anders hatte handeln können. Da es keine Zeugen gab, würden ihnen auch keine nach Rache dürstenden Monte-Elde-Söldner auf den Fersen sitzen, und bis die Nachricht von Caterinas Verschwinden zur Eisernen Kompanie gelangte, hatten sie sich längst in der Burg von Malatestas Verwandten eingenistet.

Während Borelli dem Gemetzel einige gute Seiten abgewann, versuchte Caterina trotz ihrer höllisch unbequemen Lage und ihrer Todesangst einen halbwegs klaren Gedanken zu fassen. Am liebsten hätte sie Borelli und dessen Vetter Ranuccio ihre Wut und ihre Verachtung ins Gesicht geschleudert, doch zum Glück lag ihre Zunge halb taub und wie angeschwollen im Mund, so dass sie keinen vernünftigen Laut herausbringen konnte. Daher formulierte sie ihre Verwünschungen nur im Kopf. Niemals zuvor, noch nicht einmal nach dem Tod ihres Vaters und ihres Bruders, hatte sie das Wort Vendetta so deutlich begriffen wie an diesem Tag. Sollte sie diesen Männern entkommen können, würde sie alles tun, um die Mörder ihrer Leute zu bestrafen.

## 11.

Der Betäubungstrank musste Caterina noch vor dem Abritt übermannt haben, denn sie kam übergangslos wieder zu sich, als grobe Hände sie vom Pferd zerrten und neben einen blühenden Busch warfen, als wäre sie ein Sack Getreide. Sie fiel auf Biancas weichen Körper und hörte ihre Freundin in halber Bewusstlosigkeit stöhnen und wimmernd nach ihrem Bruder rufen. Caterina nahm an, Bianca wäre ebenfalls nicht ganz betäubt gewesen und hätte Camillos Tod miterleben müssen. Als sie sich aufrichten und die Freundin trösten wollte, packten sie zwei Männer, drehten ihr die Hände auf den Rücken und fesselten sie mit Lederschnüren.
In diesem Augenblick kam Bianca zu sich. Sie erhob sich noch halb betäubt, sah die Banditen und öffnete den Mund zu einem Schrei. Sofort waren drei der Kerle über ihr, rangen sie zu Boden und stopften ihr einen Knebel in den Mund. Auch Caterina wurde geknebelt, und dann band man sie und ihre Freundin an zwei hochragende Wurzeln, so dass sie nicht mehr in der Lage waren, sich

gegenseitig zu berühren. Ranuccio und seine Kumpane entzündeten ein kleines Lagerfeuer und holten die Vorräte an Schinken, Wurst und Käse aus den Satteltaschen, die sie in der Herberge hatten mitgehen lassen. Dabei ließen sie Weinschläuche kreisen. Ihre Gefangenen erhielten weder zu essen noch zu trinken.

Trotz der frühsommerlichen Hitze des Tages kühlte die Nacht stark ab und ohne Decken froren die beiden Freundinnen erbärmlich. Während in Caterina immer wieder die Bilder der Morde aufstiegen, peinigten Bianca, die sich denken konnte, was passiert war, mindestens ebenso schreckliche Vorstellungen. Am Morgen nahm man ihnen die Knebel aus dem Mund, und einer der Räuber stopfte erst Caterina und dann Bianca die Öffnung eines Weinschlauchs zwischen die Lippen. Caterina verschluckte sich so, dass sie zu ersticken glaubte, und hustete würgend. Der Räuber spottete, weil sie sich wie ein Wurm am Boden krümmte, und steckte ihr ein Stück zäh gewordenen Brotes in den Mund, das, wie er sagte, bis zum Abend ihre einzige Mahlzeit sein würde. Zum Dank bedachte Caterina ihn und Borelli mit etlichen Verwünschungen, erreichte damit aber nur, dass man ihr einen schmutzigen Lappen in den Mund stopfte und mit weiteren Tüchern festband. Bianca widerfuhr die gleiche Behandlung, obwohl sie verbissen geschwiegen hatte. Ihnen war klar, dass die Kerle ihren Willen durch Hunger und schlechte Behandlung brechen wollten, bis sie ihren Peinigern bettelnd zu Füßen lagen. So stand in dem letzten Blick, den sie beim Aufbruch wechseln konnten, die Aufmunterung, sich weder ihren Stolz noch ihren Mut nehmen zu lassen.

Die nächsten Tage waren die Hölle. Zwar wurden sie nicht mehr wie Säcke transportiert, sondern durften aufrecht im Sattel sitzen, aber das war die einzige Erleichterung, die man ihnen zugestand. Ranuccio selbst achtete darauf, dass sie immer gefesselt blieben und sich nicht einmal auf den Pferden rühren konnten. Die Knebel nahm man ihnen nur zu den kargen Mahlzeiten ab und ließ sie kein Wort miteinander wechseln. Nur ihre Blicke trafen sich, so oft sie einander die Gesichter zuwenden konnten, und eines Nachmittags bemerkte Caterina, dass Bianca ihr zuzwinkerte. An jenem Tag lockerte sich die gebirgige Landschaft etwas auf, und zu ihrer Linken entdeckte Caterina flache Hügel, die in frischem Grün prangten. Ein- oder zweimal glaubte sie sogar, in der Ferne das Meer erkennen zu können.

Am Abend bezog der Trupp sein Lager in einem höher gelegenen, schwer zugänglichen Tal, dessen von Natur aus dunkle Wände bereits im Schatten lagen. Die Düsternis, die die Felsen auszustrahlen schienen, und die Erschöpfung schienen Biancas Willen gebrochen zu haben, denn als einer der Räuber sie aus dem Sattel zog, wimmerte sie wie ein kleines Kind und ihre Tränen flossen wie Bäche. Der Mann nahm ihr grinsend den Knebel ab und kniff sie heftig in den Busen, doch anstatt ihn zu beschimpfen, blickte sie mit nassen Augen zu ihm auf. »Gnade, Signore! Ich ertrage es nicht länger. Mein Körper ist zerschlagen, der Hunger verzehrt mich und ich bin halb wahnsinnig vor Durst.«

Im ersten Augenblick erschrak Caterina und wähnte ihre Freundin vor einem Zusammenbruch. Dann begriff sie, dass Bianca ein bestimmtes Ziel verfolgte. Sie schien Borelli und seinem Schurken von Vetter vormachen zu wollen, dass sie am Ende ihrer Kräfte sei und bereit, alles zu tun, um sich ihre Lage zu erleichtern. Auf diese Weise hoffte ihre Freundin wohl, die Wachsamkeit ihrer Entführer einschläfern zu können. Obwohl es Caterinas Stolz kränkte, begann sie vorsichtig, Bianca nachzuahmen, indem sie den Mann, der ihr ein Stück Brot in den Mund steckte, anflehte, ihr ein wenig mehr zu geben.

»Vielleicht tue ich es«, antwortete dieser grinsend und wedelte mit einem weiteren Brocken vor ihrer Nase herum, als wäre sie ein Hund. Mit der anderen Hand griff er an ihre Brust und begann diese zu kneten.

Zu mehr kam er nicht, denn Borelli stürmte heran und gab ihm eine Ohrfeige, die ihn gegen die Felswand schleuderte. »Lass deine dreckigen Pfoten von dem Weibsstück! Es gehört mir, verstanden?«

»Mein Vetter meint, du kannst eine der Ziegen vögeln, an denen wir vorhin vorbeigekommen sind«, warf Ranuccio spöttisch ein.

»Der Teufel soll ihn holen!« Der Räuber griff zum Dolch und ging auf Borelli los.

Dieser wich im letzten Augenblick aus, zog seine Waffe und bleckte die Zähne. »Komm her, damit ich dich zur Ader lassen kann.«

Sein Gegner stieß eine Verwünschung aus und griff an wie ein gereizter Stier. Borelli war jedoch durch Franz von Eldenbergs Schule gegangen, und ehe der Räuber begriff, wie ihm geschah, senkte sich die Klinge des Söldneroffiziers in sein Herz. Dem Getroffenen blieb nicht einmal mehr genug Kraft, einen Schrei auszustoßen, und als sein Körper den Boden berührte, war er bereits tot.

Borelli säuberte seinen Dolch am Hemd des Toten und wandte sich an die übrigen Räuber. »Will noch einer dem Kerl in die Hölle folgen?«

Das Schweigen, das ihn umgab, sagte mehr als hundert Worte. Bislang hatten die ehemaligen Räuber den Verwandten ihres Hauptmanns nicht ganz ernst genommen, nun begriffen sie, dass er nicht aus Pappelholz geschnitzt war. Der Einzige, der keine erschrockenen Blicke mit seinen Kameraden wechselte, war Ranuccio, denn der hatte sich abgewandt, um seine zufriedene Miene zu verbergen. Alles lief so, wie er sich das vorgestellt hatte. Seine Männer würden den Tod ihres Kameraden so rasch nicht vergessen, und nach weiteren Zwischenfällen würde es ein Leichtes für ihn sein, einen von ihnen so aufzustacheln, dass der Mann seinen Vetter aus dem Weg räumte. Dann würde er als Borellis engster Verwandter diesen beerben und Capitano werden. Natürlich waren die fünfzig Lanzen nicht mit der Eisernen Kompanie zu vergleichen, doch ein aufstrebender Condottiere konnte mit dieser Schar genug Ruhm und Beute erwerben, um seine Kompanie wachsen und zu einem Machtfaktor werden zu lassen.

Borelli ahnte nichts von den Plänen seines Vetters, schob seinen Dolch in die Scheide und trat auf Caterina zu. Demonstrativ fuhr er mit der Rechten in ihr Dekolleté und krallte seine Finger in ihre Brüste. »Ich hoffe, du bist noch Jungfrau, Base. Das würde meine Rache vollkommen machen.«

Da Caterina nicht geknebelt war, sammelte sie schon Speichel, um ihm ins Gesicht zu spucken. Da aber näherten sich seine Finger dem Messer, das sie in ihrem Mieder verborgen hatte. Sie versteifte sich vor Angst, er könne es ertasten, und so fiel sie wieder in die Rolle, die Bianca ihr vorgespielt hatte, und gab ihrem Gesicht einen flehenden Ausdruck.

»Lieber Vetter, bitte verschone mich! Es fließt doch das gleiche Blut in unseren Adern! Gewiss können wir uns einigen. Willst du nicht den Platz wieder einnehmen, den du bei meinem Vater innehattest? Wenn meine Männer sich an dich gewöhnt haben, kannst du die Eiserne Kompanie im Kampf als Capitano anführen. Schau, für ein Weib wie mich schickt es sich doch nicht, mit den Soldaten zu ziehen.«

Borelli lachte schallend auf. »Jetzt bist du so ängstlich geworden wie ein kleines Mädchen. Aber das hättest du dir früher überlegen müssen, statt mich aus der Eisernen Kompanie zu verdrängen. Sobald wir auf Malatestas Burg sind, gehörst du erst einmal mir. Wenn ich genug von dir habe, können die anderen Männer dich durchziehen.«

Dabei blickte er die Räuber an, deren feindselige Mienen sich bei diesen Worten aufhellten. Offensichtlich hatte er den richtigen Ton getroffen, denn ein Mann, auf dessen Wort die anderen viel gaben, machte eine verächtliche Handbewegung in Richtung des Toten. »Gallo hat genau gewusst, dass das Weib zuerst für den Cugino unseres Hauptmanns bestimmt ist. Danach hätte er sie haben können! Er war ein Narr, den Signore herauszufordern.«

Ranuccio knirschte leicht mit den Zähnen, denn er hatte bei all seinen Plänen nicht daran gedacht, wie geschickt sein Vetter mit Söldnern umzugehen wusste. Borelli hatte sich nicht nur mit leichter Hand aus der Schlinge gezogen, sondern auch den anderen Männern klar gemacht, dass er der Capitano war und damit auch Vorrang vor ihrem früheren Hauptmann hatte. Also würde er sich etwas anderes einfallen lassen müssen, wie er seinen Vetter beseitigen und sich an dessen Stelle setzen konnte. Um sich abzulenken, ging er zu Bianca hinüber und schob ihr die Hand ebenso unter die Bluse, wie Borelli es bei Caterina getan hatte. »Noch ein wenig Geduld, meine Liebe! In spätestens zwei Tagen wirst du einen richtigen Mann in dir spüren!«

Obwohl sein Griff ihr Schmerzen bereitete, gelang es Bianca, erwartungsvoll zu stöhnen und ihm einen beinahe anbetenden Blick zu schenken. »Wenn Ihr mir nur ein wenig Wein und Brot gebt, werde ich alles für Euch tun, Signore Ranuccio.«

Ranuccio zog die Hand zurück und grinste seinen Vetter an. »Ein Weib ist wie ein Pferd. Man muss ihm nur den Brotkorb ein wenig höher hängen, schon wird es so zahm, dass man es besteigen kann.«

Borellis Augen glitzerten auf und er schob das Becken vor. »Am liebsten würde ich es gleich hier tun!«

»Das würde ich dir nicht raten! Du könntest unsere wackeren Burschen danach nämlich nicht davon abhalten, die Weiber ebenfalls zu pflügen. In den ersten Tagen aber will ich dieses Schätzchen alleine benutzen.« Er strich Bianca dabei über den Unterleib und griff sich dann in den Schritt, der sich merklich ausbeulte. Für einige Augenblicke sah es so aus, als wolle er seinen Worten zum Trotz über sein Opfer herfallen. Dann richtete er sich schnaufend auf, kehrte zum Lagerfeuer zurück und erteilte zwei Leuten einen knappen Befehl. Diese fesselten Caterina und Bianca so, dass sie sich nicht mehr bewegen konnten, und knebelten sie wieder.

Am nächsten Tag waren Caterina und Bianca beinahe froh, so sorgfältig auf die Pferde gebunden zu werden, denn ihre Muskeln protestierten mit schmerzhaften Krämpfen gegen die erzwungene Regungslosigkeit, und ihnen fehlte die Kraft, sich im Sattel zu halten. Sie atmeten sogar auf, als ihr Ziel in Sicht kam, obwohl sie ahnten, welche Qualen dort auf sie warteten. Es handelte sich um eine Burg, die auf einem hochragenden Felssporn thronte, aber dennoch nicht so aussah, als könne sie Feinden lange standhalten. Ein beinahe lächerlich niedriger Mauerring umgab die Gebäude, und der Torturm, der den kleinen Innenhof abschloss, wirkte auch nicht besonders wehrhaft.

Die Anlage gehörte zu den Grenzfestungen der Malatesta von Rimini und Pesaro gegen die Montefeltro von Urbino und war einem Vetter aus der weiteren Verwandtschaft der Malatesta unterstellt. Dieser zog es jedoch vor, in Pesaro zu leben, und hatte einen Kastellan bestimmt, der mit einem knappen Dutzend Söldner an diesem einsamen Fleck Wache hielt. Der Mann war nicht besonders erfreut, Borelli, Ranuccio und deren Leute in die Burg einlassen zu müssen. Obwohl Caterinas Vetter ein Schreiben von Ugolino Malatesta vorweisen konnte, sah es einen Augenblick so aus, als wolle der Kastellan sie zurückweisen.

Ranuccio rettete die Situation, indem er erklärte, der Condottiere werde in wenigen Tagen nachkommen. »Der Signore dürfte sehr zornig werden, wenn er uns in einem Dorf unten antrifft und hören muss, dass uns die zugesagte Gastfreundschaft verwehrt wurde!«, setzte er hinzu, zufrieden damit, seinem Vetter wieder einmal dessen Grenzen aufgezeigt zu haben.

Der Kastellan knickte sichtlich ein. »Warum habt Ihr nicht gleich gesagt, dass Ihr nur die Vorhut des Capitano bildet?« Seufzend gab er Befehl, die Tore zu öffnen, und schlurfte davon, um das dienstbare Wesen, welches in der Burgküche residierte, davon zu informieren, dass Gäste zu bewirten seien.

Ranuccio sah dem Mann kopfschüttelnd nach und winkte seinen Männern, ihm zu folgen. Das halbe Dutzend Bewaffneter, das sich neugierig auf dem Burghof versammelt hatte, stellte in seinen Augen keine Gefahr dar. Hätte er den alten Wehrbau einnehmen wollen, wären sie binnen eines Augenblicks überwältigt gewesen, und der Rest der Besatzung, der zumeist aus Knechten bestand, hätte dann keinen Widerstand mehr geleistet. Er genoss diesen Gedanken, ließ sich aber nicht hinreißen, ihn in die Tat umzusetzen. Die Malatesta würden dieses Gemäuer eher Stein für Stein abtragen, als es einem Fremden zu überlassen, der es an ihre Feinde in Urbino verkaufen könnte.

Die Wachen betrachteten die Ankömmlinge mit kritischen Blicken und erahnten, dass sie es trotz des kriegerischen Aufputzes ihrer Gäste eher mit Räubern als mit ehrlichen Söldnern zu tun hatten. Allein die Tatsache, dass sie zwei gefesselte Frauen mitschleppten, die offensichtlich von Stand waren, verhieß Ärger.

Ranuccio bemerkte ihre zweifelnden Blicke, schwang sich aus dem Sattel und stellte sich breitbeinig vor ihnen auf. »Die Weiber sind unsere Privatsache! Die gehen euch nichts an.«

Die meisten Wachen und neugierig zusammengelaufenen Knechte ließen sich von Ranuccios Auftreten einschüchtern. Einer aber baute sich vor den ungebetenen Gästen auf. »Weiß Capitano Ugolino davon?«

»Natürlich weiß er es! Er hat uns mit den beiden hierher geschickt.«

Während der Mann hastig zurücktrat, als habe er eben eine Mutprobe bestehen müssen, befahl Ranuccio seinen Männern abzusteigen und wies einen der Wächter an, ihm einen sicheren Raum zu zeigen, in den er die beiden Frauen sperren konnte.

»Kein Kerker, sondern eine Kammer mit einer festen Tür und kleinen Fenstern, durch die die Signorine nicht hindurchschlüpfen können. Es muss ein Bett darin stehen, groß genug, dass ich heute Nacht sehr bequem darin schlafen kann!« Er bewegte sein Becken provozierend vor und zurück und lachte schallend, als er die verständnislosen Mienen der Burgwachen sah.

Caterina bohrte vor Verzweiflung die Fingernägel in ihre tauben Handballen. Wie es aussah, würde die Entscheidung über ihr Schicksal noch vor dem nächsten Morgengrauen fallen. Wenn es Bianca und ihr nicht gelang, ihre Peiniger zu überlisten und aus der Burg zu entkommen, würden sie viehisch missbraucht und dabei wie ein alter Handschuh von einem Mann zum anderen gereicht werden, bis von ihnen nur noch zuckende Fleischbündel übrig waren.

## 12.

Das Zimmer, in das man die Freundinnen brachte, roch modrig und steckte voller Gerümpel, welches die Männer des Kastellans auf Ranuccios Befehl nach draußen tragen mussten. Zum Schluss blieb nur noch ein Bettgestell übrig, in das ein Knecht zwei Strohsäcke und ein paar halbwegs saubere Decken stopfte.

Während das Zimmer hergerichtet wurde, löste Ranuccio Bianca die Fesseln, presste sie an sich und rieb seinen Unterleib an dem ihren. »Ich werde mich jetzt für die Nacht stärken, damit ich es dir so richtig besorgen kann.«

Da sie ihm wegen des Knebels nicht antworten konnte, nahm er ihn ab und sah sie erwartungsvoll an.

Sie begriff, dass er sie betteln hören wollte. »Wenn Ihr mir nur etwas Wasser und Essen mitbringen könntet, würde ich Euch mit Freuden empfangen.«

Es klang so weinerlich, als sei sie tatsächlich innerlich gebrochen, und Bianca hasste sich deswegen beinahe noch mehr als ihren Peiniger. Schlimmer aber war, dass Angst und Panik zunehmend ihr Denken lähmten und sie kaum noch eine Chance sah, dem ihr zugedachten Schicksal zu entkommen. Mit ihrer vorgetäuschten Freundlichkeit hoffte sie, das Unvermeidliche zumindest noch ein wenig hinausschieben zu können.

Ranuccio griff ihr durch den zerrissenen Rock zwischen die Beine und stieß sie dann zurück. »Du bekommst erst dann etwas, wenn ich mit dir zufrieden war.«

Hämisch lachend wandte er sich ab und schob einige seiner Männer aus dem Raum, die feixend zugesehen hatten. Einer warf die immer noch gefesselte und geknebelte Caterina wie ein Bündel Lumpen ins Zimmer und schloss die Tür. Bianca horchte einen Augenblick, stieß einen Fluch aus, für den ihr Beichtvater ihr gewiss einhundert Ave-Maria und Paternoster als Strafe aufgegeben hätte, und beugte sich dann über ihre Freundin, um deren Fesseln zu lösen und ihr den Knebel vorsichtiger herauszuziehen, als Ranuccio es bei ihr getan hatte.

Caterina versuchte aufzustehen, doch ihre Glieder versagten ihren Dienst. Die Dämme in ihrem Innern brachen und eine Flut von Tränen quoll aus ihren Augen. Als Bianca sie umarmte, um sie zu trösten, klammerte sie sich mit zitternden Händen an ihr fest. »Sie haben alle unsere Freunde umgebracht! Ich habe gesehen, wie sie Malle die Kehle durchgeschnitten haben, genauso wie Friedel und deinem Bruder! Ich sehe immer noch ihr Blut ... überall ...! Es rinnt vor meinen inneren Augen, in meinen Träumen ... Ich wünschte, ich wäre tot!«

Bianca stöhnte und presste Caterina so stark an sich, dass diese kaum noch Luft bekam. Dann wurde ihr Gesicht mit einem Mal glatt und so hart, als sei es aus Stein gemeißelt. »Das hatte ich befürchtet, denn ich kenne Gesindel dieser Art. Möge Gott die Seelen meines Bruders und unserer Getreuen ungesäumt ins Paradies aufnehmen und ihnen das Fegefeuer ersparen. Wir werden sie gebührend betrauern – doch zu einer anderen Zeit. Jetzt sind wir es unseren Toten schuldig, uns selbst zu retten, damit wir sie rächen können. Borelli und Ranuccio werden miteinander hier auftauchen, um sich gegenseitig mit ihrer Männlichkeit zu übertrumpfen – und sie werden nicht lange damit warten. Komm, versuch aufzustehen. Wir müssen dafür sorgen, dass du deine Arme und Beine wieder benutzen kannst, und dann nach einer Waffe suchen.«

Bianca massierte Caterinas rechten Arm und sah sich gleichzeitig forschend um, aber sie fand nichts Brauchbares. Die Banditen hatten alles entfernt, was zum Schlagen oder Stechen geeignet gewesen wäre.

Während sie den Kerlen Seuchen und allerlei Bresthaftigkeiten an den Hals wünschte und Caterinas anderen Arm knetete, griff die in das mit festem Stoff und vielen Nähten versteifte Mieder ihres Unterkleids und holte das Messer heraus, das sich tief in das Kleidungsstück gebohrt und darin verhakt hatte. »Sieh her! Ganz so waffenlos, wie mein heimtückischer Vetter meint, sind wir nicht!«

Bianca starrte die einschneidige Klinge an und vergrub ihr Gesicht in dem zottelig gewordenen Haar der Freundin. »Du bist die Beste! Jetzt werden wir den Kerlen eine böse Überraschung bereiten. Die glauben uns am Ende unserer Kräfte und erwarten keinen Widerstand. Willst du das Messer nehmen oder soll ich es führen? Besser ist es wohl, das Ding bleibt bei dir. Als ich deinen Vater auf seinen Kriegszügen zu begleiten begann, hat er mir ein paar Kniffe beigebracht, mit denen man sich einen aufdringlichen Kerl vom Leib halten kann. Das war auch nötig, denn Angetrunkene vergessen allzu leicht, dass man die Frau des Anführers in Ruhe lassen sollte – und wenn dein Vater selbst hätte reagieren müssen, wären ein paar gute Männer sinnlos gestorben. Also habe ich gelernt, mich selbst zur Wehr zu setzen.«

Sie kicherte ohne Fröhlichkeit, stand auf und sah zum Fenster hinaus. Draußen breitete sich die hügelige Küstenlandschaft der Mark Pesaro aus und in der Ferne konnte man die Stadt und das dahinter liegende Meer erkennen. »Wir sind im Malatesta-Land. Doch Urbino dürfte nicht weit sein, und dort herrscht Antonio Montefeltro, ein Todfeind der Malatesta und des Gian Galeazzo Visconti von Mailand. Wenn es uns gelingt, diesen Mauern zu entkommen, brauchen wir nur wenige Meilen zu laufen, dann sind wir in Sicherheit.«

»Möge Gott uns die Kraft dafür geben!« Caterina hatte sich mühsam auf die Beine gekämpft und ein wenig aufgestampft, um wieder ein Gefühl in ihnen zu bekommen. Nun aber sank sie auf die Knie und sprach ein Gebet, in das Bianca einfiel. Sie wussten, dass sie die Hilfe der Madonna und aller Heiligen benötigen würden, um sich zu retten. Da sie tagelang ohne ausreichende Nahrung und mit beinahe ständig gefesselten Gliedern herumgeschleppt worden waren, fühlten sie sich so schwach und elend, dass sie glaubten, sich nicht einmal gegen ein Kind zur Wehr setzen zu können.

Als draußen auf dem Gang Schritte aufklangen, nickten sie einander zu. »Es geht los! Jetzt gilt es stark zu sein«, flüsterte Bianca.

Mit einem Seufzer, der eher erleichtert klang, schob Caterina die Hand mit dem Messer in eine Falte ihres Rocks und wartete angespannt auf das, was nun kommen mochte. Borelli und Ranuccio schienen sie noch einmal ängstigen zu wollen, denn sie blieben vor der Tür stehen und schilderten einander mit derben Ausdrücken, auf welche Arten sie ihre Gefangenen benutzen wollten. Doch die vielen Worte verfehlten ihren Zweck, die Freundinnen mit Furcht und Schrecken willfährig zu machen. Bianca fletschte die Zähne, und Caterina zählte stumm die Punkte am Körper eines Mannes auf, bei denen ihre Klinge tödlich wirken konnte.

»Das sind keine Menschen, sondern aus der Hölle entflohene Dämonen!«, stieß sie fast tonlos heraus.

Bianca kam zu keiner Antwort, denn in dem Augenblick wurde der Riegel geräuschvoll zurückgezogen. Die Tür schwang auf und für einen Augenblick behinderten die beiden Männer sich gegenseitig. Erst als Borelli Ranuccio anschrie, ließ dieser Caterinas Vetter den Vortritt. Er schwelgte in Vorfreude und verschwendete keinen Gedanken daran, sein Opfer könne ihm Schwierigkeiten machen.

Der einstige Räuberhauptmann griff sofort nach Bianca, krallte seine Finger in ihren Hintern und knetete ihn. Dabei presste er seinen Unterleib gegen ihren und keuchte wollüstig auf. »Spürst du, wie hart und groß er ist? Du wirst dich nicht beschweren müssen.«

Caterina spannte jeden Muskel an, denn sie erwartete, Borelli würde sie genauso behandeln. Ihr Vetter blieb jedoch zwei Schritte vor ihr stehen, verschränkte die Arme vor der Brust und musterte sie von Kopf bis Fuß. »Du schaust so erwartungsvoll? Oh, ich werde dich schon aufspießen, bis du schreist. Aber vorher will ich dir noch etwas sagen, was meinen Triumph erst vollkommen macht. Ich war es nämlich, der deinen Vater und deinen Bruder umgebracht hat! Die Eiserne Kompanie hätte von da an mir gehören müssen. Das hast du mir mit deinem Auftauchen zunichte gemacht. Hast du wirklich geglaubt, ich würde mich wie einen räudigen Köter davonjagen lassen und dir dafür noch die Füße lecken? Ich habe nur auf eine Gelegenheit gewartet, es dir heimzahlen zu können – ganz langsam, damit du noch viel davon hast. Du wirst dir noch hundertmal wünschen, schneller sterben zu dürfen!« Bei den letzten Worten griff er an seine Hose, um die Riemen zu öffnen. Da er Caterina dabei nicht aus den Augen ließ, konnte sie ihn nicht so überraschen, wie sie gehofft hatte. Während sie den Arm mit dem Messer hochriss, griff er nach ihrer Hand, verfehlte sie aber, und die Klinge, die auf seine Kehle gezielt hatte, schnitt ihm das Gesicht von der Stirn bis zum Kinn auf.

Vom eigenen Blut geblendet ließ Borelli seine Arme ziellos durch die Luft wirbeln und versuchte, seine Gegnerin zu packen. Caterina aber nutzte seine Kopflosigkeit, stieß erneut zu und spürte, wie das Messer sich zwischen seine Rippen bohrte. Im selben Augenblick wurde der Mann schlaff und brach in sich zusammen.

Ranuccio wurde von dem Lärm hinter sich so überrascht, dass er für einen Augenblick wie erstarrt stand. Dann stieß er Bianca von sich weg und wirbelte herum. Diese nutzte seine Unaufmerksamkeit, riss seinen Dolch aus der Scheide und rammte ihm die Klinge von hinten bis ans Heft in den Leib. Ranuccio öffnete den Mund, doch es kam nur noch ein Gurgeln heraus. Dann knickte er ein und stürzte auf Borellis reglosen Leib.

Bianca sah auf ihren Peiniger hinunter und trat nach ihm, um zu sehen, ob der Mann sich noch rührte. Tatsächlich bewegte er sich noch und versuchte sogar, sich aufzurichten. Mit einem halbunterdrückten Schrei zog Bianca den Dolch aus seinem Rücken und stach wie von Sinnen auf ihn ein, bis ihr Arm von seinem Blut bedeckt war. Caterina, die der Freundin wie versteinert zugesehen hatte, packte diese an der Schulter und schüttelte sie. »Es ist ja gut! Beruhige dich! Er ist tot! Wir müssen jetzt sehen, dass wir hier rauskommen.«

Bianca starrte mit weit aufgerissenen Augen auf ihre blutigen Hände. »Du hast Recht, mia amica. Überlassen wir die beiden Schufte dem Teufel, der sicher schon nach ihren Seelen greift.« Sie ließ das Messer fallen, als wäre es glühend heiß geworden, und versuchte, ihre Hände mit einem sauberen Zipfel des Bettlakens zu reinigen.

Caterina zitterte und hätte am liebsten laut aufgeschrien. So lange hatte sie nach dem Mörder ihres Vaters und ihres Bruders gesucht, und nun lag er vor ihr. Sie blickte auf Borelli nieder. Er lag halb von Ranuccio verdeckt auf dem Rücken. Seine Wange war durch ihren Schnitt bis auf den Knochen aufgeschlitzt worden, und in seiner linken Augenhöhle sammelte sich Blut. Ihr wurde bei dem Anblick übel, und sie drehte ihm den Rücken zu.

Sie konnte an nichts anderes mehr denken als an Flucht. Daher hob sie den Dolch, den Bianca fallen gelassen hatte, wischte ihn mit eckigen Bewegungen sauber und hielt ihn ihrer Freundin hin. »Du solltest ihn mitnehmen. Bewaffnet haben wir mehr Chancen.« Mit zusammengebissenen Zähnen bückte sie sich, öffnete Borellis Gürtel und zerrte ihn unter dem sich rot färbenden Körper hervor. Während sie wieder vor Ekel würgen musste, wischte sie das Blut von dem Riemen, an dem Borellis Börse hing, und schlang ihn sich um die Taille.

Bianca nahm Ranuccios Gürtel an sich, auch wenn ihr Gesicht sich angesichts der klaffenden Wunden, die den Leichnam entstellten, langsam grün färbte. Als sie den Dolch in die Scheide stieß, richtete sie sich so hoch auf, wie ihre rundliche Figur es zuließ. »Es soll niemand wagen, sich uns in den Weg zu stellen, denn dann werde ich zur Löwin!«

In Caterinas Ohren klang dieser Ausruf jedoch mehr wie das Summen eines ängstlichen Kindes im Wald. Sie ging zur Tür und zog diese vorsichtig auf. Draußen war alles still und dunkel. Nun erst bemerkte sie, dass die Dämmerung heraufgezogen war und die Konturen in der Kammer sich auflösten. Selbst die beiden starr daliegenden Männer wurden zu Schatten, denen nichts Bedrohliches mehr anhaftete. Erleichtert, weil die Dunkelheit sie wie einen schützenden Mantel deckte, verließ Caterina den Raum und schlich die Treppe hinab. Bianca zögerte noch einen Augenblick, folgte ihr dann und hielt sich dicht hinter ihr.

Unten vernahmen sie Stimmen und Gesang, als näherten sie sich einer Schenke. Anscheinend widmeten Borellis und Ranuccios Spießgesellen ihre Aufmerksamkeit den Weinvorräten. Das würde ihre Flucht erleichtern, dachte Caterina und schlüpfte durch das Portal ins Freie. Sofort zuckte sie zurück und prallte gegen Bianca, die ein leises, schnell unterdrücktes Aufstöhnen vernehmen ließ.

Der Burghof war von Fackeln erhellt und voller Menschen. Gerade stieg der Anführer, in dem Caterina Ugolino Malatesta erkannte, vom Pferd, während ein Teil seiner Männer noch das offene Tor passierte. Hinter ihm schwang sich ein junger Edelmann aus dem Sattel, der den Beschreibungen nach, die Caterina von ihren Leuten bekommen hatte, Lanzelotto Aniballi sein musste. Auch Aldobrando di Muozzola befand sich im Gefolge des Condottiere, und sie bedauerte es zum zweiten Mal, dem Sohn des Podesta von Rividello das Leben gerettet zu haben.

Da alle Aufmerksamkeit auf Malatesta gerichtet war und die Knechte die Fackeln, die sie in den Händen gehalten hatten, nun in die Ringe an den Stallwänden steckten, zog Caterina Bianca mit sich und schlich eng an die Mauer gedrückt auf das Tor zu. Sie mussten genau auf ihren Weg achten, denn die Burgbesatzung hatte Kisten, Gerät und allerlei Abfall herumliegen lassen. Caterina stieß sich mehrfach das Schienbein und biss sich jedes Mal auf die Lippen, um ja keinen Schmerzensschrei auszustoßen. Biancas scharfen Atemzügen entnahm sie, dass es ihrer Freundin nicht besser erging. An einigen Stellen mussten sie durch den flackernden Schein hasten, den die Fackeln über den Burghof warfen, doch keiner der zahlreichen Söldner und Knechte bemerkte sie. Alle starrten auf Malatesta, der laut und ausschweifend redete. Die Männer um ihn herum wussten, dass es besser war, Interesse zu heucheln, da jeder, der sich abwandte oder an der falschen Stelle lachte, seinen Zorn erregte.

Während Malatestas Stimme von den Wänden der Festung widerhallte, erreichten Caterina und Bianca unbemerkt das weit geöffnete Tor und huschten hinaus. Draußen drückten sie sich in den Winkel, der vom Turm und der Wehrmauer gebildet wurde, und warteten, bis die Torflügel geschlossen wurden, denn sie befürchteten zu Recht, von den Wachen entdeckt zu werden, wenn sie sich mitten auf dem Weg befanden.

»Das ging besser, als ich erhofft hatte«, wisperte Bianca, als sie hörten, wie der Holzbalken innen vorgelegt wurde.

Caterina verschwendete keinen Gedanken auf das, was hinter ihnen lag, sondern blickte über die von einem Rest Abendröte in diffuses Licht getauchte Landschaft. »In welche Richtung müssen wir gehen, um das Gebiet der Montefeltro zu erreichen?«

Bianca zuckte mit den Schultern. »Das kann ich dir erst morgen sagen, wenn ich die Höhenzüge auseinander halten kann. Wir sollten uns auf jeden Fall links halten, wenn wir den Talgrund erreicht haben.«

»Dann komm! Ich glaube nicht, dass man uns von oben sehen kann.« Caterina warf noch einen Blick auf die Burg, in der hinter einigen Fenstern ein schwacher Lichtschein zu erkennen war, und fragte sich beunruhigt, wie lange es dauern würde, bis man die beiden Toten fand und nach ihnen suchte. Wenn sie entkommen wollten, mussten sie das letzte Quäntchen Kraft zusammenraffen, das ihnen geblieben war, um zumindest bis ins Tal zu gelangen und zwischen Zitronenhainen und Buschwerk Deckung zu finden.

Da Bianca wie gelähmt wirkte, nahm Caterina ihre Hand und zog sie den Weg hinab. Zu ihrem Glück bemerkte der Wächter auf dem Torturm sie nicht, obwohl der Lärm, den sie beim Gehen verursachten, in ihren Ohren hallte. Sie traten nämlich immer wieder in tiefe Löcher oder stolperten über Steine, die davonrollten, und für ihr Gefühl kamen sie nicht schneller voran als Schnecken auf einem Blatt. Nach einer Weile verließen Caterina die Kräfte. Sie stürzte über die nächste Unebenheit und blieb ausgepumpt liegen. Nun erwachte in Bianca der Wille zum Überleben. Sie zerrte ihre Freundin auf die Füße und stützte sie. Als dann wieder die Italienerin kraftlos stehen blieb, schob Caterina sie weiter, und so halfen sie sich gegenseitig, bis das Wachfeuer hinter den Zinnen der Burg zu einem winzigen Punkt geschrumpft war und der erste Schimmer des neuen Tages den Osthimmel färbte.

## 13.

Als die Sonne über den Horizont stieg, erschien es Caterina und Bianca wie ein Wunder, dass sie in der Nacht nicht in einen Abgrund gestürzt waren. Allerdings hatten sie sich verlaufen und wussten nicht, welchen Weg sie einschlagen mussten, um nach Urbino zu gelangen. Sie zitterten vor Schwäche, ihre Füße schienen mit schweren Gewichten beladen zu sein und Hunger setzte ihre Mägen in Brand. Zu ihrem Pech gab es nur halbreife Früchte, die so hart und sauer waren, dass sie sie nicht einmal schlucken konnten. Daher mussten sie sich mit Wasser aus den Bächen begnügen. Der Landstrich schien menschenleer zu sein. Nicht einmal einem Ziegenhirten begegneten sie, und es war so still, dass jedes Geräusch weithin hallte. Dieser Tatsache hatten sie es zu verdanken, dass sie früh genug vor der Reitertruppe gewarnt wurden, die hinter ihnen auftauchte. Sie verbargen sich in einem dichten Gebüsch und rollten sich auf der Erde zusammen, um nicht entdeckt zu werden. Dann sahen sie mit klopfenden Herzen zu, wie Ugolino Malatesta an der Spitze einer kleinen Reiterschar vorbeipreschte.
Als die Reiter hinter dem nächsten Höhenrücken verschwunden waren, drehte Caterina sich mit bleichem Gesicht zu Bianca um.
»Wir können von Glück sagen, dass sie keine Hunde bei sich hatten. Die hätten uns gewiss gewittert.«
»Wenigstens wissen wir jetzt, dass wir nicht in diese Richtung weitergehen dürfen«, antwortete Bianca.
Caterina schüttelte den Kopf. »Das sehe ich anders! Malatesta sucht uns bestimmt nicht im Herrschaftsgebiet seiner Familie, sondern nimmt an, dass wir zu deren Gegnern fliehen. Also sollte dieser Weg uns geradewegs in die Freiheit bringen. Wir müssen nur aufpassen, dass wir nicht den Leuten in die Hände laufen, die er höchstwahrscheinlich kurz vor der Grenze aufstellen wird.«

»Dann solltest du zur Heiligen Jungfrau beten, damit sie ihren Himmelsmantel um uns schlägt und uns vor den Augen unserer Feinde verbirgt.« Bianca machte keinen Hehl daraus, dass sie nicht Caterinas Ansicht war, aber sie folgte ihr, als diese aus dem Gebüsch kroch und die Straße entlangstolperte, die Malatesta und seine Leute benutzt hatten. Nach kurzer Zeit erreichten sie einen Kreuzweg, an dem kein Stein mit einer Aufschrift oder ein anderes Wegzeichen zu finden war, und sie wussten nicht, wohin sie sich wenden sollten. Auch die Spuren der Pferde halfen ihnen nicht weiter, denn die Reiter hatten sich hier getrennt.
Caterina versuchte, anhand des Sonnenstands und der Schatten der Bäume abzuschätzen, welcher Weg weiter nach Westen führen mochte, und entschied sich kurzerhand für den linken. Ganz wohl war ihr bei dieser Wahl nicht, und als sie kurz darauf Pferdehufe trappeln hörten, befanden sie sich in einem schmalen Hohlweg, in dem es keinen Busch oder Felsen gab, hinter dem sie sich hätten verstecken können. Davonlaufen konnten sie ebenfalls nicht, daher zogen sie ihre Dolche und hielten sie zwischen den Fetzen ihrer Röcke versteckt.
Die Reitergruppe, die kurz darauf auftauchte, wirkte kaum weniger abgerissen als Caterina und Bianca und glich trotz ihrer Bewaffnung eher einer Räuberbande als Söldnern einer anerkannten Kompanie. Der Mann an der Spitze entdeckte sie sofort, stieß einen Ruf aus und trieb seinen Gaul an. Da es keinen Ausweg mehr gab, blieb Caterina stocksteif stehen und umklammerte ihren Dolch, um ihr Leben und ihre gerade erst wiedergewonnene Freiheit so teuer wie möglich zu verkaufen. Dann erkannte sie Rodolfo d'Abbati und fletschte die Zähne. Von diesem Parteigänger Viscontis hatte sie nichts anderes zu erwarten, als zu Malatesta geschleppt zu werden. Gegen ein knappes Dutzend Männer konnten sie und Bianca nichts ausrichten, und sie schwankte einen Augenblick, ob sie den Dolch sofort gegen sich richten oder versuchen sollte, zumindest noch die-

sen unverschämt grinsenden Kerl mit sich zu nehmen, der gerade vor ihr aus dem Sattel sprang.

Rodolfo breitete die Arme aus, packte Caterina um die Taille und schwang sie im Kreis. »Dem Himmel sei Dank! Du bist frei!« Den Dolch in ihrer Hand schien er gar nicht zu bemerken.

Caterina hob die Waffe, um sie ihm in die Brust zu stoßen, doch Gaetano, der im Gegensatz zu seinem Anführer die Übersicht behalten hatte, griff aus dem Sattel herab zu und entwand ihr die Waffe. Wütend schlug sie zu, um sich aus Rodolfos Griff zu befreien, und als ihr das nicht gelang, versuchte sie, ihm das Gesicht zu zerkratzen. »Du wirst mich nicht an Malatesta ausliefern!«

»Aber das will ich doch gar nicht!« Der junge Edelmann umklammerte Caterinas Handgelenke und wirkte so hilflos, dass Gaetano lachen musste.

Bianca begriff, dass ihre überreizte Freundin keinem vernünftigen Wort mehr zugänglich war, und verpasste ihr eine kräftige Ohrfeige. Dann knickste sie so anmutig vor Rodolfo, wie es ihr in dem schmutzigen, zerrissenen Kleid nur möglich war. »Signore, wenn Ihr ein wahrer Edelmann seid, legen wir unser Schicksal vertrauensvoll in Eure Hand.«

Caterina hatte vor Schreck tief Luft geholt, sich aber ein wenig beruhigt. Nun stieß sie die Luft verächtlich durch die Nase und bückte sich nach ihrem Dolch, den Gaetano hatte fallen lassen. Dieser wollte sie daran hindern, doch Rodolfo befahl ihm, sie in Ruhe zu lassen. »Die Capitana soll sehen, dass wir es ehrlich meinen.«

Dabei griff er an seine Wangen, auf denen Caterinas Fingernägel deutliche Spuren hinterlassen hatten, und verzog schmerzhaft das Gesicht. Nach einem tiefen Atemzug verbeugte er sich mit einem nahezu fassungslosen Lächeln vor Caterina. »Signorina, ich entschuldige mich für alles, was ich je über Euch gedacht oder gesagt habe. Kein einziges Wort davon wurde Euch wirklich gerecht.«

Caterina blickte ihn misstrauisch an und hielt die Dolchklinge drohend in seine Richtung. »Ihr kommt nicht von Malatesta, um uns zu verfolgen und zu fangen?«

»Nein! Gott ist mein Zeuge! Seit ich erfahren habe, dass Borelli und Malatesta einen Anschlag auf Euch planen, habe ich unternommen, was ich konnte, um Euch zu finden und zu warnen. Der Madonna sei Dank, dass ich Euch unversehrt vor mir sehe.«

»Ganz so unversehrt nicht, Conte. Hinter mir und Bianca liegen viele ermordete Freunde und etliche grauenvolle Tage, aber auch zwei tote Schurken, nämlich Borelli und sein Vetter Ranuccio, die die gerechte Strafe des Himmels ereilt hat.« Caterina spürte, wie auch ihre seelische Kraft nun nachließ, und konnte die Tränen nicht mehr zurückhalten.

Da sie taumelte und in die Knie zu brechen drohte, griff Rodolfo rasch zu und hielt sie fest. »Jetzt ist alles gut!«

»Nichts ist gut!«, fauchte sie zurück. »Ich wäre Euch jedoch dankbar, wenn Ihr uns zu Antonio Montefeltro nach Urbino bringen könntet. Wir haben vorhin Malatesta mit etlichen Reitern beobachtet, die wohl immer noch auf der Suche nach uns sind, und wir haben nicht das Bedürfnis, denen zu begegnen.«

Dem konnte Rodolfo nichts entgegensetzen. Er hob Caterina auf sein Pferd, schwang sich hinter ihr in den Sattel und wendete den Rappen. Gaetano nahm sich Biancas an, und dann ritt die Gruppe in die Richtung zurück, aus der sie gekommen war. Rodolfo spürte, dass Caterina am ganzen Körper zitterte, und fragte sich, was man ihr während ihrer Gefangenschaft wohl alles angetan haben mochte. Sein Hass war so groß, dass er sich wünschte, Borelli wäre noch am Leben. In dem Fall hätte er ihn vor die Klinge fordern und mit Genuss in Stücke schneiden können.

# Sechster Teil

*Die Löwin von Molterossa*

# I.

Caterina musste nur den Herzog von Molterossa ansehen, um sich über den Ernst der Lage im Klaren zu sein. Seit ihrer Flucht aus Borellis Gefangenschaft vor zwei Jahren war Arnoldo Caetani sichtlich gealtert und seine Haltung drückte Schwäche und Verzweiflung aus. Hatte er früher penibel auf seine Garderobe geachtet, so war er nun angezogen, als hätte sein Diener in die Kleidertruhe gegriffen, ohne hinzusehen. Sein Übergewand war von einem tiefen Blau, das fast schwarz wirkte, und wies keinerlei Stickereien und Verzierungen auf. Die Hosen bestanden aus einem grünen und einem purpurfarbenen Bein, und das Barett, das wie ein umgestülpter Beutel auf seinem Kopf saß, war schwarz und rot geviertelt.

Caterina trug ein hellblaues Kleid mit silbernen Stickereien und eine rotschwarze Schärpe als Abzeichen der Capitana der Eisernen Kompanie. Bianca, die neben ihr saß, war in kräftigen Grüntönen gekleidet, eine Farbe, die ihr ausgezeichnet stand und die ihren Eindruck auf Botho Trefflich nicht verfehlte. Dieser stand ganz in Rot und Schwarz gewandet neben Amadeo Caetani und starrte wie gebannt auf einen Hügel jenseits der Grenze des kleinen Herzogtums, auf dem provozierend das blausilberne Banner mit der Visconti-Schlange aufgepflanzt war.

Das Fahnentuch musste so groß sein, dass man das Zelt eines Capitano daraus hätte nähen können, denn es war trotz der Entfernung deutlich zu erkennen und führte den Bewohnern der Stadt und der Burg tagtäglich ihre Lage vor Augen. Molterossa war nur noch eine winzige Insel im weit ausgedehnten Machtbereich des Gian Galeazzo Visconti. Der Herr von Mailand hatte sein Herrschaftsgebiet in letzter Zeit noch einmal kräftig ausgedehnt und weitere Städte erobert oder zumindest unter seinen Einfluss gebracht. Trotz der geschickten und hinhaltenden Verteidigung durch

Muzio Sforza Attendolo gehörte nun auch Perugia dem Visconti und dessen Condottiere stand wie so viele andere in Mailänder Diensten. Bald würde auch er gegen Gian Galeazzos Feinde ziehen, und es mochte sein, dass sein erstes Ziel Molterossa hieß. Caterina atmete tief durch, um den Ring um ihre Brust zu sprengen, den die angstvolle Erwartung täglich enger zog. Wen Herzog Gian Galeazzo auch immer schicken mochte – er würde es bald tun, um den kleinen Dorn zu ziehen, der ihm in diesem Teil seines Machtbereichs im Fleisch steckte.

»Hoffentlich schickt er Ugolino Malatesta!«, sagte Caterina zu niemand Besonderem.

»Mit ihm käme auch Borelli – und damit gäbe es wenigstens noch die Chance, diesen Verräter zum Teufel zu schicken, ehe wir selbst zur Hölle fahren. Dann würde die Seele deines Vaters endlich Ruhe finden. Ein Jammer, dass dein Dolch nicht tiefer gedrungen ist!« Biancas Stimme zitterte vor Hass.

Caterina nickte mit verkniffenen Lippen. Sie waren überzeugt gewesen, Borelli sei ebenso tot wie sein Kumpan Ranuccio. Später hatten sie erfahren, dass Malatesta Ärzte aus Pesaro gerufen hatte und es diesen gelungen war, den Schuft am Leben zu erhalten. Nach seiner Genesung war ihr Vetter in die Dienste Gian Galeazzo Viscontis zurückgekehrt und führte nun einhundert Lanzen an – oder, besser gesagt, etwa dreihundert üble Schufte, die er über die Freunde seines umgekommenen Vetters aus Plünderern und Marodeuren rekrutiert hatte. Er hatte schon so manches Dorf und Städtchen mit diesen Kerlen heimgesucht und übel darin gehaust. Wenn die Gerüchte nicht trogen, setzte ihn Gian Galeazzo Visconti, der in seiner Gier nach Macht und Größe inzwischen jede Grenze überschritten hatte, gezielt ein, um Angst und Schrecken zu verbreiten.

Arnoldo Caetani, der eine Weile fast regungslos auf der Terrasse gestanden hatte, drehte sich mit einer heftigen Bewegung zu Caterina um. »Ich bin nicht so begierig darauf wie du, die Mailänder kommen zu sehen. Doch danach dürfte die Schlange von einem Visconti wohl kaum fragen.«

Caterina hieb mit der Faust durch die Luft. »Wäre das Bündnis zwischen uns, Florenz und dem deutschen Fürsten Ruprecht von der Pfalz im letzten Jahr zustande gekommen, hätten wir die Möglichkeit gehabt, Gian Galeazzo aufzuhalten und ihm vielleicht sogar einen Teil seiner Eroberungen wieder abzunehmen.«

Hans Steifnacken stieß einen Fluch aus und blickte den Herzog, der eine solch grobe Sprache nicht mochte, um Entschuldigung heischend an. »Ist doch wahr! Wir hätten zusammen mit den Florentiner Truppen dem Pfälzer entgegenziehen müssen. Doch diese großsprecherischen Toskaner haben uns die Nachricht von Herrn Ruprechts Kommen erst überbracht, als dieser bereits vor Brescia gescheitert war. So kann man keinen Krieg gewinnen.«

Der Schwabe sah die Angelegenheit von der Warte eines Soldaten aus, der losmarschieren und zuschlagen wollte. Caterina und der Herzog hingegen wussten, dass selbst bei bester Planung zu viele Unwägbarkeiten geblieben wären und der Kriegszug des deutschen Fürsten auch bei ihrem Eingreifen zum Scheitern verurteilt gewesen wäre. Andererseits hätte jeder Versuch, dem Mailänder zu schaden, ihnen besser getan als hier in Molterossa wie eine Maus in der Falle zu sitzen und zu warten, bis der Hammer auf sie herabsauste.

Arnoldo Caetani schien sich nicht mehr mit den vertanen Chancen der Vergangenheit beschäftigen zu wollen, sondern blickte seinen Neffen auffordernd an. »Ist alles vorbereitet?«

Amadeo Caetani warf Steifnacken, der an der Brüstung stand und ebenso wie Botho wie hypnotisiert zu dem Visconti-Banner hinüberstarrte, einen fragenden Blick zu. Obwohl sein Onkel ihn zum Capitano-General seiner Truppen und damit auch zu Caterinas Vorgesetztem ernannt hatte, überließ der junge Mann die Ausführung der Befehle seinen untergebenen Offizieren und kümmerte sich auch nicht so um die Söldner, wie es in Caterinas Augen nötig gewesen wäre.

Es war, als hätte Steifnacken Amadeos Blicke im Nacken gespürt, denn er drehte sich um und entblößte die Zähne zu einem freudlosen Grinsen. »Alles, was wir tun konnten, ist getan, aber ich glaube nicht, dass es reichen wird, uns den Hals zu retten. Gian Galeazzo Visconti zieht in der Gegend mehrere Condottieri mit ihren Truppen zusammen. Von Henry Hawkwood und denen, die ihm unterstellt sind, haben wir schon genaue Kunde, und unseren Spähern zufolge soll tatsächlich auch Ugolino Malatesta im Anmarsch sein. Es gibt Gerüchte, die Mailänder Viper habe noch weitere Söldnerkompanien hierher befohlen. Offensichtlich will der Herzog der Lombardei uns zerquetschen wie eine Laus.«

Bei dem Namen Ugolino Malatesta glänzten Caterinas Augen rachsüchtig auf. »Das ist genau der, auf den ich gehofft habe!«

Der Herzog zeigte den Anflug eines Lächelns. »Ihr wollt das Werk an Eurem Vetter vollenden, das Euch vor zwei Jahren nicht gelungen ist? Vergesst dabei nicht, dass er sich mindestens ebenso intensiv wünschen dürfte, sich an Euch zu rächen – und ich fürchte, das wird ihm auch gelingen!«

Caterina schien nicht mehr zu interessieren, wie aussichtslos die Lage der Bewohner von Molterossa geworden war, denn sie stampfte mit den Füßen auf. »Ich will den Mörder meines Vaters tot zu meinen Füßen sehen!«

»Und ich ebenso!« Bianca erhob sich, trat an Caterinas Seite und legte ihr die Hand auf die Schulter. »Wenn es einen Gott im Himmel gibt, wird er uns Borelli ausliefern.«

»Nach all dem, was in den letzten Jahren geschehen ist, möchte man bezweifeln, dass Gottes Gerechtigkeit existiert.« Der Herzog von Molterossa ballte in hilfloser Wut die Fäuste. Visconti war es mühelos gelungen, das von ihm ins Leben gerufene Bündnis gegen

Mailand zu sprengen. Trotz all seiner Bemühungen hatten Misstrauen, Neid, Geiz und vor allem die Angst vor Gian Galeazzo die Allianz auseinander brechen lassen, und kurz darauf war Perugia dem Mailänder wie eine reife Frucht in die Hände gefallen. Das hatte wie ein Fanal des Untergangs gewirkt, und Herzog Gian Galeazzo konnte in rascher Folge sein Banner über Siena, Assisi, Bologna und etlichen anderen stolzen Städten aufziehen. Auch Rividello hatte nach dem Abzug der Eisernen Kompanie seine Freiheit nur noch ein knappes Jahr lang behaupten können.

Caterina ahnte, worüber Arnoldo Caetani nachsann, doch sie hatte kein tröstendes Wort für ihn und kannte keine Hoffnung, an die er sich noch hätte klammern können. Das Schicksal Molterossas war besiegelt – und damit auch ihres. Nachdem es Visconti gelungen war, Florenz bis auf einen winzigen Streifen Land zu umschließen, würde er als Nächstes gegen die Arno-Stadt vorrücken. An das kleine Ärgernis, welches Arnoldo Caetani und die Eiserne Kompanie für ihn darstellten, würde er wohl kaum einen Gedanken verschwenden, sondern dessen Beseitigung den Condottieri überlassen, die er beim Aufmarsch gegen Florenz vorerst noch nicht benötigte. Es grenzte bereits an ein Wunder, dass er nicht schon früher zugeschlagen hatte. Für ein kleines Scharmützel war Molterossa ihm wohl doch zu gut gerüstet, und er wusste genauso wie die hier Versammelten, dass die Zeit für ihn arbeitete. Caetani stellte mit seiner eigenen Garde und Caterinas Söldnern einen langsam schwindenden Machtfaktor dar, den hauptsächlich die Zahlungen der Freunde Venedigs am Leben erhalten hatten. Was Gian Galeazzo wahrscheinlich nicht wusste, war die Tatsache, dass inzwischen auch Rom dem Herzog von Molterossa half, seine Truppen zu erhalten, und Florenz hatte erst vor kurzem mehrere tausend Fiorini geschickt. Mit diesen Geldern konnte Arnoldo Caetani seine Truppen besolden und verköstigen, aber ohne neue Verbündete würde diese Armee das unvermeidliche

Ende nicht verhindern können, sondern es nur mit dem Mantel des Ruhmes bedecken.

»Es ist alles vorbei! Gian Galeazzo Visconti wird seinen Marsch auf Florenz und Rom antreten, ohne sich im Geringsten von uns stören zu lassen.« Arnoldo Caetani kämpfte mit den Tränen, die ihm seine Hilflosigkeit in die Augen trieb, winkte einen Diener zu sich und ließ sich einen Weinpokal reichen. »Trinkt, Freunde! Jeder Becher, den wir zu uns nehmen, bleibt unseren Feinden bei ihrer Siegesfeier verwehrt.«

»Habt Ihr deswegen mehrere Weinfässer in unser Lager bringen lassen?«, wollte Caterina wissen. Als der Herzog nickte, hieb sie wütend auf ihre Stuhllehne. »Das war falsch! Ganz und gar falsch! Wenn die Söldner sich betrinken, können sie außer Kontrolle geraten und stellen eine größere Gefahr für Eure Stadt dar als die Visconti-Truppen.«

»Die Capitana hat Recht!« Steifnacken stimmte ihr vorbehaltlos zu und klärte Caetani beinahe so wortreich wie ein Italiener über all die Gräuel auf, die entfesselte Söldner an anderen Orten verübt hatten. Seine zornige Rede konnte Caterina, die ihren treuen Unteranführer scharf beobachtete, nicht darüber hinwegtäuschen, dass dieser nicht mehr derselbe war wie an jenem Tag, an dem sie das Lager der Eisernen Kompanie betreten hatte. Er war in Malle verliebt gewesen, und ihr Tod wie auch der seines besten Freundes Friedel hatten ihm viel seiner stoischen Ruhe und Zuversicht geraubt. Auch war die Aussichtslosigkeit des bevorstehenden Kampfes nicht dazu angetan, ihm sein inneres Gleichgewicht zurückzugeben.

Arnoldo Caetani winkte ab. »Es ist doch egal, wer die Gräuel verübt. Dieser verdammte Malatesta hat überall verbreiten lassen, dass er in Molterossa keine Gnade walten lassen wird. Sobald er in mein kleines Reich einrückt, sind Frauen und Mädchen Freiwild für seine Schufte, und er wird jeden Mann abschlachten lassen, den er außerhalb unserer Mauern antrifft. Gäbe es eine Möglichkeit, meine Untertanen fortzuschaffen, würde ich mit ihnen auf und davon gehen und dem Mailänder mein leeres Land überlassen. Doch Molterossa ist auf mehrere Tagesreisen von Visconti-Land umgeben, und Gian Galeazzos Condottieri lassen ihre Söldner auf jeden Menschen Jagd machen, der unser Ländchen verlässt, ganz gleich, ob es ein Bote von mir ist oder ein Flüchtling. Wir sind abgeschnitten und haben keinerlei Hilfe mehr zu erwarten.«

Bianca fuhr auf. »Wer den Dolch zu früh fortwirft, braucht sich nicht zu wundern, wenn andere ihn niederstechen. Fasst Mut, Euer Gnaden! Noch stehen die Mauern Eurer Burg unerschüttert und die Eiserne Kompanie wird Euch treu bleiben bis zum letzten Mann. Malatesta und Borelli haben mich und die Capitana entführt und uns Schreckliches antun wollen. Das haben unsere braven Schwaben und Flamen den beiden nicht vergessen!«

Ihr temperamentvoller Appell schien die Ohren des Herzogs nicht zu erreichen, Caetani starrte weiterhin ins Leere. Auf Caterina wirkte er wie ein Mann, dem ein Engel des Herrn bereits die Stunde seines Todes genannt hatte, und sein Neffe Amadeo hatte ebenfalls jegliche Zuversicht verloren. Das wäre weniger schlimm gewesen, würde der junge Caetani seine Mutlosigkeit nicht vor jedermann zur Schau stellen und damit auch andere mit seiner Hoffnungslosigkeit anstecken, während sich der Herzog zumindest den Söldnern und seinem Volk gegenüber den Anschein eines unerschütterlichen Kriegsherrn gab, der noch allen Grund hatte, an den Sieg zu glauben.

Caterina bedauerte nicht zum ersten Mal, dass Amadeo Capitano-General von Molterossa war und nicht Rodolfo. Damals, als der Conte D'Abbati ihnen geholfen hatte, Malatesta und Borelli zu entkommen, hatte sie gehofft, er würde sie nach Molterossa begleiten, um sich mit seinem Onkel auszusöhnen. Doch er hatte sie und Bianca nur bis Urbino geleitet und sie dem Stadtherrn Antonio Montefeltro vorgestellt. Dieser hatte sie wie verloren geglaubte Verwandte begrüßt und weder mit Kleidung noch mit Geld und Schmuck gegeizt, so dass Bianca und sie wieder als Edeldamen hatten auftreten können, und er hatte ihnen für die Heimreise eine starke Eskorte mitgegeben.

Rodolfo aber war nach einem beleidigend knappen Abschied mit seinen Männern aufgebrochen und in die Dienste des Markgrafen von Olivaldi zurückgekehrt, den Caterina nicht einmal im Stillen Großvater nennen wollte. Nun dachte sie fast sehnsüchtig an den energischen und findigen jungen Conte, dem es gewiss gelungen wäre, seinem Onkel Mut einzuflößen, anstatt mit einer verzweifelten Miene jedermann an die Schrecken zu erinnern, die Ugolino Malatesta und dessen Spießgeselle Borelli dem Ländchen Molterossa und seinen Bewohnern angedroht hatten.

## 2.

Am gleichen Tag, nur ein paar Stunden später, saß Leonello da Polenta, Marchese Olivaldi und Träger eines halben Dutzends weiterer Titel und Würden, auf dem Söller seiner alten Burg am Monte Vigese einem päpstlichen Legaten gegenüber, der mit Engelszungen auf ihn einredete. Jeden anderen römischen Würdenträger hätte der Marchese längst mit Hohn und Spott aus seiner Burg treiben lassen, und das mochte der Grund sein, der Seine Heiligkeit Bonifatius IX. dazu bewogen hatte, ihm den einzigen Mann zu schicken, der nicht Gefahr lief, wie ein unerwünschter Bettler behandelt zu werden – nämlich Olivaldis jüngeren Sohn Lorenzo da Polenta, den Titularbischof von Byrissa.

Aber auch diesem schien es nicht zu gelingen, den Panzer aus Abneigung und beleidigtem Stolz zu durchdringen, der seinen Vater wie eine uneinnehmbare Festung umgab. Mehr als einmal war er nahe daran aufzugeben, doch käme er unverrichteter Dinge zurück, würde es sein Ansehen in Rom arg schmälern. Es war jedoch weniger diese Befürchtung oder die Erinnerung an die flehentlichen Bitten des Papstes, eine Aussöhnung zwischen dem Heiligen Stuhl und seinem Vater herbeizuführen, die ihn hartnäckig bleiben ließ, sondern das Wissen um die Gründe, die den Papst bewogen hatten, ihn auf diese Mission zu schicken.

»Ich weiß, wie zornig Ihr auf Salvatore Tomacelli gewesen seid, mein Vater. Doch Seine Heiligkeit bittet Euch, ihm zu glauben, dass er dem jungen Mann nur aufgrund lügnerischer Angaben seine Huld gewährt hat. Er wurde von mehreren Seiten falsch informiert und war fest davon überzeugt, Ihr würdet Euch mit Tomacelli gütlich einigen.«

Da der Neffe des Papstes vor einigen Monaten an einer Seuche gestorben war, die Rom und das Latium heimgesucht hatte, fiel es Lorenzo da Polenta nicht schwer, Tomacelli alle Schuld an dem Zerwürfnis in die Schuhe zu schieben. Der Tod hatte auch in seiner Familie unbarmherzig zugeschlagen, und ausgerechnet diese Tatsache stellte nun die letzte Möglichkeit dar, den Sinn seines Vaters zu wandeln. Er beugte sich angespannt vor und blickte dem Marchese in die Augen.

»Ihr habt gewiss schon erfahren, dass mein Bruder – Euer Erstgeborener – nach kurzer Krankheit verstorben ist.« Er ließ diese Worte so beiläufig klingen, als wäre Luciano da Polenta ein Fremder für ihn gewesen. Da er seinem Bruder nie besonders nahe gestanden hatte, hielt sich seine Trauer über dessen Tod in Grenzen und seine zur Schau getragene Gleichgültigkeit entsprang nicht nur seinem Kalkül.

Der Marchese seufzte tief und nickte. »Diese Nachricht ist mir von dem Boten eines alten Freundes überbracht worden.«

»Dann hat Euer Freund Euch wohl auch mitgeteilt, dass die beiden Kinder meines Bruders ebenfalls der Seuche erlegen sind.« Ein

Feind hätte diese Nachricht mitfühlender übermittelt als der Legat, doch dieser hatte nur eines im Sinn, nämlich eine Bresche in die Mauer zu schlagen, die das Herz seines Vaters umgab.

»Nein! Oh, mein Gott!« Der Marchese schlug die Hände vor das Gesicht und kämpfte mit den Tränen. Auch wenn sein ältester Sohn nicht – wie von ihm erhofft – ebenfalls auf die Seite des Visconti gewechselt war, so hatte er doch erwartet, Luciano und dessen Söhne in besseren Zeiten wieder an seine Brust drücken zu können. Sie alle tot zu wissen erschütterte ihn nun doch.

Lorenzo da Polenta aber hatte noch nicht alle Geschütze aufgefahren. »Mein Bastard, den ich nach Euch benannt habe, lebt ebenfalls nicht mehr. Es wäre gnädiger gewesen, die Seuche hätte auch ihn dahingerafft, doch ein Dolch setzte seinem Leben in einem übel beleumundeten Haus ein Ende. Nun bin ich froh, ihm nicht den Namen unserer Sippe gegeben zu haben, denn so konnte ich seinen Tod hinnehmen wie den eines Fremden.«

So ganz nahm der Marchese seinem Sohn diese Behauptung nicht ab, denn Lorenzos Stimme schwankte verräterisch und er rieb sich mit seiner rechten Hand, die ein roter, goldgesäumter Handschuh zierte, über die Augen.

»So verdorrt also meine Sippe wie ein alter Baum – es sei denn, du setzt noch einmal einen Sohn in die Welt.« Der Marchese blickte seinen Sohn auffordernd an, doch der hob abwehrend die Hand.

»Ich habe die fünfzig bereits überschritten, mein Herr, und neige mehr einem guten Braten zu als einem Weib. Der Gedanke, mein Amt aufgeben und mir eine Gemahlin zulegen zu müssen, erfüllt mich mit Grausen. Außerdem seid Ihr nicht ganz ohne Nachkommen. Es existiert immer noch ein sehr kräftiges Reis am Stamm der da Polenta di Olivaldi, nämlich die Tochter meiner Schwester Margerita. Ich verstehe nicht, weshalb Ihr Euch auf die Seite von Männern stellt, die offen erklären, die Ehre unserer Familie in den Schmutz treten zu wollen.« Der Legat hatte seine Stimme ausgezeichnet unter Kontrolle. Klang sie in einem Augenblick verständnisvoll, nahm sie einen Herzschlag später einen scharfen Ton an, der den alten Herrn sichtlich traf.

»Ich habe verboten, dass der Name deiner Schwester in meiner Gegenwart je wieder ausgesprochen wird. Du bist der Erste, der dagegen zu verstoßen wagt!« Olivaldis Stimme klang kraftlos, als würde sein Widerstand schwinden.

Sein Sohn spürte es und stieß nach. »Wenn Ugolino Malatesta und insbesondere diesem Borelli, dem Mörder meines Schwagers und meines Neffen, nicht Einhalt geboten wird, werdet Ihr den Namen Eurer Enkelin öfter hören, als Euch lieb ist! Es wird nicht mehr lange dauern, bis die Eiserne Kompanie in ihrer letzten Schlacht untergegangen ist, und dann werden sich diese beiden Schufte all dessen rühmen, was sie Caterina di Monte Elde angetan haben.«

Lorenzo da Polenta rührte an einer Wunde, die den alten Herrn durchaus schmerzte. Auch wenn er sich schon tausendmal gesagt hatte, dass diese Deutsche nicht seine Enkelin war, da er ihre Mutter offiziell verstoßen hatte, so floss doch sein Blut in den Adern dieses Mädchens, und alles, was Caterina di Monte Elde angetan wurde, beschmutzte seine Ehre. Er dachte an die Erfolge, die dieses junge Ding bereits erworben hatte. Kein Condottiere würde sich solcher Taten schämen müssen, und Olivaldi spürte, wie er gegen seinen Willen Stolz auf seine Enkelin empfand, und er wollte jene zerschmettert sehen, die sie zu verderben trachteten.

Der Legat sah mit scheinbar gleichmütiger Miene zu, wie es im Gesicht seines Vaters arbeitete, und spielte den nächsten Trumpf aus. »Seine Heiligkeit ist bereit, Euch in jeder Form Genugtuung zu gewähren, mein Vater. Er sichert Euch Eure bisherigen Lehen als unantastbaren Erbbesitz zu und will Euch mit einer weiteren Herrschaft in Lazio, Umbrien oder den Marken belehnen, um Euch Ehre zu erweisen.«

»Und was habe ich davon? Da du keine Söhne mehr zeugen willst, gibt es niemand, der meinen Besitz nach meinem Tod erbt und die Sippe weiterführt!«, antwortete der Marchese mit bitterem Spott.

»Caterina da Polenta di Monte Elde ist Eure Erbin! Es gilt als sicher, dass sie eine vorteilhafte Ehe eingehen und Euch schon bald den ersten Urenkel schenken wird. Wie es heißt, soll Amadeo Caetani, der Neffe und Erbe des Herzogs von Molterossa, eine Verbindung mit ihr anstreben. Diese Vermählung würde zwei edle Familien des Patrimonium Petri vereinen.«

Der Sohn des Marchese traf mit diesem Vorschlag ins Schwarze. Arnoldo Caetani war ein alter Freund seines Vaters gewesen, bis die Umstände den einen zu einem Anhänger Gian Galeazzo Viscontis und den anderen zu dessen erbittertsten Feind hatten werden lassen. Da Polenta erinnerte sich nur zu gut daran, dass er und der Herzog von Molterossa bereits einmal ein Eheprojekt vereinbart hatten, und zwar zwischen dessen Sohn, der nicht lange nach dem Scheitern jener Pläne durch eine heimtückische Krankheit dahingerafft worden war, und seiner Tochter Margerita. Diese aber hatte sich der Vermählung mit dem Erben von Molterossa entzogen und war mit einem Tedesco davongelaufen, so dass er, Leonello da Polenta, vor aller Welt das Gesicht verloren hatte.

Der Legat spürte, dass sein Vater weich zu werden begann, und setzte zum letzten Sturm auf dessen innere Festung an. »Denkt an die Zukunft! Denkt über Gian Galeazzo Visconti hinaus! Der Herzog der Lombardei ist ein machtbewusster, aber auch weitsichtiger Mann, der das Spiel der politischen Kräfte kennt und weiß, wie weit er gehen kann. Aber was ist mit seinem Erben? Wie wird dieser einmal herrschen?«

Leonello da Polenta machte ein Gesicht, als hätte sein Sohn ihn in der Öffentlichkeit geohrfeigt. Auch wenn er bezweifelte, dass die Gerüchte Rom bereits erreicht hatten, so hatte es den Anschein, als wisse der Legat von jenen Vorkommnissen in Mailand, aufgrund derer er, der Marchese Olivaldi, wie ein Dieb in der Nacht aus der

Stadt hatte fliehen müssen. Dabei hatte er es nur gewagt, den Lebenswandel Giovanni Marias, des ältesten legitimen Sohnes des Herzogs, mit ein paar deutlichen Worten anzuprangern. Wenn er daran dachte, dass dieser gegen jedermann hochfahrende, zügellose Jüngling seinem Vater auf den Thron folgen würde, grauste es ihm vor der Zukunft. Und doch war er nicht bereit, sein Knie vor einem Papst zu beugen, der sein Vertrauen so stark enttäuscht hatte.

Jahrelange Selbstdisziplin machte es ihm möglich, sein aufgewühltes Inneres wieder in den Griff zu bekommen und eine herablassende Miene aufzusetzen. »Ich danke dir für deinen Besuch, Lorenzo! Doch erwarte nicht, dass ich Entschlüsse fasse, ohne sie gründlich bedacht zu haben.«

»Allein die Tatsache, dass Ihr Eure Situation überdenken wollt, ist mir Erfolg genug.« Der Legat verbeugte sich lächelnd und atmete innerlich auf. Er kannte den Stolz seines Vaters und war Gian Galeazzo Visconti dankbar, dass dieser dem Marchese Grund gegeben hatte, an seiner Aufrichtigkeit einem treuen Berater gegenüber zu zweifeln. Aber er durfte die Frucht, die er an diesem Tag gepflanzt hatte, nicht durch Ungeduld absterben lassen, sondern musste abwarten, bis sie reifte. Daher erhob er sich und wies mit einer weit ausholenden Geste über das Land, das im Licht des schönen Sommertags wie ein grünes Meer die Burg umgab.

»Es ist noch sehr früh, mein Vater, und ich würde gerne aufbrechen, ehe die Kreaturen Viscontis, die gewiss von meiner Anwesenheit erfahren werden, sich auf meine Spur setzen können.«

»Ich werde dir einen Trupp meiner Leute mitgeben, der dir das Geleit bis zur Grenze geben wird.«

Jetzt lächelte sein Sohn erleichtert. »Das wäre mir sehr lieb! Es reist sich sicherer, wenn die Zahl der Trabanten nicht zu klein ist. Ich bitte Euch aber, nur Männer auszusuchen, auf deren Treue Ihr bauen könnt.«

Der Marchese verspürte einen kleinen Stich. Es war seiner Ehre nicht zuträglich, dass ein Gast und dazu noch ein so naher Verwandter sein Land nur im Schutz gewappneter Begleitung verlassen konnte. »Ich werde dir zwanzig Lanzen unter Mariano Doratis Kommando mitgeben. Diese werden dafür sorgen, dass du unbehelligt auf römisches Gebiet zurückkehren kannst.«

Dass sein Vater seinen Grimm über die Verhältnisse nicht ganz vor ihm verbergen konnte, verstärkte Lorenzo da Polentas Hoffnung, sein Besuch könnte von Erfolg gekrönt sein. Der alte Herr war ein fähiger Kopf und ein ausgezeichneter Diplomat, der Gian Galeazzo schon manchen unblutigen Sieg beschert hatte, und es war der Sache Roms durchaus dienlich, dass der Herzog von Mailand derzeit nicht in dem Maß auf seinen erprobten Ratgeber hörte, wie dieser es verdient hätte. Visconti schien nicht klar zu sein, wie sehr er den Marchese gekränkt und zurückgestoßen hatte. Trotz seines hohen Alters war Olivaldi immer noch ehrgeizig und erwartete eine angemessene Anerkennung seiner Erfolge. In der jetzigen Situation vermochten ein persönliches Schreiben Seiner Heiligkeit, eine neue Würde und die Herrschaft über eine Stadt oder einen Landstrich ihn vielleicht doch dazu zu bewegen, Visconti den Rücken zu kehren. Von Krieg und Intrigen verstand der Marchese mehr als jeder andere päpstliche Würdenträger, und dieses Wissen konnte eine scharfe Waffe gegen die Viper von Mailand darstellen.

## 3.

Noch lange nachdem sein Sohn mit einer ansehnlichen Begleitmannschaft aufgebrochen war, saß Olivaldi hinter der Brüstung der Turmterrasse, starrte blicklos in die Ferne und sann angestrengt nach. Während seine Gedanken so eifrig wie eine hungrige Spinne an einem neuen Netz webten, rief er nach seinem Sekretär, ließ sich alle Briefe und Berichte bringen, die er von Freunden aus Mailand und anderen Städten erhalten hatte, und las die wichtigsten genau durch. Als der Sonnenball hinter den Monte Vigese gesunken war und die Dämmerung sich wie ein grauer Schleier um ihn legte, erhob der Marchese sich mit einer energischen Bewegung, die nicht zu seinem Alter passen wollte, und stieg hinab in ein Gemach, in dem Dinge aufbewahrt wurden, die er nicht mehr benötigte, aber auch nicht wegwerfen wollte. Erst als er den Deckel des ersten Kastens anhob, merkte er, dass er kaum noch etwas erkennen konnte, und rief einen Diener, der ihm das Innere der Behälter mit einer Lampe ausleuchten sollte. In deren Schein durchwühlte Olivaldi den Inhalt mehrerer großer Truhen, bis er einen flachen, in Leinen geschlagenen Gegenstand fand, der den Boden des Kastens bedeckte und ein nicht unbeträchtliches Gewicht hatte. Als er die Hülle entfernte, kam das Bild eines jungen Mädchens zum Vorschein.

Olivaldi atmete scharf aus, als er nach mehr als zwanzig Jahren in das Antlitz seiner Tochter Margerita blickte, und er fragte sich, was sie seiner Enkelin vererbt haben mochte. Die Schönheit ihrer Mutter wünschte er dem Mädchen durchaus, allerdings nicht ihren Charakter oder ihr Temperament. Margerita war schon als Kind eine Teufelin gewesen, und sie hatte den Tedesco, den sie später geheiratet hatte, gewiss nur deshalb becirct, um der arrangierten Ehe mit Molterossas Sohn zu entgehen.

»Ich hoffe, die Tochter ist besonnener als die Mutter!« Noch während er es sagte, wusste der Marchese, wie er sich entschieden hatte. Er drehte sich um, drückte dem Diener das Bild in die Hand, ohne darauf zu achten, dass der Mann durch die Lampe behindert war, und wies auf die Tür.

»Häng dieses Porträt in der großen Halle anstelle des Bildnisses der heiligen Ursula auf. Die Heilige bring in die Burgkapelle. Der Kaplan wird schon wissen, wo er Platz für sie findet. Außerdem wünsche ich meine Räume hell ausgeleuchtet. Beeile dich und lasse dem

Grafen d'Abbati ausrichten, ich wolle ihn auf der Stelle sprechen!«

Der Diener hätte seinen Herrn am liebsten gefragt, wie er all diese Aufträge gleichzeitig erledigen sollte, doch er wahrte eine ausdruckslose Miene, da er sich nicht den Unmut des Marchese zuziehen wollte, und schritt nach einer misslungenen Verbeugung wortlos davon. Zu seiner Erleichterung erwartete der Kastellan ihn bereits im Nebenraum, und er konnte die Anweisungen seines Herrn an den Mann weitergeben.

Dieser entschied in gewohnter Schnelligkeit, wer was zu erledigen hatte. »Kümmere du dich um die Bilder! Ich lasse Licht herbeischaffen und werde den Conte persönlich holen.« Nur wenige Augenblicke später hallte die Stimme des Kastellans durch die Burg. Sofort hasteten mehrere Diener mit Lampen und Kerzenhaltern herbei, und als der Marchese seine Gemächer betrat, empfing ihn helles Kerzenlicht und sein Leibdiener erwartete ihn mit einem Becher Wein.

Der Sekretär, der sich ebenfalls bereithielt, trug sein Schreibzeug wie einen Schild vor sich her. »Der Conte d'Abbati wird sofort erscheinen«, erklärte er, noch während der Genannte bereits eintrat. Rodolfo wirkte abgehetzt, der Kastellan hatte ihn von seinen Männern weggeholt, die ihre Zelte außerhalb der Burg aufgeschlagen hatten. »Euer Gnaden haben nach mir verlangt?«

Olivaldi musterte den jungen Mann, als sei er ein Fremder. Kann ich ihm wirklich trauen?, fragte er sich. Er selbst hatte sich hauptsächlich aus verletztem Stolz auf die Seite Gian Galeazzo Viscontis geschlagen, der junge Söldnerhauptmann aber verehrte und vergötterte den Mailänder Herzog mit dem Feuer seiner Jugend. Nun bedauerte Olivaldi es, dass nicht Rodolfo der designierte Erbe des Herzogs von Molterossa war, denn dieser Spross der erlauchten Familie Caetani wäre nach allem, was er inzwischen über dessen Vetter Amadeo gehört hatte, ein geeigneterer Gatte für seine Enkelin gewesen. Der Marchese schob diesen Gedanken wieder von sich, hatte er in seinem langen Leben doch gelernt, dass ein Mann sich zumeist mit dem begnügen musste, was sich in seiner Reichweite befand.

Aufseufzend befahl er den Dienern, seinem Gast und ihm Wein einzuschenken, und schickte sie dann weg. Sein Sekretär schien den Befehl nicht auf sich zu beziehen, wurde aber mit zwei, drei harschen Worten eines Besseren belehrt und zog ein langes Gesicht, weil er ein Geheimnis witterte.

Als sich die Tür hinter der letzten dienstbaren Kreatur geschlossen hatte, wandte Olivaldi sich Rodolfo zu. »Wie treu kann ein Mann sein, der sich einem anderen für gemünztes Gold verschreibt?«

Rodolfo starrte den Marchese an, als wolle er hinter seiner Stirn lesen. »Treue wird nicht allein durch Gold erworben, Euer Gnaden, sondern auch durch einen Schwur, wenigstens bei den Soldaten.«

»Diesen Eid habt Ihr mir geleistet. Wie viel gilt er Euch?«

Jetzt fühlte Rodolfo sich in seiner Ehre angegriffen und hob abwehrend die Hände. »Ich habe Euch Treue geschworen – bei meiner Ehre –, und diese ist mir heilig! Meine Kraft, mein Wissen und mein Können stehen Euch zur Verfügung, und ich werde Eure Befehle ausführen, solange sie meine Ehre nicht in den Schmutz treten.«

»Und wenn ich Euch bewusst in den Tod schicken würde?«

»... werde ich Euch gehorchen!« Ganz so sicher, wie Rodolfo sich gab, fühlte er sich allerdings nicht, und er begriff schnell, dass der Marchese ihn durchschaute. Einen Augenblick hielt er den Atem an, denn ein Rückzieher hätte ihn beschmutzt. Dann zuckte er mit einem misstönenden Lachen die Schultern. »Sterben muss jeder einmal, und ich habe sehr wenig zu verlieren. Wenn Ihr also dieses Opfer von mir fordert, so bringe ich es Euch.«

»Das würdet Ihr tatsächlich tun!« Der Marchese verbarg sein Erstaunen nicht. »Es mag sein, dass der Dienst, den ich von Euch fordern werde, Euch in den Tod führt. Seid versichert, dass die

Angelegenheit, um die es geht, mich meinen Kopf und vielleicht noch mehr kosten kann. Deswegen muss ich wissen, ob Eure Treue mir gilt oder Gian Galeazzo Visconti.«

Diese Frage erstaunte Rodolfo so sehr, dass er einige Augenblicke überlegen musste, bis er eine ehrliche Antwort geben konnte. »Ich stehe nicht in den Diensten des Herzogs von Mailand, sondern in Euren!«

»Also würdet Ihr auch gegen die Männer unter dem Banner des Visconti kämpfen, wenn ich es Euch befehle?«

Rodolfo schluckte und wollte schon ein paar ausweichende Sätze von sich geben, aber dann dachte er an Ugolino Malatesta und Fabrizio Borelli, mit denen er noch eine Rechnung zu begleichen hatte und die ebenfalls in Gian Galeazzos Diensten standen. »Wenn es denn sein muss ... Ich folge Euren Befehlen!«

»Ihr sollt mir aus innerer Überzeugung dienen und nicht mit Widerwillen! Ich kenne Eure Träume von einem friedlichen Italien und teile sie mit Euch. Etliche Jahre hatte ich gehofft, Visconti würde uns mit der Macht Mailands im Rücken diesem großen Ziel näher bringen. Doch mittlerweile ist Gian Galeazzo zu einem Tyrannen geworden, der jedes Wort außer seinem eigenen verachtet, und der Gedanke an seinen Nachfolger erfüllt mich mit Grausen. Giovanni Maria Visconti ist zwar kaum dem Knabenalter entwachsen, aber er zeigt jetzt schon, dass er nicht der Mann ist, der Recht und Gesetz bringen und bewahren kann. Unter seiner Herrschaft würden wir alle zu Sklaven werden und unsere Leben weniger gelten als das einer Laus.«

»Wenn es so käme, läge es nicht in unserer Macht, es zu verhindern. Gian Galeazzo besitzt den Norden Italiens beinahe schon vollständig und greift nun in das Zentrum hinein.«

Der Marchese bleckte die Zähne. »Noch steht die Herrschaft des Herzogs auf tönernen Füßen, denn er hat seinen Besitz mit Angst und Schrecken und nicht mit Überzeugungskraft ausgedehnt. Um das Gebäude seiner Macht zum Einsturz zu bringen, sind jedoch mutige Schritte vonnöten. Vor einem Jahr sah es schon so aus, als würde Ruprecht von der Pfalz Gian Galeazzo stürzen, um seinem Widersacher Kaiser Wenzel den Stützpfeiler seiner Macht zu nehmen und den Papst von der Bedrohung durch Mailand zu befreien. Doch nach seiner Niederlage bei Brescia hat der Pfälzer sich wieder in seine germanischen Wälder zurückgezogen. Bei Gott, wenn ich die Organisation seines Kriegszugs hätte übernehmen können, wäre ihm – und uns – der Sieg sicher gewesen!«

Rodolfos Miene war schier zu Stein erstarrt, als kämpfe der junge Söldnerführer mit sich selbst. Daher konnte Olivaldi nur hoffen, dass d'Abbati sich überzeugen ließ oder zumindest vorbehaltlos bereit war, seinen Schwur als Condottiere zu erfüllen.

»Noch ist nichts verloren«, fuhr der Marchese so gleichmütig fort, als plagten ihn keine Zweifel. »Zum Glück ist der Zauderer Antonio Venier in die Ewigkeit eingegangen und sein Nachfolger Michele Steno wird als Doge von Venedig der weiteren Entwicklung in und um Mailand mehr Aufmerksamkeit schenken. In Florenz scheint die Familie Medici mit Giovanni di Bicci nach den langen Wirren wieder eine führende Rolle zu spielen, und was Seine Heiligkeit betrifft, so wird er sich mit jedem verbünden, der ihn vor der Gier der Viper von Mailand beschützen kann. Zwischen diesen drei Mächten muss Einigkeit geschaffen werden, nur dann werden wir Visconti aufhalten und ihm einen Teil seiner Eroberungen entreißen können. Dafür muss als Erstes verhindert werden, dass das Visconti-Banner über Florenz aufgezogen wird.«

Rodolfo schüttelte sich, denn das, was er nun gehört hatte, widersprach allem, für das er bisher gekämpft hatte. »Glaubt Ihr wirklich, Gian Galeazzos Sohn Giovanni Maria würde zu einem mordlüsternen Tyrannen?«

Olivaldi stand auf, trat auf ihn zu und legte ihm die Hand auf die Schulter. »Der Bursche ist gerade vierzehn Jahre alt geworden und doch gibt es nichts Gutes über ihn zu sagen. Er vertreibt sich die Zeit mit geradezu bösartigen Übergriffen auf die eigenen Untertanen. Nach meinen Berichten soll er kürzlich seine Lieblingsbracke auf Kirchgänger gehetzt haben, die zur heiligen Messe gingen. Dabei wurde eine Frau so schwer verletzt, dass sie – falls sie überlebt – ihre Beine niemals mehr wird gebrauchen können.«

»Wenn das stimmt, wäre es wirklich nicht wünschenswert, Giovanni Maria als Nachfolger seines Vaters zu erleben.« Rodolfos Stimme klang immer noch zweifelnd, und er begann Fragen zu stellen, als sei er der Herr und der Marchese nur ein Bote. Olivaldi antwortete ihm mit offener Bereitwilligkeit und zögerte kein einziges Mal.

Mit einem Mal wurde Rodolfo sich seines Tuns bewusst und bekam einen hochroten Kopf. »Verzeiht, Euer Gnaden, ich wollte nicht unverschämt werden!«

Der Marchese winkte lachend ab. »Ihr braucht Euch nicht zu schämen! Ich bin froh um Euren Wissensdurst, denn er hat mir geholfen, mir selbst eine Reihe anderer wichtiger Punkte vor Augen zu führen und zu erkennen, wie viel noch geklärt werden muss. Wenn ich meine Verhandlungen beginne, wird man mir ähnliche Fragen stellen, und unser Gespräch hat mich bestens darauf vorbereitet.«

Er klopfte dem Jüngeren auf die Schulter und lud ihn zum Abendessen ein. »In diesen kritischen Zeiten benötige ich einen intelligenten Gesprächspartner. Mein Sekretär hat wohl eine schöne Schrift und ein ausgezeichnetes Gedächtnis, doch er zeichnet sich nicht durch die Kühnheit seines Gedankenfluges aus. Bleibt mein Gast, während ich meine nächsten Schritte überdenke, und übt Euch schon einmal darin, einem älteren Mann mit Rat zur Seite zu stehen.«

Rodolfo verstand durchaus, dass die ihm zugedachte Rolle viel Fingerspitzengefühl und Takt erforderte, doch sein Temperament und

seine Neugier ließen sich nicht so schnell zügeln. »Was in Gottes Namen habt Ihr denn vor?«
Bevor er sich für seinen Mangel an Geduld entschuldigen konnte, hob der Marchese lachend die Hand. »Darüber reden wir bei Tisch, mein Guter.«
Olivaldi wirkte dabei so übermütig, als wäre er ein Jüngling im Vollbesitz seiner Kräfte und kein Mann, der schon die meisten seiner Zeitgenossen überlebt hatte.

## 4.

Ugolino Malatesta beendete den Rundgang durch das Lager seiner Kompanie mit einem Gefühl des Triumphs. Noch nie hatte er so viele Söldner kommandiert wie diesmal, und er war sich so gut wie sicher, dass der goldene Stab, den Herzog Gian Galeazzo dem obersten Befehlshaber des geplanten Feldzugs gegen Florenz in die Hand drücken würde, bald ihm gehören würde. Um sich mit dem Titel eines Capitano-Generals der Lombardei schmücken zu können, mussten seine nächsten Schritte von Erfolg gekrönt sein, aber daran hegte Malatesta keinen Zweifel. Im Hochgefühl künftiger Glorie winkte er einer Gruppe seiner Ritter zu, die ihre Pferde bewegten. »Bald reitet ihr nicht mehr nur spazieren, Kameraden!«
»Das wäre gut! Langsam wird es hier langweilig!«, antworteten einige fröhlich.
Malatesta nickte ihnen vielsagend zu und kehrte zu dem Zelt zurück, das er sich kürzlich hatte anfertigen lassen. Es bestand aus weißem Leinen und war mit goldenen Stickereien verziert, die in der Sonne weithin leuchteten. Vor allem aber war es sehr geräumig und gab ihm die Möglichkeit, mehr Söldnerführer darin zu empfangen als jeder andere Feldherr in Mailands Diensten. Als er es betrat, eilte ein Diener herbei und reichte ihm einen silbernen Be-

cher mit gutem Falerner Wein. Malatesta schloss für einen Moment die Augen und stellte sich vor, er hätte den Empfangssaal seiner Residenz in Florenz betreten und erwarte die Vertreter der noblen Familien und die Botschafter anderer Städte, die ihm ihre Ehrerbietung erweisen wollten. Doch es waren nur Borelli, Aniballi und Hawkwood, die hinter ihm eintraten und sich von dem Diener ihre Becher füllen ließen.

Malatesta nickte ihnen leicht von oben herab zu. Noch zählten weder er noch Hawkwood zu den wirklich einflussreichen Feldherren um Gian Galeazzo Visconti, aber die beiden anderen Condottieri waren ihm unterstellt und nicht dem Bastard eines Engländers. Daher würde er in den engsten Kreis um den Herzog aufsteigen. Dazu musste dieser Feldzug jedoch ein Erfolg werden und den missglückten Marsch auf Rividello vergessen machen.

Ganz im Bann einer glänzenden Zukunft hob er seinen Becher.

»Auf euer Wohl, Signori, und auf unseren Sieg!«

Hawkwood und Aniballi tranken ihm zu, Borelli aber spie aus, als hätte man ihm Galle in den Wein getan.

»Diesmal wird uns die Tedesca nicht mehr entkommen! Ich schwöre bei meiner Seele und der meiner Mutter, dass dieser Weibsteufel den Tag seiner Geburt verfluchen wird, bevor ich mit ihm fertig bin! Und danach schneide ich dem Miststück eigenhändig die Kehle durch und ...«

»... trinke ihr Blut!«, ergänzte Aniballi ihn lachend. »Mein lieber Borelli, kannst du noch an etwas anderes denken? Diese Worte hast du in den letzten beiden Jahren schon so oft wiederholt, dass ich sie im Schlaf herbeten kann!«

Borelli stampfte auf und deutete mit der Linken auf sein von einer wulstigen Narbe verunstaltetes Gesicht und die Binde aus grünem Stoff, die seine leere Augenhöhle bedeckte. »Wie würdest du daherreden, wenn dich das Miststück so verunstaltet hätte wie mich? Jede Frau wendet sich vor mir mit Grausen – und die Huren, die für Geld die perversesten Dienste leisten, bedecken ihre Augen, wenn ich sie besteige.«

»Leg dir ein Bauernmädchen als Geliebte zu, behandle es gut und sei großzügig! Dann wird die Frau sich aufführen, als wärest du Adonis persönlich.« Hawkwood verstand die Probleme seines Kameraden nicht. Er selbst war alles andere als ein gut aussehender Mann, doch trotz seines knochigen Gesichts und seiner vorstehenden Zähne hatte es ihm nie an willigen Frauen gemangelt. Seiner Meinung nach verschreckte sein Kamerad das weibliche Geschlecht weniger mit seinem Aussehen als mit seinem unbeherrschten Wesen und der Brutalität, mit der er zu Werke ging. Für Borelli schien jede Frau eine Caterina di Monte Elde zu sein, an der er seinen Hass austoben wollte.

»Hawkwood hat Recht! Ihr solltet Euch eine Amica zulegen. Ein Mann braucht eine Frau, der er zwischen die Schenkel steigen kann, ohne den Gestank der Kerle in die Nase zu bekommen, die sie vor ihm besprungen haben. Eine Hure ist etwas für einen Lanzenknecht, vielleicht noch für einen Knappen. Ein Ritter aber sollte solche Weiber nicht einmal anrühren, geschweige denn sich auf sie legen.« Im Grunde seines Herzens interessierte es Malatesta nicht, wie Borelli mit Frauen umging, aber er nutzte jede Gelegenheit, sich als fürsorglicher und weiser Anführer in Szene zu setzen.

»Wollen wir über Bauernmägde und Huren reden oder über den geplanten Feldzug gegen Molterossa?« Borellis Stimme klang seit seiner Verletzung heiser und geradezu bellend, wenn er sich ärgerte. Malatesta schien nicht zu begreifen, dass es ihm nicht um ein paar willige Schenkel im Bett ging, sondern um eine Ehefrau, die zu seinem weiteren Aufstieg beitragen konnte. Seine Entstellung aber schreckte jede Erbin ab, und solange er nicht als der Capitano einer beeindruckend großen Kompanie auftreten konnte, fand er auch keinen Vater, der bereit gewesen wäre, seine widerspenstige Tochter zur Heirat mit ihm zu zwingen.

Borelli wusste nicht, wen er mehr verfluchen sollte: sich selbst, weil er Ranuccio als erfahrenem Räuber und Wegelagerer vertraut hatte, oder seinen Vetter und dessen Kumpane für deren abgrundtiefe Dummheit. Hätten die Kerle besser aufgepasst, wäre es dieser Metze Caterina niemals gelungen, einen Dolch an sich zu bringen und vor ihnen zu verstecken. Damit hatte er auch ihnen die langen Wochen auf dem Siechenlager zu verdanken. Niemand hatte damals geglaubt, er würde seine Verletzungen überleben. Malatesta hatte ihm sogar einen Priester ans Bett geschickt, um ihm die Sterbesakramente zu spenden. Von Ranuccios Kumpanen waren einige wegen diverser Zwischenfälle von Malatesta gehängt worden, die übrigen hatten ihr altes Räuberleben wieder aufgenommen. Also blieb nur noch die Hauptschuldige an seinem Unglück übrig, nämlich Caterina, und die würde seinen Zorn zu spüren bekommen, bis sie nur noch aus blutigem Fleisch bestand.

Malatesta beobachtete, wie es in Borellis entstelltem Gesicht arbeitete, und verachtete ihn wegen seiner Weinerlichkeit. Doch er verbarg seine Gedanken hinter einem verbindlichen Lächeln und trank den beiden anderen Condottieri zu. Hawkwood war sein direkter Konkurrent, der nur Herzog Viscontis Befehl gehorchend einen Schritt hinter ihn zurücktrat und sich dies bei jeder Gelegenheit anmerken ließ. Als Befehlshaber über fast dreihundert Lanzen konnte er sich diesen Stolz auch leisten. Aniballi hingegen führte gerade mal hundert Lanzen ins Feld und war noch auf den Kriegsruhm angewiesen, den er unter einem Capitano-General erwerben konnte. Borelli führte zwar ebenso viele Männer ins Feld wie Aniballi, doch deren Kampfwert war viel zu gering, um in einer Schlacht von Nutzen zu sein. Die meisten waren Räuber und Halsabschneider, die noch nie in einem ehrlichen Gefecht gestanden hatten und beim ersten harten Widerstand Fersengeld geben würden.

Malatesta führte den Becher zum Mund, stellte fest, dass er leer war, und winkte seinen Diener mit einer herrischen Geste zu sich.

Während dieser ihm Wein einschenkte, stellte er sich in Positur. »Ich habe die Nachricht erhalten, dass Messer Angelo Maria Visconti zu uns unterwegs ist. Er wird uns, wie ich vermute, den Befehl zum Angriff überbringen und nach unserem Sieg die Regentschaft in Molterossa übernehmen.«
»Wohl gar als Herzog?«, spottete Hawkwood.
Malatesta zuckte mit den Schultern. »Warum nicht? Mit diesem Rang hätte er den Status, seinem Verwandten Gian Galeazzo die Krone Italiens anzutragen.«
Borelli stieß einen ärgerlichen Laut aus und bemüßigte sich dann, seine Ablehnung zu verdeutlichen. »Muss es gleich die Krone Italiens sein? Da auch Neapel als Königreich gilt, würde es doch genügen, wenn Gian Galeazzo sich zum König von Mailand oder meinetwegen zum König der Lombardei erklärt. Ein Titel König von Italien wird die einflussreichen Kreise in Frankreich und Deutschland mit Sicherheit vor den Kopf stoßen. Immerhin ist König Ladislao von Neapel ein enger Verwandter des französischen Königshauses – und er würde einen solchen Schritt als Gefahr für sein eigenes Reich betrachten.«
Borellis Einwand war berechtigt, stieß bei den anderen jedoch auf Unverständnis, denn je höher Gian Galeazzo aufstieg, umso größer waren auch die Ehren und Würden, die er unter seine Getreuen verteilen konnte. Ugolino Malatesta, der seinen Verwandten Pandolfo und Carlo die Herrschaft über Rimini und Pesaro neidete, hoffte, im Schatten des Visconti so hoch zu steigen, dass er auf alle anderen Malatesta herabschauen konnte.
»Wir werden also Angelo Maria Visconti begrüßen dürfen. Das freut mich, denn mein alter Freund Battista Legrelli wird ihn gewiss begleiten.« Mit dieser Bemerkung wollte Henry Hawkwood Malatesta daran erinnern, dass Messer Angelo Maria der eigentliche Oberbefehlshaber der bevorstehenden Operation sein würde und er dessen Ohr besaß.

Malatesta zog die Brauen zusammen, doch bevor er eine passende Antwort fand, erscholl das Horn der Wache und kündete Besucher an. Da der Diener erst umständlich die Weinkanne hinstellte, anstatt sofort den Zeltvorhang hochzubinden, sprang der Capitano auf, trat an den Eingang und blickte angespannt hinaus. Eine vielköpfige Reiterschar passierte gerade das Lagertor und hielt auf den zentralen Platz zu, an dessen Ende sein Zelt stand. An der Spitze des Trupps ritt Angelo Maria Visconti.

Herzog Gian Galeazzos Verwandter war prachtvoll, aber völlig unkriegerisch gekleidet, als wolle er betonen, dass er mit dem militärischen Teil des Unternehmens nichts zu tun hatte. Zugleich tat sein Auftreten kund, dass er weit über jedem anderen Mann in diesem Lager einschließlich Malatestas stand. Als Capitano-General hatte dieser sich als unumschränkter Befehlshaber gesehen und empfand nun eine Wut auf den Neuankömmling, die nur noch von seinem Neid übertroffen wurde, den der Anblick des samtenen Tapperts in den Farben der Visconti ebenso in ihm aufsteigen ließ wie die zweifarbigen Hosen, die sich so eng an Messer Angelos Beine schmiegten, als wären sie daran festgeklebt. Battista Legrelli trug zwar ebenfalls teure Gewandung, wirkte aber in seinem ockerfarbenen Wams und den grünen Hosen altmodisch und unbedeutend.

Die beiden Herren hielten ihre Pferde erst dicht vor Malatestas Zelt an, warteten, bis Knechte herbeieilten und die Zügel entgegennahmen, und stiegen dann möglichst würdevoll ab, während ihre Eskorte sich auf dem Vorplatz wie ein Schutzwall formierte.

Malatesta blieb steif stehen, bis Angelo Maria Visconti sich seinem Zelt bis auf zwei Schritte genähert hatte, und trat dann auf ihn zu. »Willkommen in meinem Kriegslager, Messer Angelo.« Seine Verbeugung fiel beleidigend knapp aus.

Visconti, in dessen Gesicht sich in den letzten drei Jahren mehrere tiefe Falten gegraben hatten, nickte ihm herablassend zu. »Buon giorno, Capitano. Ich hoffe, Ihr und Eure Leute seit bei besten Kräften und begierig auf die nächste Schlacht. Mein allerdurchlauchtigster Vetter wünscht nämlich die Laus, die hier in seinem Pelz sitzt, geknackt zu sehen.«

»Also geht es endlich los!« Borelli drängte sich vor, fasste Messer Angelo Maria bei der Schulter und zwang seinem zernarbten Gesicht einen Ausdruck auf, der wohl einem Lächeln gleichen sollte. »Ihr wisst gar nicht, wie sehr wir diesen Augenblick herbeigesehnt haben!«

Verärgert über die Berührung, die in seinen Augen nur Familienmitgliedern und besten Freunden gestattet war, wich Visconti einen Schritt zurück und starrte den Condottiere grimmig an. Rasch musste er den Kopf abwenden, denn den flackernden, hasserfüllten Blick seines Gegenübers konnte er nicht ertragen. Am liebsten hätte er Borelli zum Teufel gejagt, denn dieser Mann war schuld daran, dass seine Hoffnungen auf einen der hochrangigsten Posten im Herzogtum der Lombardei zerronnen waren. Ohne jenen dummen Mord an Francesco di Monte Elde und dessen Sohn, den Borelli angestiftet hatte, wäre er bei seinem erlauchten Vetter nicht in Ungnade gefallen.

Legrelli schien ähnlich zu empfinden, er maß Borelli mit einem Blick, dem man sonst einer Küchenschabe schenkt, schritt dann an ihm vorbei, als wäre der Mann für ihn Luft, und wandte sich seinem alten Freund zu. »Buon giorno, Signore Hawkwood. Ich freue mich, Euch wiederzusehen.«

Dann schien ihm aufzufallen, dass er Malatesta übergangen hatte und dieser beleidigt sein könnte, und wandte sich ihm mit einem freudlosen Lächeln zu. »Auch Euch meinen Gruß, Capitano! Wir kennen uns ja noch nicht so gut, aber auf diesem Feldzug werden wir gewiss Gelegenheit finden, unsere Bekanntschaft zu vertiefen.«

Malatesta antwortete mit einem knappen Nicken und befahl seinem Diener, frischen Wein herbeizuschaffen. »Diese Gegend bringt gute Reben hervor, und die Leute behaupten, die besten würden an den Hängen von Molterossa wachsen. Es gelüstet mich, von dem Trunk zu kosten, der dort gekeltert wird.«

Man konnte sehen, wie wenig sich Messer Angelo Maria für Wein interessierte, denn er bewegte unwillig seine Schultern. »Dazu werdet Ihr sehr bald Gelegenheit finden, Signore Ugolino. Mein Vetter will diese Angelegenheit so schnell wie möglich geregelt sehen, die hier gebundenen Truppen fehlen ihm nämlich beim Vormarsch auf Florenz.«

Trotz aller sorgsam eingeübten Höflichkeit klang die Stimme des Visconti mürrisch und unzufrieden, und Malatesta fragte sich, welcher Ärger in der Luft liegen mochte.

Angelo Maria fletschte für einen Augenblick die Zähne, setzte aber sofort wieder die gleichmütige Miene eines über alles erhabenen Mannes auf. »Mein Vetter erteilt Euch den Befehl, Euch mit Euren Leuten für den Angriff bereit zu machen, aber mit dem Vormarsch zu warten, bis Euer Vetter Pandolfo mit seinen Lanzen zu uns stößt und das Kommando als Capitano-General übernimmt.«

»Bei allen Höllenteufeln, nein! Was denkt der Herzog sich? Er weiß doch, wie sehr ich mich danach sehne, die Eiserne Kompanie mit eigener Hand zu zerschmettern! Ich denke nicht daran, mich zu einem Knecht dieses aufgeblasenen Kerls machen zu lassen, der zufällig mit mir verwandt ist.« Malatesta brüllte seine Wut und seine Überraschung so laut hinaus, dass selbst draußen vor dem Lagertor noch hartgesottene Söldner zusammenzuckten.

»Mir gefallen die Befehle meines Vetters auch nicht. Mich hat der Herzog zum Steuereintreiber von Molterossa ernannt und mir befohlen, ihm umgehend jeden Danaro, den ich herauspressen kann, zukommen zu lassen. Wie es aussieht, will er tatsächlich einen Malatesta als neuen Herzog von Molterossa einsetzen, aber das werdet nicht Ihr sein!« Angelo Maria Visconti vergaß seine Würde, stürzte den Becher Wein hinunter und schleuderte das leere Gefäß gegen die Zeltwand. Der Wille, seinem mächtigen Vetter ein Schnippchen zu schlagen und doch noch als Sieger dazustehen, zeichnete sich nun auf seinem Gesicht ab. Doch als er sich Malatesta zuwandte und ihn an der Hemdbrust packte, drückte diese Geste Verzweiflung aus. »Glaubt Ihr, dass die hier versammelten Truppen ausreichen, Molterossa einzunehmen?«

Ugolino Malatesta brauchte eine Weile, bis er begriff, worauf Messer Angelo Maria hinauswollte, dann grinste er über das ganze Gesicht. »Wir verfügen über mehr als doppelt so viele Krieger wie Arnoldo Caetani und erhalten noch weitere zweihundert Lanzen als Verstärkung. Der Marchese Olivaldi hat nämlich die Ankunft seiner gesamten Truppen unter dem Befehl seines Capitano-Generals d'Abbati angekündigt.«

Angelo Maria Visconti nickte zufrieden. »Ein Heer dieser Stärke wird wohl ausreichen, meinen erhabenen Vetter von diesem Ärgernis zu befreien, zumal wir alle ein Recht darauf haben, Rache zu üben. War es nicht die Ankunft der Capitana der Eisernen Kompanie, mit der unser Unglück begann?«

## 5.

Die Nacht war lau und der Mond stand als breite goldene Sichel an einem sternenübersäten Himmel. Fledermäuse flatterten durch die Luft, in Wiesen und Gebüsch tanzten Glühwürmchen wie feurige Punkte und ein sanfter Wind ließ die Gräser sich wiegen. Es war ein friedliches Bild, das der Garten des Schlosses von Molterossa bot, gerade wie ein Stück vom Paradies. Rings um das kleine Herzogtum aber türmten sich Wolken auf, die die Ankunft der Hölle verkündeten.

Bianca hatte nur an die Tür treten und ein wenig Luft schnappen wollen. Nun konnte sie der Verlockung der angenehmen Düfte nicht widerstehen, die ihr von all den Blüten zuwehten, und sie trat ins Freie. Sie war nur mit ihrem Nachthemd bekleidet und hatte ein leichtes Tuch um die Schultern geschlagen. Durch die Sohlen der dünnen Pantöffelchen spürte sie die kleinen Steine, die den Weg deckten und im Mondlicht wie Silber glänzten.

Ein unerwartetes Geräusch ließ sie zusammenzucken, doch als sie sich umsah, entspannte sie sich wieder, denn sie entdeckte Botho Trefflich, der ihr gefolgt war. Der Mond beschien sein Gesicht und so konnte sie die sich darauf abmalende Verzweiflung erkennen.

»Verzeiht, Herrin, aber ich muss mit Euch sprechen.«

»Wolltet Ihr etwa an mein Schlafzimmer klopfen, Signore?« Der spöttische Klang in Biancas Stimme ließ den jungen Mann sichtlich schrumpfen.

»Nein, Herrin! Ich weiß doch, dass Ihr jeden Abend für ein paar Augenblicke durch den Garten geht, und habe auf Euch gewartet.«

Bianca hatte bisher nicht bemerkt, dass Botho sie schon länger beobachtete, und ärgerte sich darüber. Im ersten Impuls wollte sie sich umdrehen und ohne ein weiteres Wort in ihre Kammer zurückkehren. Da aber stand er schon neben ihr und hielt sie an einem Zipfel ihres Schultertuchs fest.

»Herrin, ich ertrage es nicht länger, Euch in Gefahr zu sehen! Wenn Malatesta und dieser verrückte Borelli Molterossa erobern, werden sie Euch Schreckliches antun.«

»Ihr glaubt doch nicht, dass ich diesen Schuften noch einmal lebend in die Hände fallen werde.« In dem Augenblick war Bianca ganz die Nachkommin großer italienischer und römischer Geschlechter, die ihre Ehre stets höher geachtet hatten als den Tod.

Ihre Worte entsetzten Botho. »Nein! Ihr dürft nicht sterben! Das könnte ich nicht ertragen.« Er fiel vor ihr auf die Knie und fasste nach ihren Händen. »Herrin, noch ist es nicht zu spät, dem Unheil zu entfliehen. Ich habe ein wenig Geld und kann schnelle Pferde besorgen. Zwei oder drei Männer würden mit uns kommen und Euch beschützen.«

Bianca spürte eine Leere in sich, die nur für Enttäuschung Platz ließ, und blickte mit verächtlicher Miene auf den Mann hinab. »So einer seid Ihr also! Ihr wollt desertieren und mich als Beutestück mitnehmen. Was erwartet Ihr dafür? Soll ich aus Dankbarkeit für Euch die Beine spreizen? Ihr seid ein Narr, Signore Botho, ein blutiger Narr und ein Feigling dazu! Ich werde weder meine Töchter noch meine Dienerin im Stich lassen!«

»Francesca und Giovanna würden wir natürlich mitnehmen und Eure Dienerin Munzia dazu. Ihr solltet auch Caterina dazu bringen, dieses Land zu verlassen, bevor es zu spät ist.«

»Was wollt Ihr? Mich als Geliebte und sie als Ehefrau?« Bianca wusste selbst nicht, warum sie so viel Hohn über den jungen Mann ausgoss, der ihr eigentlich sehr sympathisch war. Doch die Enttäuschung, ihn nur wenige Tage vor der entscheidenden Schlacht von Flucht reden zu hören, ließ sie ihre gute Meinung über ihn vergessen.

Botho wand sich wie ein Wurm, denn er wusste nicht, wie er die Gefühle, die in seiner Brust tobten, in Worte kleiden konnte. »Herrin, mein Vater und ich haben Caterina vor mehr als drei Jahren mit unschönen Mitteln zwingen wollen, mich zu heiraten, und dafür schäme ich mich. Ich schwöre Euch, dass ihr nichts geschehen wird und Euch auch nicht.«

»Bildet Ihr Euch ein, Ihr könntet Euch gegen Euren Vater durchsetzen?«

Die Erinnerung an Hartmann Trefflichs Wutausbrüche ließen seinen Sohn aufseufzen und er blickte sie mit der bettelnden Miene eines jungen Hundes an. »Für Euch würde ich selbst dem Teufel die Stirn bieten, Herrin. Ich werde Euch heiraten, wenn Ihr mir Eure Hand reicht, ganz gleich, was mein Vater dazu sagt. Genau genommen gibt es nichts auf der Welt, das ich mir sehnlicher wünsche als Euch als Gemahlin heimzuführen.«

»Die ehemalige Geliebte eines Söldnerhauptmanns mit zwei Töchtern, die kein Recht auf den Namen ihres Vaters haben?« Biancas Stimme klang bitter, dann lachte sie leise auf und schüttelte den Kopf, so dass ihr brünettes Haar aufstob und im Licht der Sterne Funken sprühte. »Schlagt Euch das aus dem Kopf, Signore. Mein Platz ist hier! Sollte der Tod mein Schicksal und das meiner Kinder sein, so werde ich ihn nicht von der Schwelle weisen. Reitet ruhig in Eure Heimat zurück. Es ist wohl das Beste für Euch, denn im Grunde Eures Herzens seid Ihr ein Krämer geblieben.« Bianca hoffte wirklich, Botho würde auf ihren Rat hören und Molterossa verlassen. Dies war nicht sein Krieg, und sie wünschte ihm von Herzen noch ein langes, glückliches Leben.

Er erhob sich mit einer energischen Bewegung und schüttelte den Kopf. »Nein, Signorina! Ich wollte Euch in Sicherheit wissen. Wenn Ihr mich nicht begleiten wollt, bleibe ich hier. Ich mag kein Kriegsmann sein und als Offizier nicht viel taugen, aber ich bin kein Feigling, der vor dem Klang der Kriegstrommeln davonläuft. Möge Gott es geben, dass wir uns dereinst im Paradies wiedersehen.«

Er wollte sich abwenden, doch Bianca empfand Mitleid mit ihm und hielt ihn fest. »Lasst uns nicht so auseinander gehen, Signore Botho. Ihr habt mir eben gezeigt, dass Ihr ein Ehrenmann seid. Da der Tod unser Los sein wird, will ich Euch gewähren, was Ihr Euch wünscht.« Sie schlang die Arme um seine Schultern, bog seinen Kopf zu dem ihren herab und küsste ihn auf den Mund.

Botho stand einen Augenblick wie erstarrt, dann riss er sie mit einer Leidenschaft an sich, die sie bei ihm nicht erwartet hatte. Sie spürte, wie er zitterte, und empfand nun Achtung vor ihm, weil er bereit war, seine Angst zu überwinden. Er war völlig unerfahren im Umgang mit Frauen, das wurde ihr rasch klar, und so war es ihre Hand, die ihn leitete. Das Zittern verlor sich und seine gepressten Atemzüge wurden nun nicht mehr durch Angst beherrscht, sondern durch eine nur mühsam unterdrückte Gier. Bianca fasste tiefer und strich über seine Lendengegend, die sich ihr hart und fordernd entgegenwölbte. Seit Franz von Eldenbergs Tod hatte sie keinen Mann mehr in sich gespürt und Liebe nur in den Umarmungen mit Caterina erfahren. Jetzt sank sie im Schatten eines Busches nieder, zog den Mann mit sich und öffnete ihm einladend die Schenkel.

»Kommt, Signore! Bevor ich sterbe, will ich noch einmal erfahren, wie es ist, von einem Mann geliebt zu werden und nicht an die Schufte denken zu müssen, die von Borelli und Malatesta aufgehetzt danach gieren, mir Gewalt anzutun.«

»Ich werde Euch mit meinem Leben beschützen, Herrin! Und ich schwöre Euch bei Gott und der Heiligen Jungfrau, dass ich Euch, sollten wir dieses Land lebend verlassen können, zu meinem Eheweib machen und in Ehren halten werde.«

»Habt Dank für diesen Schwur, Signore! Ihr werdet wohl nie in Gefahr geraten, ihn halten zu müssen, doch er macht es mir leichter, Euch meinen Leib zu schenken. Und nun kommt!« Da Botho zu erregt war, seine Hosen allein ausziehen zu können, legte sie selbst Hand an und ließ ihre Finger dabei spielerisch über sein Glied gleiten. Botho keuchte erschrocken auf, gab sich dann aber ganz ihrer Führung hin. Bevor die Leidenschaft ihn übermannte, schwor er sich, alles zu tun, um Bianca zu retten, ganz gleich, wie gering seine Aussichten auch sein mochten.

## 6.

Obwohl Caterina und ihre Leute wussten, dass der Feind nicht weit von den Grenzen Molterossas entfernt stand, kam die Nachricht von Malatestas Vorrücken überraschend. Während die Capitana nur die Augenbrauen hob und etwas murmelte, das wie »Es wird auch Zeit« klang, sank Amadeo Caetani in die Knie und schien in Tränen ausbrechen zu wollen.

Im nächsten Augenblick sprang er wie von einem Skorpion gestochen auf und stürmte die Treppe hoch, die auf den höchsten Turm der Burg führte. Von dort oben konnte man weit in das Land schauen, deswegen folgten Caterina und Hans Steifnacken ihm, um sich selbst ein Bild von der Annäherung des Feindes zu machen. Der Herzog war bei der Nachricht vor Schwäche in sich zusammengesunken, wollte aber ebenfalls nach oben und musste sich von dem Capitano seiner Leibgarde stützen lassen.

Als er die Turmspitze erreichte, sah er, wie Amadeo beim Anblick des Heeres, das sich wie ein grauer Riesenwurm auf die Grenzen von Molterossa zuwälzte, am ganzen Körper zitterte. Auch die Stimme seines Neffen bebte, als er sich nun zu ihm umdrehte. »Der Feind ist uns vielfach überlegen und wird uns zerschmettern!«

Steifnacken schirmte seine Augen gegen die Sonne ab und beobachtete den Feind mit geübtem Blick. »Malatesta hat, wie es aussieht, gerade einmal doppelt so viele Leute wie wir. Also sollten wir den Spieß nicht gleich ins Korn werfen.«

»Das ist doch nur die Vorhut!«, stieß Amadeo mit vor Angst gepresster Stimme aus. »Ich sagte Euch doch schon, was mir ein Gewährsmann gestern mitgeteilt hat: Ein weiteres, noch viel größeres Visconti-Heer marschiert auf uns zu! Es wird von Pandolfo Malatesta angeführt, und der ist einer der besten Condottieri unserer Zeit. Außerdem treibt sich mein elender Vetter Rodolfo mit mehr als zweihundert Lanzen in der Gegend herum und wartet nur darauf, in den Totenreigen für uns mit einzustimmen.«

»Rodolfo zieht gegen uns?« Caterina keuchte enttäuscht auf. Sie hatte erwartet, dass der andere Neffe des Herzogs von Molterossa sich aus dem Kampf gegen seinen Onkel heraushalten würde. Während sie den Horizont absuchte, um Anzeichen für ein zweites

Heer zu finden, und dabei mit ihren Gefühlen kämpfte, überhörte sie ganz, was Amadeo Hans Steifnacken befahl.

»Geh und alarmiere unsere Leute! Sie sollen das Lager abschlagen und sich in die Stadt zurückziehen! Hier haben sie vielleicht noch eine Chance, dem Feind standzuhalten.«

Der Schwabe zwinkerte verwirrt mit den Augenlidern. »Was sollen wir tun? Den Schwanz einkneifen und uns hinter die Mauern zurückziehen? Mein guter Mann, die Eiserne Kompanie ist eine Kampftruppe für die offene Feldschlacht und keine städtische Miliz, die sich auf den Zinnen in die Hose macht.«

»Es ist mein Befehl! Du verlegst euer Lager in die Stadt!«, schrie Amadeo wütend auf. Dann atmete er scharf aus und funkelte Steifnacken an. »Ich bin nicht dein Guter! Du hast mich mit Capitano-General anzusprechen, verstanden?«

Steifnacken schluckte die Bemerkung, die ihm über die Lippen kommen wollte, gerade noch rechtzeitig hinunter. Während er überlegte, wie er Amadeo beibringen konnte, dass es keinen Sinn hatte, die Eiserne Kompanie in Molterossa einzusperren, kehrte dieser ihm den Rücken und verließ den Turm. Der alte Söldner sandte ihm einen Fluch hinterher, aber so leise, dass sein Capitano-General es nicht hören konnte. Dann sah er den Blick des Herzogs, der seinem Neffen nicht gerade freundlich folgte. Da der alte Mann jedoch nicht verlauten ließ, ob er mit dem Befehl seines Neffen einverstanden war oder nicht, wandte Steifnacken sich mit einer heftigen Bewegung an Caterina.

»Capitana, Ihr müsst wieder das Kommando übernehmen. Dieser Laffe Amadeo führt uns schnurstracks in den Untergang.«

Caterina schrak aus ihren Gedanken auf und hob den Kopf. »Ist unser Schicksal nicht so oder so besiegelt?«

»Sterben müssen wir, das ist gewiss! Aber ich will als Krieger zur Hölle fahren und nicht als Maus! Man nennt uns die Eisernen, und wenn wir schon untergehen müssen, sollen sich die Leute noch lange an unsere letzte Schlacht erinnern. Euer Vater hätte sich gewiss nicht hinter den Mauern einer Stadt verkrochen, sondern dem Feind zu einem Tanz aufgespielt, an dem der Teufel selbst seine Freude gehabt hätte.«

Steifnacken war den Tränen nahe und schüttelte sich wie ein Hund, der ins Wasser gefallen war, um seine Haltung zurückzugewinnen. Dann holte er tief Luft und deutete auf das eigene Lager. »Wir haben nicht mehr viel Zeit! Wenn wir nichts unternehmen, überrascht uns der Feind in völliger Unordnung. Ihr müsst etwas tun, Jungfer!«

Caterina spähte zu der Staubwolke hinüber, die den anrückenden Feind anzeigte. Dann blieb ihr Blick einige Herzschläge lang auf seinen Leuten hängen und glitt zuletzt über die Stadt und den kleinen See zu Füßen des Burghügels. Etliche kleine Boote strebten vom hiesigen Ufer fort und versuchten so schnell wie möglich die gegenüberliegenden Hügel zu erreichen. Ihre Insassen wollten wohl den Pfad erreichen, der auf die Grenze von Molterossa zulief. Dort führte eine Straße tiefer in die Berge. Auf ihren Ausritten hatte Caterina die Gegend erkundet und sie wusste, dass es dort einen weiteren, wenn auch recht schwierig zu gehenden Weg gab, auf dem man das feindliche Heer umgehen und in dessen Rücken gelangen konnte. Sie machte sich keine Illusionen, von dort aus die vereinigten Kompanien Ugolino Malatestas und Hawkwoods zersprengen zu können, doch es wäre zumindest möglich, ihnen so viel Schaden zuzufügen, dass sie hinterher zu schwach waren, die Stadt zu erobern.

Dann fauchte sie wütend, denn sie hatte die Schwachstelle in ihren Überlegungen entdeckt. Es war der See. Es gab einfach nicht genug Boote, um die Leute der Compagnia Ferrea und deren Pferde hinüberschaffen zu können. Die einzige Möglichkeit wäre die Straße gewesen, die im großen Bogen um ihn herumführte, doch die konnte der Feind einsehen.

Sie warf einen bösen Blick auf das unschuldige Gewässer, das ihr den Weg für einen Erfolg versprechenden Angriff verlegte, und entdeckte dabei einen Schilfsammler, der seinem Gewerbe trotz der Bedrohung durch den Feind nachging. Mit einem Mal lachte sie auf, denn sie erinnerte sich an den sumpfigen Pfad, der direkt am Ufer entlanglief und von Fischern und Riedschnittern benutzt wurde. Er war so schmal, dass er selbst von hier oben nicht zu erkennen war, bot aber Platz für einen Mann, der sein Reittier führte. Für den Feind war er ebenso wenig einsehbar wie von den eigenen Wachen, und er lag auf der dem Heerwurm abgekehrten Seite des Sees und konnte daher von Malatesta nicht gesperrt werden.
Von neuem Mut erfüllt schlug sie Steifnacken auf die Schulter.
»Du hast Recht, Hans! Wir müssen sehr rasch handeln. Machen wir Signore Amadeo doch die Freude, unsere Kompanie in die Stadt einrücken zu sehen. Wir halten uns hier jedoch nicht auf, sondern verlassen Molterossa durch die Seepforte und marschieren um das Gewässer herum.«
»Um zu fliehen oder zu kämpfen?«
»Wenn wir fliehen, verfolgen uns Malatestas Leute und hauen uns zusammen. Nein, mein Guter, wir suchen die Schlacht und werden kämpfen, wie die Eisernen noch nie gekämpft haben!«
»Jawohl! Genau das tun wir!« Steifnacken wuchs sichtlich und grinste. »Wenn Ihr mich entschuldigen wollt! Ich werde die Männer holen.« Er war schon halb auf der Treppe, als er noch einmal innehielt. »Ihr werdet mit uns reiten müssen, Jungfer. Die Kerle sind es gewohnt, der Fahne ihres Capitano zu folgen.«
Caterina nickte, obwohl sich ein bitterer Geschmack in ihrem Mund breit machte. Sie war schon oft vor der Truppe einhergeritten und hatte sie auch vor Rividello in den Kampf geführt. Diesmal aber würde es anders sein als damals, blutiger, verzweifelter und ohne Aussicht auf Erfolg. Sie empfand plötzlich Angst und hätte am liebsten alles abgeblasen. Dann hätte sie sich hinter den

Mauern von Molterossa verschanzen müssen, wie Amadeo es vorgeschlagen hatte. Das aber würde die Stadt und ihre Bewohner nicht retten, sondern ihnen allen nur ein Ende ohne Ehre eintragen. Der Feind, der sich selbst aus den Visconti-hörigen Landen gut versorgen konnte, brauchte sie nur auszuhungern, bis sie zu schwach waren, eine Waffe zu halten.
»Für den Ruhm Eldenbergs, Hans Steifnacken, und für das Andenken meines Vaters und meines Bruders! Ihr Mörder steht dort drüben. Verflucht sollen wir sein, wenn Borelli uns diesmal entgeht!«
»Bei Sankt Michael, das wird er nicht!« Steifnacken riss seine Mütze vom Kopf und schwenkte sie lachend durch die Luft, ehe er wie ein übermütiger Schuljunge die Treppe hinunterrannte.
Noch einmal blickte Caterina über das Land und versuchte, den stechenden Schmerz im Magen zu ignorieren. Sie fühlte sich bei weitem nicht so sicher, wie sie es ihrem getreuen Unteranführer vorgespielt hatte. Wenn der Feind auch nur das Geringste von ihrem Manöver wahrnahm, würde er ihnen eine schnelle Reitereinheit entgegensenden und ihren lang auseinander gezogenen Heerwurm zerschmettern. Der Gedanke ließ sie auch dann nicht los, als sie vom Turm hinabstieg und auf den Burghof trat. Botho Trefflich mühte sich gerade damit ab, die Schnallen an seinem Harnisch zu schließen, obwohl ein Diener bereitstand.
»Auf ein Wort, Trefflich! Ihr habt mir bis jetzt die Treue bewiesen, doch Eure Schulden bei mir sind längst beglichen und Ihr hättet bereits vor mehr als einem Jahr in Eure Heimat zurückkehren können. Ich will, dass Ihr es jetzt tut, denn ich möchte meine Seele nicht mit Eurem Tod belasten. Eines sollt Ihr jedoch für mich tun: Nehmt Bianca und ihre Töchter mit und seht zu, dass sie auf Burg Eldenberg eine neue Heimat finden.« Caterinas Stimme schwankte, doch es war in ihren Augen das Einzige, was sie für die einstige Geliebte ihres Vaters und für ihre beiden Halbschwestern noch tun

konnte. Die Bilder der beiden Mädchen schoben sich in ihre Gedanken, und sie bedauerte, sie nicht so oft an ihr Herz gedrückt zu haben, wie sie es verdient hätten. Da ihr in diesem Moment Tränen in die Augen schossen, übersah sie Bothos abwehrende Handbewegung.

»Jungfer Caterina – Capitana! Ich würde mich glücklich schätzen, könnte ich Bianca und die Kinder nach Schwaben bringen. Doch Bianca wird nicht gehen und Euch und so viele Freunde ihrem Schicksal überlassen.«

Caterina spürte einen dicken Kloß im Hals, denn ihr wurde klar, dass Trefflich schon mit Bianca geredet haben musste, und sie glaubte auch nicht, dass es ihr gelingen würde, die Freundin zur Flucht zu überreden. Bianca war über viele Jahre mit der Eisernen Kompanie verbunden, weitaus länger als sie selbst, und ihr Gottvertrauen größer als das ihre. Daher nickte sie Botho zu, befahl ihm barsch, Steifnacken zu unterstützen, und eilte mit raschen Schritten auf den Palas zu, um sich zu rüsten. Die Truppe sollte ihre Capitana an der Spitze sehen.

## 7.

Steifnacken und die ihm unterstellten Anführer vollbrachten wahre Wunder. Sowohl für die Späher des Feindes wie auch für Amadeo und die meisten Bewohner Molterossas sah es so aus, als zögen die Söldner der Eisernen Kompanie in die Stadt ein und schlügen ihr Quartier an der Seemauer auf. Es gab jedoch einen fremden Beobachter, der gut versteckt von einem der Hügel aus zusah, wie Caterina mit ihren Männern das Städtchen durch die kleine Seepforte verließ und den schmalen Weg am Ufer einschlug. Es handelte sich um Gaetano, der in die Rolle von Rodolfos Vertrautem hineingewachsen war, nachdem ihr Dienstherr, der Marchese Olivaldi, Rodolfos Stellvertreter Mariano Dorati immer mehr mit eigenständi-

gen Missionen betraut hatte. Gaetano wartete noch ein wenig, bis der größte Teil der Eisernen Kompanie auf dem Uferpfad marschierte, und folgte ihnen ein Stück über den Höhenzug. Dann zog er sich zurück, um seinem Capitano Bericht zu erstatten.
Als er vor Rodolfo stand, spielte ein verächtliches Lächeln um seine Lippen. »Das hätte ich von der Compagnia Ferrea nie erwartet! Sie hat immer noch einen Ruf zu verlieren. Aber es sieht tatsächlich so aus, als würde die Tedesca Molterossa seinem Schicksal überlassen. Ich glaube allerdings nicht, dass sie den Angreifern entkommen wird. Herzog Gian Galeazzo hat ein beachtliches Heer zusammengezogen, das Molterossa ohne größere Verluste in die Knie zwingen und dann die Eisernen verfolgen und niedermachen kann.«
Rodolfo rieb sich die Stirn, hinter der es sich mit einem Mal so leer anfühlte, dass es schmerzte. »Was sagst du da? Die Eiserne Kompanie hat die Stadt verlassen und den Weg am See entlang eingeschlagen?«
»Genauso ist es, Capitano. Ich bin ihnen sogar ein wenig gefolgt und habe gesehen, wie sie die Straße nach Semantia erreicht haben und diese im flotten Tempo entlanggezogen sind. Wenn sie auf diese Art weitermarschieren, werden sie etliche Stunden Vorsprung vor Ugolino Malatesta und Borelli gewinnen.« Gaetano wollte noch etwas sagen, doch Rodolfo deutete ihm an zu schweigen.
Der junge Capitano hatte etliche Jahre seines Lebens in dieser Gegend verbracht und kannte die Landschaft mindestens ebenso gut wie den Inhalt seiner Satteltasche. Er konnte nicht glauben, dass Caterinas Kompanie Fersengeld geben würde, ohne eine einzige Schlacht geschlagen zu haben. So konzentrierte er sich darauf, sich in Caterinas Lage zu versetzen und ihren Plänen nachzuspüren. Plötzlich zuckte er zusammen und schlug sich mit der flachen Hand gegen die Stirn, denn er glaubte zu verstehen, was die Capitana vorhatte. »Gaetano, versuche dich zu erinnern, ob du Frauen

bei den Eisernen gesehen hast – und Kinder! Wenn du Recht hast, müsstest du zwei kleine Mädchen gesehen haben, etwa acht und zehn Jahre alt.«

Sein Untergebener schüttelte den Kopf. »Ich habe nichts dergleichen gesehen, Capitano, nur die Tedesca. Sie trug einen Kettenpanzer, hatte aber ihren Helm abgenommen, sonst hätte ich sie für einen ihrer Offiziere halten können.«

»Im Rock?«, fragte Rodolfo spöttisch.

»Ihre Beine waren nicht zu erkennen, denn sie wurden zuerst vom Schilf verdeckt, und auf der Straße ritt jener zu kurz geratene Deutsche neben ihr. Ich habe sie nur anhand ihres langen Haares erkannt, das sich gelöst hatte und im Wind aufstob.« Gaetano klang leicht beleidigt, denn er hatte viel riskiert und sah sich nun mit Spott belohnt.

Rodolfo hob begütigend die Hände. »Schon gut, mein Lieber! Du hast deine Sache ausgezeichnet gemacht. Ich begreife, was Caterina plant. Sie ist wahnsinnig, aber mutiger als ein Dutzend Männer. Allein der Gedanke, mit meinen Soldaten schutzlos am Ufer des Sees entlangziehen zu müssen, überzieht meine Arme mit einer Gänsehaut. Besäße Malatesta nur ein wenig Verstand, hätte er die Eisernen dort mit Leichtigkeit zerschlagen können. Der Kerl läuft wirklich so kurzsichtig wie ein Ochse durch die Gegend und Borelli ist auch nicht besser. Aber um ehrlich zu sein – ich fürchte, die Tedesca hätte wohl auch mich überrascht.« Er schüttelte mit einem leicht erstaunten Ausdruck den Kopf und lachte leise vor sich hin.

Gaetano stieg von einem Bein auf das andere, als drücke ihn die Blase, aber er wich nicht von der Stelle. »Ich verstehe nicht ... Was soll die Tedesca denn vorhaben?«

»Sie will eine Schlacht schlagen, von der man noch lange erzählen wird. Bei Gott, dieses Weib ist wirklich verrückt!« Rodolfos Augen funkelten spöttisch, aber sein Tonfall verriet eher Achtung vor der

Capitana der Eisernen Kompanie. Für einen Augenblick starrte er ins Leere, als wäre ein unangenehmer Gedanke in ihm aufgestiegen, dann grinste er Gaetano an. »Nimm dir ein anderes Pferd, mein Guter, und reite zu den Herren Borelli und Malatesta. Übermittle ihnen meine besten Grüße und teile ihnen mit, dass ich die Straße, die jenseits des Sees verläuft, blockieren werde, damit niemand darauf fliehen kann.«

»Ihr wollt die Eiserne Kompanie überholen und ihr den Weg verlegen? Also kämpft Ihr doch für Visconti!« Gaetano kratzte sich am Kopf, denn die eigene Truppe war kleiner als Caterinas und durch einen höheren Anteil an Fußsoldaten auch langsamer.

Rodolfo versetzte ihm einen scherzhaften Rippenstoß. »Zerbrich dir über meine Absichten nicht den Kopf, sondern tu, was ich dir aufgetragen habe. Signore Ugolino wird sich gewiss freuen, Botschaft von mir zu erhalten. Teile ihm auch mit, sein Vetter Pandolfo sei nur noch einen Tagesmarsch entfernt.«

Jetzt verstand Gaetano überhaupt nichts mehr. Er hätte zu gerne gewusst, was Rodolfo wirklich plante, aber es war sinnlos, danach zu fragen, denn das Gesicht seines Capitano verriet ihm, dass der Kirchturm des Örtchens, bei dem sie lagerten, redefreudiger sein würde. Leicht verärgert, weil er mit leerem Magen und dem unerfüllten Wunsch nach einem Becher Wein wieder aufbrechen sollte, verließ er das Zelt. Rodolfo sah ihm nach und kicherte dabei leise vor sich hin. Dann erinnerte er sich an einige Bemerkungen des Marchese, die Caterina und Amadeo gegolten hatten, und sein Gesicht verfinsterte sich. »Verflucht sollen sie sein!«

## 8.

Als Borelli hörte, die Eiserne Kompanie habe sich in die Stadt zurückgezogen, jubelte er auf. »Jetzt sitzen sie wie die Ratten in der

Falle! Ich hatte schon befürchtet, dieses Miststück würde versuchen, über die Berge zu fliehen. Aber jetzt kann sie mir nicht mehr entgehen!«
»Ihr redet wohl von Eurer Verwandten?«, fragte Ugolino Malatesta spöttisch. Auch er fühlte sich wie im Fieber, endlich hatte der Feldzug gegen Molterossa begonnen. Noch wusste er nicht, wie es ihm gelingen würde, die festen Mauern der Stadt und vor allem die Burg vor dem Erscheinen seines Vetters Pandolfo zu stürmen. Aber er war bereit, alles auf eine Karte zu setzen. Dabei kam Borellis Hass ihm entgegen, denn dieser würde eher seine Männer und sich selbst ins Verderben führen, als sich seine Rache aus der Hand nehmen zu lassen. In seiner Wut würde er die Breschen schlagen, die ihm, Ugolino Malatesta, zum endgültigen Sieg verhalfen, bevor Pandolfo erschien und allen Ruhm für sich beanspruchte.
Er holte tief Luft und erteilte seine Befehle. »Borelli, Aniballi, ihr beide werdet mit euren Leuten die Vorhut übernehmen. Dringt bis zu den Mauern vor und versucht, eines der Tore zu öffnen!«
Borelli nickte grimmig, obwohl dieser Befehl das Todesurteil für die meisten seiner und Aniballis Söldner bedeutete. Aber auch er wusste, dass Molterossa rasch erobert werden musste. »Wir werden eine der kleineren Pforten knacken, und dann gehört die Stadt uns. Die Verluste werden die Männer allerdings so wild machen wie Höllenteufel und sie werden über die Weiber herfallen. Da dürfte keine Öse ungepunzt bleiben und so mancher hübsche Knabe wird ebenfalls daran glauben müssen.«
Malatesta lachte darüber wie über einen guten Witz. »Prächtig, Borelli! Gewiss werdet Ihr dabei mittun.«
»Bei den Weibern! Die Knaben überlasse ich anderen.« Es hörte sich so zornig an, als wünschte er sich die Manneskraft, um über alle weiblichen Wesen Molterossas herfallen zu können.
Solche Gefühlsausbrüche machten einen Mann blind für jegliche Gefahr, dachte Malatesta, rieb sich innerlich die Hände und schick-

te Borelli los, den Angriff vorzubereiten. Inzwischen hatte die Spitze des Heeres die Stadt erreicht, und die Quartiermeister schwärmten aus, um die besten Plätze für den Aufbau der Lager zu suchen. Da Malatesta den Eingeschlossenen einen verzweifelten Ausfall zutraute, ließ er genügend Söldner vorrücken, um die Tore zu überwachen. Er selbst ritt um die Mauern herum, soweit das Gelände es zuließ, und stellte fest, dass man den Ort nur noch über den See verlassen konnte. Die Straße, die am jenseitigen Ufer verlief, wurde jedoch von Rodolfo Caetani bewacht, der jeden Flüchtling einkassieren würde. Bei dem Gedanken an das Geld, das der Conte d'Abbati dabei von wohlhabenden Bürgern erbeuten konnte, ärgerte sich Malatesta und hoffte, dass nicht zu viele Leute die Stadt verlassen würden. Seine eigene Kasse war so leer, dass er die fette Beute selbst brauchen konnte.

Malatestas Überlegungen wurden durch Henry Hawkwood unterbrochen. Der Engländer hatte zu ihm aufgeschlossen und wies auf die Mauern von Molterossa. »Jetzt ist sie so gut wie unser!« Er sprach mit einem Akzent, der englisch klingen sollte, sich aber künstlich und ein wenig lächerlich anhörte.

Ugolino Malatesta schnaubte. »Seit Eurer Heldentat bei Pisa seid Ihr wohl auch nicht mehr gut auf die Dame zu sprechen.«

Hawkwood ging auf diese Spitze nicht ein. »Was wollt Ihr jetzt tun? Die Belagerung erklären?«

»Das wäre das Vernünftigste gewesen. Doch ich konnte Borelli und Aniballi nicht zurückhalten. Sie wollen unbedingt mit ihren Leuten vorrücken und eines der Tore aufbrechen. Sobald das geschehen ist, rücken wir in die Stadt ein. Oder seht Ihr einen Grund, weshalb wir auf meinen Vetter Pandolfo warten sollen? Dieser Paradiesapfel dort drüben wartet doch nur darauf, von uns gepflückt zu werden!«

Trotz seines Hasses auf Caterina würde Hawkwood die nötige Umsicht nicht vergessen, und daher klopfte Malatesta sich innerlich auf die Schulter. Wenn er sich für die großen Verluste rechtfertigen musste, die dieser Angriff mit sich bringen würde, konnte er jegliche Schuld den beiden Narren Borelli und Aniballi in die Schuhe schieben.

Hawkwood interessierte sich jedoch nicht dafür, unter welchem Kommando die Stadt erobert wurde, für ihn zählte ein Pandolfo Malatesta ebenso viel oder wenig wie ein Ugolino. Wie die meisten Condottieri war er bemüht, die Verluste unter seinen Leuten so gering wie möglich zu halten. Gut ausgebildete Söldner waren sein Kapital und konnten nicht so rasch durch gleichwertige ersetzt werden. Wenn Borelli und Aniballi mit ihren Männern die schwerste Last bei diesem Angriff schultern wollten, konnte es ihm nur recht sein. Wie wichtig ein wohlüberlegter Einsatz der eigenen Soldaten war, konnte er an den Kompanien der beiden angriffslustigen Herren ablesen. Sowohl Borellis wie auch Aniballis Männer waren schlecht ausgebildetes, beutegieriges Gesindel, das gerade einmal gut genug dafür war, das erste Treffen zu bestreiten und jene Lücken zu reißen, in die die richtigen Soldaten hineinstoßen konnten. Und es gab noch einen weiteren Grund, der Hawkwood mit einem raschen Angriff einverstanden sein ließ.

Er zeigte auf den See. »Dieser Platz gefällt mir nicht. Ich will nicht, dass meine Leute sich mit Malariafieber herumschlagen müssen, das an feuchten Stellen blüht.«

»Dann sollten wir zusehen, dass Molterossa rasch fällt, damit Eure Kerle feste Quartiere in der Stadt beziehen können.« Malatesta winkte ihm lachend zu und ritt weiter, um sich mit der Stadt und ihrer Umgebung vertraut zu machen.

Hawkwood spie aus und folgte ihm ein Stück. »Ich hoffe, Ihr achtet diesmal etwas mehr auf das, was hinter Eurem Rücken geschieht, Signore Ugolino. Oder habt Ihr Euer Heldenstück vor Rividello vergessen?«

Malatesta fuhr herum und hob die Hand, um den anderen mit

einem Faustschlag aus dem Sattel zu schmettern. Dann ließ er den Arm sinken, lachte auf und erteilte Aldobrando di Muozzola den Befehl, mit fünfzig Lanzen ein Stück die Straße hoch zu lagern. »Ich glaube zwar nicht, dass irgendjemand Molterossa zu Hilfe kommen wird, doch ich will diesen englischen Büffel beruhigen. Hawkwood macht sich angesichts des bevorstehenden Sturms auf die Stadt in die Hose.«

Mit dem angenehmen Gefühl, den Ruf des Engländers untergraben zu haben, machte Malatesta kehrt und suchte die Stelle auf, an der seine Knechte gerade sein Feldherrenzelt errichteten. Ein Diener wartete bereits mit einem Becher Wein auf ihn, und während Malatesta genüsslich trank, sah er zu, wie Borellis und Aniballis Söldner sich durch Schilde und rasch angefertigte Schutzdächer notdürftig gegen die Pfeile schützten, die von den Zinnen regneten, und gegen das Haupttor und zwei kleinere Pforten vorrückten. Die Taktik ist gut, dachte er, denn sie zwang die Verteidiger, sich aufzuteilen und ihre Kräfte zu schwächen.

Der Wein schmeckte ihm noch besser, als kurz darauf die ersten Axtschläge herüberschallten. Malatesta stellte sich bereits das dumme Gesicht Pandolfos vor, wenn dieser vor Molterossa erschien und ihn als Eroberer der Stadt antraf. Nur die Burg störte seine Laune ein wenig, denn es würde hart werden, diesen wehrhaften Bau zu erobern. Wenn er nicht zu viele seiner Leute opfern wollte, musste er sich mit dem Besitz der Stadt zufrieden geben und warten, bis Pandolfo kam.

Mit einem Mal wurde Ugolino Malatestas wohliger Gedankenfluss durch wildes Geschrei gestört. Er zuckte zusammen und verschüttete einen Teil des Weines auf der polierten Brustplatte seines Harnisches. Im gleichen Moment stürmte Aldobrando di Muozzola herein und stieß beinahe mit dem Diener zusammen, der das Malheur mit einem Tuch beseitigen wollte. »Capitano, eine große Schar Krieger zieht hinter uns die Straße herauf!«

Malatesta stieß den Bediensteten beiseite und drehte sich zu di Muozzola herum. »Was faselst du da?«

»Ein Heer ist hinter uns aufgetaucht! Es müssen mindestens zwei- oder dreihundert Lanzen sein, wenn nicht noch mehr.« Aldobrando di Muozzola wollte noch etwas sagen, doch ein wüster Fluch Malatestas erstickte seine Worte.

»Bei allen Höllenteufeln, das kann nur mein von Gott verfluchter Vetter Pandolfo sein! Der Kerl hat erfahren, dass wir auf Molterossa vorgerückt sind, und daraufhin seinen Marsch beschleunigt. Aber das wird ihm jetzt auch nichts helfen. Die Stadt gehört uns! Muozzola, mach, dass du hinauskommst. Alarmiere die Hauptleute meiner Kompanie. Sie sollen sich mit ihren Leuten zum Sturm fertig machen. Sobald eines der Tore erbrochen ist, gehört die Stadt uns.«

»Aber was ist mit dem Heer in unserem Rücken?«, wagte di Muozzola einzuwenden.

»Vergiss es! Bis mein Vetter eintritt, wird meine Fahne über den Mauern Molterossas wehen.« Da der andere noch zögerte, gab Malatesta auch ihm einen Stoß und blaffte dann den Diener an, endlich seinen Harnisch zu säubern.

»Vorher aber bringst du mir einen Becher mit Wein, du verdammter Hund – und sei das nächste Mal gefälligst geschickter, sonst stecke ich dich ins erste Treffen. Wie lange ein Wurm wie du dort überlebt, kannst du dir selber ausmalen.« Eine Ohrfeige begleitete diese Worte.

Während der Diener sich bemühte, alle Aufträge zur gleichen Zeit zu erledigen, bleckte Ugolino Malatesta die Zähne in die Richtung, in der er seinen Vetter wähnte. »Selbst wenn du Siebenmeilenstiefel hättest, würdest du zu spät kommen!«

Unterdessen eilte Muozzola von Fähnlein zu Fähnlein und rief die Männer auf, sich zum Kampf zu rüsten. Sein Blick glitt dabei immer wieder nach hinten. Ich hätte Malatesta sagen müssen, wie nahe die fremden Krieger bereits gekommen sind, fuhr es ihm durch den Sinn. Er beruhigte sein Gewissen jedoch damit, dass der Capitano-General ihm einen Befehl erteilt hatte, den er ungesäumt befolgen musste. Trotzdem war er wohl der Einzige in Malatestas Heer, der sich nicht wunderte, als hinter ihnen Waffenlärm aufklang. Er eilte zu einer Stelle, die ihm eine gewisse Aussicht bot, und sah eine Wand aus Reitern unter den schwarzen und roten Fahnen Monte Eldes auf das noch unfertige Lager zukommen. Seine kleine Truppe, die den Weg hätte halten sollen, war bereits hinweggemäht worden wie ein der Sichel zum Opfer gefallenes Gerstenfeld.

Im Gegensatz zu Muozzola konnte Ugolino Malatesta im ersten Augenblick nicht begreifen, was um ihn herum geschah. Er hörte seine Söldner schreien, vernahm das krachende Geräusch von Schwerthieben und das Wiehern getroffener Pferde. Verwirrt verließ er sein Zelt, dessen Halteseile immer noch nicht vollständig abgespannt worden waren, und starrte um sich.

»Was ist los, du Hund?«, fuhr er einen Söldner an, der gegen ihn prallte.

»Die Eisernen, die Eisernen!«, stotterte dieser und wies mit zitternden Fingern in Richtung des Feindes.

»Sie werden uns niedermachen wie damals vor Rividello!«, schrie ein anderer Söldner und wollte an Malatesta vorbei zum See hinablaufen. Der Capitano packte ihn und drehte ihn so, dass er mit dem Gesicht zum Feind stand. »Das ist deine Richtung! Oder willst du vor einem Weib fliehen?«

Trotz der Entfernung, die ihn noch von Caterina trennte, hatte Malatesta sie inmitten ihrer Krieger erkannt und holte tief Luft. »Wollt ihr, dass es heißt, ihr seid schon wieder vor dieser deutschen Hure davongelaufen? Wo bleibt eure Ehre, Männer? Sammelt euch und haltet stand. Diesmal werden wir siegen!«

Malatestas Stimme klang laut und beschwörend durch das Lager

und ließ manchen seiner Söldner vor Scham erröten. Die ersten blieben stehen, kehrten das Gesicht zum Feind und packten ihre Schwerter und Lanzen. »Vorwärts! Kämpft! Wir sind ihnen sowohl an Zahl wie auch an Mut überlegen!«
Ersteres stimmte, doch das Zweite war nur ein frommer Wunsch. Trotz der anfeuernden Worte standen Malatestas Leute vor Verblüffung oder Angst wie erstarrt. Erst das anfeuernde Beispiel ihrer Offiziere brachte sie dazu, sich gegen den anstürmenden Feind zu stellen. Während die Eisernen bereits die ersten Reihen ihrer Gegner hinwegfegten, war deren Hauptteil jedoch noch immer dabei, sich vor der Stadt zu sammeln.
Malatesta sah, wie seine Krieger unter dem Ansturm wankten. »Wo bleiben Hawkwoods Männer? Immer wenn man diese Hunde braucht, sind sie nicht da!«
»Ich hole sie!« Aldobrando di Muozzola hatte sich zu Malatesta durchgekämpft und dessen Worte vernommen. Sofort machte er kehrt und wurde schon auf halbem Weg von Söldnern beschimpft, die ihn für einen Feigling auf der Flucht hielten.

## 9.

Amadeo Caetani wollte seinem Onkel eben die Nachricht überbringen, dass die Eiserne Kompanie spurlos verschwunden sei, als der vor der Stadt aufklingende Schlachtenlärm den Herzog aufspringen ließ. »Kommt mit!«, herrschte Arnoldo Caetani seinen Neffen und den Capitano seiner Wachen an und stürmte beinahe so agil wie ein junger Mann die Treppe zum Turm empor. Das Bild, das sich ihm da oben bot, ließ sein Herz aufjubeln.
Lachend wandte er sich dem keuchenden Amadeo zu und wies auf die kämpfenden Krieger. »Dort drüben greifen die Eisernen an, die du so schmerzlich vermisst hast! Bei Gott, ich könnte Caterina

umarmen und küssen. Was für ein kühner Plan! Wäre ich nur ein paar Jahre jünger, ich würde sie heiraten und zur Mutter prächtiger Söhne machen!«

Amadeo zuckte zusammen. Es sähe seinem greisen Onkel ähnlich, ihn bei einem Sieg über die Visconti-Truppen durch einen Balg zu verdrängen, den er mit Caterina gezeugt hatte. In dem Moment wünschte er tatsächlich den Visconti-Truppen den Sieg und überlegte sich, wie er sich Herzog Gian Galeazzo so angenehm machen könnte, dass dieser ihm nicht nur die Verwandtschaft zu seinem Onkel verzieh, sondern ihn unter die Schar der Edelleute aufnahm, die den herzoglichen Hof von Mailand bevölkerten.

»Allein schaffen die Eisernen es nicht. Sie brauchen Unterstützung. Amadeo, sammle rasch die Garde und die Miliz und mache einen Ausfall. Wenn Gott und die Heilige Jungfrau uns gewogen sind, wird der Feind wanken und weichen.«

Der scharfe Befehl seines Onkels riss Amadeo aus seinen Gedanken. Er starrte hinaus und sah, wie der Sturmlauf der Monte-Elde-Söldner allmählich an Schwung verlor. Nicht mehr lange, dann würde sich die zahlenmäßige Überlegenheit des Feindes auszahlen. Eigentlich hätte er sich an die Spitze der Stadtmiliz setzen und eingreifen müssen, aber er spürte kein Verlangen, die sicheren Mauern der Stadt zu verlassen.

»Onkel, es befinden sich zu viele feindliche Söldner direkt vor den Toren. Wenn wir jetzt einen Ausfall wagen, schlagen sie sich durch unsere Reihen und gelangen in die Stadt. Dann wäre Molterossa wirklich verloren.«

Sein Einwand war nicht unberechtigt. Der Herzog konnte jedoch erkennen, dass die ersten feindlichen Fähnlein nach hinten gerufen wurden und die Aufmerksamkeit des Restes mehr den Angreifern von außen galt. Er streifte seinen Neffen mit einem verächtlichen Blick und deutete auf den Kommandanten seiner Wache. »Nimm deine Truppe und alles, was an Stadtmiliz deinem Kommando folgt, und führe sie in die Schlacht!«

Der Hauptmann blickte Amadeo fragend an, da dieser als sein Capitano-General und zudem als Erbe des alten Herzogs galt. Eine energische Geste des alten Herrn brachte ihn jedoch dazu, seinem Befehl umgehend zu gehorchen.

Arnoldo Caetani stützte sich auf die Zinnen und starrte mit brennenden Augen auf das Schlachtfeld. Um einen Sieg zu erringen, benötigten sie die Hilfe aller Heiligen, das war ihm klar, und dennoch hoffte er auf ein Wunder, das die Capitana der Eisernen vollbringen würde. »Die Eiserne Caterina! Wahrlich, der Spott einiger Leute ist Wirklichkeit geworden! Das Mädchen hat den Mut einer Löwin!«

Aber die Wirklichkeit, die sich vor seinen Augen ausbreitete, zerstörte bald seine Hoffnung, und er tröstete sich angesichts des Gemetzels damit, dass der Name Molterossa nach dieser Schlacht mit glühenden Lettern in die Geschichtsbücher geschrieben würde. An Amadeo, der mit grünlichem Gesicht hinter ihm stand, verschwendete er keinen Gedanken mehr. Mit seiner Weigerung, einen Ausfall zu machen und Caterina zu unterstützen, war er in seiner Gunst tiefer gesunken als eine Maus in der Speisekammer. Mit einem Aufseufzen schob er den Gedanken an seinen anderen Neffen beiseite, der gewiss nicht zu feige gewesen wäre, den Ausfall zu leiten.

Unter ihm wurden nun die Tore der Stadt geöffnet und er sah seine Garde unter dem Kommando ihres Capitano ausrücken. Aniballis und Borellis Männer, die trotz aller Unruhe in ihrem Rücken verbissen die Tore berannten, bemerkten, dass das Haupttor sich öffnete, doch die, die jubelnd hindurchstürmten, rannten in die Speere der herzoglichen Garde und der Stadtmiliz.

Mit grimmiger Zufriedenheit bemerkte der Herzog, dass sein Hauptmann und die Offiziere der Bürgerwehr das Tor freikämpften

und den Feind zurückwarfen. Gleichzeitig litt er mit seinen Männern, die von den erfahrenen Söldnern in Stücke gehauen wurden, und verfluchte sein Alter, das es ihm unmöglich machte, an ihrer Seite zu kämpfen. »Sie schaffen es. Sie werden den Feind werfen!«
Es war ein verzweifeltes Stoßgebet, denn Arnoldo Caetani sah, dass die Angreifer, die die anderen Pforten berannt hatten, nun auf das Haupttor zuströmten. Auch machten mehrere Fähnlein der Hawkwood-Söldner, die sich schon formiert hatten, um sich Caterina in den Weg zu stellen, auf dem Fuß kehrt und rückten gegen die ausfallenden Truppen vor.

»Unsere Männer werden in kurzer Zeit vernichtet sein und dann dringen die Feinde in die Stadt ein!« Für diese Worte fing Amadeo einen finsteren Blick seines Onkels ein. Doch auch der Herzog konnte nicht verhehlen, dass sich das Schlachtenglück nun langsam, aber stetig den Angreifern zuneigte. Es gelang weder seinen Leuten noch Caterinas Söldnern, die gegnerischen Truppen zu spalten und sich zu vereinen. Stattdessen wurden sie nun selbst an immer mehr Stellen von der Übermacht der Visconti-Truppen zurückgedrängt und Häuflein für Häuflein eingekreist. Arnoldo Caetani begann zu beten und flehte die Heilige Jungfrau und alle Schutzheiligen Molterossas an, ein Wunder geschehen zu lassen und seiner Stadt zu helfen.

»Onkel, seht nur! Jetzt ist alles aus!« Amadeos erschrockener Ausruf ließ den Herzog herumfahren. Auf dem der Stadt nächstgelegenen Hügel erschienen plötzlich Reiter und Fußsoldaten. Ihre Zahl konnte er nicht schätzen, doch es mussten mindestens hundertfünfzig, wahrscheinlich sogar mehr Lanzen sein. Sie formten sich beinahe beleidigend gemächlich zu einer langen Kampflinie und rückten dann im Schritt vor. Noch während der Herzog überlegte, zu wem diese Truppe gehörte, und gegen alle Logik hoffte, es könnte sich um Verbündete handeln, stieß Amadeo einen Fluch aus.

»Das ist Rodolfo, diese Ratte! Es reichte ihm nicht, von unserem Untergang zu erfahren! Er musste auch noch selbst kommen, um sich wie ein Geier an unseren toten Leibern zu mästen.«

»Noch sind wir nicht tot! Wenn es sein muss, vermag ich immer noch ein Schwert zu schwingen!« Der Herzog zitterte vor Grimm, blieb aber auf dem Turm und sah zu, wie Rodolfos Kompanie sich dem Schlachtfeld näherte. Dort hatte man sie längst entdeckt, und während die Krieger Malatestas beim Anblick der Olivaldi-Farben aufjubelten, fluchten und schimpften die sonst eher braven Schwaben und Flamen in Caterinas Heer, so dass sich selbst dem Teufel die Ohren kräuseln mussten. Sie wussten, dass ihr Ende besiegelt war, und doch wichen sie keinen Schritt zurück.

Hans Steifnacken stöhnte auf und befahl zwei Fähnlein, sich gegen den so überraschend aufgetauchten Feind zu stellen. Ihm war klar, dass die Männer Rodolfos Kompanie nicht würden aufhalten können, doch mehr Leute konnte er nicht entbehren.

Auch Caterina spürte eine eisige Hand an ihrem Herzen, als sie die Fahnen der Olivaldi-Söldner näher kommen sah. Das ist also das Ende, fuhr es ihr durch den Sinn, und sie zog ihr Schwert, das sie bis jetzt noch nicht benötigt hatte. Der schützende Schild ihrer Leibgarde war jedoch bereits dünn geworden, da die Feinde immer wieder versuchten, ihn zu durchdringen, um an die Capitana zu gelangen.

Weder Caterina noch Steifnacken hatten jenen Überblick über das Schlachtfeld wie Arnoldo Caetani auf seinem Turm. Dieser beobachtete die Bewegungen der Olivaldi-Truppe und versuchte, sich einen Reim darauf zu machen. Eigentlich hätten die Söldner nur geradeaus stürmen müssen, um in den Rücken der Eisernen zu gelangen, doch seltsamerweise schwang der linke Flügel herum, so dass die Kampflinie fast im spitzen Winkel zu Caterinas Leuten stand. Während neben ihm Amadeo noch seine Angst und seinen Hass auf den Vetter aus sich hinausschrie, leuchteten die Augen seines Onkels auf.

»Dieser Teufelskerl! Ich wusste doch, dass er im Herzen zu Molterossa steht!«

Amadeo begriff zunächst nicht, was sein Onkel meinte, und öffnete den Mund. Doch die Frage starb auf seiner Zunge. Rodolfos Truppe hatte nämlich ihren Schwenk vollendet und trabte an. Die Spitzen ihrer Lanzen zeigten jedoch nicht mehr auf die Eiserne Kompanie, sondern auf Malatestas rechte Flanke. Bevor die Visconti-Söldner begriffen, wie ihnen geschah, brachen Rodolfos Reiter wie ein Unwetter über sie herein. Die Fußtruppen folgten im raschen Lauf und schlugen jeden Feind nieder, der den anstürmenden Lanzenreitern entgangen war.

»Halleluja!«, jubelte der Herzog auf und winkte begeistert, obwohl keiner der verbissen kämpfenden Krieger einen Blick für den alten Mann auf dem Turm übrig hatte. »Wenigstens in einem meiner Neffen fließt noch das Heldenblut Autaricos, des ersten Herzogs von Molterossa. Bei Gott, wenn diese Schlacht siegreich geschlagen wird, soll er mein Erbe werden und der Anführer all meiner Truppen. Ihm traue ich es zu, unsere Stadt gegen Visconti zu halten.«

Die Worte des Herzogs trafen Amadeo wie ein Peitschenhieb. Der junge Mann starrte auf das Schlachtfeld, auf dem sich die Geschicke der Heere zu wenden begannen. Rodolfo war es mit seinem ersten Schlag gelungen, die rechte Flanke der Malatesta-Truppen zu werfen, und seine Reiter drangen nun ungestüm gegen das Zentrum vor. Damit ermöglichten sie es den Eisernen, sich neu zu formieren und vorzurücken. Amadeo war kein begnadeter Feldherr, aber selbst ihm war klar, dass der Feind trotz seiner immer noch bestehenden Überzahl nicht mehr lange standhalten würde. Er sah seinen Vetter bereits mit blutbespritzter Rüstung vor den Onkel treten, der ihn gewiss mit Freuden an die Brust drücken würde, und fühlte, wie ihm das Erbe, nach dem er so lange gestrebt hatte, zu entgleiten drohte. Er schluckte mehrfach, um seinen trockenen

Mund zu befeuchten, und wandte sich dann mit einer heftigen Bewegung an den Herzog. »Ihr werdet sehen, dass ich ebenso mutig zu fechten weiß wie Rodolfo, Oheim! Spart Euer Urteil daher auf, bis diese Schlacht geschlagen ist!«

Mit diesem Ausruf wandte er sich um, verließ den Turm und eilte zu seinen Gemächern. Dort rief er nach seinem Knappen, doch ein Diener, der ängstlich zur Tür hereinspähte, erklärte ihm, der junge Bursche hätte sich dem Ausfall angeschlossen.

»Dann musst du mir helfen, die Rüstung anzulegen. Mach rasch!«

In diesem Augenblick hatten der Neid und die Eifersucht auf Rodolfo jeden Funken Angst aus Amadeo vertrieben, und er war bereit, eher zu sterben, als sich von seinem Cousin in den Schatten stellen zu lassen.

## 10.

Rodolfos Eingreifen entlastete zwar die Eisernen, brachte aber Caterina in eine fatale Situation. Ihre Söldner stürmten nun voller Begeisterung gegen den wankenden Feind und achteten nicht mehr auf sie. Selbst die von Steifnacken bestimmten Leibwächter ließen sich von den anderen mitreißen, und da ihnen auch der Bannerträger folgte, musste Caterina notgedrungen mit ihnen reiten. Daher fand sie sich nach kurzem Galopp in der vordersten Schlachtreihe wieder und sah sich dem Feind gegenüber. Sofort zuckte eine Speerspitze auf sie zu, und es gelang ihr nur mit Mühe, die Waffe mit ihrer Klinge beiseite zu schlagen. Keinen Atemzug später musste sie sich eines Fußsoldaten erwehren, der ihre Stute mit einem Dolch angriff, um sie zu Fall zu bringen. Sie schlug zu, hörte den Mann schreien, und als sie die Klinge zurückzog, glänzte sie rot. Da wurde ihr klar, dass sie, wenn sie überleben wollte, ebenso verbissen würde kämpfen müssen wie die Männer um sie herum.

Kurz darauf entdeckte Steifnacken Caterina ungeschützt mitten im dichten Getümmel und stieß ein paar unflätige Flüche auf die pflichtvergessenen Leibwächter aus. Er befahl einer Gruppe von Lanzenknechten, die Capitana in ihre Mitte zu nehmen. Eine Zeit lang beschützten die Männer sie, doch als der Gegner immer schneller zurückwich, machten sie sich Hoffnungen, das halbfertige Lager des Feindes mit als Erste plündern zu können, und vergaßen ihre Befehle. So blieb Caterina nichts anderes übrig, als hinter den Lanzenknechten herzureiten. Doch auf halbem Weg verlegte ihr ein feindlicher Offizier den Weg.

Sie sah das blutige Schwert in seiner Hand und war wie gelähmt. Um Hilfe zu rufen hatte keinen Sinn, denn keiner ihrer Leute war nahe genug, um sie bei dem Geschrei und Geklirr um sie herum hören zu können. Also musste sie sich selbst zur Wehr setzen und hoffen, so lange zu überleben, bis jemand ihre Situation bemerkte und ihr zu Hilfe kam.

Sie bleckte die Zähne und hob ihre Waffe. »Kommt, Signore, wenn Ihr durch die Hand eines Weibes sterben wollt!«

Die Worte klangen in ihren Ohren wie die eines ängstlichen Mädchens, doch der Ritter zügelte sein Pferd und schob sein Visier hoch. Caterina fauchte leise, als sie Aldobrando di Muozzola erkannte, dem sie in Rividello das Leben gerettet hatte.

Muozzola starrte die Gestalt auf der grauen Stute an, die in ihrer schmucklosen Rüstung und dem heruntergelassenen Visier einen kriegerischen Eindruck machte, und dann auf den geteilten Rock, der sie als Frau auswies. Er hatte keinen Überblick über die Schlacht, und doch war ihm klar, dass Malatesta in seiner Borniertheit den Sieg schon verschenkt hatte, als die Eiserne Kompanie im Rücken seiner Truppen aufgetaucht war. Im Stillen wünschte er alle Qualen der Hölle auf diesen Mann herab, und hätte er ihn nun vor seiner Klinge gehabt, wäre er in Versuchung geraten, ihn zu erschlagen. Die Capitana der Eisernen aber ließ die Erinnerung an die schrecklichen Ereignisse in Rividello wieder in ihm aufsteigen, und er sah den Mob vor sich, der ihn in Stücke hatte reißen wollen. Damals hatte Caterina ihn gerettet, obwohl sie sich keinerlei Vorteil davon hatte versprechen können. Nun konnte er endlich seine Schuld abtragen.

Er ließ den Schwertgriff fahren, als sei er glühend heiß geworden, nahm seinen Helm ab und beugte den Nacken. »Ich kann nicht gegen Euch kämpfen, Herrin, denn nur durch den Schutz, den Ihr mir selbstlos gewährt habt, bin ich noch am Leben. Die Heilige Jungfrau würde mich verfluchen und mich von der Schwelle des Paradieses weisen, wollte ich Euch etwas antun. Ich ergebe mich Euch!«

»Ich nehme Eure Kapitulation an, Messer Aldobrando, und verspreche, Euch in ehrenvoller Haft zu halten.« Caterina fühlte sich vor Erleichterung so schwach, dass sie am liebsten in Tränen ausgebrochen wäre. Wie es aussah, belohnte Gott eine gute Tat. Nachdem sie sich gefasst hatte, winkte sie zwei ihrer Söldner herbei, die gerade zu ihr herüberblickten, und übergab ihnen Muozzola mit dem Befehl, ihn wie einen Edelmann und Freund zu behandeln.

Dann nutzte sie die Tatsache, dass niemand sie zu beachten schien, um sich einen Überblick über den Verlauf der Schlacht zu verschaffen. Sie konnte jedoch nur erkennen, dass die Reihen des Feindes durchbrochen worden waren und sich das Geschehen in eine Reihe kleinerer Treffen aufgelöst hatte. Nicht weit von ihr teilte Botho Trefflich harte Hiebe mit seinem Zweihandschwert an Hawkwood-Söldnern aus, die ihn vom Pferd reißen wollten. Dabei führte er die schwere Waffe mit bewundernswerter Leichtigkeit. Steifnacken hatte also zu Unrecht über ihn gespottet und behauptet, Botho habe sich nur deswegen für die lange Klinge entschieden, weil er sich die Gegner mit ihr besser vom Leib halten konnte.

Weiter auf die Stadt zu entdeckte sie die Fahnen der Flamen um de Lisse, die eben auf einen neuen Trupp der Feinde zuschwenkten und dabei wie tausend Höllenteufel brüllten und schrien. Caterina

hörte den Namen Lanzelotto Aniballi heraus und begriff, dass die Männer den ehemaligen Offizier der Eisernen Kompanie und dessen Freunde ausgemacht hatten, die in ihren Augen Verräter und Überläufer waren, welche keinen Anspruch auf Schonung hatten.
Aniballi schien die Situation richtig einzuschätzen, denn bevor de Lisses Leute ihn erreichten, riss er sein Pferd herum und gab ihm die Sporen. Sein Unteranführer Beppino folgte ihm und einen Augenblick später brach die Schlachtreihe ihrer Einheit zusammen.
»Feiglinge! Verräter! Räudige Köter!«, riefen de Lisses Männer ihnen nach. Dann folgten sie dem Befehl ihres Offiziers, den dieser mit ausholenden Gesten begleitete, vereinigten sich mit den Kriegern des Capitano von Molterossa und begannen das Schlachtfeld von ihrer Seite aus aufzurollen.
Steifnacken trabte auf Caterina zu, verhielt kurz seinen Hengst und herrschte sie an, als sei sie eine Magd und nicht seine Kommandantin. »Dort vorne habe ich Borellis Farben gesehen und werde mir den Kerl holen! Du aber bringst dich bei dem Trupp des jungen di Rumi in Sicherheit, verstanden?«
Caterina gab keine Antwort, sondern wartete, bis er ihr den Rücken gedreht hatte. Dann stieß sie ein wütendes »Ha!« aus und trabte in einigem Abstand hinter ihm her. Am liebsten hätte sie ihren Vetter eigenhändig erschlagen, aber da ihr das nicht möglich war, wollte sie ihn wenigstens sterben sehen.

## II.

Amadeo war es gelungen, sich den eigenen Milizen anzuschließen. Diese bestanden zum größten Teil aus biederen Handwerkern und Knechten, die aufatmeten, als sie den Erben ihres Herzogs an ihrer Seite sahen. Mit ihm als Anführer fühlten sie sich sicherer. Die Garde war mit ihrem Capitano an der Spitze gegen Borellis Leute angestürmt und hatte deren Belagerungsring durchschlagen, ohne dass ihnen die Männer der Bürgerwehr folgen konnten. Borelli gelang es, seine Leute noch einmal zu sammeln und mit ihnen erneut das Tor zu bedrohen. Den braven Städtern jagten die ehemaligen Räuber mit ihrer Wildheit und Mordlust so viel Furcht ein, dass etliche nur durch Amadeos Auftauchen daran gehindert wurden, die Waffen wegzuwerfen und sich zur Flucht zu wenden.

Amadeo lenkte sein Pferd durch die Milizkrieger und stieß dem ersten Söldner, einem ehemaligen Mitglied von Ranuccios Bande, fast spielerisch die Lanze in den Leib. Sein Beispiel flößte seinen Männern Mut ein, so dass sie ihre Reihen fester schlossen und wieder gegen den Feind vorrückten. Ein weiteres Mal fand Amadeos Lanze ein Ziel, dann wurde sie ihm aus der Hand geprellt, so dass er zum Schwert greifen musste. Zunächst jubelte er noch bei jedem Feind, der unter seinen Streichen fiel, und sah sich bereits mit Ruhm bekränzt zu seinem Onkel zurückkehren. Schon bald aber bedauerte er es, seit seiner Ernennung zum Capitano-General nicht mehr an den Kampfübungen teilgenommen zu haben, zu denen Steifnacken ihn früher gezwungen hatte, denn der Arm wurde ihm immer schwerer, und als er Fabrizio Borelli vor sich sah, kehrte die Angst, die er in der Stadt abgestreift zu haben glaubte, mit doppelter Wucht zurück.

Borelli hatte nur so viel Überblick über die Schlacht, wie er durch die Schlitze seines Helmvisiers wahrnehmen konnte. Instinktiv spürte er, dass das Blatt sich zu seinen Ungunsten wendete. Noch aber gab es eine Chance, den Sieg zu erringen, und die wollte er nutzen. Zwischen seinen Männern und dem Haupttor standen nur Bürger, die trotz ihrer martialischen Bewaffnung über keinerlei Kampferfahrung verfügten und daher harmlos waren. Wenn es ihm gelang, deren Ring zu durchbrechen und in die Stadt einzudringen, gehörte Molterossa ihm. Drinnen würde er kaum noch auf Widerstand stoßen, denn offensichtlich hatten sich alle waffenfähigen Männer der Stadt an dem Ausfall beteiligt. Es musste ihm nur gelingen, die Tore hinter sich zu schließen, dann würde er sich halten können, bis Pandolfo Malatesta mit seinen weit überlegenen Truppen vor Molterossa eintraf. Damit würde er, Fabrizio Borelli, es sein, der Messer Pandolfo und damit Gian Galeazzo Visconti die eroberte Stadt übergeben und dafür den Lohn einstreichen konnte, den Ugolino Malatesta sich erhofft hatte. Allein das Gold würde genügen, um mindestens fünfhundert Lanzen ausrüsten und in die Reihen der mächtigsten Condottieri und der Vertrauten des Herzogs der Lombardei und künftigen Königs aufsteigen zu können. Mit diesem angenehmen Gedanken ritt er gegen Amadeo Caetani an, dem einzigen Gegner, der ihm noch ernsthaften Widerstand leisten konnte.

Der Anprall der beiden Kämpfer war so stark, dass ihre Pferde für einen Moment in die Knie gingen und sich nur unter dem rücksichtslosen Einsatz von Zügel und Sporen wieder aufrichteten. Ohne sich nur einen Atemzug lang irritieren zu lassen, schlugen Borelli und Amadeo Caetani so heftig aufeinander ein, dass das Klirren ihrer Schwerter die Milizsoldaten erschreckt zurückweichen ließ. Hätten die ehemaligen Räuber um Borelli die Situation richtig erfasst, wäre es ihnen ein Leichtes gewesen, das Haupttor zu erobern und Molterossa zu besetzen. Stattdessen aber sahen sie der Auseinandersetzung ebenso atemlos zu wie die Städter.

Eine Weile schienen die beiden Kämpfer einander ebenbürtig zu sein. Amadeo verteidigte sich mit dem Mut der Verzweiflung, und die Angst verdoppelte seine Kräfte. Mit schnellen Hieben durchbrach er die Abwehr seines Gegners und versetzte ihm einen heftigen Schlag gegen den Helm.

Borelli fühlte, wie sich die gegnerische Klinge in seinen Nackenschutz bohrte. Voller Zorn riss er sein Schwert hoch und versuchte Amadeos Visier zu zerschmettern. Dieser schwankte unter dem Hieb und benötigte die Schildhand, um sein Gleichgewicht zu halten. Zwar hatte er sich gleich wieder gefangen, doch für den Bruchteil eines Augenblicks öffnete sich seine Deckung. Borellis Klinge zuckte nach vorne, traf Amadeo mit voller Kraft knapp unterhalb des Helmes und durchschlug die Kettenglieder und das schützende Leder über seiner Kehle. Als er sie zurückzog, bedeckte ein Schwall Blut den Löwen auf der Brust des Erben von Molterossa. Amadeo war schon tot, als sein Körper aus dem Sattel kippte.

Borelli blieb keine Zeit zu triumphieren, denn hinter ihm brüllte Steifnacken wütend auf. »Jetzt ist dein Ende gekommen, du verräterischer Hund!«

Der kleine Schwabe spornte sein Pferd an und holte zum Schlag aus. Sein Schwert rutschte jedoch am Schild des Feindes ab. Borelli stach fast gleichzeitig zu, traf besser und sah Steifnacken mit einem Aufstöhnen in sich zusammensinken. Er bedachte ihn noch mit einem höhnischen Blick und wandte sich dann um. Die Milizen, die bis jetzt noch den halbherzig vorgetragenen Angriffen seiner Söldner standgehalten hatten, wichen vor ihm zurück und flohen auf das Tor zu. Borelli gab seinem erschöpften Pferd die Sporen und brüllte seine Leute an, die Fliehenden aufzuhalten, denn er musste verhindern, dass die Städter die Torflügel vor ihm schlossen. In diesem Augenblick tauchte ein neuer Feind vor ihm auf.

Borelli fletschte die Zähne, als er die Farben der Caetani mit dem Wappen d'Abbatis erkannte, und reckte Rodolfo die blutige Klinge entgegen. »Ich habe schon immer gewusst, dass du ein Verräter bist, Graf ohne Besitz! Jetzt werde ich dir zu einem kleinen Fleckchen Erde verhelfen, der dir für ewig bleiben wird!«

Ein Blick verriet ihm, dass Rodolfos Männer die Miliz verstärkten und seine Leute von der Stadt zurücktrieben. Also hing sein Erfolg davon ab, mit diesem Caetani den letzten Anführer zu beseitigen, der den Widerstand der Verteidiger aufrechterhielt. Da Rodolfos Rüstung von vielen Treffern gezeichnet war, rechnete Borelli mit keinem allzu starken Widerstand und ließ sein Schwert mit aller Kraft auf den halbzerhackten Schild seines Gegners niedersausen, vermochte ihn aber nicht zu durchschlagen. Rodolfo fing den Hieb ab, als sei er kaum mehr als ein Streicheln, täuschte einen Stich an und schlug nun seinerseits in die scheinbar ungedeckte Seite seines Feindes. Doch sein Schwert schrammte funkensprühend über Borellis Klinge.

Augenblicke schienen zu einer Ewigkeit zu gerinnen, während die beiden Ritter aufeinander einhieben. Nun erloschen alle anderen Zweikämpfe, und die Krieger scharten sich um das Stück Wiese, das von den Hufen der schweißnassen Pferde schier umgegraben wurde. Auch der Letzte begriff, dass der Ausgang dieses Duells die Schlacht entscheiden würde.

Als Steifnacken verwundet aus dem Sattel gerutscht war, hatten ihn ein paar Fußsoldaten aufgefangen und an den Rand des Schlachtfelds schaffen wollen, wo die Feldscher schon ungerührt ihrer Arbeit nachgingen. Doch er wehrte die Helfer ab. »Lasst das! Bevor ich selbst in die Grube fahre, will ich den Mistkerl noch fallen sehen!«

Die Männer sahen sich fragend an, doch als der Schwabe ihnen mit der gepanzerten Faust drohte, lehnten sie ihn gegen einen Wurzelstrunk, der wohl einmal als Hackstock gedient hatte, so dass er dem Kampf zusehen konnte. Dann starrten sie ebenfalls in das Rund, in dem Rodolfo d'Abbati und Fabrizio Borelli mit einer Verbissenheit kämpften, als wären sie keine Menschen mehr, sondern Heroen aus einer längst vergangenen, sagenumwobenen Zeit.

Caterina hatte den vergeblichen Angriff des Schwaben auf ihren Vetter mit angesehen und ihre Klinge gezogen, um ihr Ende im Kampf zu suchen, ehe Borellis Schurken sie überwältigen konnten. Doch da war Rodolfo aufgetaucht und hatte den Mörder ihres Vaters angegriffen. Zu Caterinas Entsetzen wehrte ihr Vetter seinen Gegner scheinbar mühelos ab, und sie sah die beiden Caetani schon tot nebeneinander liegen und Borelli triumphieren. Dennoch dachte sie keinen Moment an Flucht, sondern schob sich näher an das Geschehen, bis sie ihr Pferd zwischen den Soldaten beider Seiten in der ersten Reihe der Zuschauer anhielt. Als ihr Vetter unter einem wuchtigen Hieb Rodolfos schwankte, stieß sie einen Jubelruf aus, der von Steifnacken aufgenommen wurde.

»Gleich hat er ihn!«, rief der Schwabe ihr zu und presste die Hand in die Seite, die sich rot färbte.

Caterina hatte weniger Erfahrung als ihr wackerer Offizier, doch auch sie glaubte zu sehen, dass ihr Vetter am Ende seiner Kräfte war. Borelli hatte ebenfalls begriffen, wie nah er dem Tod war, und verfluchte sich, weil er seinen Gegner unterschätzt hatte. Als er sein Pferd rückwärts gehen ließ, um den Hieben seines Gegners für einen Augenblick die Kraft zu nehmen und selbst eine bessere Position zu gewinnen, entdeckte er Caterina im Ring der Zuschauer, und sein Hass auf die junge Frau, die all seine Zukunftsträume vernichtet hatte, flammte grell auf. Sie würde er mitnehmen, wenn er selbst schon in die Grube fahren musste.

»Tod der Tedesca!«, schrie er und riss sein Pferd herum.

Caterina sah ihn kommen und riss ihr Schwert hoch. Rodolfo hatte ebenfalls begriffen, was sein Feind vorhatte, riss seinen Hengst auf der Hinterhand herum und stieß ihm die Sporen tief in die Weichen. Er erreichte Borelli, als dieser Caterina die Waffe aus der Hand prellte, und hörte dessen Triumphschrei. In dem Augenblick fuhr seine Klinge auf den Gegner zu, durchschlug dessen bereits von Amadeos Hieb beschädigten Nackenschutz und durchschnitt im gleichen Schwung den Hals.

Caterina sah den Kopf ihres Vetters samt Helm durch die Luft fliegen und vor die Füße seiner Leute fallen. Dann blickte sie Rodolfo so überrascht an, als könne sie nicht begreifen, was geschehen war.

Ehe sie ein Wort über die Lippen brachte, löste Rodolfo seinen

Helm, der über und über mit Scharten und Dellen bedeckt war. »Wer es wagt, mir unritterliches Verhalten vorzuwerfen, weil ich diesen Mann von hinten erschlagen habe, den schicke ich diesem Verräter nach!«

»Bei Gott und der Himmelsjungfrau, das wird keiner tun!« Steifnacken erhob sich mühsam und kniete vor Rodolfo nieder. »Herr, Ihr habt gekämpft wie ein Gott der alten Sagen! Nehmt meinen Dank dafür, dass Ihr den Tod meines Herrn und dessen Sohnes gerächt und unsere Capitana vor der Klinge dieses Mordbuben bewahrt habt.«

Caterina stieß zischend die Luft aus. »Du tust ja gerade so, als wäre ich ein wehrloses Weibchen und nicht geübt darin, selbst das Schwert zu führen!«

Sie wusste selbst nicht, weshalb sie so unwirsch reagierte, denn dem von Hass zerfressenen Borelli hätte sie niemals standhalten können. Diese Erkenntnis brachte sie dazu, Rodolfo nun etwas freundlicher zu begegnen. »Euch, Conte, spreche ich meinen Dank aus, auch im Namen Eures Oheims, der sich gewiss glücklich schätzt, Euch und Eure Männer auf unserer Seite zu sehen. Euer Lehnsherr, der Marchese Olivaldi, wird Euch vermutlich wenig Dank dafür wissen.«

Sie sagt es, als wäre ihr Großvater für sie nicht nur ein Fremder, sondern ein hassenswerter Feind, dachte Rodolfo leicht verärgert, schließlich war es Leonello da Polenta selbst gewesen, der ihn aufgefordert hatte, auf der Seite seines Onkels zu kämpfen. Das wollte er Caterina schon erklären, verschluckte die Worte jedoch und lächelte hinterhältig. Diese Überraschung wollte er dem Marchese wirklich nicht vorwegnehmen. Caterina würde sich noch wundern. Vorerst machte es ihm Spaß, sie ein wenig an der Nase herumzuführen. »Ich hoffe, Ihr legt bei meinem Onkel ein gutes Wort für mich ein, damit er mich in Molterossa willkommen heißt. Zu meinem Herrn kann ich nämlich, wie Ihr eben richtig bemerkt habt, nach dieser Schlacht wohl kaum mehr zurückkehren.«

»Bei Gott! Und ob du willkommen bist!« Arnoldo Caetani, Herzog von Molterossa, hatte den Capitano seiner Wache fallen sehen, und als Amadeo gegen Borelli anritt, war ihm klar geworden, dass er die letzte Verteidigung seiner Stadt selbst übernehmen musste. Daher hatte er sein Pferd satteln lassen und war hinausgeritten. Doch anstatt seine Leute zu sammeln und das Haupttor zu sichern, hatte er sich ebenfalls von dem Geschehen in Bann ziehen lassen. Nun trabte er auf Rodolfo zu und schloss ihn in die Arme. Einige Augenblicke lang war nur sein erleichtertes Schluchzen zu hören. Dann fasste er sich wieder und boxte Rodolfo gegen die Harnischbrust.

»Eigentlich sollte ich dich ja übers Knie legen und züchtigen, bis dein Hintern blau und grün ist, aber ...« Der alte Mann kämpfte mit den Tränen.

Auch Rodolfo versuchte, sich über die Augen zu wischen, aber seine Hände steckten noch in den gepanzerten Handschuhen. Da er sich nicht von seinen Gefühlen übermannen lassen wollte, löste er sich mit einer fast unwilligen Bewegung aus den Armen seines Onkels und wendete sein Pferd, um das Schlachtfeld zu überblicken. Es gab nichts mehr für ihn zu tun. In der Ferne waren noch etliche Malatesta- und Hawkwood-Söldner zu erkennen, die Borellis Tod nicht abgewartet hatten, sondern noch während seines Zweikampfs mit Rodolfo geflohen waren. Malatesta selbst schien ebenfalls das Weite gesucht zu haben, Henry Hawkwood aber, der glücklose Sohn eines ruhmreichen Vaters, hatte sich wie viele andere Rodolfos Leuten und den Männern der Eisernen Kompanie ergeben.

Es gab jedoch noch keinen Grund zum Jubeln. Rodolfo zog unbehaglich die Schultern hoch und sah seinen Onkel etwas hilflos lächelnd an. »Wir haben gesiegt – für heute! Doch es ist noch nicht zu Ende. Pandolfo Malatesta steht mit weit überlegenen Truppen nur noch zwei Tagesmärsche von uns entfernt und wird die Niederlage seines Vetters rächen wollen. Seinem Angriff, fürchte ich, werden wir kaum etwas entgegensetzen können.«

Das klang so hoffnungslos, dass Caterina die Schultern sinken ließ. Sie musterte die Söldner ihrer Kompanie, die sich um sie sammelten, und blickte in müde, abgekämpfte Gesichter. »Ein zweites Mal werden wir uns nicht mehr zur Feldschlacht stellen können, Conte. Meine Männer haben heute mehr geleistet, als ihnen je zuvor abverlangt worden ist. Kaum einer hat diese Schlacht ohne Wunden überstanden.«

Arnoldo Caetani schien jedoch von neuem Mut erfüllt zu sein, denn er ballte die Faust und streckte sie siegesgewiss zum Himmel. »Bei Gott! Sie sollen nicht umsonst so tapfer gekämpft haben. Wir werden uns verschanzen und Molterossa so lange halten, bis der Visconti sich sämtliche Zähne an uns ausgebissen oder die Lust verloren hat, uns belagern zu lassen.«

Er nickte Caterina und Rodolfo aufmunternd zu und ritt dann zu der Stelle, an der Amadeo lag. Dort verharrte er eine Weile still im Gebet, seufzte anschließend und winkte einige seiner Gardisten heran, die sich des Leichnams seines Neffen annehmen sollten. »Er war nie besonders mutig, aber er hat immer versucht, sein Bestes zu geben. Wir wollen ihn so in Erinnerung behalten, wie er in seine letzte Schlacht geritten ist: bereit, für seine Stadt zu streiten und zu sterben.«

Der Herzog stieg vom Pferd, reichte die Zügel einem Söldner und schritt hinter den Männern her, die Amadeo auf einer aus Speeren gebildeten Bahre in die Stadt trugen.

Caterina schlug das Kreuz und beugte das Knie, als der Tote an ihr vorübergetragen wurde. Sie hatte ihn nicht sonderlich geschätzt, doch mit seinem letzten Kampf hatte er sich ihre Achtung erworben, und sie bedauerte sein Ende.

Rodolfo verschwendete keinen Gedanken daran, dass Amadeos Tod ihn zum Erben von Molterossa werden ließ, sondern erinnerte sich an den scheuen, linkischen Jungen, mit dem er aufgewachsen war und mit dem ihn viele Jahre eine Jungenfreundschaft verbunden hatte. Er sah sich nach Gaetano um und wollte ihn bitten, sich um seine Leute zu kümmern, damit auch er Amadeos Leichnam begleiten konnte. Er fand ihn jedoch nicht und blieb daher ebenso zurück wie Caterina, die durch die Reihen ihrer Söldner schritt und sie für ihren Mut und ihren Einsatz lobte.

Die Männer der Eisernen Kompanie hatten sich alle prächtig gehalten, sogar Botho, der wirklich nicht zum Krieger geboren war. Biancas jüngerer Bruder war durch einen Schwerthieb auf seiner Wange gezeichnet worden, doch man konnte ihm ansehen, dass der Stolz den Schmerz überwog. War die Schramme erst abgeheilt, würde Fulvio älter wirken und für die Damen interessant werden. Caterina, die in ihm eine Art jüngeren Bruder sah, war erleichtert, dass er und Botho die Schlacht überlebt hatten, sie hätte nicht gewusst, wie sie Bianca nach deren Tod unter die Augen hätte treten können.

Als Caterina gerade den leichter Verletzten befahl, sich von den Frauen der Stadt versorgen zu lassen, die eine der Kirchen in ein Lazarett verwandelt hatten, kam es zu einem kleinen Zwischenfall. Ein Trupp Söldner schob mehrere Gefangene vor sich her, um sie in ein provisorisches Lager zu bringen. Es waren Männer aus Borellis Kompanie, die sich in der letzten Phase der Schlacht hatten fortschleichen wollen. Bei ihrem Anblick fuhr Botho auf und starrte zwei der Kerle mit einem so hasserfüllten Ausdruck an, wie Caterina ihn bei diesem gutmütigen Mann niemals erwartet hätte.

»Felix und Werner! Gott im Himmel, es gibt doch eine Gerechtigkeit«, brach es aus ihm heraus.

Jetzt erkannte Caterina die Männer ebenfalls. Es handelte sich um die beiden Knechte, die sie auf Hartmut Trefflichs Befehl in die Wolfsgrube auf Rechlingen gesteckt und Botho auf der Reise nach Italien niedergeschlagen und als tot liegen gelassen hatten. Vor ihrem inneren Augen stiegen die Bilder der Gewitternacht auf, die sie auf dem Grund der Grube verbracht hatte, und sie glaubte, die Hagelkörner zu spüren, die auf sie niedergeprasselt waren. Die Wut, die sich an jenem Tag in ihr aufgestaut hatte, brach sich jetzt Bahn.

Sie zeigte auf die Schufte und befahl ihren Bewachern: »Hängt die Kerle auf!«

Mehrere ihrer Söldner packten die Männer und schleppten sie zum nächsten Turm. Während Felix wüst fluchte, bat Werner verzweifelt um sein Leben und flehte sogar Botho an. »Herr, schenke mir das Leben! Ich werde dir dienen, wie noch kein Knecht seinem Meister gedient hat.«

»So wie damals?« Bothos Hand glitt zum Nacken, wo er unter seinen Fingerkuppen noch immer die Narbe spürte, die er den untreuen Knechten zu verdanken hatte.

Rodolfo war neugierig näher gekommen. Zwar kannte er die Hintergründe nicht, begriff aber, dass Botho und Caterina die beiden Kerle aus tiefster Seele hassten. Doch nun, da die Schlacht zu Ende war, widerstrebte es ihm, erneut Männer sterben zu sehen, und daher hob er die Hand. »Verzeiht, Capitana, wenn ich mich einmische. Ihr solltet diesen Schurken erlauben, ihr Schicksal selbst zu wählen. Ziehen sie einen schnellen Tod vor, so lasst sie hängen. Aber gebt ihnen auch die Möglichkeit, sich für ein Leben als Sträflinge in einem Bergwerk oder als Rudersklaven in Venedig zu entscheiden.«

Caterina wollte seinen Vorschlag wütend abwehren, sah dann aber Rodolfos bittenden Blick auf sich gerichtet und nickte widerwillig. »So soll es sein!«

»Rudersklave? Nein! Dann hängt uns lieber gleich auf«, schrie Felix auf.

Sein Gefährte hingegen fiel auf die Knie und reckte Caterina die Hände entgegen. »Gnade, Herrin! Tut mit uns, was Ihr wollt, doch lasst uns am Leben.«

»Tut ihm den Gefallen, Capitana! Verkauft die beiden nach Venedig. Mögen sie auf den Galeeren unter dem Banner San Marcos die Ruder führen und ihre Schuld im Kampf gegen die Heiden büßen.«
Rodolfos Stimme besaß eine Macht, der Caterina sich nicht entziehen konnte. »Es soll so geschehen, wie Ihr es vorgeschlagen habt, Conte.« Dann sah sie ihre Leute an. »Schafft sie mir aus den Augen, sonst drängt es mich doch noch, einen Baum mit ihnen zu schmücken!«

## 12.

Die Verluste der Eisernen Kompanie waren größer als in jeder anderen Schacht. Zwar hatte es nicht übermäßig viele Tote gegeben, doch nur ein geringer Teil der Männer war noch uneingeschränkt kampffähig. Zum Glück gab es in Molterossa mehrere gute Ärzte, die sich wohltuend von jenen unterschieden, die Caterina in ihrer Heimat kennen gelernt hatte. Selbst der fanatischste Anhänger der heiligen katholischen Kirche war nun dankbar für die Kunst der jüdischen und griechischen Mediziner, deren Arzneien den Schmerz erträglich machten und deren Operationen keinen Wundbrand hervorriefen.
Wer noch arbeitsfähig war, half mit, die Stadt zur Verteidigung vorzubereiten, so dass sie Pandolfo Malatesta und seinem Heer nicht wie ein reifer Apfel in den Schoß fallen würde. Trotz der vielen Arbeit, die an den Kräften der Unverletzten und der Frauen zehrte, welche ebenso hart zugriffen wie die Männer, nahmen die Bürger und die Söldner beider Truppen sich die Zeit, Amadeo Caetani gebührend zu Grabe zu tragen. Der Herzog ließ seinen Neffen mit allen Insignien eines Erben von Molterossa in der Kirche der Heiligen Jungfrau aufbahren, angetan mit einem silbern glänzenden Harnisch und umgeben von den Blumen, wel-

che die Frauen und Mädchen der Stadt aus Dank für die tapfere Verteidigung ihrer Heimat und ihrer Ehre bei ihm niederlegten.

Als Amadeo an der Seite seiner Vorfahren zur letzten Ruhe gebettet wurde, fühlten selbst jene Trauer, die ihn früher bespöttelt hatten. Der Herzog weinte nicht weniger als damals, als sein einziger Sohn gestorben war, und Rodolfo söhnte sich am Grab des Vetters mit diesem aus und schwor sich, alles zu tun, Molterossa zu retten, damit Amadeos Tod nicht umsonst gewesen war.

Auch Caterina vermochte sich der Erschütterung und Verzweiflung nicht zu entziehen, die die Menschen um sie herum bei der Trauerzeremonie packten, und klammerte sich schluchzend an Bianca, die an diesem Tag mehr Tränen vergoss als bei der Nachricht vom Tod ihres Bruders Camillo. Fulvio di Rumi, der seinen Wert als tapferer Offizier und Ritter bewiesen hatte, befehligte die Ehrenwache, die den Toten in die Gruft begleitete. Da sowohl Steifnacken wie auch de Lisse verletzt waren, würde er nun die Eiserne Kompanie als Caterinas Stellvertreter in die Schlacht führen müssen. Bianca sah sich mehrmals zu ihrem Bruder um, der mit seinem neu gewonnenen Selbstvertrauen deutlich zeigte, dass er ein erwachsener Mann geworden war. Noch öfter aber blickte sie zu Botho hinüber, der weniger stolz als erleichtert darüber wirkte, immer noch am Leben zu sein, und der nun wider besseres Wissen auf ein gutes Ende hoffte. Er bemerkte Biancas Blicke, zwinkerte ihr zu und lächelte in Erinnerung an die wundervollen Augenblicke, die sie ihm geschenkt hatte und die er als ihr Ehemann weiterhin mit ihr teilen wollte.

Später beim Totenmahl im großen Saal der Burg setzte Botho sich an Biancas Seite und schnitt ihr lächelnd das Fleisch vor.

Rodolfo beobachtete ihre Reaktion und lächelte Caterina an. »Eure Freundin scheint eine Vorliebe für Männer aus dem Norden zu haben.«

»Warum sollte sie Botho zurückweisen? Er hat sich in den letzten Jahren als tapferer Mann erwiesen – und ihr Bruder braucht ihren Schürzenzipfel nicht mehr.« Caterinas Antwort klang so herb, dass Rodolfo sich fragte, weshalb er ihr so unsympathisch war. Immerhin hatte er ihr vor ein paar Jahren geholfen, sich vor Borelli in Sicherheit zu bringen, und ihr im Kampf um diese Stadt das Leben gerettet. Mit dem Gedanken, dass er diese Frau wohl nie verstehen würde, wandte er sich seinem Onkel zu und hob sein Glas. »Auf Molterossa und auf Amadeo, der sich Eures Vertrauens als würdig erwiesen hat.«

»Auf Amadeo!« Der Herzog hatte beschlossen, all die schlechten Eigenschaften und Handlungen vergessen zu machen und den Ruf seines toten Neffen so zu erhalten, wie es eines Caetani von Molterossa würdig war. Er betrachtete Rodolfo, dessen rebellischer Geist ihn vor Jahren dazu gebracht hatte, diesem Neffen die Tür zu weisen, und fand, dass er damals richtig gehandelt hatte. Nur in der Fremde und ganz auf sich allein gestellt hatte Rodolfo zu dem Mann reifen können, der er heute war. Auch wenn die endgültige Auseinandersetzung mit Mailand noch bevorstand, fand Arnoldo Caetani, dass er zumindest mit dem bisher Erreichten zufrieden sein konnte. Er trank einen Schluck und betrachtete dann Caterina. Sie war keine Schönheit, aber anziehend genug, um einen Mann an sich fesseln zu können. Außerdem hatte sie den Mut einer Löwin und einen Überblick, den gelehrte Männer einer Frau absprachen. Sie würde die Mutter prächtiger Söhne werden können. Sein Blick wanderte zurück zu Rodolfo und er überlegte, ob er bei den beiden Schicksal spielen sollte. Dann sagte er sich, dass er abwarten musste, wie Mars und Fortuna über die Zukunft der Stadt und der Menschen darin entscheiden würden.

»Auf Molterossa«, rief er aus und richtete seine Gedanken in eine Zukunft, in der Mailand keine Gefahr mehr für den päpstlichen Staat und damit auch für sein kleines Herzogtum sein würde.

## 13.

Die fieberhafte Spannung stieg an, je weiter die Zeit fortschritt. Der zweite Tag nach der Schlacht verging, ohne dass die Wachen auf dem Turm das Nahen des erwarteten Feindes meldeten. Auch am dritten Tag blieb alles ruhig und am vierten tat sich ebenfalls nichts. Als der fünfte Tag heraufdämmerte, hielt Rodolfo es nicht mehr aus. Er rief Gaetano zu sich und befahl ihm, zehn Trabanten in voller Rüstung zu sammeln und die Pferde satteln zu lassen. Mit dieser Begleitung brach er auf, um nach dem Feind Ausschau zu halten. Caterina und der Herzog sahen ihm vom höchsten Turm aus nach, bis er in der Ferne verschwunden war, und beteten stumm für seine sichere Rückkehr. Als der Abend kam, ohne dass sie eine Botschaft von ihm erhalten hatten, nahmen sie fast schon an, dass ihre Befürchtungen sich bewahrheitet hatten und Rodolfo dem Feind in die Hände gefallen war. Ihre Besorgnis steigerte sich ebenso wie ihre Verwunderung, denn der nächste Tag verging, ohne dass Rodolfo zurückkehrte oder ein feindliches Heer auftauchte.

Am späten Nachmittag des dritten Tages erschien Rodolfo mit seiner Eskorte ebenso unbeschadet, wie er aufgebrochen war. Als er den großen Saal der Burg betrat, in dem sein Onkel und Caterina auf ihn warteten, wirkte er fassungslos. »Es ist unglaublich, scheint aber wahr zu sein!«, rief er ihnen schon an der Tür zu. »Pandolfo Malatesta ist nicht weiter auf uns vorgerückt, sondern hat bereits am Tag unserer Schlacht kehrtgemacht und ist in Eilmärschen nach Norden gezogen.«

Während der Herzog verwundert den Kopf schüttelte, atmete Caterina auf. »Damit haben wir eine Galgenfrist gewonnen, die wir nützen müssen. Vielleicht gelingt es uns doch noch, Verbündete zu finden, die uns mit Truppen unterstützen. Weder Florenz noch der Heilige Vater in Rom können zulassen, dass Mailands Macht sich

ungehemmt ausbreitet, sonst werden sie von Gian Galeazzo Visconti verschlungen.«
Arnoldo Caetani nickte. »Wir werden diese unerwartete Möglichkeit nutzen, meine Liebe. Du und Bianca, ihr reist nach Rom und verhandelt in meinem Namen. Einer deiner Onkel ist dort Bischof und wird dir gewiss helfen, bis zum Heiligen Vater selbst vorzudringen. Rodolfo soll das entsprechende Geleit für dich zusammenstellen. Morgen früh wirst du abreisen.«
Caterina wandte sich ihm mit einer so heftigen Bewegung zu, dass sich eine Strähne aus ihrer Frisur löste. »Ihr wollt mich doch nur in Sicherheit bringen, weil Ihr nicht an unseren Erfolg glaubt!«
Sie hatte nicht ganz Unrecht, doch der alte Herr blieb unerbittlich. »Du reist! Das ist ein Befehl, den ich meiner Condottiera erteile. Werde in meinem Namen in Rom vorstellig und rette Molterossa. Inzwischen müsste doch die letzte in Purpur gewandete Schlafmütze begriffen haben, was die Stunde geschlagen hat. Wenn die Kirchenfürsten statt eines Papstes einem Visconti die Hand küssen wollen, sollen sie von mir aus weiterschlafen. Doch wenn das Reich des heiligen Petrus erhalten bleiben soll, müssen sie handeln.«
Rodolfo stimmte dem Herzog vorbehaltlos zu, denn der Gedanke, Caterina in einer umkämpften und bedrohten Stadt zu wissen, bereitete ihm körperliches Unbehagen. »Das ist eine ausgezeichnete Idee, Onkel! Ich werde Signorina Caterina auch dem Bruder meiner Mutter empfehlen. Er ist immerhin Kardinal, und wie man an dem Grafentitel sehen kann, den er mir verschafft hat, nicht ohne Einfluss.«
Als sich dann auch noch Fulvio di Rumi und Hans Steifnacken, der seine Verletzung recht gut überstanden hatte, auf die Seite der beiden Caetani stellten, gab Caterina nach. »Also gut! Ich reise nach Rom. Aber ich tue es nur, um Bianca und ihre beiden Töchter in Sicherheit zu wissen.«
»Botho wird eure Eskorte kommandieren.« Rodolfo waren die Bli-

cke, die der deutsche Hüne und die ehemalige Mätresse des toten Francesco di Monte Elde wechselten, nicht verborgen geblieben. Außerdem war Botho der Offizier, auf den man am ehesten verzichten konnte.

Caterina war ebenfalls einverstanden. Doch das Gefühl, die Soldaten ihrer Kompanie im Stich zu lassen, quälte sie den Rest des Abends, und ihre Laune war so schlecht, dass niemand sie mehr als ein Mal anzusprechen wagte. Nach einer von quälenden Träumen beherrschten Nacht und einem Frühstück, das ihr wie Asche im Mund liegen blieb, wählte sie das Gepäck aus, das sie mitnehmen wollte. Sie tat es derart lustlos und zögerlich, dass die sie bedienenden Mägde sich ratlos anblickten und Rodolfo, der schauen wollte, wo sie blieb, kurz davor war, sie wie ein kleines Kind zurechtzuweisen. So kam es, dass die Reisegruppe erst gegen Mittag zum Aufbruch bereit war. Doch als sie die Burg verlassen wollten, ertönte das Horn des Türmers und meldete eine Reiterschar, die sich offen der Stadt näherte.

Ohne nach den Ankömmlingen Ausschau zu halten ging Rodolfo auf Caterina los und herrschte sie an. »Jetzt habt Ihr, was Ihr wolltet! Wenn es der Feind ist, sind Bianca und ihre Mädchen ebenso in Gefahr wie Ihr, und ihr Tod fällt vor Gott und allen Heiligen auf Euch zurück.«

Der Hinweis auf ihre Freundin und ihre beiden Halbschwestern bereitete Caterina nun doch Gewissensbisse. Sie verfluchte sich wegen ihrer Trödelei und lief davon, damit Rodolfo ihre Tränen nicht sehen konnte.

Rodolfo sah ihr fluchend nach. »Verdammte Weiber! Manchmal haben sie wirklich weniger Verstand als eine Maus.«

Dann rannte er die Treppe im Turm hoch und blickte auf die Straße hinunter. Zu seiner Überraschung handelte es sich bei den fremden Reitern aber nicht um die Vorhut eines Heeres unter den Farben der Visconti, sondern nur um einen Beritt von etwa fünfzig

Mann, die anscheinend einen höhergestellten Herrn begleiteten. Rodolfo machte sich auf den Weg zum Tor. Als er durch das Guckloch im Turm blickte, zwinkerte er verblüfft mit den Augen, denn er hatte den Marchese Olivaldi erkannt und hinter ihm seinen Freund Mariano, der die Eskorte kommandierte.
»Macht das Tor auf!«, befahl er den Milizsoldaten, die krampfhaft ihre Spieße umklammerten.
Kaum waren die Flügel aufgeschwungen, ritt der Marchese ein und lachte Rodolfo fröhlich zu. »Ihr habt Euch gut geschlagen, habe ich mir sagen lassen. Bravo, so ist es recht!«
Rodolfo erinnerte sich daran, dass er noch immer in Olivaldis Diensten stand, und beugte sein Knie. »Mein Herr, ich freue mich, Euch begrüßen zu dürfen.«
»... und wundert Euch, mich hier zu sehen. Rodolfo, ich bringe Neuigkeiten von größter Wichtigkeit. Doch wäre es mir lieber, sie nur einmal erzählen zu müssen. Bringt mich zu Eurem Onkel!«
»Das wird sofort geschehen!« Rodolfo ergriff das Halfter des Pferdes, auf dem Olivaldi saß, und führte es wie ein Knappe durch die Stadt. Oben auf der Burg hatte man bereits erfahren, wer erschienen war. Der Herzog, Bianca, Fulvio di Rumi und jeder, der es irgendwie einrichten konnte, fanden sich im Burghof ein, um den Gast zu begrüßen. Nur Caterina fehlte, sie wollte dem Mann nicht begegnen, der seine Tochter verstoßen und ihren Vater zeit seines Lebens verachtet hatte.
Olivaldi überflog mit raschem Blick die Gruppe, die sich um ihn scharte, und bemerkte das Fehlen seiner Enkelin, auch wenn er sie noch nie gesehen hatte. Eine leichte Kerbe erschien zwischen seinen Nasenwurzeln, doch dann kam Arnoldo Caetani auf ihn zu und forderte seine Aufmerksamkeit.
»Willkommen in Molterossa, mein alter Freund!« Eine gewisse Anspannung lag in diesen Worten. Zwar hatten die beiden Männer ihre Freundschaft bis vor wenigen Jahren gepflegt, aber jenes ge-

scheiterte Heiratsprojekt lag immer noch wie ein Schatten zwischen ihnen.

Olivaldi ließ sich nichts anmerken. Er stieg von seinem Pferd und schloss den Herzog in die Arme. Für einige Augenblicke blieben sie still, dann sah Olivaldi sich noch einmal um und fragte: »Was ist mit Eurem Neffen Amadeo? Ich sehe ihn nirgends. Er ist doch hoffentlich nicht schwer verletzt?«

Der Herzog senkte den Blick. »Amadeo starb als Held bei der Verteidigung meiner Stadt. Ohne ihn hätte der Feind das Tor gewonnen.«

»Das tut mir leid.« Der Blick, mit dem der Marchese Rodolfo streifte, verriet jedoch, dass ihm Amadeos Tod nicht besonders nahe ging. Er trat auf den jungen Mann zu und legte ihm die Hand auf die Schulter. »Diese Nachricht betrübt mich, denn nun werdet Ihr meine Dienste verlassen müssen, um Eurem Oheim beizustehen. Ich hoffe, Ihr erlaubt dem wackeren Dorati, weiterhin bei mir zu bleiben. Ich würde ungern zwei gute Männer auf einmal verlieren.«

Rodolfo sah, wie Mariano vor Freude errötete, und nickte. Für einen jungen Mann ohne besondere Verbindungen war es ein Glücksfall, einem Herrn wie Olivaldi aufzufallen, und diese Chance wollte er seinem Freund nicht verbauen. »Auf Mariano verzichten zu müssen ist für mich zwar ein herber Verlust, doch will ich Euch seiner nicht berauben.«

»Ich danke Euch!« Olivaldi klopfte Rodolfo zufrieden auf die Schulter und wandte sich wieder dem Herzog von Molterossa zu. »Es gibt Großes zu berichten, mein Freund. Der Schatten Mailands bedroht Euch nicht länger. Herzog Gian Galeazzo ist am dritten September gestorben und sein Erbe tritt ein Jüngling von vierzehn Jahren an, der mehr Freude an der Jagd und an ähnlichen Vergnügungen besitzt als daran, fremdes Land an sich zu bringen. Ich glaube nicht, dass er das Reich seines Vaters zusammenhalten kann.

Viele der unterworfenen Städte werden danach streben, das Mailänder Joch abzuwerfen, und der Sinn etlicher Condottieri, die Gian Galeazzo treu gedient haben, steht wohl danach, selbst die Herren jener Städte zu werden.«
Rodolfo blickte den Marchese überrascht an. »Hat Pandolfo Malatesta aus diesem Grund darauf verzichtet, gegen Molterossa vorzugehen?«
Olivaldi lächelte böse. »Dessen bin ich mir sicher! Molterossa ist – Euer Oheim mag mir verzeihen – nur ein kleiner Flecken Land mit einem Städtchen ohne besondere Bedeutung. Messer Pandolfo wird daher zu der Überzeugung gelangt sein, dass eine der großen Städte der Lombardei seinem Ehrgeiz besser gerecht wird. Vielleicht ist er aber auch nach Mailand zurückgekehrt, um nach einer größeren Rolle im neuen Regentschaftsrat zu streben. Was immer auch seine Gründe sein mögen – diese Stadt hier wird so schnell niemand mehr bedrohen. Kommt nun, mein Freund, denn es gibt so einiges zwischen uns zu bereden.«
Olivaldi fasste den Herzog unter und zog ihn auf das Tor des Wohngebäudes zu. Arnoldo Caetani wechselte einen kurzen Blick mit seinem Neffen, winkte ihm mitzukommen und führte seinen Gast in seine privaten Räume. Dort befahl er den Dienern, eine Kanne vom besten Wein und drei Pokale zu bringen.

## 14.

Caterina blieb in ihrem Zimmer, bis Dämmerlicht sie umgab und sie die Wände nur noch schemenhaft erkennen konnte. Es hätte sie nur ein Wort gekostet, eine Dienerin zu rufen, die die Kerzen auf dem silbernen Ständer angezündet hätte, doch sie vergrub sich in sich selbst und wollte ihre Umgebung nicht zur Kenntnis nehmen. Zwar hatte sie gewusst, dass Rodolfo in den Diensten ihres Großvaters stand, doch sie hätte nie erwartet, den Marchese hier auftauchen zu sehen. Da sie keinesfalls bereit war, diesem Mann gegenüberzutreten, beschloss sie, die Zeit seiner Anwesenheit in Molterossa in der strengen Klausur ihrer Kammer zu verbringen. Aus diesem Grund reagierte sie auch nicht auf das leise Klopfen an ihrer Tür, das rasch drängender wurde.

»Caterina, ich bin es, Bianca!«, hörte sie ihre Freundin rufen.

»Die Tür ist offen!«

Das ließ Bianca sich nicht zweimal sagen. Sie glitt wie ein Schatten herein und fasste nach Caterinas Händen. »Der Herzog schickt mich. Er bittet dich in sein Zimmer.«

»Ich bleibe hier!« Caterina drehte den Kopf und starrte durch das Fenster, vor dem nichts mehr zu erkennen war.

Bianca lachte ärgerlich auf. »Bei Gott, hier kann man doch nicht mehr die Hand vor Augen sehen! He, bringt Licht für die Herrin!«

Einen Augenblick später huschte eine Dienerin mit einem brennenden Kienspan in den Raum und zündete die Kerzen an. Nun konnte Caterina erkennen, dass auf Biancas Gesicht ein seltsamer Ausdruck lag, in dem sich heimliches Vergnügen mit ängstlicher Erwartung paarte. Doch die Freundin blieb stumm, bis sich die Tür hinter der Dienerin geschlossen hatte.

Dann blickte sie Caterina tadelnd an. »Der Herzog erwartet dein Erscheinen und dein Großvater ebenfalls!«

»Ich habe keinen Großvater!« Es klang so trotzig, dass Bianca sich Malle herbeiwünschte, die ihrer Herrin gewiss den Kopf zurechtgesetzt hätte. Sie fühlte sich hilflos angesichts Caterinas heftig aufflammenden Temperaments.

»Du musst mit mir kommen! Der Marchese ist nicht nur dein Großvater, sondern auch vor Gott und der Welt dein Vormund. Er hat das Recht, über dich zu bestimmen, dich zu verheiraten oder ...«

Caterina fuhr wütend auf. »Ich bin meine eigene Herrin und niemand hat über mich zu bestimmen!«
»So magst du es sehen, doch die Welt sieht es anders. Du bist eine Frau und daher der Obhut deiner männlichen Verwandten anheim gegeben.« In ihrer Kindheit hatte Bianca gelernt, ihren Großvater als jemand anzusehen, der gleich hinter Gott kam, und daher verstand sie die Haltung ihrer Freundin nicht. In diesem Augenblick haderte sie mit ihrem einstigen Liebhaber, weil dieser seine Tochter so wild hatte aufwachsen lassen, denn unter seiner Aufsicht wäre Caterina wohl fügsamer und vernünftiger geworden. Doch gleich darauf bat sie ihre Freundin im Stillen um Verzeihung. Caterina war wunderbar, mutig und mit einem scharfen Verstand gesegnet. Außerdem konnte sie es ihr wirklich nicht verdenken, dass sie sich gegen einen Großvater sträubte, der sich bis jetzt geweigert hatte, ihre Existenz zur Kenntnis zu nehmen. Brauch und Gesetz gaben ihm jedoch jedes Recht, über sie zu verfügen.
»Es tut mir ja so leid für dich, meine Liebe, doch es geht nicht anders. Es ist nicht nur der Wille des Marchese, mit dir zu sprechen, sondern auch der des Herzogs. Er hat ausdrücklich verlangt, dass du zu ihm kommst. Bedenke, du bist eine Condottiera in seinen Diensten und musst ihm gehorchen.«
Dieser aus Ratlosigkeit geborene Appell zeigte den erhofften Erfolg. Caterina erhob sich, strich ihr Gewand glatt und setzte eine hochmütige Miene auf. »Wenn es sein muss, dann lass uns gehen!«
Bianca seufzte erleichtert auf und führte sie wie eine Dienerin mit einem Kerzenleuchter in der Hand zu den Privatgemächern des Herzogs. Dieser saß auf seinem Lieblingsstuhl, in der Hand einen Pokal mit Wein, und unterhielt sich mit Olivaldi, der auf einem ähnlichen Stuhl Platz genommen und sein Trinkgefäß auf die breite Lehne gestellt hatte. Als Caterina eintrat, führte Leonello da Polenta den Pokal zum Mund und musterte seine Enkelin über den Rand des Gefäßes hinweg.

»Du siehst deiner Mutter nicht besonders ähnlich!«, entfuhr es ihm anstelle einer Begrüßung. Es klang erleichtert.

Biancas Rippenstoß erinnerte Caterina daran, dass die Höflichkeit einen Knicks vor ihrem Großvater forderte. Dieser fiel sehr knapp aus, und sie funkelte den alten Herrn herausfordernd an. Olivaldi hatte diesen Blick bei seiner Tochter fürchten gelernt, er war für gewöhnlich der Auftakt zu einer unangenehmen Szene gewesen. Diesmal aber, so nahm er sich vor, würde er keinen Fingerbreit nachgeben, sondern alles in seinem Sinn gestalten – und zwar noch an diesem Abend. Auf seinen Wink hin trat Rodolfo näher, der bisher am Fenster gestanden und in die Nacht hinausgestarrt hatte. Biancas Blick wanderte zwischen Caterina und ihrem Großvater hin und her, dann lief sie aus dem Zimmer wie eine verjagte Magd. Caterina sah ihr verunsichert nach und straffte die Schultern, denn sie rechnete mit einer harten Auseinandersetzung.

»Nachdem die Gefahr durch Mailand fürs Erste gebannt scheint, müssen wir an die Zukunft denken und die entsprechenden Allianzen schmieden«, begann der Marchese und nahm einen Schluck Wein, als müsse er sich stärken. Dann blickte er Caterina an. »Aus diesem Grund haben Seine Gnaden der Herzog von Molterossa und ich beschlossen, unsere Häuser durch eine Heirat zwischen dir und seinem Erben zu vereinigen.«

»Seinem Erben? Aber Amadeo ist doch tot!«, antwortete Caterina verunsichert. Dann begriff sie, worauf der alte Herr hinauswollte, schnellte herum und zeigte Rodolfo die gefletschten Zähne. »Das ist gewiss Eure Idee! Ihr wollt auf billige Weise die Eiserne Kompanie erwerben, um das Zaunkönigtum zu schützen, das Ihr nun erben werdet. Doch da habt Ihr Euch gewaltig geschnitten! Ehe ich Euch heirate, nehme ich eher noch Botho Trefflich zum Mann.«

Rodolfo zuckte unter der Abneigung zusammen, die Caterina ihm ins Gesicht schleuderte, und musste gleichzeitig schmunzeln. »Von

Botho solltet Ihr Euch fern halten, meine Liebe, sonst kratzt Bianca Euch die Augen aus.«

Sofort wurde er wieder ernst und blickte Caterina so verzweifelt an, als stände er vor einem Feldherrn mit weit überlegenen Truppen. »Ich habe keinerlei Einfluss auf Eure Lage genommen, Signorina, sondern bin von dem Beschluss unserer beiden Herren ebenfalls überrascht worden. Wäre es nicht der Wille meines Onkels, würde keine Macht der Welt mich dazu bringen, Euch als mein Weib zu begehren.« Noch während er es sagte, verfluchte er seine Bemerkung, denn diese Worte würden den Graben zwischen ihr und ihm nur noch vertiefen.

Caterina wurde durch diese unverblümten Worte so überfahren, dass sie nur mit Mühe ihre Stimme wiederfand, und als sie endlich Antwort gab, glich sie ihrer Mutter so stark, dass ihr Großvater sich fragte, welche Sünden er in seiner Jugend begangen hatte, um mit solch weiblicher Nachkommenschaft geschlagen worden zu sein.

Caterina krümmte ihre Hände zu Krallen, als wolle sie Rodolfo ins Gesicht fahren. »Wenn Ihr mich so verabscheut, wie Ihr behauptet, Conte, dann würde ich es Euch direkt wünschen, mit mir verheiratet zu sein!«

Olivaldi lachte wie befreit auf und hob seinen Pokal. »Dann ist ja alles in Ordnung. Die Trauung wird in Rom stattfinden und durch deinen Oheim Lorenzo und Rodolfos Onkel, den Kardinal d'Abbati, vollzogen werden. Trinken wir auf das neue Haus der da Polenta di Olivaldi und der Caetani di Molterossa!«

»Auf das junge Paar, das endlich den letzten Schatten von unserer Freundschaft nimmt.«

Der Herzog trank Olivaldi zu, setzte seinen Pokal auf der Lehne ab und erhob sich.

Caterina stand erstarrt mitten im Raum und versuchte zu begreifen, welches Spiel man hier mit ihr spielte. Ihre Gedanken flatterten wie Schmetterlinge davon und verhinderten, dass sie einen klaren

Standpunkt beziehen und sich zur Wehr setzen konnte. Regungslos ließ sie es geschehen, dass Arnoldo Caetani sie umarmte, und sah dann zu, wie der Herzog Rodolfo mit einem zufriedenen Lächeln in die Arme schloss.
Hinter ihr erklang die hochmütige Stimme ihres Großvaters. »Ich erlaube dir, meine Hand zu küssen, mein Kind!«
Wie von einem fremden Willen beherrscht, beugte Caterina ihren Kopf über die welke Hand, die sich ihr hinstreckte, und sie musste an sich halten, denn im ersten Impuls hätte sie am liebsten ihre Zähne hineingeschlagen.
Ihr Großvater und Arnoldo Caetani hatten sie derart überrumpelt, dass es ihr nicht einmal gelungen war, symbolischen Widerstand zu leisten. Daher schwor sie sich, sich an Rodolfo schadlos zu halten und ihm das Leben so zur Hölle zu machen, dass er sie ihrer Wege gehen ließ. Als sie seinen verzweifelt komischen Gesichtsausdruck wahrnahm, hätte sie am liebsten laut aufgelacht. Anscheinend war ihre von den beiden alten Männern arrangierte Ehe eine größere Strafe für ihren künftigen Gemahl als für sie.

## 15.

Caterina hielt es nicht mehr in einem Raum mit diesen selbstzufriedenen alten Männern aus, die über sie bestimmt hatten wie über eine Stute oder Kuh. Irgendwie gelang es ihr noch, vor ihnen zu knicksen, ohne vor Wut zu platzen, dann rannte sie mit wehenden Röcken aus dem Zimmer. Sie war zu aufgewühlt, um in ihre Kammer zurückkehren zu können, daher stieg sie zu der zinnenbewehrten Mauer hinauf. Es war so dunkel, dass man die Hand kaum noch vor Augen sehen konnte, und das Licht der einzigen Laterne verwirrte ihre mit Tränen gefüllten Augen mehr, als es ihr half. Oben angekommen starrte sie in die noch junge Nacht hinaus. Die

ersten Sterne blinkten vom Himmel wie Boten einer schönen, hoffnungsvolleren Zeit, doch vor Caterinas Augen schienen sie höhnisch zu tanzen.
Immer wieder fragte sie sich, wie ihr Leben einen solch abrupten Wandel hatte nehmen können. Für ein paar Augenblicke wurde der Wunsch, Pernica satteln zu lassen und einfach fortzureiten, in ihr schier übermächtig, doch gerade als sie nach unten gehen wollte, wurde ihr klar, dass sie nicht wusste, wohin sie fliehen sollte. Wenn sie nach Eldenberg zurückkehrte, würde Hartmut Trefflich ihr wie ein Alb im Nacken sitzen und nicht nur die Rückzahlung ihrer Schulden fordern, sondern ihr auch noch das Verschwinden seines Sohnes anlasten. Giustomina und Viratelli waren von Visconti-Leuten besetzt worden, und selbst wenn es ihr gelang, sich dort wieder durchzusetzen, würde ihr Großvater sie von dort zurückholen wie ein kleines Mädchen, das sich im Stall versteckt hatte.
Eine Welle von Hass auf ihren Großvater überschwemmte sie.
»Verflucht soll er sein!«
»Ich hoffe, Ihr meint nicht mich, Signorina.« Eine Gestalt löste sich aus der Dunkelheit. Im trüben Schein der Laterne erkannte Caterina Rodolfo.
Er hielt ihr ein Schultertuch hin. »Signorina Bianca gab es mir und bat mich, es Euch zu bringen. Ihr könntet Euch hier oben erkälten, meinte sie.«
Tatsächlich fröstelte Caterina. Es lag jedoch nicht am Wind, der noch immer angenehm warm vom See hochwehte, sondern an der Kälte, die sich in ihrem Innern breit gemacht hatte. Sie ließ es jedoch zu, dass Rodolfo ihr das Tuch umlegte und sich neben sie stellte.
»Ist es denn wirklich so schlimm, mit mir verheiratet zu werden?«
Seine Stimme klang so ängstlich wie die eines kleinen Jungen, der sich im Wald verirrt hatte.
Caterina drehte sich zu ihm um und versuchte trotz der Dunkelheit

in seinem Gesicht zu lesen. »Es hat nichts mit Euch zu tun, Signore. Ich bin erbittert über die Art, in der über mich bestimmt wird, denn ich bin es gewohnt, für mich selbst zu entscheiden.«

»Das kann ich Euch gut nachfühlen. Auch ich habe dem Elan, mit dem die beiden alten Herren uns ihren Willen aufzwingen, nichts entgegenzusetzen. Nach Sitte und Brauch muss ich sie über mich bestimmen lassen, wenn ich nicht mit meinem Onkel brechen und wieder in die Ferne ziehen will. Aber ich werde den Herzog kein zweites Mal im Stich lassen, auch wenn der Preis dafür eine Heirat mit Euch ist. So unsympathisch seid Ihr mir nicht.«

Rodolfo begriff, dass dies nicht die Worte waren, die er eigentlich hatte sagen wollen, und seufzte. »Vielleicht sollte ich Euch ein wenig von mir erzählen, Signorina, damit Ihr mich besser verstehen könnt. Ich habe vor einigen Jahren Molterossa im Streit mit meinem Onkel verlassen und bin nach Rom gegangen, in der Hoffnung, der Bruder meiner Mutter könnte mir dort zu einer passenden Anstellung oder einem Amt verhelfen. Doch das Einzige, was er tat, war, Seine Heiligkeit Bonifacio um Unterschrift und Siegel unter ein Stück Papier zu bitten, das mir den Titel eines Conte d'Abbati verlieh. Ich vermute, die beiden Herren sind dabei nicht ganz nüchtern gewesen. Alles, was ich dann noch bekam, war der Rat, die Erbtochter eines reichen Kaufmanns zu heiraten, um so zu Geld zu kommen.«

»Dieser Weg wäre wohl der einfachste für Euch gewesen.« Wider Erwarten empfand Caterina eine gewisse Verbundenheit mit dem jungen Mann, der sein Schicksal ebenfalls in die eigenen Hände genommen hatte.

Rodolfo lachte bitter auf. »Da ich keinen Knopf Geld besaß, habe ich mir einige der vorgeschlagenen Erbtöchter angesehen. Es war eine Schar schnatternder Hühner, die bereit waren, sich notfalls am ganzen Leib blau und golden anzumalen, um mir zu gefallen.«

Caterina stellte sich junge Frauen in der von Rodolfo beschriebenen

Art vor und musste kichern. »Bei Gott, was für dumme Geschöpfe!«

Rodolfo stieß die Luft aus, als müsse er die Erinnerung an jene Tage aus sich herausblasen. »Damals habe ich mir geschworen, dass die Frau, die ich einmal heiraten werde, ganz anders sein muss.«

»Und wie?«, fragte Caterina unwillkürlich.

»Nicht so affektiert und angemalt wie jene und auch nicht mit Schmuck überladen, sondern von sich aus so schön und begehrenswert, dass man gar nicht anders kann, als sie immer wieder anzuschauen.«

»Was ich gewiss nicht bin!«, unterbrach Caterina ihn mit einem leisen Fauchen.

Rodolfo berührte vorsichtig ihr Kinn und drehte ihr Gesicht so, dass der Schein der Laterne darauf fiel. »Ich finde, Ihr seid schön genug, um den Ansprüchen jeden Mannes zu genügen. Dazu seid Ihr mutig, gerecht und Euch stets Eurer Verantwortung bewusst. Ihr habt das Vermächtnis Eures Vaters nicht nur bewahrt, sondern den Namen Monte Elde mit frischem Lorbeer umkränzt. Ich kenne keine zweite Frau, die dies geschafft hätte! Und da ich der Ansicht bin, dass nur die beste Frau für mich gut genug ist, kann es für mich eigentlich nur eine geben: Euch, Caterina.« Rodolfo war selbst überrascht, wohin seine Beredsamkeit ihn getragen hatte, doch er bereute kein einziges Wort. Als er genauer nachdachte, erinnerte er sich daran, wie Caterina ihm bei ihrer ersten Begegnung imponiert hatte. Er war nur zu dumm gewesen, es zu bemerken.

»Ich liebe Euch!«, setzte er hinzu, und ohne auf ihre Antwort zu warten zog er sie an sich und berührte ihre Lippen mit seinem Mund.

Caterina ließ es im ersten Moment stocksteif über sich ergehen und wollte ihn abwehren. Dann aber übte die Nähe des jungen Mannes eine seltsame Wirkung auf sie aus. Biancas Worte kamen ihr in den Sinn, dass es Gefühle gab, die nur ein Mann im Herzen einer Frau entfachen konnte. War Rodolfo dieser Mann?, fragte sie sich. Wenn ja, dann hatten die beiden alten Männer zu Recht Schicksal gespielt. Rodolfo schien ihr seit ihrer ersten Begegnung gereift zu sein. Überdies sah er gut aus, war charmant und empfand wohl das richtige Maß an Respekt vor ihr. Er würde gewiss nicht versuchen, sie zur Sklavin seines Willens zu machen.

»Dann will ich es mit Euch versuchen, Signore. Ihr solltet mich jedoch nicht erzürnen, denn man sagt mir nach, in gewissen Augenblicken nicht weniger temperamentvoll zu sein als meine Mutter. Diese hat sich nicht gescheut, meinen Vater mit seinem eigenen Schwert die Treppe hinunterzujagen, und das barfuß mitten im Winter.«

Rodolfo lachte leise auf. »Ich werde mein Schwert vor Euch zu wahren wissen, meine Liebe.«

»Das nützt Euch nicht viel, denn ich besitze mein eigenes!« Caterina fiel in sein Lachen ein und bot ihm dann die Lippen zum Kuss. Als seine Arme sich um sie schlossen, versteifte sie jedoch ein wenig. Rodolfo spürte es und streichelte sanft über ihren Rücken. »Habe keine Angst vor mir, mia amante. Ich werde nichts tun, was dich betrüben oder dir Schmerzen zufügen könnte.«

Caterina warf mit einer heftigen Bewegung den Kopf zurück. »Du musst mich wohl für ein schwaches und ängstliches Weib halten, Rodolfo.« Unwillkürlich ging sie auf seinen Tonfall ein und verwendete statt der höflichen Rede das intime Du.

Rodolfo lächelte erleichtert, der Weg zu ihrem Herzen schien doch nicht so dornig zu sein, wie er befürchtet hatte. »Du bist weder das eine noch das andere. Bei Gott, ich schwöre, ich habe dich bewundert, seit ich dich das erste Mal gesehen habe! Und nicht nur das: Ich habe dich von diesem Augenblick an geliebt. Nur war es mir selbst nicht bewusst.«

Es klang so aufrichtig, dass Caterina es gerne glauben wollte. Sie lehnte sich gegen ihn und sah ihn lächelnd an. »Ich muss zugeben,

dass mein Herz dir auch gleich gewogen war. Nur hielt ich dich damals noch für einen Feind.«
»Der ich gewiss niemals war!« Rodolfo küsste sie jetzt mit all der Leidenschaft, die in ihm brannte. Caterina spürte, wie sein Feuer auf sie übersprang und Gefühle in ihr weckte, gegen die ihre Zuneigung zu Bianca nur ein sehr matter Abglanz war.

## 16.

Nachdem Caterina aus dem Raum gestürmt und Rodolfo ihr in einem gewissen Abstand gefolgt war, sahen die beiden alten Herren einander an. Während sich auf Arnoldo Caetanis Gesicht Ratlosigkeit breit machte, ballte der Marchese die Fäuste.
»Bei der Heiligen Jungfrau, sie wird Rodolfo heiraten, und wenn ich sie vor den Altar und hinterher ins Brautbett schleifen muss!«
»Das wäre ein schlechter Dank für den Mut und die Besonnenheit, die Caterina bewiesen hat, um meine Stadt zu retten. In den Gassen feiert man sie und lässt sie hochleben. Hört Ihr die Rufe, mein Freund?« Der Herzog trat an eines der Fenster und öffnete es. Selbst auf die Entfernung war das Singen der Leute unten in der Stadt deutlich zu hören.
»Hört Ihr es?«, fragte Caetani erneut. »Sie wissen, dass sie ohne Caterina und ihre Compagnia Ferrea einem schrecklichen Schicksal entgegengegangen wären, und nennen sie die Löwin von Molterossa.«
»Dann soll sie sich dieses Beinamens auch würdig erweisen, indem sie Rodolfo heiratet. Er trägt den Löwen im Wappen und hat auch wie einer gekämpft. Meine Enkelin sollte dies erkennen. Doch sie ist wie ihre Mutter, starrsinnig und immer bereit, einem zu widersprechen.« Für Augenblicke vergaß der Marchese, dass seine Toch-

ter ein verwöhntes Ding gewesen war, während ein wechselvolles Schicksal seine Enkelin gehärtet hatte wie guten Stahl.

Caetani, der Caterina besser kannte als sein Gast, wiegte zweifelnd den Kopf. »Ich glaube nicht, dass Ihr dem Mädchen mit diesem Urteil gerecht werdet. Caterina hat Verstand und wird gewiss nicht so kopflos handeln wie damals ihre Mutter. Allerdings ist es eine eigenartige Verwicklung des Schicksals, denn wäre Margerita damals nicht mit Monte Elde durchgebrannt, hätte ihre Tochter jetzt nicht meine Stadt retten können.«

Sein Gast antwortete mit einem ärgerlichen Auflachen. »Vielleicht wollt Ihr mir auch noch weismachen, ich müsste meiner Tochter dankbar sein, weil sie sich damals gegen mich gestellt hat?«

»Das nicht, mein Freund. Doch ich bin der Ansicht, wir sollten Caterina Zeit lassen, über alles nachzudenken. Bei Gott, Ihr wisst gar nicht, wie sehr ich mir wünsche, sie in Molterossa zu behalten. Sie ist genau die Frau, die Rodolfo braucht, um mit beiden Beinen auf der Erde zu bleiben.«

Der Marchese hieb mit der Hand durch die Luft, als müsse er sich eines unsichtbaren Feindes entledigen. »Ich fürchte, sie wird sich bei nächster Gelegenheit auf ihr Pferd schwingen und in ihre germanischen Wälder entschwinden. Doch das werde ich zu verhindern wissen. Kommt Ihr mit?«

»Wohin?«

»Zu Caterina, um ihr den Kopf zurechtzusetzen.« Olivaldi schritt auf das Tor zu, das von einem aufmerksamen Diener sofort aufgerissen wurde, und verließ die Räumlichkeit. Der Herzog überlegte nur einen kurzen Augenblick, dann eilte er ihm nach, um notfalls begütigend eingreifen zu können, wenn der Streit zwischen Großvater und Enkelin zu heftig werden sollte. Als sie in den Korridor abbiegen wollten, der zu Caterinas Kammer führte, kam ihnen Bianca entgegen.

»Wenn ihr die Capitana sucht, die ist draußen auf den Wällen.«

»Dummes Ding!«, brummte der Marchese, entschuldigte sich aber sofort, denn Bianca hatte die Bemerkung auf sich bezogen. Nach einer kurzen Verbeugung schritt er weiter und betrat kurz darauf den Mauerring, der die Festung schützte. Im Licht des Mondes, der nun über den Hügeln aufging, entdeckte er das eng umschlungene Paar und blieb stehen, als wäre er gegen eine Wand geprallt.
»Weiber, sage ich nur!« Es lag eine Fassungslosigkeit in seinen Worten, die den Herzog zum Kichern brachte.
»Soweit zu Eurer Behauptung, Eure Enkelin würde sich auf ihr Pferd schwingen, um einer Ehe mit meinem Neffen zu entgehen.«
»Bei Gott und der Heiligen Jungfrau. Sie muss noch verrückter sein als ihre Mutter.« Der Marchese schüttelte nur noch den Kopf, während sein Gastgeber ihm fröhlich auf die Schulter klopfte.
»Ich würde eher sagen, sie ist gescheiter als wir beiden alten Böcke zusammen. Bei Gott, was für ein herrliches Mädchen. Sie küsst Rodolfo jetzt wirklich. Was wetten wir, dass ihr erstes Kind ein Junge ist?«
Er erhielt von Caterinas Großvater keine Antwort mehr.

## 17.

Sechs Jahre später jubelte Caterina auf, als Bianca im Hof des Schlosses von Molterossa aus der Sänfte stieg. Seit sie die Nachricht bekommen hatte, ihre Freundin werde zu Besuch kommen, war sie wie ein aufgeregter Schmetterling in der Burg herumgeflattert und hatte die Dienerschaft mehr behindert als ihr geholfen, alles für Biancas Empfang bereit zu machen.
»Endlich sehe ich dich wieder!«, rief sie und umarmte die Freundin. Für einen Augenblick erlebte sie noch einmal das gleiche erregende Gefühl wie damals in Rividello, und nur der Gedanke an die

Leute, die ihnen zusahen, brachte sie dazu, Bianca nicht inniger zu küssen, als es die Sitte gebot.

»Es ist wirklich schön, wieder einmal in Italien zu sein. Aber sag kein Wort gegen Schwaben! Es ist jetzt meine Heimat geworden, das Zuhause, das ich vorher niemals hatte.« Einen oder zwei Herzschläge lang erinnerte Bianca sich an ihre Jugend, in der ihr Leben nicht immer geradlinig verlaufen war, wischte diesen Gedanken dann mit einer energischen Handbewegung beiseite und musterte Caterina eingehend.

»Du bist um keinen Tag älter geworden, nur viel schöner als damals, als Botho und ich unsere Reise nach Norden angetreten haben.«

Das Kompliment gefiel Caterina, vor allem, weil sie es zurückgeben konnte. Bianca hatte noch ein wenig an Fülle zugelegt, doch ihre Haut war glatt und ihr Gesicht sah um ein gutes Jahrzehnt jünger aus als ihr wahres Alter. Nur ihre Gewandung war erschreckend unmodisch. Sie trug ein schlichtes Kleid aus grünem Tuch mit einem weißen Schulterkragen sowie eine eng sitzende Plisseehaube ohne einen Anschein von Eleganz. Gegen die Freundin kam Caterina sich vor wie ein Goldfasan gegen einen Sperling. Dabei trug sie nichts, was in den Straßen Roms oder einer anderen großen Stadt aufgefallen wäre. Ihr Kleid bestand aus blau gemusterter Seide und war mit reich bestickten Säumen verziert. Die langen, geschlitzten Ärmel reichten bis zum Boden, und auf ihrem Kopf saß ein modischer Hut, den zwei Federn in den Farben Molterossas und eine mit Juwelen geschmückte Agraffe zierten.

Bianca musterte die Freundin wortlos, hakte sich bei ihr unter und wanderte mit ihr auf das Portal des Wohngebäudes zu.

»Es ist wirklich seltsam, nach so langer Zeit wieder nach Italien zu kommen. Es ist so heiß wie in der Hölle und die Leute sind mir viel zu aufdringlich. Also in Schwaben ist das anders!« Es folgte ein längerer Monolog über ihre neue Heimat, dem sich nahtlos ein

Bericht anschloss, in dem sie die Beschwerlichkeiten ihrer Reise beklagte. Sie klang dabei wie eine x-beliebige deutsche Dame aus der Umgebung Eldenbergs, die noch nie in Italien gewesen war und sich über die hiesigen Gepflogenheiten wunderte. Selbst Biancas früher so geschmeidiger romagnolischer Dialekt hatte etwas von der Behäbigkeit Schwabens angenommen.

Sie saßen schon eine Weile im großen Saal, als Caterina wieder zu Wort kam. »Ich bin sicher, du freust dich, deine Töchter wiederzusehen.«

Caterinas Blick flog dabei zu den beiden jungen Damen, die ihre Mutter mit einem gewissen Erstaunen musterten und mit dem kleinen Halbbruder, den Bianca ihnen nun stolz reichte, weniger anzufangen wussten als mit dem vierjährigen Amadeo, Caterinas ältestem Sohn. Der kleine Arnoldo, der nach dem vor zwei Jahren verstorbenen Herzog benannt worden war, lag in seiner Wiege und interessierte sich nur für die Korallenrassel, die Francesca ihm hinhielt. Biancas älteste Tochter war zu einer Schönheit herangewachsen, die erkennen ließ, weshalb Franz von Eldenberg ihre Mutter in sein Bett geholt hatte.

Bianca maß ihre beiden Töchter mit jenem sezierenden Blick, der ihrem Wert auf dem Heiratsmarkt galt, und strahlte auf. »Ich bin ja so glücklich, dass du dich damals meiner armen Töchter angenommen hast. Bothos Willen zufolge hätte ich sie bei mir behalten können. Aber nachdem Seine Heiligkeit ihm auf Betreiben deines Onkels den erblichen Adel verliehen hatte, wollte ich doch nicht als befleckte Braut vor seinen Vater treten.«

Es klang arg schuldbewusst, doch Caterina lächelte ihrer Freundin verständnisvoll zu. »Du hast genau richtig gehandelt, meine Liebe. Ich kann mich noch sehr gut an Hartmut Trefflich erinnern und weiß, dass er dich und die beiden Mädchen schlecht behandelt hätte.«

»Das glaube ich nicht, obwohl ich ihn gleich richtig kennen gelernt habe! Statt sich zu freuen, dass er Botho gesund und munter in die Arme schließen konnte, und zu fragen, was passiert ist, hat er nur getobt und geschrien, dass schier die Burg einstürzen wollte. Aber dann hat mein Mann meinen Schwiegervater hochgehoben und durchgeschüttelt, bis dieser sich wie ein eingeschüchtertes Kind auf einen Stuhl setzen ließ. Ach, mein Botho ist ja so klug und tapfer! Er hat seinem Vater die römischen Urkunden gezeigt und ihm alles ganz ruhig erklärt. Da ist mein Schwiegervater kleinlaut geworden und hat sich bei mir und bei ihm sogar entschuldigt. Dein Gold hat er ihm natürlich auch sofort gegeben, so dass sein Vater auch da nichts zu schimpfen hatte. Jedenfalls hat Hartmann Trefflich Botho und mich von da an mit großer Höflichkeit behandelt. Er war sogar stolz auf Botho und hat ihn gelobt, als dieser deine Burg, die du uns geschenkt hast, ohne Kampf von dem Gesindel zurückgeholt hat, das sich im Namen dieses Verwandten von dir, dieses Greblingen, dort schon eingenistet hatte.«

»Wohnt ihr jetzt dort?«

»Aber nein! Wir haben sie zwar instand gesetzt, so dass sie nicht weiter zerfällt, und werden sie einmal unserem Sohn übergeben. Aber mein Schwiegervater wünscht, dass wir weiter bei ihm leben, auch wegen der Nachbarschaft, weißt du? Es hätte sonst viel Gerede geben. Daher bin ich froh, dass meine Töchter bei dir geblieben sind. Hätte ich als junge Witwe auftreten können, wäre das vielleicht anders gewesen. Hier in Italien nimmt man die Sachen leichter, doch in Deutschland muss man scharf auf seinen Ruf achten, vor allem, wenn der Adel noch so neu ist wie der meines Gemahls.«

Der Stolz und die Liebe, die aus Biancas Worten sprachen, verrieten Caterina, dass die Ehe ihrer Freundin mit Botho glücklich geworden war. Sie fühlte jedoch keinen Neid, denn Rodolfo hatte sich nicht nur als guter Ehemann erwiesen, sondern auch als Freund und Gefährte, mit dem sie jeden Gedanken teilen konnte.

»Wo steckt denn dein Mann?«, fragte Bianca.
Caterina breitete lächelnd die Arme aus. »Im Augenblick befindet er sich südlich von Rom an der Grenze zum Königreich Neapel, um einen aufmüpfigen Lehensmann Seiner Heiligkeit zur Räson zu bringen.«
»Er ist wohl oft fort?« Bianca schien Caterina zu bedauern, aber der Unterton in ihrer Stimme verriet eine gewisse Selbstzufriedenheit, denn ihr Mann wich kaum von ihrer Seite.
Die Herzogin von Molterossa lachte hell auf. »Nicht sehr oft – und bisher konnte ich ihn meistens begleiten. Schließlich gelte ich immer noch als die Capitana der Eisernen Kompanie, auch wenn Rodolfo sie führt.«
Bianca schüttelte in gespieltem Entsetzen den Kopf. »Sag bloß, du reitest immer noch den Söldnern voran, bekleidet mit einem Harnisch und in dieser absolut unschicklichen Art auf dem Pferd sitzend?«
Sie hört sich fast so an wie Malle damals, fuhr es Caterina durch den Kopf. Für einen Augenblick war sie froh, dass viele hundert Meilen Weges und hohe Berge zwischen ihnen lagen, denn so ehrpusselig, wie Bianca sich jetzt gab, hätte sie den Besuch ihrer Freundin wohl nicht häufig ertragen können. Mit einem gewissen Schuldgefühl dachte sie an die enge Verbundenheit, die früher zwischen ihnen geherrscht hatte. Jetzt war Bianca ganz die achtbare Ehefrau eines schwäbischen Edelmanns geworden und erinnerte sich offensichtlich nur noch selten und dann wohl mit einem erschreckten Kreuzzeichen an jene frühere Zeit.
»Wie geht es eigentlich Botho?«, fragte Caterina, um das erschlaffende Gespräch wieder zu beleben.
»Prächtig!«, antwortete Bianca mit leuchtenden Augen. »Er weilt derzeit bei einem Geschäftsfreund in Florenz, wird aber nächste Woche kommen, um mich hier abzuholen. Wir wollen nach Rom weiterreisen. Du kommst doch hoffentlich mit?«

»Gerne! Ich nehme an, ich werde dort auf Rodolfo treffen, sowie er seine Aufgabe erledigt hat. Dort wollten wir noch etwas anderes klären. Wir haben nämlich einen ehrenvollen Antrag für Francesca erhalten. Du erinnerst dich doch sicher an Aldobrando di Muozzola aus Rividello. Er war einige Jahre Offizier in der Eisernen Kompanie und hat später von einem Verwandten ein Lehen in der östlichen Romagna geerbt. Zwar ist er dreizehn Jahre älter als das Mädchen, doch die Verbindung wäre für Francesca ein großer Erfolg.«

»Di Muozzola?« Bianca runzelte die Stirn und dachte angestrengt nach, als müsste sie diesen Namen in den tiefsten Verliesen ihres Gedächtnisses suchen. »Ach ja! Ich glaube, ich erinnere mich. Aber entscheide du, meine Liebe, ob du ihm das Mädchen geben willst. Du wirst es schon richtig machen. Schau dir doch meinen kleinen Artmuto an! Ist er nicht ein kleiner Sonnenschein?«

»Das ist er«, stimmte Caterina ihr zu. Ihr Blick wanderte von Biancas Sprössling zu ihren beiden Söhnen hinüber und zu Biancas Töchtern, die ihr beide verstehend zuzwinkerten. Zusammen mit Rodolfo bildeten die vier eine wunderbare Familie, und sie befand, dass das Schicksal sie sehr reich bedacht hatte.

## Geschichtlicher Überblick

Nach dem Untergang des Römischen Reiches stellte Italien keine politische Einheit dar, sondern war nicht mehr als ein geographischer Begriff. Im Norden herrschten die Langobarden, in Rom, im Süden und in Venedig das Oströmische Reich. Während Venedig seine Unabhängigkeit erringen und diese bis zum achtzehnten Jahrhundert behaupten konnte, geriet der südliche Teil der oströmischen Herrschaftsgebiete in Italien an die Langobarden, Sarazenen und später an die Normannen.

Die Langobarden wurden ihrerseits von den Franken unter Karl dem Großen unterworfen und ihr Land zählte später als Königreich Italien zum Heiligen Römischen Reich Deutscher Nation. Den Päpsten gelang es mit einer geschickten Schaukelpolitik, ihre Unabhängigkeit zwischen dem Heiligen Römischen Reich im Norden und den Normannen zu bewahren. Diese geriet jedoch in höchste Gefahr, als auch der Süden durch Heirat an die Dynastie der Staufer fiel.

Um dieser Umklammerung zu entgehen, setzten die Päpste alles daran, die Staufer zu vernichten. Ein Kaiser nach dem anderen wurde gebannt, Gegenkaiser wurden aufgestellt und äußere Feinde zu Hilfe gerufen. Nachdem mit Konradin der letzte legitime Staufererbe ausgeschaltet war, fielen Sizilien und der Süden an eine Nebenlinie des französischen Königshauses, bis sie vom Königreich Aragon erobert wurden und für Jahrhunderte zu Spanien zählten.

Im Norden bestand die Herrschaft der römisch-deutschen Kaiser über das Königreich Italien nominell weiter, doch dessen Machtstrukturen waren im Kampf zwischen der Partei des Papstes (den Guelfen) und der des Kaisers (den Ghibellinen) zerbrochen. Lokale Herrscher etablierten sich und warfen die Oberherrschaft sowohl des Reiches als auch des Kirchenstaats ab. Oligarchische Republiken entstanden und zeugten von einem selbstbewussten Bürgertum, dessen Vertreter schon bald danach strebten, erbliche Macht zu erlangen. Je nach den Gegebenheiten ließen sie sich vom Papst oder Kaiser mit der von ihnen beherrschten Stadt oder dem Landstrich belehnen und galten als deren Lehensmänner, obwohl sie in Wirklichkeit unabhängig waren.

Nördlich von Rom entstanden zwischen dem elften und der Mitte des vierzehnten Jahrhunderts mehr als einhundert solcher Herrschaften, die sich erbittert bekämpften. Doch auch innerhalb der einzelnen Städte, Grafschaften und Signorien herrschte nicht immer Eintracht. Unterschiedliche Familien und Familienzweige stritten mit allen Mitteln um die Macht und gingen dabei mit erschreckender Grausamkeit vor.

In Mailand herrschte um jene Zeit die Familie der Visconti. Im Jahr 1378 wurde Graf Gian Galeazzo der neue Herr von Mailand und setzte in den folgenden Jahrzehnten zu einem unvergleichlichen Eroberungszug in Norditalien an. Durch Krieg, Erpressung und diplomatische Schachzüge gelang es ihm, unzählige Städte und Herrschaften seinem Reich zu unterwerfen. Innerhalb kürzester Zeit konnte er von Kaiser Wenzel die Bestätigung seiner Macht erlangen und sich nacheinander die Titel eines Herzogs von Mailand und eine Herzogs der Lombardei erkaufen. Den letzten von ihm geplanten Schritt, sich zum König des auf den Norden des italienischen Stiefels beschränkten Königreichs Italien aufzuschwingen, verhinderte sein früher Tod mit dreiundfünfzig Jahren. Sein Reich, das bis tief in den von den Päpsten beanspruchten Machtbereich hineingewachsen war, fiel unter der Herrschaft seines unfähigen Sohnes Giovanni Maria Visconti auseinander. Dessen Bruder und Nachfolger Filippo Maria konnte nur mehr den Kern um Mailand halten.

Der Traum von einer Vereinigung des italienischen Nordens unter einer Königsdynastie der Visconti war damit wie eine Seifenblase geplatzt, und eine Generation später ergriff der Condottiere Francesco Sforza, der Sohn von Muzio Attendolo, als Ehemann von Filippo Marias Tochter Bianca Maria in Mailand die Macht.

Der Roman berichtet von dem Schicksal des kleinen, fiktiven Herzogtums Molterossa im Schatten der Visconti-Macht und steht stellvertretend für das wirkliche Geschehen dieser Zeit.

Der Streich von Pisa ist tatsächlich geschehen, auch wenn er nicht wie in diesem Buch beschrieben von Caterina und ihrer Compagnia Ferrea, sondern von einem heimlich durch Iacopo Appiano herbeigerufenen Condottiere verübt wurde.

Die Herrschaft der Päpste in ihrem Machtbereich war durch ihr langjähriges Exil in Avignon geschwächt und konnte erst langsam wieder aufgerichtet werden. Das größte Hemmnis dafür war der überbordende Nepotismus, denn jeder Vertreter Jesu auf Erden war bedacht, seiner Familie möglichst viel Macht und Reichtum zu hinterlassen, und opferte dafür bedenkenlos Städte und Landschaften, die von späteren Päpsten für den Kirchenstaat wiedergewonnen werden mussten.

Der Herrschaftsanspruch der römisch-deutschen Kaiser über den italienischen Norden wurde noch lange aufrechterhalten und endete offiziell in napoleonischer Zeit. Italien selbst wurde erst in der zweiten Hälfte des neunzehnten Jahrhunderts durch die ursprünglich aus dem französischen Kulturkreis stammende Dynastie der Savoyer wieder vereint, die durch das Erbe von Piemont und die Übertragung der armen, aber mit einem Königstitel versehenen Insel Sardinien nach Italien hineingewachsen war.

## Die Personen

Aniballi, Lanzelotto: Offizier der Eisernen Kompanie

Appiano, Gherardo Leonardo: jüngerer Sohn Iacopo Appianos

Appiano, Iacopo: Stadtherr von Pisa

Appiano, Vanni: älterer Sohn Iacopo Appianos

Attendolo, Giacomo, genannt Sforza: Condottiere

Bassi, Cornelio: Bürger aus Rividello

Borelli, Fabrizio: Neffe Franz von Eldenbergs

Caetani, Amadeo: Neffe des Herzogs von Molterossa

Caetani, Arnoldo: Herzog von Molterossa

Caetani, Rodolfo, Conte d'Abbati: Neffe des Herzogs von Molterossa

da Polenta, Leonello, Marchese Olivaldi: Großvater Caterina von Eldenbergs

da Polenta, Bernardino: Bruder von Obizzo da Polenta

da Polenta, Obizzo: Capitano del Popolo der Stadt Ravenna

de Lisse, Jaap: Offizier der Eisernen Kompanie

di Muozzola, Aldobrando: Sohn Umberto di Muozzolas

di Muozzola, Umberto: Podesta von Rividello

di Rumi, Bianca: Mätresse Franz von Eldenbergs

di Rumi, Camillo und Fulvio: Biancas Brüder

di Tortona, Perino: Condottiere

Dorati, Mariano: Stellvertreter Rodolfo Caetanis

Felix: Knecht von Hartmann Trefflich

Fiocchi, Marcello: Bürger aus Rividello

Friedel: Söldner der Eisernen Kompanie

Gaetano: Jugendfreund Rodolfo Caetanis

Görg: Söldner der Eisernen Kompanie

Hawkwood, Henry: Condottiere

Legrelli, Battista: Podesta von Mentone

Malatesta, Ugolino: Condottiere

Malle: Dienerin Caterina von Eldenbergs

Martin: Söldner der Eisernen Kompanie

Michelotti, Biordio: Podesta von Perugia

Ranuccio: Vetter Fabrizio Borellis

Steifnacken, Hans: Unteroffizier der Eisernen Kompanie

Trefflich, Botho: Sohn Hartmann Trefflichs

Trefflich, Hartmann: Nachbar Caterina von Eldenbergs

Venier, Antonio: Doge von Venedig

Visconti, Angelo Maria: Verwandter des Herzogs von Mailand

Visconti, Gian Galeazzo: Herzog von Mailand

von Eldenberg, Caterina: Tochter des Condottiere Franz von Eldenberg von Eldenberg, Franz, genannt Francesco di Monte Elde: Caterinas Vater

von Eldenberg, Jakob, genannt Giacomo di Monte Elde: Caterinas Bruder

Werner: Knecht von Hartmann Trefflich

*Iny Lorentz*

# Die Wanderhure

Konstanz im Jahre 1410: Als der Grafensohn Ruppert um die Hand der schönen Bürgerstochter Marie anhält, kann ihr Vater sein Glück kaum fassen. Er ahnt nicht, dass es dem adligen Bewerber nur um das Vermögen seiner künftigen Braut geht und dass er dafür vor keinem Verbrechen zurückscheut. Marie und ihr Vater werden Opfer einer durchtriebenen Intrige, die das Mädchen zur Stadt hinaustreibt. Für Marie gibt es nur zwei Möglichkeiten: Selbstmord zu begehen oder ihr Leben fortan als »Wanderhure« zu fristen. Mit Hilfe der erfahrenen Dirne Hiltrud entscheidet sie sich für die zweite und wird bald zu einer begehrten Hure. Dabei verliert Marie jedoch ihr wichtigstes Ziel nicht aus den Augen: Sie will sich an ihrem verräterischen Ex-Bräutigam rächen!

So lebendig, aufregend, schmutzig und erotisch
wie das Mittelalter selbst es war!

Lassen Sie sich von Iny Lorentz in diese Welt entführen:

# Knaur

# Leseprobe

aus:

*Iny* Lorentz

# Die Wanderhure

Roman

Knaur

Marie schlüpfte schuldbewusst in die Küche zurück und versuchte, unauffällig wieder an ihre Arbeit zu gehen. Wina, die Haushälterin, eine kleine, breit gebaute Frau mit einem ehrlichen, aber strengen Gesicht und bereits grau werdenden Zöpfen, hatte ihr Fehlen jedoch schon bemerkt und winkte sie mit tadelnder Miene zu sich. Als Marie vor ihr stand, legte sie ihr die Hand auf die Schulter und seufzte tief.

Seit Meister Matthis' Ehefrau im Kindbett gestorben war, hatte Wina versucht, dem Mädchen die Mutter zu ersetzen. Es war nicht einfach gewesen, den richtigen Weg zwischen Nachsicht und Strenge zu finden, aber bisher war sie mit Maries Entwicklung zufrieden gewesen. Aus dem neugierigen und oftmals viel zu übermütigen Kind war eine gehorsame und gottesfürchtige Jungfer geworden, auf die ihr Vater stolz sein konnte. Seit dem Tag allerdings, an dem Marie erfahren hatte, dass sie verheiratet werden sollte, war sie wie ausgewechselt. Anstatt vor Freude singend und tanzend durchs Haus zu springen, tat sie ihre Arbeit mit mürrischem Gesicht und benahm sich so wild wie ein Füllen, dem man zum ersten Mal Zügel anlegen wollte.

Andere Mädchen jubelten, wenn sie erfuhren, dass ein Mann aus angesehener Familie um sie warb. Marie hatte jedoch völlig verstört reagiert, so als fürchte sie sich vor dem wichtigsten Schritt im Leben einer Frau. Dabei hätte sie es kaum besser treffen können. Ihr Zukünftiger war Magister Ruppertus Splendidus, der Sohn eines Reichsgrafen, wenn auch nur von einer leibeigenen Magd.

Trotz seiner Jugend war er ein bekannter Advokat, dem eine glänzende Zukunft bevorstand.

Wina nahm an, dass der hohe Herr Marie gewählt hatte, weil er eine Frau benötigte, die tatkräftig genug war, ein großes Haus mit vielen Bediensteten zu führen. Dieser Gedanke machte sie stolz, denn sie hatte Marie dazu erzogen, selbständig zu handeln und sich vor keiner Arbeit zu scheuen. Das brachte sie wieder in die Gegenwart zurück. Die Vorbereitungen für die Hochzeit waren noch lange nicht abgeschlossen, und es wurde schon Nacht. Schnell drückte sie Marie eine Teigschüssel in die Hand.

»Hier, rühr das gut. Es dürfen sich keine Klumpen bilden. Sag mal, wo warst du überhaupt?«

»Im Hof. Ich wollte ein wenig frische Luft schnappen.« Marie senkte den Kopf, damit Wina ihre abweisende Miene nicht wahrnahm. Die alte Frau würde ihr sonst nur weitere Vorwürfe machen oder ihr einen mit verwirrenden Andeutungen gespickten Vortrag über eheliche Pflichten halten.

Marie konnte Wina nicht verständlich machen, dass ihr die überraschende Wendung, die ihr Leben genommen hatte, Angst einjagte. Sie war gerade erst siebzehn geworden und ihres Vaters einziges Kind, daher hatte sie den Gedanken an eine Heirat weit von sich geschoben. Jetzt aber sollte sie innerhalb von ein paar Tagen in die Gewalt eines Mannes gegeben werden, für den sie nicht das Geringste empfand.

Soweit sie sich erinnern konnte, war Ruppertus Splendidus mittelgroß und hager wie viele junge Männer, die sie kannte. Seine Gesichtszüge waren zu scharf geschnitten, um hübsch zu sein, wirkten aber auch nicht direkt unangenehm – im Gegensatz zu seinen

Augen, die alles und jeden zu durchdringen schienen. Als Marie ihm das bisher einzige Mal begegnet war, hatten sein Blick und die schlaffe Berührung seiner kalten, beinahe leblosen Hand ihr Schauer über den Rücken gejagt. Und doch konnte sie weder Wina noch ihrem Vater begreiflich machen, warum der Gedanke an eine Verbindung mit dem Sohn des Grafen von Keilburg sie nicht in einen Glückstaumel versetzte.

Da Wina noch immer so aussah, als wolle sie ihr einen Vortrag über das richtige Benehmen halten, versuchte Marie, das Thema zu wechseln. »Die Ballen mit dem flandrischen Tuch, die die Fuhrleute heute vom Rheinhafen hochgebracht haben, liegen mitten im Hof, und es sieht nach Regen aus.«

»Was? Das darf doch nicht wahr sein! Die Ware muss doch schleunigst unter Dach und Fach gebracht werden. Und die Fuhrknechte sitzen alle beim Wirt, um deine morgige Vermählung zu feiern, und werden sich weder durch Schelten noch durch gute Worte zurückholen lassen. Mal sehen, ob ich einen der Hausknechte finde und ihn wenigstens dazu bringe, eine Plane über die Ballen zu decken. Macht ihr derweil alleine weiter.« Der letzte Satz galt nicht nur Marie, sondern auch Elsa und Anne, den beiden Mägden, die ebenfalls vollauf mit den Vorbereitungen für die Hochzeit beschäftigt waren.

Kaum hatte Wina die Küche verlassen, da drehte sich Elsa, die kleinere der beiden Schwestern, zu Marie um und sah sie mit leuchtenden Knopfaugen an. »Ich kann mir denken, warum du dich weggeschlichen hast. Du wolltest deinen Liebsten heimlich beobachten.«

»Herr Ruppertus ist aber auch ein gut aussehender Mann«, setzte

Anne mit seelenvollem Augenaufschlag hinzu. »So eine herrschaftliche Hochzeit ist schon eine andere Sache, als wenn unsereins ins Brautbett kommt.«

Während sie Holz nachlegte, betrachtete sie die Tochter ihres Herrn mit einem Anflug von Neid. Marie Schärerin war nicht nur eine reiche Erbin, sondern zog auch mit ihrem engelsgleichen Gesicht, den großen, kornblumenblauen Augen und ihren langen blonden Haaren die Blicke der Männer auf sich. Ihre Nase war gerade lang genug, um nicht unbedeutend zu wirken, und ihr Mund sanft geschwungen und rot wie Mohn. Dazu besaß sie eine Figur, wie sie ebenmäßiger nicht sein konnte. Über ihren sanft gerundeten Hüften spannte sich eine schmale Taille, gekrönt von Brüsten, die gerade die Größe zweier saftiger Herbstäpfel hatten. Ihr einfaches graues Kleid mit dem geschnürten Mieder brachte ihre Reize besser zum Vorschein, als es bei anderen Mädchen Samt und Seide vermochten.

Anne war überzeugt, dass Magister Ruppertus sich in den höchsten Kreisen nach einer Frau hätte umsehen können, und nahm daher nicht an, dass er Marie nur wegen der großen Mitgift freite, die Meister Matthis ihr mitgeben würde. Wahrscheinlich hatte er sie auf dem Markt oder in der Kirche gesehen und sich von ihrer Schönheit einfangen lassen.

Marie bemerkte Annes neiderfüllten Blick und zog unbehaglich die Schultern hoch. Sie musste nicht in den Spiegel sehen, um zu wissen, dass sie ungewöhnlich hübsch war. Das hatte sie in den letzten zwei Jahren beinahe von jedem Mann aus der Nachbarschaft zu hören bekommen. Die Komplimente waren ihr jedoch nicht zu Kopf gestiegen, denn der Pfarrer hatte ihr erklärt, dass nur die innere Schönheit zählte. Doch seit der Magister aufgetaucht war, fragte Marie sich, was sie ohne den Glanz der Goldstücke ihres Vaters wert war. Ruppert hatte um sie geworben, bevor er sie kannte, und deswegen nahm sie an, dass er sie nicht ihres Aussehens oder ihrer Tugenden wegen zur Frau nehmen wollte. Oder hatte er sie vorher schon einmal erblickt und sich in sie verliebt? So etwas gab es. Aber in dem Fall hätte er sich ihr gegenüber gewiss anders betragen.

Anne betrachtete unterdessen ihr Spiegelbild auf der glänzenden Oberfläche des kupfernen Suppenkessels. Zu ihrem Leidwesen war sie ein ebenso farbloses, unscheinbares Geschöpf wie ihre rundliche Schwester. Sie beide besaßen kaum mehr als die Kleider, die sie auf dem Leib trugen, und mussten auf Freier hoffen, die eine zugreifende Hand körperlicher Schönheit vorzogen. Manchmal wurden Mägde von Gesellen zur Frau genommen, denen ihre Meister die Erlaubnis zum Heiraten gaben. Aber die meisten jungen Männer achteten darauf, dass ihre Bräute nicht nur sich selbst, sondern auch eine ansehnliche Mitgift in die Ehe brachten.

Marie war mit den beiden Mägden aufgewachsen und wusste daher, dass Anne sich ähnliche Gedanken machte wie sie, nur von einem anderen Standpunkt aus. Wenn sie ihr Schicksal mit dem der Schwestern verglich, war sie froh und auch ein wenig stolz darauf, als gute Partie zu gelten. Gleichzeitig fühlte sie sich verunsichert, denn wie konnte sie glücklich werden, wenn ein so welterfahrener Mann wie Ruppertus Splendidus, der bei Ratsherren und Kirchenfürsten ein und aus ging, sie wegen ihrer Mitgift heiratete? Sie versuchte sich vorzustellen, wie es war, Tag für Tag mit einem Mann zusammenzuleben, der ihr nur wenig Liebe entgegenbrachte und für den sie selbst auch nicht viel empfinden konnte. Wina und der Pfarrer hatten ihr versichert, dass die Liebe mit der Ehe käme. Also musste sie sich bemühen, dem Magister eine gute Frau zu werden. Das sollte ihr eigentlich nicht schwer fallen, denn in ihrem Leben gab es keinen Mann, dem sie nachtrauerte.

Der einzige Junge, für den sie eine gewisse Sympathie empfand, war Michel, ein Spielkamerad aus ihren Kindertagen. Er kam jedoch als Bräutigam nicht in Frage, denn als fünfter Sohn eines Schankwirts war er so arm wie eine Kirchenmaus. Es gab allerdings noch genügend andere junge Männer in Konstanz, die sie vom sonntäglichen Kirchgang und den Marktbesuchen her kannte. Sie fragte sich, warum ihr Vater sie nicht mit einem von ihnen verheiratet hatte, mit dem Sohn eines Nachbarn oder Geschäftspartners, wie es in den wohlhabenden Konstanzer Familien üblich war. Stattdessen gab er sie einem Wildfremden, der noch kein freundliches Wort mit ihr gewechselt hatte.

Marie ärgerte sich über ihren Kleinmut. Die meisten Mädchen wurden mit Männern verheiratet, die sie vorher kaum gekannt hatten, und wurden doch glückliche Bräute und Ehefrauen. Ihr Vater wollte nur das Beste für sie und konnte sicher auch beurteilen, ob der Magister ein geeigneter Gatte für sie war. Doch er hätte sie zumindest fragen können. Mit einem leisen Zischen stieß sie den Löffel in die Schüssel und bearbeitete den Teig, als wäre er ihr Feind.

Elsa hatte sie beobachtet und lachte plötzlich auf. »Du sehnst dich wohl schon danach, das Brautbett mit dem hohen Herrn zu teilen. Aber sei nicht zu enttäuscht. Beim ersten Mal ist es nicht schön. Es tut nur weh, und man blutet fürchterlich.«

Marie sah sie verwirrt an. »Woher willst du das wissen?«

Elsa kicherte jedoch nur und wandte sich ab. Marie konnte nicht ahnen, dass sie aus eigener Erfahrung sprach. Kurz nach ihrem fünfzehnten Geburtstag war sie einem Nachbarsjungen ins Gebüsch gefolgt und bereute es immer noch. Ihre Schwester war klüger gewesen, denn sie hatte sich mit dem Vater des Jungen eingelassen und dafür ein hübsches Schmuckstück erhalten, welches sie in ein Tuch eingewickelt in ihrem Strohsack verbarg, um es für ihre Mitgift aufzubewahren.

Anne warf ihrer Schwester einen spöttischen Blick zu und winkte ab. »Das Ganze ist halb so schlimm, Marie. Lass dir von Elsa keine Angst einjagen. Der Schmerz ist schnell vergessen, und bald wird es dir Freude machen, wenn dein Mann zu dir unter die Bettdecke schlüpft.«

Elsa zog einen Flunsch. »Solche gelehrte Herren wie Magister Ruppertus sind sehr anspruchsvoll. Denen reicht es nicht, es in einem dunklen Raum unter der Decke zu treiben. Ich habe da Dinge gehört, sage ich dir ...«

Ihre Ausführungen wurden abrupt unterbrochen, denn jemand rumpelte gegen die Haustür.

»Wer mag um die Zeit noch etwas von uns wollen?«, fragte Anne gähnend und drehte dem Geräusch unwillig den Rücken zu.

Da die Mägde sitzen blieben und Marie den Teig nicht stehen lassen durfte, öffnete niemand dem unbekannten Besucher. Der trat verärgert gegen die Tür, so dass das Holz krachte, und kurz darauf erscholl Winas zornige Stimme. »Elsa! Anne! Was macht ihr faules Gesindel? Geht endlich zur Tür und seht nach, wer da ist.«

Die beiden Schwestern sahen sich auffordernd an. Wie meistens verlor Elsa das lautlose Duell und ging mit mürrischem Gesicht hinaus. Kurz darauf kam sie mit einem jungen Burschen zurück, der unter einem großen Fass schwankte. Es war Michel Adler, dessen Vater Guntram am Ende der Gasse eine Bierschenke betrieb.

Er stellte das Fass auf den Tisch und atmete erleichtert auf. »Guten Abend. Ich bringe das Hochzeitsbier.«

Elsa fauchte wie ein kleines Kätzchen. »Hätte das nicht Zeit bis morgen früh gehabt? Jetzt müssen Anne und ich das schwere Fass in den Vorratskeller bringen.«

Ihre Schwester schenkte dem jungen Mann ein Lächeln, das, wie sie annahm, Eis zum Schmelzen gebracht hätte. »Michel ist doch kein unhöflicher Stoffel, der uns schwache Mädchen so ein schweres Ding schleppen lässt. Nicht wahr, Michel? Du bist so lieb und trägst das Fass hinunter.«

Michel verschränkte die Arme vor der Brust und schüttelte abwehrend den Kopf. »Das ist nicht meine Aufgabe. Ich sollte das Fass nur herüberbringen.«

»Was ist denn in dich gefahren? Sonst warst du doch immer hilfsbereit. Willst du deinen dummen Brüdern nacheifern?« Anne warf dem Wirtssohn einen wütenden Blick zu und forderte ihre Schwester auf, mit anzufassen. Die beiden Mägde hoben das Fass auf und trugen es unter viel Ächzen und Stöhnen die enge Treppe zum Vorratskeller hinab. Marie hörte noch, wie sie die Falltür hinter sich schlossen, dann war sie mit Michel allein.

»Liebst du ihn?«

Die Frage ihres früheren Spielgefährten kam so unerwartet, dass Marie sie im ersten Augenblick nicht begriff. Verblüfft sah sie ihn an. Trotz seiner Sonnenbräune wirkte er bleich, und er biss die Zähne so heftig zusammen, dass sich seine Kiefermuskeln wie Knoten unter der Haut abzeichneten.

Michel war etwa drei Jahre älter als sie und der einzige Junge gewesen, der ihre hartnäckige Begleitung geduldet hatte. Er hatte ihr erlaubt, ihm beim Angeln zuzusehen, gelegentlich Verstecken mit ihr gespielt und ihr wundersame Geschichten erzählt. Dafür hatte sie ihm Blumenkränze gewunden und ihn bewundert wie einen König. Da sein Vater im Ansehen weit unter dem ihren stand, hatte man ihr, als sie zwölf wurde, den Umgang mit ihm verboten. Seitdem war sie ihm und seiner Familie meist nur noch in der Kirche begegnet.

Jetzt stand Michel zum ersten Mal seit Jahren so nah vor ihr, dass sie ihn betrachten konnte. Er war zwar größer geworden, aber immer noch so dünn wie früher. Trotzdem wirkte er kräftig und zäh. Die hohe Stirn, ein schwerer Kiefer und breite Schultern, über denen sich der Stoff seines Kittels spannte, deuteten an, dass er an Gewicht zulegen würde, sowie er mehr als die schmale Kost bekam, die der Adlerwirt für seine nachgeborenen Söhne übrig hatte. Aus Michel konnte ein gut aussehender Mann werden, dachte Marie mit einem Anflug von Traurigkeit. Aber das würde ihm nicht viel helfen, denn als fünfter Sohn zählte er nicht mehr als ein Knecht und würde nie eine Familie gründen dürfen. Aus diesem Grund war es in ihren Augen reichlich unverfroren von ihm, ihr eine solche Frage zu stellen. Aber um der alten Freundschaft willen gab sie ihm eine Antwort.

»Ich kenne den Herrn Magister ja kaum. Aber da mein Vater ihn ausgesucht hat, muss er der Richtige für mich sein.«

Sie ärgerte sich über ihre Worte, noch während sie sie aussprach. Michel hätte sie ruhig die Wahrheit sagen können. Ihm schien die Antwort nicht zu gefallen, denn seine Augen blitzten wütend auf. Marie fragte sich, ob er wohl eifersüchtig war. Das wäre dumm von ihm, fand sie, denn er musste doch wissen, dass ihr Vater ihn nie als Bewerber in Betracht ziehen würde. Matthis Schärer hatte sogar Linhard Merk abgewiesen, der aus einer angesehenen Kaufmannsfamilie stammte und als Schreiber bei ihm angestellt war. Marie konnte sich noch gut daran erinnern, wie zornig ihr Vater geworden war, weil Linhard es gewagt hatte, um ihre Hand anzuhalten. In der ersten Wut hatte er ihn sogar entlassen, ihn aber bald wieder zurückgerufen, denn der Mann hatte sich bereits unentbehrlich gemacht.

Marie war froh, dass ihr Vater sie nicht mit Linhard verheiratet hatte, denn sie mochte ihn nicht. Der Schreiber dienerte vor ihrem Vater wie ein Leibeigener vor seinem adligen Besitzer, die Fuhrknechte und das Gesinde aber behandelte er von oben herab, als wäre er der Herr im Haus. Mit diesem Mann wäre sie gewiss nicht glücklich geworden. In diesem Moment hatte sie das Gefühl, dass sie froh sein musste, einen gebildeten Herrn wie Magister Ruppertus zum Gatten zu bekommen.

Michel ließ sich weder durch ihre knappe Erklärung noch durch ihre abweisende Miene abschrecken. »Liebt er dich?«

Marie passte sein Tonfall nicht, daher fiel ihre Antwort schroffer aus als beabsichtigt. »Ich nehme es an. Sonst hätte er nicht um mich geworben.«

Michel schnaubte verärgert. »Weißt du überhaupt, was für ein Mensch der Magister ist?«

»Er ist ein angesehener und gelehrter Mann, und es ist eine Ehre

für mich, dass er mich erwählt hat.« Das waren fast die gleichen Worte, mit denen ihr Vater ihr seine Entscheidung mitgeteilt hatte.
Michel trat näher und blickte sie ernst an. »Glaubst du wirklich, dass du mit ihm glücklich wirst?«
Marie hob angriffslustig das Kinn. Am liebsten hätte sie ihm gesagt, dass ihn das nichts anginge. Gleichzeitig hoffte sie, dass Michel ihr etwas über ihren Bräutigam erzählen konnte.
Gegen ihren Willen lächelte sie wehmütig. »Wie kann ich das wissen? Liebe und Glück kommen mit der Ehe, so heißt es doch.«
»Ich wünsche es dir«, brach es aus Michel heraus. »Aber ich bezweifle es. Nach allem, was ich gehört habe, ist dieser Ruppertus ein gefühlsarmer, berechnender Mensch, der um eines Vorteils willen über Leichen geht.«
Marie schüttelte unwillig den Kopf. »Woher willst du das wissen? Du kennst ihn doch nicht persönlich.«
»Ich habe so einiges mitbekommen, was Reisende in der Schankstube über ihn berichtet haben. Dein Magister ist ein bekannter Advocatus. Weißt du, was das ist?«
»Nein, nicht genau.«
»Ein Advocatus ist jemand, der Gesetze studiert und alte Pergamente durchforstet, um einem Mann vor Gericht einen Vorteil gegenüber einem anderen zu verschaffen. Ruppertus hat seinem Vater, dem Grafen Heinrich von Keilburg, schon mehrfach mit juristischen Winkelzügen geholfen, Burgen, Land und Leibeigene an sich zu raffen.«
»Was soll daran schlecht sein? Der Graf hat sicher bekommen,

was ihm zustand.« Marie ärgerte sich, weil Michel nur das Gerede betrunkener Gäste wiedergab. Offensichtlich war er so eifersüchtig auf ihren Verlobten, dass er nur deshalb zu ihr kam, um ihn zu verleumden. Enttäuscht drehte sie ihm den Rücken zu und widmete sich dem arg vernachlässigten Teig.

Michel wäre am liebsten davongestürmt, doch er ging nur bis zur Küchentür, drehte sich nach einem kurzen Zögern um und trat wieder an den Tisch. Marie aber machte eine abwehrende Bewegung und beugte ihren Kopf noch tiefer über die Schüssel. Wütend ballte er die Fäuste und suchte nach den richtigen Worten. Wie konnte er diesem weltfremden Geschöpf begreiflich machen, dass es in sein Unglück rannte, wenn es das Werben des berüchtigten Rechtsverdrehers annahm? Der Mann hatte schon viele Menschen ins Elend gestürzt und die Macht und den Besitz seines grausamen Vaters beinahe verdoppelt.

Michel nahm an, dass Marie sich von seinen Titeln und der Tatsache, dass der Magister noch andere einflussreiche Gönner besaß, hatte blenden lassen. Nun lief sie wie ein Schaf zur Schlachtbank. Er setzte mehrfach zum Sprechen an, doch der verbissene Ausdruck auf ihrem Gesicht zeigte ihm, dass er keine Chance hatte, sie zu überzeugen. Schließlich schalt er sich einen Narren, hierher gekommen zu sein. Das Bierfass hätte auch einer seiner Brüder herüberschleppen können.

»Ich gehe jetzt wieder«, sagte er in der Hoffnung, sie würde ihn auffordern, weiterzusprechen.

Marie schüttelte unwillig die Zöpfe und begann mit energischen Bewegungen die Klumpen zu zerdrücken, die sich im Teig gebildet hatten.

Im selben Augenblick kehrte Wina zurück und sah Michel mit hochgezogenen Augenbrauen an.

»Ich habe das Bier gebracht«, entschuldigte er seine Anwesenheit.

»So, und wo ist es?«

»Elsa und Anne haben es in den Vorratskeller getragen«, antwortete Marie an seiner Stelle.

»Im Vorratskeller sind die beiden? Da muss ich sofort nachsehen, ob sich die diebischen Elstern nicht an den geräucherten Würsten vergreifen.« Wina stieg schwer atmend die Treppe hinab und öffnete die Falltür.

Marie fand es ungerecht, die beiden Mägde als Diebinnen zu bezeichnen, nur weil sie sich ab und zu ein Stück Wurst oder Fleisch in den Mund stopften, das vom Essen übrig geblieben war. Doch für die Wirtschafterin war das eine Todsünde, von der nicht einmal der Papst sie freisprechen konnte.

Marie lächelte in sich hinein. Für Wina war der Papst so eine Art Heiligenfigur, die man anbeten konnte, aber sie meinte mit ihren Aussprüchen keinen bestimmten. Das wäre ihr ja auch schwer gefallen, denn es gab derzeit drei Kirchenfürsten, die alle den Anspruch erhoben, das Haupt der Christenheit zu sein. Marie kannte sich mit diesen Dingen nicht aus, aber ihr Vater und seine Freunde redeten häufig über die heilige Kirche und äußerten, wenn sie beim Wein zusammensaßen, meist lautstark die Hoffnung, der Kaiser würde mit einem Donnerwetter dreinschlagen und den Pfaffen wieder Gehorsam beibringen.

Ein Räuspern holte Marie in die Gegenwart zurück. Michel stand immer noch da und starrte sie flehend an, aber sie wollte nichts mehr von ihm hören. Am nächsten Tag würde sie die Frau des

Magisters werden und ein neues Leben beginnen, in dem es keinen Platz für einen anmaßenden Wirtssohn gab. Mit solchen Leuten würden nur noch ihre Bediensteten zu tun haben, denn sie selbst musste sich um das Haus kümmern und ihr Leben ihrem Gatten widmen, dem sie, wie sie sich fest vornahm, eine tüchtige, liebende Ehefrau werden wollte. Als sie diesen Vorsatz fasste, fiel ihr auf, dass sie nicht wusste, wo sie nach der Hochzeit wohnen würde. Magister Ruppertus besaß kein Haus in Konstanz, sondern lebte, wie ihr Vater erwähnt hatte, auf der Keilburg, dem Hauptwohnsitz seines gräflichen Vaters. Ob er sie wohl dorthin bringen würde?

Wina tauchte aus dem Keller auf und schob die säuerlich dreinblickenden Mägde vor sich her. Ihrem triumphierenden Blick war zu entnehmen, dass sie die beiden bei den Würsten erwischt und erfolgreich daran gehindert hatte, sich an ihnen zu vergreifen.

»Du bist ja immer noch da«, fuhr sie Michel an. Sie machte eine Geste, als wolle sie ihm die Tür weisen, griff aber dann in den Lederbeutel, den sie an einer Schnur um ihre mollige Taille gebunden hatte, und zog eine Münze heraus.

»Ach, du hast sicher auf dein Trinkgeld gewartet. Hier, nimm!«

Besser hätte Wina den Unterschied zwischen einem Herrn wie Ruppertus Splendidus und ihm nicht ausdrücken können, fuhr es Michel durch den Kopf, und er hätte ihr die Münze am liebsten vor die Füße geworfen.

Er wusste nicht mehr, was er sich eigentlich dabei gedacht hatte, hierher zu kommen und Marie zu fragen, ob sie wusste, worauf sie sich mit dieser Heirat einlassen würde. Wahrscheinlich war das Mädchen stolz darauf, die Frau eines bedeutenden Mannes zu werden, und hatte ihn längst vergessen. Er war sicher, dass sie mit diesem Mann nicht glücklich werden würde, aber es lag nicht in seiner Macht, sie vor ihrem Schicksal zu bewahren. Traurig drehte er sich um und verließ grußlos das Haus. Im Hof ließ er Winas Münze fallen, als wäre sie aus glühendem Eisen.

Gespannt darauf, wie es weitergeht?

Die ganze Geschichte finden Sie in:

### Die Wanderhure
*von Iny Lorentz*

Wollen Sie in eine ausführliche Leseprobe
von Iny Lorentz' Romanen hineinschnuppern?
Wollen Sie einen Blick hinter die Kulissen werfen?
Interessieren Sie sich für Hintergrundinformationen
zu den Romanen dieser Autorin?
**Dann klicken Sie auf:**
**www.iny-lorentz.de**

# Knaur

## *Und jetzt...?*

Viele weitere Informationen rund um
Iny Lorentz, ihre Geschichten und ihre Schwäche für
Propellerflugzeuge finden Sie im Internet unter

**www.iny-lorentz.de**

Kostenlose Leseproben · Hintergrundbericht
Steckbrief · Autorentelefon · Interviews
Weblog · Veranstaltungen · Bücher...

Iny Lorentz
# Die Goldhändlerin

Roman

Deutschland im Jahre 1485. Für die junge Jüdin Lea endet ein Jahr der Katastrophen, denn ihr Vater und ihr jüngerer Bruder Samuel kamen bei einem Pogrom ums Leben. Um das Erbe ihres Vaters und damit ihr Überleben und das ihrer Geschwister zu sichern, muss Lea sich fortan als Samuel ausgeben. In ihrer Doppelrolle drohen ihr viele Gefahren, nicht nur von christlicher Seite, sondern auch von ihren Glaubensbrüdern, die »Samuel« unbedingt verheiraten wollen. Und dann verliebt sie sich ausgerechnet in den mysteriösen Roland, der sie zu einer mehr als abenteuerlichen Mission verleitet ...

Knaur Taschenbuch Verlag